M. D. Schuster

Jahrgang 1976, schreibt seit dem 11. Lebensjahr Gedichte, Theaterstücke und Romane, später auch Abhandlungen über Gesellschaftsstrukturen und Kunst. Machte eine Gesangsausbildung und studierte Bildhauerei und Graphik sowie Bildungswissenschaft.
Literarische und bildungswissenschaftliche Publikationen. Kurse und Vorträge in Schulen, Universitäten, Kulturvereinen und Museen. Ausstellungen in Deutschland, Frankreich und China.

www.mdschuster.de   www.die-skulptur.de

Sieg oder Tod!

eine Erzählung von M. D. Schuster

© M. D. Schuster, 2008; 2. Ausgabe von 2021.
Titelfoto: M. D. Schuster
Herstellung und Verlag: BoD - Books On Demand, Norderstedt
ISBN: 9783734765414

Für meine Mutter und meinen Vater, mit unbeschreiblichem Dank.
Für Lissy und Uta, ohne deren Beispiel es dieses Buch nicht geben würde.

Ihr habt uns alles genommen, was uns wert war.
Ihr habt uns Lasten aufgebürdet, die uns in die Knie sinken ließen.
Ihr habt uns gezwungen zu verleugnen, wer wir sind.
Diese Zeit ist nun vorüber!

Wir sind stark geworden, um dem Joch zu entwachsen.
Unsere Liebe zu euch haben wir nicht verloren.
Aber wir haben verstanden, dass Liebe allein nicht vor Verrat schützt.
Wenn ihr nicht ebenfalls erstarkt, werdet ihr uns nichts mehr zu bieten haben.

Gesang der Leyawi

Rilan strahlte still und schob das Schreiben, das er seit Tagen bei sich trug, ein weiteres Mal zurück in eine Falte seines Kleides. Heute würde Mawakai kommen. Endlich! Mit ungewöhnlich leichtfüßigem Schritt verließ er die Schriftenkammer und begab sich summend zum Essen. Wer ihm unterwegs begegnete, gewahrte es überrascht, denn Rilan Geiht war von sorgenvollem Wesen, was der plötzliche Wandel, den sein Leben vor drei Jahren genommen hatte, noch verstärkt hatte: Nach dem unerwarteten Tod seines Bruders, des eigentlichen Erben der Mutter, war Rilan zum Stadtwahrer Runjhàys benannt worden. Der Schriftgelehrte in Güterhandel und Sprachen, von denen er ein halbes Dutzend sprach, war auf dieses Amt wenig vorbereitet gewesen.

„Eine ernste Sache, wie?", riss ihn am unteren Fuß der Stiege eine Stimme aus seinen Träumereien. Kelon stieß sich von der Wand ab.

„Warum?"

„Das dümmliche Grinsen, das du seit Tagen herumträgst, verrät es."

Rilan war verlegen. „Du hast auf mich gewartet?"

„Um dir zu sagen, dass sie gegen Sonnenhöhe hier sein wird. Ihr Bote ist eben eingetroffen."

„Schon?", freute er sich.

Kelon lachte. „In dieser Richtung des Wegs ist sie immer recht schnell, nicht wahr?"

Gemeinsam betraten sie die Halle.

Da Rilan selbst kein Krieger war, hatte er die verbündeten Lerusmen um einen ranghohen Streiter als Heerführer gebeten. Recht schnell waren er und Kelon, der gesandte Bruder der Führin Mawakai, Freunde geworden.

Beim Essen schweifte Rilans Blick in die Ferne, obwohl Vorgespräche des Herbstrates stattfanden. Er folgte den Worten der Übrigen kaum und hatte den abwesenden Blick Verliebter, über den manche lächeln mussten. Nach einer Weile gaben die Ratsmitglieder es auf und verschoben ihre Absprachen auf später.

Rilan seufzte leise. Mawakai. Vor zweieinhalb Jahren, zur Frühlingstagnachtgleiche, war sie in Runjhày eingetroffen. Es war spät für ein Antrittstreffen gewesen; sie hatte die letzten Jahre auf Kriegsplätzen verbracht gehabt; Kelon war im Gruße zu Rilans Amtsbeginn auch als ihr Stellvertreter geschickt worden. Viel hatte Rilan nicht über sie gewusst, nur dass ihr Geschick in der Schlacht weithin gerühmt wurde und, warum auch immer sein Gedächtnis diese Erinnerung aus Kindertagen bewahrt hatte, dass sie zwei Jahre jünger war als ihr Bruder und so drei älter als er selbst. Als Kinder waren sie einander öfter begegnet, später nicht mehr, weil er in Ausbildung oder Güterverhandlungen auf Reisen gewesen war, wenn seine Mutter und die Lerusmen einander zu Gast gehalten hatten. Seine Erinnerungen an Mawakai hatten sich auf frühere Spiele mit ihr, Kelon und seinen eigenen Geschwistern beschränkt. Lerusm und Runjhày hielten schon über lange Jahre Frieden, seit der Führung seiner Mutter und Mawakais Vater hielten die Völker über Handel und Waffen Bund miteinander.

Nach und nach trafen Vertreterinnen befreundeter Völker ein, aus Rweden, Lekhen, Wethen, Winen und Viraslàr. Als Letzte erschienen schließlich, wie angekündigt zu Mittag, auch die Lerusmen im Tor der Halle.

„Runjhày!", rief Kelon. „Ich bringe mit Stolz die Kunde von der Ankunft der Ersten Lerusms: Mawakai Beantu."
Eine mit Heerführe bezeichnete Gestalt löste sich einen Schritt von den Ihren und ging ihnen voraus. Sie hielt wie ihr Bruder erstaunliche Größe, trug einen Prunkharnisch, einen Helm, das Schwert an der Seite und die Kriegsaxt auf dem Rücken. Vor Rilan blieb sie stehen, in dem neben der Freude, sie wiederzusehen, in der Ähnlichkeit des Augenblicks Bilder ihrer ersten Begegnung als Stadtwahrinnen aufstiegen.

Damals hatte Mawakai ihren Helm abgenommen, ihn vor dem Gastgeber zu Boden geworfen und ihre Axt gezogen. Der auf diesen Gruß der Lerusmen nicht vorbereitete Rilan war bis ins Mark erschrocken und hatte sich vor allem Hof lächerlich gemacht, als er in Furcht um sein Leben zurückgestolpert und niedergefallen war. Es wäre an ihm gewesen, das eigene Schwert Flachseite an Flachseite gegen der Begasteten Axt zu schlagen und das Grußwort „Einmal gekreuzte Klingen, Freundin in Waffen" zu beginnen, das mit einem „Und niemals wieder, Freund in Waffen" beantwortet worden wäre.

So nun aber nutzte Rilan heute jede Möglichkeit, über die Eigenheiten der Völker alles zu lernen, das ihm weitere Peinlichkeiten ersparte, womit Mawakai ihn gerne aufzog.

Sie ragte vor ihm auf, strahlte in Gesicht und Augen.

„Es ist Runjhày die größte nur denkbare Freude, Lerusm in diesem Haus begrüßen zu dürfen", sprach Rilan.

„Dies ist es ebenso für Lerusm", erwiderte sie.

Beide Führinnen ehrten einander mit einer Kopfneigung, und Rilan wies zur Tafel.

Obwohl auf Runjhày seltenes Musikspiel das Mahl begleitete, aß der Stadtwahrer kaum, in den Anblick der Ersehnten versunken, die ein angeregtes Gespräch führte. Sie nannte nicht die auffallende Schönheit ihres Bruders ihr Eigen, die Runjhàys Frauen in dessen Lager lockte, und im Gegensatz zu ihm verzichtete sie auf Schminke, aber eines an ihr fing wie immer Rilans Aufmerksamkeit. Ihre Züge waren vernarbt. Eine der vorangegangenen Verletzungen hatte das linke Auge nur knapp verfehlt; das Wundmal teilte ihre Braue in zwei Teile. Mawakais Erscheinung trug große Stärke, ihr Sitz war aufrecht, die Bewegungen waren ausladend und selbstsicher. Obwohl sie um einiges mehr Muskeln am Körper trug, als Rilan es früher gekannt oder geschätzt hatte – Er war zuvor noch niemals mit einer Streitin geeint gewesen. –, gefiel sie ihm mehr als jede Frau vor ihr. Sie spürte seinen Blick und sah ihn an.

Rilan lächelte. Die Freude, die auf ihre Lippen trat, ließ ihn aufseufzen.

Die Lerusme lachte leise, zwinkerte und drehte sich wieder Jkai zu, mit der sie sich unterhielt. Sein Blick blieb ihr treu, während er sich das entsprungene Haar richtete. Seit ihrer Einigung wurde es nicht nur in einem Lederband zurückgehalten wie ehedem, sondern wurde täglich sorgsam zum Gebundenenzopf geflochten. Ihn wählten viele Geeinte, um Zugehörigkeit oder Versprechen zu bekunden, manche auch, um in dessen Anschein Werbende fernzuhalten. Mit Freude hatte Rilan gesehen, dass auch Mawakai den Zopf nun trug. Endlich!

Kelon bemerkte es ebenfalls. Als die Halle sich erhob und vor dem Rat zerstreute, trat er zu seiner Schwester, die sich noch immer mit ihrer gemeinsamen Freundin unterhielt, und zupfte Mawakai am Haar. „Verhandelst du um die Stellung Lerusms, oder gibt es Grund zu frohen Wünschen?"
„Du bist ein dummer Ochse, Kelon", sagte sie.

Es war auch eine Gesandte Naltivis erschienen, das jedoch im Rat keinen Stuhl besaß. Sie überreichte Rilan ein Schreiben und zog sich daraufhin zurück. Während die Halle umgebaut wurde, las er die Botschaft, danach saß er blass und still und sah noch sorgenvoller aus als an gewöhnlichen Ratstagen. Mawakai befand sich, entgegen den übrigen Gästen, die erst am folgenden Tag hinzugebeten wurden, bereits jetzt im Herbstrat Runjhàys, dem sie angehörte.
Jennai eröffnete ihn mit einem Segen, wobei sie sich aber nicht erhob. Der alten Priestin Gang war im Lauf der Jahre peinvoll geworden, und bisweilen ermöglichte ihr schmerzgeplagter Körper ihr nicht einmal das Sitzen. Doch ihr Blick wie Verstand waren klarer als die der meisten. Sie war schon Ratgebende von Rilans Altmutter gewesen und führte nun die Räte von Stadt und Tempel. Der Stadtwahrer fürchtete den Tag, an dem sie sterben würde. Ihre Ruhe und ihr weises Wort erwiesen Runjhày große Dienste, und kein Schriftenlager hielt so viel Wissen über Verhandlungen der Völker wie sie. Vor rund einem Jahr hatte Rilan ihr den Schreiber zur Seite gestellt und sie gebeten, ihm Kunde zur Niederschrift zu geben. Wann immer die Priestin Kraft und Gelegenheit fand, kam sie dem nach.
Nach den geplanten Besprechungen erkundigte sich Jennai: „Ist noch eines?"
Rilan zögerte kurz. Der Heerführer saß unaufmerksam neben ihm und schien fast zu dösen. Er stieß ihn an. „Was weißt du über die Naltivi, Kelon?"
Der schrak auf. „Nicht viel. Dass sie sehr alt werden. Außerdem, dass sie reich sind. Lerusm hielt nie Fehde oder Freundschaft mit ihnen. Ich hörte, sie sind keine guten Krieger, halten aber ihre Macht als stärkstes Volk in der südlichen Ebene mit Handelsgeschick."
Rilan brummte zustimmend und erhob sich nur kurz. „Es kam eine Nachricht aus Naltivi. Berretas bietet mir Ehe mit ihrer Schwester." Er setzte sich wieder.
Alle merkten auf.
„Nyrden Danint." Jennais Augen leuchteten auf. „Das ist gut. Sehr gut." Sie sann nach. „Einige Völker haben sich vergeblich um ein Bündnis über Nyrden bemüht – in geheimen Verhandlungen. Ein solches Angebot an uns ist eine große Armreiche. Ein über Ehe erweitertes Bündnis mit Naltivi kann Wohlstand bedeuten."
„Warum kommt sie nicht selbst zu Verhandlungen her?", staunte Kelon.
„Das wird sie kaum können. Der Naltivi Spätergeborenen, zumindest die Spätergeborenen hoher Häuser, werden zur Bündnisfestigung in andere Häuser gegeben", erklärte die Ratsführin. „Aber sie haben keine Ausbildung in Verhandlungen, sondern in Dingen wie Gartenpflege, Musikspiel, Hausschmücke, solches. Nyrden Danint ist Gartnin."
Anchai: „Das klingt nach einer Magd, aber nicht nach einer Führin für uns."
Kelon warf einen frohen Blick auf Mawakai, denn die Lerusmen prüften ausgiebig, wer sich als die beste Wahrung erweisen würde, und legten sie nicht den Erstgeborenen auf, was

dem Sorgenscheuenden sehr recht war. Aber der Betrachteten Miene war verschlossen.
Rilan seufzte tief. „Wie auch immer. Ich werde ablehnen. Aber ich wollte erst euer Wort dazu hören."
„Du solltest annehmen", staunte Jennai.
Er schrak auf. „Ich habe geglaubt, einmal Mawakai die Hände geben zu können."
„Mit Lerusm halten wir ohnehin lange und sicheren Frieden. Mawakai ist eine Verbündete, Kelon dein Heerführer."
„Runjhày führt guten Handel mit Naltivi", hielt er ihr mit wachsender Bange entgegen.
„Dieses Band ist seit langem ohne neue Festigung, weil deine Mutter sich den Bergen zuwandte. Berretas schätzt dich. Bei den Göttinnen, Rilan, sei nicht dumm! Diese Armreiche machen die Naltivi nur einmal. Du weißt, dass sie schon um Weile mit den Leyawi verhandeln. Nimmst du nicht an, verbünden sie sich wiehl mit ihnen, und gegen eine solche Einigung von Reichtum und Kriegsdurst werden wir untergehen, wenn sie die Hand nach uns ausstrecken."
Rilans Augen waren gesenkt. Für einige Augenblicke herrschte Schweigen, dann sagte er: „Ich bin schon kein Streiter. Aber eine spätergeborene Naltivi ist wohl kaum die Richtige für dieses Haus. Du sagst selbst, sie wird nicht mit Waffen umgehen können und sich nicht um Völkerverhandlungen scheren."
„Umso besser", ließ sich erstmals Mawakai vernehmen. „Dann hast du freie Hand."
Er starrte sie an.
„Sie muss nur hier sein. Mach es ihr behaglich. Frag sie, wie sie ihre Zeit verbringen will. Lass sie ihren Liebhaber mitbringen. Keine zwingt dich, das Bett mit ihr zu teilen. Außer einem Mal." Sie zuckte die Achseln.
Er starrte noch immer. „Das ... das kann ich nicht. Das weißt du! Ich ... ich ... du..." Keuchend brach er ab und verschränkte die Arme auf der Brust.
Der Ton seiner Gefährtin wirkte ungewohnt hart: „Ich führe Lerusm. Du wusstest immer, wir würden nicht miteinander leben können. Ich komme nicht seltener her, weil du in den Augen der Naltivi mit ihr geeint bist."
„Ich kann das nicht, Mawakai!"
„Sei nicht albern. Es ist um einen Tanz, nicht mehr!"
Rilan stützte sein Gesicht kurz in die Hände.
Der Rat lauschte betreten. Zeit verging.
„Du könntest mit Nyrden ein anderes Bündnis tragen als vor den Häusern", schlug Jennai schließlich nachdenklich vor. „Wenn ihr beide die Ehe als geschlossen ausrieft, fragt keine nach eurem Tanz. Es wäre möglich, ihr dies anzubieten. Biete ihr dafür eines, das den Handel für sie ebenso in Nutzen hält. Frage sie nach ihren Wünschen. Sprich vor der Handgebe mit ihr. Wenn sie einverstanden ist, ist dies das Ende deiner Sorgen."
„Das bezweifle ich. – Und was, wenn sie nicht einverstanden ist?"
Mawakai ächzte gesäuert. „Wird sie eine Zeitlang unglücklich hier leben, bis sie eine Aufgabe findet, wie andere auch. Solange sie darüber vor den Völkern schweigt, ist es gleich. Rilan. Wir sind beide Führinnen. Wir dürfen nicht nur an uns denken. Ich hätte nie gedacht, dass ich dir dies einmal sagen müsste."

„Was, wenn sie Kinder will, um den Bund zu festigen?"
„Lass sie Kinder haben. Wie viele Männer leben auf Runjhày? Es wird doch einer darunter sein, der ihr gefällt. Ruf ihre Kinder als die deinen aus, und die Naltivi machen dir keine Schwernisse. So ist es zu allen Zeiten gewesen." Sie warf einen Blick in die Runde.
„Spricht eine um des Blutes willen dagegen?"
Stille antwortete ihr.
„Und du?", fragte Rilan.
„Was?"
„Kinder."
„Geister, wenn wir beide Kinder haben, sind sie meine Erbinnen. Ich hätte es auch gerne einfacher. Aber es ist nicht so!" Sie stöhnte auf. Rilan, Kelon und Jennai waren die Einzigen, die hinter dem zur Schau gestellten Zorn Bedauern gewahrten. „Schwieriger wird es, wenn sie an der Macht teilhaben will. Was ich bei einer spätergeborenen Naltivi nicht glaube, aber du solltest alles mit ihr aushandeln, ehe ihr händegebt. Um üble Überraschungen zu vermeiden. Reise hin, und sprich mit ihr. Das ist selbst ihren Spätergeborenen nicht verboten, soweit ich weiß."
Jennai nickte. „Aber die Reise sollte nicht aus diesem Grund ausgerufen werden. Denn wenn ihr euch nicht einig werdet, mag es so aussehen, als hätte dir deine Braut nicht gefallen. Die Kränkung ihrer Ehre wäre ein Grund zum Abbruch des Handels mit uns."
Rilan schwieg. „Kommst du mit?", bat er darauf Mawakai.
Sie wandte sich ihrem Bruder zu.
Dieser nickte, bevor sie sprechen konnte. „Ich halte Lerusm in deiner Abwesenheit."
„Aber bleibe dem Weinkeller fern!"
„Ein wenig Lohn werd ich wohl erhoffen dürfen", klagte er.
Beide grinsten.
Rilan saß noch immer betrübt. Er sah erst auf, als er die Blicke der Übrigen auf sich spürte.
„Also gen Naltivi. Jennai, finde einen Grund, den wir ausrufen können."
Die Priesterin hob die Versammlung für diesen Tag auf, die sich daraufhin verstreute. Kelon ließ Rilan und Mawakai sich zurückziehen, obwohl noch einiges zu klären war. Dies musste warten. Die Geeinten gingen in Rilans Kammer. Beiden war nicht nach Abendzerstreuung zumute. Er nahm den Weinkrug, der auf einem Tisch stand. „Es ist dir nicht so leicht, wie du scheinen ließest."
Mawakai kam Rilan nahe und strich ihm eine Strähne aus der Stirn. „Ich habe zwei Sorgen. Dass du in deiner dummen Vorstellung von Pflicht ob des Unterschieds zwischen Ausgerufenem und Tat unglücklich wirst. Und dass sie dich mir nimmt. In der Zeit mit dir werde ich ihr nicht mithalten können. Die Naltivi halten in Bändern andere Regeln als wir."
Er küsste sie. „Da sei ohne Sorge."
„Wir werden sehen", schnaufte sie und erklärte: „Ich habe keinen Arg, deinen Tanz mit ihr zu teilen. Aber ich will deine Treue in der Liebe."
„Und ich will dich."
„Wir sprechen von Jahren. Auch unser Band wird einmal Öde und Ärger kennenlernen."
Sie seufzte. „Aber was nützt es, sich jetzt darüber zu sorgen. Wir kennen sie nicht einmal."

Kurz schwiegen sie.
Dann sagte der Jüngere: „Ein Vorschlag. Ich ziehe hinter eine der Türen. Es kommt ein äußerer Riegel mit einem Schloss daran, und Kelon schließt mich jede Nacht ohne Gesellschaft ein, wenn du nicht hier bist."
Sie lachte. Ernster sprach sie: „Erwarten wir, was kommt."

Nyrden hing neben Jilla, sich mit beiden Händen festhaltend, am Ast einer Duwe, die beschnitten werden sollte. Hilfinnen zogen ihn mit starken Seilen nieder und banden ihn an. Danach ließen die beiden den Baum wieder los, die Gartenmeistin nahm die ihr gereichte Schere. Doch sie kam nicht dazu zu beginnen.
„Boten Rilan Geihts, Gebietin", sagte einer der Hausknechte, der leise hinzugetreten war.
Nyrden erhob sich fragend. „Hier? Nicht bei Berretas? – Nun, bereite den Tisch vor."
Er eilte davon.
„Vermögt ihr dies ohne mich?", fragte sie die Umherstehenden.
„Eine Duwe, Gebietin?", bangte Alden, die bei ihr in der Lehre war. „Was, wenn wir sie verschneiden?"
Nyrden schenkte der Schulin ein freundliches Lächeln, als Jilla sich anbot: „Ich zeige es euch."
Die Gerufene ließ sich beim Ablegen der schweren Schürze helfen, die an den Knien erdige Abdrücke hatte, wusch sich die Hände und trat zunächst vor die Spiegel in der Kleiderkammer, ehe sie in die Empfangshalle ging.
Die Gäste standen dort mit sichtlicher Anspanne, als sie angekündigt wurde: „Nyrden Danint, die Schwester von Berretas, der Führin von Naltivi. Mawakai Beantu, die Führin Lerusms. Ihr Bruder Kelon Beantu, der Heerführer von Runjhày", verkündete der Rufer.
Sie ehrten einander.
„Verzeih den ungebetenen Besuch", bat Mawakai.
„Ihr seid willkommen. Gesundheit euch und euren Häusern."
„So auch dem deinen. Wir überbringen dir den Gruß Rilan Geihts." Wie es deren Bräuchen entsprach, legte Rilan, der angebliche Kelon, das mitgebrachte Kästchen auf den Tisch, statt es der Naltivi zu überreichen.
Nyrden bedachte ihn mit einer tiefen ohnworten Neigung.
„Seine Gabe hält keine Zeichen Runjhàys, denn dies ist ein Besuch im Geheimen. Ehe wir beginnen, bitten wir um Stillschweigen vor den Völkern über alles, das heute gesagt wird."
„Ihr habt mein Wort", gab die Naltivi zurück. „Kommt in die Wohle."
Die Berglandinnen sahen einander fragend an.
Aufwendig gearbeitete goldene Fußringe und Ketten klirrten leise, als die Gartnin ihnen vorausging.
Mawakai kannte keine Lustgärten und sah sich aufstrahlend um, als sie die Pflanzenstätte betraten. Auch der Händler, der bereits Ebenengärten gesehen hatte, war beeindruckt. Hecken, Sträucher, Beete breiteten sich in üppiger farbenfroher Pracht vor ihnen aus. Vögel sangen, teils freisitzende, teils in Käfigen gehaltene. Gründlich gereinigte und mit sauberer Kohle gefüllte Räucherschalen standen zur Seite der steinernen Wege, daneben große Kel-

che mit Blütenmischungen darin, zu Hineingreifen auffordernd. Windspiele aus vielfarbigem Stoff wogten über ihnen. Dem Garten war anzusehen, dass die Darstellung des Reichtums dieses Hauses eine Aufgabe seiner Meistin war.
Nyrden hielt an einer zierlichen Bankgruppe an, die mit breiten, leuchtend bunten Bändern überdacht war. Wein und Essen standen bereit, als wären Geladene erwartet worden. Die Naltivi bot ihnen Sitz und schenkte ihnen ein. Mawakai fiel die Klugheit auf, die sie durch Nyrdens Augen ansah. Doch weitere Eindrücke ordneten sich dem des Bedienens der Gäste unter, wie es von einer spätergeborenen Naltivi zu erwarten gewesen war.
Als gefüllte Teller vor ihnen standen und Mawakai wie Rilan, nicht jedoch Nyrden, gläserne Weinbecher in Händen hielten, sprach die Lerusme: „Unser Besuch mag dir seltsam erscheinen, Geehrte. Rilan bat uns, für ihn bei dir zu sprechen, da er ein Anliegen hat, das weit über die Verhandlungen eurer Völker hinausgeht."
Nyrden wirkte verwirrt. Sie wartete höflich.
„Und das nicht vor den Völkern getragen werden kann", ließ sich Rilan vernehmen.
Die Gartnin sah ihn an. Mawakai forschte argwöhnend. Aber Nyrden war freundlich und beachtete ihn nicht aufmerksamer als sie selbst. Das Gesicht ihres Gefährten war bange, wofür Mawakai ihn hätte treten mögen.
Er atmete tief. „Rilan ist schon lange an eine verbündete Stadtwahrin gebunden, aber die Ehe wurde niemals ausgerufen. Er lädt dich ein, sein Haus mit ihm zu teilen, aber nicht sein Lager."
„Was bedeutet das?", fragte die Naltivi.
„Dass du frei bist, einen Mann mitzubringen und ohne Ausrufung mit ihm zu sein. Oder auf Runjhày einen zu wählen. Oder mehrere. Wie auch immer. Aber die Ehe zwischen Rilan und dir wird nur eine ausgerufene ohne Tanz sein."
Ihr Blick war weit, offensichtlich war ihr die Bedeutung der Worte unverständlich. „Will er mich nicht?"
Rilan wehrte mit einer höflichen Geste ab. „Der Mann liebt eine andere und will ihr die Treue halten und dich Liebreizende nicht beschämen. Aber der Stadtwahrer bietet dir Eheausrufung und sein Haus. Es wäre nur eine Sache der Form vor euren Völkern."
Der Gastgebin Stirn stand kraus. „Diese Trennung verstehe ich nicht. Es steht ihm doch frei, Liebhabinnen zu haben."
„Ebenso wie dir. Aber es wird zwischen euch keine Ehe sein", wiederholte Rilan. „Dies ist nicht um Runjhày. Wir kommen über Rilans persönliches Anliegen. Seine Bedingung für den Handel ist dein Schweigen darüber vor den Völkern. Deine Kinder wird er als die seinen ausrufen. Von dir gewählte Männer bleiben so geduldet, wie er es für sein Band mit seiner Gefährtin erwartet. Weitere Bedingungen magst du fordern. Sie zu hören, sind wir hier."
„Aber ...Ich ... Es ist meine Aufgabe, unseren Völkern Erbinnen zu schenken. Und ich habe meinen Tanz für meinen Gemahl bewahrt, um ihn zu ehren." Sie warf einen verlegenen Blick auf Rilan und einen hilflosen auf Mawakai.
Diese bemühte sich, nicht zu starren.
Kurz herrschte Schweigen. Dann stand der Händler auf und verneigte sich. „Lasst es mich wissen, wenn ich nicht mehr störe. Geehrte. Geliebte Schwester."

Die Naltivi rief eine Magd, ihn zum Fischteich zu geleiten.
Mawakai neidete ihm, dass er außer Sichtweite immindest grinsen konnte. Nyrden hatte die Augen niedergeschlagen. Die Führin entsann sich ihrer Verhandlungsschule und lächelte als Beginn einer entgegenkommenden Geste. „Dein Verzicht weist dich als eine Ehrenwerte mit sehr großer Selbstbeherrschung aus. Aber in Runjhày werden der erste Tanz als Tribut oder auch spätere Treue nicht erwartet."
Die Gegenüber war erstaunt. „Was dann?"
„Waffengeschick und eine gute Führung. – Aber sorge dich nicht. Dort wissen alle, hier gibt es andere Regeln. Keine erwartet dies von dir. Du bist willkommen, dein Leben dort zu verbringen. Rilan bietet dir eine Freiheit, die die meisten nicht haben. Du kannst dort ohne Verpflichtungen leben oder mit selbstgewählten."
„Es gibt keine Vorschrift, was meine Aufgaben sind?"
Die Lerusme verneinte. „Gewöhnlich gäbe es sie, aber was er von dir erwartet, sind allein deine Anwesenheit in der Stadt und auf manchen Reisen wie dein Schweigen über dieses Abkommen. Aber das ist sicher auch zu deinem Nutzen, wenn du es annimmst."
„Dies alles ist sehr ... freundlich. Er könnte dies auch beschließen, ohne mich zu fragen."
„Nein. Du wirst die Erste von Runjhày sein. Dein Wort wird seinem gleich gelten, wenn das Haus sich an dich gewöhnt hat. Riefst du die Ehe nach Jahren als nicht geschlossen aus, wären die Folgen unabsehbar. Du wirst Macht haben, wenn du sie willst." Nyrdens Blick bezeugte das Gegenteil. „Rilan will Schaden verhindern. Darum bittet er um deine Bedingungen für das Abkommen. Wenn du ebenso großen Nutzen in ihm hältst, wird es stark sein."
Die Naltivi sah versonnen nieder. „Darüber würde ich gerne ruhen."
„Sicher. Gib mir Nachricht, wie du dich entschieden hast."
„Kann ich mitbringen, wen ich möchte?"
„Liebhaber, Freundinnen, Tiere, was immer du willst. Überdenke deine weiteren Bedingungen. Sei gewiss, solange sie Runjhày nicht schaden, wird Rilan zustimmen."

Der dem Gespräch Entflohene setzte sich an den Brunnen, von dessen Mitte aus ihn ein aus dem Wasser ragender steinerner Fisch zu betrachten schien, von lebenden Fischen umschwommen.
„Kann ich dir eines bringen, Gebieter?", fragte die Magd. „Speise, Trank, Musik?"
„Nein, ich danke."
Sie ehrte ihn und schied durch eine Öffnung in der Hecke.
Mit einem Seufzer sah Rilan zu Mawakai und Nyrden hinüber. Früher hätte ihm die Naltivi sicher gefallen; die Anmut ihrer Bewegungen und die Sanftheit in ihren Augen zogen durchaus Aufmerksamkeit auf sich. Ihr Haar glänzte und verriet die sorgfältige Pflege einer wohlhabenden Spätergeborenen der südlichen Ebene. Perlen verzierten es zudem, obwohl Nyrden ihren Besuch nicht erwartet haben konnte. Selbst dass sie schmal und kleinbrüstig war, hätte Rilan ob ihrer sonsten Wohlgestalt vor einigen Jahren nicht gestört. Eher hätte er Bedenken gehabt, selbst einer solch Schönen keine Ebenbürtigkeit bieten zu können. Aber über sein Band mit Mawakai schien sich auch sein Blick verändert zu haben: Der Naltivi

fehlte es an Muskeln, an Stärke in Gang und Gebaren; am wachen Blick einer Heerführin, in dem immer auch ein wenig Misstrauen stand; daran, dass ein Raum mit einem Mal menschenvoll schien, wenn sie eintrat. Rilan konnte sich nicht vorstellen, dass der Tisch bebte, wenn die Gastgebin lachte, was er an Mawakais dröhnendem Lachen so sehr liebte. Wieder einmal flohen seine Gedanken aus einer ungeliebten Gegenwart, und ein unwillkürliches Lächeln zog über sein Gesicht, als sie den Beginn seines Bandes zu Mawakai fanden.

Er hatte nicht gewusst, wie um eine Kriegin zu werben war. In der Sorge, zu unscheinbar zu sein, um ihr dauerhaft zuzusagen – Er wusste, dass sein unauffälliges Gesicht, sein durch Sitzen und Lesen geprägter schmächtiger Körper und die immerzu sorgetragenden Augen keine guten Werbegaben waren. –, hatte er schließlich um das Wort Kelons gebeten. Nach anfänglicher Verblüffung hatte dieser ihn ausgelacht und ihm geraten, seine Schwester offen zu fragen, wozu Rilan nicht den Mut aufgebracht hatte.

Eines Nachts war er aufgewacht, weil eine Hand ihn an der Schulter gerührt hatte. „Ich komme schon", hatte er pflichtergeben schlaftrunken gemurmelt und als Antwort schallendes Gelächter gehört. Mawakai hatte am Rand seines Bettes gesessen. Rilan war sprachlos vor Verwunderung und plötzlichem Herzrasen gewesen. „Ist ... ist eines arg, Geehrte?", hatte er atemlos gefragt und abermaliges Lachen geerntet: „Nein, ganz gewiss nicht. Zum Gegenteil." Sie hatte sich über den halb Aufgerichteten geneigt. „Sofern ich deine Blicke richtig deute."

Seinem verlegenen Stottern war ein Kuss gefolgt, diesem ein Tanz, an den er sich noch jetzt gerne erinnerte. Heute hielten die Gefährtinnen eine Verbindung, die allein darunter litt, dass sie einander selten sahen; wenn sie sich auch bemühten, den Großteil der Winter miteinander zu verbringen.

Und nun dies. Rilan seufzte ein weiteres Mal. War er schon nicht gerne Stadtwahrer, hasste er es in dieser Sache. Händler hatten eher die Wahl in der Handgebe, und er wollte diese Einigung nur mit Mawakai. Da sah er diese und Nyrden sich erheben und tat es ihnen gleich. Zwei Mägde eilten aus verborgenen Nischen in den Pflanzenwällen, um sie zu geleiten. Eine dritte schickte sich zur Sorge um den Speisentisch an. Nyrden führte die Gäste zurück in die Halle, wo sie sich höflich voneinander verabschiedeten.

Schweigend traten die Berglandinnen in den Stall, schweigend verließen sie auf ihren Pferden das nun, im späten Herbst, noch immer sonnendurchflutete Anwesen. Als sie die riesenhafte Straße erreichten, knurrte Mawakai an Rilans Seite: „Abtrünniger. Dies wäre deine Heerführe gewesen."

„Wer bin ich, dass ich in einem Gespräch unter Frauen störe?", gab er mit einer Miene zurück, die um Schonung flehte.

„Frauen? Sie ist ein Kind."

„Das scheint nur so. Sie ist fast ein Jahr älter als du."

„Tatsächlich? Kaum zu glauben. Nun, sie war recht freundlich. Ich staune nur, dass Menschen sich in ihren Köpfen derart einsperren lassen. Sie ruht über das Angebot und gibt mir Nachricht. Falls sie sich nicht sehr gut verstellt hat, wirst du mit ihr wenig Ärger haben."

Er lautete zufrieden.

„Und du? Hat sie dir gefallen?"
„Oh, sie ist eine Augenfreude. Aber da ich nicht gedenke, die sehr Geliebte zu beargen, die neben mir auf der Lauer geht, werde ich nichts Weiteres dazu sagen als: Du kennst den Grund, aus dem wir hier sind. Ich will dich und keine andere, Mawakai."
„Nun, ich hoffe, das bleibt auch so."

Nyrden musste bis nach dem Essen warten, um mit Jilla allein zu sein. Als Schulinnen und Mägde sich vor dem Abendwerk kurz zurückgezogen hatten, berichtete sie von dem vorgeschlagenen Band mit Rilan Geiht.
Jilla, dessen in Zöpfen zurückgeknotetes Haar bereits ergraute, schenkte ihnen in seiner vertrauten Ruhe Wein ein. Nyrden schätzte des Freundes Gesellschaft sehr. „Was möchtest du tun?", fragte er.
„Ich weiß es nicht", erwiderte sie. „Aber ich fürchte, es ist beschlossen. Berretas hat sich für Runjhày entschieden. Wenn ich ihr von diesem Angebot erzählte, würde sie mir sicherlich nur befehlen, mich Rilan anzudienen, um die Ehe zu bitten und ein Bündnis nicht zu gefährden." Sie sah nieder. „Ich weiß nicht, was ich mir wünschen soll", gestand sie.
Er nickte verstehend. Eine Weile überlegten sie, während sie den Wein genossen. „Freie Hand in der Gartenausrichte", sagte er dann. „Und Naltivi sehen zu können, wann immer du es willst."
Nyrden riss die Augen auf. „Steht es mir nicht ohnehin frei?"
Jilla hob und senkte die Schultern. „Ich kenne nur Gerüchte über die Berge."
Beide verstillten abermals, beide in aufkommendem Bangen.
„Ich bin so froh, dass du mich begleiten wirst", erklärte die Gartenmeistin darauf.
Ihr Gegenüber lächelte. „Ich bin froh, dir Gesellschaft leisten zu dürfen."
Obwohl er als Zweitgeborener keinen Anspruch auf das Erbe seiner verstorbenen Gemahlin hatte, war Jilla nach deren Tod nicht in eines der Häuser seiner beiden reich vermählten Töchter gezogen, sondern zu Nyrden. Ihre Liebe zueinander und die Einigkeit über die Gartenhege band beide trotz des Altersunterschiedes von über einem Dutzend Jahren.
Nyrdens Blick glitt über die blühende Pracht. In den letzten Jahren hatte sie sich auf den Verlust der Freundinnen, die sie nicht zu ihrem neuen Haus begleiten würden, schweren Herzens vorbereitet. Aber sie hatte nicht geahnt, wie schwer ihr der Abschied von ihren Gärten fallen würde – in der Gewissheit, dass die meisten Pflanzen ihrer Freude in den Bergen nicht wuchsen. Da nur Jilla sie hören konnte, erlaubte sie sich ein leises Seufzen. Er legte tröstend den Arm um sie.

Die Handgebe wurde für einen baldigen Tag vereinbart. Zur Sonnenwende traf Nyrden auf Runjhày ein, um von Berretas mit Rilan gebunden zu werden. Schnee hüllte Stadt wie Umland in ein kaltes Kleid, als Naltivi eintraf. In edle Tücher gewandete Pferde bildeten den Kopf des prunkvollen Trosses, der von Berretas angeführt wurde, ihre Schwester ritt hinter ihr. Pelze säumten farbige gefütterte Umhänge. Es folgten beladene Wagen und von Pferden getragene, mit Prunkdächern versehene Sänften. Sie galten als die angenehmsten Gefährte

überhaupt, weil sie Reisende kaum durchschüttelten und es sogar ermöglichten, im Inneren zu schlafen. Ziertiere liefen neben ihnen oder saßen darin.
Dennoch beeindruckte die geschmückte Braut am meisten. Das sanfte Gesicht hielt Schminke, die seine Schönheit unfassbar erscheinen ließ. Das Haar war mit einem Gerüst aus Golddraht aufgebunden und mit Blüten verziert. Keine Runjhày hatte jemals zu dieser Jahreszeit solche Blüten gesehen. Als Nyrden vor dem Gastpfahl hielt und ihn ehrend berührte, öffnete ein Windstoß ihren Umhang und bäumte ihn auf. Darunter kam das blaue Brautgewand zum Vorschein, das in reicher Weise gefärbt und bestickt sowie mit Edelsteinen besetzt war.
Mawakai, die neben Kelon am Fuße der Treppe zur Halle stand, hatte in der Ebene nicht einmal Göttinnenstatuen gesehen, die vergleichbare Gewänder trugen. Ihr Blick fand ihren Bruder, welcher ihr eine sogleich genutzte Möglichkeit zum Spott bot.
„Sei froh, dass es im Winter keine Fliegen gibt", raunte sie ihm zu.
Er schloss den Mund wieder. „Geister, ist sie schön!"
„Wirb um sie. Ich bin dir dankbar, wenn ihre Aufmerksamkeit schnell einen anderen findet als Rilan."
„Telùn würde mich erschlagen."
„Du hast dich mit Telùn geeint", sagte sie grinsend.
Er wiegte den Kopf. „Geeint ... Ich war betrunken."
Mawakai lachte leise.
„Sehr spaßig. Ja, sehr spaßig. Sag mir lieber, wie ich sie wieder loswerde."
Sie hob und senkte die Schultern. „Sag ihr, dass du nur betrunken warst."
Er schnitt eine Grimasse. „Welch ausgezeichneter Rat, ich danke dir."
Die Gesellschaft hielt vor ihnen, Mawakai trat mit besserer Laune auf die Absitzenden zu.
„Ehre Eurem Hause", sprach sie und verneigte sich vor ihnen, die den Gruß ebenso beantworteten.
Berretas ging die Stufen hinauf, zuoberst derer Rilan auf sie wartete. Die Weiteren verharrten bei den Pferden, Nyrden neben der Lerusme.
Diese schenkte ihr einen freundlichen Blick. „Hattest du eine gute Reise, Gebietin? Ich hielt den Irrglauben, du würdest eine Sänfte bevorzugen."
Die Geschmückte zeigte sich verlegen. „Das habe ich. Aber ich hielt es für besser, in die Stadt einzureiten. Runjhày erwartet eine Führin, die ich nicht bieten kann. Aber ich will versuchen, Rilans Ansehen nicht zu schaden."
Mawakai merkte auf. Dann lautete sie anerkennend.
„Ich gebe zu, dass ich nach der kurzen Zeit schon sattelwund bin", gestand Nyrden.
„Das legt sich wieder."
Sie wirkte dankbar. „Dort ist ja auch Kelon." Ihr Blick hatte Rilan erfasst und zeigte Verwirrung über dessen Standort.
In aufgeflammtem Argwohn schätzte Mawakai die Altersgleiche, aber diese hielt nur Freude über ein bekanntes Gesicht. „Nein, verzeih den Trug. Rilan ging selbst, um den Handel zu erfragen. Dieser dort ist mein Bruder."

Nyrden zähmte das Erstaunen auf ihren Zügen. Sie sah die Lerusme an, die in Bestätigung nickte. Daraufhin lächelte die Braut und senkte den Kopf. „Ich ehre eure Ehe. Ich gebe dir mein Wort, niemals deinen Stand bei ihm zu schwächen. Ich möchte dich zu wissen, dass ich sehr dankbar für euer Angebot bin. Und für eure Ehrlichkeit über dies Bündnis."
Mawakai seufzte, um darauf die Ehrung zu erwidern.
Die Naltivi lächelte noch immer. „Und ich bin froh, nicht an meinen Augen zweifeln zu müssen. Er hat nicht den Körper eines Kriegers." Sie sah, dass Mawakai wiederum aufmerkte. „Dein Mann", fügte sie hinzu.
Berretas hatte Rilan erreicht. Als beider Begrüßung beendet war, kam der Wahrer Runjhàys zu den Wartenden. „Gebietin. Welche Ehre für mein Haus, dich so bald in ihm zu sehen!"
Nyrden bot ihm die größte Ehrenbezeugung ihres Volkes, indem sie sich auf Hände und Knie sinken ließ und die Erde mit ihrer Stirn berührte, wobei sie einige Blüten an den Schnee verlor. Rilan warf einen hilflosen Blick auf seine Gefährtin, die mit unbewegter Miene bei ihnen stand. Als die Ehrende sich wieder aufrichtete, reichte Rilan ihr die Hände und bot ihr seinen Umhang, um das Weiß fortzuwischen.
„Verzeih den Trug, Gebietin", flüsterte der Jüngere auf dem Weg zu Berretas.
„Ich danke für eure Armreiche", gab Nyrden ebenso leise wider. „Ich hoffe, ich werde dem gerecht, was in Runjhày an Aufgaben auf mich wartet."

Die Braut, der es große Unwohle bereitete, in aller Augen zu sein, schritt allein in den festlich geschmückten Tempel. Hunderte Wartende wandten sich ihr zu und ehrten sie. Mit beschleunigtem Atem erreichte sie den kreisförmigen Opferplatz in der Mitte, wo Rilan stand. Vor dem Betreten des Kreises, um den herum rauchspendende Schalen standen, ließ sie sich abermals auf die Knie sinken, rührte den geweihten Boden mit der Stirn. Als sie sich wieder erhoben hatte und in das Rund eintrat, kam der Bräutigam ihr entgegen.
Seine Bekleidung verwunderte die Naltivi. Sie war schlicht gehalten, wenn auch in edler gefärbten Farben als das Kleid, in dem sie ihn zuvor gesehen hatte. Das bodenlange Gewand war tiefrot, die zugeknöpfte rotgelbe Weste, die ihm bis an die Knie reichte, kannte, wie auch das am Halsausschnitt zu sehende helle Unterkleid, keine Borten. Alles war von einfachem Schnitt und hielt nicht einmal einen bestickten Gürtel. Erst viel später verstand Nyrden, dass das Kleid für Runjhàys Verständnis prunkvoll war und dass selbst der Stadtwahrer in seinem Leben nur ein solches Kleidungsstück erwarten konnte.
Er kam auf sie zu und reichte ihr die Hände. Gemeinsam knieten sie sich, einander zugewandt, ohne den Griff zu lösen. Eine Priestin erschien neben ihnen. Die kleine Rauchschale am Ende des Stabes, den sie hielt, legte sie auf die verschränkten Hände.
Berretas trat hinzu. „Runjhày! Empfange aus meinem Hause meine Schwester Nyrden. Mögen die Göttinnen unser Band segnen", sprach sie mit Huldigungsgeste.
Die Schale wurde ein wenig gehoben und gedreht, warme Asche rieselte über die Hände. Hernach wurde Asche erst auf Rilans, darauf auf Nyrdens Kopf gegeben. „Mögen die Göttinnen euer Band segnen. Ehrt sie allezeit, seid eurer Verpflichtungen eingedenk, und sie werden euch lächeln."
Mit noch immer vereinten Händen verneigten die Knienden sich voreinander, ehe sie sich

erhoben und zu den Übrigen im Tempel gesellten. Rauchopfer wurden dargebracht. Die Versammelten ehrten erst die Vermählung, dann das vergangene Jahr, danach begrüßten sie das neue. Anschließend wurde zum Festmahl gebeten.

Es war Brauch, dass das junge Paar zuletzt die Halle betrat, und so führten Berretas und Mawakai die Gesellschaft an; Kelon und Setola, der Bruder von Berretas und Nyrden, gingen neben ihnen. Um sich von ihrer Walle abzulenken, betrachtete die Lerusme den ihr Arm in Arm Zugewiesenen, der schließlich auch an ihrer Seite zu sitzen kam. Zunächst erschien Setola ihr als atemberaubende Schönheit, und wäre er nicht als spätergeborener Naltivi aufgewachsen, wäre er es in ihren prüfenden Augen sicher gewesen. Die Züge waren makellos ebenmäßig, narbenfrei und nahezu faltenlos. Sein Wuchs war gerade, und seine Knochen zeigten einen, dem Muskeln gut angestanden hätten. Aber er hielt die Magerkeit, die sein Volk aus Mawakai unverständlichem Grunde für erstrebenswert hielt und die, ungeachtet der Statur, von ihren Spätergeborenen gepflegt wurde. Bei näherem Hinsehen wirkte der reiche dünne Naltivi fehl am Platz und kränklich. Seine Bewegungen hielten eingeübte Anmut, die der Kriegin unangenehm war, denn darin fand sie den Ausdruck eines immerwährenden Mummenspieles. Er war fast ebenso prachtvoll geschmückt wie Nyrden und schien bemüht, eine liebreizend einnehmende Wirkung zu hinterlassen. Es war lächerlich. Mawakai konnte sich nicht vorstellen, dass Tänze mit Menschen wie ihm über Lust hinausgehen konnten und zu Glück führten – wenn sie das Erste überhaupt erreichten.

Als die wohlbeleibte Berretas sich neben ihm niederließ, konnte Mawakai sich eines seltsamen Eindrucks nicht erwehren: Durch ihre Gesichter und Gestalten waren alle drei Geschwister eine Augenfreude; Berretas schien der Lerusme, die wie die meisten Berglandinnen immindest im Winter an Hunger gewöhnt war, die Schönste zu sein; denn in den Bergen galt Leibesfülle, ob nun in Muskeln oder in Speck, als Wohlgestalt. Doch Mawakai hatte das Gefühl, dass Berretas' Körper zu große Mengen an Speisen gereicht wurden, ebenso wie die, welche ihren Bruder nährten, nicht auszureichen schienen. Beide schienen ihr zu kranken, die eine am Zuviel, der andere am Zuwenig. Wenn es angesichts des Reichtums der Naltivi nicht undenkbar gewesen wäre, hätte Mawakai vermutet, dass die Ältere Setola das Essen raubte. So aber verspürte die Beobachtin den Wunsch, ihm einen gefüllten Teller zu reichen.

Das Horn verkündete die Ankunft von Rilan und Nyrden. Die Halle erhob sich. Nyrden verbrachte den Gang ans Tafelhaupt unter starker Spanne. Dort hob der Bräutigam ihr ein Gefäß entgegen, das sie zunächst für einen Vermählungsbecher hielt.

„Würdest du den Wein zum Wohl dieses Hauses segnen, Gebietin?"

Der Becher wirkte abgenutzt und zeigte Göttinnenbilder. „Eine meiner Pflichten?", fragte sie.

Rilan bejahte. „Der täglichen. Wenn du sie annimmst. Spricht dein Glauben dagegen?"

„Ich wüsste nicht, warum", entgegnete sie. „Berretas?"

Diese lächelte milde. „Tu es nur."

Mit hastendem Herzen, da die Versammelten nun ihr allein Aufmerksamkeit schenkten, sprach Nyrden einen Segen und betonte ihr Glück, Runjhày dienen zu dürfen.

„Gesundheit, Wohlstand, Ehre: Runjhày und Naltivi!", war die dreimal gerufene Antwort

der Halle. Danach begann der Festschmaus, der den Bund vor den Menschen besiegelte. Mawakai wollte sich gerne einbilden, dass die gezierte Steifheit der Naltivi ihre eigene Unwohle hervorrief, aber es war die Sorge um Rilans Handgebe. Nach dem Mahl traten die Spielleute ein. Jennai wechselte einen Blick mit dem Stadtwahrer und stand langsam auf. „Welch glücklicher Tag! Möge er eine glückliche Zeit für unsere Häuser einleiten." Eine segnende Geste begleitete ihre Worte.
Rilan reichte Nyrden die Hand. Sie erhoben sich.
„Gereiche Naltivi zur Ehre", gebot Berretas.
Die Jüngere verneigte sich und ließ sich von ihrem ausgerufenen Gemahl zu einer Tür an der Hallenseite leiten. Runjhày ehrte die beiden, als sie sich entfernten.
Rilan wies Nyrden eine schmale hölzerne Stiege hinan. Im oberen Stockwerk zeigte er auf eine bewachte Tür: „Dort findest du die Schriftenkammer, Gebietin. Dort drüben einige Kammern der Bediensteten, die anderen unten, neben der Halle." Von der Mitte des runden Turmes aus führte eine bewegliche Leiter hinauf in eine Ebene, in der rechts und links von einem ringförmigen Gang Schlafgemächer abgingen. Diese waren teils hinter Türen, zumeist hinter Vorhängen verborgen. „Dort sind die Räume der meisten hohen Gäste und Amtsträger. Deine Freunde schlafen in der heutigen Nacht dort. Dies ist Dolins Kammer, du lernst ihn noch kennen, diese die meine, diese Kelons. Des wirklichen Kelons", lächelte er. „Und dies Mawakais, wenn sie hier weilt. Und hier die deine. Falls es dich nicht stört, Mawakai als Nachbare zu haben."
Die Naltivi blickte erstaunt auf. „Warum sollte es, Gebieter?"
Er lächelte erneut, diesmal sehr herzlich. „Gut. Ich glaube, eine mit Riegeln sei dir immindest für den Anfang hier gerne. Du magst sie behalten oder hinter eine freie unverschlossene ziehen, wann immer du willst."
Sie nickte still und drückte das Holz auf. Ein für eine Kammer recht großer Raum lag vor ihr, der sich nach hinten hin verbreiterte und eine weitere Tür besaß, in eine Längswand eingelassen. Ein sauberes Bett, drei Hocker und zwei Tische warteten auf Benutzung. Keine Stoffzier oder Teppiche, wie sie ihr gewohnt waren, boten Nyrden Wärme. Die hintere Wand war, der Form des Turmes folgend, abgerundet, aber ohne eine Lichtöffnung. Fackeln erhellten und berußten die Wände.
„Deine Freunde können mit dem Sonnenaufgang einziehen." Rilan verschloss den Raum.
Nyrden vermochte ihre während des Ganges ins fast Unerträgliche gewachsene Angst, er würde sie trotz der Absprache aufs Lager fordern, kaum zu bändigen. Mühsam zähmte sie ihren schneller gewordenen Atem. „Ich möchte noch einmal Dank sagen für die freundliche Aufnahme wie für dein Angebot. Ich werde um eine Aufgabe suchen, die ich zum Wohle Runjhàys erfüllen kann", sprach sie und spürte im selben Augenblick Spanne auch von ihrem Gegenüber abfallen.
Er lächelte, drückte kurz ihre Hand, „ich bin gewiss, du wirst sie finden", nahm eine Fackel aus dem Halter und trat zu der anderen Tür. „Ich wünsche dir eine wohle Nacht, Gebietin." Der Stadtwahrer neigte sich vor Nyrden und verschwand in Mawakais Kammer.
Die Entlassene seufzte tief, verriegelte sehr leise beide Türen, setzte sich dann aufs Bett und hing eine Weile Gedanken nach, ehe sie ihr Prunkgewand ablegte, was ohne Hilfe nicht

einfach war. Es währte lange, bis sie einschlief.
Am nächsten Morgen weckte Jilla sie, Nyrdens Tageskleider über dem Arm.
„Wie ist es dir?", erkundigte er sich mit wenig verborgener Sorge, als sie ihm öffnete.
„Gut. Ich habe schlecht geschlafen. Aber sonst gut."
Er war sichtlich froh. „Die Ratsführin schickt mich. Es ist wohl not, dass Rilan und du im Tempel einen Schwur auf das Bündnis leistet."
„Das haben wir doch bereits. Wir wurden vermählt."
„Über das Bündnis, über das zu schweigen ist." Der Freund schickte sich an, ihr in die Kleider zu helfen.
„Wirst du mich begleiten?", fragte sie.
„Sicher."

Den fast zwei Dutzend Naltivi, die mit Nyrden nach Runjhày gezogen waren und die großen Städte der Ebene kannten, erschien der Ort zunächst kaum als Hauptstadt, die ihren Namen verdiente. Nur vierhundert Menschen lebten darin und an die tausend außerhalb der einzigen Stadtmauer, am Fluss wie an den umliegenden Äckern und Weiden.
Der starke Hauptturm, der die restliche Stadt überragte, besaß neben der Halle, den Schriften und Schlafräumen einen zuoberst gelegenen, hölzern überdachten Wehrstand. Es gab keinen Speisesaal; die Halle wurde zum Mahl umgebaut, oft gar von Würdentragerinnen. Die Tafel selbst war nicht mehr als eine Sammlung grober Bretter auf Böcken, die den restlichen Tag über an der Wand lehnten, und die meisten Speisenden saßen auf niedrigen Bänken oder sogar auf dem Boden.
Dem Hauptturm gegenüber, den Hof zwischen ihnen, erhob sich der schmalere Wehrturm, in dem Gefangenenzellen und eine Waffenkammer untergebracht waren. Er war ebenfalls rund wie überdacht und erlaubte einen weiten Blick ins Land. Beide Türme, der Hof und die ihn umgebenden Häuser standen ein wenig erhöht; zu ihren übrigen Teilen hin wurde die Stadt Runjhày abschüssig, bis sie sich am Fluss in die Gerade neigte. Sie lag auf einer vor Generationen angelegten Aufschüttung am Fuß der Berge, wo die Ebene sich diesen entgegenzuheben begann und der Fluss aus dem Gebirge sprang. Im Westen streckte sich ein unüberwindbares Bergmassiv in den Himmel, so trafen mehrere Straßen vor der Stadt aufeinander, die einem Großteil der Berge und der südliche Ebene einen Ort für Handel bot. Viele Güter reisten auf dem Wasserweg und mit Wagen oder Lasttieren durch die Berge. Handel schien Runjhày zu ernähren, das kaum eigene Waren auf den Weg schickte. Es hatte eine Töpferei, mehrere Schmieden und weitere Werkhäuser, aber edlere wie Glasschmieden oder Feinwebereien waren nicht zu finden.
Die weithin gerühmten Schwitzgrotten, die außerhalb der Stadt in einer Bergwand beheizt wurden, waren den Neugezogenen zu heiß. Auch schien es Schwierigkeiten zu geben, wenn andere als ihre Stammesgefährtinnen sie unbekleidet sahen, denn bei ihrer einzigen Benutzung der heißen Räume waren sie über das Eintreten einer Gruppe Runjhày erschrocken, hatten sich sogleich bedeckt und waren mehr geflohen als gegangen.
Neben den Gütern, die zwischen den beiden gebundenen Völkern ausgetauscht worden waren, hatte Nyrden unerhört wertvolle Geschenke für das Haus mitgebracht: gläserne Pokale,

Schalen und Teller für anderthalb Hundertschaften, reiche Stoffe aus Naltivi und Rauchwerk als Gabe an den Tempel. Damit glich sie die hohe Auslöse, die Runjhày für sie bezahlt hatte, wieder aus.

Nyrden war vor den Priestinnen Runjhàys bange gewesen, weil sie gefürchtet hatte, diese würden versuchen, in ihren Glauben Eingriff zu nehmen. Als sie aber erfuhr, dass Jennai, mit der sie sich gerne unterhielt, nicht nur den Rat, sondern auch die Priestinnen in der Stadt führte, war sie freudig überrascht und verlor ihre Sorge, denn Gespräche über Frömmigkeit hatte sie mit der Alten nicht einmal gehalten. In Verständigung über die Namen und Aufgaben der Göttinnen des Landes fanden die Naltivi ihre eigenen, und keine hatte Bedenken, am Dienst im Tempel teilzunehmen. Nyrden, die zum ersten Mal über die Heiligtümer eines anderen Volkes nähere Kunde erhielt, wunderte sich, dass Berretas mit ihr nicht darüber gesprochen hatte, war aber gewiss, dass sie sie nicht an einen Ort geschickt hätte, der ihre Göttinnen verbot.

Da Rilan und Jennai geschworen hatten, alle Naltivi willkommen zu heißen und Berretas dasselbe für Runjhày ausgerufen hatte, zogen bald schon Handlinnen und Handwerkinnen zu den Verbündeten. Eine reiche Zeit begann.

Die erste Änderung, die Nyrden vornahm, fand ihre Kammer, die sie nun mit Jilla teilte. Ganze Stoffbahnen schmückten bald die Wände, ein starker Teppich zwischen dem Bett und einem der Tische schützte selbst unbeschuhte Füße vor Kälte, an der abgerundeten Wand entstand ein gemaltes Göttinnenbild.

Die ausgerufene Stadtwahrin umgab sich mit den Ihren, übte sich in Handarbeiten, schmückte das Haus und wartete auf den Frühling. Gerne saßen sie vor dem großen Kamin in der Halle, dem, abgesehen von der Küche und den Schmieden, wärmsten Ort der Stadt. Keine schien sich die Mühe zu machen, die Brennstätte zu reinigen. Der Abzug heizte einzelne Bereiche des Wohnturmes nur schlecht, der Kamin hielt in der Halle keine Trennung zwischen Brennraum und dem umgebenden Boden. Der Regen vieler Jahrzehnte hatte Ruß hereingespült, die umliegenden Steine hielten pechähnliches Schwarz. Nur Jilla fiel auf, dass Nyrden, entgegen den Gepflogenheiten ihres Volkes, hier ihre Gartenschuhe trug, worin der Freund sich ihr bald anschloss. Schließlich scheuerten die Naltivi den Boden, was mehr als einen Tag dauerte, und bauten einen einfachen Wall aus kleinen Steinen, der Brennzeug im Inneren halten sollte. Bald standen drei Bänke vor der Feuerstelle, mit Sitzkissen und Decken ausgelegt. Im Gegensatz zu den groben Holzmöbeln, die Runjhày kannte, waren jene aus edlem Nussbaum gefertigt, hielten geschnitzte Verzierungen und wirkten zierlich, obwohl sie je fünf Menschen Platz boten. Die Bänke wirkten als sonderbar fremde Gesandte Naltivis, so wie die Neugezogenen. Rilan nutzte das Licht am Kamin nun abends nicht selten in ihrer Gesellschaft, statt in der düsteren Schriftkammer zu arbeiten wie ehedem.

Auch im Weiteren erhielt die Halle ein angenehmeres Gesicht: Die alten verblassten Malereien auf den Wänden wurden erneuert oder mit prachtvollen Teppichen bedeckt. Der Steinraum, in dem es keine Lichtöffnungen gab und der sich darum mit rußenden Feuern beleuchtet fand, wurde heller, und er schien auch wärmer zu sein als zuvor.

Allerdings wurde bald schon ersichtlich, dass die Ziertiere dem harten Winter nicht gewachsen waren, was auch für die größte Zahl der Naltivi zu gelten schien. Keinen Mond nach ihrem Zuzug verließen die meisten von ihnen die Stadt wieder.

„*...Trotz meiner Bedenken beginnen wohle Stränge, Nyrden und mich zu binden, die dich jedoch niemals zu sorgen brauchen. Sie ist eine angenehmere Gesellschaft, als ich glaubte, und nicht so töricht wie ihre Gespieler, die mir bis auf Jilla alle unerträglich waren. Sie scheinen ihren Tag nur damit zuzubringen, über unbedarfte Freundlichkeiten Ungebundener zu kichern. Sie sind zu nichts nutze außer als wandelndes Zierrat, das einfältigen Meinen den Kopf verdreht hätte. Ich frage mich, wie die Naltivi zum stärksten Volk der südlichen Ebene werden konnten. Nur Jilla ist mit ihr hiergeblieben. Ich hielt ihn zunächst für Nyrdens Liebhaber, der er aber offenbar nicht ist. Die Sonsten sind mit den Tieren zurück gen Naltivi gezogen. Ich bin durchaus froh darüber.*"

Rilan sah von dem Schreiben auf. Sollte er Mawakai von den Kleidern berichten? – Bereits nach kurzer Zeit hatte sich Nyrdens Wahl darin geändert: Die prunkvollen, reichgeschmückten Gewänder der Naltivi waren schlichteren Kleidern gewichen, wie sie auf Runjhày üblich waren, wenn Nyrden sie auch aus den edlen Stoffen der Ebene fertigen ließ. Rilans behutsamen Einwand, sie müsse die Gewohnheiten seines Volkes darin nicht annehmen, hatte sie verneint, es sei ihr sehr wohl so. Jilla behielt seine Naltivikleider und trug nun auch die ehedemen Nyrdens. Bereits zweimal war es geschehen, dass unbekannte Gäste, denen sie zu dritt zum Gruß entgegengetreten waren, zunächst den Naltivi für den Wahrer gehalten hatten. – Nein, dies schrieb er besser nicht. Es würde Mawakais Aufmerksamkeit kaum entgehen, und sicher würde sie ihn deswegen ohnehin aufziehen. Dem musste er nicht vorgreifen.

„Erster!" Garlon stürmte herein.

Rilan hatte ihn schon lange nicht mehr so aufgebracht gesehen. „Was gibt es?"

„Deine Gemahlin. Diese Naltivi!" Das Wort klang aus dem Mund des Wütenden wie ein Fluch. „Sie wollte mir sagen, wie ich die Küche zu führen habe!"

Der Jüngere merkte verblüfft auf. Für so dumm, es sich mit dem Truchsess zu verscherzen, hatte er Nyrden nicht gehalten. „Ja..?", fragte er tastend.

„Ich habe sie rausgeworfen. Ihr den Zutritt zu Küche, Speisengang und Backhütte verboten. Wer glaubt sie zu sein?"

„Nun, in Naltivi..."

„...mag es sein, wie sie es wollen. Die Küche Runjhàys ist die meine!"

Rilan seufzte tief. „Garlon..."

Der wutschnaubende Graue stützte eine Hand auf die gerollten Pergamente. „Sprich mit ihr, Erster. Außerdem bestelle ihr, dass ich auch die Feste ausrichte." Mit verkniffenem Mund ehrte er ihn und rauschte davon.

„Großartig", ächzte der Stadtwahrer. Er beendete sein Schreiben, dann verließ er die Schriftenkammer und machte sich auf zu Nyrden. Er hatte sie bereits von dem Gedanken abbringen müssen, die Halle mit gefärbten Binsenmatten auszulegen. Die Brandgefahr hatte sie

überzeugt, wennauch Rilans Wort allein ihr sicherlich Einhalt geboten hätte. Seit drei Tagen lag nun Sand auf dem steinernen Boden und wurde täglich gerichtet. Runjhày bewegte sich unsicher darauf. – Rilan graute vor den ersten Festtänzen. Er hatte schon Sand auf seinem Stuhl, im Bett und zwischen den Zähnen vorgefunden und suchte nach einem behutsamen Weg, ihn Nyrden wieder auszureden. Und nun dies.
Er fand sie vor dem Kamin, wo sie mit ihrem Freund an einem großen Stickrahmen saß. Rilan bat sie um eine Unterredung zu zweit, woraufhin Jilla sogleich davonhuschte.
„Du hattest Ärger mit dem Truchsess, wie ich hörte?", begann Rilan ungelenk.
Die Gefragte bejahte und wirkte sogleich erschrocken.
„Nun, Gebietin, ich weiß, dass diese Order über ihn in Naltivi dir gebührte. Aber hier ist er kein Diener. Er hält große Anerkennung für sein Werk. Vielleicht ist dir aufgefallen, dass sein Stuhl ebenso hoch ist wie die der Ratsmitglieder?"
Sie nickte mit gesenktem Blick
„Ich bitte, lass ihm sein Werk ohne dein Wort. Allein unserer Zungen wegen. Ich wage nicht, daran zu denken, welcher ungewürzten oder übelschmeckenden Rache sich Garlon bedienen könnte", versuchte Rilan einen Scherz, doch Nyrden wirkte so erschrocken, als sei wahrhaft Arges geschehen.
„Ich bitte um deine Vergebung, Gebieter", hauchte sie.
„Das ist nicht nötig", wehrte er ab. „Ich bedaure, dass er seine Galle nicht im Zaum hält."
Sie ehrte ihn.
Der Runjhày bemühte sich um Höflichkeit. „Jennai sagt, du planst deinen Garten?"
„Das ist richtig. Wir suchen noch nach einem geeigneten Ort."
„Wie schön. Ein Garten wird uns guttun", versicherte er.
Verlegenes Schweigen drohte.
„Gibt es einen Dienst, den ich dir tun kann?", erkundigte er sich.
Nyrden blickte auf. „Oh. Ja. Gibt es eine Möglichkeit, Dinge einzuschließen?"
„Du hast doch Güter in die Goldkammer bringen lassen?", war die erstaunte Antwort.
„Sicher ... Aber ich besitze anderes von Wert. Für den täglichen Gebrauch. Es ... gibt keine Schlösser", sagte die Naltivi.
„Nun, es gibt Riegel", hielt Rilan ihr entgegen.
„Von innen. Wie kann ich mein Eigen vor Diebstahl schützen, wenn ich nicht in der Kammer bin?"
„Gebietin, keiner würde es wagen, dich zu bestehlen. Wer dich bestiehlt, bestiehlt Runjhày, und die Strafen bei einer Entdeckung wären hart. Sei unbesorgt."
„Gut", sprach sie, doch er spürte, dass dies allein ein Wort war.
„Wäre dir eine Truhe recht?", fragte er. „Mit einem Schloss?"
Erleichterung erschien in ihrem Blick.
„Ich lasse dir eine bringen", versprach Rilan. „Noch heute."

Die in schmückenden Künsten geschulte Nyrden war beschämt, als sie erkannte, dass ausgerechnet der Heerführer bessere Schminke zu reiben verstand als sie selbst. Nach anfänglicher Scheu fragte sie ihn darum. Gerne zeigte er ihr die Fertigung seiner Farben und nahm ebenso gerne färbende getrocknete Pflanzen und Steinpulver an. Kelons offensichtliches Werben erschreckte die Neugezogene trotz seiner Freundlichkeit wie der ungewöhnlichen Wohlgestalt des Lerusmen. Obwohl ihr Blick von ihm angezogen wurde, scheute Nyrden für eine Weile seine Gesellschaft, was ihn dazu bewegte, sich noch mehr für sie herauszuputzen. Gewöhnlich hielt Kelon sein Haar einfach zurückgebunden. Suchte er ein wenig Ruhe vor den schlangestehenden Frauen Runjhàys, trug er den Geeintenzopf, selbst wenn dieser eine falsche Auskunft gab. Aber nun fiel auf, dass Kelon das Haar offen trug, wenn er Nyrdens Anwesenheit erwartete. Sein Blick lockte sie, seine Stimme warb um sie. Sein gewohntes unleises Werbespiel war höflichen Aufmerksamkeiten gewichen. Er holte die Naltivi zum Mahl ab oder zeigte ihr in Begleitung ihres Stammesgefährten noch unbekannte Bereiche der Stadt. Nur noch zum Waffengebrauch war der Lerusme ungeschminkt zu sehen. Rilan beobachtete das zarte Reigen der beiden mit Staunen, denn er sah sie niemals ohne Jilla oder einander auch nur Arm in Arm.

Am Strohplatz, auf dem die Krieginnen Runjhàys ihre Übungen und Messkämpfe abhielten, fand sich Nyrden oft ein, um zuzusehen, besonders, war der Heerführer unter den Übenden. Die Schönheit in den Bewegungen der Krieginnen zog sie in Bann. Schnell lernte sie, deren Stärken und Schwächen allein aus der Beobachtung zu schätzen, und bald waren ihre Vermutungen im Voraus über noch unbekannte Kämpfende meist treffend, wennauch sie nicht darüber sprach und wennauch das Ausmaß an Gewalt sie manches Mal wieder vertrieb.

Mit niedergeschlagenen Augen hatte sich Nyrden als Platz für ihren Garten einen Bereich außerhalb der Stadtmauer erbeten. Er lag an der Sonnenseite zwischen Mauer, Strohplatz und Fluss und hatte in früheren Zeiten erst als Ratsherberge und dann als Kampfübungsplatz gedient, wurde jedoch schon lange nur noch als Weide genutzt. Ihm gegenüber, am jenseitigen Ufer, an dem auch der Tempel stand, befand sich Runjhàys Hafen.
Den Stadtgarten, in dem Obst, Gemüse und Kräuter angebaut wurden, hatte Nyrden nach einer Besichtigung und einigen höflichen Worten in der Obhut der beiden Gärtner belassen. Als es Frühling wurde, begann sie noch während der kleinen Regenzeit, mit Jilla ihre Pflanzenstätte einzurichten. Lange hatten die Naltivi im Winter mit allen Rat gehalten, die ihnen Wissen über Bergpflanzen geben konnten, und Karte um Karte des künftigen Gartens gezeichnet. Seit die Erde bearbeitet werden konnte, waren sie mit einigen Hilfinnen am Werk. Eine Wassermeistin kam eigens für die Errichtung von Läufen und Teichen nach Runjhày. Nyrden ließ sie eine Anlage bauen, deren Rohre vom Fluss zum höchsten Teil des Gartens reichen sollten. Von dort würden mit steinernen Blüten und Ranken gezierte Rinnen durch das Gelände laufen. Bis der Fluss das Gebiet jedoch speisen würde, trugen die darin Werkenden täglich dutzende Eimer Wassers vom Ufer hinauf.
Nyrden ließ aus Naltivi und aus den niedergelegenen Teilen Runjhàys Sämereien, Schösslinge, große Hecken, Büsche, sogar Bäume kommen und Letztere pfahlbefestigt neben den wenigen Bäumen einpflanzen, die sich am Orte gehalten hatten. Der Garten hatte mittlerweile flussabwärts zwei Äcker verschlungen und wuchs weiterhin. Eine riesenhafte Schaukel, in der mehr als fünf Liegende Raum fanden, traf mit einer reichen Ladung ein und wur-

de an einem eigenen Gerüst aufgehängt. „Weil die Bäume noch nicht groß genug sind", hatte Nyrden erklärt. „Und ihre Wurzeln erst in einigen Jahren belastbar genug sein werden."
Monde vergingen in Werk.
Die Ruhetage verbrachten jene, die sich nicht zurückzogen, in Spiel, Tanz und Musik. Jilla gewöhnte sich an, die Halle an den Vorabenden dieser Tage mit Gartenzier zu schmücken. Es war zunächst ungewohnt für die Naltivi gewesen, dass es an den Ruhetagen nur kaltes Essen gab. Der Truchsess und die Seinen sollten nicht in unnötem Werk gehalten werden. Aber ähnlich der veränderten Kleiderwahl, erkannte Nyrden ihre eigene Freude an der Schlichtheit Runjhàys auch darin, und sie genoss die Speisen, die nach Maß ihres Volkes karg zu nennen gewesen wären. Dennoch ergab sich eine Schwernis, die sie sicher auf Jahre still ertragen hätte, wenn Rilan sie nicht darauf angesprochen hätte.
Von einer der Bänke, die in der Pflanzenstätte aufgestellt worden waren, bot sich der Blick auf den Horizont. Seit es wärmer geworden war, verbrachte Nyrden gerne ihre werklose Zeit dort. Eines Abends trat der Stadtwahrer mit ernstem Gesicht an die beiden Naltivi heran, die gemeinsam die Aussicht genossen. Jilla stand sogleich auf, ehrte ihn und verließ sie. Rilan setzte sich.
„Der Garten ist schon jetzt eine Augenfreude", begann er das Gespräch.
Nyrden erstrahlte.
„Freundin", sagte er tastend. „Fühlst du dich hier wohl?"
„Sehr." Sie verneigte sich.
Er hielt inne. Sie war eine drittgeborene Naltivi. Welche Antwort hatte er erwartet? „Mir fällt auf, dass Jilla und du ... Ihr esst nur einmal am Tag."
Sie bejahte. „Das ist ein Gesetz, Gebieter."
„Ich ... weiß. Als Ehrung für das Haus." Er zögerte. „Es liegt mir fern, die Regeln Naltivis anzuzweifeln. Dort mögen sie gewiss zum Segen gereichen. Ich weiß, dass Naltivi durch diesen Brauch die Anmut und Bescheidenheit der Spätergeborenen zu bewahren wünscht. Doch es verstört mein Haus, euch beide von Tag zu Tag schmaler werden zu sehen. Eine Prunkmahlzeit am Nachmittag, wie sie in der Ebene üblich ist, können wir auf Runjhày nicht einführen, selbst wenn auch wir hier nur am Nachmittag als Haus gemeinsam essen. Ich sorge mich um euch. Runjhày ist es ein Zeichen von Armut, magert ihr ab."
Nyrden, die sich mit ihrem Hunger als Dienst schon abgefunden hatte, verstand nur Zweifel an ihrer Schönheit, die für das Haus zu erhalten Pflicht für sie war. Wie es der Sitte ihres Volkes entsprach, senkte sie unter dem Tadel den Kopf und drehte die Handflächen von sich. „Was kann ich tun?", fragte sie bange.
„Dich im Essen den Gebräuchen Runjhàys anschließen." Rilan zögerte erneut. „Es hätte größere Bedeutung als die Kleider, die du nun nach seinem Brauch trägst."
Sie versprach es und erschien mit ihrem Stammesgefährten bereits am nächsten Morgen zum Mahl. Rilan war sicher, ihnen Gewalt anzutun, zog diese jedoch dem allmählichen Verhungern der beiden und der Verunsicherung der Übrigen vor.

Zur Sonnenwende, für die sich auch Mawakai in der Stadt eingefunden hatte, lud Nyrden zu einem kleinen Fest, denn der Garten war in seinen Grundlagen gestaltet. Neugierig machte sich Runjhày auf, ihn zu beschauen.
Große, dichte Nusshecken umfriedeten das Gebiet, weiteres gestutztes Buschwerk im Inneren begleitete gepflegte Wege und teilte Bereiche voneinander ab. Manche von diesen hielten in den Hecken gelegene Einschnitte, mitunter auch kleine Räume mit Sitzgelegenheiten, Rauchschalen und Düften bereit. Von einigen Nischen führten kleine Pfade zu verborgenen Orten mit Böden aus buntsteinernen Bildern, die Tiere, Pflanzen oder Quellen darstellten. Winzige Wasserläufe waren dort ebenfalls anzutreffen; kleine Treppen, die in Ebenen mit und ohne Sitzgelegenheiten mündeten; hölzerne Stege, die über fischreiche Teiche führten. Manche der Plätze waren überdacht, andere von einem Blütenmeer umgeben, doch keine zwei glichen einander. Der Garten hielt nur einzelne obsttragende Bäume, wenige Beerensträucher und duftende Kräuter; es gab kein Gemüse. Die Pflanzen schienen allein der Zierde zu dienen. Da Nyrden die Priestinnen darum gebeten hatte, die den Göttinnen gewidmeten Bereiche ohne Zeuginnen zu weihen, blieb die Bedeutung weiter Teile des Gartens den meisten Runjhày unerklärt.
Blütenkugeln, Laternen und verschwenderische Räuchereien säumten drei im Innern des Geländes gelegene Wege aus geharktem Meersand, Kies und kleingehacktem Holz. Sie führten in weitläufigen Spiralen auf einen mittig gelegenen Platz, der mit mehrfarbig in Mustern geordnetem Sand ausgestreut war und in seinem Herzen den alten riesenhaften, doch kranken Baum hielt, welcher zu Zeiten vor der Wahrung durch Rilans Altmutter Rat und Gericht ein Dach geboten hatte. Ein großer Ring aus kreisförmig angeordneten Bänken umgab den Baum und erlaubte es nun, da er wieder seine spärlichen Blätter trug, in seinem Schatten zu sitzen. Manche Runjhày fragten sich, wie viele Gäste aus der Ebene die Naltivi erwarteten, denn das Rund erlaubte es gewiss vier Dutzenden, miteinander zu sitzen
Rilan fand den Garten zwar hübsch, aber er verstand den Aufwand nicht, den die Neugezogenen mit ihm betrieben. Er war allein froh, dass Nyrden eine Beschäftigung gefunden hatte und ihn in der Wahrung gewähren ließ, ohne eigene Beteiligung einzufordern. Anderen hingegen war es nicht wohl darüber. Als Nyrden mit Jilla einer uneinsehbaren Heckenkammer nahte, hörte sie Anchais aufgebrachte Stimme: „Ist es dies nun gewesen? Mit einem Garten erkauft sie sich unser Schweigen? Wir brauchen eine Führin, keine Blumen und Teiche!"
„Es ist der Handel", erinnerte Jennai ruhig. „Er ist es von Beginn an gewesen."
„Das ist mir gleich! Wir sind nicht in der Ebene! Immerzu höre ich: Nimm Rücksicht, sie ist eine Naltivi. Ich bin Runjhày, und sie sollte mich führen, nicht meiner Rücksichtnahme bedürfen!"
Jilla sah seine erschrocken erstarrte Freundin an. Beider Blicke hielten einander für einen Augenblick, ehe sie ihren Gang wieder aufnahmen. Nyrden war danach sehr schweigsam. Abgesehen von einigen höflichen Worten, erhielt sie zunächst auch im Weiteren für die Ausrichte keine Anerkennung. Als sie jedoch bemerkte, dass nicht nur Blüten geraubt, sondern gar einige Bereiche des Gartens als Abtritte benutzt worden waren, verzweifelte sie

fast. „Was kann ich tun? Sie wissen hier nicht um die Bedeutung unserer Gärten. Und hier wächst so wenig. Ich komme mir so nutzlos vor!"
„Sprich mit Rilan", riet Jilla und legte die Arme um sie, die weinte.
Lange schweigen sie. „Ich will nicht jammern", raffte Nyrden sich schließlich auf und wischte ihre Tränen fort. „Ich werde einen Weg finden, diesem Haus zu dienen."

Allein der Heerführer bewunderte die Pflanzenanlage und ließ sich ihre Bereiche ausführlich erklären. Jeder, auch der Gartenmeistin, war gewiss, dass dies im Größten ein Teil seines Werbens war, weniger wirkliche Begeisterung, aber es tat Nyrden doch gut. Dennoch einten die beiden sich noch immer nicht.
Mawakai zuckte die Achseln, als ihr Gefährte sie darauf ansprach. „Mir ist diese Art der Naltivi ebenso fremd wie dir. Aber ich glaube, sie hat noch nicht verstanden, dass sie die Wahl hat. Warte es ab. Kelon hat ihren Duft in der Nase, und ihre Augen mögen ihn auch."
Trotz ihrer eigenen Worte konnte sie selbst sich einige Tage später nicht zurückhalten. Wieder einmal hatte die Gartnin bei Übungskämpfen zugesehen, und mit Erstaunen hatte Mawakai, nachdem sie über das Beobachtete zu sprechen begonnen hatten, den überaus guten Blick der Ungeschulten für die Krieginnen bemerkt. Nach der Bitte um ihr Urteil hatte Nyrden Vorschläge zur Verbesserung gemacht, die einer Ausbildin angemessen gewesen wären. Noch während Mawakai ihre Miene darüber zügelte, kam Kelon, um einige Werbeworte mit der Verehrten zu wechseln. Als er wieder aufbrach, blickte diese ihm sehnend nach.
„Falls er dir gefällt, musst du ihm das Lager bieten", raunte Mawakai.
Nyrdens Kopf flog herum.
„Du hältst Rang über ihm, er würde es nicht wagen. – Vermute ich."
„Ich ... ich habe..." Sie brach verlegen ab.
Die Nebenstehende lächelte.
„Nun, ich ... bin nicht sicher. Er ist mir ein wenig zu ... stark. Und laut", gestand Nyrden. „Aber sehr schön."
„Du hast die Wahl, Freundin. Ich bin sicher, dass ein Wort von dir reicht, wenn du dich entschieden hast."
Ihre Verlegenheit war fast greifbar. Dann fing sie sich und suchte den Blick der Streitin. „Welchen Grund hat deine Freundlichkeit? Deine Mühe meinetwegen."
Erst sah sie sich unwohl in der Zwinge, dann antwortete Mawakai mit sehr offenem Blick: „Zu Beginn Rilans wegen. Ich hatte Sorgen, ihr könntet ein wirkliches Paar werden. Aber inzwischen bist du mir angenehm geworden. Es würde mich freuen, dich in Glück zu sehen." Sie seufzte scheinleidend. „Obwohl ich dir dann wohl eher von meinem geliebten Bruder abraten sollte."
Die Altersgleiche lachte leise auf.
Eine Weile ging es werbend weiter. Nyrden floh Kelon nicht, wusste es jedoch weiterhin zu verhindern, Zeit allein mit ihm zu verbringen, dessen Geduld schließlich zur Neige ging. Am Ende dieses Sommers wurde ersichtlich, dass die beiden sich nicht einen würden. Danach war Nyrden lange betrübt und abends stille Gesellschaft, wo sie sonst nicht selten mit Musik oder Geschichten Unterhaltung bot.

Es war Neumond, einer von drei Ruhetagen eines Mondes. Bald wurde die Herbsttagnachtgleiche erwartet, in deren Vorbereitung Garlon und die Seinen zwar kalte, aber bereits festliche Speisen darboten. Doch bevor das Mahl begann, verkündete Rilan ein Schauspiel. Froh lehnte Nyrden sich zurück. Sie vermisste die erbaulichen Göttinnenspiele ihrer Heimat und hatte nicht vermutet, dass Runjhày solche kannte.

Närrinnen kamen in die Halle. Sie trugen bunte Stoffe wie Kleider um sich geschlungen, ihre Bewegungen wirkten übertrieben geziert. Schweigend trippelten sie herein.

„Wie sind wir schön", begannen sie dann, in Missklang zu singen. „Wie sind wir schön, wie sind wir schön."

„Oh, wie sind wir schön!" Jkai trat vor. Die kräftige Kriegin war in einen bunten Teppich gewickelt, den sie mit einer Hand festhielt, damit er nicht zu Boden fiel, während sie mit der anderen in einer Weise herumfuchtelte, die Anmut lächerlich machte. Zum ersten Mal sah Nyrden diese Runjhày mit aufgestecktem Haar, in das sie einen Fliegenschutz für Pferdeaugen gehängt hatte. „Wie bin ich schön", krächzte sie. „Seht, wie bin ich schön!" Mehrfach wiederholte sie die Worte, den Ohren schmeichelte es nie.

Drei Krieginnen liefen herein und blieben vor Jkai stehen. „Erste! Gefahr steht vor dem Tor!", rief Anchai.

In Scheinverblüffung hielt die Sangin inne. „Ach. Nun, so wehrt sie doch ab."

„Wie, Erste?"

„Woher soll ich das wissen? Ich bin schön und zu nichts nutze."

Sie hasteten wieder hinaus.

Nyrden war erstarrt gewesen, nun kämpfte sie aufsteigende Tränen nieder.

Jkai sang noch einige schiefe Wiederholungen ihres Satzes, von den übrigen Buntgewandeten begleitet, dann kamen zwei der Streiterinnen zurück.

„Erste, die Stadt fällt!"

Wiederum hielt sie inne. „Nun, das ist nicht mein Werk. Ich muss täglich meinen Schmuck wechseln. Geht ihr, und kämpft."

Sie verließen die Halle. Es folgte erneuter Gesang, bis Anchai sich mit gespielter Verletzung wieder hereinschleppte.

„Erste! Die Stadt ist gefallen!" Er ließ sich auf den Boden sinken.

Nun stürmten weitere Krieginnen in die Halle, die Buntgewandeten stießen Entsetzensschreie aus und wurden zum Schein erschlagen.

Danach sangen alle Mummen: „Runjhày braucht eine Führin!", und diesmal war ihr Lied von gewollt angenehmerem Klang. „Aber wie kann denn Schwäche führen? Sie soll uns ein Beispiel geben. Was nützt allein Augenschmeichelei? Sollen wir schwach werden wie sie? Runjhày geht in Schwäche mit ihr unter."

Nyrden saß mit gesenktem Blick.

Rilan spürte die Anspannung an der Tafel. Freie Mummenspiele waren das Recht einer jeden, er konnte diese Ochsen weder rügen noch hinausschicken, die dort standen und offensichtlich auf der Naltivi Wort warteten. Das jedoch ausblieb.

„Nicht sehr unterhaltsam", urteilte der Stadtwahrer laut. „Habt ihr nicht mehr zu bieten?" Musik folgte diesen Worten. – Jkai und Anchai waren vorbereitet. Nyrden aß nichts, sprach nicht und verabschiedete sich bald, Jilla an der Seite.

Einige Tage lang wurde sie nur auf dem Weg zwischen Kammer und Garten wie bei den Mahlzeiten gesehen. Dann bat sie Rilan um eine Unterredung.
„Ich bedauere das Narrenspiel", begann er, als sie ihm Wein einschenkte. „Und dass mir nicht in den Sinn kam, dich zu warnen. Dieses Haus kann in seinem Tadel sehr grob sein. Mir ist es vor Jahren ähnlich ergangen."
Überrascht blickte sie auf. „Worin bestand der Tadel?"
„Runjhày war der Ansicht, ich hielte zu viel Aufmerksamkeit auf dem Handel und zu wenig auf den weiteren Dingen der Stadtwahrung."
„Und was hast du dann getan?"
„Sie hatten Recht. Darum habe ich es geändert."
Kurz schwiegen sie, daraufhin ließ sich Nyrden vernehmen: „Du gabst dir Mühe, deine Erwartungen gering zu halten. Aber Runjhày erwartet eine Führin."
Seine Stirn fragte.
„Ich scheue mich davor, mich in deines zu mischen, Gebieter. Aber Runjhày erwartet anderes, als ich bisher geboten habe. Was kann ich zum Nutzen des Hauses tun?"
Rilan zeigte Unwohle. „Dies war nicht der Handel."
Die Naltivi nickte. „Doch ist es das Haus."
Er zögerte kurz. „Es wäre ein Beginn, dem Rat beizuwohnen. Aber es sollte mehr folgen."
Sie erschrak. „Ich habe keinerlei Schulung darin!"
„Die hatte ich auch nicht. Runjhày ist geduldiger, als ich es früher geglaubt hätte. Zunächst reicht es, dem Rat zuzuhören. Wenn du auch bereit bist zu sprechen, sobald du Rede zu geben hast." Er griff freundlich ihre Schulter, aber sie spürte seinen Zweifel.

Dem großen Herbstrat ging das dreitägige Erntefest voran. Nach einem Tempeldienst würde zunächst der Rat Runjhàys tagen; die Verbündeten wurden erst zur Tagnachtgleiche erwartet. Als die Übrigen den Tempel verließen, trat Nyrden in den geweihten Kreis und an Jennai heran. Die Alte, die die Opfer im Sitzen abgehalten hatte, blickte ihr mit Frage entgegen.
Die Naltivi ehrte sie. „Ich möchte dich um eine Gefälligkeit bitten. Falls du nicht zu erschöpft bist."
„Du bist wegen der Stadtwahrung gekommen", vermutete Jennai.
„Ja. Ich bitte dich, die Göttinnen darum zu befragen." Nyrden hob die Schale mit kostbarem Obst der Ebene in ihren Händen an.
Jennai lächelte. „Gerne, Gebietin."
Sie brachte das Opfer und warf dann ihre Orakelsteine. Die Jüngere sah ihr schweigend zu, Hoffnungen und Ängste in einen stillen Ruf an die Göttinnen kleidend.
Dann richtete die Tempelmagd den Blick auf sie. „Sie sind dir nicht nur wohlgesonnen, sondern rufen dich zu tun, was zu tun du gefragt hast. Du wirst Glück und Erfolg halten."

Nyrden ehrte sie dankend.

„Im Gegensatz zu Rilan", seufzte Jennai und versank kurz in versonnenem Schweigen. Dann schaute sie auf, und ein Lächeln zog auf ihre altersgeformten Lippen. „Es ist sicherlich schwer für dich. Zu führen bedeutet auch, mehr Last zu tragen als die, die nicht führen, nicht wahr? Entscheidungen zu treffen. Ihre Folgen zu verantworten."

Die Naltivi bejahte mit gesenktem Kopf. „Ich weiß so gut wie nichts darüber. Ich hoffe, ich werde den Anforderungen gerecht."

„Da sei sicher. Die Göttinnen haben keinen Zweifel an dir. Und ich auch nicht."

Sie hob die Augen.

„Erwarte von Runjhày besser keine Höflichkeit. Aber wenn du dich an seiner Führung beteiligst, wirst du Herzlichkeit ernten. Übe weniger Zurückhaltung, Erste. Runjhày und auch die Bergvölker verstehen höfliches Schweigen nicht. Ein offenes Wort öffnet dir manche Tür, du wirst es sehen."

„Ich weiß nicht, ob ich den Mut dazu aufbringe."

„Mut wirst du aber brauchen."

Nyrden senkte wiederum die Lider. Dann fing sie sich und bot der Gegenüber Geleit in die Halle an. Als sie diese betraten, sah die Naltivi, die bisher noch keinem Rat beigewohnt hatte, an die dreieinhalb Dutzend in der Runde sitzen. Abgesehen von Mawakai und drei anderen Ratsmitgliedern, die ihre Völker dauerhaft in der Stadt vertraten, waren es ausschließlich Runjhày. Auf eine ohnworte Order Rilans hin, wurde eilig Nyrdens Stuhl neben den seinen gestellt. Als alle Anwesenden saßen, warf der Wahrer Jennai einen auffordernden Blick zu.

„Kelon fehlt noch", verneinte sie die Eröffnung.

„Er wollte vor dem Rat schlafen", berichtete Anchai.

Rilan erhob sich. „Ich hole ihn", hielt er den Diener Traiea auf, der sich bereits zum Gehen angeschickt hatte. Auf dem Weg hinauf zur Schlafebene neidete Rilan dem Freund gutmütig dessen Sorglosigkeit. Ihm selbst wäre es in Aussicht auf diesen Rat nicht möglich gewesen, sich auch nur auszuruhen. Des Heerführers Kammer hielt wie die meisten Räume der Ebene einen Vorhang, keine Tür. Rilan schob ihn beiseite und trat ein. „Kelon! Steh auf!" Und blieb im Schritt stehen, als ein kurzhaariger Kopf herumfuhr.

In Telùns Gesicht standen Zornesfalten, Kelon tauchte aus den Decken auf. „Ist schon Rat?"

„Seit dem Dämmer, wie immer. Eile dich." Rilan nickte Telùn zu, was sie erwiderte, und ging wieder.

Seine Gedanken schweiften auf dem Rückweg. Telùn war die jüngste Tochter des führenden Hauses der Winen. Sie war von launischem, herrischem Wesen, und etliche auf Runjhày spotteten im Geheimen, es habe Gründe, warum sie in die befreundete Stadt gesandt worden sei, die ihrer Sippe am fernsten lag. Hier hielt sie das Amt der Waffenmeistin, war in ihrer Jugend aber damit nicht zufrieden. Es verwunderte Rilan, dass der vierzehn Jahre ältere Lerusme nach ihrer Trenne zu ihr zurückgekehrt war. Hier hatten ein Schöner und eine wahrhaft Hässliche einander gefunden. Aber es war ihre Sache. Seit sie einander wieder Tänze schenkten, war Telùn immindest erträglicher geworden. Kelon war schon ehe-

dem der Letzte gewesen, der zum Rat erschien, wenn auch selten so spät wie an diesem Abend. Immerhin zeigte er sich jetzt für seine üblichen dummen Einfälle meist zu müde, leistete aber unverändert gute Heerführe.
Die Versammlung widmete sich Fragen des Landbaus und der Gerichtsbarkeit, während sie auf den Verspäteten wartete. Es währte, und selbst Rilans Geduld war schließlich erschöpft. Als er sich eben mit hartem Kiefer entschlossen hatte, Kelon unter Strafandrohung rufen zu lassen, trat dieser ein.
„Ich hatte dich um Eile gebeten", raunte Rilan ihm zu, als er sich setzte.
„Um Vergebung, – Erster. Ich hatte die Wahl zwischen zwei Heeren und erspähte, das deine trägt die geringeren Waffen. Ich werde pünktlicher sein."
„Ich hoffe es."
Jkai beendete einen Vortrag und setzte sich wieder.
„Lasst uns darüber ruhen und das nächste Mal beraten", kam es von Jennai. An den Stadtwahrer gewandt: „Nun sind wir vollzählig."
„Es kam unerwartete Botschaft von den Leyawi", verkündete Rilan. „Sie suchen um Handelsverhandlungen mit Runjhày und Lerusm."
Sogleich brach Unruhe aus; fast alle Anwesenden riefen heftig durcheinander.
„Die Leyawi sind Bestien!", ereiferte sich Remneù. „Sie sind keine Menschen! Sie sind aus der Erde gekommen und tragen den Tod mit sich!"
Leyawi war selbst Nyrden bekannt. Viele Verbündete Naltivis schuldeten ihm Tribut, und sie wusste, dass Berretas im Bündnis über sie selbst zwischen Runjhày und Leyawi gewählt hatte. Die Berichte über das kleine Bergvolk, die in Nyrdens Gärten erstattet worden waren, hatten stets große Achtung gehalten, und war es um Krieg mit ihm, war nicht selten Furcht in den Augen der Erzählenden zu lesen gewesen.
Rilan und Mawakai wirkten in der vorherrschenden Aufregung sehr gefasst. Als die Altersgleiche Nyrdens Blick fing, lächelte sie: „Das war zu erwarten. Lass sie toben."
Nach einiger Zeit beruhigten sich die Stimmen wieder. Nachdem es leiser geworden war, erhob sich Anchai. „Wir alle wissen, was die Götter von Völkern halten, die sich mit Unholden umgeben. Ich sage: nein! Schickt den Boten mit einem freundlichen Gruß nach Hause."
„Die Göttinnen wurden befragt", entgegnete Jennai. „Ihr Urteil ruft uns zum Bündnis. Es wird Runjhày in einer Form stärken, die wir nicht für möglich..."
„Ihr kennt Leyawi nicht!", rief Remneù. „Aber mein Volk hielt Schlachten gegen sie, und ich sage euch: Sie sind keine Menschen! Sie führen euch in die Erde!" Nyrden betrachtete ihn aufmerksam. Der über drei Dutzend haltende Ruèk war kräftig und in Übungskämpfen sehr erfolgreich. Doch ihm fehlte die Todesnähe gewohnte Gelassenheit der meisten Krieginnen. Nyrden spürte an ihm eine Angst, die er sonst besser verbarg und die ihre eigenen Unsicherheiten bei weitem übertraf. Nun gab er der Angst nach, eine Woge aus Entsetzen schien von ihm auszugehen.
„Möchtest du gegen sie stehen?", fragte Mawakai schneidend.
„Ich möchte ihnen nicht beggenen!" Er brüllte fast.

„Du hast keine Wahl. Sie verhandeln auch mit den Sagtain. Wenn sie sich verbünden, könnten sie gemeinsam diese Seite der Berge dem Erdboden gleichmachen. Du kannst neben ihnen oder gegen sie stehen. Und solange du unter dem Treueeid Runjhàys stehst, sind Bündnisse und Feindinnen deines Volkes gleichgültig, Gesandter von Ruèk!"
Widerwillig senkte er seinen Blick unter dem der Lerusme. „Wir alle kennen die Geschichten", sagte Remneù leiser.
„Ja. Es sind nur Geschichten." Rilan gab mit gehobener Hand den Befehl zu schweigen. „Kein Zweifel daran, dass sie gute Krieger sind, dass sie nie Verletzte zurücklassen und selten Gefangene machen. Das bedeutet aber nicht, sie wären Bestien. Sie häuten und schlachten keine Unterworfenen, um sie den Kriegsgeistern zu opfern – im Gegensatz zu den Deinen, Remneù! Jennai wird uns eine andere Geschichte erzählen. Und ihr werdet sie ausreden lassen!"
Mühsam zwang sich der Rat zur Ruhe.
Die Priestin, die sich an diesem Tag nur mit Hilfe aufrichten konnte, blieb sitzen, nahm aber ihrerseits mit einem Zeichen das Wort an sich. „Nun, Remneù hat Recht, sie sind einst aus der Erde gekommen. Aber nicht, weil sie Unholde wären. Früher waren sie Hirtinnen von Bergziegen und Spitzgeweihen. Es ist recht unwirtlich dort oben. Dann wurden sie von den Riktènn überfallen..."
„Riktènn?", runzelte der Heerführer die Stirn.
Rilan sah ihn scharf an.
„Warte, Kelon", bat Jennai. „Sie erschlugen einen großen Teil der Leyawi, vor allem die Alten und Kinder, und zwangen die Überlebenden zur Arbeit erst in ihren Minen, dann auch in den Schmieden. Dies währte über mehrere Generationen. Das Eisen der Riktènn wurde besser und besser, sie handelten damit und wurden reich, aber auch träge. Schließlich erhoben sich die Leyawi unter der Stammesführin Danrùn."
Nyrden schloss aus den verblüfften Blicken der übrigen Ratsmitglieder, dass allen außer ihr selbst dieser Name bekannt war.
„Aber das ist eine Mär zur Anleitung von Waffenkindern! Und Danrùn führte die ‚Aufgestandenen'", warf Jkai ein.
Die Ratsführin lächelte über deren Eifer. „Eben dies bedeutet ‚Leyawi' in unserer Sprache. Keine der Riktènn überlebte. Wie schnell ein Volk vergessen wird. Es geschah in meiner Kindheit. Die Leyawi riefen das Land als das ihre aus und brachen jeden Handel ab. Aber die umliegenden Völker begehrten das Eisen und die Salzthermen des Landes. Es gab Jahre des Krieges mit zahlreichen Bündnissen gegen Leyawi, aber es ging nie lange in die Knie. Dann erwirkte Danrùn für eine Weile Frieden mit einigen Nachbaren, mit wenigen auch Handel.
Das Volk Leyawis blieb klein, und es trägt seine Kenntnisse um Kriegsgerät und Kampf an alle heran. So kann dort neben geschulten Kriegerinnen jede, die alt genug ist, Waffen führen. Und gewiss nicht schlechter als eine niedere Kriegin der unseren. Mit der Zeit begriffen sie ihre Stärke und streckten die Hand nach umgebenden Gebieten aus. Die Tributverpflichtungen wechselten bis zu Danrùns Tod in Gunst und Ungunst, aber unter Führung ihrer Erbinnen erlangte Leyawi Wohlstand. Heute hält ihre Großtochter Èsralon das Land. Runjhày

und Lerusm werden sich zu Verhandlungen mit Èsralons Schwester Rednawén treffen, die das Heer Leyawis führt und ihre Nachhaltin ist. Was bedauerlich ist, denn Èsralon gilt als umgänglicher.
Das Land ist zwischen Rweden, Kirak, Lekhen, Winen, Githain und Ruèk eingekeilt. Hast du die Karte?", fragte sie Traiea. „Danke. Hier. Sie leben wieder von der Viehzucht, nun aber auch vom Krieg. Bisher strebte Leyawi wenig nach Berührungen mit Verbündeten. Aber die vielen Tributpflichtigen machen Handel nötig. Ich vermute, sie wollen Handlinnen bei uns ausbilden lassen. Wohl auch einige in Sprachen. Wir erhoffen uns Handel um ihr Eisen und Lehre ihrer Schmiedinnen."
„Vor allem aber Unterweisung in ihrer Kriegskunst", warf Mawakai ein.
Jennai seufzte leise auf. „Auch das. Runjhày und Lerusm haben sich schon vor zwei Jahren vergeblich um Bündnisse bemüht..."
„Was?", entfuhr es einigen gleichzeitig.
„Warum ist das dem Rat nicht angetragen worden?", empörte sich Anchai.
„Ruhe jetzt!", donnerte Mawakai.
Rilan hatte erneut seinen Stuhl verlassen. „Weil ich es ohne euer Wort entschieden hatte! Nun, da es so weit ist, könnt ihr Beschwerde halten. Aber erst, wenn Jennai geendet hat!"
In der Lerusme schwoll eines vor Stolz an. Rilan hatte immer große Schwernisse gehabt, Widerständen sein Kinn zu zeigen. Zudem war der Rat Runjhàys für einen kaum ausgebildeten Stadtwahrer sehr stark.
„Jennai?", forderte Rilan die Bejahrte auf.
Als es abermals ruhiger geworden war, fuhr sie fort: „Nun kam dies Angebot an beide Völker. Wir werden Rednawén auf der Ebene von Tudalin begegnen, die keinem unserer Völker gehört. Eben weil sie lange kaum Nähe zu anderen Völkern zuließen, gilt es als äußerst schwierig, mit ihnen zu verhandeln. Nach Einschätzung der Rweden sind sie sehr leicht zu beleidigen und zum Kampf zu rufen. Wir können froh sein, dass sie Silen um Vermittlung in den Verhandlungen gebeten haben."
Die Anwesenden sagten nichts, teils in Spanne.
„Was ist eine Nachhaltin? Und wie starb Danrùn?", fragte Nyrden in die Stille, im Zweiten einer Ahnung folgend.
Jennai betrachtete sie sehr aufmerksam. „Ihre Stellvertretin, die dritte Stadtwahrin. Nach Èsralons Gemahl Nelai, einem Githen. Danrùn wurde..."
„Aber sie sind keine Menschen!", stieß Remneù mit einem Mal hervor. „Das wissen alle!"
Die Berichtende verzog den Mund. „...vergiftet. Vermutlich von Verbündeten, aber das weiß ich nicht sicher zu sagen."
„Hört hier keiner zu?" Remneù sprang so heftig auf, dass sein Stuhl wankte. „Sie sind Unholde! Bündnisse mit ihnen, selbst Verhandlungen, bedeuten den Tod! Woher hat Jennai diese hübsche Geschichte, wenn wir doch alle andere Geschichten kennen?"
Rilan begegnete stirnrunzelnd Mawakais Blick und gab nach ihrer und der Ratsführin ohnworten Bejahung den Torwachen einen Wink. Ein Wächter öffnete die Pforte, sprach einige Worte hinaus.

Daraufhin trat eine schwarzgekleidete Gestalt ein. Schnellen Schrittes durchmaß sie die Halle und blieb mit einer Nyrden seltsam erscheinenden knappen Neigung vor dem Rat stehen. Die Hinzugekommene trug das Zeichen unantastbarer Botinnen, aber keine weiteren Zeichen oder Kampfgerät. Sie war jung, um die zwei Dutzend; auffallend schön und sehr groß, sicher größer als Mawakai, aber nicht von solcher Breite. War Muskelschwere, was an der Lerusme ins Auge sprang, erwartete Nyrden hier Schnelligkeit. Als sie stehenblieb, kündete der Leyawi Haltung wie schon ehedem ihr Gang Stolz, und obwohl sie sich kurz nicht regte, schien Bewegung sie zu umgeben. Nyrden glaubte zu wissen, warum ein Volk solchen Rufes eine Botin wie sie gesandt hatte, denn dies war die beeindruckendste Frau, die sie je gesehen hatte: Die Vereinigung von Kraft und Schönheit an ihrem Körper machte es der Naltivi unmöglich, den Blick von ihr abzuwenden.
„Kervaiso, Èsralons Botin", stellte Rilan sie vor. „Du siehst, Remneù, sie ist so menschlich wie wir."
„Gab es daran Zweifel?", fragte die Leyawi mit einer Stimme, deren Tiefe Nyrden bei ihrer Jugend nicht erwartet hätte. Kervaiso sah Remneù belustigt an, der noch immer stand und mit weit aufgerissenen Augen schwieg.
„Wir danken deiner Gebieterin für die Ehre der angebotenen Armreiche", fuhr der Wahrer fort. „Die Schrift mit der Antwort Lerusms und Runjhàys übergebe ich dir morgen. Bis dahin sei unser Gast."
„Ich habe Order aufzubrechen, sobald der Rat getagt hat, Stadterster", verneinte sie. „Und sei es mit einer mündlichen Nachricht."
„Ohne Schlaf oder Rast?", wunderte sich Mawakai. „Es ist dunkel."
„Ja." Kervaiso hob eine Braue. „Erste von Lerusm."
„Nun gut. Jennai?" Rilan gab dieser ein Zeichen. Sie stemmte sich mit Traieas Hilfe auf und verließ die Versammlung. Die Anwesenden, einschließlich der Botin, ehrten sie.
„Bis sie geschrieben ist, halte Mahl mit uns", bot Rilan Kervaiso an, die ihn wiederum mit einer befremdlichen Verbeugung bedachte und darauf aus der Runde schritt, um abseits zu warten.
„Ist noch eines, ehe der Rat schließt?", erkundigte sich der Stadtwahrer.
„Ja", nickte Kelon. „Ich wähle meine Waffenschwester. Es ist Telùn aus dem Haus Treid der Winen."
Anerkennende Blicke fanden ihn. Dies war ein Bündnis, das Winen zufriedenstellen würde, und keine wollte ähnliche Nähe zu der Waffenmeistin wagen. Als die Gerufene in den Kreis eingelassen wurde, war Rilan ob der überraschten Freude Telùns verwundert, denn andernfalls hätte er dies für ihren Einfall gehalten. Mit der tiefkehligen gurgelnden Aussprache der Ihren schwor Telùn dem Rat als Mitglied die Treue, was dieser erwiderte. Sie tauschte ihr Kurzschwert mit Kelon, die Klingen wurden ohne Arg gekreuzt, Rilan ehrte das Band. Dann hob er anstelle der Ratsführin die Versammlung auf, die sich zerstreute, um die Halle zum Essen bereitzumachen.
„Meine Achtung vor dir wächst, Bruder", sagte Mawakai an Kelons Seite, als sie Tafelböcke von der Wand nahmen.

„Wenn diese Verhandlungen nicht gelingen, werden wir möglich eines Tages Winen gegen die Leyawi brauchen", entgegnete er. „Und sei es nur, dass ein Band von Lerusm und Winen sie abschreckt. Die Winen sind ihre Nachbarn."
„So verhandlungsbewusst kenne ich dich gar nicht. Nun, Lerusm heißt sie in meinem Zelt willkommen. Sag du ihr das, damit ich es nicht muss. Ich nehme an, ihr werdet ohnedies ein Zelt teilen."
„Nein. Keine Ablenkung vor diesem Treffen."
„Ich vergaß deine ungewohnte Vernunft darin." Mawakai zeigte widerstrebend Anerkennung. „Nun gut, sie ist willkommen. Ich hoffe, sie schnarcht nicht! In Not schlafe ich bei Rilan."

Die Botin wandte sich wie angesprochen um, als Nyrden auf sie zutrat. Von Nahem erschien sie jener noch schöner zu sein. Ihre Augen hielten Lebhafte und Freundlichkeit, die jedoch von Vorsicht überschattet wurden. Die Züge waren so ebenmäßig, dass selbst Setola es ihr geneidet hätte, nur von einer dünnen Narbe durchbrochen, die sich quer über die hervorspringende Nase zog und einen ungewöhnlichen Schatten in das Gesicht legte. Der in Nähe noch stärkere Eindruck von der Kraft ihres Körpers ließ Nyrden staunend innehalten.
„Weniger Zurückhaltung", erinnerte sie sich an Jennais Worte, schritt über ihre Gewohnheit hinweg und sprach der Brauenhebenden gegenüber aus, was ihr als Erstes in den Sinn kam: „Gesundheit zum Gruße dir. Wurdest du als Botin ausgewählt, um den Augen unseres Hauses zu schmeicheln?"
Kervaiso lachte auf. Sie hatte sogar schöne Zähne. „Auf diese Weise bin ich noch nirgends begrüßt worden. Frieden deinem Haus, Stadterste."
Nyrden atmete auf, wusste jedoch nichts Weiteres zu sagen. Verlegen blieb sie ohnwort neben ihr, bis die Tafel gebaut war. Die Leyawi, die ihr Schweigen nicht zu stören schien, wartete mit wachem Blick auf die Vorkommnisse umher, doch als Nyrden ihr schließlich einen erhöhten Sitz zuwies, versteifte sie sich.
„Ehre uns, bei uns zu sitzen", lächelte die Einladende.
„Ich kam als Botin, nicht als Vertretin in Verhandlungen."
„Ich bin mir sicher, dass Ès..." Nyrden brach bestürzt ab. Sie hatte den Namen der Führin Leyawis vergessen.
„...ralon." Kervaiso sprach mit leiser Stimme und mit einem Schmunzeln. „Nun, sie wäre wohl kaum angetan davon, und ich bin es auch nicht. Noch sind wir keine Verbündeten, und kein Stuhl meines Volkes steht im Rat Runjhàys. Erlaube mir, dort zu essen, wo als Botin mein Platz ist." Sie hielt nur wenig fremde Betonung in der fehlerfreien Sprache, aber einen Klang so rau wie die Berge.
Nyrden dachte nach. „Dann erlaube du mir, neben dir zu sitzen."
Verwunderung war der Geladenen anzusehen, als sie sie mit einer weiteren Neigung ehrte, und nun erkannte Nyrden, was daran ihr fremd war: Die Botin senkte die Stirn, nicht jedoch den Blick, während sie sich beugte, was der Geste den Ausdruck ungeheuren Stolzes verlieh. Die Naltivi fing sich nicht ohne Mühe und bedeutete ihr vorauszugehen. Einige warfen

ihnen verwirrte Blicke zu, als sie sich am geringen Ende der Tafel auf die Erde niederließen.
Während ihnen aufgetan wurde, bat Nyrden Kervaiso zunächst mit Fragen über deren Reise zum Gespräch. Die Leyawi starrte sie nicht an, aber ihre wachsamen Augen wichen ihr niemals aus, was trotz ihrer Freundlichkeit ein unwohles Gefühl in Nyrden weckte. Sie bemerkte, wie unangenehm es auch dem Diener war, der ihnen Wein und Essen brachte, dass die Aufmerksamkeit des Gastes ihn gefangenhielt, selbst nachdem er ein weiteres Mal nach bereits verneinten Wünschen gefragt hatte.
Obwohl sie keinerlei Eile dem Mahl zu erkennen ließ, schien Kervaiso hungrig zu sein, und so aßen sie einige Zeit ohne Unterhaltung, währenddessen der Blick der Naltivi zu der Begasteten zurückkehrte. Er gewahrte eine gepflegte eiserne Gürtelschließe, die ohne Zierde, aber rostlos war. Stiefel und Hose bekundeten, dass der Beginn der Regenzeit die Wege in erdige Lachen verwandelt hatte. Über der Brust war das fast knielange Hemd, wohl wegen eines Umhangs, beinahe unberührt von Schlammspritzern geblieben und hielt einfach gefärbtes, unregelmäßiges Schwarz. Ein sauberer schwarzer Streifen in Hüfthöhe verriet Nyrden einen abgelegten Waffengurt.
„Du bist Kriegin, nicht wahr?", begehrte sie zu erfahren. „Reist du oft als Botin Leyawis?"
„Ha, ja. Sehr oft", bestätigte die Jüngere. „Aber auf dieser Seite der Berge bin ich noch nicht gewesen."
„Da ist sicher vieles sehr fremd hier."
„Allerdings."
„Die Sprache nicht. Du sprichst ebenen nah ohne jede Fremde", entlockte die Naltivi ihr ein Lächeln.
„Aber die Gebräuche", gestand die Botin.
„Was sagt das?"
„Einiges, das ich noch nicht preisgeben dürfte. Aber ... wir haben keine Mägde. Es ist mir immer fremd, Herrschaft anzusehen."
„Ah." Nyrden überlegte. „Doch habt ihr Stadtwahrinnen, eine Heerführrin..."
„...und auch Ränge, von denen ich nicht selten höre, dass sie anderen als streng erscheinen. Aber es gibt keine Unfreien auf Leyawi. Das ist hier anders."
„Ja. Ist ... dir das arg?"
Der Gast neigte den Kopf zur Seite. „Eine seltsame Frage, Stadterste. Du weißt, dass ich dir vor Verhandlungen darauf keine Antwort geben darf."
„Nnein, verzeih. Das weiß ich nicht. Ich..." Nyrden brach ab und sammelte sich. „Ich wollte dich nicht fangen. Sieh es als Unwissenheit, nicht als Arge."
„Dein Willkommen kann wohl kaum als Arge missverstanden werden", lächelte Kervaiso.

„Ich hoffe, Nyrden verdirbt nichts", sagte Rilan. „Ich bedaure, sie um mehr Tat gebeten zu haben. Ausgerechnet Leyawi als Beginn für Verhandlungen..."
Mawakai folgte seinem Blick. „Es ist nur eine Botin; sieh es als Übung. Außerdem werden sie sich über dieses Haus erkundigt haben und wissen, wer Nyrden ist. Sorge dich nicht. Diese Armreiche ist ein Weg für Sicherheit, wie er sich selten bietet."

Ihr Gefährte nickte. „Wie weit wirst du ihnen in den Verhandlungen entgegengehen?"
„Um Lerusm zum Bund mit Leyawi zu führen? Was glaubst du? Ich bin bereit, alles zu geben, bei dem Lerusm nicht das Gesicht verliert. Sie werden es nicht wagen, Tribut anzusprechen, aber ich würde ihn zahlen, wenn er anders hieße."
„Was meinst du, warum sie uns angesprochen haben?", fragte er.
„Ich bin wie meist geneigt, Jennais Vermutungen Recht zu geben: Runjhàys Handelswege und die Möglichkeit der Sprachschulung; Lerusm ist stark in den mittleren Bergen. Unser beider Band dürfte ihnen bekannt sein, sonst wäre die Botin nicht zum Herbstrat mit Kunde für uns beide hierhergekommen. Daneben dürfte Runjhàys Band mit Naltivi sie locken, denn beide strecken schon lange vergeblich die Hände nacheinander aus. Runjhày könnte vermitteln."
Seine Augen schenkten ihr einen liebesprechenden Gruß. „Was täte ich ohne dich, Mawakai?"
„Dich nachher furchtbar langweilen", grinste sie. „Dies sollte dein letzter Wein sein, wenn du nicht müde werden willst."
Rilan lachte leise, stellte seinen Becher ab und schob ihn betont von sich.

„Nun, zumindest ist es nicht das erste Mal, dass Èsralon sich der südlichen Ebene zuwendet." Kervaisos Stimme drang plötzlich stärker als ihre Worte an Nyrden heran und verriet eine Junge, die vorzeitig hatte mündig werden müssen. Diese Wahrnehmung überlagerte für die Dauer eines Herzschlags die übrigen Eindrücke und reihte sich dann neben die, dass Kraft und Schnelle der Leyawi fast greifbar wirkten, ebenso wie die Beherrschung, die sie beiden auferlegte. Nyrden spürte an der Kriegin, wie sehr diese gelernt hatte, sich in Vorsicht zu zähmen. Dennoch war sie wie ein zurückgebogener Ast jederzeit bereit, mit Wucht vorzuschnellen. Plötzlich erschrak die Naltivi über sich selbst. Warum hatte sie ihre Sinne nicht achtungsvollen Abstand wahren lassen? Sie rief sich zur Mäßigung.
Der Botin Brauen hatten sich fragend gehoben.
Verlegen schlug Nyrden die Augen nieder, fing sich und sagte darauf: „Ich weiß nur sehr wenig über dein Volk. Aber ich ehre sein Gestern und hoffe, zum begründeten Vertrauen der Deinen in Runjhày beitragen zu können."
Kervaiso schmunzelte, blickte sich dann kurz nach möglichen Zuhörenden um und raunte mit gesenkter Stimme: „Hätte Naltivi dich in Verhandlungen geschickt, wäre es heute vermutlich mit den Meinen verbündet, Stadtterste."
Nyrden rang um eine Erwiderung. Schönworte hatte sie nicht erwartet, schon gar nicht dort, wo sie sich ungebildet und ihren eigenen Nutzen gering wähnte. Aber eine Erwiderung schien nicht erwartet zu werden. Dankbar schwieg sie.
Bald war das Mahl beendet. Als die Tafel aufgehoben wurde, erschien der Schreiber, um Rilan und Mawakai zu Jennai zu rufen. Schließlich kehrten sie mit der Antwort an Leyawi zurück.
„Ich hoffe, dich bald als Verbündete begrüßen zu dürfen", erklärte Nyrden leise, als sie sie nahen sah.

Kervaiso neigte ehrend die Stirn, wiederum, ohne den Blick von der Gegenüber abzuwenden. Ihre Augen leuchteten. „Es wäre mir Ehre und Freude."
„Wirst du an den Verhandlungen teilnehmen?", fragte Nyrden.
„Allerdings."
„Dann freue ich mich auf deine Rückkehr."
„Werden wir uns nicht auf Tudalin sehen?"
„Es..." Nyrden blickte zu Boden. „Von Verhandlungen verstehe ich nichts."
„Bedauerlich für Runjhày, dass es Gärten so wenig schätzt", bemerkte die Botin.
Nyrden sah Kervaiso verblüfft an. Diese ehrte sie ein letztes Mal, zwinkerte ihr aber dabei zu. Dann ging sie Rilan und Mawakai entgegen.

Nach der Tagnachtgleiche wirrte emsiges Treiben in der ganzen Stadt. Die Abreise der Verhandlinnen wurde ebenso vorbereitet wie bereits jetzt die Ankunft der Leyawi, die einige Tage später erwartet wurde.
Rilan hatte sein übliches knöchellanges Gewand, das das eines Stadtwahrers und das eines Händlers war, gegen ein kurzes Hemd und eine Hose getauscht, wie Kriginnen sie trugen. Die Naltivi merkte ihm an, dass die Kleider ihm unwohl waren. Zudem ungewohnt, denn zweimal hatte sie gesehen, wie er die Hose in die Stiefelschächte gesteckt hatte, aus denen sie gerutscht war, ehe ein Krieger, dessen Namen Nyrden vergessen hatte, ihm die richtige Weise zeigte. Die Verhandlinnen legten schon für die Reise Prunkrüstungen an, selbst Rilan, der in Kriegskleidern seltsam fremd wirkte. Er begrüßte Nyrden freundlich, als sie ihn aufsuchte. „Gebietin?"
Sie verneigte sich vor ihm. „Wie kann ich mich nützlich machen?"
Er sann nach. „Wenn unsere Verhandlungen erfolgreich sind, brauchen wir ein geschmücktes und speisefrohes Haus, denn wir werden Rednawén hierher einladen. Sprich mit Garlon, wenn du willst."
Sie wechselten einen Blick.
„Vielleicht besser nicht", räumte Rilan ein, eben als Nyrden zustimmen wollte. „Aber ein weiteres Opfer würde gewiss helfen. Bringe weitere Blütengaben. Jennai sagt, die Götter mögen dich. Sprich zu ihnen. Falls wir nicht erfolgreich sind, bitte sie, dass wir ohne Streit auseinandergehen." Er seufzte tief.
Sie rührte seinen Arm.
Der Jüngere lächelte gequält. „Schmücke das Haus, Gebietin. So oder so wird dies den Unseren guttun."
„Wenn die Gäste hier sind ... Ich spreche kein Leyawi."
Sein Lächeln wurde offener. „Ich auch nur einige Worte. Es wird aber nicht nötig sein. Ach, eines noch: Leyawi weichen den Blicken anderer nicht aus. Es bedeutet nicht viel, aber es ist unangenehm, es zum ersten Mal zu erleben."
„Ich habe mich mit Kervaiso unterhalten, ich danke."
„Ich vergaß." Er nickte ihr froh zu.
Jennai rief sie zu letzten Worten vor der Abreise. „Alte haben bei Leyawi eine andere Stellung, als es hier üblich ist. Ihr werdet sicher nur auf Verhandelnde mittleren Alters treffen

oder auf junge. Falls ihr aber einer in meinem Alter begegnen solltet, ehrt sie übermäßig, denn dies wäre eine große Armreiche seitens der Leyawi", schärfte die Ratsführin den Übrigen ohne Einleitung ein, als sie zusammengekommen waren. „Wem sie ihre Eltern und Kinder vorstellen, die wird als herznahe Freundin gewertet. Denkt daran: Übergebt die Freundschaftsgaben mit den Worten ‚Den Ahninnen, den Ergrauten und den Kindern deines Hauses.' Vergesst es nicht! Und erwähnt vor ihnen keine Göttinnen zum Dank für das Treffen oder was immer. Sie kennen keine Göttinnen; seit dem Aufstand sind sie ihnen gegenüber in Misse gesonnen. – Und sprecht keine als Gebietin an! Gleich wie freundlich, könnte das ein Bündnis zunichte machen."
Die anderen wiederholten ihre Anweisungen in Gedanken, um sie sich zu merken.
„Ich würde mich wohler fühlen, wenn du uns begleitest, Jennai", sprach Rilan mit Bitte.
Sie verneinte. „Jedes Alter hat Vorzüge und Nachteile. Die Höhe dort bekommt mir nicht. Ich nütze Runjhày hier mehr."
Die Hochebene war einen Tagesritt von Runjhày entfernt. Wie es üblich war, schickte jedes der drei Völker ein Dutzend Verhandelnde zu dem Treffen. Allein Silen, der Rweden führte, würde als Vermittler mit nur zwei Begleitinnen auf Tudalin erscheinen. Als die Runjhày und Lerusmen aufgebrochen waren, blickte Nyrden ihnen mit einem unwohlen Gefühl nach.

Die Rückkehr wurde erwartet, Runjhày würde Gesandte wie Gäste geschmückt und festbereit begrüßen. Nyrden freute sich auf das Wiedersehen mit Kervaiso und darauf, die weiteren Verhandlinnen der Leyawi kennenzulernen. Für diesen Tag wählte sie das perlengesäumte Haarnetz aus Silberdraht. Sie benötigte Jillas Hilfe, um es anzulegen. „Was versüßt dir den Tag?", fragte er, als er es mit Netznadeln befestigte.
„Ich weiß es gar nicht", gab Nyrden zu. „Die Erwartung der Gäste, vermute ich. Es macht mir Furcht, was Runjhày von mir erwartet. Aber die Botin war sehr freundlich, und ich hoffe, dass die anderen Leyawi es ebenso sind."
„Sie stehen nicht in dem Ruf", warnte er.
„Du hast Recht. Ich werde es abwarten."
Gegen Mittag kamen Anchai, Lejan und einige Weitere als Vorhut, um alles Nötige vorzubereiten. Die Verhandlungen seien gescheitert, berichteten sie, es sei gar zu Kämpfen gekommen. Während Mawakai beim Schutze Rilans verwundet worden sei, sei es den Krieginnen unter Kelons und Telùns Befehl gelungen, die Leyawi in ihre Gewalt zu bringen. Hastig wurde der Rat aufgebaut. Als die Zurückkehrenden die Halle betraten, sah die besorgte Nyrden Mawakais Schildarm verbunden und lief ihr entgegen. „Was ist geschehen?"
„Schon gut, schon gut. Ist alles bereit?"
„Fast."
„Gut. Rilan kommt gleich."
Nyrden, die die Not der Eile spürte, verabschiedete sich mit dem Hinweis, sie werde Jennai holen, doch Mawakai beschloss, sie zu begleiten. Als sie in der Priestin ebenerdige, neben der Halle gelegene Kammer traten, hatte sich Jennai mit Hilfe eines Stockes erhoben. Ihr Blick auf der Lerusme war fragend.

Die bejahte. „Wir haben Rednawén nicht rechtzeitig geknebelt. Sie ist noch zum Totenruf gekommen."
„Verflucht!"
„Was bedeutet das?", fragte Nyrden.
„Dass sie sterben wird." Jennai seufzte tief. „Die Heerführin der Leyawi entehrt es, Gefangene zu sein. Um ihre Ehre wiederherzustellen, schwört sie durch den Ruf, sich zu töten."
Mawakai: „Eine Leyawi konnte fliehen und wird alles berichten. Möglich halten sie bald Trauerfeier für Rednawén."
Nyrden war entsetzt. „Aber sie lebt doch noch!"
Die Kriegin zuckte die Schultern und verzog sogleich schmerzvoll die Miene. „Ich würde auch lieber sterben, als Unehre zu halten. Nur ist Gefangenschaft allein für mich keine Unehre. – Auf dem Weg hierher hat sie trotz der ersten Fesseln Kohai und dann Anchai Gerät entrissen und hätte sich hineingestürzt, hätten wir sie nicht daran gehindert. Und jetzt versagt sie sich Speise und Trank."
Jennai sann nach, die beiden Jüngeren schoben sich als Stützen an ihre Seite. „Wer hat die Verhandlungen zunichte gemacht? Kelon?"
„Wer sonst?"
Die Greise stöhnte.
Nyrden erkundigte sich bangend: „Wird es Krieg geben, Jennai?"
„Ja, wahrscheinlich. Leyawi lassen sich über Verwandte nicht in die Zwinge nehmen. Forderten wir Èsralons Wort, beriefe sie sich auf den Totenruf und erwiderte, ihre Schwester sei gestorben. Nein, wir müssen Rednawén zum Schwur bewegen. Sie ist die dritte Stadtwahrin. Aber ich bezweifle, dass wir Erfolg haben werden. Die Leyawi sind so unbeugsam wie das Eisen aus ihren Schmieden. Sie haben dem Krieg ein neues Gesicht gegeben. Das Letzte, das wir uns wünschen können, ist, sie als Gegninnen zu wissen. Wenn Rednawén stirbt, wird das Heer Leyawis Runjhày dem Erdboden gleichmachen."
Schweigend gingen sie zum Rat, der sie schon erwartete.
Silen, Rwedens Stadtwahrer, war in mittleren Jahren. Er begrüßte Nyrden als Einziger höflich, die Übrigen wandten sich ohne Einhaltung der Form sogleich den Beratungen zu. Anchai berichtete kurz von Kämpfen, bei denen es allerdings keine Toten gegeben hatte.
„Nur eines hat nun Gewicht", sagte Jennai ernst. „Wie verhindern wir Krieg?" Sie wandte sich an Silen. „Was kannst du uns sagen?"
Er erhob sich. „Die Leyawi waren schon ehedem stolz und unbeugsam wie kein anderes Volk. Aber Èsralons Wahrung hat sie nahezu unbezwingbar gemacht. Wegen ihrer Tapferkeit in der Schlacht und ihres Verhandlungsgeschicks rief ihr Vater sie noch zur eigenen Lebzeit als Führin aus. Bald nach Kadùns Tod fiel Èsralon von einem scheuenden Pferd in eine Schlucht und kann seither nicht mehr laufen."
Mitgefühl zog in Nyrdens Züge.
„Seitdem hat ihre Wahrung sehr an Strenge zugenommen. Unter Rednawén hat Leyawis Heer keine Schlacht mehr verloren und alle eigenen Tributverpflichtungen abgeschüttelt. Keine Krieger, die ich kenne, sind ihnen ebenbürtig. Sie kämpfen, als wäre ihnen zu sterben größere Ehre denn ein Sieg. Ihr Schlachtruf lautet: ‚Sieg oder Tod!'. Selbst nach Einbruch

der Dunkelheit kämpfen sie ohne nennenswerte Verluste weiter und gewinnen ihre Schlachten nicht selten in der Nacht. Viele Völker in den Bergen und der Ebene sind ihnen gegenwärtig tributpflichtig. Ich verstehe gut, dass sie den Ruf haben, keine Menschen zu sein. Obwohl ich Rednawén selbst durchaus schätze."
Der Rat horchte auf, und Rilan fragte ohnwort.
„Vor jeder Schlacht bietet sie einen Zweikampf mit dem Heerführer der anderen Seite an, um den Tod vieler zu vermeiden. Obwohl sie um die Stärke ihres Heeres weiß." Seine folgenden Worte waren ihm merklich unangenehm, dennoch sprach der Rwede weiter: „Ich kann nicht behaupten, als Unterlegener je von ihr in Arge gehalten worden zu sein, absehen von dem Tribut, den sie erstritt. Und auch der war niemals gierig oder unangemessen. – Ich bitte Runjhày als Freund und Nachbar, sie und die Ihren nicht zu beargen, wenn es nicht nötig ist. Was auch für dieses Haus von Vorteil wäre, denn es waren nur einige Verhandelnde, und da war eine große Menge Götterlächeln auf eurer Seite, gegen ihr Heer haltet ihr nicht stand. Sie sind schon immer gegen Übermachten ausgezogen und haben viele Völker besiegt, deren Heere größer sind als ihres."
„Aber ihr Heer ist mehr als viermal so groß wie unseres", ergänzte Rilan trübe. „Obwohl wir das größere Volk sind. Ein Grund für uns, ihr Bündnis zu suchen. Und nun steht uns Krieg mit ihnen bevor."
„Wie ist es dazu gekommen?", erkundigte sich Nyrden leise.
„Weil ich ein dummer Ochse bin", erklärte Kelon verdrießlich. „Ich weiß, ich sollte bei Verhandlungen besser den Mund halten, aber..."
„Du warst nur das eine Horn des dummen Ochsen, das zweite war Rednawén", fiel ihm Mawakai ins Wort. „Die Ehrenhaftigkeit der Leyawi mag verstehen, wer will. Sie sind nicht nur schnell zu beleidigen, ich frage mich, warum sie uns überhaupt zu Verhandlungen gebeten haben, da sie sie offensichtlich nicht wünschten. Vielleicht ist es ihre Art, Krieg zu suchen."
„Sicher nicht", wehrte Silen ab.
Sie schnaufte. „Nun, ich glaube, es wäre so oder so zum Streit gekommen. Auch ohne das zugegeben völlig unnote Ochsengerede meines Dummbruders!"
„Es war in Freundlichkeit gemeint", beteuerte Kelon.
„Was ist geschehen?", fragte Jennai.
„Das Gespräch steckte fest. Ich wollte Freundliches sagen und lobte einen ihrer Dolche."
„Der dummerweise die Waffe ist, mit der unterworfene oder unehrenhafte Leyawi sich das Leben nehmen oder der Wurf in Forderung zum Ehrenkampf gemacht wird", zischte Rilan. „Was mein immerzu müder Heerführer nach Jennais Vorbereitung hätte wissen müssen!"
Kelon senkte den Kopf.
„Schwöre mir, dass du niemals Stadtwahrung anstreben wirst", forderte die Ratsführin mit einem Gesicht, das noch mehr Falten zeigte als gewöhnlich.
Der Lerusme sah wieder auf. „Das habe ich nie."
„Gut."
„Dein Wort, Jennai?", hoffte Rilan.

Deren Miene war bitter. „Ich nehme an, Rednawén spricht nicht mehr mit euch." Es war keine Frage.
„So ist es."
„Das ist übel. Nein, ich habe keinen Rat."
„Das ... Schweigen bedeutet das Ende der Verhandlungen?", begehrte Nyrden scheu Kunde.
„Es sagt noch mehr", ließ sich Mawakai vernehmen. „Eine Regel in Verhandlungen mit Leyawi ist: Gleich, wie hart die Worte werden, solange sie reden, ist es gut. Wenn sie zu reden aufhören, beginnt der Kampf. Dann ist nichts mehr zu retten."
„Das bedeutet Krieg."
„Ja, Èsralon wird ihr Heer ausschicken. Falls wir Rednawén nicht zuvor zum Treueschwur bewegen können. Für freundliche Verhandlungen ist es zu spät. Auch in Tribut würden wir Leyawi nicht lange halten können. Es bedeutet Krieg, so oder so. Die Frage ist nur, ob wir noch die Zeit bekommen, Kriegsgerät und Verbündete um uns zu scharen. Ob wir diesen Herbst oder im nächsten Frühling gegen sie stehen werden."
„Leyawis Heer ist immer kriegsbereit, selbst im Winter", sagte Silen.
Darauf verstillten alle für einige Augenblicke.
„Ist es ausgeschlossen, dass wir siegen?", fragte Nyrden.
Die Lerusme lachte freudlos.
„Kennst du Rweden, Gebietin?", erwiderte dessen Wahrer an Mawakais Statt.
Die Gefragte, die das größte Volk der mittleren Berge bisher für sehr mächtig gehalten hatte, verneinte. „Kaum. Und nur vom Hören."
„Mein Heer war fast doppelt so groß wie das Leyawis. Und ich stehe ihm in Tribut. Seit einigen Jahren und trotz eines Zweikampfs und zweier Schlachten darum."
Ein erneutes Schweigen trat in die Halle, das Mawakai schließlich mit dem Versprechen beendete: „Lerusm wird Mittlung anbieten."
„Kelon ist zwar dein Bruder, aber der Angriff erfolgte als Vertreter Runjhàys", wehrte Jennai ab. „Nein, eine Armreiche muss von Rilan ausgehen. Aber welche?"
„Was, wenn ich ihr anbiete, den Streit zu vergessen und die Verhandlungen erneut zu beginnen? Gegen einen Preis?", fragte dieser.
„Das bedeutete in ihren Augen einen Ansehensverlust für dich", schüttelte Silen den Kopf. „Ich bezweifle, dass sie dann wieder mit dir sprechen würde. Außerdem hat sie den Totenruf gegeben."
„Seht ihr eine andere Möglichkeit?", fauchte Rilan ungewohnt heftig gen Ratsführin und Rweden, die beide verneinten. „Nun, dann werde ich es damit versuchen! Darin kümmert mein Ansehen mich nicht. – Kelon! Du wirst ihr deine Bestrafung anbieten." Er zögerte. „Es kann deinen Kopf kosten."
Der Lerusme gab mit schmalem Mund seine Zustimmung.
„Ich werde auch tun, was ich kann", bekundete Silen.
„Gut." Rilan gab den Torwachen die Order: „Holt sie."
Als die Gefangenen eintraten, ging Rednawén ihren Stammesgefährtinnen voran. Nyrden riss die Augen auf: Es war Kervaiso! In Mengen um sie gewundene Schnüre schienen sie fast zu kleiden, sogar ihre Füße trugen Fesseln. Abgesehen von einer Schlagwunde an der

Schläfe, wirkte sie unverletzt. Gang wie Stand waren noch stolzer denn zuvor, und obwohl das Gesicht der Heerführin erstarrt zu sein schien, forschten die Augen herausfordernd umher. Als sie Nyrdens fanden, verharrten sie kurz, um darauf weiterzuschweifen. Die Naltivi griff sich an den Magen, der schmerzte, als wäre sie geschlagen worden. Noch nie hatte sie so viel Kraft im Blick einer Gegenüber gespürt, und da sie sie im Zorn getroffen hatte, fühlte Nyrden sich wie gewundet.
Rednawéns Gefolge stand einen Schritt hinter ihr. Auch die übrigen Leyawi waren erstaunlich groß. Die Schlichtheit der Kleidung, die sie trugen, hielt sehr Betontes. Dies waren die Kleider hoher Krieginnen, die Nähe zu einfachen hielten und es gewählt hatten, schlichte Kleider zu tragen. Form und Stoff mochten gewöhnlichen Kriegskleidern gleichen; dennoch hielten sie durch ihre Farbe einen prunkvollen Teil, denn Färbung, die ein solches Schwarz hervorbrachte, war kostbar.
Rilan erhob sich vom Stuhl und ging ihnen entgegen. „Rednawén, geschätzte Gesandte Leyawis", begann er. „Keines unserer Völker wünscht Arge. Der bedauerliche Zwischenfall sollte kein Angriff sein. Runjhày bedauert dies sehr."
„Es war mein Fehler", erschien Kelon an seiner Seite, „und es war in Dummheit, aber gewiss nicht arg gemeint. Ich bitte dich um meine Bestrafung und um Schuldfreisage für das Haus."
Die Leyawi schwieg mit Blick auf Rilan.
„Ich verstehe", seufzte dieser leise. „Tote verhandeln nicht."
Sie nickte nicht einmal.
Mühsam erhob sich Jennai und sprach mit beschwörender Stimme in der rau klingenden Sprache Leyawis zu ihr. Aber sie verharrte in Schweigen.
„Rednawén", trat nun auch der Rwede ins Gespräch und schloss sich bei seinen Worten in der Sprache der Ratsführin an. Die Gerufene betrachtete ihn sehr aufmerksam. Als er geendet hatte, sagte sie: „Du kannst hier nichts mehr ausrichten, Silen. Reite nach Hause."
Seine Stirn zeigte Wehe. Wiederum sprach er leyawi, aber dieses Mal nur kurz. Es klang nach Abschied.
Nyrden gewahrte, dass die Gefangene in diesem Augenblick die größte Macht unter den Anwesenden hielt. Ihre Entscheidung gebot über ihr eigenes Leben wie über die Leben vieler, die in den Krieg würden ziehen müssen. Die Naltivi war nicht gewillt zu glauben, dass Rednawén zu sterben wünschte. Warum hielt sie einen solchen Starrsinn?
„Geehrte, ich bitte dich", erhob abermals Rilan die Stimme. „Sieh dies als Versehen, das mich sehr bestürzt. Wie kann ich die Kränkung beenden und dich und die Deinen in meinem Haus willkommen heißen?"
Sie zeigte keine Regung, als der Stadtwahrer einen Dolch zog, allein Nyrden erschrak. Aber Rilan verneigte sich leicht und wies mit der Klinge auf die Fesseln. „Ich bitte dich noch einmal: Lass uns diese Sache beenden. Lass mich dich und die Deinen freilassen und als Gäste begrüßen. Nenne mir den Preis, dies ungeschehen zu machen."
Verachtung war in die Züge der noch immer Wortlosen gezogen.
Er seufzte wiederum, diesmal laut vernehmlich.

„Wir alle sollten über manches ruhen", ließ sich Jennai in der drückenden Stille vernehmen, die über sie gekommen war.
„Ja", antwortete Rilan ihr, „das sollten wir." Er lächelte Rednawén an, die dies nicht erwiderte.
Die übrigen Leyawi wandten sich zum Gehen. Als sie sich anschickte, ihnen zu folgen, streifte der Heerführin Blick noch einmal Nyrden. Diesmal fand sich neben Zorn Bedauern darin. Unter Bewachung verließen die Gefangenen die Halle.

Unruhig und wortarm werkte Nyrden in der Pflanzenstätte, bis der am Nachmittag einsetzende Regen sie zu Handarbeiten in die Kammer trieb. Dort vermochte nicht einmal Jilla, sie zu einem Gespräch zu bewegen. Als das Horn zum Essen rief, eilte sie, um Weiteres zu erfahren. Mit dem Becher an den Kopf der Tafel tretend, gewahrte sie das Fehlen von Rilan, Mawakai, Kelon und einigen anderen Ratsmitgliedern. Silen saß erschüttert da.
„Wo sind sie alle?", fragte Nyrden.
„Im Wehrturm. Rednawén erwartet Folter."
Sie hastete Luft ein, drückte Jennai den Becher in die Hand, hob den Saum ihres Kleides und rannte. Außer Atem erreichte sie den Turm, suchte zunächst vergeblich nach der richtigen Tür, bis sie sich von einer Magd die steinerne Treppe, die das Gebäude umrundete, hinaufführen ließ. Als sie die Folterkammer betrat, krampfte Nyrdens Magen sich zusammen. Die Gefangenen standen nackt, mit erhobenen Armen an eiserne, in die Wand eingelassene Fesselringe gebunden. An jeder Wand hingen Foltergeräte, und weitere lagen griffbereit nahe dem Feuer oder hitzten darin.
Die übrigen Anwesenden blickten Nyrden an, dann wandte Rilan sich an einen jungen Leyawi, der nur ein Auge hielt: „Du bist ihr Nachhalter?"
Er nickte einmal.
„Was geschieht jetzt?", fragte die Eingetretene leise, sich neben Mawakai stellend.
„Er wird als Erster geblendet, um Rednawén nicht zu entehren und im Gleichen zum Schwur zu zwingen. Die Sonsten nach ihm", flüsterte diese zurück. „Keine Fragen mehr vor ihnen."
Der Gartnin hastender Blick glitt über die Gefangenen, und in neuem Schrecken bemerkte sie die zahlreichen Verletzungen, die jede von ihnen trug. Dann jedoch sah sie, dass sie älter waren, als sie es nach Folter durch Runjhày hätten sein können.
Kelon löste des Leyawi Fesseln von der Wand, die aber die Hände noch banden. „Knie dich."
Nyrden gefror, als der Aufgeforderte folgte. Nur wenig getrübt durch seine Einäugigkeit und die Narbe, die von der Stirn über das ausgelöschte Auge bis zur Wange lief, hielt er eine Schönheit ähnlich der Rednawéns. Trotz seiner erbost erstarrten Miene konnte die Naltivi seine Furcht spüren. Remneù riss des Knienden Kopf am Haar nach hinten, Kelon legte einen Dolch an seine Kehle. Entsetzt sah Nyrden, wie die Turmmeistin ein glühendes Eisen aus dem nahen Feuer nahm. Nun trat die Furcht ins Gesicht des Beargten.
„Éyark!", donnerte Rednawén.

Ihr Nachhalter schloss kurz den Blick, sah dann wieder auf, reckte ein wenig die Brust und gab außer seinem bebenden Atem keine Regung mehr von sich. Die Turmmeistin hob das Blendeisen.
„Nein!", schrie Nyrden.
Alle sahen sie an.
„Ich will mit dir reden", sagte sie Rilan. „Foltere sie nicht eher. Gib mir dein Wort!"
Zum ersten Mal gewahrte Nyrden ihn wütend. Doch er sprach zu der Turmmeistin: „Bringe Rednawén einzeln unter. Dies wird währen."
Der Benannten Blick fuhr sogleich auf ihre Gefolgsleute. Sie rief mit Gebot im Ton einige raße Fauchlaute, woraufhin sämtliche der Ihren nickten. Rilan stöhnte leise auf. Wennauch ihre Züge ausdruckslos blieben, trug ihr Blick ihm zu Sieg. Anchai band sie ab und führte sie, von der Turmmeistin begleitet, hinaus. Rilan winkte Nyrden und Mawakai vor die Tür, wo sie warteten, bis Rednawén mit ihrer Bewachung außer Hörweite war.
Dann erkundigte sich Nyrden: „Was hat sie gesagt?"
„Ich habe nicht alles verstanden. Aber sie gab ihnen den Befehl, bald in Ehre zu sterben."
Rilan bebte. „Ihr Götter, ich habe dich nicht darum gebeten, dabei zu sein! Du trägst Schaden an die Stadtwahrung!"
Sogleich senkte sie den Kopf und drehte die Handflächen von sich. Trotz der Beklemmung, die ihren Hals zuschnürte, entgegnete Nyrden: „In der Form wahren wir gemeinsam. Absprachen sind erlaubt."
Der Runjhày schnaufte.
„Ich will dich vor einem Fehler bewahren, der Krieg birgt", fuhr sie sanft fort, als sie wieder aufsah. „Silen berichtete doch, wie stolz und unbeugsam die Leyawi sind. Ich glaube, dass in ihren Augen Entehrung durch Gefangenschaft ärger ist als eine Folter. Mit Folter wirst du sie nicht beugen. Sie werden sich töten lassen, und wir gewinnen nichts. Tötest du Rednawén, ist da kein Weg mehr ohne baldigen Krieg."
Er zögerte.
„Ich gebe Nyrden Recht", bekundete Mawakai langsam.
Rilan sah von einer zur anderen. „Glaubt ihr, dies gefiele mir? Was soll nach eurem Wort geschehen?"
Sie verstillten.
„Ich weiß nicht", erklärte Mawakai darauf. „Aber Rednawén hat den Totenruf gegeben. Für ihr Volk ist sie bereits gestorben. Wir müssen einen Weg finden, ihr Leben zu halten und ihre Ehre vor den Leyawi wiederherzustellen. Lasst uns Schlaf darüber halten. Das kann nur nützen."
Widerstrebend stimmte er zu und rieb sich müde die Nase. „Wenn wir bis zum Sonnenaufgang keinen besseren Einfall haben, werden wir hier weitermachen müssen. Aber immerhin ist die Folter verschoben. Vielleicht können wir sie hindern. Ich danke, Erste."
Nyrden staunte und ehrte ihn.
Gemeinsam gingen sie die Treppe hinunter, bis Mawakai mit einem Mal stehenblieb. „Eine Möglichkeit gibt es durchaus." Sie blickte ihren Gefährten an. „Eine, die nur dir zur Wahl steht."

Er merkte auf, um dann heftig abzuwehren. „Nein! Das kann keiner von mir verlangen!"
„Rilan..."
„Nein!"
„Es gilt, einen Krieg zu verhindern. Bei den Ahninnen, wäre sie ein Mann und wäre dies Lerusm, würde ich es tun! Du wahrst ein Volk!"
„Worum ist es denn", fragte Nyrden zaghaft.
Rilan beachtete sie nicht. „Ich bin nicht du, Mawakai! Meine Bündnisse werden anders geschlossen! Du kannst mir nicht vorwerfen, ich sei in allem, was ich tue, Stadtwahrer, ohne einmal zu verschnaufen, und mich in der einzigen Sache pressen, in der ich es nicht sein kann!" Er bebte, und die Naltivi glaubte, Tränen in seinen Augen zu sehen. „Außerdem habe ich keine Lust, erschlagen zu werden!"
„Das wird nicht geschehen, und das weißt du. Eine Nacht gegen hunderte Leben." Mawakais Stimme wurde drängend. „Sei entgegenkommend. Zeige Verbundenheit. Bitte sie zum Tanz. Sie ist sogar schön. Was willst du mehr?"
Nyrden war erschrocken.
Er drückte ihr wortlos seine Fackel in die Hand und lief im Dunkeln die Stufen hinab.
„Großartig", ächzte die Lerusme, rief: „Rilan! Warte!" und folgte ihm.
Nyrden blieb allein zurück. Als sie die Fackel in die Halle brachte, um sie gegen weniger kostbare Kienspäne zu tauschen, vernahm sie, dass Rednawén beim Aufstieg versucht hatte, sich in die Tiefe zu stürzen, was jedoch verhindert worden war. Mit sorgenvollen Gedanken beschwert, zog Nyrden sich in ihre Kammer zurück, wo Jilla sie bereits erwartete. Sie berichtete, was im Wehrturm geschehen war, von der Bedrohung für Runjhày und auch von Mawakais Vorschlag.
Der Ältere drückte ihre Hände. „Wie schrecklich dies alles ist. Aber sicher hat es Gründe. Es sind Völkerverhandlungen. Wir kennen die Regeln nicht, Liebe."
„Tust du mir einen Dienst?", fragte sie.
„Sicher."
„Bringe mir einen Becher heißen Weines."
Jilla folgte ihrer Bitte. Danach schickte Nyrden ihn fort: Sie wolle um Weile allein sein. Die Verblüffung über diesen noch nie gehörten Wunsch stand dem Freund ins Gesicht geschrieben, als er sie wiederum verließ.
Nyrden starrte gedankenversunken an die Wand, während sie den Becher schluckweise leerte. Als sie beginnenden Rausch spürte, brachte sie ein Räucheropfer und kniete sich vor dem Göttinnenbild nieder, wo sie sehr lange blieb. Schließlich erhob sie sich wieder, nahm ihren Umhang wie zwei Decken und lenkte ihre Schritte in die Kochstätte, wo sie mit Bange nach Garlon fragte. Höflich aber zäh verhandelte sie mit dem aus dem Bett gerufenen Truchsess, entlockte dem Verdrießlichen gar ein Lächeln und ging schließlich mit einem Korb am Arm zur Turmmeistin. Dieser war anzusehen, wie wenig sie der Naltivi Erscheinen in dem kleinen Raum, in dem die beiden Turmleute bei spätem Wein saßen, erwartet hatte. Wöhnend kam sie ihr entgegen und verneigte sich. Nyrden überwand ihr rasendes Herz, das Rückzug verlangte. „Bringt den Leyawi für diese Nacht ihre Kleider wieder. Und verköstigt sie. Der Truchsess schickt ihnen Essen. – Das ist ein Befehl", fügte sie mit geho-

bener Stimme hinzu, wobei sie sich fühlte, als verrate sie ihre Geburt. „Und führe mich zu Rednawén."
„Sie werden nichts annehmen."
„Tut es dennoch."
„Erste." Die Meistin neigte sich erneut, gab ihrem Gehilfen einen Wink und griff nach ihrer Axt und zwei Lichtern, von denen eines sie der Naltivi reichte.
Auf der nassen Treppe war es noch kälter als im Hof. Eine starke Böe riss Nyrden fast von den Füßen. Vorsichtig warf sie einen Blick über den Rand der Stufen. Der Wehrturm fiel steil ab. Schon von hier aus würde ein Sturz gewiss tödlich enden. Sie hielt sich näher an der Mauer, als es noch höher hinaufging. Vor einer starken Tür hielt die Turmmeistin an und öffnete die Riegel, was nah ohne Laut geschah. Sie zog das Holz auf, spähte kurz schätzend in den Raum und forderte die Naltivi mit einem Nicken hinein.
Die mitgebrachten Kienfeuer beleuchteten die geräumige Zelle nur wenig. In Bodenhöhe hatte sie kopfgroße Luftlöcher; den durch sie hereinwehenden Wind spürte Nyrden selbst unter ihrem Umhang. Rednawén hockte nackt vor der Mauer, gekrümmt und sichtlich zitternd, die Hände zu hoch an einen Ring gebunden, um zu liegen. Nyrden gab der Turmmeistin ein Zeichen zu gehen und schritt leise an die Leyawi heran. Als sich die Tür mit einem harten Schlag schloss, fuhr Rednawéns Kopf auf. Der aus Dösen geschreckte Blick rief Kampf. Nyrden wich zurück. Die Junge sah auf Decken und Korb, danach fragend zu der Eingetretenen. Diese fasste sich, stellte die Kienspäne in einen Halter. „In meinem Haus soll keine frieren." Sie breitete eine Decke neben die Hockende und bedeutete ihr, sich darauf zu setzen.
Rednawén folgte. Mit Verwunderung ließ sie geschehen, dass die Naltivi sie mit der zweiten bedeckte. Doch als ein Krug, Äpfel und Brot aus dem Korb genommen wurden, wehrte sie ab: „Ich danke für die Wärme. Aber ich werde meine Gefangenschaft nicht länger als not tragen. Eher sterbe ich, als deinem Gemahl Tribut zu zahlen oder ihm langwährende Siegesfreude zu gönnen."
Nyrden nickte. „Du bist eine stolze Streitin. Ich bin keine. Habe ich dein Wort, dass du mich nicht beargst, wenn ich dich und die Deinen freilasse und als meine Gäste ausrufe? – Sofern dies deine Ehre nach dem Totenruf nicht kränkt. Ich bitte um vieler Leben willen: Verzeih meinem Haus diesen Fehler."
Ihre Augen maßen erst Nyrden, darauf das kleinen Gartenmesser, das die Naltivi aus dem Korb gezogen hatte, dann stimmte die Heerführin zu. „Du hast es." Ihre Fesseln wurden durchschnitten. „Du kommst ohne Absprache. Du wirst Ärger haben."
„Das ist gewiss", bejahte Nyrden. „Aber es wird nur Ärger sein. Dies hier lasse ich nicht zu, wenn ich es hindern kann." Ihre Gegenüber lächelte, und sie spürte sich verlegen werden. „Nun iss, Gastfreundin", sagte sie.
Rednawén trank zunächst von der Sauermilch, bis nichts mehr übrig war. Dann bot sie der sich nach Zögern zu ihr Setzenden von den übrigen Gaben, und beide teilten einen Apfel und Brot miteinander. Währenddessen waren ihre Blicke Weile um Weile ineinander verwoben. Der Gehilfe der Turmmeistin kam mit den geraubten Kleidern. Nyrden gebot ihm, nicht auf sie zu warten. Mit belegter Stimme fügte sie hinzu, die Turmleute mögen über

ihre Anwesenheit schweigen. Rednawén nannte ihm ein Losungswort sowie den Befehl an die Ihren zu essen, zu trinken und sich zu bekleiden.
Nachdem er sie wieder verlassen hatte, streifte sie die Decke ab und streckte die Hand nach dem gebrachten Stapel aus, hielt dann jedoch inne und wandte sich Nyrden zu: „Stadterste. Freilasse, Gastrecht und Speisen waren nur das eine. Du bist auch gekommen, meine Lippen zu kosten und mit mir zu liegen."
„Ja", flüsterte Nyrden mit großen Augen.
Rednawén erstrahlte und zog sie an sich. Als sie sie küsste, stiegen in der Älteren Schrecken und Freude gleichzeitig auf. Sie spürte sich erstarren, genoss aber dennoch die Berührung und Rednawéns Geruch. Eben als Nyrdens stärkste Angst davor, sich in Tanz zu geben, sie verließ und ein Ziehen in ihrem Bauch begann, löste die Leyawi sich wieder von ihr.
„Du musst nicht weitergehen", erklärte Rednawén. „Bleibe die Nacht hier, und keine wird dich Weiteres fragen." Sie lächelte erneut. „Du bist sehr mutig, Erste."
Nyrden sah das Leuchten ihrer Augen, die Wohlgestalt ihrer Züge und ihres Körpers – trotz der Schläfenverletzung, vieler Narben und Blutergüsse. Als ihr Blick zu dem der ehedem Gefangenen zurückkehrte, begann diese zu grinsen. „Aber du kannst weitergehen, wenn du willst."
Ihre Verlegenheit reichte bis ins Mark, so war Nyrden froh über das schlechte Licht, in der Hoffnung, dass sie ihr nicht anzusehen war. Erst als die Kriegin die Brauen hob, tastete Nyrden zögernd ihre Wange. Dann küsste sie sie.

Seit es dämmerte, war Rednawéns Schlaf unruhig geworden. Die Gartnin wunderte sich, dass sie ihn überhaupt hatte finden können. In ihm war sie noch schöner als ehedem, wie sie es zum Tanz im inzwischen längst erloschenen Licht gewesen war, denn der am vergangenen Tag vorherrschende Ausdruck des Zorns fehlte seitdem gänzlich in ihren Zügen. Nyrden musste lächeln. Sie genoss den Atem der Schlafenden auf ihrem Gesicht und drückte sich kurz fester an deren Körper. Dann drehte sie sich in Rednawéns Armen und fasste den Umhang, der sie beide hüllte, an Schultern und Hals enger; die Decken dienten ihnen ungenügend wärmend als Lager, Rednawéns Kleider als Kopfstütze. Der Kälte wegen hatte die Naltivi sich wieder bekleidet, dennoch fror sie.
In ihrer Ausbildung hatte es Gespräche darüber gegeben, was Männern in der Vereinigung gefallen mochte. Aber dies ... Nyrden war fassungslos über sich, dass sie eine andere Frau gesucht hatte. Die Leyawi hatte sie mit ihrer Schönheit und mit ihrer Kraft berührt. Die Beschämung beider hatte Nyrden nicht ertragen können. Allein in ihrer Kammer, nach Ende des ersten Schreckens über die unerwartete Grausamkeit derer, die sie hier am meisten schätzte, war ein vormals leiser Ruf in ihr laut geworden. Sie hatte ihn in Mitgefühl um die frierenden und hungernden Gefangenen gekleidet, aber nachdem sie sie versorgt gewusst hatte, war er stärker geworden, nicht schwächer. Begehren und Stadtwahrung ... Nyrden erschien sich selbst als dumm. Sie mochte diesen Ort trotz seiner Grobheit, aber um seine Erwartungen zu erfüllen, hatte sie die falschen Dinge gelernt. Ihr fehlte jede Schulung in den Verhandlungen der Völker. Sie wusste, dass in den Bergen Tanz als Armreiche von Führin-

nen und Teilen ihrer Sippen nicht nur geduldet, sondern gar zur Bündnisknüpfung eingesetzt wurde. Einmal hatte sie mit Jilla unbeabsichtigt Streit zwischen Rilan und Mawakai angehört, denn auch die Lerusme hielt es so. Zu der Lauschenden Befremden hatte sich der Wahrer nicht über die Untreue seiner Gefährtin in Wut gezeigt, sondern darüber, dass sie einen Bund mit einem Wahrer geknüpft hatte, dem er selbst Tribut zahlte. Nyrden hatte Rilans Verletzung gespürt, aber als Grund für seine Erbostheit schien er sie nicht nennen zu wollen, und dies zumindest teilweise auch deshalb, weil Mawakais Bündnisknüpfe eine übliche war.

Die Naltivi hatte Gerüchte gehört, dass manche Verhandlungen nur auf diesem Wege gelängen, es aber nicht glauben wollen. Doch letztlich hatte ihre eigene Handgebe wohl dieselben Gründe, wenn auch mit der Auflage der Treue aus Sicht der Ihren. Obwohl der bisher erlebten Unstrenge der Berglandinnen darin, ängstigte Nyrden sich sehr, denn sie kannte die Bedingungen solcher Bündnisse nicht. Sie wusste nicht einmal, ob sie innerhalb eines Geschlechts Gültigkeit hatten. Rednawéns Worte ließen darauf schließen. Dennoch wusste die Gartnin nicht, ob Frieden mit den Leyawi oder Strafung sie erwarteten, wie es in Naltivi der Fall gewesen wäre. Und sie hatte schon nach der kurzen Begegnung Furcht, Rednawén zu verlieren. Gar ihre Folter hätte sie nicht ertragen.

Durch die starke Tür nur leise, vernahm sie nun Schritte. Ihre Kehle schnürte sich zu. Als die Zelle geöffnet wurde, hob die Heerführin ruckartig den Kopf. Die Turmmeistin erschien, hinter ihr Rilan und Mawakai. Als sie den Fesselring leer erblickten, schob die Lerusme sich sogleich schützend vor ihren Gefährten. Die drei sahen sich um.

Rednawén erhob sich in der windgeschützten Ecke und stellte sich ihnen entgegen. „Erster von Runjhày! Du hast mich und die Meinen wie Jagdbeute in dein Haus gebracht und wie ungeschätztes Eigentum behandelt. Du suchtest, meinen Schwur als Tributpflichtige zu erzwingen. Die Erste von Runjhày aber begrüßte mich als freien Gast. Mit ihr will ich verhandeln. Über die Freundschaft unserer Völker, nicht über Unterwerfung und Tribute."

Nyrden blieb vor Angst der Atem aus.

Aber Mawakai sah sie in Erleichterung wie Anerkennung an, und Rilan begann zu strahlen. „Verzeih mir, Rednawén, geschätzte Gesandte Leyawis", sagte er, trat auf diese zu und bot ihr den gestreckten Arm. „Meine Gemahlin war freundlicher und weiser als ich. Sei mit den Deinen Gastfreundin."

Nyrden seufzte.

Die Gebetene schlug den Armgruß mit dem Runjhày, der unter ihrer Kraft wankte. Mawakai folgte ihm im Gruß, und mit Verwunderung gewahrte Nyrden, wie die Spanne schnell gänzlich aus der Zelle wich. Unbekümmert legte Rednawén ihre Kleider an, dann stiegen sie gemeinsam hinab zu den übrigen Leyawi, von denen Rilan jede einzeln zum Gastrecht bat. Zu erneuten Verhandlungen wurde für den Abend geladen.

Im Hauptturm wies der Stadtwahrer den Gästen Räume zu, in die sie sich zurückzogen, während sie darauf warteten, dass ihnen ihre Habe gebracht wurde. Rilan und Nyrden gingen allein wieder hinunter. Als er seiner ausgerufenen Gemahlin den Vortritt ließ, besah Rilan sie wöhnend. Ihr Blick ihm zu zeigte Bange. War es möglich, dass sie, die Runjhày gerettet hatte, indem sie sich selbst als Opfer anbot, nun Schelte erwartete? Womöglich wegen

Untreue, die Bestandteil ihres Handels war? Bevor sie die Halle erreichten, hielt er Nyrden auf. Tatsächlich, Furcht strömte von ihr aus. Er verneigte sich tief. „Ich danke dir, Erste. Für die Errettung womöglich unserer aller Leben. Dafür, dass du getan hast, was ich nicht konnte."
Nyrden atmete merklich auf und gab seinen Gruß zurück.
Dann fragte Rilan mit kleiner Sorge: „Bist du wohlauf?"
„Ja, Gebieter."
Er las in ihren Zügen und nickte froh. „Gut. Lass uns alles vorbereiten."

Beim schlichten Morgenmahl, das von Runjhày nur selten als versammeltes Haus eingenommen wurde, saßen Nyrden und Rednawén nebeneinander. Nyrden mied Jillas Blick. Als sie fern von ihm mit Rednawén die Tafel abbaute, suchte Kelon ein Gespräch. Er entschuldigte sich ungeschickt, aber herzlich bei der Begasteten. Diese bot auch ihm den Arm. Ihr Nachhalter trat hinzu.
„Éyark Fedéja, Leyawis zweiter Heerführer", stellte sie ihn vor.
„Stadterste." Ihr Stammesgefährte verneigte sich vor Nyrden. Dieser erschien es unfassbar, dass die Göttinnen Menschen eine solche Größe erlangen ließen. Sie selbst musste den Kopf in den Nacken legen, um ihm ins Gesicht zu sehen. Die Schönheit, derer sie im Wehrturm nur sehr kurz gewahr worden war, erstrahlte nun in einem Lächeln. Éyarks Bewegungen kündeten von ähnlicher Kraft und Schnelle, wie seine Führin sie hielt. Aber an ihm waren die immerwährenden Zügel, mit denen Rednawén sich in Herrschaft hielt, nicht zu spüren. Sein einäugiger Blick war nun freundlich und so offen und lebhaft wie der eines Knaben. Nyrden ehrte Éyark ebenfalls und wies dann auf ihren Heerführer. „Kelon Be..."
„Wir kennen uns bereits." Der Leyawi streckte dem Älteren seinen Arm entgegen.
„Ich hatte keine Wahl", schlug Kelon ein, Bedauern in der Stimme.
„Vielleicht war es so", zuckte Éyark die Achseln, und kein Arg ging von ihm aus. „Zeigst du mir eure Ställe? Ich habe gehört, dass du ein gutes Pferd zu schätzen weißt."
„Gerne! Kommt ihr mit?"
„Nicht jetzt", verneinte Rednawén, Nyrden schloss sich ihr an.
Die Krieger grüßten und brachen auf.
Rednawén drehte sich der Stadtwahrin zu. „Ich muss Èsralon eine Nachricht ... Was ist dir?"
Nyrden war erschrocken. „Ich ... habe mich dir noch gar nicht vorgestellt."
Die Jüngere lachte leise. „Doch, das hast du. Glaubst du, Worte seien nötig? – Nyrden Danint von den Naltivi. Die Drittgeborene. Eine ehrenhafte Stammesvertretin, fromm, geschickt in der Gastausrichte. Eine ausgezeichnete Gartnin, was in Naltivi als Grundlage für Verhandlungen wichtiger ist, als Runjhày es zu schätzen weiß." Sie zähmte ihr Lachen über der Gegenüber staunenvolles Gesicht nur mühsam. „Wenn eure Bündnisverhandlungen dich nach Leyawi statt hierher geführt hätten, hättest du meinem Bruder händegeben sollen", fügte sie merklich sanfter hinzu.
„So hätte ich dich ohnehin getroffen!"
Die Streitin nickte.

Rilan trat zu ihnen, den Schreiber neben sich. „Geehrte. Sicher wünschst du, Leyawi zu unterrichten."
„Ich danke." Rednawén wandte sich an den Letzteren. „Aber ich brauche deine Dienste nicht. Zeig mir nur den Weg ins Schriftenlager."
Er ehrte sie mit fragendem Blick.
„Du brauchst dich nicht zu mühen", widersprach Rilan. „Bestimme die Worte, und besiegle das Schreiben."
Grinsend hob sie die ringlosen Finger. „Meine Handschrift ist mein Siegel. Èsralon würde anderem keinen Glauben schenken. – Finde ich dich später im Garten?", fragte sie Nyrden.
„Ja", freute sich diese.
„Und würdest du ihn mir erklären?"
Sie leuchtete auf. „Sehr gerne."
Rednawén grüßte die Stadtwahrenden und folgte dem Schreiber.
Als Nyrden Rilan zögern spürte, fragte sie ohnwort.
„Der Krieg ist abgewendet", erklärte er. „Du bist nicht verpflichtet, das Lager weiterhin mit ihr zu teilen. Sie dürfte es nicht übelnehmen, wenn..."
„Ich weiß", entgegnete sie fröhlich, spürte sich aber dennoch verlegen werden. „Das hat sie mir schon gesagt."
Rilans Mitfreude war ihm anzusehen. Sie schieden, und Nyrden ging in die verregnete Pflanzenstätte.
Es währte nicht lange, bis Rednawén sich ebenfalls dort einfand. Die Gartnin führte sie zunächst zu den Orten, die zur Ehre der Göttinnen angelegt waren. Göttinnen bezeichnende Bäume schützten farbige Sitzgelegenheiten und Opferschalen; wasserumspielte und feuerstellengesäumte Bereiche, die von einem erhöhten Standpunkt aus als begehbare Sinnbilder für die Wiedergeburt, die Gesundheit der Häuser, das Lob der Schöpfung zu erkennen waren, luden zu Frömmigkeit.
Das unverborgen großäugige Staunen des Gastes erinnerte die Naltivi an ein Kind. Sie spürte ihr eigenes Herz rasen, während sie auf sein Wort wartete.
„Ich habe noch niemals einen solchen Garten gesehen", sagte Rednawén schließlich anerkennend.
„Aber es ist doch nicht das erste Haus, das du als Botin gesehen hast."
„Eine Botin hat selten die Gelegenheit, einen der Lustgärten der Ebene anzusehen. Und die Berge kennen solches nicht." Ihr Blick schweifte wieder über die trotz der Jahreszeit laubdichten Hecken. „Bei allen Ahninnen, ist das schön hier! Ich habe von euren Gärten gehört und ihre Bedeutung nicht wirklich verstanden. Aber nun ... Runjhày sollte glücklich sein, einen solchen Garten zu haben! – Darf jede hier herein? Oder ist es Einzelnen vorbehalten?"
„Nein", entgegnete die Beglückte. „Er steht allen offen. Allerdings werden hier Blüten gestohlen, daran muss ich mich noch gewöhnen. In Naltivi wäre solches undenkbar."
Rednawén lachte. „Sie stehlen Blüten?"
„Ja. Um sie in die Häuser zu tragen."
Nun lachten beide.

„Dies ist eine Erweiterung des Tempels, nicht wahr? Ein Tempelgarten?"
„Nein. Nur die den Göttinnen gewidmeten Teile." Nyrden verstillte kurz, weil sie sich nicht sicher war, ob sie der Angehörigen eines Volkes, das keine Göttinnen verehrte, mehr über die geweihten Plätze berichten sollte. Doch die Jüngere forderte mit gehobenen Brauen mehr. So wandelten sie durch die nasse Pracht, die Gartnin hielt die Rede auf den Göttinnen nur spärlich und widmete ihre Ausführungen in der Hauptsache den Pflanzen. Rednawén gewahrte es mit einem Schmunzeln. Als sie einen der Mitte des Gartens zugewandten Bereich betraten, riet sie: „Noch mehr Wasser", denn trockene oder bereits vereisende Läufe umher mündeten in Teiche.
Nyrden bejahte. „Die Göttin des Wassers bringt Naltivi großen Wohlstand, schon seit Generationen. Sie ist eine der meistverehrten..." Sie brach ab, wiederum bat der Lauschenden Miene um Weiteres. Während Nyrden dem nachkam, gewahrte sie, dass Rednawén zwar den Ort merklich genoss und den Worten sehr wach folgte, dass aber ihre Aufmerksamkeit der Erzählenden galt, nicht dem Erzählten.
Die Führung schloss am alten Ratsbaum, der sich unter der Hand der Gartninnen merklich erholt hatte. Seine ehedeme Krankheit war fast gewichen, und selbst in der Regenzeit und fast kahl zeugte er von der Kraft Runjhàys. Rednawén umschritt ihn bewundernd, danach setzten sie sich auf eine der mit Decken vorbereiteten Bänke unter ein regendichtes Stoffdach.
„Ich weiß, dass ihr keine Göttinnen habt", tastete Nyrden zögernd.
Rednawén nickte mit Frage.
„Wäre es eine Beleidigung für euch, wenn wir Früchteopfer bringen, ehe der Rat beginnt?"
„So ist es auf Naltivi üblich, nicht wahr? Ihr gebt sie in Räucherschalen?"
„Ja", bestätigte die Ältere.
„Es sind nur Früchte. Solange es keine Tiere oder gar Menschen werden. Und solange es keine Rituale gibt, an denen wir teilzuhaben aufgerufen werden. Wir werden euren Tempel nicht betreten, und sei gewiss, dass dies mehr Achtung unserer Freundinnen bedeutet als Ablehnung eurer Göttinnen."
Sie stutzte.
„Nyrden." Rednawén streckte die Hand nach ihr aus. Ein weiteres Mal fiel der Gartnin auf, wie schwielig sie war. „Allein deine Frage vorab würde eine Beleidigung verhindern. Wir sind jetzt zu Gast hier, und mögen wir vielleicht auch starrsinnige Dummköpfe sein, sind wir doch nicht so empfindlich, wie der Streit um meinen Dolch dich glauben zu machen scheint. Um den Dolch war es eine andere Sache, es war um Ehre. Aber jetzt ist die Freundschaft unserer Völker für die Dauer dieses Aufenthalts bekundet."
„Ich hielte euch niemals für Dummköpfe!", wehrte Nyrden erschrocken ab.
Die Leyawi hielt inne, küsste dann ihre Hand. „Und selbst wenn, Stadterste." Ihre Lippen suchten die ihren.
Nach einer Weile bat Nyrden Rednawén einen heckenbewachsenen Pfad entlang zu einem verborgenen runden kleinen Platz, nicht größer als eine Kammer. Sein gekehrter Boden, wo er nicht von einem sauberen Liegekissen oder dem reichverzierten Tisch aus Nussbaumholz bedeckt wurde, zeigte ein Blütenbild aus zusammengesetzten bunten Steinen. Blattlose

Ranken, die neben einem geölten Regenschutz ein Dach bildeten, verhießen für den Sommer Blütenfülle. So dicht waren die Hecken hier, dass sie einen vollkommenen Sichtschutz boten; nicht einmal von einem der Türme aus war hier einzublicken. Die einzige türähnliche Öffnung zum übrigen Garten hin, durch die sie eingetreten waren, verschloss die Naltivi mit einem Vorhang. Darauf wandte sie sich dem Tisch zu, entzündete die beiden Lampen, die Harzdüfte verströmten, und entfachte Feuer unter einer vorbereiteten kleinen Räucherschale. Hellgrüner Rauch stieg auf, verließ den Raum gen Himmel. Ein angenehmer, schwerer Geruch breitete sich aus. Nyrden wartete.
„Das ist deins, nicht wahr?", fragte die Streitin. „Dieser Ort gehört nur dir."
Nyrden lächelte glücklich und zog sie auf das überdachte Kissen, wo sie küssten. Dann erkundigte sich die Gastgebin: „Möchtest du Wein?"
„Gerne."
Sie ging zum Tisch, nahm den Krug, der neben einer mit Obst der Ebene gefüllten Schale und zwei Bechern bereitstand, um ihnen einzuschenken. Als ein kleines Rinnsal ungeachtet der Kälte über einen Lauf aus rosafarbenen Kieseln zu tanzen begann, merkte Rednawén auf. Neugierig hielt sie die Finger ins plätschernde Wasser. „Warm", staunte sie, als sie sie zurückzog.
„Es kommt kochend aus einem Kessel. Bis es hier ist, ist es abgekühlt."
„Der Rauch war ein Zeichen?"
„Ja."
Ihr Blick fiel auf die Decken am oberen Ende des Liegekissens. Nyrden reichte ihr einen Becher und kam wieder neben sie.
Die Leyawi lachte leise. „Und jetzt?"

Den ungewöhnlich heftigen Regen deuteten die Priestinnen als Zeichen des Willens der Göttinnen für ein Bündnis mit Leyawi. Die herbstliche Regenzeit rief nicht zu Schlachten, sondern zu Ruhe und Verhandlungen. Ein gemeinsames Opfer mit den Gästen wurde mit Rücksicht auf deren Gebräuche jedoch nicht abgehalten.
Am Abend würde der erste gemeinsame Rat der drei Völker zusammenkommen. Als die Leyawi vorab zum Essen die Halle betraten, verschlug es Nyrden den Atem. Rednawén trug ein knöchellanges Ratsgewand, das zwar ebenso schwarz und schlicht war wie ihre Kriegskleider, das aber Stolz und Kraft ihres immerbewegt wirkenden Körpers ungeheuer betonte. Ein rotes Band hielt das teils geflochtene Haar zurück und ließ die Augen der Nahenden erstrahlen.
„Stadterste." Sie verneigte sich vor Nyrden.
„Bei allen Göttinnen, bist du schön", entfuhr es der Naltivi leise, sie erschrak jedoch sogleich über ihre eigenen Worte, die der Benannten ungern sein mochten.
Doch die lachte auf. „Noch so ein seltsames Willkommen!"
Nyrden war verlegen.
Rednawén nahm ihren Arm. „Selber", raunte sie.
Sie setzten sich an die Tafel.

Angesichts der Kleider der Gäste wurde Nyrden gewahr, dass es mehr als ein Schwarz gab: Blauschimmer wechselten sich mit rötlichen, violetten und grünlichen Schwarztönen ab. Der Künstegeschulten Augen glitten über Gürtelzier und Umhangschließen, welche aus Eisen gefertigt zu sein schienen, doch mit schön anzusehenden Tierbildern verziert waren; über schwarze Bänder, die kunstvoll ins Haar gewebt worden waren und dunkel gehaltene Stickereien zeigten. Die Bänder, die Éyark trug, zogen die Blicke der aufmerksam Hinschauenden an, denn im ersten Anschein schienen jene nur schwarz zu sein, hielten jedoch feine gestochene Linien, die wie eine mehrreihige Schrift wirkten und von Randmustern gesäumt wurden.

„Ihr habt uns verschwiegen, wie reich Leyawi ist", bemerkte Nyrden, als sie die ohnworte Frage Rednawéns auf sich spürte.

„Abwarten, Stadterste", riet die Gesandte mit frohem Funkeln in den Augen.

Nach dem Essen wurden zunächst Silen und die Seinen verabschiedet, die sich zur Heimkehr bereitgemacht hatten. Die Naltivi war Zeugin gewesen, als er und Rednawén zuvor im Garten als offensichtlich Vertraute miteinander gesprochen hatten. Der formvollendete Gruß, den beide nun wechselten, verwunderte sie sehr. Nachdem die Rweden aufgebrochen waren, begann der Rat. Um die Form zu wahren, würde Nyrden bei allen Verhandlungen anwesend sein, was sie nicht bedauerte. Als Ehrenbezeugung gab Jennai das erste Wort an Rednawén.

Diese dankte dafür, ehe sie sich an die Ratsführin wandte: „Da nun unsere Freundschaft für diese Tage bekundet ist, will ich vor ihrer Verlängerung erst einmal wissen, ob Neuerungen meines Volkes an euch herangetragen wurden."

„Was bedeutet das?"

„Beim Essen sind Runjhày und Lerusm uns in Andeutungen mehr als großzügig entgegengekommen. Ich hatte den Eindruck, dass ihr einiges mehr zu geben bereit seid, als ihr zu erwarten aussprachet. Da kein Krieg mehr zwischen uns droht und ich eure Häuser nicht für ängstlich halte, frage ich mich, warum der Wert eines Bündnisses mit Leyawi so hoch bewertet wird."

Kurzes Schweigen trat in die Runde. Als Mawakai zur Antwort ansetzte, kam Jennai ihr zuvor: „Wir wissen nicht genug über die Deinen, um Neues von Altem unterscheiden zu können. Was meinst du?"

„Neuerungen in Handelsgütern", erwiderte Rednawén tastend, und als verwirrte Stille ihr antwortete, fügte sie hinzu: „Wir haben Salz gefunden."

„Salz?" Rilan merkte auf. „Viel?"

„Allerdings. Darum brauchen wir die Minenkenntnisse Lerusms, denn unsere beschränken sich auf die Gewinnung von Eisenerz und Kohle. Doch zuerst will ich wissen, ob unsere Spähinnenkette plauderfreudige Glieder hat."

„Keine von uns wusste von Salz", beteuerte die Greise. „Wenn du willst, schwören wir es."

Rednawén wehrte zufrieden ab. „Es ist gut."

„Wie viel ist es?" Rilan versuchte, sich seine Aufregung nicht anmerken zu lassen. „Und wie wünscht ihr den Handel?"

„Schon jetzt mehr, als nötig wäre, um diese Stadt daraus zu erbauen. Und je weiter wir gra-

ben, umso mehr scheint es zu werden. Aber wir wissen nicht, wie es zu befestigen ist, und hatten darum bereits Einbrüche. Wir brauchen Lerusm, das vermutlich über unseren Fund nicht erfreut ist." Sie wandte sich Mawakai zu, die tatsächlich verstimmt wirkte. „Das Salz ist nur ein geringer Teil eures Handels. Dennoch wissen wir, dass ihr Einbußen haben werdet, wenn wir unseres über die Höhenpässe tragen. Für eure Hilfe und Lehre in den Minen bieten wir einmal sieben große Kornwagen Salz im Voraus."
Mawakai sog hörbar Luft ein.
„Das ist mehr, als ihr in zwei Jahren fördert", nickte die Leyawi. „Ab seiner Ankunft auf Lerusm werden wir drei verschwiegene Monde mit dem Handelsbeginn warten, damit ihr Zeit für den Tausch des letzten Salzes vor der Schwemme bekommt und dafür, andere Güter als Ersatz zu finden."
„Darüber muss ich ruhen", gab die Stadtwahrin zurück.
Rednawén überlegte kurz. „Wir sind auch bereit, einen Teil in Waffenrohlingen zu zahlen. Oder in der Lehre Schmiedinnen gegen Bergleute zu tauschen."
„Das klingt besser."
„Gut." Der Leyawi Blick kehrte zu Rilan zurück. „Für die zollfreie Öffnung der Straßen Runjhàys bieten wir einen Kornwagen Salz im Jahr."
Er war einen Augenblick lang sprachlos. Dann nahm der Händler dem Stadtwahrer die Zügel aus den Händen. „Für das Salz. Wie ist es um weitere Waren?"
„Für sie wird es weitere Verhandlungen geben. Es gibt die Überlegung, auch mit Salzfleisch zu handeln. Zunächst aber geht es uns nur um das Salz."
„Das hört sich nach einem guten Verhandlungsbeginn an", freute er sich.
Rednawén lächelte. „Unser letztes Anliegen sind Heilinnen. Wichtig ist mir, dass die, die kämen, es aus freiem Willen täten, ebenso wie die Bergleute. Wir bieten aushandelbare Entlohnung und die Zusage, keine in Kriegsgebiete zu ordern, die es nicht will."
Den restlichen Rat verbrachte Nyrden unter großer Anstrengung. Sie bedauerte ihre Unkenntnis in Verhandlungen und war entsetzt, wie wenig sie von dem verstand, das besprochen wurde. Doch sie fand Rettung: Die Rauheit, die Leyawi im Klang hielt, zeigte sich auch in den Worten der Gäste, die in Ebenen gesprochen wurden. Der Gartnin war es angenehm, wie ein gesprochenes Lied, und so genoss sie die Weise, wo die Bedeutung ihr ferne blieb. Schließlich aber ging die Versammlung auseinander, für den ersten Abend überaus zufrieden.
„Wir alle werden nach erschöpfenden Tagen müde sein", entließ Jennai sie. „Musik mag dieses gute Gespräch ausklingen lassen."
„Ich rufe die Musikanten", versprach der Wahrer.

Da Nyrden Rednawén zur Übernachtung einladen wollte, musste sie zunächst das gescheute Gespräch mit Jilla suchen. Doch sie brachte es nicht über sich, sein Wort zu erfragen, bat ihn verlegen und vor anderen lediglich darum, in dieser Nacht in einer Gästeunterkunft zu schlafen. Er ehrte sie tief, während sie floh.
In der Kammer schaute sich Rednawén neugierig und ohne die Scheu, wie sie einer spätergeborenen Naltivi zueigen gewesen wäre, um. Zunächst blieb die Leyawi vor dem Göttin-

nenbild stehen und betrachtete es. Dann trat sie, zu Nyrdens Erleichterung, ohne ein Wort über das Bild gesagt zu haben, vor den Tisch mit Zierwerkzeugen. Ein Handspiegel aus Silber, das saubere Schminkbrett, mehrere edelsteinerne Kämme, Haarnadeln, ein Ohrlöffelchen und teils deckeltragende Dosen aus Bein und Perlmutt lagen neben Ohrringen, Armreifen und weiterem Schmuck auf dem Pflegetisch ausgebreitet. Zudem eines, das die Kriegin erstaunt aufhob: „Was, bei allen Ahninnen, ist das? Das sieht aus wie eine kleine Folterzange!"
Nyrden entwendete ihr das Eisen, setzte es an der Braue der Wartenden an und zog ein Haar heraus. „Es ist eine kleine Folterzange."
Für die angekündigte Zerstreuung legte Rednawén ein Langhemd an, das sie, wie sich später herausstellte, den anderen Leyawi gleich, abends meistens trug, ohne jedoch anschließend darin zu schlafen. Eine bis zu den Fußknöcheln reichende Weste kam hinzu. Alle Kleider der Begasteten schienen schwarz zu sein.
Nyrden und Rednawén gingen noch um Musik und Wein, von dem die Heerführin sich ebenso wie ihre Gastgebin mit einem Becher begnügte. Dann verabschiedeten sie sich vom Hof.
Als sie die Kammer erneut betraten und die Ältere ihren Kuss ertastete, erklärte Rednawén: „Ich bin entsetzlich müde, Nyrden. Magst du Tanz auf den Morgen verschieben?"
Kleiner Schrecken stieg in der Gebetenen auf, über die Offenheit der Kriegin wie darüber, in den eigenen Wünschen durchschaut worden zu sein. „Sicher", hauchte sie verlegen.
Rednawén küsste sie noch einmal, drehte sich darauf ihrem Packen zu, dem sie einen kleinen Beutel entnahm. Mit winzigen grauen Kristallen und einem Holzstift begann sie, ihre Zähne zu reinigen.
Nyrden trat neugierig näher. „Was ist das?", fragte sie.
„Salz", war die geschmatzte Antwort. „... auch ...nmal versuchen?"
Die Naltivi verbarg ihre Verblüffung. Salz. Ebenso gut hätte Rednawén Goldstaub verwenden können. Dies schien Nyrden neben der betonten Schlichtheit, die die Gäste in ihren Kleidern hielten, keinen Platz zu finden. Sie kam dem Angebot nach und bereute es zunächst, denn es war ihr, als zöge sich ihr Mund zusammen. Da sie Rednawén aber nicht kränken wollte, spie sie das Salz nicht sogleich aus. Als sie geendet hatte, stellte sie fest, dass es ihre Zähne erheblich gründlicher gesäubert hatte als das kräutergestärkte Kreidepulver, das sie üblicherweise dafür verwendete.
Anschließend legten sie sich. Die Streitin schlief ein, kaum dass sie den Arm um Nyrden gelegt hatte. Diese seufzte glücklich und holte ihre Abendgebete im Liegen nach.

Am nächsten Tag hielten die Leyawi bereits vor Sonnenaufgang an einem abgelegenen Ort jenseits der Stadt ihre Kriegsübungen ab. Erst auf Kelons Einladung hin, betraten sie den Strohplatz.
Am Nachmittag schickte sich der Stadtwahrer an der Seite von Mawakai dazu an, die Gäste zum Hauptmahl abzuholen. Sie fanden Rednawén im Garten, wo Nyrden an einigen Pflanzen arbeitete, während die Leyawi ihr, verschwitzt und verschrammt in offensichtlicher Ruhezeit, zusah. Sie ehrten einander, die Gartnin erbat sich noch einige Augenblicke, ehe sie

sie begleiten würde. Während sie die Rinde des Ratsbaumes mit einer übelriechenden Salbe bestrich, setzten die Übrigen sich zu dritt auf eine nahegelegene Bank.
„Das Salz bedeutet weiteren Wohlstand für Leyawi", bemerkte Mawakai Rednawén zu. „Den ihr in großer Freundlichkeit mit uns teilen wollt."
„Und neue Gegninnen", entgegnete die Angesprochene gelassen. „Leyawi hat genug. Wie voll können volle Kornspeicher werden?"
Die Stadtwahrin brummte versonnen. „Ich glaube fast, eine andere Gesandte vor mir zu sehen als auf Tudalin. Dort ließest du keinen Zweifel daran, dass du die Armreiche nicht guthießest. Eine widerwillige Verhandelnde im Auftrag Èsralons. Ich war schon vor Kelons Dummheit sicher, dass ein Bündnis unserer Häuser nicht zustande kommen würde. "
Die Junge schüttelte den Kopf. „Ich habe nichts gegen eine Öffnung anderen Völkern zu. Aber das Salz ... Mir wäre es lieber, es wäre nie gefunden worden." Sie schnaufte in Missbilligung, und ihre Aufmerksamkeit fand erneut Nyrden, die mittlerweile Werkzeug und ihre Hände säuberte. „Wäre es möglich, der Ersten von Runjhày im Rat Ehre zu erweisen?"
Die Wahrinnen wechselten einen Blick, der Unverständnis bezeugte.
„Ihn in den Garten zu rufen", half die Gastfreundin, die es gewahrt hatte.
„Gewiss", erwiderte Rilan unsicher.
„Die Naltivi wird hier unterschätzt", stellte Rednawén fest, und der Vorwurf in ihrer Stimme legte sich kurz wie eine klamme Brise über die Gefährtinnen.
„Wir werden sie fragen, was zu tun ist", versprach Mawakai dann.

Noch am selben Abend wurde der Rat erstmals in der Pflanzenstätte abgehalten. Rauchwerk säumte die Wege; farbige Tücher, die über Gerüste gehängt worden waren, bedachten die um den alten Baum herum Sitzenden; Feuerschalen wie Decken boten erstaunliche Wärme. Fast alle hatten erwartet, frieren zu müssen, doch dem entgegen war es hier angenehmer als in der Halle. Die gehobene Laune der Anwesenden trug nicht wenig dazu bei, dass bereits an diesem Tag Bündnisse zwischen Leyawi und Runjhày wie zwischen Leyawi und Lerusm ausgerufen wurden, wennauch mit weitergehenden Verhandlungen auf das Wort Èsralons gewartet werden musste. Eine auffallende Zurückhaltung Rednawéns gegenüber Rilan blieb jedoch bestehen.
Runjhày rief zum Fest über die Bündnisse, das drei Tage währen würde, in die inzwischen geschmückte Halle. Auf dem Weg dorthin bat Rilan seine ausgerufene Gemahlin um ihr Geleit. „Ich bin nicht als Stadtwahrer ausgebildet worden", sagte er leise. „Dennoch hätte eines nicht geschehen dürfen: Ich suchte eine Zeitlang nur Kenntnis, wo ich Gefahr wähnte. Zu lange, fürchte ich. Über Leyawi holte ich mehr Erkundigungen ein als über Naltivi. Ich habe dich beleidigt, weil ich deinen Garten nicht in Ehren hielt. Ich bitte dich um Verzeihung."
Nyrden schenkte ihm ein Lächeln. „Es ist nicht leicht dort, wo wir die Regeln nicht kennen."
Er blieb stehen und verneigte sich tief. Im Aufsehen: „Ich danke dir, Erste. Eine bessere Wahrin als dich kann sich Runjhày nicht wünschen."
Sie strahlte. „Ich danke für die lieben Worte."

Sie gingen weiter.
„Und wofür nun der Garten? Für angenehmere Verhandlungen als in der Halle?"
Nyrden bejahte. „Und sei es nur mit Gästen aus der Ebene." Sie zögerte kurz. „Die Berglandinnen für ungebildete Groblinge halten."
„Tatsächlich?", fragte Rilan.
Sie nickte belautet, und beide schmunzelten.

Seit der Beilegung des Streites hatte Kelon sich sehr bemüht, den Gästen gegenüber Freundlichkeit zu zeigen. Als aufgespielt wurde, trat er an Rednawén heran und verneigte sich vor ihr. „Heereserste. Schenkst du mir einen Tanz?"
Ihre Blicke fingen einander.
„Es wäre mir eine große Freude", versicherte er bittend.
„Ich kann dir nicht zusagen, dass du dich dabei nicht an meinem Dolch stößt."
Er wirkte zerknirscht. „Es war wirklich nicht in Arge gemeint. Ich war nur..."
Die Leyawi lachte auf, schlug ihm ohne Gewalt auf die Schulter und erhob sich. Mit einer schnellen Bewegung entledigte sie sich des Ratsgewandes, unter dem sie ihre gewöhnlichen Kleider trug, und warf es über ihren Gaststuhl. Dann ging sie mit dem Lerusmen zur geräumten Hallenmitte, wo sie sich je zwei der kurzen Stöcke nahmen, mit denen die Streitinnen ihre Tänze zu halten pflegten. Sie schlugen damit in regelmäßigen Abständen aneinander, was die Musik ergänzte, zudem aber den Eindruck erweckte, dass sie selbst im Tanz noch kämpften. Mitunter kreuzten sie auch wirkliche Waffen oder rangen zum Schein miteinander, hin und wieder gaben sie Kriegsschreie von sich. Nyrden hatte diese Tänze bisher nie als angenehm erlebt. Sie hatten auf sie wie die ein wenig kindliche Zurschaustellung von Stärke und, was ihr unangenehm gewesen war, der ständigen Bereitschaft zum ehelichen Tanz ausgedrückt. Aber nun, durch die sehr viel beherrschtere Weise der Leyawi, wenn sie auch einiges ähnlich anteilte, gewann Nyrden einen neuen Blick auf die Tanzenden. Die im Raum anschwellende Kraft war fast greifbar. Angesichts der Schönheit von Rednawén und auch von Kelon und vielleicht auch, weil ihre eigene Lust kein Verbot mehr für sie war, erschauderte die Naltivi. Um die Tanzinnen nicht anzustarren, suchte sie Unterhaltung mit Jilla, den sie für die Schmückung der Halle lobte. Nach anfänglicher Scheue ihm gegenüber gewahrte sie sein Wohlwollen, und sie gewann an Ruhe zurück.
Als die Krieginnentänze verklungen waren, wurde zu Tänzen aufgespielt, zu denen sich auch andere trafen. Nyrden sah Rilan, von Mawakai geführt, auf den Platz treten.
„Stadterste?" Mit leuchtenden Augen streckte Rednawén ihr die Hand entgegen.
Nyrden erschrak. „Ich ... verzeih, nein."
„Warum nicht?"
„Ich bin müde", log sie.
Die Erhitze zuckte die Achseln und fiel neben ihr auf den Stuhl.
Das Haus lieferte seinen besten Wein, aber die Gäste hielten sich bei diesem, im Gegensatz zu den Runjhày, merklich zurück, was Nyrden angenehm war. Sie verbrachte den Abend mit Rednawén und Kelon. Die beiden verstanden sich gut und lachten und scherzten viel. Wenn sie nicht tanzten, unterhielten sie die Naltivi, buhlten um ihre Gunst, umwarben sie

auch im Wettstreit. Sie, der dies zunächst unwohl war, gewahrte bald den Scherz darin und spürte ihr eigenes Vergnügen über dieses Spiel wachsen. Kelons ohnworte ernstgemeinte Frage wies sie freundlich ab, ohne dass die Späße zum Erliegen kamen. Selten hatte Nyrden eine solche Erheiterung gespürt wie an diesem Abend. Zu ihrem Bedauern gelang es ihr nicht, Jilla in die Runde zu locken.

Am nächsten Morgen hatte nächtlicher Eisregen die Stadt in eine kalte, matschige Lache verwandelt. Nachdem die Krieginnen Runjhàys den Strohplatz gemeinsam mit den Gästen gesäubert hatten und sich Übungen zuwandten, bot Kelon Rednawén einen Messkampf an. Sie willigte ein. Mehrere Dutzend Zeuginnen versammelten sich am Ort.
Die Heerführinnen wählten Streitäxte als Waffen: Kelon nahm eine große doppelschneidige Axt, die dauerhaft beidhändig geführt werden musste; Rednawén zwei Einhandäxte. Diese trugen längere Stiele als die, die Nyrden bisher gesehen hatte, ähnelten kurzen Kampfstecken und hielten auch an den Unterseiten spitz hervorragende handlange Klingen.
Als sie sich aufwärmten, schätzte Nyrden die beiden Gegninnen. Der Lerusme war um vieles muskelschwerer als Rednawén, sie hielt die größere Schnelle. Nyrden vermochte ihre Stärke gegeneinander nicht vorauszusagen.
Die Gegenüber nickten einander zu, kreuzten das Gerät, lösten es wieder, suchten einige Schritte Abstand. Kelon nahm die leicht vornübergeneigte, den Kampfbeginn erwartende Haltung ein, die Nyrden bereits kannte. Die Leyawi hingegen stand aufrecht mit ein wenig ausgebreiteten Armen, die Äxte in Händen, und beobachtete ihn. Das übliche langsame Umkreisen der Gegninnen blieb aus. Kelon schickte sich zweimal dazu an, hielt ob der reglos Wartenden aber inne. Dann schwang er sein Gerät plötzlich mit Wucht. Rednawén wich ihm aus, duckte sich unter der surrenden Klinge, stand mit einem Mal hinter ihm. Ehe er sich umdrehen konnte, schlug eine Flachseiten der linken Axt in seinen Rücken. Es wirkte gewaltarm, fast spielerisch, doch der Lerusme stöhnte auf und taumelte. Als er sich umdrehte, lag ein befriedigtes Grinsen in seinem Gesicht. Er nickte Rednawén zu.
Sie kämpften lange. Die Schönheit ihrer Bewegungen ließ Nyrden an die Tanzdarbietungen bei den großen Festen der Ebene denken, auch wenn solche kein so beeindruckendes Maß an Kraft hielten. Die meisten Zeuginnen standen still, teils andächtig, teils in Spanne. Die sonst üblichen Zwischenrufe fehlten gänzlich. Dann ließ des Lerusmen Kampf an Kraft nach, sein Atem kam nicht mehr zur Ruhe. Die Begastete griff plötzlich in kurzen, schnell aufeinander folgenden Schlägen an, ließ ihm keine Rast, ließ ihn nicht mehr zum Angriff kommen, bis seine Wehr schwächer wurde. Rednawén nutzte dessen Schwere gegen Kelon, so dass er mit einem Mal wie ein Schüler wirkte, wankte und stolperte und unter ihren Angriffen nur langsam wieder in geraden Stand fand. Als der Krieger um Gleichgewicht rang, drückte eine Axt die seine beiseite, die andere zog sein Knie in die Beuge. Die Gegnin warf ihn nieder, er schlug hart auf dem Rücken auf und rang nach Luft. Da kniete sie, eine Klinge an seiner Kehle und fast Nase an Nase mit ihm, schon auf seinen Armen.
„Mehr?", fragte die Leyawi.
Er bejahte keuchend.

Sie grinste. Als sie sich erhob, hielt sie beider Kriegsgerät, das der nahestehende Éyark entgegennahm. Kelon kam wieder auf, die Gegninnen brachten ihre Helme an den Rand des Platzes, wo sie sie auf Befestigungspfählen ablegten. Nyrden konnte es nicht glauben. Es war ausgeschlossen, dass Rednawén den Lerusmen zum Ringkampf forderte! Mit Waffen mochte ihre Schnelle ihn aufs Stroh werfen, aber ohne sie ... Bei gleicher Größe hielt er bedeutend mehr Muskeln, im Ringen würde seine Schwere ihm zum Vorteil gereichen, gegen seinen Griff würde Rednawén wenig bewirken können. Ungläubig sah die Stadtwahrin, wie beide sich erneut bereitmachten.

„Jetzt wird er siegen", sagte Rilan zuversichtlich.

Nyrden sah Éyark kaum merklich grinsen.

„Abwarten", gab Mawakai zweifelnd zurück. „Sie hat ihn gefordert."

War es beim ersten Kampf wie eine gemeinsame Sprache zwischen den Angetretenen gewesen, fielen Nyrden beim zweiten die Unterschiede auf: Kelon suchte, mit der Kriegin zu ringen, was jedoch vergebens schien, da diese ihm in unerhörter Behendigkeit auswich, ihm Schläge und Tritte versetzte, welche den Überraschten wiederum ins Wanken brachten. Die Leyawi wirbelte in einer Schnelle herum, die Nyrden allein vom Zusehen schwindeln ließ. Mawakai gab einen anerkennenden Laut von sich.

Ein weiteres Mal trat Rednawén zu und traf ihren Gegner an der Brust. Er ging zu Boden, wo er liegenblieb. Als er aufsah, stand die Siegin neben ihm.

„Wie kannst du dich so schnell bewegen?", keuchte er, sich auf die Ellenbogen stützend.

Sie grinste. „Weil ich nicht so viel esse wie du."

Er schaute verblüfft.

Sie lachte, zog ihn auf, „mach dir nichts draus. Wenn ich einmal weniger aufmerksam bin", und klopfte auf seinen Oberarm, „werde ich gegen diese Muskeln nicht standhalten."

„Wann bist du denn weniger aufmerksam?", fragte Kelon werbend.

Rednawéns Blick blitzte auf. „Vielleicht, wenn ich alt bin."

Beide lachten.

„Ich schulde dir einen Abend Wein", erklärte er.

„So sei diesen Abend mein Gast, und teile ihn mit mir", erwiderte sie.

Nyrden spürte ein seltsames Brennen im Magen. Ihr Blick fiel auf Telùn. Die Winie stand da wie die menschgewordene Eifersucht und spiegelte ihr, was sie selbst in sich hielt.

„Gebietin", suchte Mawakais gesenkte Stimme ihre Aufmerksamkeit. „In jeder Hinsicht: danke. Mögen die Geister dir lächeln."

Sie ehrte sie.

„Habe ich da eines falsch verstanden?", flüsterte die Lerusme nun mit Wohle. „War es nicht so, dass dir Kelon zu stark war?"

Nyrden lachte leise auf.

Sie wandten sich Anchai und Rednawén zu, welche zeitgleich bei ihnen ankamen. „Das war sehr beeindruckend, Heereserste", bekundete der Runjhày.

Diese hob die Brauen.

„Es heißt, die Deinen seien Meister im Streit gegen eine Übermacht", fuhr er fort. „Würdest du uns auch darin einen Messkampf schenken?"

„Gern", stimmte sie zu. „Mit oder ohne Waffen?"
„Was ziehst du vor?"
„Mir ist es gleich. Aber mit ihnen mag es zu stärkeren Verletzungen kommen, was mich bei Freundinnen nicht freuen würde."
„Dann ohne." Er nickte ihr zu. „Wie viele Gegner sagst du gut?"
Sie hob und senkte die Achseln. „Vier, fünf. Wähle du."
„Wie du wünschst. Und wann?"
Rednawén zeigte sich erstaunt. „Wir sind doch hier."
Zufrieden ging der Ältere zu einigen Runjhày am Rande des Kampfplatzes. Er besprach sich mit ihnen, dann lösten sich vier weitere Krieginnen aus der Gruppe und traten zu der Geforderten aufs Stroh. Die Naltivi sah, dass sie die Nahenden sehr aufmerksam betrachtete, und Nyrden fiel auch Éyarks erneutes Grinsen auf. Rednawén stand reglos, den Kopf leicht gesenkt, und schien wachsam atmend Ruhe um sich zu breiten.

Wo Nyrden in den Ratsgesprächen gespürt hatte, dass der Jüngeren Ruhe erzwungen und über Jahre schmerzhaft erlernt war, schien sie sie hier zu verströmen wie einen Duft, der die Botschaft verbreitete, dass Rednawén den Kampf bereits gewonnen habe. Nyrden, deren Herz nach Anchais Frage gerast hatte, spürte Anspannung von sich weichen, als sie der Heerführin zusah.

Die Gegninnen bildeten einen Kreis um die Leyawi, dann drangen sie gleichzeitig auf sie ein. Dieser Streit war viel schneller vorüber als die beiden Kämpfe mit Kelon, und Nyrden verstand, dass Rednawén die vorhergegangenen mit Genuss in die Länge gebracht hatte, während sie nun wahrlich zum Kampf kam. Dolin und Anchai gelang es als Einzigen, ihr einmal nahe zu kommen, doch keine vermochte sie zu greifen oder zu schlagen. Sie wich sogar Griffen und Stößen aus, die sie nicht gesehen haben konnte. Nach wenigen Augenblicken lagen alle Runjhày auf dem Stroh.

Nyrden seufzte tief.

„Schade", bemerkte Éyark neben ihr. Sie sah ihn an. „Es hätte ihr gut getan, einmal zu verlieren." Er zwinkerte.

Rednawén kam mit den ehedemen Gegninnen zu ihnen zurück. Ihr Nachhalter warf ihr einige Worte in ihrer Heimatsprache entgegen, was sie zu einer finsteren Miene bewegte. „Du kannst gerne als Nächster antreten", sagte sie scharf.

Er wehrte lachend ab.

Nyrden spürte keinen wirklichen Arg zwischen den beiden, und der spottende Ton, der Éyarks ihr unverständliche Worte begleitet hatte, ließ in ihr die Ahnung aufkommen, sie seien um sie selbst gewesen.

Nicht wenige blieben noch, um bei den weiteren Übungen und Messkämpfen zuzusehen. Nyrden hielt aus, bis sie fror, nahm dann eine von Rilan gebrachte Decke entgegen und stellte sich an die windgeschützte Stelle, an der noch die Helme von Kelon und Rednawén lagen. Sie griff nach Letzterem, drehte ihn nachdenklich in Händen, um ihn genauer beschauen zu können. Er war schwarz und hinterließ Ruß an ihren Fingern. Nur die Kopfschutze Rednawéns und Éyarks waren an der Außenseite mit Ruß gefärbt, alle anderen Helme der Gäste trugen die Farbe polierten Eisens.

Die Schmiedin, die Rednawéns Helm gewerkt hatte, musste die Heerführin sehr aufmerksam beobachtet haben. Der eiserne Körper einer sich in den Flug erhebenden Feuerspeiin zierte ihn. Die Flügel lagen eng an, Bewegung ankündigende Spanne dehnte die Figur, und es hätte Nyrden nicht verwundert, sie fortfliegen zu sehen. Die Widerspiegelung Rednawéns, die in immerwährender Schnelle bei gleichzeitigen Selbstzügeln erschien, war unübersehbar. Der Nasenschutz zeigte Kopf und Hals der kleinen Gestalt, Flügelgelenke rahmten die Augen einer Tragin, deren Gesicht unterhalb der Nase ebenso schutzlos blieb wie Hals und Nacken, denn der Helm besaß allein einen Kinnriemen, keinen Kehlpanzer.
„Vorsicht, sie speit, wenn sie eben gefressen hat." Eine vernarbte Hand griff nach dem Kopfschutz. Rednawén küsste Nyrden, was dieser ob der Zeuginnen nicht allein wohl war.
„Ich bin beeindruckt", sagte sie leise.
„Das will ich hoffen. Éyark behauptet, dies zu erreichen, wäre mein Grund, mich ‚so aufzuplustern'." Die Leyawi grinste.
Nyrden wusste für einen Augenblick nicht, was zu erwidern. „Es war ... schön. Deine Bewegungen waren schön. Wie tanzen."
„Da gibt es auch einige Ähnlichkeiten."
Sie war sogleich verlegen. „Diese Art tanzen meinte ich nicht."
Die Streitin lächelte. „Weiß Runjhày, welchen Schatz die Naltivi hierher sandten?"

Schließlich trennten sie sich für ihr Tagewerk, die Naltivi ging in den nahegelegenen Garten. Vor dem abendlichen Mahl und weiteren Ratsgesprächen holte sie die mit Kelon Übende ab, um sie zur Waschkammer zu begleiten, die die übrigen Leyawi schon wieder verlassen hatten. Obwohl der Wohnturm im Keller unter der Halle einen der drei Brunnen der Stadt hielt, war die Waschkammer Runjhàys in einem der Häuser gelegen. Nachdem Silen von den täglichen Waschungen der Leyawi berichtet hatte, hatte Nyrden vorgesorgt. In dem einen Großteil des Jahres nur selten benutzten Raum warteten nun Krüge, Schüsseln und saubere Tücher auf Benutzung.
Auf dem Weg dorthin warf Rednawén einen Blick auf die Speicherbauten, die auf Stelzen standen. „Wie gut ist der Rattenschutz?", fragte sie mit Weis auf die Scheiben und Spitzen am oberen Ende der Balken.
„Ich weiß es nicht", gab Nyrden zu, die sie noch nie bemerkt hatte.
„Recht gut, aber nicht völlig klaglos", warf eine Bedienstete ein, die beiseite Fässer stapelte.
Die Stadtdritte Leyawis wirkte versonnen und bat dann: „Könnte ich eine Handvoll davon mitnehmen? – Unsere Feste ernährt mehr Ratten als Menschen. Auch wenn manche Verbündeten da keinen Unterschied sehen." Sie grinste.
„Sicher", war die einzige Antwort, die Nyrden in den Sinn kam. Sie würde Rilan nach der Gabe fragen.
Sie gingen weiter und betraten ihr Ziel, das schon wieder aufgesorgt worden war. Anerkennung spiegelte sich in Rednawéns Zügen. „Dies ist sehr freundlich von euch. Wenn wir zu viel Wasser verbrauchen, können wir auch zum Fluss..."

„Ihr seid sehr geschätzte Gäste", nutzte die Naltivi eine der wenigen ihr gestatteten Möglichkeiten, die Rede einer Gesprächsgegenüber zu unterbrechen. „Es ist uns eine Ehre."
Rednawén dankte ihr.
„Willst du vor dem Essen noch ruhen? Du musst müde sein nach all den Übungen und Kämpfen."
„Nein. Freundinnenkämpfe erschöpfen auch nur teils. Es macht Spaß, ohnarg zu kämpfen. Mit Kelon habe ich nicht das letzte Mal in Freundschaft die Klingen gekreuzt."
Nyrden spürte wiederum Eifersucht in sich. Als ihr ein schätzender Blick zugeworfen wurde, setzte sie ein Lächeln auf. „Es freut mich", versicherte sie.
„Das ist gelogen. Du stehst in den Spuren der Winie."
Sie erschrak, sammelte sich. „Ja. Verzeih. Ich kenne mich nicht wieder."
Die mittlerweile Entkleidete schmunzelte. „Ich fühle mich geehrt." Sie trat ihr nahe, küsste ihren Hals, was Tanzsehne in Nyrden weckte. Dann löste Rednawén sich wieder von ihr und langte nach dem Wasserkrug. „Das ist ja warm!" Sie wandte sich mit freudiger Miene noch einmal um. „Danke sehr."
Die Naltivi verabschiedete sich von ihr, um sich vor dem zweiten Festabend umzuziehen und neu zu schminken.
Jilla half ihr, Spanne stand zwischen ihnen. Als er mit ihrem Haarnetz geendet hatte, sagte er: „Du wirst ihr gefallen."
In seiner Stimme glaubte die Freundin, das Brennen zu hören, das erst vor kurzem ihren eigenen Magen besetzt hatte. „Du bist eifersüchtig auf sie", staunte sie, die eine gänzlich andere Art der Walle erwartet hatte.
Er sah nur kurz nieder. „Nicht auf euer Band. Aber auf ihre Zeit mit dir."
Nyrden lächelte. „Ich wünsche dir wieder einen Frau, Jilla. Eine, die dein Glück ist."
„Oder einen Mann?" Seine Miene war versühnter. Sie atmete kurz nicht. „Du hast es mir nicht gesagt", stellte er ohne Vorwurf fest. „All die Jahre. Ich hätte es für mich behalten."
„Das weiß ich. Vor ihr war es nicht. Und auch jetzt gilt es nicht Frauen, sondern ihr." Mit Angst sprach sie aus, was ihr seit zwei Tagen lastete: „Verachtest du mich?"
„Deine leuchtenden Augen und deine geröteten Wangen? Wie könnte ich Glück verachten?"
Beide lächelten. Dann berührten sich ihre Stirnen zum Gruß.

Nachdem das Mahl beendet war, begannen wiederum Tänze. Als die Musik erklang, streckte Rednawén Nyrden die Hand entgegen. „Komm."
Die Angesprochene erschrak. „Verzeih ... Ich darf es nicht."
„Was?"
„Derlei Vergnügungen sind mir nicht erlaubt."
„Warum nicht?"
„Weil ich..." Sie sah nieder. „Ich bin eine drittgeborene Naltivi. Mein Tanz ist Zierde für das Haus und darf nicht meinem eigenen Vergnügen dienen."
Rednawéns Gesicht stand in Falten. „Aber nun bist du die Erste von Runjhày."
„Ich darf es nicht, verzeih." Die Ältere bangte.

Der Gast schien sich in Zügel zu legen, wurde langsamer, nickte leicht, setzte sich wieder und nahm seinen Becher. „Welches Vergnügen, das dieser Abend bietet, ist dir gestattet?" Erleichterung durchströmte Nyrden.
Rednawén tanzte an diesem Abend nicht so viel wie zuvor, sondern unterhielt sich mit ihr, Kelon und auch Éyark, dessen scharfsinnige Späße wie Freundlichkeit Nyrden schnell zu schätzen lernte.
Als der Lerusme die Halle einmal gen Abtritt verlassen hatte, stand Telùn plötzlich erhitzt vor den Verbliebenen. „Er gehört mir!", fauchte sie Rednawén ohne einen Gruß an. „Lass ihn in Ruhe!"
Diese wirkte verblüfft. „Wen? Kelon?"
„Ja!"
„Ich verstehe", erklärte sie mit einem Ernst, von dem Nyrden spürte, dass er kein wirklicher war. „Nun, so hübsch finde ich ihn gar nicht." Rednawéns Augen erwanderten die Waffenmeistin, und in gespielter Lüsternheit hob sie fragend die Brauen.
Telùn erstarrte. Dann drehte sie sich abrupt um und ging davon.
Rednawéns Grinsen folgte ihr. Abermals gab Éyark einige Worte von sich, die Nyrden nicht verstand. Seiner Führin Antwort schien im Ringen gegen Auflachen zu sein. Dann kehrten sie zur Landessprache zurück.
Auch dieser Abend brachte der Naltivi, trotz ihrer steigenden Müdigkeit, große Wohle. Als sich zu fortgeschrittener Zeit die Ersten gen Schlaf verabschieden wollten, ließ mit einem Male ein tiefer, leiser Ton alle Gespräche versiegen. Die Leyawi hielten inne, Runjhày und Lerusmen sahen sich verwundert um.

Der Ton ging von Rednawén aus, die in Sammlung niedersah. Dann, als es still geworden war, folgten fast alle der Ihren ihr, und sie begannen, gemeinsam zu singen. Es war ein kehliger, kraftvoller Gesang, der Nyrden schon nach wenigen Augenblicken erschaudern ließ. Meist hielten alle dieselbe Tonlage, aber manches Mal teilten sich die Stimmen auch in zwei oder drei verschiedene Höhen, einmal sogar in unterschiedliche Worte. Die meisten Leyawi sangen mit geschlossenen Augen; bis auf zwei hielten sie nun alle am Lied teil. Jennai, die ihre Weisen verstand, wirkte sehr ergriffen. Nyrden war gefangen von der rauen Kunde von Schmerz und Kraft in den Stimmen. Sie spürte, dass sie über Krieg und Tod sangen. Und auch von Abschied, der Sehnen zurückließ. Zum Ende hin wiederholten sie Worte und Töne und wurden darin schneller und lauter. Rednawén fing Nyrdens Blick. Die Sanginnen endeten jäh und vollkommen gleichzeitig. Obwohl es kurz ohnlaut war, schien ihr Lied noch immer in der Luft zu schwingen.

Jennai sah Rilan einhaltgebietend an, erhob sich mühsam und sprach einige Worte auf Leyawi, die sie sogleich in Ebenen wiederholte: „Wir danken unseren Freundinnen für diese unerwartete Ehre." Dann ließ sie sich wieder nieder und nickte dem Stadtwahrer zu. Die Gäste setzten ihre Unterhaltungen fort, wodurch die Luft ihre Schwere verlor.
Aber die Übrigen schwiegen noch, unsicher über die Bedeutung dessen, was soeben geschehen war.

Es war keine klare Entscheidung ihres Kopfes; Nyrdens Beine schienen sie wie von selbst zum Aufstehen zu bewegen und dazu, in die Mitte des leeren Tanzplatzes zu gehen. Wie immer war es ihr sehr unangenehm, viele Blicke auf sich zu wissen, aber nun rief in ihr eines, dem sie folgte. Wieder verstillten die Sonsten, und Nyrden begann ohne Musikbegleitung einen Willkommenstanz ihres Volkes. Ihre Bewegungen waren nicht lustgetränkt oder tanzrufend, wie es auf Runjhày üblich war, sondern von Anmut und Feinheit, die viele staunen ließen. Andächtig schwieg die Halle und erwachte aus ihrer Verzückung erst, als die Tanzende ihre Weisen mit einer Ehrung beendete.

Rednawén hatte mit maskenhaft ausdruckslosem Gesicht zugesehen. Als die Naltivi zur Tafel zurückkehrte, stand sie auf und ehrte sie mit einer tiefen Neigung, bei der sie den Blick senkte.

„Glaubst du noch immer, Nyrden sei eine schlechte Wahl für Runjhày?", fragte Mawakai leise.

„Da wäre ich sehr dumm." Rilan lächelte. „Ich weiß nicht, was da eben geschehen ist. Du?"

„Nein. Aber die beiden scheinen es zu wissen."

„Ich hätte das nicht gedacht", gestand er. „Wir leben nicht nur alle noch, nun haben wir Verbündete, deren Nähe allein Kriege von uns fernhalten wird." Seine Gefährtin stieß mit ihm an.

Bald verabschiedeten sich Rednawén und Nyrden und verließen Arm in Arm die Halle.

„Lass Telùn diesen Blick nicht sehen", raunte Mawakai an die Seite ihres Bruders, der ihnen nachsah. Er schaute sich aufgeschreckt um, was die Jüngere zu einem Auflachen bewegte. „Sie ist gar nicht hier. Welcher von beiden gilt es denn?"

„Beiden. Geister, ist das hart!"

Sie lachte erneut, diesmal laut. „Sei froh, dass du noch lebst, Kelon!"

„Das bin ich", jammerte er. „Aber die Geister legen mir mehr Strafen auf, als du ahnst."

„Oh, du Bedauernswerter! Komm, halte einen Ersatztanz mit deiner Schwester."

Gutmütig überhörte er ihren Spott und ließ sich von ihr zum Tanzplatz führen.

Am frühen Morgen lud Nyrden Rednawén allein in den Garten. Sie saßen in dicke Decken gehüllt auf der Bank, von der aus der Horizont zu sehen war. Eisregen schlug auf das geölte Dach über ihnen, nässte sie jedoch nicht.

„Tust du das immer vor den ersten Verhandlungen?", begehrte die Naltivi freundlich zu erfahren. „Dich unter falschem Namen in einem Haus umsehen?"

Die Angesprochene verneinte. „Das habe ich gar nicht. ‚Kervaiso' bedeutet ‚Erste des Heeres', und als solche reise ich in diesen Dingen. Wenn eine hier es gewusst hätte oder leyawi spräche, hätte ich dieses Vergnügen nicht gehabt."

„Jennai spricht leyawi", erinnerte Nyrden sie nachdenklich.

„Die Sterndeutin? Ich weiß nicht. Ich habe sie nicht darüber gesprochen. Mich erstaunte, dass Rilan es nicht wusste."

„Er spricht es kaum. – Und die Kleider? Ein wenig anders als diese."

„Die Kleider einer Botin", entgegnete Rednawén ruhig. „Wir haben keine Waschinnen auf Leyawi, und ich finde kein Gefallen daran, nach jedem noch so kurzen Gang als Botin meine Kleider zu waschen. Aber eine schlammbespritzte Botin ist keinem Haus fremd."
Nyrden dachte darüber nach. „Jennai sagte, früher hättet ihr wenig Berührungen mit anderen Völkern gesucht."
„Das ist richtig."
„Warum sprichst du dann so gut ebenen?"
„Weil Wunsch und Tat nicht dasselbe waren. Was mir mehr als recht ist. Wir sind ein kleines Volk, und wir haben viele Nachbarn. Diese dumme Einsiedelei hätte über Generationen zu Schwäche geführt. Hinzu kommt, dass der Stadtwahrer Leyawis ein Githe ist."
„Das sagt ... der Gemahl deiner Schwester?", ergänzte Nyrden unsicher.
„Èsr-alon. Du solltest dir ihren Namen gemerkt haben, ehe ihr einander begegnet", tadelte die Leyawi, schmunzelte aber dabei. „Nelai, ja. Mit den Jahren ist sein Leyawi allerdings recht gut geworden. Außerdem habe ich einige Freundinnen aus der Ebene, die auf der Feste dienen."
„Ah. Ich habe nur grejen gelernt."
„Wir werden dich um Vermittlung bitten, wenn wir mit Sagta verhandeln." Rednawéns Lippen streiften der Nebensitzenden Schläfe. „Unvorbereitet in die Fremde geschickt zu werden, ist kein Fehler deinerseits. Darin zu verharren, wäre einer. Aber du hast nicht eben weniges zum Wohl Naltivis und Runjhàys getan. Und zu meiner Freude." Ihr Lächeln war warm und gipfelte in einem Kuss, der Nyrden erbeben ließ.

Nach dem Mahl und den letzten Festtänzen, als die Halle ruhiger wurde, erklärte Mawakai Rednawén in kleiner Runde: „Eure Kriegskunst ist hervorragend. Ich würde dies gerne lernen."
„So weile dafür auf Leyawi", bot ihr die Verbündete. „Wenn du auch uns von dir lernen lässt."
Die Ältere ehrte sie. „Sehr gerne."
„Und bring deinen Bruder und seine eifersüchtige Winie mit", grinste Rednawén.
Mawakai wollte zu einer Antwort ansetzen, als Streitgeräusche von einem entfernten Teil der Tafel laut wurden. Sie drehten sich dem zu und hörten einige strenge Worte Éyarks. Sogleich wurde es still um zwei, die offenbar im Kampf eingehalten hatten. Rednawén erhob sich und eilte hinzu, von den drei Stadtwahrinnen gefolgt.
Éyark war sichtlich zornig. Er knurrte die Leyawi, die gestritten hatte, auf eine Art an, die verriet, er hätte es vorgezogen zu brüllen.
„Kayl eàk?", ließ sich Rednawén befehlsgewohnt vernehmen.
Ihr Nachhalter sah sie an und erwiderte einige Worte.
Sie verernstete binnen eines Atemzugs, wandte sich mit gehobenen Brauen an ihre Landesgefährtin. „Nun?"
„‚Unbeherrscht' beschreibt es", stimmte diese zu, eine blutige Schramme an der Wange. „Es war um Großtun, es war mein Fehler und nicht um Ehre."
„Du wirst bis zum Morgen vor dem Stadttor wachen", befahl Rednawén.

Die Angesprochene nickte knapp.
„Verzeih, Geehrte", hielt Rilan entgegen. „Es ist nass und kalt geworden. Wir haben sogar das Vieh schon nachts in den Ställen. Möglich ist es in Gefahr um ihre Gesundheit, die Nacht draußen zu verbringen. Es liegt mir fern, mich in eures zu mischen, aber im ärgsten Fall verlöre euer Volk eine gute Kriegin. Möglich wäre eine andere St..."
„Dann verlöre es eine unbeherrschte Kriegin", entschied Rednawén ruhig, ohne den Blick von der Bestraften abzuwenden. Diese verneigte sich mit einem Ruck und ging hinaus.
Nyrden war bestürzt.
„Freundin", sagte Kelon, und sie sah, wie Rilan entsetzt den Atem anhielt. Doch der Lerusme sprach höflich und zögernd: „Wir alle kennen den Ruf Leyawis in Ehre und Selbstherrschaft. Keiner würde daran zweifeln, weil eine von euch ein wenig zu viel getrunken hat."
Rednawéns Miene war abweisend.
Nun trat der am Streit beteiligte Runjhày ins Gespräch: „Ich gebe zu, dass ich sie gereizt habe. Ich habe mit dem Großtun begonnen. Es war wahrlich der Wein, Heereserste. Ich bitte, teile die Strafe unter uns auf. Denn eher habe ich diese Prügelei begonnen, als dass wir gleiche Teile daran hätten."
„Ich habe keine Gewalt über dich", entgegnete sie. „Was immer geschah, war keinem Wein zuschulde, sondern der Unbeherrschtheit zweier, die es besser wissen müssen. Du magst mit ihr wachen, wenn du es willst, aber ihre Strafe mindert es nicht."
Er zögerte. Dann ehrte er sie und verließ die Halle.
Lange blieb die Luft daraufhin gedrückt, bis Musik sie wieder erträglicher machte. Nyrden rang mit sich, ob sie Rednawén über das Erlebte zur Rede bitten sollte. Schließlich, als sie für einige Augenblicke allein saßen, schöpfte sie tief Atem.
Die Leyawi sah sie an. „Es ist nicht deine Sache", sagte sie.
Nyrden war zunächst vor Verblüffung sprachlos. Selten geschah es, dass eine Gegenüber ebensolches Gespür für die Stimmung walten ließ, wie es ihr selbst Gewohnheit war. Sie antwortete: „Ich weiß. Aber Krankheit oder der mögliche Tod sind harte Strafen für einen Streit."
„Es ist nicht allein um einen Streit", war die Entgegnung. „Sondern um Unbeherrschtheit. Wir sind zu Gast hier, und das Bündnis liegt noch in seiner Wiege. Ich lasse nicht zu, dass Leyawi um eines unbeherrschten Dummkopfes wegen geschadet wird. Wenn er sie beleidigt hätte, sagte ich darüber anderes. Aber über eine so dumme und unbedeutende Sache in einer so empfindlichen Zeit zum Streit zu kommen, ist unentschuldbar! Wenn sie über die Wache erkrankt, schadet es Leyawi nicht. Ich bezweifle, dass eure Nächte kälter sind als unsere, aber selbst wenn sie sterben sollte, ist dies der geringste Schaden."
Nyrden schauderte es. „Aber wenn da kein Schaden für das Bündnis gefolgt wäre?", wagte sie einen zaghaften Widerspruch. „So sieht es doch aus."
„Das abzuwägen, ist an mir", versetzte die Heerführin hart. „Glaubst du, ich wäre ihrem Wohl weniger verpflichtet als der Sicherheit Leyawis?"
Die Naltivi schwieg, wusste aber, dass ihre Augen geweitet waren.

Als Kelon ein Nachtbad in der Waschkammer des Tempels vorschlug, winkten die meisten ab, der Weg durch die Stadt sei ihnen zu kalt, es sei auch schon zu spät dafür. Aber einige, darunter Rednawén, stimmten zu.
Sie bat Traiea: „Zeigst du mir, wo ich hier heißen Wein bekomme?"
„Ich bringe dir welchen, Geehrte."
„Danke", freute sie sich. „Zwei Becher. Er muss wirklich heiß sein. Es stört mich nicht, wenn er kocht."
„Sicher."
„Gegen die Kälte?", erkundigte sich Kelon.
„Ja."
Traiea war bald zurück.
Die Gruppe ging unter geölten Schutzen durch den Eisregen. Am Stadttor verlangsamte Rednawén ihre Schritte. „Ich komme nach. Ich kenne den Weg." Sie verabschiedete sich mit den Bechern in Händen. Nyrden sah, dass sie zu den ehedemen Streitenden ging, die neben dem Tor Wache hielten, und spürte die Anspanne von sich abfallen, die sie seit der Bestrafung Rednawén gegenüber empfunden hatte.
Es währte nicht lange, bis die Nachzüglin sich bei den im einzigen beheizten Becken Tobenden einfand. Die Naltivi saß am Rand und schaute ihr entgegen. Als Rednawén grußlos begann, sich zu entkleiden, war Nyrden gewiss, dass sie dem Gespräch auswich, das in ihr selbst zu Worte drängte. Endlich hauchte sie: „Du ... hast Recht, es ist nicht meine Sache. Ich will mich nicht in deines mischen..."
„Das würde an ihrer Strafe auch nichts ändern." Der Gast blickte sich kurz um. Die Übrigen waren zu laut, um sie zu hören. „Auf Leyawi steht es ihr frei, das Heer zu verlassen oder bei Èsralon und Nelai Beschwerde gegen mich zu führen. Aber solange sie unter meinem Wort steht, lasse ich keinen Schaden für Leyawi durch sie zu. Und damit würde ich dies gerne zwischen uns beenden, denn es ist nicht zwischen uns. In der Tat ist es nicht deine Sache, Stadterste."
Diese nickte mit niedergeschlagenen Augen.
„Kommst du nicht mit hinein?"
Sie verneinte.
„Schade." Die Nackte sprang so heftig ins Wasser, dass Nyrden fast ebenso nass wurde wie sie selbst.

Anderthalb Monde vergingen in Gastrecht, Verhandlungen und Botinnenwechsel mit Leyawi; schließlich banden sich die Häuser über den Handel hinaus auch in Waffen aneinander. Die Gastgebin teilte oft deren Kammer mit Rednawén, teils im Tanz, teils im Gespräch, teils im Schlafe. Die Kriegin lachte viel und schien Spanne abzuschütteln, besonders, verbrachten beide gemeinsam Ruhezeit im Garten. An der Naltivi wurde eine starke Zunahme von Lebhaftigkeit bemerkbar, und sie gewann merklich an Kraft. Die Unsicherheiten, die sie noch vor kurzem dauerhaft begleitet hatten, wurden seltener.
Der Gäste Gefallen an den Schwitzgrotten war ihnen anzumerken, und nachdem Éyark einmal erwähnt hatte, dass die Leyawi Beratungen unter Verbündeten in Thermen abhielten,

wurde zu der nächsten Besprechung in die Grotten gerufen. Da Jennai aufgrund ihrer Schwäche gegen die Hitze nicht teilnehmen konnte und Nyrden sich nach den Gebräuchen Naltivis zu Kleidung verpflichtet fühlte, blieb es jedoch bei dem einmaligen Treffen in der Wärme, danach fand sich der Rat wieder in der Halle ein; der Garten war nun zu kalt dafür. Gegen Sonnenwende würden die Leyawi ihr wichtigstes Fest halten, zu dessen einen Mond währenden Vorbereitungen sie in der heimatlichen Stadt erwartet wurden.

Einige Tage vor der Abreise der Gäste unterhielten sich Nyrden und Rednawén auf einer Wanderung durch den Garten darüber, als zwei zu ihnen traten. Die Naltivi erkannte die Krieginnen, die während des Bündnisfestes zum Kampf gekommen waren. Sie hatte sie im Vergangenen oft beisammen gesehen. Zu Nyrdens Erstaunen hatte die Bestrafte damals nicht einmal eine Erkältung davongetragen, im Gegensatz zu ihrem Gegner.

„Kervaiso", sprach die Leyawi, besann sich und fuhr in Ebenen fort: „Wenn Runjhày es erlaubt, werde ich hierbleiben."

Rednawéns Blick wanderte von ihr zu dem Streiter, der neben ihr stand. Die Heerführin schmunzelte. Beide Angekommene versteiften sich, Nyrden sah die Verlegenheit des Runjhày.

„Es freut mich, dass sich schon jetzt eine gefunden hat, die dem Haus unserer Freundinnen dienen will", nickte die Heerführin ihrer Stammesgefährtin zu. „Soll ich dir deine Güter hierher schicken?"

Die Frage war dieser sichtlich unangenehm. Aber sie bejahte und hielt sich darauf Nyrden zu.

„Du bist hier sehr willkommen", kam die Naltivi ihr zuvor. „Auch ich freue mich über die Ehre einer so frühen Armreiche. Wie lautet dein Name?"

„Jorlù. Ich danke, Stadterste."

Nach einem Gruß gingen sie auseinander.

Nyrden strebte gen Gartengemach und gewahrte den fragenden Blick Rednawéns auf sich, dem sie eine Antwort allerdings verwehrte. Als sie am Ratsbaum vorübergingen, kehrte die Kriegin mit Bedauern zum früheren Gespräch zurück: „Es ist schade. Aber wir müssen bald aufbrechen. Oberhalb der Passgrenze liegt schon jetzt fast zu viel Schnee, und über Kirak dauert die Reise zu lange."

„Ich hätte dir den Garten gerne im Frühling gezeigt. Er bietet dann größere Schönheit als jetzt."

„Ich werde ihn vermissen. Und euer Essen." Rednawén seufzte kaum hörbar. „Aber ich muss bald auf Leyawi sein, es hilft nichts."

„Und ich komme mit dir", strahlte Nyrden.

„Was?"

„Freust du dich? – Im Ausgerufenen werden Anchai und ich die Freundschaftsgaben bieten, auch wenn die Tat nur seine sein wird, weil ich nichts davon verstehe. – Ich wollte dich überraschen."

Rednawén schien mit sich zu kämpfen, und mit einem Mal wurde ihre Miene hart und abweisend. „Was lässt dich glauben, ich wollte dich zu Hause? Du teiltest dein Lager mit mir, um mich zu binden, das macht uns nicht zu Gefährtinnen."

Nyrden starrte.
„Tanz ist kein selten gewähltes Werkzeug. Auch kein unangenehmes." Rednawén lächelte schief. „Du hattest Erfolg, Erste von Runjhày. Das sollte wohl reichen."
Der Abgewiesenen Kehle schnürte sich zu.
„Andere wären erstaunt gewesen, dass nicht Rilan zu mir kam, einen Bund zu knüpfen", fuhr die Leyawi fort. „Aber er war der Folterer im Willen; du warst die Freundliche, die es hinderte. Nicht wahr? Und sicher wusstet ihr, dass ich Frauen vorziehe."
Nyrden weinte. „Wie ... kannst du das sagen? Du ... du bedeutest mir..."
„Mach dich nicht lächerlich, Stadterste", fiel Rednawén ihr ins Wort. „Wir wissen beide, dass wir kein Fang füreinander sind. Ich danke dir für die angenehme Zeit. Ich hoffe, ich konnte die Wohle erwidern, die du mir bereitet hast. Aber erwarte nicht mehr von mir."
Die Naltivi wandte sich unter Tränen ab und lief davon.
Rednawén sah ihr mit unbewegtem Gesicht nach.

Jilla ließ fassungslos seine Handarbeit sinken. „Das ist ja nicht zu glauben!"
„Habe ich mich geirrt?", fragte Nyrden schluchzend.
„Ich weiß es nicht. Willst du reden?"
Sie drückte sich in seine Arme. „Erst einmal weinen!"

Am Abend verkündete Nyrden ohne Begründung, dass sie auf Runjhày bleiben würde. Mit Verwunderung nahm der Rat dies entgegen. Die letzten Tage vergingen in höflichem Abstand zwischen Gast und Gastgebin, welche nicht mehr am Strohplatz gesehen wurde. Rednawén fiel durch zugenommene Strenge auf. Ordern über die Ihren waren harsch, in Messkämpfen trat sie bevorzugt gegen einen ganzen Trupp Runjhày an; jedes Mal siegte sie mit einer Gewalt, die eher an ein Schlachtfeld denn an Übungen denken ließ.
Als sie einmal schätzend zweie beobachtete, die mit Schwertern stritten, forderte ihr Nachhalter Gehör. „So schlecht gelaunt habe ich dich seit Jahren nicht erlebt", erklärte er in ihrer Heimatsprache und ergänzte: „Was eine beachtliche Leistung ist. – Warum nimmst du sie nicht für eine Weile mit? Soweit ich weiß, ist das ihr Wunsch."
Rednawén sah ihn nicht an. „Sie hielt dein letztes Auge. Willst du nun deine Zunge verlieren?"
„Versuche es", knurrte er zurück. „Bei den Ahnen, du bist unerträglich, wenn du liebst!"
„Ich habe dich nicht um deinen Rat gebeten."
„Und ich dich nicht darum, uns den Tag zu versäuern. Nimm sie mit, oder ertrage deine selbstgewählte Folter in Ehre, Heereserste."
„Verschwinde." Rednawéns Ton war weniger gereizt als zuvor.
Der Nachhalter verneigte sich spöttisch und ging.

Es war noch dunkel, als die Leyawi aufbrachen. Am Fuß der Treppe verabschiedete sich ihre Führin von Rilan, Nyrden und Mawakai, welche für einige Tage auf der Durchreise in Runjhày verweilte. „Ich danke für die Gastfreundlichkeit. Ihr habt uns eine wohle Zeit bereitet." Kurz fiel Rednawéns Blick auf die Naltivi, deren Mund schmal war und die gegen Tränen kämpfte.

„Rednawén, geschätzte Freundin in Waffen", Rilan griff ihren Arm, „überbringe Èsralon meinen Gruß und mein Versprechen, sie bald zu besuchen."

„Leyawi steh dir offen, Freund in Waffen."

Alle Handelsgeschulten warteten auf den zweiten Teil des Grußwortes, der üblicherweise „und allen, die im Namen deines Hauses kommen" gelautet hätte. Aber die Abreisende schenkte diesem Teil der Völkerhöflichkeit so wenig Achtung wie der gebührenden Verabschiedung der übrigen Stadtwahrinnen. Stattdessen neigte sie sich in einer einzigen Geste vor ihnen und schwang sich aufs Pferd. Mit bei ihr ungewohntem Gemach reihte sie es neben die Tiere der Ihren und der Runjhày, die sie begleiteten, und verließ die Stadt, ohne sich noch einmal umzusehen.

Unmittelbar darauf ging Nyrden in die Gästekammer, in der sie viel Zeit mit Rednawén verbracht hatte. Dort gewahrte sie den Salzbeutel noch auf dem Tisch liegen. Bei der Gründlichkeit, mit der die Leyawi ihre Kammer gerichtet hatte, war ein Versehen kaum denkbar. Nyrden nahm den Stoff auf und roch daran. Neben dem starken Geruch des Salzes fand sie kaum merklich den der Vermissten darin. Nyrdens Herz krampfte sich zusammen. Aber es trat noch ein weiteres Gefühl hinzu, das sie nicht gut kannte: ohnmächtige Wut. Mit einem Laut, der sie an den eines Tieres erinnerte und die Spätergeborene selbst bis ins Mark erschreckte, fegte sie den Beutel vom Tisch. Ein Teil des Inhalts verstreute sich über den Boden. Lange stand sie weinend, dann begann sie, das Salz mit den Händen aufzufegen, damit keine Kammersorgin ihren Ausbruch bemerkte. Später würde sie es der Küche zukommen lassen.

Mawakai, Kelon und Rilan hielten vor dem Kamin kleinen Rat mit Jennai.

„Was ist da geschehen?", ließ sich Rilan vernehmen. „Die beiden waren so verliebt. Und nun ein solcher Abschied?"

„Möglich war es Rednawén nur um Kurzweil", vermutete seine Gefährtin.

„Gewiss nicht", widersprach die Greise. „Hast du dir ihre Augen angesehen, wenn sie Nyrden ansah und sie sich unbeobachtet glaubte? Selbst diesen Morgen noch."

„Nein."

„Nun, was auch immer zum Ende führte, es wird Runjhày nicht schaden", stellte die Priestin fest.

Sie merkten auf, als die Besprochene an sie herantrat. Die Runde grüßte sie und ließ sie ein.

„Ich bitte dich, mich in Verhandlungen zu unterrichten", wandte sich Nyrden an Jennai. „Ich sehe, es wird gebraucht, und ich weiß nichts darüber."

Diese nickte. „Wie gut liest du, Gebietin?"

„Besser als Mawakai", grinste Rilan.

„Das ist nicht schwer", erwiderte die Ratsführin.

Die Lerusme verzog in Scheingrimme, aber mit Gutmütigkeit im Blick, das Gesicht. „Wie wohl ist es, unter Freundinnen zu sein. Schenk mir noch Wein ein, damit ich euch ertragen kann!"

Nur einige Schritte entfernt stolzierte Telùn an ihnen vorüber. Kelons Blick folgte ihr. Auch diese beiden waren auseinandergegangen, wieder einmal. Obwohl beide Tänze mit anderen hielten, war die Winie gereizt wie nie zuvor. Das Gerät der Waffengeschwister blieb aneinander gebunden, und bei den täglichen Übungen zwischen ihnen floss manches unnot vergossene Blut. Telùn bemerkte sich beobachtet, blieb stehen, drehte sich, trat auf Kelon zu und stand dann mit funkelnden Augen vor ihm.

„Was willst du?", fragte er in Misse.

„Mehr von dir", gab Telùn ernst zurück.

Seine Züge entspannten sich. „Dann hol es dir am Abend."

Sie erstrahlte, ehrte ihn mit einer Geste, die ebenso viel Freude wie Hochmut hielt, und ging wieder. Danach hielt Kelon merklich gute Laune. Als die Übrigen sie gen Schriftenhalle verlassen hatten, fragte Rilan wie nebenbei an des Freundes Seite: „Eine ernste Sache, wie? Telùn."

Kelon sah ihn an. „Warum?"

„Dein dümmliches Grinsen, das eine angenehme Zeitlang fort war und nun zurückgekehrt ist, verrät es."

Zu Rilans Überraschung und zu seiner Erheiterung wirkte der Heerführer mit einem Mal verlegen. „Furchtbar ernst", gestand er leise. „Und sie ist so schwierig."

„Ich wünsche euch das Lächeln der Götter."

Kelon nickte ihm zu, und ein wenig Gequältheit stand neben Wohle. Rilan stieß mit ihm an.

Nyrden verbrachte fast die Gänze ihrer restlichen Wintertage in Jennais Unterricht. Oft waren sie mit Telùn, die die Ratende schon länger ausbildete, zu dritt. Die Winie redete nie viel und stellte nur wenige Fragen, aber sie schien Jennais Worte aufzusaugen. Nachdem Nyrden mehrfach nach Rollen gesucht und die Junge diese auf Nachfrage aus ihrer Kammer geholt hatte, richteten beide Schulinnen sich einen gemeinsamen Platz bei den Schriften ein; als es kälter wurde, schließlich vor dem Kamin in der Halle. Sie wurden nicht zu Vertrauten, und sie sprachen selten miteinander. Aber die Anwesenheit Telùns bei den Lernzeiten wurde Nyrden erst Gewohnheit und dann angenehm.

In den folgenden beiden Jahren reisten Rilan, Anchai und weitere Ratsmitglieder dreimal gen Leyawi, und ebenso oft weilten Vertreterinnen der Festung auf Runjhày; einmal hatte sich Èsralon sogar selbst auf die für sie beschwerliche Reise begeben. Aber weder Nyrden noch Rednawén betraten den Boden der anderen, obwohl Nyrden bei den Leyawi – ob der Freilasse und der Armreiche ihrer Stadtdritten zu – großes Ansehen genoss. Sie war Rilan und den übrigen Verhandelnden dankbar dafür, dass Berichte über diese Verbündeten in ihrer Gegenwart kurz gehalten wurden.

*

Rednawén erwachte und stand auf. Die zu enden bereite Dunkelheit verriet ihr, dass sie noch Zeit hatte, in die Therme zu gehen, ehe sie bei Essen und Rat erwartet wurde. Während sie das Ratsgewand aus der Truhe nahm, betrachtete sie mit einem Lächeln ihre Tanzgefährtin der letzten Nächte. Dann hockte sie sich und weckte sie.
„Och, lass mich noch schlafen", jammerte die Liegende.
„Achte darauf, dass du nicht wieder zu spät beim Essen bist."
Sie grunzte verärgert und wickelte sich in die Decke ein, wobei sie kurz das fellene Lager verließ und auf den kalten Steinen weilte, ehe sie sich zurückrollte. Sogleich war sie wieder eingeschlafen.
Rednawén schmunzelte und ging in die Salztherme, wo sie Éyark begegnete. Er war in der Nacht von seinen Gesprächen mit den Sagtain heimgekehrt. „Wie ist es verlaufen?", erkundigte sich die Heerführin.
„Nicht erfolgreich." Er gähnte und streckte sich im heißen Wasser. „Sie haben wie üblich unglaubliche Forderungen gestellt. Ich erwarte in Spanne Todesstreichs Antwort darauf. Uron hat geschäumt. Es war kein guter Einfall, ihn als Vermittler zu bitten. Er hat sich wacker gehalten, aber eine Menge Galle gekocht. Wie es aussieht, könnten wir bald viel zu tun haben."
Rednawén nickte befriedigt.
„Und hier? Was macht das Heer?"
„Folgt sehr viel besser als auf dem Umweg über deinen Mund. Ich bedaure deine Rückkehr", neckte sie und schlug ihm Wasser ins Gesicht. Er antwortete ihr, und bald führten sie lachend und prustend einen nassen Scherzkampf, bis Tehoàr zu ihnen stieß. Betreten hielten sie inne. Die Altratende rümpfte die Nase. Ohne Zweifel würde sie den Stadtwahrinnen Rüge oder immindest ein mahnendes Gespräch antragen. Nelai würde sicher abwinken, aber bedauerlicherweise hielt Èsralon sehr viel auf Tehoàrs Wort. Die von der Betagten zur Schau getragene Strenge ließ die beiden Heerführrinnen die Therme bald wieder verlassen.
Auf dem Rückweg bemerkte Rednawén das Sehnen im Auge des Jüngeren und sein leuchtendes Gesicht. „Freust du dich so auf Krieg mit Sagta?"
„Nein", feixte er. „Darauf, Einschneide wiederzusehen."
„Eine wahre Schönheit", nickte sie in Anerkennung und erstaunte sich: „Aber, seltsam, mir hat Einschneide erzählt, sie mache sich gar nichts aus Männern."
Er blieb auf der Treppe stehen, die sie hinaufgingen, und starrte Rednawén fassungslos an. Sie begann zu lachen, schlug mit einem verneinenden Kopfschütteln gegen seine Schulter. „Du elendes Scheusal! Warum nur haben die Ahnen mir Schwestern hinterlassen?!", rief Éyark.
Es währte, bis er sich beruhigt hatte und die Lachende ihren Ausbruch zähmte. „Zum Rat ist noch eine Weile", schnaufte sie dann. „Notfalls erzähle ich eine Geschichte, um deine Verspätung zu erklären. Einschneide sagte mir, sie wolle heute in aller Frühe ins Arsenal."
Er fletschte die Zähne. „Erwarte nicht, dass ich dir danke!", hörte sie ihn, als er die Stufen wieder hinablief. Belustigt ging sie weiter.

In der Halle angekommen, stellte sich Rednawén um Essen an. Als sie mit Becher und Napf an die Tafel trat, winkten Laar und einige andere Freundinnen sie zu sich.
„Botin wie Pferd seien fast tot", schloss die Lekhe eben einen Bericht.
„Übertreib nicht", mahnte Virùd.
Rednawén horchte auf. Botinnen brachten oft die Abwechslung vom Festeleben, die die Heerführin schätzte. Wenn auch Krieg im Winter nicht wahrscheinlich war. „Womit kam sie?", fragte sie.
Laar zuckte die Achseln. „Ich habe sie nicht gesehen. Abwarten. Ich weiß nicht einmal, woher sie kommt."
Die Botin trat ein, als sie aßen. Sie wirkte erschöpft und hatte Umhang wie sonste Zeichen abgelegt, so konnte Rednawén ihre Herkunft nicht lesen und bedauerte, noch warten zu müssen, ehe sie die Nachricht erfuhr. Aber sie würde sich nicht den Makel der Ungeduld geben – schon allein, weil sie eine ihrer größeren Schwächen war. Rednawén griff zum Sauerwasser und musste über die Grimasse der Botin grinsen, die eben dieses trank. Die Heerführin, die nicht selten zu wenig schlief, schätze es, weil es sie weckte.
Bald rief das gepfiffene Zeichen die Ratsmitglieder, die sich sogleich erhoben. Die Stadtdritte spülte ihr Geschirr ab, nahm sich noch einen Apfel, den sie in einer Falte ihres Gewandes verstaute und war froh, einer anderen Alten als Tehoàr Geleit anbieten zu können. Sarr war eine bei weitem angenehmere Gesellschaft.
Im Hof machte Rednawéns Tanzgefährtin Strafübungen für ihr morgendliches Zuspätkommen. Es war das zweite Mal in diesem Winter. Wiederholte sie ihren mangelnden Selbstzaum ein weiteres Mal, würde es ärgere Strafe zur Folge haben denn unangenehme Aufgaben. Die Vorübergehende hatte kein Mitleid mit ihr. Sie sah auf. In ihrem Blick lag der unterdrückte Ruf nach Hilfe, womit sie aus Sicht Rednawéns das Ende weiterer gemeinsamer Nächte entschied.
Vor der Ratshalle schob sich Nelai an Sarrs andere Seite. Der Githe zählte seit Jahren zu Rednawéns nahesten Freunden. Seine Statur schien eher einem Bären als einem Menschen angemessen. Es gab wenige auf der Festung, die die Heerführin im Zweikampf besiegen konnten, aber Nelai musste sich dafür nicht einmal sehr bemühen. Er und Èsralon hatten sich auf dem Schlachtfeld als Verbündete kennengelernt. Als Bestreben nach Bündnisfestigung zwischen ihren Häusern gewachsen war, hatten die bereits Geeinten einander in Ehe gebadet – was für Nelai einen Verzicht auf die Führung des mächtigen Githains bedeutet hatte – und das Glück gehalten, einander auch über Jahre wohl geblieben zu sein. Sie hatten drei Erbinnen: Resa, Kadùn und Naje, die die Zähne Rednawéns knirschen ließen. Ihr mangelndes Verständnis von Kindern sei der Grund dafür, dass sie sie immerzu aufsuchten, behauptete Laar. Rednawén hielt das für Unsinn. Der einzige Sohn des Stadtwahrinnenpaares, den sie nicht gerne mit den scharfen Jagdhunden hätte spielen lassen, war der Einzige, der es vermutlich getan hätte, nur um ihr zu gefallen: Resa, Èsralons Ältester, der seine Mutterschwester mit glühenden Augen verehrte. Der Zehnjährige hatte sich in den Kopf gesetzt, später einmal ihre Nachfolge anzutreten, was ihm reizvoller erschien als das wahrscheinliche Erbe der Stadtwahrung – das die Heerführe beinhaltete. So war er Rednawén nachgelaufen, wann immer es ihm möglich gewesen war, umso eifriger, je schroffer sie ihn fortge-

schickt hatte, und hatte sie schließlich dazu gebracht, ihn in Waffen zu unterrichten. Warum er eben sie, die das härtegewöhnte Heer stark forderte, als Ausbildin gewählt hatte, war dieser ein Rätsel. Die kriegsunruhigen ersten Jahre seines Lebens hatte Resa bei Nelais Sippe in der Sicherheit Githains verbracht und war das unbeherrschteste Kind, dem die Streitin je begegnet war. Er weinte schnell; wusste Hunger, Durst, Kälte und Schlafmangel fast nichts entgegenzusetzen; und statt seine Kräfte zu schulen, maulte er, wenn eines ihm anstrengend erschien. Inzwischen gab Rednawén ihm sogar Strafen für eine quengelnde Miene auf, die er ertrug, wenn sie ihn nur abends bei sich am Feuer sitzen ließ. Sie hätte lieber ihre Zunge geopfert als zuzugeben, wie gerne der aufdringliche kleine Kerl ihr mittlerweile war.

Wie üblich saß Èsralon schon auf ihrem Stuhl und grüßte die Eintretenden ohnwort. Diese setzten sich, Nelai nahm an seiner Gemahlin Seite Platz. Es war an Áje, die Fackeln zu entzünden. Nachdem sie den Rat eröffnet hatte, fragte die Führin ihre Schwester: „Bist du bereit für eine Fehde?"
„Sicher. Gegen Sagta?"
„Nein. Rilan Geiht bittet uns um Hilfe. Bei Verhandlungen in Rweden haben die Ehiàr Nyrden Danint geraubt."
Rednawéns Blick fuhr auf. „Wann?"
„Vor fünf Tagen. Sie bringen sie gen Kahy oder Ehiàr."
Die Heerführin griff nach dem Schreiben und las es mehrmals, während die Übrigen sich berieten. Dann erhob sie sich und sprach, ohne darauf zu achten, dass sie der Stadtwahrin Rede unterbrach: „Ruhm den Ahninnen, du rüstest das große Heer. Ihr nehmt den Weg nach Kahy durchs Kalhinental. Scharfauge, ich brauche die Botinnenkette über Murgard. Den Tag im Ritt, die Nacht auf einem Wagen. Ist das nach den letzten Lawinen möglich?"
„Jetzt wieder, Heereserste", bestätigte Binhiar.
„Die Botinnenkette? Was hast du vor?", erkundigte sich Èsralon.
Rednawén beachtete sie noch immer nicht. „Und zwei Dutzend der schnellsten Reitinnen", befahl sie ihrem Nachhalter. „Sie sollen der Botinnenkette folgen, so schnell sie können. Leichtes Gerät, kein unnotes Gewicht. Sie brechen heute auf, wie ich selbst, das Heer morgen, zunächst nach Kahy. Ich brauche ein Kurzschwert. Das aus Chalten. Keine Äxte. Einen kleinen Dolch je Stiefel und einen Gürtel mit Wurfklingen. Das schnellste Pferd im Stall. Es soll aufgewärmt im Hof bereit sein. Und so viele Giftpfeile, wie eine leichte Satteltasche trägt."
Ihr Bruder zeigte sich verblüfft, denn gewöhnlich sprach Rednawén Blasrohrpfeile dem Hinterhalt zu, den sie selbst, entgegen üblicher Kriegsbräuche, als unehrenhaft ausrief. „Zu betäuben oder zu töten?", fragte er.
„Beides in gleichen Teilen."
Er verschwand, von Uron begleitet.
Rednawéns Stirn stand faltig. „Stichwunde."
Der noch immer um die Fackeln Sorgende merkte auf. „Heereserste?"

„Ich brauche warme Kleider. Einen Umhang, in dem ich reiten und schlafen kann. Alles in hellen Farben, dem Schnee so ähnlich wie möglich." Sie wandte sich an Èsralon. „Hilf mir mit den Karten."
Die Ältere nickte sie in Richtung Schriftenlager. Eingetreten, begann Rednawén sogleich, in den Rollen zu wühlen. Nelai trug seine Frau zum Stuhl am Tisch, dann verließ er sie. Er kannte die Schwestern gut genug, um zu wissen: Waren allein miteinander, gediehen Kriegspläne schneller, als wenn Erklärungen anderen gegenüber sie aufhielten. Als er die Tür zur Halle geschlossen hatte, erkundigte sich Èsralon: „Was hast du vor?"
„Sie vor Kahy zu erreichen."
„Wie das, wenn du das Heer auf den Umweg über Kalhinen schickst? Und erst morgen."
„Das dient nur der Ablenkung. Es darf nicht zu schnell ankommen, sonst werden die Ehiàr zu unruhig und fügen ihr möglich darum Arge zu. Ich will nur, dass sie mehrere Kampfplätze gleichzeitig fürchten. Bei den Ahninnen, wo ist diese verfluchte Karte!"
„Die findet heute keine mehr, wenn du sie alle auf die Erde wirfst." Èsralon suchte vergeblich der Jüngeren Blick. „Komm zur Ruhe."
Doch diese hielt nicht ein.
„Muss ich dir einen Befehl geben, damit du mir sagst, was dich zerstürmt?"
„Dafür habe ich keine Zeit!"
„Bis das Pferd bereit ist und alles Weitere ausgerichtet, hast du sie."
„Nein. Hilf mir mit den Karten." Sie drehte sich um.
Èsralon erschrak über den Sorge bekennenden Aufruhr in ihren Zügen, seufzte tief und wies auf eine Wandlade. „Dort müsste sie sein."
Rednawén suchte nicht mehr lange, bis sie die richtige Rolle auf dem Tisch ausbreitete und ihre Enden beschwerte. Sie beugten sich darüber. Die Karte genügte nicht, weil Runjhày nicht darauf war. Eine weitere wurde danebengelegt.
„Hier ist Rweden. Ruèk. Viraslàr. Ehiàr", sagte die Sitzende. „Der Murgardpass, dort der der Kalhinen. Ich weiß nicht, was du vorhast."
„Hm. Nilewais Heer ist schnell, sicher schon fast in Viraslàr. Also hier. Weitestens hier. Ich muss sie vor Kahy erreichen, sonst wird eine Flucht unmöglich sein." Rednawén sprach nicht zu Èsralon, sondern überlegte laut, ihre Fingerspitzen glitten über das Pergament. In Betrachtung verstand die Ältere, dass sie die mögliche Schnelle des Ehiàrheeres gegen die einer einzelnen Reitin und die der Gruppe auf der Botinnenkette abwog. Das eigene Heer kreuzte nicht der Ehiàr recht gewissen Gang bei Rkam, sondern bewegte sich geradewegs auf den Weg zu, der zu den beiden Festungen Kahy und Ehiàr führte. Die gedachte Botin erreichte das feindliche Heer nahe Rkam, verweilte mit einem Fingerklopfen und traf auf dem Rückweg auf die Reitinnen, die ihr gefolgt waren.
„Willst du eine Nachhut für den Trupp?", versuchte Èsralon, der Grübelnden näherzukommen.
Die wehrte ab. „Was zwei Dutzend nicht halten, macht eine Nachhut nicht besser." Sie versank in abweisendes Schweigen, sann fieberhaft, schnaufte dann zufrieden und richtete sich auf.
„Und?"

„Ich habe fünf Tage."
„Für diese Strecke?! Im Winter? Über die Pässe? Wie viele Pferde willst du totreiten? Wie willst du nach einem solchen Ritt kämpfen?"
„Das überlasse mir."
„Schwarzwaffe. Es ist unmöglich. Du begibst dich unnot in so große Gefahr. Ist diese Frau es wert, dass du dich für sie dem Tod aussetzt?"
„Nilewai will einen Bund mit ihr knüpfen." Rednawéns Stimme war, entgegen ihrer sonsten Lebhafte, betont ruhig und mit der starren Miene ein sicheres Zeichen dafür, wie sehr sie im Inneren gegen Zerfasern rang. „Ich hörte ihn in Lekhen sagen, er suche um Handelsbündnis mit Winen und Runjhày, aber Runjhày würde es ihm nicht gewähren. Sie werden ihr Gewalt tun, wenn es nicht gehindert wird." Furcht strömte von ihr aus, was Èsralon seit ihrer Kindheit nicht mehr an ihr wahrgenommen hatte.
Gewaltsam schob die Wahrin ihre eigenen Schrecken beiseite. „Du weißt so gut wie ich, dass das Nilewai nicht zuzutrauen ist."
„Aber Kait und Wihèn! Und behaupte nicht, ihre Stellung in Ehiàr habe sich in den letzten Jahren geschwächt!"
„Gewiss nicht. Schwarzwaffe, hör mir zu. Nein, geh noch nicht. Hör mir zu." Sie griff ihren Arm und ihren Blick. „Du wirst es nicht hindern können. Es ist nicht möglich, diesen Gang in fünf Tagen zu tun. Du kannst sie nicht davor bewahren, wenn es überhaupt geschieht. Es ist arg. Sehr. Aber diese Arge ist vielen Menschen geschehen und wird noch vielen geschehen. Hoffe auf Nilewai. Und vertraue auf Nyrdens Stärke. Ziehe mit dem Heer aus. Wenn es nötig ist, töte Kait und Wihèn, um Nyrdens Ehre wiederherzustellen. Aber dieser Gang allein über die Botinnenkette ist ohne Sinn. Du kannst es nicht hindern."
„Möglich doch."
„Wenn ich dir den Befehl gebe, das Heer anzuführen, wenn es auszieht..."
„...verweigere ich ihn mit Hinweis auf unsere Freundschaft zu Runjhày. Ich habe das Recht, es zu entscheiden! Du kannst mich erst in Friedenszeiten oder nach einem nachgewiesenen Fehler von der Heerführe entbinden, Stadterste, wie von allen Entscheidungen, die sie bedeutet. Muss ich dich wirklich daran erinnern?"
Èsralon verneinte kopfschüttelnd. „Ich will dich nicht verlieren." Seit Jahren hatte sie der Schwester weder Sorge noch andere Schwäche gezeigt. Selbst der Empfang nach Rednawéns Verhandlungen auf Runjhày war ausschließlich in Anerkennung ob der Bündnisknüpfung gewesen.
Kurz schwiegen beide betreten, dann erklärte die Jüngere: „Ich brauche ein Siegel, das mir die Botinnenkette öffnet, ohne dass ich unterwegs bezahlen muss."
„Bekommst du. Schwarzwaffe..."
„Nein. Keine weisen Reden mehr. Ich muss mich umziehen!"
„...möglich ist auch, sie ist schon in Arge."
Ihre Augen verengten sich.
„Ein Bündnis muss auf ihrer oder der Ehiàr Erde geschlossen werden. Aber wenn sie sie brechen wollen, ist es möglich schon geschehen."

Rednawén hasste sich selbst für ihre Worte: „Wäre es Nelai Unterschied gewesen, zwei Völker hätten es gewusst oder nur eine Handvoll Toter und eine Waffenfreundin?"
Nun verhärtete sich das Gesicht der Gefragten. „Ja, sicher. Aber er hätte nicht gewollt, dass ich sterbe, um dies nur möglich zu erreichen."
„Hättest du es dennoch versucht?"
Èsralons Blick war gewundet. „Ja. Wenn ich es vor seiner Heimkehr mehr als nur geahnt hätte."
„Nun, ich kann nicht sagen, was sie will. Aber was ich will: Halte mich nicht länger auf!"
Die Heerführin ging.

Als sie sich umgezogen auf den Hof begab, kam ihr Éyark entgegen. „Ein Bote von Lerusm. Mawakai führt vier Hundertschaften nach Kahy. Sie reiten, wir können zeitgleich dort sein."
Sie dachte kurz nach. „Gut. Unsere Heere können sich südlich von Rkam vereinen. Schlag dies vor. Ist Mawakai nicht am selben Tag dort, zieht ihr allein weiter. Schick nur diese eine Botschaft. Ich will nicht, dass die Nachricht einer abgefangenen Botin mich verrät. Falls ich fehle, wirst du die Belagerung führen."
Er nickte.
Nelai setzte Èsralon auf deren steinernen Stuhl am Rand des Hofes. Rednawén trat zu ihnen, und schweigend übergab ihr die Stadtwahrin ein Siegel und den dazugehörigen Beutel mit Ordersiegeln. Sie hielt den Beutel einen Augenblick zu lange fest und forderte so der Jüngeren Aufmerksamkeit.
„Weidegrund wacht über dich", sagte Èsralon, obwohl der Gruß „möge über dich wachen" der gebräuchliche war.
„Weidegrund", erwiderte die Scheidende, „wacht über uns alle."
Laar glitt von dem großen Ebenenpferd, das sie für die Freundin vorbereitet hatte. Diese berührte das Tier an den Nüstern und schwang sich dann auf seinen Rücken.
„Sie muss schön sein", war Laars Abschied.
Zum ersten Mal seit der Nachricht von Nyrdens Gefangennahme wich zielgerichtete Starrheit aus Rednawéns Augen. Sie sah die Lekhe an, schnaufte in einem einzelnen Auflachen. Darauf schnalzte sie, gab einen gleichzeitigen Befehl über die Beine, und ihr Pferd jagte davon.
Die Übrigen blickten ihr nach.
„Was hat sie vor?", wandte Nelai sich an Èsralon.
„Das Übliche, in dem sie so gut ist: in Bewegung bleiben; sehen, was geschieht; und tun, was zu tun ist. Sie will Nyrden alleine befreien und braucht den Trupp nur für den Rückweg." Èsralon sah, dass Éyark und Laar außer Hörweite waren. Leiser: „Die Sorge schwächt sie."
„Sie wird sie rechtzeitig in Zorn wandeln", versicherte Nelai. „Vertraue ihr."
Die Stadtwahrin seufzte tief. „Ich sehe sie nicht wieder."
„Das hast du schon einmal gedacht. Damals hielt Nyrden ihr Leben. Und das von Ruhm den Ahnen." Er rührte ihre Schulter.

Èsralon hob lächelnd den Blick. „Unverbesserlicher Tröster."
„Ist Nyrden hier willkommen?"
„Sicher. Aber wenn sie gewundet ist ... Furcht vor Zärtlichkeiten und so großen Schmerz zu ertragen ... In solchem Krieg würde Schwarzwaffe nicht bestehen. Sie würde sie fortschicken."
Kurz herrschte Schweigen.
„Verzeih mir", bat Nelai darauf.
Sie nahm seine Hand, die sich von ihrer Schulter gelöst hatte. „Dir ist nichts zu verzeihen, Geliebter. Verzeih du mir meine mangelnde Herrschaft über meine Zunge."

„Kelon ist mit Runjhày auf dem Weg. Sollen wir an der Passgrenze auf ihn warten?" Bekai ließ das Schreiben sinken und sah Mawakai erwartungsvoll an.
Diese hätte gerne die Augen verdreht, unterließ es jedoch. Sie mochte ihren Vetter, wenn ihre Haltung ihm zu auch ein Beispiel für die Folgen ihres ob der ständigen Bedrohung nicht endenden Überreizes bot. Denn an erster Stelle von allen auf Lerusm, denen sie trauen konnte, stand Bekai. Dennoch tat sie es nicht, und dies war nicht dem Umstand geschuldet, dass er in Heeresdingen ein unfasslicher Dummkopf war.
Ihr Blick glitt über die Streitinnen, ihre Zelte und Pferde. „Wir können nicht warten. Je länger wir brauchen, umso besser vorbereitet werden sie uns empfangen", widersprach sie. „Wir sind ohnehin schon zu langsam. Verfluchter Schnee!"

Rednawén griff in den Beutel mit Ordersiegeln und warf der Wegwache zwei davon zu. Als ihr Pferd am Unterstand vorübergedonnert war, ertönten den Siegeln folgende Hornzeichen für die Herberge: Achtung! Für eine Reitin: ein Pferd und frische Unterkleider.
Wenn Rednawén weiterhin so schwitzte, würde sie in der eisigen Luft erkranken. Aber eine Erkältung würde sich erst zeigen, nachdem sie Nyrden gefunden hatte, und dann wäre sie entweder auf dem Heimweg, gefangen oder tot, und damit verwarf sie den Gedanken wieder.
Die Herbergen lagen nah beieinander, einen halben Tagesgang für gesunde Unberittene. Die Botinnenkette ermöglichte es, dort am Tag die Pferde zu wechseln und nachts in einem Karren von einer Gaststätte zur nächsten gefahren zu werden. Rednawén gelang es mit schweißnassen Pferden, sechs Herbergen je Tag zu erreichen. In den Wagen schlief sie fest. Sie ritt, aß, trank, schlief und ritt weiter. Sie dachte kaum, es ging nur vorwärts. An der Passgrenze wurden die Pferde gegen die kleineren Bergpferde getauscht, deren Schritt kürzer war. Aber kein anderes Reittier war in den unebenen vereisten Höhen so trittsicher wie sie. Rednawén war erleichtert zu hören, dass die Straße bis Rkam geräumt war. Vor dessen Stadtgrenze bog sie vom Pfad der Botinnenkette ab und wandte sich gen Kahy. Am Abend desselben Tages verriet die Farbe des Himmels ihr Heerfeuer. Sie band das Pferd an, wartete auf die Dunkelheit und näherte sich schließlich in deren Schutz mit den Satteltaschen über der Schulter dem Lager.
Es war nicht das ganze Heer, sicher kein Drittel. Die Ehiàr schienen bei Nyrdens Gefangennahme zu Recht nicht mit großer Gegenwehr gerechnet zu haben. Wahrscheinlich waren

ihre beiden Festungen, in deren eine Nyrden gebracht werden sollte, durch den stärkeren Teil des Heeres geschützt.

Rednawén erspähte das Ratszelt, in dem Nilewai zu schlafen pflegte. Es war erhöht aufgebaut worden, wie immer. Wie oft hatte sie den Dummkopf davor gewarnt, sich als Ziel zu betten! Lange schätzte sie die Wachen, solche im Fackelschein und verborgene. Wenn sie an der dunklen Seite dort entlangschlich und diese und diese Wachtin betäubte ... In einer Gruppe Ehiàr, der auch Nilewai und Kait angehörten, ging Nyrden gebunden über den geebneten Hauptweg, der zum Ratszelt führte. Bei forschendem Hinsehen wurde die Beobachtin sicher, dass ihr keine große Arge war. Sie schien nicht gewundet, nur verängstigt.

Rednawén gewahrte die Bewegung zu spät. Eine Klinge legte sich in ihren Nacken.

„Eine Spähin", höhnte eine Stimme in Ebenen. „Lerusms? – Steh auf, und dreh dich um. Hübsch langsam. Oh, Leyawis. Chaneshéa!"

Nilewai nahm Nyrden die Fesseln ab, als sie das Zelt erreicht hatten, und wies auf die Sitzkissen am Feuer. „Nimm Platz, Gebietin."

Sie folgte. Es war bisher jeden Abend so gewesen, dass ihr Räuber sie zu dem einzigen Essen lud, welches ihr am Tag gestattet wurde, und über ein Handelsbündnis sprechen wollte, das bereits zweimal vom Rat Runjhàys abgelehnt worden war. Nyrden war sicher, dass er selbst ihr keine Gewalt zufügen würde, wenn sie weiterhin auf ihrer Freilasse bestand, ehe sie über Handel zu reden käme. Doch der alte Krieger, der seines Stadtwahrers Seite nicht verließ, machte ihr Angst.

Nilewai setzte sich zu ihr. „Wein, Geehrte?"

Sie verneinte.

Einer der Diener, die ihnen Speisen zu bringen pflegten, trat ein, stellte das Brett mit dampfenden Schüsseln und Schalen jedoch zunächst beiseite und kniete sich neben Nilewai. Obwohl er flüsterte, vernahm die Naltivi seine Worte: „Erster, eine Spähin Leyawis wurde gefasst."

„Tatsächlich?" Nilewai stand auf. „Herein mit ihr!"

Es währte nur einige Augenblicke, dann schleifte eine Kriegin die Gefangene an den Händen herein. Blut tränkte den hellen Umhang der Reglosen und hinterließ eine Spur im Schnee.

Nyrden erschrak.

„Bei den Göttern, war das not?", fragte der Wahrer verärgert und beugte sich über die Liegende. „Tot kann sie uns nichts mehr erzählen!"

Es geschah so schnell, dass die Naltivi es erst verzögert begriff. Als Nilewai sich wieder aufrichtete, warf sich die eingetretene Kriegin in seinen Rücken und hielt ihn so, dass sie sein Genick zu brechen drohte.

„Was soll das?!", rief der Ehiàr.

Die Wachen zogen ihre Waffen.

Eine Nyrden unverständliche Antwort wurde gezischt, aber sie erkannte die Stimme.

„Rednawén", bebte Nilewai.

Abermals sprach die Heerführin in ihrer Sprache, und er fauchte in Leyawi zurück, schrie unter dem stärker gewordenen Griff aber sogleich auf. Beide standen reglos, bis er in einer Weise zu sprechen begann, die wohl beschwichtigend wirken sollte. Im Selben aber zog er eine Klinge aus seinem Gürtel. Nyrden rief eine Warnung, doch es war zu spät. Nilewai hatte rückwärts zugestoßen. Kurz rangen sie miteinander, dann sanken beide Kämpfende nieder. Rednawén gab zunächst keinen Laut von sich und schien auch ihre Hände nicht gelöst zu haben. Zu Nyrdens Überraschung klang ihre Stimme wie sonst. „Den Treueschwur oder dein Hals, Nilewai. Wähle."

„Wenn du mich tötest, werdet ihr beide ebenfalls sterben", ächzte er.

„So ist es. ‚Sieg oder Tod!', wie du weißt."

Im folgenden Schweigen war ihm anzusehen, dass er nachgab, ehe er sprach: „Ich schwöre."

„Treue und Tribut gegen Runjhày. Und gegen Leyawi."

„Das ist zu viel!", widersprach er heftig. „Runjhày hat keinen..." Er brach ab und stöhnte leise auf. Dann lautete er zustimmend.

„Treue und Tribut gegen Runjhày und Leyawi. Freien Abzug für uns beide. Du wirst uns begleiten. Bei deiner Ehre."

„Ich schwöre es."

„Ich will auch Kaits Schwur. Keine soll uns folgen."

„Du hast ihn", seufzte der alte Krieger.

„Ihr habt es gehört", sagte Rednawén zu den Wachen.

Diese nickten.

Sie ließ Nilewai los. Er erhob sich hastig. Nyrden stürzte zu der Streitin. Das Messer stak bis zum Heft in Rednawéns Unterbauch. „Ihr Göttinnen!"

Die Leyawi stieß Nyrdens Hand beiseite. „Lass es, wo es ist", keuchte sie. „Nilewai!"

Er sah auf.

„Drei Pferde."

Trübe verzog er den Mund und gab einer der Seinen einen Wink. Bald standen die Tiere bereit. Zu Nyrdens Verblüffung half der Ehiàr ohne Aufforderung Rednawén in den Sattel. Sie verließen das Lager unter den Augen des geweckten, wortlos starrenden Heeres.

Jenseits des Lagers lösten sie Rednawéns wartendes Pferd und nahmen es mit. Für die verbleibende Dauer der Nacht ritten die drei so schnell, wie sie es den Tieren im Dunkeln zumuten konnten. Die Verwundete schwieg während des Großteils der Zeit. Als es zu dämmern begann, besah Nyrden sie sorgenvoll. Die Verletzung verlor Blut, trotz der Klinge, die noch immer in ihr stak, doch die sie Tragende schien es nicht zu beachten. Im Gegensatz zu Nilewai.

„Verflucht, Rednawén!", ließ er sich mit einem Mal vernehmen. „Lass uns rasten. Du brauchst..."

„Wenn wir in Murgard sind", unterbrach sie ihn, ohne vom Weg aufzusehen.

„Diese Wunde..." begann er abermals.

„Wenn wir dort sind", wiederholte sie, und ihr Tonfall setzte einen warnenden Wall gegen weiteres Drängen, den der Ehiàr jedoch nicht beachtete.

„Verdammt, ich will nicht schuld an deinem Tod sein! Diese Sache war eine Narretei. Mach sie nicht noch närrischer! Du hast gesiegt, Nyrden ist frei, ich bin in eurer Schuld. Lass uns rasten! Keiner folgt uns!"
Sie fiel wieder in Schweigen, woraufhin er plötzlich sein Pferd zügelte. Sein Blick forderte den ihren. „Treue, Tribut, meine Gefangenschaft. Ich habe nicht geschworen, deinen Tod zu verantworten. Ich raste!"
Nyrden hatte mit wachsender Verwunderung zugehört. „Es wäre besser", trat sie nun ins Gespräch. „Ich fürchte um dich. Und ich bin auch müde. Eine kleine Weile zum Verschnaufen, nicht mehr."
Rednawén zögerte, dann fügte sie sich. „Aber nur kurz. Und dort drüben, von wo aus wir den Pass sehen können."
„Gut." Nilewai ritt weiter.

Sie hielten in einem winddurchpflügten Tal. Rednawén trieb ihr Pferd an eine Schneewehe heran und fegte mit dem Fuß darüber. Hartes wurde sichtbar, ein Grenzstein.
Nyrden, die die Schrift nicht lesen konnte, fragte: „Murgard?"
Die Gefragte zog sich den Windschutz vom Gesicht und nickte. „Und der Beginn der Botinnenkette Leyawis." Ihre Spanne hatte merklich nachgelassen.
Wenig später verbreiterte sich das Tal. Nilewai schaute in die Ferne, die Naltivi folgte seinem Blick und sah Lichter. „Ist das ein Gasthof?"
„Ja."
Bald schon erreichten sie die Herberge. Deren Hof war steinern und von einer hohen Mauer umgrenzt. Stalleute empfingen die Ankommenden. „Wir brauchen eine Heilin", erklärte Nyrden. Eine lief.
Nilewai, der als Erster abgesessen hatte, schob einen Burschen zur Seite und stand vor Rednawén, als sie ihr Pferd kurz lobte, das eine Bein behutsam über das Tier hob und sich den Rücken ihm zu drehte, um den Messergriff dem Sattel ferne zu halten. Nilewai gab ihr Hilfe beim Abstieg, seine gebotene Stütze im Gehen wehrte sie jedoch ab und hinkte allein ins Haus. Wirt und Wirtin empfingen sie. Die Heerführin sprach einige Worte auf Leyawi zu ihnen, die sie in Erstaunen versetzten. Der Wirt widersprach freundlich. Rednawéns Tonfall wurde harsch, woraufhin er sich zustimmend verneigte.
„Das ist nicht not", entgegnete Nilewai.
Die Verwundete sah ihn an.
„Du hast mein Wort. Lass das Tor schließen, wenn du es willst, aber es ist nicht not. Ewén."
Sie sann nur sehr kurz nach, dann stimmte sie zu und wurde, von Nyrden begleitet, in eine ebenerdig gelegene Kammer geführt, wo sie sich auf dem einzigen Stuhl niederließ.
Bald trat ein junger Heiler ein. „Cham rejhk. Leg dich", war das Erste, das er sagte.
„Ich bleibe sitzen."
Er besah das Messer. „Es ist klug gewesen, dies dort zu lassen, aber jetzt muss es heraus. Du musst dich legen, Kriegin." Er nahm ein Tuch. „Es..." Und hastete Luft ein, als Rednawén nach dem Eisen griff und es zog. Blut strömte aus der Wunde. Die Streitin krümmte sich, presste die Hand darauf. Zeternd gab der Heiler ihr das Tuch. „Tochter der Unver-

nunft! So eine Dummheit! Rekìt! Brana!", rief er laut.
Fast sogleich eilten zwei herein, die Nyrden zunächst für Magd und Diener des Hauses hielt, bis sie sie als Leyawi erkannte.
„Helft mir, diesen Dummkopf ins Bett zu legen! Zur Seite", wies er die Stadtwahrin an, die sich anschickte zuzugreifen. Doch Rednawén legte sich allein. Die Naltivi hatte noch nie so viel Blut auf einmal gesehen und kämpfte gegen Übelkeit.
„Wie arg ist es?", fragte sie, nachdem der Heiler zur Ansicht gekommen war.
„Nun, wenn deine Freundin weiterhin so unvernünftig ist, wird sie einmal an einer Erkältung sterben, aber nicht an diesem Stich und nicht, solange sie in meiner Obhut ist. Frisches Blut wäscht die Wunde aus. Die ohnehin recht sauber ist. Die Tiefe ist nicht arg, weil die Klinge schräg eingedrungen ist und kurz genug war. Reich mir meinen Korb."
Nyrden gehorchte.
„Ich brauche Wasser und saubere Tücher, Rekìt."
Die Neugekommene verschwand wieder und zog ihren Stammesgefährten mit sich. Die Verbliebenen bemühten sich um eine schmerzarme Weise, Rednawéns blutverklebte Hose vom Körper zu lösen. Schließlich wurde sie zur Reinigung und zum Flicken hinausgegeben. Der Heiler wusch die Verletzung und bestrich ihre Ränder mit einer übelriechenden Salbe, dann presste er die Schnittstellen mit einer Wundklammer zusammen und überging dabei der Gelagerten Aufschrei.
„So. Wenn du ruhst, hast du damit wenig Ärger. Reiten solltest du nicht", erklärte er.
„Ich kann hier nicht warten", entgegnete Rednawén.
„Du willst nach Leyawi? In die Festung?"
Sie bejahte.
Der Junge dachte nach. „Suche dort und auf der Kette um weitere Versorgung. Die Narbe wird hässlich, wenn du den Stich nicht schonst", er zögerte, „aber das hörst du sicher nicht zum ersten Mal, und es wird sicher nicht plötzlich wichtig für dich sein. Dies hier wird auch trotz eines Rittes annehmbar verheilen. Aber wenn du gedenkst, demnächst Kinder zu tragen, würde ich..."
Rednawéns schallendes Gelächter unterbrach seine Rede, brach jedoch ebenfalls sogleich ab und endete in einer schmerzhaften Grimasse.
„...damit noch warten", schloss er mürrisch.
„Schon gut", winkte sie ab.
„Kannst du sie wenigstens diesen Tag im Bett halten?", raunte er in Nyrdens Richtung.
„Ich hoffe."
„Gut. Wiehl hört sie auf dich. Wenn sie nicht ruht, wird sie unnot Ärger haben, aber nicht mehr. Das hier sieht übler aus, als es ist. Aber die Dummen sterben früh." Er schied mit dem Versprechen, später noch einmal nach der Wunde zu sehen.
Nyrden dankte ihm herzlich, um seinen Namen bittend, um ihm später Bezahlung schicken zu können.
Seine Miene zeigte Unverständnis. „Ich bin Heiler der Botenkette", erwiderte er mit einem Ausdruck von Stolz. „Ich erhalte Bezahlung durch die Einkünfte des Dorfes." Er schied, von einem weiteren Dank begleitet.

Die Naltivi legte sich zu Rednawén und sagte ihr noch einmal: „Ich danke dir."
„Keinen Dank, ich habe eine Schuld beglichen. Sage mir nur: Bist du beargt worden? Im Tanz."
„Nein. Das Einzige, über das ich Beschwerde halten kann, sind Kälte, enge Fesseln und rohe Worte."
Die Kriegin atmete auf. Da sah die Gegenüber die Erschöpfung in ihren Zügen. Sie half ihr, die restlichen Kleider abzulegen. „Ich bringe dir Wein, sobald er heiß ist." Nyrden küsste sie. Kurz staunten beide darüber, denn so sprach sie aus, was seit einer Weile als Frage zwischen ihnen gestanden hatte. Sie küssten erneut, und dieses Mal wurde die Berührung zum Kuss Liebender. Gegen Tränen ringend drückte die Ältere sich in Rednawéns Arme. Einige Zeit lagen sie schweigend. Als Nyrden wieder aufsah, war die Streitin eingeschlafen. Jene rührte zärtlich ihr Gesicht, ehe sie sie zudeckte. Hungrig ging Nyrden daraufhin in den Schankraum, in dem Nilewai ihr Platz bot.
„Wie ist es ihr?", fragte der Ehiàr in ehrlicher Sorge.
„Der Heiler sagt, nicht arg. Sie schläft jetzt."
Er seufzte erleichtert.
„Ihr kennt euch."
„Sogar recht gut. Hätte ich gewusst, dass sie dir folgen würde, wärst du sicher gewesen. Und ich frei von Tribut", klagte er.
„Was ist das für ein seltsamer Dolch?" Nyrden gab ihn ihm zurück. Die Klinge war seltsam kurz, maß keine Daumenlänge, wenn sie auch so scharf war, dass die Prüfende sich trotz ihrer Vorsicht beim betrachtenden Tasten geschnitten hatte.
Er schnaufte auflachend. „Ein Kappmesser, kein Dolch, Geehrte. Für vereiste Zeltseile. Ich nahm, was ich greifen konnte, und dies war das Einzige. Behalte es als Andenken."
Gegen ihren Willen musste die Naltivi grinsen. Sie nahm die Klinge wieder entgegen.
Nilewai hob nicht unfreundlich die Brauen. „Trotz allem ... Ich würde gerne mit dir in Verhandlungen treten."
Nyrden spürte ihre aufkommende Wehr, besann sich aber. „Wenn ich mit Rilan gesprochen habe, werde ich darüber ruhen."
„Weiterer Tribut kommt in Frage", sprach er bittend. „Lass diesen misslungenen Beginn eines Gesprächs, zu dem mich schlechte Ratende überredeten, das Gespräch nicht beenden, bevor es begonnen hat. Wie ich Rednawén kenne, bin ich nun dein Gefangener, und du kannst den Preis für meine Freilasse verhandeln. Wenn darüber hinaus Tribut an Runjhày Handel ermöglicht, können wir auch darüber verhandeln."
„Ich werde dir antworten", versprach die über seine Worte Verwirrte und war sicher, dass es Dinge in den Gesprächen der Völker gab, die sie niemals verstehen würde.
Der Lärm von Pferden, die in den gepflasterten Hof sprengten, schreckte sie beide auf. Nilewai stürzte zur Tür; Nyrden folgte ihm, als er das Holz aufstieß. Eine Schar Leyawi hatte die Herberge erreicht. Angesichts des Ehiàrs, zog sie ihr Kriegsgerät. Er rief sogleich einige Sätze auf Leyawi, die zweimal den Namen Rednawéns beinhalteten.
Eine Kriegin fragte Nyrden: „Ist es wahr, Gebietin? Sie ist hier?"
„Ja, sie befreite mich, wurde aber verwundet. Sie schläft jetzt."

Der Benannten Stimme, die neben ihnen aus der Kammer drang, widersprach den letzten Worten. Mit ihrer Stadtdritten zugewandten Blicken entspannten sich die Reitinnen sichtlich, steckten auch die Waffen wieder ein. Sie saßen ab und begannen, um die Pferde zu sorgen. Allein die ehedeme Fragin ließ sich zu Rednawén führen.
Als sie ihr den Weg wies, fiel Nyrden auf, dass sie sie mit „Gebietin" angeredet und ebenen ohne den rauen Klang der Kehlen Leyawis gesprochen hatte. „Bist du Laar?"
Verblüfft drehte die Streitin sich um. „Ja."
„Sie hat von dir erzählt."
„Wahrscheinlich wenig Schmeichelhaftes." Sie grinste. „Wie ist es ihr? Ich frage nicht um ihre Auskunft darüber. Was sagst du, was sagt die Heilin? Gibt es eine?"
„Ja. Es ist nicht arg. Aber sie sollte ruhen."
„Das wird sie nicht." Laar seufzte. Ihr Blick schätzte Nyrden. „Und du? Bist du wohlauf?"
„Allerdings. Dank ihrer."
Die Kriegin schnallte froh den Helm ab. Sie war in Nyrdens Alter und hielt ein Lachen in den Augen, das die Naltivi auf Anhieb mochte. Laars Gesicht war stark vernarbt, der Mund wurde von zwei großen Narben in eine schiefe Form gezogen. Sie trug Kleider der Leyawi, war aber deutlich kleiner als eine dieses Volkes. Rednawén hatte Nyrden einmal gesagt, dass ihre naheste Freundin eine Lekhe sei.
Von der Lichtöffnung aus begrüßte die Heerführin sie, als sie eintraten: „Chaneshéa, Laar!"
„Weltdümmste!" Die Eingetretene fasste sie unsanft um die Mitte und zog Rednawén zum Bett, ohne dass diese mit Widerstand geantwortet hätte.
„Seit wann missachtet Éyark meine Ordern?", erkundigte sich die nun wieder Liegende. Nyrden war nicht sicher, ob sie scherzte, bis Rednawén auf Laars fragende Miene hin ergänzte: „Ich rief um die schnellsten Krieginnen."
„Dein Vertrauen ist meine Ehre", erwiderte Laar mit einer angedeuteten Verneigung, „und ich bin froh, dass wir alle geritten sind und ich dem Pferd die Schnelle überlassen konnte. – Es war nicht seine Order. Er sagte: ‚Meinetwegen, Lekhe.' Ich dachte, eine schnelle Zunge könnte ebenfalls von Nutzen sein."
Der Verwundeten Wohle über Laars Anwesenheit wurde allein mit einem Blick bekundet. Sie befahl: „Schick zwei gen Rkam. Eine soll bis in Stadtsicht reiten, die andere bis zur Hälfte der Strecke. Beide können sich in zwei Tagen auf den Heimweg machen, falls es keine Bewegungen gibt."
„Und je eine zu Éyark und Mawakai?"
„Ja. Und eine zu Èsralon."
Laar nickte knapp und verließ die Kammer wieder.
Nyrden spürte Rednawéns Augen auf sich.
„Nilewai hat dich hungern lassen, nicht wahr?" Rachedurst strömte mit einem Mal von der Jüngeren aus, doch die Gefragte schüttelte den Kopf. „Nicht sehr." Sie lächelte. „Jedenfalls nicht für eine spätergeborene Naltivi. Du bist müde. Schlaf doch."
Ein zufriedenes Schnaufen antwortete. „Bleibst du hier?"
Die Frage ließ fast überfließende Freude in Nyrden aufkommen. „Ja. Willst du noch trinken oder..."

„Später."
Sie legten sich aneinander, und es währte nicht lange, bis die Leyawi erneut eingeschlafen war. Mit einem tiefen Seufzen schmiegte Nyrden sich an sie.

Rednawén erwachte von dem Geruch von Essen und von Nyrdens Kuss. „Tanz mit mir", hörte sie die Stadtwahrin und ihr in Sorge hinzugefügtes „Wie gesund bist du?".
„Gesund genug." Sie zog sie an sich.

Die Verwundete hatte bis zum Abend geschlafen. Nun, da sie die Augen aufschlug, blickte sie in das verträumte Gesicht der Naltivi. „Ich liebe dich", hauchte diese.
Rednawén küsste sie. „Schscht."
Nyrden drückte sich in ihre Arme. Behutsam fragte sie: „Und lässt du mich nun bei dir bleiben?" Zu ihrem Schrecken versteifte die Streitin sich mit demselben verhärteten Ausdruck, mit dem sie sie schon einmal abgewiesen hatte. Als Rednawén tief Luft holte, dachte die Ältere so schnell wie noch nie in ihrem Leben. „Wenn ich wieder geraubt werden sollte, würdest du dich wieder auf den Weg machen", sagte sie. „Gleich, wie groß die Gefahr für dich wäre."
Rednawén atmete verblüfft aus. „Ja."
„Nun, dann bleibst du wiehl besser im Sattel. Ich führe nämlich bald Verhandlungen mit den Vira und den Ruèk."
Sie schmunzelte.
„Was muss ich tun, um bei dir bleiben zu können?"
„Ich ... Leyawi ist kein Ort für dich. Es ist nicht wie auf Runjhày. Oder gar wie in Naltivi."
Rednawén schwieg, und ihre spürbare Anstrengung einzugestehen, was sie bewegte, überwältigte Nyrden fast. Heftig kam in dieser der Wunsch auf, sie zu halten und ihr zu sagen, sie brauche keinen Schutz vor ihr und könne Vertrauen zu ihr haben. Doch eine Ahnung riet ihr davon ab. Es anzusprechen, hätte die Leyawi verschlossen. Sie hätte es für die Annahme von Schwäche gehalten, dessen wurde Nyrden in den Augenblicken des Wartens sicher. Aber die mit sich Ringende brach ihr Schweigen auch allein. „Unsere Regeln sind für Kriegīnnen und würden dich beargen. In der Feste ist kein Raum für Lustgärten oder ... Sanftmut oder andere Dinge, die dir bedeuten ... gar kein Raum. Leyawi würde dein Unglück bedeuten, selbst, hieltest du nur die Winter dort."
„Das ist es?", staunte Nyrden. „Das ist alles? Dann lebe mit mir auf Runjhày."
„Wie könnte ich das?"
„Als unsere Heerführin. Kelon hat sich aus dem Dienst freigebeten."
Rednawéns Miene erhellte sich. „Wirklich?"
Nyrden bejahte. „Er wird fortziehen und händegeben. Es ist ohnehin an der Zeit für Runjhày und Leyawi, das Bündnis auch vor den Völkern zu tragen."
Ein Lächeln setzte sich in der Streitin Züge, das zu einem Strahlen wuchs, als Nyrden sie küsste: „Lebe mit mir."
Es währte, bis sie sich wieder voneinander lösten.
„Das wirst du noch bereuen, Stadterste."

„Sagt das ‚ja'?"
Rednawén nickte.
„Möchtest ... möchtest du nicht darüber ruhen?"
„Wozu?"
„Weil es eine so wichtige Entscheidung ist. Es wird dein Leben verändern. Willst du dir nicht mehr Zeit lassen?"
Sie zog die Naltivi noch einmal an sich, um sie zu küssen. „Nein."

Als Nyrden erwachte, sah sie Rednawén an die Wand gelehnt am Bettrand sitzen. Sie flocht ihr Haar, aber nicht in der üblichen Weise, die es nur aus dem Gesicht hielt, denn zum Gebundenenzopf. Nyrden wartete mit schwellendem Herzen, bis sie geendet hatte, dann umarmte sie sie.
„Bevor du dich freust", sprach die Gefährtin, „musst du eines wissen: Dass du die Erste bist, deretwegen ich diesen Zopf trage, sagt nicht, du bist meine letzte Tanzin."
Die Wahrin wöhnte. „Das heißt, du wirst nicht treu sein."
„Wenn du es so nennen willst. Die Welt ist voller Menschen. Ich werde mir nicht vorgaukeln, ich sei blind oder hätte keine Nase. Du bist mir viel. Aber du wirst nicht die einzige Frau für mich sein. Wenn das für dich undenkbar ist, löse ich den Zopf wieder."
Nyrden schwieg.
„Ich erwarte von dir nichts anderes."
Sie schwieg noch immer.
„Antworte mir. Bitte."
Sie sah auf. „Ich weiß nicht, was. Ich muss darüber ruhen."
„Gut."
„Ich bin nicht glücklich darüber."
„Das sehe ich. Aber du kannst mich nur so haben, wie ich bin", erklärte die Streitin und fuhr nach kurzem Innehalten fort: „Ich weiß, dass dein Volk darüber andere Ansichten hat als meines. Bei uns ist es nicht üblich, das Leben mit der zu teilen, mit der auch der erste Tanz geteilt wurde. Ich will nicht, dass dies dein Grund ist, mit mir zu sein."
Nyrden starrte sie an. Dann entgegnete sie: „Das ist er nicht."
„Gut."
„Und ... ich bin dir nicht zu alt?", bangte sie, mit einem Male scheu. „Uns trennen gewiss sieben Jahre."
Rednawén sah überrascht aus. „Acht Jahre und Zwei Monde." Sie betrachtete sie kopfschüttelnd. „Ich bin keine Naltivi, Nyrden. Solches ist mir nicht wichtig. Du hast einen Blick, als versuchtest du, dich durch meine Augen zu sehen. Aus deinen Augen wäre die Frage wohl eher die, ob ich dir zu jung bin." Und, einer Abwehr zuvorkommend: „An solches denken drittgeborene Naltivi nicht; nur selbst zu gefallen ist wichtig, nicht wahr? – Ich habe eine Bedingung an unser Band: Halte das Dienen aus ihm heraus. Auch aus deinem Denken. Ich will dich, keine Unfreie, und ich will dich in Stärke. Eine Magd an meiner Seite kann ich nicht brauchen."
Die Lauschende zeigte sich verwirrt. „Ich ... das..." Sie brach ab und sah auf das Laken.

Die Ungeduld der Wartenden war fast greifbar.

„Aber ... ich fühle mich nicht stark", gestand Nyrden dann bangend.

Ein Lächeln. „Weil du nicht darin unterrichtet wurdest? Du hältst deine eigene Stärke. Du wurdest ohne Rüstzeug in eine Grube mit hungrigen Raubtieren geworfen. Und du lebst noch, Stadterste. Du führst mittlerweile Verhandlungen. Recht gut, wie zu hören ist, und in einer neuen Art. – Überleg es dir. Ich will dich in deiner Stärke, nicht in meiner und nicht in Schwäche."

Die Geforderte setzte zu einer Antwort an, da donnerte Laar vom Gang aus gegen die Tür und trat ohne Aufforderung ein: „Rilan und die Lerusmen sind da. Sie kommen gleich her."

„Nein." Rednawén stemmte sich, die Hand an der Wundklammer, in den Stand.

„Du sollst liegen", hielt ihr die Lekhe entgegen.

Die Jüngere warf ihr einen wenig freundlichen Seitenblick zu und begann, sich zu bekleiden.

Als Nyrden Laar ansah, rollte diese mit den Augen.

Gemeinsam gingen sie in den Schankraum, der bald darauf von Rilan, Kelon und Mawakai betreten wurde. Eine Begrüßung der Neuankömmlinge wie eine Vorstellung Laars und Nilewais folgten, es wurde zum Essen geladen. Die Leyawi bis auf Rednawén waren im Stall unter sich geblieben.

Als ihr Bruder seinen Helm abnahm, sah Mawakai den Gebundenenzopf, der jedoch entgegen der üblichen Weise des Trägers mit den Farben eines Hauses geschmückt war. Sie zog daran. „Was ist geschehen? Hast du dein Herz verloren?"

„Wohl eher seine fehlende Hälfte gefunden." Er umarmte sie.

Sie fasste seine Stirn. „Du hast kein Fieber. Liegt ein Bann auf dir?"

Er stieß Mawakai in die Seite.

Trotz herzlicher Dankesworte Rilans war nicht zu übersehen, dass Rednawén Kühle zu ihm ausstrahlte, die Fernesuche ausrief; ihrem Gefangenen gegenüber war sie offener als dem Runjhày zu. Nachdem sie einander von den vergangenen Tagen berichtet hatten, sprach Rilan darum: „Meine Freundin in Waffen. Der Dienst, den du unserem Haus getan hast, ist durch nichts aufzuwiegen. Sei willkommen, und nimm den Ruf meiner Gemahlin an. Es ist unserem Hause Ehre, wenn du seine Heerführe trägst." Er hielt inne und ergänzte dann: „Und mein Dank würde dir gehören, wenn du mir meinen damaligen Fehler heute verzeihtest."

Rednawén schwieg kurz. Dann erschien ein Gedanke in ihrem Gesicht. „Das hat einen Preis."

„Ja..?"

„Die Order über künftige Foltern auf Runjhày wird Teil der Heerführe sein, nicht der Stadtwahrung."

„Das sage ich gerne zu. Ich bin nicht erpicht auf diese Order."

Sie reichte ihm über den Tisch den Arm, und Nyrden gewahrte froh, dass sie ihre Kraft nicht gegen Rilan wendete, sondern nur so stark zuschlug, wie es dem Gegenüber zuzumuten war.

„Éyark wird sich freuen", bekundete die Leyawi, wandte sich an Kelon und fragte: „Wohin ziehst du?"
„Oh, wir hätten Nachbarn werden können."
Mawakai neben ihm zeigte sich erstaunt. „Du verlässt Runjhày?"
„Ja", erwiderte er mit einem Aufstrahlen. „Ich werde händegeben."
„Dass ich das auch erfahre! Und wem?"
„Wem wohl. Telùn."
Sie blinzelte betont. „Telùn. Über die du noch im Herbst gelästert hast, sie sei eine unerträgliche Gesellschaft, und es werde Zeit für sie, nach Winen zurückzukehren. Ebendiese Telùn?"
„Ja." Er strahlte noch mehr.
Sie schüttelte lachend den Kopf, griff noch einmal in seinen Haarzopf, las die Farben der Bänder.
Nun grinste Kelon breit. „Es scheint so, als sei ich der Einzige in der Runde mit dem Erfolg, der Frau die Hände zu geben, die Herz und Völker gleichermaßen gutheißen."
„Herz?", fragte sie.
Er schnitt eine Grimasse.
Die Übrigen lachten. Nilewai, der an einem Tischende saß, nahm der Wirtin den soeben gebrachten Teller ab und reichte gepökeltes Fleisch und Brot umher.
„Wie hat sie es geschafft, deine Zustimmung zu bekommen?", begehrte Mawakai Kunde und hob mit Kelon an.
„Gar nicht. Ich habe mich über ein Jahr mühen müssen. Es war nicht eben einfach. – Dein Mund ist offen."
Sie klappte ihn wieder zu.
„Telùn sagte, sie würde Winen keinen Wahrer zumuten, den sie knebeln müsse, um Verhandlungen zu überleben."
Alle stimmten in Mawakais Gelächter ein.
„Ich gebe ja zu, dass sie Recht hat. Aber ich habe nicht aufgegeben und mich für sie schön gemacht, und am Ende meinte sie, stark genug geworden zu sein, um Winen alleine zu führen. Ich werde zweiter Heerführer sein", schloss er.
„Wie großzügig", spottete seine Schwester.
Er lächelte. „Mir waren diese Dinge nie so wichtig. Ich wäre auch nur als ihr Gemahl mit ihr gegangen."
„Kein Zeichen von Klugheit."
„Aber von Glück."
Erneut schüttelte sie den Kopf über ihn. Darauf: „Zu meiner Schande muss ich zugeben, dass ich im Krieg gegen Kirak wenig Lust hatte, über Verbündete im Wissen zu bleiben. Ich hörte davon, dass Telùn als Erbin ausgerufen wurde. Womit kaum eine gerechnet hatte, weil sie die Jüngste ist. Es heißt, sie sei in Waffengängen und Verhandlungsproben allen Geschwistern überlegen gewesen."
Kelon hielt unverhohlenen Stolz.

„Aber ich ahnte nicht, dass ihr noch geeint seid. Oder wieder? – Vielleicht wirst du doch noch Stadtwahrer. Mögen die Ahninnen uns beistehen!"
„Zunächst einmal gehe ich nach Winen."
Sie verblieben heiter.

Am nächsten Morgen brachen Mawakai und Kelon mit ihren nahe gelagerten Heeren auf. Nyrden und Rilan wollten Leyawi danken und schlossen sich der Gruppe um Rednawén an.
„Antworte endlich auf meine Briefe", bat Rilan, als er seine Gefährtin verabschiedete. „Ich vermisse dich so. Schreiben schmerzt nicht."
Sie verzog das Gesicht.
„Wirklich nicht, Mawakai."
Dem Trupp der Leyawi und Runjhày mochte der Gang über die schmalen schwergängigen, wenn auch schneegeräumten Wege leichter sein als den Hundertschaften, dennoch führte das Wetter ihn auch für die kleinere Gruppe in kräftezehrender Härte. Mit sturmnahem Wind schien der Winter die Rauheit des Landes in die karge, stark zerklüftete Berggegend zeichnen zu wollen. Die zweieinhalb Dutzend Reisenden hielten an Gasthöfen, von denen es in dieser einsamen Gegend erstaunlich viele gab. Endlich erreichten sie zu fortgeschrittener Nacht die Feste Leyawi.
Hörner verkündeten ihre Ankunft, als sie in Sicht des gewaltigen Bauwerkes kamen. In einer Senke zwischen zwei Berghängen erhob sich eine sehr hohe Mauer, die die Felswände miteinander band und das Tal dahinter verschloss. In das Mauerwerk eingelassen fand sich eine eiserne Pforte, so schmal, dass sie eben einem Karren Platz bieten mochte. Als die Angekommenen hindurchschritten, zeigten sich fünf weitere Tore, die nacheinander für sie geöffnet wurden. Zu beiden Seiten eines schmalen Ganges erhoben sich hohe glatte Wehrmauern, von denen aus Bewaffnete auf sie hinabblickten, nicht selten mit einem stillen Gruß. Nyrden wusste, dass bei einer Belagerung der Eintritt in eine Stadt als ihre Schwachstelle galt, wovon hier nichts zu merken war. Angreiferinnen hätten es sicher kaum vermocht, diese Anlage zu bezwingen. Als sich das letzte Tor auftrat und sie auf einen riesenhaften Hof gelangten, konnte die Naltivi einen staunenden Laut nicht hindern.
Leyawi mochte in einem Tal gelegen sein, doch wenig war davon zu merken. Mauern verschlossen die Senke – Wie viele Wände besaß diese Feste? –, und auf den steilen Hängen standen mehrere Gebäude, groß und sicher für ganze Sippen errichtet. Nyrden hätte es zuvor für ausgeschlossen gehalten, dass auf solchen Steigungen Häuser gebaut werden konnten.
„Es ist fast unmöglich, sie in einer Schlacht einzunehmen", folgte Rednawén, die sehr guter Stimmung war, ihrem Blick.
Mit dem Kopf im Nacken blickte die Ältere umher. „Wie viele leben hier?"
„Fast Viertausend. – Was ist dir? Manche Städte Naltivis sind größer."
„Aber keine Festungen. Und … dein Volk ist kleiner."
„Ha! Ja, du hast Recht. Ein Großteil Leyawis lebt hier."
Rilan, der die Feste bereits kannte, lenkte sein Pferd neben sie. „Ehrfurchtgebietend, nicht wahr?"

Nyrden nickte zustimmend. „Wo?", fragte sie verwundert. „Wo leben sie?" Denn abgesehen von den hanggelegenen Wohnstätten, den fünf Türmen, in denen einzelne Lichtlöcher erleuchtet waren, und einigen unbenutzten überdachten Pferdeständen gab es scheinbar weder für Menschen noch für Tiere Unterkunft. „Wo sind die übrigen Häuser? Und die Ställe?"
Rednawén grinste. „Komm."
Im hinteren Teil des Hofes hielten sie an und gaben ihre Pferde in die Obhut von Stalleuten. Rilan wollte sich vor der Begegnung mit den Wahrinnen Leyawis umziehen. Nilewai schloss sich ihm und dem Rest der Gruppe an, die einem Turm zustrebte.
Rednawén wies Nyrden, über eine hölzerne Leiter auf die Wand zu steigen, die den Rücken des Hofes bildete und mehr als zweimal so hoch war wie die Stadtmauer Runjhàys. Schwindelnd oben angekommen, blickte die Geführte zunächst suchend umher, denn im ersten Hinschauen wirkte die Stadt auf sie wie ein weiterer Hof. Erst bei näherer Betrachtung erkannte sie, dass sie auf flache Häuser hinabschaute. Sie fügten sich scheinbar ohne Straßen und Wege zu einer Ebene zusammen. Nyrden sah umgeklappte Holzläden von Eingängen oder Luftlöchern; einige wenige Stufen, die seltene Höhenunterschiede der Dächer übersteigbar machten, und Regenrinnen, die in nicht sichtbare Tiefen verschwanden. Als sie gewahrte, dass Rednawén sie forschend betrachtete, erklärte sie: „Eine solche Bauweise habe ich noch nie gesehen. Nicht, dass ich viele Städte kennen würde, aber ... es dient dem Schutz, nicht wahr?"
Bestätigend lautete die Heerführin. „Binnen weniger Augenblicke kann der Platz leer sein. Bei den Häusern gibt es Gänge in die Erzgruben. Mit starken Türen. Diese Wehr ist zum Teil hohl." Sie wies auf Luken in der ungewöhnlich breiten Mauer unter ihren Füßen, die Hof und Wohnstadt trennte. „Von hier aus können wir jede Angreifin einkreisen, zu beiden Seiten hin. Selbst falls unser Stand fiele, hätten sich die anderen in der Zeit des Kampfes durch die Felsen in Sicherheit gebracht."
„Ich bin beeindruckt", gestand Nyrden. „Aber Runjhày können wir dergestalt nicht umbauen."
Rednawén grinste. „Nein, wohl nicht. Außerdem bauen wir erst seit anderthalb Generationen daran und müssen noch einige Ärgernisse beseitigen. Für flache Dächer regnet es hier eigentlich zu oft. Die Zisterne wird Leyawi einst in einen See verwandeln, wenn wir keinen besseren Weg finden. Aber wir haben nur wenige Bauleute, und unser Volk hat mehr Erfahrung im Abstützen von Stollen als im Hausbau." Trotz der letzten Worte war unübersehbar, wie stolz sie war.
„Wir könnten Bauleute schicken", schlug Nyrden vor. „Als Auslöse für dich, wenn du es willst."
Rednawén verneinte. „Es wird keine Auslöse geben. Ich bin eine freie Leyawi, Erste von Runjhày. Daran wirst du dich gewöhnen müssen."
„Aber es ist doch ein Verlust für dein Haus, wenn du gehst", hielt Nyrden ihr entgegen.
„Vielleicht. Vielleicht bringen die nach mir auch Besseres, als ich es tue. Es ist meine Entscheidung zu gehen, und ob Verlust oder Gewinn, werden alle damit leben müssen."
Die Stadtwahrin überlegte. „Aber Bauleute, die unseren Freundinnen für eine Weile beistehen, wären keine Beleidigung für Leyawi. Eher ein Dankesausdruck für meine Rettung."

Rednawén lachte. „Du hast viel gelernt in zwei Jahren! – Wenn sie aus freiem Willen kommen. Und keine darf es Auslöse nennen. Hilfe ist willkommen und wird unsere Hilfe zur Folge haben, wann immer ihr sie brauchen solltet."
Nyrden warf einen weiteren Blick auf die schlafende Stadt. Nun sah sie Verkaufsstände, winterleere Erdkübel und einige wenige Pflanzen, Kinderspielzeug, liegengelassene Decken. Sie lächelte. „Sind das dort hinten Gärten?"
„Ja. Bei den Ställen."
„Kann ich sie sehen?"
„Es sind Nutzgärten. Kein Vergleich mit deinem. Ich weiß nicht, ob du nicht..."
„Oh, ich bitte!"
Die Gastgebin lachte erneut, diesmal mit Wärme im Blick. „Wir müssen fragen."
Die Naltivi erstrahlte. „Wo lebst du?", begehrte sie zu wissen.
Rednawén drehte sich um und wies auf eines, das eine zwei Türme miteinander verbindende Hofwand zu sein schien. „Die Lichtöffnung dort oben. Dort ist meine Zelle."
Nyrden blinzelte.
„Es ist eine Wohnmauer. Die Streitinnen, Führinnen und die Ratsmitglieder wohnen in den Türmen und der äußeren Feste. Nahe den Toren."
„Ah. Und die Übrigen leben im Inneren? Das ist andersherum als sonst üblich."
„Es schützt sie. Das ist unsere Aufgabe." Die Stadtdritte zwinkerte. „Allerdings sind wir auch näher an den Thermen. Sieh es, wie du willst."
Ein Hornzeichen ertönte weit entfernt, und Rednawén merkte auf. Es wurde von den Wachtürmen, die Nyrden auf dem Weg hierher gesehen hatte, weitergegeben und erreichte die Festung, wo es laut von zwei Posten wiederholt wurde.
„Komm." Die Streitin schickte sich an, wieder hinabzusteigen. Auf Nyrdens fragenden Blick hin, sagte sie: „Mein Bruder kehrt mit dem Heer zurück."
„Ihr habt euer Heer nach mir ausgeschickt?"
„Ach, nein, so wichtig bist du uns nicht. Es galt hauptsächlich der Übung", scherzte sie. „Komm."
Sie betraten den Hof, auf den mit einem Mal dutzende Menschen strömten, teils sich noch bekleidend. Einige eilten zu den leeren Pferdeständen. Rednawén führte Nyrden vor einen steinernen Stuhl, neben dem sie verharrten.
Bald kamen Berittene durch das letzte Tor und brachten ihre Tiere zu den Ständen. Ihnen folgten gehende Kriegerinnen, es waren hunderte. Das Ende des Trosses wurde von weiteren zu Pferde gebildet. Der letzte Reiter hielt neben dem Stuhl. Nicht erst als er den geschwärzten Helm abnahm, erkannte die Naltivi Éyark. Nachdem er abgesessen hatte, empfing Rednawén ihn mit einer herzlichen Umarmung. Er sprach einige Worte auf Leyawi zu ihr, ehe er in Ehrung Nyrden begrüßte: „Stadterste. Ich freue mich, dich wohlauf zu sehen."
„Ich danke für eure Hilfe", erwiderte sie und suchte, sich ihre Überraschung nicht anmerken zu lassen.
„Es war uns Vergnügen für dich, Freundin." Darauf: „Ich sorge noch um die Tiere. Ich komme nach."

Rednawén nickte. Als sie auf einen der Türme zuschritten, erkundigte sich der Gast: „Ist er dein einziger Bruder?"
„Er reicht mir", entgegnete sie scherzend. „Warum?"
Nyrden verwehrte ihre Antwort mit einem Kopfschütteln und verbrachte einen weiteren Teil des Weges sehr versonnen.
„Hast du es dir überlegt?", riss Rednawéns leise Stimme sie aus ihren Gedanken.
„Deine Bedingung?"
„Ja."
Sie schöpfte tief Atem. „Ich brauche Zeit dafür. Kannst du warten?"
„Das weiß ich. Ich werde warten. Aber wenn es vergebens ist, muss ich gehen", war die Antwort.
Nyrdens Hals schnürte sich zu. Sie betraten eine Halle, welche die gesamte untere Ebene des Turmes stellte. Die Naltivi hatte bisher kein führendes Haus gesehen, das nicht bemalte Innenwände hielt, doch diese waren rohsteinern und trugen nicht dazu bei, den Winter durch frohe Farben erträglich zu machen. Es gab auch keine Teppiche oder Felle an den Wänden, wohl aber einige auf dem Boden, die nun fortgeräumt wurden. Ein Stuhl wurde aufgestellt, der bald darauf der Wahrin Leyawis Sitz bot, ihr Gemahl stand an ihrer Seite. Éyark und Rednawén traten hinzu. Kurz wurde Bericht erstattet, derweil erschienen Rilan und Nilewai im Tor.
Wie schon ehedem staunte Nyrden auch dieses Mal über die Ähnlichkeit der beiden Schwestern, trotz des Altersunterschiedes von sicher zehn Jahren. Als die Naltivi Èsralon das erste Mal auf Runjhày gesehen hatte, war für einen schmerzvollen Augenblick die Hoffnung in ihr aufgekeimt, die auf einem Pferd Nahende wäre Rednawén gewesen. Èsralon war schmaler als die Heerführin und trug erheblich weniger Muskeln, aber beide sahen einander ungeheuer ähnlich, und Èsralons Haltung war ebenso stolz. In ihren Augen zeigte sich eine Wärme, die Nyrden bei ihrer Gefährtin nur im Vertrauten kannte; die Schnelligkeit und Kraft, die die Jüngere mit jeder Bewegung hielt, fanden in der Ruhe und würdevollen Erscheinung der Stadtwahrin ein Gegengewicht. Aber Èsralon strahlte dennoch auch eine Strenge aus, die Rednawén nur selten und nur unter Anspannung verbreitete, die die Ältere jedoch nicht zu verlassen schien. Nun, als Nyrden beide neben Éyark sah, musste sie angesichts der Schönheit der Geschwister lächeln. Manche Häuser wurden von den Göttinnen sehr verschwenderisch mit diesem Geschenk bedacht.
„Nyrden." Èsralon streckte ihr die Hände entgegen, was die umstehenden Leyawi aufmerken ließ, denn diese Begrüßung war für Anverwandte bestimmt. Rednawén lächelte.
Die Begastete trat zu Èsralon und nahm ihre Hände. „Ich freue mich, dich wiederzusehen, Stadterste."
„Das ist für mich dasselbe, Freundin." Die ihr Altersnahe maß sie mit einem frohen Blick. „Leyawi heißt Naltivi und Runjhày willkommen. Frieden deinen Häusern."
„Und dem deinen, dem ich zu großem Dank verpflichtet bin. Leyawi kann eines ebensolchen Dienstes gewiss sein, sollte er je not werden."
Èsralon ehrte sie, und Nyrden wandte sich deren Gemahl zu.

Nelai hielt mehr als drei Dutzend, Éyarks Größe und zudem ungeheure Breite und Schwere. Er war nicht schön oder immindest hübsch, doch in seinen Zügen und in seinem Blick erkannte Nyrden eine anziehende Sanftmut. Wie ein vorüberfliegender Vogel streifte sie mit einem Mal ein peintragender Schatten, der von Nelai ausging, doch sie zähmte ihre Sinne, als der Stadtwahrer sich vor ihr verneigte.
„Willkommen, Naltivi und Runjhày. Frieden deinen Häusern", sagte er mit großer Freundlichkeit. „Es ist bald Morgen. Lasst uns essen."

In der Halle eines anderen Turmes war eine Tafel aufgebaut. Es schien keine Ränge zu geben. Jede setzte sich, wo sie Platz fand. Selbst Èsralon und Nelai hatten keine erhöhten Stühle. Auch war es nicht üblich, dass nur an einer Seite der Tafel gesessen und von der anderen aufgetragen wurde; die Leyawi saßen einander gegenüber und standen auf, um sich am beiseite stehenden Speisentisch selbst zu bedienen. Es wurde nichts weiter geboten als saures Wasser, Äpfel und ein aus Eicheln, Getreide und Milch bestehender Brei, dessen einzige Wohle darin bestand, heiß und gut gesalzen zu sein. Nyrden war die Bescheidenheit der guten Mähler Runjhàys gern geworden, aber dies ... Von diesem Haus aus wurde Leyawi geführt. Nach dem Handelsbeginn war zu ahnen, dass Leyawi Runjhày an Reichtum bei weitem übertraf. Doch es aß kärger als Runjhàys ärmste Hirtinnen.
Im Anschluss an das Mahl bat Èsralon Nyrden und Rilan zur Unterredung ins Schriftenlager. Ihr Gemahl nutzte die Gelegenheit, Rednawén ins Freie zu rufen.
Dort fragte er: „Hatte dein Ritt das gewünschte Ziel?"
„Nyrden ist hier", entgegnete sie verwundert.
„Für dich. Angesichts dieses Zopfes, frage ich, ob wir sie als Teil des Hauses begrüßen werden, der seine Winter mit uns teilt, oder ob du gehen wirst."
„Ich gehe. Nicht nur für die Winter."
Den Ausdruck von Betrübtheit, den er mit einem Mal zeigte, hatte sie bei ihm selten gesehen. „Bei den Göttern, werde ich dich vermissen!"
Sie strahlte auf, und er umarmte sie, was der Überraschten zu großer Freude war. Seit er vor drei Jahren als Vertreter Leyawis in Verhandlungen mehrfach zum Tanz gezwungen worden war, scheute der Freund die meisten Berührungen, die nicht Èsralon oder den Kindern galten.
Sie unterhielten sich noch eine Zeitlang, Rednawén berichtete von Veränderungen im Heeraufbau der Ehiàr, dann wurden Nyrden, Rilan und Nilewai zu ihnen geführt, damit sie gemeinsam gen Schlaflager gehen konnten.
„Wirst du deine Kammer mit mir teilen?", fragte die Naltivi leise, Arm in Arm mit Rednawén.
„Ich glaube nicht, dass dir das gefallen würde. Unsere Gästezellen sind behaglicher." Die Gebetene bemerkte ihren Blick. „Aber wenn du willst, gerne."
In der hausbreiten Wohnmauer verabschiedeten sie sich von den Übrigen, die in die entgegengesetzte Richtung schieden. Nyrden verstand nicht, warum dieses hochgewachsene Volk solch niedrige Gänge baute. Sie selbst vermochte noch aufrecht darin zu gehen, doch von Rednawén und Nelai, selbst von Rilan forderte die Decke eine immerwährende Neigung.

Zu beiden Seiten öffneten sich türlose Kammern vor ihnen, dicht nebeneinander und einander gegenüber gelegen. An den kurzen Teilen Wand zwischen ihnen standen hölzerne schlösserlose Waffenladen.
Rednawén hielt an und wies in einen Raum. Keine Tür und kein Vorhang boten Sichtschutz gegen den Gang. Die Kammer war winzig, kleiner als jede auf Runjhày; auch in Naltivi wurde nichts vergleichbar Kleines als Ort für Menschen gebaut. Eine Truhe, wohl für Kleider, stand an einer Wand, eine schmucklose Lade daneben. Einige Felle und eine wollene Decke hingen über einem Holzgerüst. In Kopfhöhe gab es eine Lichtöffnung, durch die Schnee und Wind hereinwehten. Das war alles. Kein Schmuck, kein Tand. Sogar ein Bett fehlte.
„Ich hätte öfter eilig aufbrechen sollen", scherzte Rednawén. „Nelai sorgt sehr viel besser um meine Zelle als ich." Sie trat zu den Fellen, nahm sie ab und breitete sie auf der kalten Erde aus, die Decke legte sie dazu. Der Gast verbarg sein Erstaunen und schälte sich aus dem Umhang, den sie ihm abnahm und über das Gerüst hängte, ihren eigenen Umhang und ihre Kleider dazu.
„Wo ist Norden?", fragte die Naltivi, die aus der Bauweise keine Himmelsrichtungen schließen konnte.
„Hier wirst du keine Göttinnen finden", grinste Rednawén, gab aber Auskunft: „Dort."
Nyrden legte sich mit dem Kopf gen Gewiesene, die Jüngere folgte ihr und schlief fast augenblicklich ein. Die Naltivi aber lag noch lange wach, da Gedanken in ihr kreisten und da sie fror.
Es war eigentümlich leise. Schon vor zwei Jahren war ihr aufgefallen, wie geräuscharm Rednawén schlief. Als bewachte Tochter und später als Schwester einer Stadtwahrin hatte Nyrden in ihrem Leben wenig mehr als eine Handvoll Nächte allein in einem Bett geschlafen. Sie wusste, dass die meisten Menschen schlafend zumindest hörbarer atmeten als im Wachen. Aber Rednawén lautete fast überhaupt nicht. Seltsam. Nyrden seufzte, spürte ihre eigene Müdigkeit. Es war hier sogar kälter als in den Zelten der Ehiàr. Die Felle waren steif und hart und ließen größere Wärme vermuten, als sie schenkten. Nach einer Weile stand Nyrden auf, um sich ihren Umhang als zweite Decke zu holen.

Als die Naltivi gegen Mittag erwachte, schmerzte ihr Rücken; das Lager war ihr bei weitem zu hart gewesen. Rednawén lag in Kleidern neben ihr und betrachtete die sich Räkelnde mit Genuss im Blick. „Hast du gefroren?"
„Ziemlich."
„Ehe du krank wirst, wechsele besser in eine Gästezelle."
Die Naltivi wehrte ab.
Rednawén legte den Kopf zur Seite und schmunzelte kaum merklich. „Und wenn ich mitkomme?"
Nyrden konnte nicht verhindern, dass Erleichterung in ihr Gesicht strömte.
Die Heerführin lachte. „Hast du Hunger?", fragte sie.
„Ja."
„Dann komm."

Sie verließen die Wohnmauer, hielten sich jedoch nicht gen Halle, in der sie ehedem gegessen hatten. Rednawén führte Nyrden durch das wache Leyawi. Überdachte Straßen lagen zwischen den Häusern; kein Strahl winterlicher Helligkeit drang herein. Die Gänge wurden teils von Talglampen, teils von Fackeln beleuchtet. Dann ging es durch den hohlen Wehrgang eine Stiege hinauf, und Nyrden blinzelte im plötzlichen Licht.
Unter ihr breitete sich die riesenhafte Dachebene aus, war Markt, Kampfübungsplatz, Ort für Kinderspiele und für Tiere ... Über den Morgen war die Stadt aus dem Boden aufgestanden. Leyawi schien sich gerne im Freien aufzuhalten, trotz der Kälte. Hunderte von Menschen bewegten sich über den Dächern.
Rednawén ging mit Nyrden zu Speisenständen, die fremdartiges Essen boten, bezahlte und nahm zwei breigefüllte Näpfe sowie Nyrden unbekanntes Obst entgegen. Die Gefährtinnen setzten sich auf Bänke neben eine Feuerstelle. Während sie den wohlschmeckenden, Wurzeln und Fleisch enthaltenden Brei genoss – Einem Vergleich mit ihm konnte der in der Halle gegessene nicht standhalten. –, betrachtete die Geladene Vorübergehende und Verweilende. „Du wirst verstehen, dass viele es vorziehen, draußen zu essen", vernahm sie der Kriegin leise Stimme und schrak auf. Rednawén grinste, Nyrden folgte ihr darin. Sie aßen weiter.
Die meisten Leyawi trugen kein Schwarz, sondern farbige Wollstoffe, die ebenso aufwendig gewebt waren wie die Naltivis, wenn sie auch aus gröberen Fäden waren und ihre Traginnen offensichtlich wenig Wert darauf legten, sie schmutzfrei zu halten. Alle schienen unter ihren hölzernen Überschuhen warme lederne Stiefel zu tragen, Einzelne gar mit goldblechernen Schnallen. Die Staunende sah keine Strohschuhe, ebenso wie jedes weitere Zeichen von Armut oder Rangniedrigkeit in der Kleidung fehlte. Auch der Schmuck hielt nicht die betonte Bescheidenheit, die Nyrden bei dem Schmuck der Verhandelnden auf Runjhày aufgefallen war. Sie sah kupfer und bronze, silber und gold; vielfarbige Haarbänder; reich bestickte Gürtel; gewebten und geschmiedeten Gelenkschmuck. Sie mochte die Art der Zier sehr. Selbst die niedrigsten Arbeiten wurden von Leyawi verrichtet, deren Äußeres Wohlstand bekundete; allein die Krieginnen waren an ihren schlichten schwarzen Kleidern zu erkennen. Rednawéns einzigen Schmuck boten ein flaches, ansonsten unförmiges Stück Eisen, das sie an einer Kette um den Hals trug, und ihr flammend rotgelbes Haarband.
Als sie sich nach der Mahlzeit erhoben, verkündete die Jüngere: „Vor dem Rat können wir noch in die Gärten gehen. Ich habe einen gefragt, der deine Fragen beantworten wird."
„Wann hast du das getan?", fragte Nyrden verwundert.
Rednawén küsste sie. „Als du Winterschlaf gehalten hast. Komm."
Auch im tiefgelegenen Handwerksviertel, das sie auf ihrem Weg durchquerten, standen Verkäufe bereit, doch sie ähnelten weniger den Ständen auf der Ebene über ihnen und mehr den Läden, die Nyrden aus ihrer Heimat kannte.
Die Gärten waren schlicht und winteröde, aber die Naltivi fand dennoch einige Pflanzen, die sie nicht kannte. Rednawén versprach ihr in Absprache mit dem sie geleitenden Gärtner, Samen mit nach Runjhày zu nehmen.

Als der frühnachmittägliche Rat eröffnet wurde, lud Nelai Nyrden ein, neben ihm zu sitzen. Im Gegensatz zu den ihr bekannten Räten hatte dieser eine Halle voll von Zeuginnen, die teils standen, teils saßen. Der Rat selbst bildete einen ihnen zu geöffneten Halbkreis, keine Runde.

„Du wirst uns also die Goldkammer unseres Heeres rauben, Freundin", scherzte der Githe leise.

Nyrden lächelte, wusste jedoch nichts zu dem zu sagen.

Die Besprechungen wurden auf Ebenen gehalten, Einzelheiten des Fortzugs der Heerführin nach Runjhày wurden aufgeschrieben. Da es keine Verhandlungen um eine Ablöse gab und da weder Rilan noch Nyrden den Forderungen der Leyawi widersprachen, befremdete die Gäste die dennoch erstaunliche Dauer der Zusammenkunft. Jede Waffenart, die ins Haus der Verbündeten eingeführt werden würde, wurde festgehalten, jedes Tier mit Beschreibung festgelegt, ebenso wie die Entlohnung derer, die Runjhày dienen würden.

Dann wandte sich Èsralon an Nilewai und Rednawén. „Nun zum Ende: Habt ihr über Tribut gesprochen?"

Ihre Schwester stand ein weiteres Mal auf. „Über den Tribut für Runjhày wird es selbst verhandeln. Was Leyawi betrifft..." Nyrden sah, dass sie gegen Grinsen kämpfte. „...dachte ich an einen einmaligen Tribut. Keine Kränkung für langjährige Freundinnen. Eine Kleinigkeit."

„Die du gedenkst, Leyawi abzukaufen?", vermutete die Stadtwahrin an sie gerichtet, aber mit Blick auf Nilewai.

„Ich schicke sie dir", seufzte dieser, sich ebenfalls erhebend. „Du hättest sie mitnehmen können. Sie waren im Zelt."

Nun grinste Rednawén offen. „Du bist einverstanden."

„Ich muss wohl, wenn ich nicht will, dass ihr Ehiär rupft. Nun gut. Die Äxte sind alles?"

Sie bejahte. „Damit wäre der Unfriede für Leyawi beendet."

„Du hast mein Wort." Er neigte sich vor ihr, was sie erwiderte.

Èsralon wirkte zufrieden.

Die Heerführin erklärte: „Ich will Resa mitnehmen."

Der jubelnde Aufschrei einer Kinderkehle erklang. Nyrden sah einen Knaben, der sich durch die Reihen der Stehenden drängte und Rednawén entgegenflog. Diese bremste seine angestrebte Umarmung aus, indem sie ihn scharf ansah, woraufhin er innehielt und die Augen senkte. Er war ungewöhnlich groß und hübsch und hielt eine Ähnlichkeit zu Nelai, die ihn sogleich als dessen Sohn auswies.

„Ich hoffe, Runjhày wird ihn schulen. Wenn du mir versprichst, ihn in Selbstbeherrschung anzuleiten, kannst du ihn mitnehmen", verkündete Èsralon nach einem Blickwechsel mit ihrem Gemahl. „Wen sonst?"

„Wer Runjhày Dienst bieten will, ist meinerseits willkommen", sagte die Jüngere. „Vinhtù, Laar und Uron überlegen, mich zu begleiten."

Vinhtù würde sich später als Heilin herausstellen, die ihre Heimat jedoch schließlich nicht verlassen würde. Uron war Nyrden bereits bekannt; der Sagtain hatte Èsralon zu Verhandlungen auf Runjhày begleitet. Er hielt um die vier Dutzende und war klein und kräftig. Wie

die Winen trug auch er sein Haar kurz. Die ein wenig gebeugte Haltung fiel unter den stolzen Leyawi sehr ins Auge; seine Züge waren ernst, fast bitter. Nyrden erinnerte sich sowohl an seine Schweigsamkeit wie unvermutete Freundlichkeit als auch an ihrer beider Gespräch auf Grejen vor einigen Monden. Laute Rufe rissen die Naltivi aus ihren Gedanken. Èyark war vorgetreten und warf Rednawén heftige Worte auf Leyawi entgegen, die sie zu einer scharfen Antwort bewegten.
„Wir haben Gäste", mahnte Èsralon.
Er besann sich. „Uron wird hier gebraucht! Er ist mein Nachhalter und Waffenbruder!"
„Und seit Jahren ein freier Krieger", entgegnete Rednawén mit einer Stimme, die gelassener schien als zuvor und doch Spanne verriet. „Es ist noch nicht einmal entschieden, ob er mitkommt."
„Verflucht! Wie soll ich das Heer halten, wenn ihr beide geht? Wen soll ich zum Nachhalter bestimmen?"
„Salùr wäre eine gute Wahl."
„Bei den Ahnen, Rednawén! Dartù und Masùn begleiten dich schon!"
„Tatsächlich?"
„Ja! Du kannst nicht alle Krieger Leyawis mitnehmen, die zu den besten zählen! Ich werde ihm den Befehl geb..."
„Noch steht mein Wort vor deinem", unterbrach ihn die Heerführin mit hörbarem Grollen. „Du kannst ihm also befehlen, was immer du willst, es hat kein Gewicht. Ich sage es noch einmal: Er ist ein freier Krieger. Lass ihn als Freund gehen, wenn du es als Heerführer nicht willst."
Èyark schnaufte heftig. „Bist du bereit, um ihn zu kämpfen?"
„Ja."
„Genug jetzt!", rief Uron dazwischen. „Ich bin kein Unfreier, über dessen Besitz ihr streiten könnt! Es ist entschieden: Ich gehe nach Runjhày. Und ich löse unsere Waffen...", er forderte Èsralons Blick, „...mit dir als Zeugin, Kercháches."
Diese stimmte zu. „Wenn ihr es beide ausruft."
Èyark zähmte sein Beben mit offensichtlicher Mühe. Er zog ein Schwert, kreuzte es ohne Gewalt mit seinem Nachhalter. Die Stadtwahrin rief ihre Trenne aus. Danach tauschten beide Krieger die Waffen, Uron nickte dem Jungen zu. Die Halle zerstreute sich.
Nyrden strebte zu Rednawén, hielt jedoch inne, als sie Èyarks Gesicht sah.
„Kaivtar", hörte sie ihre Gefährtin sagen.
Er drehte sich um und ging.
Die Naltivi trat zu ihr, horchte ihr entgegen. „Was sagt das? Werdet ihr nun doch kämpfen?"
Die Streitin erstaunte sich, bejahte. „Es ist besser, wenn er seine Wut loswerden kann." Sie lächelte. „Das ist eine Gefälligkeit meinerseits und keine ernste Sache, Nyrden."
„Es ... klingt aber so."
„Würdest du ihn mit so viel Galle herumlaufen lassen?"
Èyark stand mit verschränkten Armen wartend in der Pforte.

„Aber du bist verletzt!", hielt die Ältere Rednawén besorgt entgegen. „Und die Sonne geht bald unter!"
„Ja, lebensbedrohlich. Nun komm schon."
Auf einem auf der Dachebene gelegenen Übungsplatz entledigten sich die beiden Leyawi ihrer Umhänge und nahmen Kriegsgerät von Uron entgegen: Éyark zwei Halbschwerter, seine Schwester ihre Einhandäxte; Rednawén gab Nyrden ihre Wundklammer. Ein kurzer ohnworter Gruß, dann begann der Kampf in fortgeschrittener Dämmerung – ohne einleitende Waffenkreuze, ohne Aufwärmung.
Die Bewegungen der Streitenden waren zunächst langsam und wirkten ungeheuer anstrengend; jeder Muskel schien Werk zu haben. Mit der Zeit nahmen sie jedoch merklich an Geschwindigkeit zu. Die Krieginnen schwangen ihre Klingen, wechselten die Standorte; es gab keinerlei Verharren. Schließlich vermochten die Augen der Betrachtenden ihrer Schnelle kaum noch zu folgen. Es war zu sehen, dass die Geschwister einander im Streit gut kannten, und sie schienen einander ebenbürtig zu sein.
„Ich habe noch nie Leyawi gegeneinander kämpfen sehen", staunte Rilan. „Und ich bin froh, erst jetzt Zeuge davon zu sein. Als Verbündeter." Er hatte sich versteift.
Uron schnaufte belustigt.
Nyrden fragte sich, warum die Leyawi vor zwei Jahren nur Messkämpfe gegen die Gastgebinnen und übrigen Gäste gehalten hatten. Aus Misstrauen, aus der Sorge heraus, zu viel der gerühmten Kriegskunst preiszugeben, wenn zwei ihres Volkes gegeneinander antraten?
Plötzlich rief Éyark einige aufgebrachte Worte.
„Was sagt er?", erkundigte sich Nyrden.
„Ich habe es nicht verstanden", bedauerte Rilan.
Der Sagtain setzte zu einer Antwort an, als eine Stimme hinter ihnen erklang: „Sie soll aufhören, mit ihm zu spielen." Sie drehten sich um, Laar trat grüßend hinzu.
Nun nahm der Kampf an Schärfe und Behende noch weiter zu, während es dunkel wurde. Zum ersten Mal überhaupt angesichts eines Messstreites, wuchs in Nyrden die Sorge, er könnte zu einem ernsten werden, und es könnte zu argen Verletzungen kommen. Doch eben, als sie begann, sich zu ängstigen, hielt Éyark schnaufend inne und gab ein Zeichen des Endes. Die Streitinnen nickten einander zu und kreuzten dann ohnarg die Klingen. Rednawéns Wunde am Unterbauch blutete, sonst hielten beide Heerführinnen nur einige Schrammen.
Laar sagte Éyark eines in Leyawi, das ihn lachen machte. Seine Antwort klang wohlwollend, seine Laune hatte sich merklich gebessert. Die Lekhe nahm ihm die Waffen ab und trug sie zu einem nahegelegenen Schleifstein; Éyark bot seiner vorherigen Gegnin an, die ihren zu schärfen. Nyrden sah ihnen dabei zu, während Rednawén an einem Wassertrog versuchte, im Licht einiger Fackeln Blutflecke aus ihren Kleidern zu entfernen.
Als sie geendet hatte, die Klammer wieder befestigt war und die Gefährtinnen einander nahe standen, fragte Nyrden mit Vorsicht: „Ist Laar ... meine Vorgangin?"
Die Angesprochene prallte zurück. „Nein. Meine Freundin." Und mit Vorwurf in der gehobenen Stimme: „Ich habe nicht mit allen Frauen getanzt, die ich kenne!"
„Obwohl du dir so viel Mühe gegeben hast!"

Rednawéns Kopf flog herum.
Laar kam in Begleitung von Uron und Éyark zu ihnen zurück.
„Leyawi kann sich glücklich schätzen, dem mangelnden Zaum über deine Zunge für eine Weile zu entkommen", knurrte Rednawén mit Zornesfalten.
Die Lekhe lachte. Sich an Nyrden wendend: „Ich freue mich darauf, Runjhày zu dienen, Erste." Sie ehrten einander.
„Uron wird mein Nachhalter sein", verkündete die Heerführin, sich beruhigend. „Auf Runjhày mag dies nicht üblich sein, aber..."
„Es ist uns eine Ehre" erklärte Nyrden dem über Rednawéns Worte Verblüfften.
Er verneigte sich: „Mir ebenfalls, Erste."
Éyark reichte seiner Schwester die Äxte, dann ging die Gruppe gen äußerer Stadt.
„Wirst du die Brut hierlassen?", fragte Rednawén Laar.
„Ich denke schon. Ein, zwei Jahre ohne mich werden ihnen nicht schaden."
„Du könntest sie und Raiun mitnehmen", schlug Éyark vor.
„Von wegen! Ich bin froh, wenn ich einmal Abstand von ihm habe! Ich habe seit Jahren kaum mit einem anderen getanzt und werde froh über Abwechslung sein. Und die Kinder kriechen nicht mehr. Sollen sie mich besuchen kommen. – Für die Ewigkeit helfe ich dir nicht auf Runjhày, Kleine. Aber eine Weile werden wir es so aushalten."
Nyrden schwieg befremdet.
Uron schied auf dem Hof in Richtung Arsenal, und auch Laar verließ sie. Als die Verbliebenen die Ratshalle fast erreicht hatten, kam eine Kriegin gelaufen, um den Ihren einige hastige Worte in der Landessprache entgegenzuwerfen.
Rednawén seufzte, aber sie lächelte mit einem Anflug von Wehmut. „Lass mich gehen", hielt sie Éyark auf, und auf seine unausgesprochene Frage: „Gönne mir die letzten Tage."
Er stimmte lächend zu.
Als die beiden gegangen waren, fand seine Aufmerksamkeit die Naltivi. „Auf ein Wort, Stadterste." Sie ließ sich von ihm in einen Seitengang einer Wohnmauer führen, in dem keine Wachen standen. Als sie außer Hörweite vom Hauptgang aus waren, blieb der Krieger stehen. Nyrden wartete, während er sich sammelte. „Wer sich mit ihr eint, muss stark sein", sprach er endlich leise.
Ihr fiel auf, wie sanft seine Stimme nun war. Gewöhnlich glich sie der Rednawéns in ihrer Lebhafte. „Ich weiß."
„Es wird Zeiten geben, in denen sie unausstehlich ist", sagte er voraus. „Anfangs viele. Sei zäh, und halte ihr stand. Kämpfe mit ihr, oder verlasse sie, wenn es not ist. Aber weiche ihr niemals. Wenn sie dich schlecht behandelt, zeige ihr die Klinge, das wird sie ruhiger machen. Wenn du standhältst, wird sie dir vertrauen."
„Ich bin keine Streitin, Freund."
„Das sagt wenig." Er schöpfte tief Atem. „Wenn das der Fall ist, wenn sie dir vertraut, wird sie keinen Harnisch mehr haben. Ich bitte dich, dann keine Rache zu nehmen. Für was immer sie dir bis dahin angetan hat. Wenn du vorher gehst, weil sie dich beargt, ist es gut. Aber nimm keine Rache." Éyarks Züge bekundeten Erstaunen, das den bisherigen Ernst verdrängte. „Was ist dir?"

Nyrden leuchtete. Kurz griff sie in sein Gesicht. „Rednawén ist eine glückliche Schwester. Und ich bin dankbar für das Göttinnenlächeln, das mir zuteil wird. Kann ich dir dies so sagen?"
„Sicher. Aber was bedeutet das?", fragte er verwirrt.
„Über uns beide hat es Verhandlungen gegeben."
Er nickte einmal.
„Mit Rilans oder mit deiner Hand, mir wurde ein frohes Leben gegönnt."
Der Leyawi ehrte sie lächelnd, wobei er den Blick senkte. Im Aufsehen bat er: „Sei gut zu ihr."
„Das verspreche ich gerne."
„Und rede nicht über was ich sagte. Ihr Name sagt viel über sie."
„Ganz gewiss nicht! – Was bedeutet er denn?"
Éyark grinste. „Ihr erster Name, ‚Ewén', bedeutet ‚Waffe', ‚Eiserne' oder ‚eisernes Werkzeug'. Seit sie die Heerführe hält, darf sie ‚R' und ‚Dna' tragen, was zusammen ‚geschwärzt' bedeutet. Die Helme unserer Heerführer sind geschwärzt, um sie zu bezeichnen."
„Das ist ... ein sehr kriegsnaher Name."
„Es ist ein Leyawiname. ‚Èsralon' bedeutet ‚Todesstreich'." Er wies Nyrden, vor ihm zurückzugehen.
„Und der deine?", fragte sie, noch verharrend.
Nun schmunzelte er. „‚Ruhm den Ahnen!' Die Jüngsten tragen oft solche Namen. Wenn die Eltern nicht mehr so ganz jung sind und sich daran erinnern, was alles sie tun wollten, ehe sie ihren Ahnen entgegentreten."
Beide lachten.
Éyark führte sie in die Halle, die mittig mit Fellen und Decken ausgelegt wurde. Auf Nyrdens Verwunderung hin erklärte er: „Die meisten schlafen hier. Unsere Zellen sind nicht wahrlich für den Schlaf gedacht."
„Wofür dann?"
„Um die Güter unterzubringen, die uns gestattet werden", antwortete die hinzutretende Rednawén.
Éyark nickte. „Wenn einer sich zurückziehen will, mag es reichen, aber gewöhnlich schlafen wir hier."
„Die euch gestattet werden? Was sagt das?"
Die Streitin: „Dass unsere Güter begrenzt sind. Keine darf sie anhäufen."
Nyrden staunte.
„Um nicht Gefahr zu laufen, in Völlerei zu verfallen. Wenn eine Zelle nichts mehr fasst, darf nichts mehr hinein." Rednawén sah ihren Bruder mit gehobenen Brauen an, der sich wie auf Order hin sogleich verabschiedete.
„Und ... falls mehr hinzukommt? Als Geschenk einer Freundin?" Die Naltivi nahm der Jüngeren Hand.
„Wird Überflüssiges abgegeben", erwiderte Rednawén. „Oder das Geschenk."
„Ah. Was ist um Tiere?"

„Sie gehören uns nicht. Sie mögen in Obhut sein und Nähe halten, aber sie sind Teil Leyawis, wie wir auch. Pferde, wenn du sie meinst, sind kostbar, werden in Ehren gehalten, aber sie sind kein Besitz. Wenn es bei Tieren anfängt, hört es bei Menschen nicht auf. – Genug über unsere weisen Torheiten. Willst du schlafen? In deiner Zelle."
Nyrden bejahte froh. Als sie auf einem sauberen, schlichten Bett in einer schmucklosen Kammer lagen, dachte sie laut: „Leyawi ist sehr wohlhabend. Es ist seltsam, wie bescheiden es lebt."
„Spätergeborenen Naltivi nicht unähnlich", erwiderte die Gastgebin, die ihr Haar koste. Nyrden merkte auf. Darauf: „Vielleicht." Lächelte. „Es ist mir so unangenehm, dass ich deine Entlohnung in Salz vorschlug. Es war so dumm, ich hatte nicht..."
„Schon gut", lachte Rednawén auf. „Davon falle ich nicht tot um. Wir sind uns doch einig geworden."
„Ist es noch mehr geworden? Was ihr fördert?"
„Ja", ächzte sie. „Und ein Ende der Vorkommen ist nicht in Sicht. Es mangelte Leyawi noch nie an Salz. Wegen der Thermen. Doch diesen Fund hatte keine erwartet." Sie dachte kurz nach. „Willst du die Minen sehen?"
„Gern."
„Der Eingang eines Salzstocks ist auf dem Weg nach Runjhày. Falls wir durch Kirak reiten."
„Das haben wir vor."
„Gut. So umgehen wir auch das Lawinengebiet."
„Ich freue mich darauf, nach Runjhày zurückzukehren. Mit dir", flüsterte Nyrden. Sie ruhigten sich. Die Naltivi spürte noch einen Kuss im Nacken, ehe sie einschlief.

Das morgendliche Essen in der Halle war ebenso karg wie zuvor. Nyrden gewahrte verwundert, dass die beiden Wahrinnen der Stadt ihre jüngeren Kinder auf dem Schoß hielten, was in der Ebene nicht üblich war. Resa hatte Platz neben Rednawén gefunden. Im Gegensatz zu den übrigen Leyawi, sprach er lebhaft beim Mahl, fragte die Heerführin nach Gerät und Übungen, bis diese seinen Redefluss mit einem harschen Wort beendete.
Später, nachdem Èsralon und Rilan sich noch einmal ins Schriftenlager begeben hatten, beschloss eine kleine Gruppe um Rednawén und Nelai, in die Therme zu gehen. Nyrden spürte, dass die Gefährtin ihre Anwesenheit dabei nicht wünschte; wie ein Gebot stand es ihr im Raum, das ihrer eigenen Scheue vor der Nacktheit mehrerer entgegenkam. „Ich werde noch einmal die Gärten aufsuchen", erklärte sie.
Rednawén sah auf, und Freude blitzte in ihren Augen. „Möchtest du später meine Gesellschaft?", erkundigte sie sich.
„Sehr, sehr gerne."
Als die Badefrohen ihre Kleider auf Bänke warfen, bemerkte die Lekhe mit übertrieben leidender Miene: „Die Heereserste Leyawis geht in die Fremde. Wenn Danrün das wüsste!"
Nelai grinste und entgegnete, ebenfalls in Ebenen: „Ihre Erben hielten nie viel von der Verschlossenheit anderen gegenüber."
Sie glitten ins salzige Wasser und genossen still dessen Wärme. Es währte, bis Laar den

Blick der Freundin fing. „Bist du dir sicher?", fragte sie.
Rednawéns Kopf tauchte ganz auf, sie prustete und nahm das von Éyark gereichte Augentuch entgegen. Dann antwortete sie: „Ich habe Leyawi alles gegeben, und noch stärker kann ich das Heer nicht machen. Es ist Zeit zu gehen."
„Ich frage um Nyrden."
Ein Lächeln flog über ihre Lippen. „Wer kann schon sicher sein. Aber wenn es dich beruhigt: Ich habe es mit so vielen Krieginnen versucht. Keine war mir gewachsen. Und ich hasse Gefälle in der Einigung! Nyrden ist auf eine Art stark, die ich bei keiner anderen kenne."
„Sie bedeutet dir viel."
Rednawén antwortete nicht.
„Wenn es nicht gelingt, kannst du nicht mehr zurück", warf Éyark ein.
„Als Stadtdritte jederzeit, Kervaiso. – Wenn es nicht gelingt, halte ich das Heer Runjhàys."
Sie warf einen Blick auf Nelai. „Leyawi ist mir langweilig geworden. Wehe, ihr tratscht das Èsralon!"
Der Githe grinste vergnügt.
„Und Nyrden..." Sie zögerte. „Wenn es je bei einer die Möglichkeit zur Ebenbürtigkeit gab, ist sie es."
„Danrùns Fluch", spottete Laar, aber ihr Blick schwankte zwischen Erstaunen und Ernst.
„Wohl eher der Relàrs", entgegnete Nelai.
Seine Nachhaltin wirkte mit einem Mal wieder verschlossener. „Vielleicht. Das Glück, das Èsralon mit dir hält, ist selten."
„Von meinem Glück spricht wieder keiner", stöhnte er mit gespieltem Jammer, und ernster: „Aber wie mein Glück auf Leyawi liegt, mag das deine dich auf Runjhày erwarten. Ich werde dich jedenfalls vermissen. Lass es mich wissen, wenn es eines gibt, das ich für dich tun kann."
Sie freute sich.
„Ich bin ganz froh, dass du gehst", neckte Éyark.
Sie peitschte ihm mit der Handkante Wasser ins Gesicht.
„Obwohl ich deinen Tausch nicht wirklich verstehe, was die Heere betrifft", fuhr er blinzelnd fort. „Ihres ist winzig."
„Was einen besonderen Reiz hat."
„Wenn du meinst."
„In einigen Jahren wirst du das verstehen", behauptete Rednawén großschwesterlich.
„Dass es dir langweilig geworden ist, immer zu siegen?", parierte er gutmütig und griff nach dem Tuch. „Ich bezweifle es."
„So, jetzt ist es so weit! Mein Haut löst sich auf", bemerkte Nelai und erhob sich.
„Githe", höhnte Rednawén.
„Zerkocht ihr nur zu Suppe. Wir sehen uns nachher."
Éyark blieb, bis Laar, die mit seiner Schwester allein reden wollte, über Übungskämpfe mit Frasèn zu reden begann. Er suchte, sich keine Wirkung anmerken zu lassen, schied aber doch in auffallender Eile. Schweigen folgte, das Rednawén zum großen Teil unter Wasser

verbrachte. Die Lekhe wusste, dass sie ihr auswich. Schließlich sagte sie: „Ich würde vermuten, Nyrden sei zu sanft und weich für dich. Bisher hieß es im Hause Danrùns doch: ‚Gegensätze mögen einander reizvoll erscheinen, doch Ähnlichkeit verbindet zu Stärke.‘ Hat sich deine Sicht darauf geändert?"
„Viele Metalle sind als Mischmetalle stärker. – Wir werden es sehen", wies Rednawén ihr Wort ab.
„Nun, zumindest ist sie eine neue Richtung in deiner Suche."
Schweigen.
„Nun sag schon", raunte Laar. „Was an ihr bindet dich so sehr, was ich nicht sehe?"
Rednawén überlegte. „In ihrer Sanftheit und Weichheit ist sie nicht schwach. Auch wenn viele das verwechseln, sie selbst sicher auch. Aber ich kenne keine, deren ... ahnendes Sehen so stark ist. Neben ihr habe ich das Gefühl, zu Hause zu sein. Ich weiß nicht, ob dieses Band tragen wird. Aber selbst wenn es nur für eine Weile ist: Sie fühlt sich richtig an."
Über die Offenheit ihrer Worte wären andere erstaunt gewesen. „War dir das bei Raiun auch so?"
„Puh! Das ist ewig her. So klar vielleicht nicht. Sehr klar war mir, dass ich eher ihm die Hände geben wollte als seinem Hochnasbruder. Und dass ich das Bündnis der Häuser so ändern wollte. Begehrt, ja. Verliebt. Aber die Liebe kam später. Ich ahnte, dass er in meinem Leben große Bedeutung haben würde. Aber seinen heutigen Stand ahnte ich in diesem Tropf damals noch nicht." Laar verdrehte die Augen. „Was auch Nachteile hat. Geister, versäuert er mir heute die Tage! Männer können unmäßig anstrengend sein!"
Rednawén lachte leise. Sie kannte der Freundin Flüche über deren Gemahl, die im regen Wechsel mit Lobpreisungen seiner Tanzkunst vorgetragen wurden.
„Wie auch immer, ich freue mich auf Runjhày. Neue Männer, auch einmal Ruhe vor den Kindern ... Angenehme Tage warten auf mich. Hoffe ich. Zurück zu dir."
„Nein, lass gut sein. Wir werden es sehen. Es ist eine neue Zeit."

Um die zwei Dutzend Leyawi begleiteten Rednawén. Die meisten waren Krieginnen, aber Nyrden zählte auch eine Heilin, zwei Küchenhilfen und eine Handvoll Stalleute. Vor dem Aufbruch sprach die Heerführin lange zu ihnen, und Nyrden gewahrte verwundert, dass sie nicht wie sonst in Anwesenheit der Gäste deren Sprache wählte. Der Klang der Rede war rau, sie hinterließ Ernst auf den Gesichtern.
Danach folgte der Abschied. Die Naltivi spürte, dass das Fortgehen von Èsralon, Nelai und besonders von Éyark für Rednawén große Schwere hielt. Resa hatte Tränen in den Augen, blieb jedoch klagelos an der Seite seiner Mutterschwester.
Als sie schweigend den Toren zu ritten, bat Nyrden um Auskunft: „Was hast du ihnen gesagt? Vorhin."
„Nun, im Groben, dass sie bereit sein müssen, Sterndeutinnen gegenüberzutreten, ohne sie zu töten", entgegnete die Gefragte, nun schon wieder fröhlich, und überging Nyrdens Verwunderung.

Außerhalb der Mauern schien es nur einige Höfe zu geben. Sein Korn erhielt Leyawí aus den tiefer gelegenen Bereichen des Landes und als Tribut. Selbst Tierfutter wurde in die Festung gefahren. Nichts schien hier oben zu wachsen als die Kälte.
„Was tut ihr im Fall einer Belagerung?", erkundigte sich Anchai, auf dessen Frage hin Rednawén darüber Kunde gegeben hatte.
Sie lächelte. „Wir würden nicht verhungern. Aber ich darf es dir nicht sagen."
Er nickte verstehend.
Nach einem langen Tagesritt fanden sie mit der Dämmerung Rast in einem Gasthaus. Erschöpft wollte Nyrden sich zurückziehen, doch Rednawén verneinte: „Du wolltest dir doch das Salz ansehen."
Sie nahmen zwei frische Pferde aus dem Stall, folgten zunächst dem bereits bekannten Weg, darauf einem, der den Berg zu umrunden schien. Er verbreiterte sich und endete auf einem bewachten Platz. Salz wurde auf waffenbegleitete Karren verladen. Rednawén sprach kurz mit den Wachen, dann wurden die Ankömmlinge eingelassen.
Der Eingang in den Berg war dunkel, es ging zunächst in eine Höhle, von dort in einen Gang, von dem einige Seitenräume mit Werkzeugen und Waffen abzweigten. Hier war es merklich wärmer als in der Winterluft draußen. Dann fiel der Gang recht steil nach unten ab und endete an einer Leiter, die in schier bodenlose Tiefe führte. Die Gefährtinnen stiegen hinab, hielten auf einer Ebene, von der eine weitere Leiter abging, was sich mehrfach wiederholte. Jeder Halt wurde als Pökellager benutzt. Das Fleisch war entgegen der Nyrden bekannten Art jedoch nicht in Töpfen, sondern in Aushöhlungen im Fels eingelegt worden, auch über ihnen hing Fleisch zum Trocknen. Ein leichter Luftzug war zu bemerken, Feuer brannten hier.
„Ihr seid nicht untätig gewesen", bemerkte die Naltivi anerkennend. „Handelt ihr schon damit?"
Rednawén verneinte. „Noch nicht. Es bietet guten Vorrat."
„Und ist wohlschmeckend. Wenn ihr euch für den Handel entscheidet, denkt an Runjhày."
„Sprich mit Èsralon darüber", wehrte sie mit froher Miene ab.
Sie hielten sich weiter gen Tiefe, bis sie in einem Gang standen, der sehr niedrig war und nur von der mitgebrachten Fackel beleuchtet wurde. Selbst der Gast musste sich neigen, als sie hindurchgingen. Die Luft wurde feuchter, wie bei Nebel, und wie bei diesem wirkten Geräusche gedämpft. Der ungewohnte Klang ihrer beider Schritte befremdete Nyrden, Salzgeruch hing in der Luft und ließ sie ans Meer denken.
Schließlich tat sich eine Kaverne vor ihnen auf, und die Naltivi glaubte zu träumen. Noch niemals hatte sie einen so großen Raum gesehen, er war sicher höher als ein Dutzend Menschen und mit einer solchen Länge, dass sein Ende kaum zu sehen war. Die weißgrauen Wände glitzerten, als würden sie aus unzähligen Edelsteinen bestehen, spärlich erhellt von Feuern auf dem Boden wie von Kienspänen, welche von einer großen Zahl Werkender getragen wurden. Bis zur Decke reichende hölzerne Arbeitsgerüste fassten mehrere Ebenen. Überall herrschte reges Treiben. Große Stücke Salzes wurden in Ruckkörben durch einen anderen Gang fortgebracht.

„Ohne Lerusm stünden wir nicht hier", raunte die Heerführin, entgegen der sonst bekundeten Misse über den Fund mit Wohle. Sie schien gerne am Ort zu sein.
„Das ist unfassbar schön", erwiderte die Naltivi und wurde zu einem der Sammelplätze gewiesen. Sie trat mit der Fackel näher, wobei sie zwei Beladenen auswich, hockte sich neben die lammgroßen grauen Brocken, in denen sich das Licht spiegelte. „Das sieht aus wie ein Berg aus Edelsteinen", staunte Nyrden und wandte sich Rednawén zu.
„Willst du davon mitnehmen?", fragte diese.
„Gern." Nyrden wählte einen Brocken, der einen wie kunstvoll geschliffenen Teil hatte, und brach ein kleines Stück davon ab. „Ich danke." Als sie sich erhob, fügte sie scherzend hinzu: „Ich weiß allerdings nicht, ob es als Schmuck Bestand hat."
Rednawéns Züge waren im schlechten Licht nicht zu deuten, aber Nyrden spürte, dass sie bewegt war.

Als sie Runjhày erreichten, empfingen sie dort hunderte von Menschen. Einige riefen der Stadtwahrin jubelnd zu, um ihre Freude über deren Sicherheit kundzutun. Die meisten aber standen schweigend und besahen die Leyawi mit einem Argwohn, der auf Nyrdens Haut brannte.
„Ha! Die Unholde sind aus ihren Höhlen gekrochen, um Teil des Heeres zu werden und alle Runjhày zu verspeisen", bemerkte Rednawén leise.
Nyrden sah sie an.
Sie grinste. „Sorge dich nicht. Das vergeht sicher. Sie werden sehen, dass auch wir Menschen sind. Spätestens wenn die Ersten bluten oder sich verlieben. – Wie hält sich Jorlù?"
„Gut, soweit ich weiß. Sie teilt sich eine Bleibe mit Rudon."
„Dem weinfrohen Kämpfer? Dachte ich mir. Und wird sie noch für eine Unholde gehalten?"
Die Naltivi musste über ihren Tonfall lachen. „Das vermag ich nicht zu sagen. Beschwerden über sie kenne ich nicht."
„Immerhin."
Am Gastpfahl begrüßte der Rat die Ankommenden, und als sie gemeinsam zum Essen in die Halle traten, erwartete an deren Pforte Jilla die Vermisste. Nachdem er mit ihr den Naltivigruß geteilt hatte, ließ er sich vor Rednawén auf Hände und Knie sinken und berührte den Steinboden mit seiner Stirn. „Ich danke dir für Nyrdens Rettung."
In seiner Freundin kam keine Wohle darüber auf, verhinderte die Geste doch eine herzlichere Begrüßung. Die Leyawi betrachtete Jilla schweigend und mit schätzender Miene, bis er wieder stand. Darauf bot sie ihm den Unterarm zum Gruß der Krieginnen. Trotz seines Zögerns, das Abstandsuche verriet, kam der Naltivi dem Angebot nach; anderes wäre für ihn undenkbar gewesen. Nyrden spürte Bedrückung in sich kommen, gewahrte aber dennoch, dass Rednawén nur behutsam zugriff, um den Älteren nicht zu erschrecken oder zu wehen.
Als die Wahrin nach dem Mahl für eine Weile mit Jilla allein war, sprach sie ihn auf Rednawén an. „Verzeih mir", bat er mit niedergeschlagenen Lidern. „Ich bin so froh über deine Rettung. Allein deshalb sollte sie im Garten meines Herzens willkommen sein. Dennoch bin ich in Sorge, sie beargt dich wieder."

Nyrden ruhte darüber. „Du und ich hatten nie die Wahl. Es hieß, es sei Göttinnenwille so. Es hat mir Furcht gemacht, die Wahl zu haben. Aber glaubst du, ich werde mit ihr unglücklicher sein, als ich es mit Rilan gewesen wäre?"
Er merkte überrascht auf. „Nun, die Gefahr ist größer. Von ihm hättest du Ehe erwartet, aber weder Liebe noch Nähe. Die Nahen können dem Herzen schaden. Sie hat es schon einmal."
„Oder es beglücken. Ich liebe sie so sehr, Jilla."
„Ja. Ich weiß." Er drückte ihre Hände und lächelte, allerdings in Tribut an ihre Freundschaft, nicht in Beendigung seines Misstrauens. „Und ich weiß auch, dass du in zwei Jahren jeden Tag an sie gedacht hast."
Nyrden senkte den Blick.
„Ich werde den Göttern für euch opfern", versprach er. „Mögen sie eure Verbindung segnen und sie zu Glück führen." Dieses Mal zeigte sein Lächeln die Liebe, die sie beide band.

Neben der fast täglichen Schmückung des Tempels hatte Jilla sich angewöhnt, große Mengen von Blüten – Nun, im Winter, waren sie getrocknet. – für die Opfer bereitzustellen. Viele hielten seinen Dienst neben Nyrdens Anwesenheit für den Grund, aus dem die Göttinnen sich Runjhày in den letzten Jahren zugewendet hatten. Jilla richtete eben Räucherschalen, als die Priestinnen Runjhàys mit der Stadtwahrin eintraten. Sie grüßten ihn, ehe er sich eilig zurückzog. Verwundert sah er Nyrden nach.
„Die Erste wird dem Rat als Zeugin beiwohnen", verkündete Jennai, als sie saßen und die Tür geschlossen war.
Manche begegnete diesem Wort mit Frage im Blick, doch es stand der höchsten Priestin zu, stille Zeuginnen zu benennen, und so sagten sie nichts dazu. Beschwörungen folgte ein reiches Opfer, darauf der Wurf von Seheknochen. Ihre Bedeutung wurde Nyrden nicht erklärt, doch war zu spüren, dass es vielen Anwesenden nicht wohl darüber war.
Als die Blüten nicht mehr glommen, lud Jennai zum Gespräch. Darauf schien Dolin, der zweithöchste Amtsträger des Tempels, nur gewartet zu haben. „Wie kannst du das befürworten? Unholde in unserer Stadt?!", ereiferte er sich. „Sie verleugnen die Götter!"
„Was die Göttinnen nicht beargt", erwiderte sie gelassen. „Ihr habt es eben gesehen."
„Wie stellst du dir Strafe vor, falls eine von ihnen sie nötig machen sollte?", erkundigte sich eine weitere Tempelmagd hitzig. „Der Ausschluss von den Opfern ist die ärgste Strafe, die Runjhày kennt! Sie schließen sich selbst aus!"
„Ich würde das Orakel befragen. Da die Göttinnen die Anwesenheit der Leyawi gutheißen, werden sie eine Lösung für solches anbieten. Falls es je nötig werden sollte."
„Und die Folgen für Runjhày? Wenn wir uns mit Unhol..."
„Sie sind als Verbündete hier." Jennais Ruhe war unerschütterlich. „Die Göttinnen scheinen die Ansicht, sie seien Unholde, nicht zu teilen."
Noch für einige Zeit wallten die anderen Priestinnen. Im Vergleich zum Rat der Stadt war der des Tempels um etliches heftiger und unfreundlicher. Aber Jennai gelang es schließlich, ihn zu sänften. Seine Mitglieder kamen überein, zunächst abzuwarten. Beim ersten Zeichen

göttlichen Unwillens würde ein großes Orakelopfer abgehalten werden. Nyrden bewunderte Jennai für ihr Geschick und beschloss, darum zu bitten, öfter zuhören zu dürfen.
Nach dem Ende des Rates gab es einen allen offenstehenden Dienst im Tempel, der jedoch pflichtlos war. Die Göttinnen wurden zu Beistand und Segen für das Haus und seine Veränderungen, besonders für die Neugezogenen, aufgerufen. Als die Naltivi sich nach den letzten Räucherungen mit den übrigen Gläubigen erhob, gewahrte sie zu ihrer Verblüffung Rednawén mit einigen Stammesgefährtinnen am Tor zum Vortempel stehen, Neugier in den Blicken.
„Du warst dabei?", erkundigte sich Nyrden, als sie zu ihrer Gefährtin trat und sich bei ihr einhakte.
„Nein. Ich wollte dich nur abholen. – Und ein wenig schnuppern", gab sie zu. „Das Ende habe ich mitbekommen."
Die Wahrin freute sich. „Ich hatte vermutet, es sei dir arg, einen Tempel zu betreten."
Rednawén kräuselte Stirn und Nase. „Nein. Wenn es dich nicht stört, dass ich darin wenig mehr als eine Halle mit seltsamen Gerüchen sehe, hole ich dich öfter ab."
Nyrden strahlte.
„Und? Werden wir euch alle fressen?"
Sie lachte, „manche scheinen es zu glauben", und berichtete von dem Gehörten.
„Das ist sehr viel besser, als ich gedacht hatte", nickte die Heerführin versonnen. „Jennai erstaunt mich. Ich kenne sonst keine Sterndeutinnen, von denen ich den Eindruck hätte, dass sie taugen."

Die Leyawi hatten den ersten Schlaf gemeinsam in der Halle verbracht. Da sie nächtens leerstand, waren keine Einwände erhoben worden. Danach wurden den Neugezogenen Räume zugewiesen, teils in der Wohnebene des Hauptturms, teils in den Häusern. Rednawén musste den Kopf vor dem niedrigen Pfosten senken, als sie ihre Bleibe betrat.
„Es war Kelons Kammer", erklärte Nyrden. „Du kannst auch eine mit einer Tür bekommen."
Rednawén verneinte und lehnte ihre Satteltaschen an die Wand. Dann sah sie sich in dem schlichten Raum um und lächelte. „Kommst du mich oft hier besuchen?"
„Besuchen?", fragte die Naltivi entgeistert, ehe sie der Gegenüber Grinsen bemerkte.
„Wird es unsere gemeinsame Zelle sein?", fragte diese mit warmer Stimme.
„Möchtest du es?"
„Nun, ich muss manchmal allein sein. Und ich weiß nicht, ob Jilla deinen Fortgang erträgt."
Nyrden horchte ihr entgegen. „Dennoch ist es ein ‚Ja'."
Die Streitin lächelte. „Wenn du es willst. Aber ich kann nicht sagen, ob ich das immer aushalte."
„Sag es einfach, wenn du allein sein willst."
„Du aber auch."
Nyrden sann kurz nach, dann nickte sie.

Dem Fest über den Zugzug der Leyawi würde am frühen Abend ein erster Rat vorausgehen. Den Tag über aber wandten sich alle dem Werk zu. In einer Pause, die sie im Garten verbrachte, setzte sich Rednawén zu Jilla, denn Nyrden hatte sich kurz verabschiedet, um Essen zu holen. Er kürzte die Äste einer Hecke.

„Ich hätte nicht geglaubt, dass dies im Winter nötig ist", ließ die Kriegin sich vernehmen.

„Oh, bei Gruten schon", sagte er, ohne vom Schnittwerk aufzublicken. „Möchtest du eine Geschichte meines Volkes hören, Gebietin?"

„Gern. Aber nenne mich nicht ‚Gebietin'."

Der Ältere hielt kurz inne, ehe er begann:

„Einst lebte in Duwan ein Mann, ein Gärtner, Dariden mit Namen. Er züchtete Duwen mit großem Erfolg und kam zu Anerkennung für sein Haus. Seine Sippe beschloss, ihn zu verheiraten. Dafür fand sich eine wohlhabende Handlin, Tukas. Sie war schön und bewandert in den höfischen Sitten. Dariden schenkte ihr sein Herz, und für eine kurze Weile tat sie es ihm gleich.

Nach einigen Monden jedoch hielt sie unfreundliche Worte gegen ihn. Sie ehrte seinen Garten nicht mehr, und ihre Handelsreisen wurden immer länger, weil sie sich andere Männer als Gespieler hielt.

Dariden vertraute sein Leid über Tukas seiner Amme an, einer Heilin, die mit ihm gekommen war. Es rührte sie, und so tat sie, als die Gebietin einmal zu Hause weilte und schlief, Ageswurzeln in ihr Ohr. Tukas wurde krank, und es hieß, nur die Heilin könne ihr helfen.

„Dein Blut ist krank, weil es sich nach deinem Manne sehnt und du es an anderen Männern wärmst und ihm zu unfreundlich bist. Liebst du ihn noch?"

„Ja, das tue ich", sagte die Gebietin.

„Tue besser", sagte die Heilin, gab ihr den Wurzelstaub in einen Trank, und Tukas wurde gesund.

Eine Weile blieb sie daheim, sie war freundlicher zu Dariden, doch begehrlich blickte sie jeden Mann des Hauses und jeden Gast an, und den Garten ehrte sie nicht. Nach weiteren missachtenden Worten ihrem Gemahl zu ging sie für ein Jahr auf Reisen.

Seine Liebe zu ihr blieb und ebenso sein Unglück darüber. Als sie heimkehrte, wagte sie, vor ihm nicht nur über Handelsabschlüsse zu prahlen, denn auch über die Tänze mit anderen Männern. In dieser Nacht ging die Vertraute des Gebieters in Tukas' Kammer und tropfte ihr Wangesmut in die Nase. Wiederum erkrankte Tukas, wiederum wurde die Heilin um Hilfe gebeten.

„Dein Herz ist krank, weil es die Liebe deines Mannes sucht, aber weiß, dass es sie nicht wert ist. Liebst du ihn noch?"

„Ja, das tue ich", sagte die Gebietin.

„Tue besser", sagte die Heilin und gab ihr erneut von dem Öl.

Tukas wurde gesund, und für eine Weile war sie wieder freundlich zu ihrem Gemahl. Dessen Glück darüber endete jedoch bald, denn er gewahrte, dass sie weiterfort anderen zu Einladungen aussprach. Nun wurde er selbst krank.

Seine Vertraute gab ihm ein starkes Schlafmittel, sagte der Gebietin, er sei krank, und bat sie, bei ihm zu wachen. Als Zehrung stellte sie Brot bereit, das mit Sinkenot gebacken war. Tukas aß, aber das Wachen dauerte ihr zu lange, und sie ging, um sich zu zerstreuen.

In der Nacht fiel sie todkrank nieder. Sie wurde neben ihren Gemahl gelegt, und die Heilin sprach zu ihr: „Es steht schlecht um euch. Du krankst, weil du seine Liebe nicht wert bist. Er krankt, weil er dich liebt. Liebst du ihn noch?"

„Nein, ich liebe ihn nicht mehr", sagte die Gebietin.

„Dann werdet ihr sterben", sagte die Heilin.

„Ich liebe ihn nicht mehr", sagte die Gebietin.

Die Heilin gab ihr kein weiteres Mal Sinkenot. Tukas starb. Als Dariden erwachte, war seine Trauer groß.

Keiner fand je heraus, was ihren Tod bewirkt hatte, die Heilin blieb unbeargt. Dariden trauerte ein Jahr, dann gab er einer anderen die Hände, die seiner wert war, und lebte mit ihr glücklich."

Rednawén schwieg. Als der Naltivi sich ihr zu drehte, hob sie die Brauen.

„Möchtest du eine Winterbeere, Gebietin?" Jilla streckte ihr die Hand entgegen, in der er eine blaue Perle hielt. Ihre Blicke hielten einander in Spanne gefangen. Erst als Nyrdens Ankunft zu hören war, widmete der Gärtner sich wieder dem Wuchs, als sei nichts geschehen.

Sie aßen aus Nyrdens Korb, dann kehrte Rednawén auf den Strohplatz zurück. Bald waren Lachen und Übungsrufe der Krieginnen hören. Dann begannen die Leyawi zu singen. Nyrden arbeitete lauschend und bemerkte sich selbst nicht strahlen, wohl aber ihr Freund.

Zum Rat holte sie die Heerführin ab, sah ihr noch beim letzten Messkampf zu. Danach übergab Rednawén ihrem Waffensohn das schartige Gerät mit der Order, es zu schärfen. Sichtlich stolz trug Resa es zur Schleife, vor der bereits Streitinnen warteten.

„Vergiss die Grate nicht wieder!", rief seine Ausbildin ihm hinterher.

„Keine Sorge!"

Nyrden schmunzelte.

„Wirst du heute mit mir tanzen?", riss Rednawén sie aus versonnener Betrachtung.

„Zum Fest?"

Ein Nicken.

Die Naltivi verneinte bedauernd, senkte den Kopf.

Eine gepanzerte Faust griff nach ihrem Kinn und zog es sanft wieder hinan, bis sie der Geliebten in die Augen sah. „Schon gut", flüsterte die Kriegin.

Als Rednawén ihren Stuhl im Rat aufstellte, hieß dieser sie angespannt willkommen. Jennai eröffnete die Versammlung und gab das Wort frei, das Remneù an sich nahm.

„Dem Rat wurde dies nicht angetragen!", fauchte er. „Wie kann es sein, dass es darüber keine Besprechung gegeben hat? Nicht alle hier sind glücklich über das Band mit Leyawi. Und nun hält es Herrschaft über unser Heer!"

„Heerführe", besserte Rednawén sogleich. „Nicht Leyawi, sondern ich. Und ich stehe ebenso unter dem Wort des Rates wie du."

„Allerdings." Nyrden erhob sich. Zum Erstaunen aller Anwesenden klang Zorn in ihrer Stimme mit. „Wem dies nicht gefällt, kann den eigenen Stuhl gerne aus dem Rat meines Hauses entfernen."

„Und seinem Gebieter auf Ruèk eine Erklärung liefern, warum wir einen neuen Gesandten anfordern", erschien Rilan an ihrer Seite. „Du dienst diesem Haus, wie unsere Freunde aus Leyawi es tun. Diene, oder gehe, Remneù. Unfrieden wird Runjhày nicht dulden."

Der Gescholtene bebte.

Rednawén trat zu ihm. „Du bist ein Ruèk."

Er bejahte ohnwort mit schmalem Mund.

„Ich werde deine Klinge an diesem Ort nicht kreuzen", sagte sie auf Grejen, das nur wenige am Hofe, unter ihnen Nyrden, verstanden. Dieser fiel die zweifache Bedeutung des Wortes auf, allen Sonsten aber, als Remneù kurz den Blick senkte, als die beiden einander zunickten und sich die Neugekommene wieder der restlichen Runde zuwandte, dass sie einander keinen Armgruß geboten hatten, obwohl Rednawén in seinen Platz eingedrungen war.

Misse hing in der Luft. Gespräch des Rates waren an diesem Tag allein der Zuzug der Leyawi und der Vertrag darüber. Die Stadtwahrinnen mussten sich einige Widersprüche anhören. Nyrden hoffte sehr, dass das anschließende Fest für Wohle sorgen würde. Und tatsächlich vergnügten sich bald die meisten bei Gesellschaft, Musik und Spiel. Für einen Abend verschwand der Grimm aus den Mienen.

Die Anfangszeit dieser Heerführe verbrachte Rednawén auf dem Strohplatz wie unter Begleitung Rilans und Jennais bei den Schriften. Nyrden sah die Gefährtin nur dort sowie beim späten Mahl und in der Kammer, die sie nun miteinander teilten, wo Rednawén sich bald legte und an den ersten Abenden auch sogleich einschlief.

Die Naltivi genoss des Raumes Kargheit, der sie lediglich mit einem Teppich entgegenwirkte. An eigenen Dingen brachte sie nur zwei Spiegel, einen silbernen und einen aus dunkelblauem Glas, und den Tisch mit Pflegewerkzeugen hinein. Ihr gefiel, wie zufrieden sie damit war, keinen Tand um sich zu haben. Die Hinterwand der Bleibe besaß eine Lichtöffnung, wie Nyrden es aus der Ebene gewöhnt war, und nun konnte sie wieder bei guter Luft schlafen und den Ort nicht nur über Tag durch die offene Tür lüften.

Rednawén hatte eine Kleidertruhe und ihre Waffenlade mitgebracht und war durch kein Wort dazu zu bewegen, Letztere in Obhut einer noch zu benennenden Waffenmeistin zu geben. Nyrdens ehedeme Kammer, die nun allein Jillas war, mied die Leyawi und betrat sie nur, wenn sie ihre Gefährtin darin wähnte.

Eines Nachmittags suchte Rednawén die Stadtwahrinnen auf, die kurz vor dem großen Mahl gemeinsame Ruhe vor dem Kamin hielten. Ein Anliegen war ihr deutlich anzumerken.

„Was gibt es?", erkundigte sich Rilan beherzt.

„Die Helme taugen nichts", berichtete die Heerführin mit wenig verborgener Missbilligung. „Sie sind hübsch anzusehen, und falls eine der Gegnin händegeben will, sind sie als Werbung ebenso gut geeignet wie Schminke. Aber auch ein kaum besser Schutz."
„Was erwartest du?", fragte er. „Neue Helme für das ganze Heer?"
„Ja."
„Es ist über eine drittel Tausendschaft!"
„Deren Leben mehr Wert hat als der Preis neuer Helme."
„Den Leyawi einnehmen wird, schätze ich!"
Zorn funkelte in den Augen der Streitin auf. „Du kannst dein Eisen kaufen, wo immer du willst, und dein Heer in dem Maße stärken, das du gutsagst. Aber erwarte von mir keine schlechte Heerführe, um geringe Kosten zu haben!"
Angespanntes Schweigen trat zwischen sie. Nyrden legte Scheite nach und wartete.
Dann bot Rednawén an: „Wollt ihr es sehen?"
Rilan wölbte die Brauen.
„Den Halt der Helme."
„Gut." Er erhob sich, die beiden anderen taten es ihm gleich.
Die Jüngste gab ihrem am Tor stehenden Nachhalter einen wortlosen Befehl, und Uron eilte ihnen voraus. Als sie den Strohplatz erreichten, erwarteten sie einige Dutzend Krieginnen. Auf Pfählen der Umzäunung lagen zwei Helme: ein bronzener Maskenhelm Runjhàys, der den ganzen Kopf bedeckte, und die Feuerspeiin Rednawéns. Die Heerführin rief einen Streiter des Hauses. Auf ihren Befehl nahm er seine Axt und hieb auf die Kopfschutze ein. Der Helm Runjhàys teilte sich unter der Klinge bis zum bronzenen Kinn und blieb an ihr hängen, als sie aus dem Holz des Pfahles gezogen wurde. Für Rednawéns Eisenhelm benötigte der Krieger zwei Versuche, da jener beim ersten Mal herunterfiel. Der zweite Schlag, der mittig traf, glitt zur Seite ab, ehe der Helm erneut fiel. Rednawén nahm diesen auf und brachte ihn Rilan und Nyrden. Nur eine fingerlange Beule war im Inneren zu sehen. Das Eisen trug keinen Einschnitt, nicht einmal die Flügel waren beschädigt.
„Gewaltige Kopfschmerzen", sagte die Leyawi. „Aber noch nicht der Gang zu den Ahninnen."
Rilan sah auf all die Zeuginnen umher und erkannte sich in der Zwinge. „Wie viel wird es kosten?", ächzte er.
„Ich bin keine Handlin, Stadterster, und kann es dir nicht sagen." Rednawén senkte ehrend die Stirn, und Freude stand in ihrem Gesicht, nicht aber Siegesgenuss.

Auch die Waffenkammer wurde mit prüfendem Auge begutachtet, einiges in die Schmelze sortiert, einiges nachzuschmieden beordert. Widerstrebend entschied der Rat, das Eisen für die Helme sowie Harnische und Beinschienen aus Leyawi anzukaufen und um Schmiedinnen zu bitten. Bei allen Gesprächen darüber hüllte Rednawén sich in Schweigen.
Zu den ersten Messkämpfen der Neugezogenen hatte sich fast ganz Runjhày eingefunden, um zuzusehen. Die Leyawi luden dazu ein, Kampfgerät und Übungen zu erproben. Nyrden erschien dies seltsam, sie vermutete aber, dass sie damit den Ruf von Unholden aus der Luft vertreiben wollten.

Das Heer übte am Tag und in mancher Nacht. Rednawén ließ Gewichte an Waffen binden, tote alte Bäume für Beweglichkeitsaufgaben herbeischaffen und einen Laufweg um Tempel und Hafen anlegen. Die Streitinnen traten paarweise wie im Gruppenkampf gegeneinander an, und tatsächlich schienen die Leyawi kaum besiegbar zu sein. Entgegen den Befürchtungen des Heeres, hatte seine nunige Führin keine Neigung, andere zu beschämen. Sie ordnete Besserungen an, verbarg niemals ihre Meinung, aber sie stellte keine bloß.
Die Wahrin erkannte bald, dass die stärksten Kämpfe ihrer Gefährtin die mit Äxten und Stecken und die ohne Gerät waren. Schwerter und Kriegskeule lagen ihr nicht im selben Maße, wenn sie auch bei jedem von Nyrden gesehenen Übungskampf mit ihnen unbesiegt blieb. Im Fernkampf waren Rednawéns Waffen Wurfspeer und Handschleuder, allerdings hielt sie, ebenso wie die übrigen Leyawi, im Nahkampf größere Stärke. Schilde gebrauchten sie in einer Schlacht allein gegen Pfeile und Speere. Ihre Last hindere Beweglichkeit, der Rücken bleibe ohnehin deckungslos, und Arme würden hinter den Wehrplatten schnell brechen, war die Ansicht der Schwarzgekleideten.
Lange blieb den Runjhày die Gewohnheit der Neugezogenen unverständlich, den Rat anderer über ihren eigenen Kampf ungeachtet der Ränge einzuholen. Es währte, bis das Heer seine Scheu besonders Rednawén und Uron gegenüber verlor. „Ehrlichkeit sich selbst gegenüber ist überlebenswichtig", erklärte die Gefährtin der darüber Kunde begehrenden Nyrden. „Manche Krieginnen neigen zu Selbstüberschätzung und dazu, ihre Schwächen zu verleugnen. Sie halten Kampfübungen allein, um zu siegen, und suchen nach Ende eines Kampfes um Anerkennung wie kleine Kinder. Sie ziehen es vor, sich zu brüsten, statt die eigenen Stärken und Schwächen und die einer Gegnin abzuschätzen. Aber wie soll da Schwäche zur Stärke geführt werden und wie Stärke vor Überheblichkeit bewahrt, die in der Schlacht den Tod bedeutet?"
Im Gegensatz zu ihrer Freundin war Laar keine gute Kriegin. Nur selten bestritt sie einen Messkampf zum Sieg. Rednawén übte niemals mit ihr – um sie nicht bloßzustellen, vermutete Nyrden. Aber sie verstand, warum außer aus Freundschaft die Heerführin Laars Anwesenheit wünschte: Die Lekhe war eine außergewöhnlich gute Ratende über Übungen und Streite, sah selbst kleinste Unsicherheiten und brachte ihre Wertungen den Runjhày gegenüber geschickter vor als die mitunter recht schroffen Leyawi. Besonders die Worte Rednawéns über Stärken und Schwächen der Krieginnen brachten dieser keine Beliebtheit, zumal sie nicht mit Tadel, doch mit Lob sparte. Laar konnte dasselbe sagen, brachte es aber so wohlwollend oder scherzhaft vor, dass keine ihr übel wurde.
Einer, der für einen Krieger das erstaunliche Alter von nah fünf Dutzenden hielt und Masùn gerufen wurde, war Rednawéns eigentlicher Kampfgefährte. Beider Geschick wie Kraft waren so beeindruckend, dass sich auch lange nach dem Einzug der Leyawi noch Mengen an Zeuginnen versammelten, traten die beiden gegeneinander an. Auch Nyrden war so oft anwesend, wie sie es vermochte. Sie getraute sich nicht, der Geliebten zu gestehen, dass sie es der Schönheit der Kämpfe wegen tat. Dies war ein Schauspiel, wie sie es zuvor noch nie gesehen hatte, sie stand am Rande des Strohplatzes und war von den Bewegungen beider so berührt, dass sie alles andere umher vergaß. Die Streitenden wirkten ihr weniger wie Kampfgegninnen als vielmehr wie Darbietende eines Tanzes zu göttlichen Ehren. Masùns

Gelassenheit und Rednawéns Behende wogen einander auf und machten sie zu wahrhaft ebenbürtigen Gegninnen. Bisweilen währten ihre Messstreite einen halben Tag. Nyrden vermochte zu sehen, dass Rednawén die Ruhe, die sie vor Kämpfen meist um sich verbreitete, zu einem großen Teil von Masùn gelernt hatte; ebenso, dass sie den betagten Krieger in Bewegungen hielt, die für seine Jahre und für einen, der noch größeres Muskelgewicht an seinem Körper trug als Kelon, ungewöhnlich waren. Fast immer sprachen die beiden Kampfgefährtinnen im Anschluss an die Streite darüber und baten Nyrden gerne um deren urteilenden Blick, den auszusprechen sie sich zunächst scheute. Erst nach einiger Zeit gewahrte sie, dass ihr Wort wohlen Einfluss auf die Übenden hielt, selbst andere fragten mitunter danach, und so gab sie es schließlich gerne.
Eine weitere der mitgezogenen Leyawi, deren Namen die Stadtwahrin sich schnell merken konnte, war Dartù. Rednawén rief die schmale Kriegin einmal, als einige Hungrige sich gen Halle aufmachten: „Kommst du mit? Zum Essen." Es klang wenig freundlich.
Die einem Gruppenkampf Zusehende drehte sich kurz um. „Nein, geht allein", entgegnete sie und schaute wieder zu den Übenden.
Bereits im Aufbruch, verharrte Nyrden kurz mit Aufmerksamkeit auf Dartù, die nach ihrem Schwert griff und erneut auf den Strohplatz trat. Obwohl die Zurückbleibende kräftiger war als sie, glaubte die Naltivi, an ihr Ähnlichkeiten zu sich selbst zu sehen; auch wenn es ihr schwer geworden wäre, sie zu benennen, abgesehen vom selben Alter. Als sie sich von ihr abwandte, gewahrte sie Rednawén, die auf sie wartete, den Blick jedoch schätzend auf Dartù hielt. Mit einem Mal war Nyrden gewiss, dass Dartùs Bleiben, ihre Schroffheit und sogar die vorangegangenen Übungen ein Werben um Rednawéns Aufmerksamkeit waren. Nyrden sprach später nicht einmal mit Jilla über das seltsame Gefühl, das sie nun hielt, aber sie ahnte, dass die beiden Leyawi einander nicht allein im Kampf kannten, und ferner, dass ihre Neigung zueinander nicht geendet und in der Spanne, die zwischen ihnen zu spüren war, nur einen anderen Weg der Nähe gefunden hatte. Die Naltivi beschloss, den Göttinnen ein Opfer um Rednawéns Treue zu bringen.
„Falls Runjhày je wünscht, dass Verhandlungen scheitern, sollte es euch beide schicken, dich und Dartù", schmatzte Laar. Sie hatte bei der ersten Gelegenheit eine große Menge Honigs gekauft und kaute nun immerzu auf dem verbleibenden Wachs herum. „Ständig hast du Ärger mit ihr. Warum hast du ihr überhaupt gestattet mitzukommen?"
„Weil sie eine freie Leyawi ist und es ihr Wille war, Lekhe", erwiderte Rednawén abweisend.

Trotz oft zu hörenden Murrens über das zugenommene Werk schienen die Kriginnen der Stadt an ihm zu erstarken. Dennoch war Rednawén in Walle, die sie eines Abends aussprach, als sie Nyrden und Rilan in der Halle antraf: „Zu Beginn hieß es: Das Heer Runjhàys umfasst nah vierhundert Kriginnen. Doch nur zehn Dutzend von ihnen sind es! Die Übrigen sind waffenfähige Ackerbauinnen und Handwerkinnen."
„Ja..?", fragte Rilan.
„Wie kann ich sie zu täglichen Aufgaben rufen, wenn sie andere Pflichten haben?"

„Gar nicht. Drei Tage eines Mondes stehen dem Heer zu, mehr ist nicht möglich. Runjhày kann nicht noch mehr Krieginnen ernähren, die kein anderes Werk haben."
„Aber Krieg brächte Runjhày Tribute!"
„Nein, das ist ausgeschlossen!" So bestimmt hatte Nyrden Rilans Stimme selten vernommen. „Wir bauen an, und wir treiben Handel. In den Krieg zieht dieses Volk nur zur Verteidigung."
Rednawén seufzte und schien sich mit Mühe zu verlangsamen. „Die Krieginnen sind zur Erntehilfe verpflichtet. Wenn wir die Pflicht ausdehnten..."
„Nein. Mehr ist nicht möglich. Nimm das, was du hast. Bisher hat es gereicht."
Sie nickte knapp.
Kurz rang Rilan mit sich, bis er verkündete: „Einige haben sich über die neuen Übungen und Regeln beschwert."
Sie merkte auf. „Tatsächlich?"
„Sie seien zu hart."
„Gut." Die Heerführin wirkte befriedigt.
Schweigen herrschte, in dem er Worte sammelte und sie mit gehobenen Brauen wartete.
„Ich habe sie heute nach den Übungen gesehen", berichtete er, und die Unzufriedenheit in seiner Stimme war nicht zu überhören. „Ihre Muskeln zitterten, und einige haben sich vor Anstrengung übergeben. Den halben Tag in Lauf und Übungen. Und danach Messkämpfe! Jede dritte Nacht Kämpfe! Du kannst nicht erwarten, sie zu Leyawi zu machen."
Sie grinste. „Das tue ich nicht. Leyawi hätten gewusst, was sie nach einer Beschwerde über zu harte Übungen erwartet." Ihr Grinsen wuchs in die Breite. „Sei unbesorgt. Ich weiß, wer sie sind, und ich versichere dir, dass keine von ihnen an meinen Übungen sterben wird."
„So wird es nicht gut. Vergälle sie nicht. Sie müssen dir vertrauen. Du hast ihnen sogar verboten zu fluchen!"
„Und zu prahlen. Um ihre Selbstherrschaft zu stärken. – Ich bin seit elf Jahren Heerführin, Stadtterster. Dir ist bekannt, dass ich seitdem keine Schlacht verloren habe. Ich wurde nicht darum gerufen, eine beliebte Heerführin Runjhàys zu sein. Meine Order gilt der Stärke deines Heeres."
„Langsam. Es war auch unter Kelon kein schwaches Heer. Mach ihnen den Übergang nicht zu schwer."
Rednawéns Blick trug gezähmten Zorn. „Ich mische mich nicht in die Stadtwahrung ein. Obwohl es in manchem nötig wäre. Die Heerführe ist meine Sache. Wenn du darin Milde suchst, hast du die Falsche gewählt."
„Das scheint mir heute auch so!", fauchte Rilan.
„Es steht dir frei, mich zu entbinden. Ich werde dein Heer nicht zur Schwäche führen."
„Hört auf", unterbrach Nyrden sie sanft. „Es muss doch einen Weg geben, das Heer zu stärken, ohne ihnen das Leben so schwer zu machen."
„Nicht bis zum Frühling", entgegnete ihre Gefährtin, merklich bemüht, Harsche aus ihrem Ton zu nehmen.
„Was ist im Frühling?", erkundigte sich die Älteste.
„Schlachtenwetter."

„Erwarten wir Krieg?", blinzelte Rilan in Scheinverwunderung. „Seltsam, dass dies den Stadtwahrern nicht angetragen wurde."
Nyrden seufzte im Inneren über sie beide. „Kämpft Leyawi jeden Frühling?", fragte sie geduldig.
Rednawén nickte. „Bis den Spätherbst in der Regel. Heißt das, Runjhày..."
„Ja. Wir erwarten keinen Krieg." Nyrden lächelte. „Stärke das Heer, aber lass ihm die Weile, die not ist. Keine Nachtkämpfe in der nächsten Zeit. – Das ist ein Befehl, Kervaiso." Doch ihre Augen lachten.
Die Kriegin verneigte sich leicht mit einem Schmunzeln, und auch von Rilan schien Anspannung abzufallen. Er legte seine Hand auf Rednawéns Schulter. „Es ist Zeit für deinen ersten wirklichen Rat auf Runjhày, Freundin", erklärte er.
Die Leyawi schnaufte. „Es scheint so."
Wohler gingen sie auseinander.
Nyrden bat die Gefährtin, sie in den Garten zu begleiten, wo sie ihr Abendwerk beenden wollte. Als sie Decken einsammelten, um sie für die Nacht ins Lager zu bringen, begehrte die Naltivi Kunde: „Was behießest du mit deinem Tadel der Stadtwahrung?"
„Nichts", wehrte Rednawén ab. „Ich bin nicht die Dritte dieses Hauses, und seine Wahrung ist nicht meine Aufgabe. Ich werde im Morgen größere Herrschaft über meine Zunge halten."
„Aber du hattest einen Grund."
Sie sog tief Luft ein, schien kurz zu zögern. Darauf: „Die Tributschuld Runjhàys ist ungeheuer hoch. Wenigstens einen Teil davon könnte das Heer beenden."
„Wir brauchen die Bündnisse für den Handel. Selbst wo wir Tribut zahlen, ist uns durch Handel Gewinn."
„Aber Tribut bedeutet Unterworfenheit! Soll ich im Sommer in der Halle sitzen statt im Zelt, während dieses Haus anderen untersteht?! Was ist mit dem Ansehen Runjhàys vor den Völkern? Wenn es keine Stärke zeigt, werden seine Nachbarn die Hände nach ihm ausstrecken!"
„Das wäre für die meisten undenkbar, weil sie auf Handel mit uns angewiesen sind. Runjhày bindet die nördlichen wie mittleren Berge mit der südlichen Ebene. Wir sind ihre Handelsbrücke. Wenn ein Volk uns überfiele, würde dies die anderen Völker zum Kampf rufen, denen die Übermacht eines einzelnen schaden würde. Außerdem dienen auch die Bündnisse, die uns Tribut kosten, dem Schutz, denn sie sichern uns Hilfe in einer ebensolchen Gefahr zu."
Für einige Augenblicke trat Schweigen zwischen sie.
„Es fällt mir schwer, das zu verstehen", gab Rednawén zu. Nachdenklich nahm sie der Gartnin deren Deckenstapel ab. „Ist eine solche Rechnung üblich?"
„Ja."
„Auch Lerusm hält es so?"
„Ja."
„Erstaunlich. Ich erwarte weitere Schrecken, die dieses Haus für mich bereithält."

„Ruhetage?!"
Nyrden blinzelte schlafselig. „Hm?"
Rednawén beugte sich über sie. „Ruhetage. Was bedeutet das? Bleibt Runjhày den ganzen Tag im Bett? Und gleich zwei Tage? – Das Heer schläft! Es ist keine da! Selbst Masùn lag noch! Er sagte, Runjhày halte Ruhetag!"
Die Geweckte hob ein wenig den Kopf. „Neumond und Vollmond sind Ruhetage, vollmonds sind es zwei. Ich dachte, alle Völker hielten dies so." Sie streckte den Arm nach ihr aus und zog sie neben sich in den Sitz. „Als ihr zu Gast wart..." Sie brach ab. „Nein, ihr habt geübt."
„Sagt das, überhaupt keine wird kommen?" Die Streitin war fassungslos.
„Ich weiß nicht. Einige habe ich schon einmal an Ruhetagen bei Übungen gesehen. Aber nur Einzelne. Und wenn ich darüber nachdenke, damals, als ihr hier wart, da wart ihr doch auch die Einzigen, die geübt haben, oder?"
„Aber heute stehen sie unter meinem Wort! Und sie weigern sich!"
„Beruhige dich." Nyrden suchte vergeblich, sie in die Lage zu bewegen. „Genieße die Tage. Komm ins Bett. Es ist noch nicht einmal wirklich hell."
„Es ist ja auch Winter." Rednawén erhob sich wieder.
„Was tust du?"
„Üben."
„Allein?"
„Allein oder mit Uron. Ich hoffe, nicht alle lassen sich von Faulheit anstecken!"
Nyrden sah ihr kurz nach, dann schloss sie die Augen wieder.

Die Neugezogenen hielten sich die längste Zeit des Tages unter freiem Himmel auf und gingen abends früh schlafen. Nach den ersten Nächten in eigenen Räumen zogen es die meisten Leyawi vor, sich in der Halle zu betten, wie es ihrer Gewohnheit entsprach. Als jene sich leerte, breiteten sie vor dem Kamin Felle aus und entkleideten sich.
„Hunde Leyawis", zischte eine Stimme aus der letzten Sammlung von Runjhày. Nyrden konnte die Urhebin nicht ausmachen.
Ein einzelnes Knurren war aus dem Lager zu vernehmen. Drei oder vier weitere Stimmen schlossen sich an, Laar bellte laut, und dann lachte die ganze Gruppe. Der Wahrin sah auf Rednawén, in deren Augen Zorn brodelte. Da trat Nyrden zu den Liegenden. „Ist es erlaubt, bei euch zu schlafen?"
„Wenn du keine Furcht vor Flöhen hast, Kercháches", erwiderte einer, und erneut lachten sie.
Die Lekhe bot ihr Platz. Resa schickte sich an, ihr zu folgen, doch seine Waffenmutter hielt ihn auf: „Hole unsere Decken."
Eilig lief er davon.
Rednawén lächelte, während sie sich neben der Naltivi niederließ.
Dieser war es ungewohnt, so viele Menschen zum Schlaf neben sich zu wissen. Aber es wurde am Ort bald wärmer als in der Kammer, und eine der älteren Leyawi erzählte eine Geschichte – mit Rücksicht auf die Stadtwahrin in Ebenen. Resa kehrte zurück, und sie ruh-

ten sich zu dritt, Rednawén mittens, die Arme um Nyrden und den Zögling gelegt. Er schmiegte sich sogleich an sie, sie küsste seine Stirn und deckte ihn zu. Da dies der Strenge widersprach, die Rednawén bisher gegen ihn gehalten hatte, war Nyrden überrascht. Aber es schien beiden eine gewohnte Art der Nachtruhe zu sein, allein die Betrachtin sah es zum ersten Mal. Bisher hatten die Geeinten einen Raum für sich bezogen gehabt, auch auf der Reise.
Als die Sage beendet war, begann einer, leise zu singen. Die meisten stimmten ein, und es war kein raßer, kehliger Gesang, wie Nyrden es von ihren Kriegsübungen her kannte, sondern hielt eine Wärme und Sanftheit, die die Gruppe bisher in nichts gezeigt hatte. Vereinzelte Stimmen wurden lauter oder leiser, ersannen eigene Weisen, die von dem Hauptgesang zunächst abzuweichen schienen, sich dann aber als leuchtende Teile des Liedes herausstellten, die aufgingen wie Blüten, sich neben andere reihten, wieder ins Leisere verblühten, um sich dem gemeinsamen Lied abermals anzuschließen, woraufhin andere erblühten. Resas Kinderstimme verstreute hohe Töne wie Farbtupfer über dem gesamten Klang. Nyrden fand sich in einem Garten aus singenden Stimmen, genoss einen Frühling und einen ganzen Sommer und hielt das Gefühl von Glück ohne Fremdheit bei diesen Menschen. Tonlos seufzte sie auf. Rednawén hielt kurz inne. Ihre Augen strahlten.
Es währte nicht lange, bis Schlaf um sich griff. Wohlig spürte Nyrden Rednawéns Nähe, hielt auf ihrem Bauch des Knaben Hand und fühlte die Wärme derer umher, genoss das unerwartete Gefühl von Geborgenheit, ehe sie selbst in ruhige Träume stieg.

Die Heerführin schlief für eine Leyawi ungewöhnlich oft jenseits des gemeinsamen Lagers. Meist hielt sie ihre Nächte mit Nyrden in der Kammer, nicht selten waren sie mit Resa zu dritt. Hin und wieder verbrachte Rednawén die Nacht allein; ein Wunsch, den Nyrden nicht nannte. Manches Mal, wenn das Wetter es zuließ, schliefen die Gefährtinnen im Gartengemach, manches Mal verbrachte die Naltivi ihre Schlafenszeit bei Jilla.
Wider Erwarten hielt Rednawén vor Jennai große Ehrung, wenn es auch die einer Betagten und nicht die der höchsten Priestin zu war. Ihr Wort schien der Leyawi fast vor dem der Stadtwahrinnen zu gelten, und die wortkarge Nähe, welche die Junge und die Alte bald zueinander hielten, ließ Nyrden an Verwandte denken. Jeden Morgen und jeden Abend ging Rednawén für eine Weile zu Jennai, um ihr bei den Dingen zur Hand zu gehen, die ihr Schwernisse bereiteten. Bald fanden auch die anderen Leyawi Nähe zu Alten oder Kranken, denen sie rangesungeachtet Dienste hielten. Runjhày gewahrte es mit Staunen.
Schlechter war es, zu Nyrdens Kummer, um Rednawén und Jilla. Deutlich spürte sie die Spanne zwischen ihnen, wenn sie abends zusammensaßen, auch, dass sie zum größeren von ihrem Freund ausging, aber die Gartnin fand keinen Weg dagegen.
Eine leise Stimme in ihr bedauerte es, nicht mehr Zeit mit der Geliebten verbringen zu können. Denn das Kriegswerk der Leyawi nahm fast den ganzen Tag in Anspruch, selbst nach einem Rat oder gemeinsamer Abendruhe ging Rednawén meist noch einmal hinaus, wenn sie nicht mit Schriften vor dem Kamin saß. Dort hatte Nyrden wieder ihren Winterplatz unter Jennais Anleitung eingerichtet, auch Resa war oft bei ihnen, ebenso Rilan. Rednawén hielt sich ihm gegenüber nicht mehr kühl, aber zurückhaltend, obwohl beide einander mit-

unter Gesellschaft boten, mit der sie bis in die Nacht über Botschaften, Karten und Verträge grübeln konnten. Nyrden, die mehr Schlaf benötigte und sich früher zurückzog oder, seltener, zu den Leyawi legte, war fast eifersüchtig auf ihren ausgerufenen Gemahl. Aber eine lautere Stimme in ihr wies sie darauf hin, eine Spätergeborene zu sein. Ein Glück wie dieses war ein Geschenk der Göttinnen, auf das sie nie hatte hoffen dürfen. Sie rief sich selbst zur Mäßigung.

Der Stadtwahrer war von Kelons Handgebefest zurückgekehrt. Vor dem Essen sah Nyrden ihre Gefährtin und Rilan beieinanderstehen. „Das kann ich nicht", war er erhitzt, als sie sich zu ihnen gesellte. „Die Priester würden es nicht zulassen. Die Zeit für Muße ist Gesetz!"
„Ein Tag zu Vollmond reicht völlig!"
„Nein, Rednawén! Dazu kann ich weder Jennai noch die anderen Priester bewegen."
Nyrden berührte der Heerführin Arm. Ruckartig fuhr diese herum, hielt dann inne und atmete tief.
„Lasst uns die Tafel bauen", forderte Nyrden sie freundlich auf.

Der Frühling verging ohne Kriegswerk, was für Rednawén und die meisten der Ihren darin das erste Jahr seit ihrer Kindheit war. Als der frühe Sommer begann, drohte der Garten zu wuchern. Seine durch Verhandlungen sehr beschäftigte Meistin war dankbar, dass neben einigen Hilfinnen auch die Heerführin hin und wieder aushalf. Gerne zog sie den kleinen Karren mit als Viehfutter dienenden Abfällen in die Ställe, was zweien Werk abnahm, oder sie schichtete Erde und Steine um, worin selbst Jilla sie bald nicht mehr entbehren mochte.
Einmal wartete Nyrden vor dem Essen auf sie, genoss für einige Augenblicke den endlich wieder gepflegten Ort, was ihr viel zu selten gelang. Es war ihr jedes Jahr aufs Neue seltsam, wie laut ein Heer zufriedener Bienen summen konnte. Dies als Hintergrund boten die gezwitscherten Lieder der Vögel ein Konzert, das von Menschen kaum übertroffen werden konnte. Die Gartnin lauschte ihm und seufzte. Weißlächeln, ihr liebster Bergstrauch, schickte einen Duftgruß in ihre Nase. Nyrden trat unter den üppigen Bogen, in dem die hellen Blüten über den Weg rankten, sog den Geruch ein. Da spürte sie sich beobachtet und sah sich um.
Rednawén stand einige Schritte entfernt, betrachtete sie mit leicht schiefgelegtem Kopf. In ihren Augen sah Nyrden das größte Maß an Liebe, das sich ihr je zugewandt hatte. Ihre Blicke begegneten einander, und für die Dauer eines Atemzugs berührten einander schwellende Herzen.
Dann brach die Leyawi den Zauber. „Komm zum Essen", erklärte sie, und ihre Stimme hielt einen nie gehörten verborgen unsicheren Klang. Rednawén kam auf Nyrden zu und bot ihr den gebeugten Arm. „Hast du geendet?"
„Ja. Aber wir haben noch Zeit für Salben, wenn du möchtest."
Die Streitin leuchtete auf.
In der Kammer entkleidete und legte sie sich, Nyrdens Kräutertöpfe standen schon bereit. Die Naltivi liebte den Ausdruck beherrschter Kraft und die Geschmeidigkeit in den Bewegungen der Jüngeren, auch ihr Erfolg in Kämpfen beeindruckte sie sehr. Aber sie hatte zu-

dem verstanden, dass Rednawén einen hohen Preis für ihren Körper zahlte. Zwar formten die Muskeln ihn in großer Schönheit, und wie auch die übrigen Leyawi schien sie nie krank zu werden. Aber ihre Knochen litten unter der Härte der täglichen Übungen und schmerzten zuweilen, ebenso die zahlreichen Reste von Kriegverletzungen, die sie trug. Durchtrennte und wieder zusammengewachsen Sehnen und versehrte Muskeln forderten mehr Pflege, als ihnen bisher gewährt worden war; Prellungen und Blutergüsse erneuerten sich so oft, das sie fast immerwährend erschienen. Bei Uron, der fast Rednawéns doppeltes Alter hielt, war es noch auffälliger: Der Schmerz einiger Bewegungen war ihm anzusehen. Es gab ganze Tage, an denen er nicht auf dem Strohplatz erschien, und da er seiner Ersten Selbststrenge noch übertraf, war die Naltivi sicher, dass Schmerzen ihn fernhielten. Masùn erging es ähnlich darin, wenn er auch, im Gegensatz zu den beiden Heerführrinnen, Wert auf regelmäßige und längere Ruhezeiten legte. Nyrden, deren Körper am ehesten darüber klagte, dass sie zwar im Garten hob, grub und schnitt, aber nicht genug lief, sah jener Beschwerden mit Verwunderung. Rednawén hatte die ersten Kräutersalbungen, die ihr zunächst als Gefährtinnengabe angeboten worden waren, wie ein edles Geschenk empfangen. Mittlerweile bat sie auch selbst darum.
„Und? Wie macht sich das Heer?", fragte die Wahrin, während sie die Salbe in der Gelagerten Rücken einstrich.
Diese stöhnte langgezogen. „Du hast gesagt, ich soll mich dabei nicht verspannen."
„So arg?" Nyrden küsste lächelnd ihren Nacken.
„Sie sind fett, faul und träge! Ich hätte Lust, ihnen den Wein und das ... dutzende Mahl des Tages zu verbieten! Und diese unseligen Ruhetage!"
Schmunzelnd knetete Nyrden holzharte Schultern. „Vielleicht wäre es euch wohler, wenn du allen die nötige Weile ließest, sich aneinander zu gewöhnen."
„Das fällt mir schwer. Sie sind faul!"
„Sie dienen den Göttinnen."
Rednawén hob sich zum Teil und sah sie entgeistert an.
„Das Tagewerk in Runjhày ist nicht so lang, wie du oder ich es kennen. Das große Mahl leitet die Zeit ein, in der gespielt, gesellschaftet und gepflegt werden soll. Runjhày ist der Ansicht, dass Muße zu den Göttinnen führt und im Miteinander verbracht werden soll. Dass Freude die Göttinnen preist. Alle kommen zusammen: Sippen, Freundinnen, Kinder, Alte, Nachbaren. Sie reden, spielen, flicken Beschädigtes..."
„Das können sie auch abends! Bei allen Ahninnen, wie soll ich das Heer so zu Stärke führen?!", rief Rednawén.
Die Ältere schenkte ihr einen liebevollen Kuss. „Beruhige dich. Und lass euch Weile."
„Deine Order, Erste", jammerte die Leyawi zum Schein. Ihr Blick veränderte sich, lockte. Sie zog Nyrden an sich. „Wie bedauerlich, dass wir gleich zum Essen müssen."
„Müssen wir das?"

Es war schnell warm geworden. Der Truchsess feierte seine eigene ob der starken Sonne gehobene Laune und tischte im Anschluss an den neumondlichen Opferdienst einen

Schmaus auf, der an eine Handgebe denken ließ. Ein Mummenspiel wurde angekündigt, die Halle jedoch gebeten, bereits vorab mit der Speise zu beginnen.

Nyrden erstarrte, als Närrinnen in geschwärzten Kleidern und auf Stelzen hereintaumelten. Sie schwangen riesenhafte Äxte und Schwerter, welche aus bemaltem Strohgeflecht gefertigt waren und die Formen von Leyawiklingen nachahmten. Als die Mummen zu singen begannen, klangen ihre Worte, als litten sie alle an einer schweren Halsentzündung:

„Wir sind so stark! Wir sind unbesiegbar! Und wir haben immer Recht!"

Anchai gab Fauchlaute von sich und stolzierte mit einem lange währenden rauen Ton durch die Halle.

Die an der Tafel sitzende Laar begann zu lachen.

„Wir sind so stark! Wir sind unbesiegbar! Und wir haben immer Recht!"

Nyrden löste sich aus ihrem Entsetzen und warf einen bangenden Blick auf die Gefährtin. Deren Körper bebte, ihr Gesicht zeigte ungläubige Verblüffung, doch keine Missbilligung oder gar Wut. Als die Mumme, die offensichtlich die Führin der Wankenden darstellte, krächzend über den mangelnden Übungseifer des Heeres zu klagen begann, lachte Rednawén mit einem Mal schallend auf, und es lag ehrliche Erheiterung darin. „Spreche ich wirklich so?", raunte sie daraufhin ihrer Freundin zu.

„Schlimmer", log diese sehr offensichtlich, lehnte sich zurück und suchte in ihrem Beutel nach einem Kauharz.

„Wir sind so stark! Wir sind unbesiegbar! Und wir haben immer Recht!"

Viel mehr als dies boten die Weisen der Mummen nicht, aber ihre kehlenrötenden Äußerungen wie das mühsame Wanken auf den Stelzen ließen sie so lächerlich erscheinen, dass selbst Nyrden zweimal ein Prusten unterdrücken musste. Zudem war eine der Vortragenden dem Gang auf den Hölzern nicht gewachsen, denn sie schlug der Länge nach hin und sorgte so für Gelächter, das sie nicht beabsichtigt hatte.

„Das war dann wohl der Sturz der Unholden!" Tränen liefen Rednawén. Sie krümmte sich, japste und vermochte sich kaum zu ruhigen.

Die Mummen verharrten kurz, sahen sie fast entsetzt an, ehe sie angespornt fortfuhren. Das wenig erbauliche Spiel schloss, wie es zu erwarten gewesen war, mit einer Wiederholung der vorwurfsvoll gemeinten Angebereien. Unerwartet hingegen war die Antwort der Gescholtenen. Trotz mancher Miene in Misse bekundeten alle Krieginnen unter den Leyawi den Närrinnen Anerkennung, indem sie ihnen ihre Becher entgegenhoben. Rednawén fand die Worte: „Noch niemals wurde eine solche Aufführung für uns ersonnen. Dank sei dem Haus dafür!"

Vollkommen verwirrt verließen die Spielinnen die Halle, wobei Anchai ebenfalls stolperte und fiel.

Wie an fast jedem Abend geleitete Rednawén Jennai in deren Kammer.

„Du bist wirklich nicht erbost" staunte die Greise.

„Nein. Warum?" Die Heerführin half ihr aus den Schuhen. „Ich fühle mich geschmeichelt. Aber warum sagen sie es mir nicht ins Gesicht? Warum derartige Mühen statt eines klaren Wortes, wenn sie säuern?"
„Weil sie solches Geradeheraus nicht gewöhnt sind. Sie haben einen Weg gefunden, es dir zu sagen. Sei geduldig mir ihnen."
Die Kriegin ächzte leise.
Jennai lächelte darüber. „Noch kannst du von ihnen nicht mehr erwarten. Aber es gibt ärgere Wege als ein Mummenspiel, oder?"
Die Gegenüber gab ihr zu verstehen, dass sie die Rede darüber zu beenden wünschte. Dennoch fragte die Runjhày: „Willst du ihnen näherkommen?"
Rednawén nickte einmal mit gehobenen Brauen.
„Dann spiele mit ihnen. An Ruhetagen oder abends. Brettspiele, Spiele um Geschicklichkeit im Hof."
„Ich bin kein Kind! Und ich werde nicht nach Runjhàys Ansicht Göttinnen dienen."
Jennai nickte versonnen. „Das kann ich nachvollziehen."
Rednawén schaute zweifelnd.
„Nun, sie sind auch keine Kinder. Runjhày ist bekannt, dass du den Göttinnen nicht dienst. Aber es ist ein guter Gang, um mit den Menschen zu sein. Fern des Werkes. Brettspiele als Übungen zu Truppenbewegungen kennt auch dein Volk. Versuche es damit."
„Ich überlege es mir", versprach die Heerführin widerstrebend, während sie die Kleider der Alten über den Stuhl hängte, und begehrte Kunde: „Warum rätst du nur und strebst nicht nach Herrschaft? Ich dachte, dies mache Sterndeutinnen aus."
Da lachte Jennai leise auf. „Tatsächlich? Nun, mag sein. Ich habe ... Die Göttinnen geboten mir, durch Rat zu nützen. Nach Macht strebe ich nicht, wie du auch nicht. Als ich jung war schon, aber das ist lange her." Sie lächelte, und ihr Blick hielt ein Licht für die Leyawi, das diese mit einem Stirnrunzeln bemerkte.
„Wiehl taugen die Göttinnen Runjhàys mehr als die anderer Völker", ehrte Rednawén Jennai mit einer Neigung. Nach kurzem Innehalten: „Brettspiele kann ich gutheißen. Vielleicht finde ich darin einen Eintritt."
Die Betagte freute sich sichtlich. „Die meisten Menschen sind schlechter als ihr Ruf. Bei dir, bei deinem Volk, scheint es zum Gegenteil zu sein."
„Mein Ruf in der Schlacht ist geringer als meine Erfolge", prahlte Rednawén nur zum Schein, da das Lob unbeantwortet zu lassen ihr unerträglich gewesen wäre. „Wenn du keine weiteren Aufträge hast, gehe ich schlafen."
„Geh nur", erwiderte Jennai und verabschiedete sie, wie sie es abends immer tat: „Mein Dank und der meiner Ahninnen sind dein."

Rednawén hatte Essen für sie drei geholt und zu den Gartninnen gebracht. Während sie es verteilte und Nyrden noch einen Eimer Schnecken zu den Feuern brachte, wusch Jilla sich die Hände am Brunnen.
„Du liebst sie", stellte die Leyawi ohne Einleitung fest. Kein Arg ging von ihr aus.

„Ja. Aber nicht auf die Weise, die euch verbindet." Obwohl er sich um Freundlichkeit bemühte, hatte Jilla sich versteift.
„Ich weiß. Die Stallmagd, die darum eilt, die Gartenabfälle als Erste abzuholen, wäre besser geeignet."
Die Steife des Naltivi wurde zu Erstarren. Mit Mühe fing er sich und entgegnete: „Das wäre schon allein aufgrund des Rangunterschiedes undenkbar. Zudem bin ich ein ehrbarer Witwer!"
„Oh", bemerkte Rednawén höhnisch.
„Es verwundert mich, dass du dir über mich Gedanken machst." Jilla hielt nun wieder Herrschaft über sich. „Ich glaubte, ich sei dir gleich."
„Euer Gurren macht Fortsehen nur zu einer kleinen Erholung", erweiterte die Streitin ihren Spott. „Erhöre sie doch. Tänze würden dich vielleicht erträglicher machen."
„Du bist unverschämt, Leyawi!"
„Grob, laut, ungebildet in sämtlichen Künsten, ärger noch: eine, deren Werk das Abschlachten von Menschen ist. Es ist dir ein Rätsel, warum Nyrden mich neben sich will."
Der Gärtner erschrak. „Das habe ich nie gesagt!"
„Alles an dir außer deiner Zunge sagt es. Jeden Tag." Rednawén sprach nicht weiter, während er stark atmend niederblickte. Als er wieder aufsah: „Entschuldige dich nicht, denn du meinst es so. Mir ist es gleich. Ich bin es gewöhnt, nicht gemocht zu werden. Aber Nyrden..." Sie brach ab. Beide dachten den Gedanken weiter. Ihr Schweigen wurde schließlich von Jilla beendet: „Uns ist gemeinsam, dass wir sie nicht beargen wollen. Lass uns einander ausweichen."
„Gut. Du hast dein Tagewerk mit ihr. Lass mir die Nächte. Du und ich werden keine Freundinnen werden. Aber an den Abenden müssen wir keinen Krieg führen."
Sie ehrten einander.
Als Nyrden zurückkehrte, fand sie sie in spannelosem Schweigen vor. Nachdem sie Mitgebrachtes und Schnecken gegessen hatten und der Freund sich anbot, das Geschirr fortzuräumen, bat die Wahrin Rednawén: „Begleitest du mich? Ich hatte eine Überraschung für dich, bin mir aber über dein Gefallen nicht sicher und brauche dein Wort."
Die Jüngere ließ sich mit Neugier in einen ihr wenig bekannten Teil der Stadt führen. Im Nähhaus staunte sie, die Vergleichbares noch nicht gesehen hatte: Eine Fülle von Farben und Mustern bot sich ihnen in ausgebreiteten oder zu Ballen gerollten Stoffen dar. Webinnen und Nähinnen grüßten die Eingetretenen, wandten sich dann wieder ihrem Werk zu.
„Ich möchte Dir ein neues Ratsgewand schenken", verkündete Nyrden.
„Ist meines unangemessen?"
„Gar nicht. Sieh es als Liebesgabe. Welche Stoffe sind dir gerne?"
Die Kriegin lächelte klein, schien zu überlegen. Dann zog sie sie zu sich und küsste sie. „Alle. Aber ich kann keinen davon im Rat tragen."
Nyrden fragte mit einem Blick.
„Die Farben. Ich darf nichts anderes als schwarz tragen, wo ich als Gesandte Leyawis stehe."
„Warum das?"

„Später", wehrte Rednawén ab. „Ich freue mich. Es war ein guter Gedanke." Erneut fand ihr Kuss Nyrden. Diese erwiderte ihn trotz der übrigen Anwesenden. „Und ein Gewand, das du nicht im Rat trägst?"
Rednawén zögerte. „Ja. Ich denke, das wird gehen."
Die Naltivi spürte, dass eines in ihr vorging. „Würdest du Ärger darum haben?"
„Es wird Gerede geben. Das tut es schon wegen der Haarbänder. Aber ... Nun, ich schätze, wir sind auf Runjhày, nicht auf Leyawi, und wir sind Teil dieses Hauses. Ich danke. Der dort", Rednawén nickte in Richtung eines blauen Ballens, „gefällt mir sehr."
Nyrden, zu deren Wahl der Stoff gehört hatte, freute sich. „Wenn es nun zwei Kleider wären. Ein blaues und ein Ratsgewand, das schwarz wäre und blaue Zierde hielte..."
Die Heerführin lachte. „Bist du sicher, eine drittgeborene Naltivi zu sein?" Sie sah Nyrden zusammenfahren, sagte jedoch nichts dazu. „Versuchen wir es. Es mag ein guter Gedanke sein." Und mit einem Blick in das Haus, der noch immer das Erschrecken der Gefährtin nicht beachtete, fragte sie sehr leise: „Sind sie Mägde?"
Nyrden schöpfte nachsinnend Luft. „Ich weiß es nicht", gab sie darauf zu.
„Ich kenne solches nicht. Stoffe weben die Meinen selbst, und ich verstehe nichts davon, ich kaufe, was ich brauche. Wirst du ihnen die Kleider bezahlen?"
„Sicher."
„Gut."
Als sie gen Strohplatz und Garten gingen, erkundigte sich die Ältere: „Warum nun? Das Schwarz. Und nur für Krieginnen."
„Als Mahnung an die Zeiten, in der wir die Schwärze der Minen trugen. Ich bin Kriegin und Stadtdritte. Dadurch komme ich im Erbe ... denen sehr nahe, die uns einst unterjochten. Damit ich dies niemals vergesse, muss ich es jeden Tag tragen. – Aber nun, da ich es erklären soll, kommt es mir reichlich albern vor", hob sich die Stimme der Streitin mit einem Male. „Wiehl sind unsere Köpfe darin noch zu sehr im Gestern."
Die Nebengehende wartete, aber als Rednawén schwieg, fragte sie nicht nach Weiterem, sondern legte den Arm um sie. Sie blieben stehen.
„Jedenfalls steht schwarz dir gut", schnurrte Nyrden. „Du bist so schön. Ich kann es oft kaum glauben."
Rednawén schnaufte lachend, küsste sie.
Nyrden suchte ihre Umarmung und ihr Wort. „Und du? ... Was hat dir an mir gefallen?"
„Abgesehen davon, dass du uns das Leben gehalten hast, meinst du?" Rednawén biss sie zärtlich. Dann: „Nun, zum einen gibt es in der Zelle zwei Spiegel. Schau mal hinein."
Die Naltivi erstrahlte.
„Zum anderen ... deine Freundlichkeit ohne Berechnung. Deine Stärke darin, ohne Kenntnis der Regeln das Nötige zu ahnen und dein Mut, es auch zu tun. Deine Ehrlichkeit. Dein Willkommenstanz. Und dass weder Angst noch Argwohn in deinen Augen sind, wenn du das Wort ‚Leyawi' hörst."
„Aber das wollt ihr doch!"
„Leyawi braucht es. Ich selbst schätze es bei Gegninnen. Aber nur dort."
Nyrden lautete begreifend.

„Und deine Anwesenheit im Salz."
Verwundert hob sie die Brauen.
„Du weißt, wie kostbar es ist. Völker zahlen damit, Kriege werden darum geführt. Den wenigen, denen wir Zutritt zu unseren Minen gestatten, ist die Gier danach anzumerken. Aber du bist in der Lage, einfach nur seine Schönheit zu sehen." Rednawén leuchtete.
„Ich habe gespürt, dass es eine Prüfung war", gestand Nyrden trotz ihrer Freude.
„Allein darum hättest du sie bestanden. Aber deine Augen haben nicht gelogen. Dir war es um die Schönheit, nicht um den Wert."
„Ich bin Gartnin. Keine Handlin."
„Du bist eine wunderbare Mensch, Stadterste. Ich bin froh, dass es dich gibt." Die Kriegin küsste ihre Hände. „Du bist sehr stark."
„Gewiss nicht!"
„Doch, sehr gewiss", beharrte Rednawén, und in ein kurzes Schweigen: „Ich habe es gleich gespürt. Die Kraft in dir. In deinem Körper, trotz der gezierten Bewegungen, die du damals noch für wichtig hieltest. – Bist du jetzt beleidigt?"
„Nein", versicherte Nyrden und gab sich Mühe, es nicht zu sein.
Ihre Gefährtin löste sich von ihr. „Erinnerst du dich an die Hecke, die deine Hilfinnen zu stark beschnitten hatten? Worüber Jilla so viel Galle gekocht hat." Auf ein Nicken hin: „Du hast ihnen gesagt, sie könne ihre Größe nicht finden, wenn sie an den Seiten zu stark beschnitten werde, und nicht einmal genug Kraft aus ihren Wurzeln ziehen, wenn die Blätter nicht genug atmen können. So warst du auch. Runjhày ist ein besserer Boden für dich als Naltivi. Naltivi hielt zu große Enge. Ich freue mich auf die Hecke, wenn sie sich gänzlich erholt hat."
Der Benannten Hals hatte sich zugeschnürt.
Rednawén sah sie an, als wüsste sie darum. Doch sie bot ihr keinen Trost. Im Gegenteil hatte Nyrden das Gefühl, gemessen und um Antwort gefordert zu werden. Die Leyawi betastete sie ohne Berührung der Körper auf der Suche nach Schwäche, dies spürte die Aufbangende sehr deutlich. „Lass uns ans Werk gehen", sagte sie und nahm den Weg wieder auf.

Nyrden ahnte, dass ihr mangelnder Stand weitere Schätzung nach sich ziehen würde, aber auf das, was am nächsten Morgen geschah, war sie nicht vorbereitet. Sie kam eben zum Strohplatz, um Rednawén zum Essen abzuholen, als diese einem Runjhày erklärte, sein Glaube an seine Ahninnen würde ihm Stärke verleihen, der an Göttinnen ihn schwächen.
Er war erschrocken und wagte ein Gegenwort, das sie harsch unterbrach: „Das Blut deiner Ahninnen, das dich am Leben hält und dir in einer Schlacht Kraft verleiht, ist um vieles stärker als die Anbetung von Sagengestalten, die es nicht gibt. Halte dich an deine Ahninnen, sie werden dir beistehen."
Nyrden, die sehr wohl wusste, dass dies sie selbst zur Stellungnahme zwingen sollte und nicht wahrlich an den bedauernswerten Gegenüber gerichtet war, rang mit sich, ehe sie ins Gespräch trat: „Leyawi hält sehr gute Kriegskunst. Vielleicht ist eure Stärke Ausdruck eines Lächelns der Göttinnen, das einen Ausgleich schafft für vergangenes Unrecht. Verspotte sie nicht. Und mach sie anderen nicht schlecht."

„Seit wann sind Göttinnen zuständig für Gerechtigkeit?" Der Heerführin Lachen hielt einen nicht geringen Teil Hochmuts. „Die Ahninnen haben sich bewährt, die Göttinnen nicht. Weil es sie nicht gibt."
Nyrden stand da wie versteinert und gab in Furcht zurück: „Sie werden dich für diesen Frevel strafen. Spiel nicht mit deinem Leben!"
„Ich werde es deshalb nicht verlieren. Woher willst du wissen, dass sie mich strafen? Hast du solches je gesehen? – Es gibt sie nicht. Sie sind Erfindungen der Menschen. Wenn es sie gibt, sollen sie mich auf der Stelle töten!" Die Leyawi breitete mit einer herausfordernden Geste die Arme aus.
Nyrden und die Runjhày waren entgeistert, nur Laar stöhnte laut auf.
„Nun", brach Rednawén die aufgekommene Stille, „entweder gibt es sie nicht, dann sind sie mir gleich. Oder sie haben Sinn für Späße. Auch dann können sie mir recht gleich sein."
Die Wahrin setzte zunächst zu sprechen an, schwieg dann jedoch mit geweiteten Augen. Ohne ein Wort drehte sich um und verließ sie. Die Streitinnen sahen ihr nach.
„Das war nötig, nehme ich an", raunte Laar auf Leyawi, das sie der Freundin gegenüber nur selten wählte. „Hast du vor, sie zu vertreiben?"
Rednawén nahm ihre Äxte vom Gerüst. „Sie soll wissen, mit wem sie sich geeint hat", erwiderte sie scheinbar gleichgültig und trat auf das Stroh.
„Mit einer Unholden, die soeben aus der Erde gekrochen ist." Die Lekhe schüttelte den Kopf. Sie sah, dass Nyrden über die Brücke gen Tempel rannte, bemerkte, dass der Jüngeren Blick ihr ebenfalls folgte und verkündete: „Du bist ein Dummkopf."

Nyrden erschien nicht zum späten Essen. Rilan wartete lange auf sie und vertrat sie schließlich beim Segen der Tafel. Später ging Rednawén zunächst in den Garten, dann in die Kammer, als sie sie auch dort nicht fand, in den Tempel. Ihre Gefährtin kniete als kleines Bündel vor den Statuen, die Stirn auf der Erde.
„Nyrden?"
Sie schrak auf, neigte noch einmal den Kopf und setzte sich dann auf.
„Du bist ganz kalt." Die Hinzugekommene rieb ihre Arme und hüllte sie dann mit Eile in eine naheliegende Decke. „Warst du den ganzen Tag hier?"
Ein leises „Ja".
„Komm." Rednawén brachte die Naltivi zu einem der Feuer auf dem Hof, orderte Jilla zu ihr und verließ sie selbst wieder, um erneutes Werk auf dem Strohplatz zu beginnen.
Nach einer Weile kam Laar hinzu. „Ich würde dir einen Messkampf anbieten", behauptete sie. „Aber nicht bei deiner Laune. Was, bei allen Ahninnen, ist dir?"
Die Leyawi warf ihre Äxte auf eine Zielscheibe, die für Speerwurfübungen benutzt wurde, stand dann kurz reglos. Schließlich erklärte sie: „Ich lasse mich von ihr nicht in die Zwinge nehmen. Wenn sie in ihrem dummen Tempel erfrieren will, ist das ihre Sache!"
Laar versagte sich das tiefe Seufzen, das in ihr aufstieg. Stattdessen sprach sie: „Nun, weißt du, Relàrs Erbin..."
Ein wutvoller Blick brandete ihr entgegen, Rednawéns Miene bekundete eine Drohung, die Laar nicht beeindruckte.

„...wenn du dieses Band beenden willst, indem du die, die dich liebt, als Gegnin betrachtest, so tue es. Aber Nyrden hat ihre Göttinnen für dich aufgesucht und für dich gefroren. Wenn du das nicht als Liebesdienst werten kannst, war deine Suche eine Lüge. Behaupte nicht mehr, du wolltest sie in ihrer Stärke. Rufe eure Trenne aus. Dein Verhalten macht dich nicht wert, an ihrer Seite zu sein."

„Ich dachte, du hättest Zweifel an Nyrden gehabt!", bellte Rednawén.

„Die hatte ich auch, weil ich sie nicht kannte und auf ihr Naltivigebaren hereingefallen bin. Aber nun zweifle ich an dir, und dich kenne ich gut! Geister, ich habe dich für klüger gehalten! Du liebst sie doch. Warum stellst du sie auf die Probe? Sie führt keinen Krieg gegen dich. Ist deine Liebe so wenig wert?"

„Ich habe dich nicht um deinen Rat gebeten!"

„Du hast mich um meinen Rat gebeten, als du mich batest mitzukommen", war die gelassene Antwort.

Ein erboster Blick traf einen besorgten.

„Lerne schneller", riet Laar und verließ die Wallende.

Nyrden verbrachte diese Nacht bei Jilla. Als sie sich am folgenden Mittag in einer Ruhezeit beim Strohplatz einfand, ließ sich die Lekhe grüßend neben ihr nieder. Einige Augenblicke sahen beide zu den Übenden. Auf dem Platz streckte Rednawén eben vier Gegninnen zu Boden.

„Eine wahre Erbin Danrùns", sagte Laar wie nebenbei.

Nyrden wandte sich ihr fragend zu.

„Ich sage es dir nur, wenn du ihr nicht verrätst, dass ich es dir getratscht habe."

„Du hast mein Wort."

„Hm. Was weißt du vom Aufstand der Leyawi zu Danrùns Zeiten, Erste?"

„Dass die ... Riktènn sie überfallen und in die Minen gezwungen hatten. Dass die Leyawi alle Riktènn erschlugen. Nicht viel mehr."

Ein bitterer Ausdruck wuchs auf Laars Gesicht. „Das klingt recht einfach, nicht wahr? Ein Volk unterwirft ein anderes, das unterworfene erhebt sich. So einfach war es aber nicht. Sie waren ein Volk. Hirtinnen, Krieginnen und Priestrinnen. Die beiden Letzteren schickten die Hirtinnen in die Minen, und über die Jahre nahmen die Priestrinnen die Macht an sich und unterjochten mit Hilfe von Sterndeutungen schließlich auch die Krieginnen. Es gab Bindungen zwischen den Unterworfenen. Sie lehrten einander, hatten Kinder miteinander. Was verboten war. Diese Geschichten erspare ich dir lieber.

Danrùns Gefährte Relàr war ein Krieger, und nach dem Aufstand führten sie die Überlebenden gemeinsam. Die Menschen glaubten sich in Frieden, es gab sogar Wohlstand. Kadùn – Rednawéns Vater – und viele weitere Kinder wurden geboren. Dann fingen Danrùns Spähinnen eine geheime Botin ab. Ihre Nachricht ließ keinen Zweifel zu: Relàr und ein Großteil seiner Krieginnen hatten sich mit den Lekhen gegen die einsten Hirtinnen ihres Volkes verbündet. Die Meinen hatten ihm Waffenhilfe zugesichert, er ihnen den Kopf Danrùns. Ehe sie ihn erschlug, fragte sie ihn nach dem Grund seines Verrats. Seine Antwort war, er wolle Herrschaft, Führung reiche ihm nicht, und er habe Furcht vor Danrùns Stärke. Die

beteiligten Krieginnen wurden im Kampf getötet. Verwandte und Liebste traten gegeneinander an, Eltern gegen Kinder. Freundinnen, Nachbaren gegeneinander. Erst danach nannten sie sich ‚die Aufgestandenen': ‚Leyawi'."
Schweigen.
„Was bedeutet ‚Riktènn'?"
„‚Sterndeutinnen'." Laar zuckte die Achseln. „‚Priestinnen'. Zuvor nannten sie alle sich ‚Anji', was nichts weiter bedeutet als ‚Menschen'. "
„Ah."
„Ihre Furcht vor Verrat dauerte an, das Misstrauen anderen Völkern gegenüber scheint erst in unseren Tagen zu enden. Danrùn wählte nie wieder einen Gefährten."
Die Lauschende war bedrückt.
Laar wartete zunächst auf ihr Wort, fuhr dann aber fort: „Die Suche nach ebenbürtigen Menschen, denen ohne Furcht vor Verrat Vertrauen geschenkt werden kann, eint Danrùns Erbinnen – und viele andere Leyawi. Ich kann dir nicht sagen, was es bedeutet, dass du die Erste an Rednawéns Seite bist, die nicht in Waffen steht. – Aber ihre Stärke ist auch ihr Fluch. Wenn du jeden Tag bereit bist, dem Tod gegenüberzutreten: Wie stillst du deine Sehnsucht nach lebenslanger Bindung mit geliebten Menschen? Und wenn du jeden Tag zur eigenen Stärkung verbringst: Wie findest du eine ebenbürtige Gefährtin?"
Wiederum schwiegen sie.
Dann, Nyrden: „Ich danke dir. Du bist ihr eine sorgende Freundin."
„...die sich von einem liebgewordenen Körperteil verabschieden muss, wenn du mich verrätst, Erste", grinste Laar.
„Ist dein Gemahl ein Leyawi?", frage die Nebensitzende, um eine Wendung des Gesprächs einzuleiten.
„Nein. Wir kamen als Gesandte dorthin. Aber selbst wenn das Bündnis unserer Völker je scheitern sollte: Ich gehe nicht zurück, und Raiun wohl auch nicht. Die Kinder sprechen leyawi besser als ebenen, und sie sind erst einmal in Lekhen gewesen, als sie sehr klein waren. Was ich durchaus begrüße. Heimat hat mir mittlerweile wenig mit Herkunft zu tun."
Die Naltivi erwiderte nichts, da die Worte der Altersgleichen sie seltsam berührten. Stattdessen überlegte sie laut: „Es scheint mit seltsam, dass ihr schon zwei Generationen später Verbündete seid."
Laar ächzte. „Und ich versichere dir, dass es kein schwernisarmes Bündnis ist. Vor einigen Jahren standen wir aus Not Seite an Seite gegen Wethen. Die Verhandlungen danach haben wir Rednawén zu verdanken; Èsralon und Nelai waren lange misstrauisch. Zu Recht, denke ich. Falls es je zum Bruch käme, weiß ich, auf welcher Seite ich stehen würde. Selbst in einer Schlacht, falls eine nötig würde."
Nyrden war verwundert über ihre Offenheit, die Nähe suchte.
„Die Meinen", der Kriegin Blick fiel nachsinnend auf den Strohplatz, „ich sollte sagen: ‚Lekhen' hält nicht viel von dem, was Runjhày oder Leyawi unter Ehre verstehen. Nicht selten opfert es andere, um ein Ziel zu erreichen. Auch entgegen Bündnissen oder Ehrenversprechen. Lekhens Siegel haben keinen Wert." Sie sahen einander wiederum an. „Dies

ist mein dringlichster Rat, Stadterste: Traue seinen Verhandelnden niemals. Lekhen sind Meistinnen darin, anderen in den Rücken zu fallen."
„Ich danke." Nyrdens Stirn stand in Falten.
Die Berichtende lächelte. „In Leyawi dienen die Stärksten den Schwachen; sie verstehen es als Pflicht. Für das Überleben der Gemeinschaft, um eigenen Hochmut und Zügellosigkeit zu hindern und damit auch zur Steigerung der eigenen Stärke. Dies führt bei anderen nicht zu Hochmut, sondern zu Dankbarkeit. Sie halten wach, was sie füreinander tun. Ich habe dies gleich bewundert, als ich dorthin kam. Nun suche ich, ebenso zu leben. An keinem anderen Ort möchte ich dauerhaft sein." Sie hielt inne, und ihr ungewohnter Ernst war verschwunden, als sie schloss: „Aber im Mahl kann sich Leyawi nicht mit diesem Haus messen." Sie schüttelte sich, und Nyrden lachte wieder einmal über sie.
Mittlerweile übten Jkai und Rednawén mit Langschwertern. Die Sitzenden schauten ihnen zu, bis Laar sich verabschiedete. Als auch die Gartnin ihre Werkensruhe beenden wollte, schrie Jkai mit einem Mal schmerzvoll auf und ließ ihre Klinge fallen. Wahrlich aufmerksam wurde Nyrden, als Rednawén zu der Runjhày trat. Da durchkletterte sie selbst die Absperrung und lief hinzu.
„Gewiss gebrochen", bemerkte Rednawén. „Lass dich versorgen."
„So ein Ärger!", fluchte die Verletzte.
Die Führin griff ihre Schulter. „Ich sorge um dein Gerät."
Jkais Miene auf dem Gang gen Stadt, bei dem Nyrden sie begleitete, war für eine Weile finster. „Ich bin ein unverbesserlicher Ochse, Erste", stöhnte sie, lächelte aber bereits wieder. Dann aber leuchtete sie in einem Grinsen auf. „Ein wenig Nichtstun wird mir auch nicht schaden."

Das Geschehene hatte Folgen, die die Naltivi nicht erwartet hätte. Abends sprach Rilan es an.
„Es war kein sehr fester Hieb", war Rednawén darüber befremdet.
„Die Handknochen sind mehrfach gebrochen. Nur weil sie deinen Hieb pariert hat."
Sie hob und senkte die Achseln. „Sie ist Streitin. Es wird nicht der erste Messkampf sein, der ihr Brüche gebracht hat."
Er rang um Botschaft. „Viele haben euch gesehen. Und sagen, es war kein sehr fester Schlag. Sie ... glauben nicht, dass Menschen so stark sein können."
„Die Unholden", wöhnte Rednawén.
„Ja. Das Wort ist wieder erschienen." Sein Tonfall bekundete Missbilligung „Einigen ist es auch fremd, wie gut ihr im Dunkeln seht. Es mag sie an Unholde glauben lassen. Ich bedauere ihre Märgläubigkeit. Hast du einen Rat, was wir tun sollen?"
„Leyawi sehen gar nicht besser, wir sind es nur geübt, uns im Dunkel zurechtzufinden", widersprach seine Heerführin ihm freundlich. „Und wir üben mehr und essen nicht im Übermaß. Wenn sie Zügel über sich halten und gelernt haben, ihren Ohren und Händen ebenso zu trauen wie ihren Augen, werden sie uns nicht mehr unterlegen sein. – Dein Haus hält ein gutes Heer, Stadterster. Änderungen bringen Schwernisse mit sich. So einfach sind wir nicht zu vertreiben."

Beide nickten einander zu, und das erste herzliche Lächeln wurde zwischen ihnen gewechselt.

Runjhày saß beim Neumondmahl. Ein Mummenspiel war angekündigt worden. Anchai trat allein in die Halle, in der einen Hand einen Weinbecher, in der anderen einen Braten und einen Schild. Nyrden sah es besorgt. Es hatte wieder Ärger im Heer gegeben, dieses Mal um den Gebrauch der Schilde. Rednawén hatte nicht vorgeschrieben, im Nahkampf keine solchen zu führen, es den Runjhày jedoch mehrfach nahegelegt. Auf deren Murren, ohne Schilde zu viel Angriffsfläche zu bieten, hatte die Heerführin entgegnet: „Dann müsst ihr schneller werden." Danach fiel auf, dass sie Krieginnen, die sie verwendenden, oft herausforderte. Da sie jedes Mal siegte, schienen die Wehrplatten gegen ihre behende Kampfkunst tatsächlich kein guter Schutz zu sein. Doch die angebotenen Übungen, um Schnelle zu größern, wurden von den Runjhày erst nach einem harschem Befehl wahrgenommen.

Anchai setzte sich mitten in der Halle auf seinen Schild und begann zu essen. Jorlù kam herein, schwarzgekleidet und bewaffnet. Laar folgte ihr in einer Gewandung, die sie nur selten trug: einem bunten enganliegenden Kleid unter einem leichten Umhang, der so farbenfroh gewebt und bestickt war, dass er einem Festgewand Naltivis ähnelte. Als letzter Mumme stellte sich Rudon abseits, Jorlùs Gefährte. Nyrden hatte gehört, dass die beiden in einiger Zeit händegeben würden.

Jorlù und Rudon begannen mit Kriegsübungen, Anchai aß, und Laar sang mit unvermutet wohlklingender Stimme zu Musikbegleitung: „Da war ein Haus, ein Haus in zwei Teilen. Der eine diente den Göttinnen. Er errang ihre Wohle, wurde aber träge. Der andere hielt große Waffenstärke. Aber er vergaß, sich auszuruhen. Auszuruhen und neue Kräfte zu schöpfen."

„Heda, Fauler!", rief Jorlù mit einem Male. „Übe mit mir!"

„Es ist früher Morgen", entgegnete Anchai mit einer wegwerfenden Armbewegung. „Ich muss erst essen."

Erneut biss er vom Braten ab, Jorlù schwang alleine die Waffen. Im Hintergrund beendete Rudon sein Werk und legte sich sehr kurz hin, Schlaf darstellend. Laar wiederholte ihre Weisen: „Ein Haus in zwei Teilen. Der eine diente den Göttinnen. Er errang ihre Wohle, wurde aber träge. Der andere hielt große Waffenstärke. Aber er vergaß, sich auszuruhen. Auszuruhen und neue Kräfte zu schöpfen." Sie fügte hinzu: „Sie verstanden nicht, dass dem Haus beides nötig war."

Rednawén lachte leise.

Nyrden suchte ihren Blick. „Wusstest du davon?"

„Nun, ich wusste, dass sie ein Spiel vorbereiteten. Aber ich bin nicht davon ausgegangen, dass es sich auch an mich richtet", grinste sie.

„Heda!", tönte Jorlù abermals. „Willst du nicht endlich aufstehen?"

„Es ist Abend." Anchai gähnte zum Schein. „Ich bin müde und muss ausruhen." Er trank einen Schluck.

Jorlù zuckte die Achseln und werkte weiter. Wiederum sank Rudon nahe der Tür kurz verschnaufend nieder, wiederum sang Laar für die Halle und beendete die bereits bekannten Worte mit den neuen: „Keiner von beiden verstand die Kraft des anderen."

„Heda!", ließ sich die Leyawi ein drittes Mal vernehmen. „Was ist nun? Willst du immer ruhen?"

„Nun, es ist Ruhetag", gähnte Anchai. „Was sonst sollte ich heute tun?"

Jorlù übte weiter, ihr Gefährte wiederholte das Seine. Diesmal blieb Laar still, denn ein gutes Dutzend schreiender Krieginnen stürmte mit einem Mal in die Halle und suchte Kampf.

Anchai kroch unter seinen Schild und wehrte die Angreifenden von dort aus ab, was furchtbar lächerlich aussah, zumal er mitunter mit dem Braten gegen Klingen focht. Rudon kam ihm zur Hilfe und schlug die Überzahl in die Flucht. Dann hielt er sich Jorlù zu, die sich erschöpft zeigte, gegen die verbliebenen fünf zu verlieren schien und in die Knie sank. Er sprang ihr bei, nach kurzem verließen die Gegninnen schreiend die Halle. Rudon zog Anchai und Jorlù auf die Beine.

„Jeder Teil des Hauses dient Runjhàys Wohl", erklang Laars Stimme in angenehmen Tönen. „Aber nur, wenn sie ihre Kräfte vereinen."

„Nur, wenn sie ihre Kräfte vereinen", sangen die übrigen Närrinnen von der Pforte aus, und das Spiel schloss.

Bereits in den nächsten Tagen folgten ihm einige Änderungen. Viele Runjhày gaben ihre Verstocktheit auf; die Lekhe wurde nun meist angesprochen, um innerhalb des Heeres zu vermitteln; und Rednawén ließ sich nicht nur einen Schild mit den Zeichen Runjhàys schmieden, sondern begann auch, in der bisherigen Kampfweise der Eingesessenen zu üben.

Unter Laars Anleitung beschritt das Heer einen neuen Gang: An manchen Abenden und an Ruhetagen lockten nun Übungsspiele auf den Strohplatz. Es gab dann keine Order, keine Strenge, doch viel Gelächter. Selbst Nyrden versuchte sich mit Resa an den Waffen und freute sich über des Knaben Freude, als er ihr den Gebrauch erklärte. Nicht wenige Burschen und Meden aus kriegsfernen Häusern begeisterten sich sehr für das Kampfwerk und nahmen jedes Mal teil, worüber sich einige, zumeist junge Streitinnen bei Nyrden beschwerten; doch schlachterfahrene wie Anchai sprangen ihr bei: „Wenn wir Krieg halten, können wir jede geschulte Hand brauchen."

„Was, wenn sie nach Ämtern streben? Wenn sie sich mit dem Hinundwieder nicht zufrieden geben?"

„Dann prüfen wir die Anwartinnen nach ihren Fähigkeiten", entgegnete Rednawén. „Eine Klinge kümmert die Geburt nicht."

„Hohle Worte! Du selbst bist Großtochter Danrùns!", erboste sich Dekai, eine Jungkriegin, deren Haus schon seit Generationen hohes Ansehen hielt und oftmals Waffenmeistinnen gestellt hatte. Dieses Amt war nach Telùns Fortgang noch nicht wieder besetzt worden. „Du..."

„Und erscheint dir das als sinnvoll?"

Die Runjhày rang nach Worten.

„Wenn eine besser geeignet gewesen wäre als ich, wäre es nicht sinnig gewesen, sie durch Prüfung zu finden als durch Geburt? Die ja nun meiner Mutter Leistung ist und nicht meine eigene." Der Heerführin Miene wie Stimme zeigten Spott.
Nyrden bemerkte Laars breites Grinsen, das sie nicht zu deuten vermochte. „Genug jetzt", sagte sie mit freundlichem Nachdruck. „Ihr könnt nicht über die freien Zeiten Runjhàys gebieten. Keine ist gezwungen, in ihnen den Strohplatz aufzusuchen, aber wenn dort Übungen und Spiele abgehalten werden, hat dies meine Erlaubnis. Über Ämter wird beraten, wenn es so weit ist." Damit war es entschieden.
Die Naltivi kämpfte um Weile mit ihrem rasenden Herzen. Zum ersten Mal hatte sie sich wirklich wie eine Stadtwahrin gefühlt, nicht wie ein Kind in viel zu großen Kleidern, und keine hatte ihr widersprochen. In der Gefährtin Blick stand gar Stolz, als diese sich vor ihr verneigte. Froh kehrte Nyrden in den Garten zurück. Nach einer Weile waren von seiner Morgenseite aus, die an den Strohplatz anschloss, Gesänge der Leyawi zu hören. Nyrden hielt lauschend inne, genoss die rauen Weisen, ehe sie sich wieder den Pflanzen widmete. Die Lieder beschwingten ihre eigenen Bewegungen. Später bemerkte sie den Gesang zu ihrem Bedauern enden. Als sie Pfiffe hörte, die sich sehr voneinander unterschieden und eher nach Rufen klangen, legte sie mit Jillas Hilfe ihre Schürze ab und kehrte neugierig zum Kampfplatz zurück.
Die Neugezogenen benutzten Pfiffe als Verständigung im Gruppenkampf. Sie waren sehr unterschiedlich, teils laut, teils leise, meist kurz; vermochten als Warnung vor einem Angriff im Rücken zu dienen, als Zeichen zum gemeinsamen Vordringen oder zum augenblicklichen Rückzug. Ihre Bedeutungen schienen vielfältig und ließen sie einer Sprache ähneln.
Anchai neben Nyrden stieß die Lekhe an: „Können wir das lernen?" Seine Augen glühten.
„Das kann in einer Schlacht recht nützlich sein."
Die Stadtwahrin freute sich.
„Darum zeigen wir es euch", lächelte Laar.
Er dankte. „Kommt doch heute mit dem Dämmer auf den Hof."
„Zu den Spielen?", fragte sie.
Der Krieger bejahte. „Vielleicht ist da einiges, das wir euch zeigen können."

Später hielt Runjhày abendliche Belustigungen, diesmal von neugierigen Leyawi betrachtet. Lange Bretter waren auf der Hofmitte zu drei hölzernen Bahnen zusammengelegt worden, auf denen Futtertröge mit frohen Kindern als fußsteuernde Insassinnen im Wettstreit gen Ziel geschoben wurden. Daneben wurde Wurfgeschick geübt: Eiserne Gewichte suchten durch kleine Scharten in einem Kasten nach Eingang. Erfolgreiche Würfe wurden von Zeuginnen bejohlt, erfolglose nur teils freundlich verspottet. Es gab Nussspiele zwischen Erwachsenen und Kindern und einen kleinen strohgepolsterten Platz, auf dem gehüpft wie getobt wurde. Schräggestellte Holzbahnen mit Löchern an den oberen Enden wurden mit Kugeln bespielt. Nahe der Halle saßen Brettspielende neben kleinen Feuern, die bis in die Nacht brennen würden. Manche Runjhày gingen plaudernd Runden um die Flammen oder

rösteten Essen in ihnen. Resa stand mit leuchtenden Augen am Rande, und auch nicht wenigen der Schwarzgekleideten war Sehne anzumerken.
Ein Trogschuber trank in Rast aus einem Wasserkübel und zögerte, ehe er sich an die Heerführin wandte: „Spielst du mit uns?"
Die Aufmerksamkeit ihrer Stammesgenossinnen fand Rednawén.
Diese wog nur sehr kurz ab. „Ja", sagte sie dann. „Komm, Resa, du lenkst." Sie rief ein ärgerliches Wort, das alle Leyawi aufmerken ließ. „Ihr braucht meine Erlaubnis nicht! Dies ist keine Schlacht!", ließ sie sich vernehmen und griff nach dem angebotenen Trog. Einige folgten ihrem Beispiel, und bald taten die meisten es ihnen gleich und beteiligten sich an dem ausgelassenen Treiben. Seine Ausbildin tollte mit Resa, der es sichtlich genoss.
Nyrden freute sich über die Brücken, die zwischen den unter einem Dach Vereinten entstanden. Aber es bedurfte dennoch des Zuredens von Laar, der bittenden Augen des Knaben und schließlich Rednawéns entschlossenen Schiebens, wenn es auch von einem fragenden Blick begleitet wurde, damit die Stadtwahrin sich ebenfalls zum Spiel einfand.
Von nun an nahm Rednawén mit Laar, Resa und Anchai, mit dem sie sich anzufreunden begonnen hatte, an Vergnügungen teil, wenn diese angeboten wurden. Hin und wieder begleitete Nyrden sie, aber die Rauheit einiger Orte verschreckte sie, zudem achtete sie der Gefährtin Bedürfnis, auch Abende ohne sie zu verbringen. Wenn die Naltivi allerdings wusste, dass Dartù bei ihnen sein würde, schloss sie sich ihnen jedes Mal an, einerlei, wie müde sie war. Ferner machte sie es sich zur Gewohnheit, bei Rednawén zu weilen, wenn diese vor dem späten Mahl ihre Waffen reinigte, und oft hielten sie in seinem Anschluss eine kurze gemeinsame Ruhe im Garten. Nyrden freute sich jeden Tag darauf, und auch die Kriegin richtete ihr Werk bald danach aus, diese Zeit mit ihr allein zu verbringen.
Einmal, Rednawén trat hinter Nyrden, um ihr beim Öffnen der Schürze behilflich zu sein, sprach sie versonnen: „Es ist angenehm, hier keine Stadtwahrung zu halten."
Die Ältere drehte den Kopf.
„Darin ist immer ein Wall zu anderen. Hier räumt keine Brettspiele und Würfel zur Seite, wenn ich nahe, nur weil um Münzen gespielt wird."
„Wie?", entfuhr es ihr. Solche Spiele waren in Runjhày ebenso verboten wie auf Leyawi.
„Walle nicht darum, es ist ohnehin nicht zu ändern." Rednawén, die ihre Gedanken erraten hatte, grinste. „Ich glaube, dies geschieht überall."
„Und du..?"
„Nein. Keine Sorge." Die Kriegin legte die Schürze über die Rückenlehne einer Bank. „Ich halte nichts davon. Und ich bin auch nicht bereit, mein Ansehen zu schwächen. Aber es macht Spaß zuzusehen. Und ihre Spanne geringer werden."

Mittlerweile übte sich das Heer auch bei Nacht im Kampf und sogar im Ritt. Als sie einmal sah, dass die Streitinnen dabei auf galoppierenden Pferden standen, war Nyrden verblüfft, sie nicht in einem Fort herunterfallen zu sehen. Aber es stärkte sie, dies war deutlich zu erkennen. Und es schien ihnen Vergnügen zu bereiten, von einigen Verletzungen abgesehen.
Dann aber verkündete Rednawén Aufgaben im Wasser, was nah alle überraschte.
„Schwimmen?", fragte Rilan. „Ist darin Nutzen? Wir sind nicht am Meer."

„Vielleicht eines Tages, Stadterster. Hier gibt es den Fluss. Und selbst wenn sie niemals vor oder nach einer Schlacht zu schwimmen gezwungen sein sollten, wird es ihren Kampf stärken, es zu tun."
Er hob und senkte die Schultern. „Die Heerführe ist deine Sache."
Sie merkte auf und nickte ihm knapp zu.
Uron schien derjenige zu sein, der die eigentliche Planung über die Schwimmübungen hielt, Nyrden war Zeugin, als er sie Rednawén vortrug. Beide Heerführinnen wirkten seit einiger Zeit ein wenig steif einander zu. Ihre Gespräche waren nie herzlich gewesen, aber die Naltivi ahnte hinter ihrer nun auffallenden Höflichkeit den Wunsch nach Abstand, und sie fragte ihre Gefährtin darum, als sie zu zweien vom Platz gingen.
„Er hat mir angeboten, mein Waffenbruder zu werden. Ich habe abgelehnt."
„Ah. Warum?"
„Ich will diese Nähe nicht. Auch nicht in täglichen Übungen. Es reicht mir, mich mit ihm besprechen zu müssen."
„Warum ... wollte Éyark ihn nicht gehen lassen?"
„Ha! Er wird sein eigenes Heer aufstellen müssen, das gefiel ihm nicht. Aber in meiner Spur kann er niemals seine eigene Stärke finden."
Nyrden merkte auf. „Das war der Grund, Uron mitzunehmen?"
Rednawén wurde mit einem Mal sehr aufmerksam. „Nein, Stadterste. Er ist einer der besten Krieger und Ausbilder, die Leyawi dir senden konnte. In der Heerführe kann sich kaum eine mit ihm messen."
Die Ältere prallte kurz zurück. Dann: „Es wäre mir kein Arg, wäre es um Éyarks Willen geschehen."
„Mir schon."
„Du magst ihn nicht sehr", stellte sie fest. „Uron."
Die Gefragte warf ihr einen flüchtigen Blick zu. „Uns verbindet viel. Mein Blut hat sich auf dem Schlachtfeld mit seinem vermischt. Mehr als einmal. Wir haben einander mehr als einmal das Leben gehalten, und meine Sippe wird immer in seiner Schuld bleiben. Aber ich kann ihn nicht leiden, ja. Er ist freudarm und ein elender Besserwisser. Nur hat die Heerführe nichts damit zu tun. – Könntest du einhalten zu grinsen?!"
„Grinse ich?", lachte Nyrden.
Rednawén verzog missbilligend den Mund.
Ihre Gefährtin küsste sie fröhlich. „Wie ist er nach Leyawi gekommen?", fragte sie, als die Kriegin versühnt wirkte.
„In Sagta ist er unfrei gewesen. Als er zu Verhandlungen nach Leyawi kam, hat er seinen Gebieter vor Zeuginnen gefordert und sich in Freiheit gekämpft. Später ist er auf Leyawi über Gerät und Rat zu recht großem Ansehen gekommen. Er war Kadùns engster Vertrauter und Waffenbruder und in einigen wenigen Dingen mein Lehrer."
Nyrden nickte versonnen. Ihr selbst war der schweigsame Sagtain nicht eben ein Freund, aber doch eine gerne Gesellschaft geworden. Er und Remneù trafen sich oft über ihre gemeinsame Herkunftssprache zum Gespräch, und manches Mal gesellte Nyrden sich hinzu, um Grejen zu üben. Sie mochte die beiden. Ihren häufigen Einladungen wie dem, dass sie

sich in der Absprache nach den Pflichten der Wahrin richteten, entnahm diese zu ihrer Freude ähnliche Neigung. Es widersprach ihrer langjährigen Schulung zum Einklangstreben, doch die Naltivi verstand, dass es ihr nicht möglich sein würde, Rednawéns Vorlieben oder Abneigungen zu teilen.

Mit einer Lieferung Roheisens, die von Schmiedinnen begleitet wurde, schickte Èsralon ihrer Schwester Nilewais Äxte. Rednawén empfing sie mit einem Strahlen. Wie die langstieligen Streitäxte der Leyawi trugen auch sie Klingen an den Unterseiten, wo sich die Stiele jedoch verbreiterten. Diese Waffen wurden schwungvoller bewegt als die, welche Nyrden bisher gesehen hatte. Rednawén erklärte, es sei der Grund dafür, dass diese Äxte sich anderen überlegen gezeigt hätten und in den Bergen Ruf genössen.
„Ich habe sie sechsmal nachschmieden und öfter bessern lassen, als ich zählen kann. Aber aus dem Gedächtnis hat es nicht gereicht. Die Gewichtung war nie richtig." Die Heerführin strich mit leuchtendem Blick über eine Axt.
„Und nun sind sie dein", ergänzte Nyrden froh. „Wirst du schon heute mit ihnen üben?"
Die Leyawi verneinte. „Das Eisen taugt nichts. Aber die Form ist sehr gut. Sehr schnell. Nilewai hat sie selbst angefertigt und Jahre dafür gebraucht. Für mich taugen sie nur so viel, weil wir nah gleich groß und schwer sind. Ich lasse sie aus Eisen nachschmieden, das besser ist." Sie grinste. „Im Herbst wird er händegeben. Rate, was meine Gabe sein wird."
Nyrden lachte leise. „Ihr kennt euch wirklich gut."
„Wir sind Freundinnen. Das sagt wir beide, nicht unsere Völker. Daran ändert auch deine Gefangennahme nichts."
Die Naltivi staunte, erinnerte sich an die Nähebekundung des Stadtwahrers von Rweden, als Silen einst für Rednawén gesprochen hatte, und gab zu: „Ich werde noch so lange brauchen, um Verhandlungen und Völkergespräche zu verstehen."
Die Geliebte merkte auf, war versonnen: „Bleibe besser bei deiner Art zu verhandeln."

Mehrere Abende verbrachte Rednawén in der Schmiede, um bei der Fertigung ihrer Äxte zuzusehen. An diesem Ort schien sie sich so wohl zu fühlen wie im Garten. Sie brachte großzügige Mengen Weines mit, sprach gelöst mit den Schmiedinnen Runjhàys und Leyawis und erzählte nach dem Werk mit ihnen im Wechsel Geschichten ihrer Völker.
Resa wich nicht von seiner Mutterschwester Seite. Er schien sich überall gerne aufzuhalten, wo er bei ihr weilen konnte. Nicht selten trug Rednawén ihn zum Nachtlager der Leyawi, weil er auf dem Boden liegend oder an den Unterbau einer unbenutzten Esse gelehnt eingeschlafen war.
Die Fertigung der Axtstecken schien Schwernisse zu bereiten. Nilewais Waffen hielten Stiele aus ungeheuer hartem Holz, eiserne Beschläge machten sie zu Kampfstecken. Aber Länge und Stärke der neuen Stäbe schienen ausgelotet werden zu müssen. Sie wurden gekürzt, die Beschläge mehrfach umgesetzt; Leyawi und Runjhày grübelten gemeinsam darüber; mehr Werk als bei den keilförmigen Klingen war nötig, bis die Ordernde endlich zufrieden war.

Danach wurde Bronze in die Griffe eingelegt, gold und silber würden nach dem Polieren als Farben aufeinandertreffen. Die Einlegearbeiten – Schriftzeichen und das Bild einer Feuerspeiin – ließ Rednawén nur von einer Schmiedin ihres Volkes verrichten. Um die Klingenhalterungen wand sich je ein bronzenes Band; eines mündete im Kopf, das andere im Schweif der Feuerspeiin. Nyrden entdeckte in der Waffenzier neben seinem Gesang, seinem Schmuck und seinen Kleidern die Kunst Leyawis.
Als das Gerät ausgeschmiedet war, lud Rednawén zu einem Fest, für das sie fast ihre gesamte bisherige Entlohnung aufbrachte und zu dem sie das ganze Heer einlud. Die Hüllen und der Hüftgurt für die Äxte waren ein Geschenk ihrer Gefährtin, welche bemerkte, dass Rednawén sich darüber mehr freute als über die neuen Kleider, die sie eher der Naltivi zugern trug denn zu ihrem eigenen Gefallen. Nyrden hatte die aus Holz und Eisen gefertigten Halterungen der Axthüllen mit schwarzem Leder beziehen lassen, nachdem sie selbst in dieses eine Feuerspeiin in gold und silber eingestochen hatte.
Es kamen nicht viele Runjhày zu dem Fest. Aber Rednawén gab dem Truchsess Order, das gute Essen, nicht jedoch den Wein, am nächsten Tag neben dem Strohplatz aufzubauen. Zögernd nahmen die Geladenen in Übungspausen von den Speisen, statt in die Halle zu gehen.

Als der Sommer heißer wurde, erwachte das Heer. Die Eingesessenen übten eifriger und mit gehobener Laune. Die kältegewöhnten Leyawi dagegen, denen die Hitze zu schaffen machte, trugen binnen Tagen weniger Überheblichkeit zur Schau als zuvor, was Rednawén zu Nyrdens Verwunderung freute. „Das Heer kann beschämte Runjhày ebenso wenig brauchen wie hochmütige Leyawi", erklärte die Jüngere. „Wenn diese Ochsen ihre Nasen zu hoch tragen, mögen ihre Freundinnen sie ihnen stutzen. Ich bin froh, hier Neues zu lernen."
Sie wandelten im Garten. Dessen Meistin hielt mit einem Male an einem großen Strauch an, brach eine Frucht und reichte sie Rednawén. „Daren."
„Ein Geschenk der Ebene?" Die Streitin nahm das Obst entgegen, betrachtete es und roch daran.
„Nein. Sie wachsen nur in diesem Teil der Berge. In den letzten Jahren sind sie mir lieber geworden als alle übrigen Früchte." Nyrden erlaubte sich ein kleines Grinsen. „Sie sind wie du: schrecklich hart, zum Zähneausbeißen. Aber köstlicher als alles, was ich kenne."
Rednawén lachte und biss hinein, stutzte aber sogleich.
„Ich sagte doch: zum Zähneausbeißen." Die Naltivi reckte sich nach dem Obst und biss selbst ein Stück ab. Dann drückte sie sich in die Arme der Nebenstehenden, die sie an sich zog. Sie küssten.
„Und wie bin ich?", lockte schließlich Nyrden nach einem Kosewort.
Die Gebetene überlegte kauend, dann grinste sie. „Wie Salz."
„Salz?"
„Schöner als jeder Edelstein. Aber kostbarer. Lebensnotwendig." Sie strahlte, als Nyrden zu schnurren begann.

„...nachdem nun endlich die größten Kosten für das Heer gezahlt zu sein scheinen, kehrt hier wieder mehr Ruhe ein. Ich werde deinem Rat folgen und Nyrden die An-

gelegenheiten des Heeres entscheiden lassen. Es ist erstaunlich, wie gut sie mit solchen Dingen inzwischen zurechtkommt. Sie hat dem Heer eine Wasseranlage geschenkt, die vom Garten abzweigt, so dass die Krieger nun Trank und Kühlung halten können, wann immer sie wollen. Sie müssen kein Wasser mehr vom Fluss holen und können sich sogar am Platz waschen. Nyrdens Ansehen als Wahrin ist seither noch weiter gewachsen.
Rednawén ist ihr zu weniger störrisch als mir zu. Auch wenn dein Urteil über Rednawén ein anderes ist: Ich gewöhne mich nur langsam an sie, fühle mich immerzu beobachtet und werde unsicher. Hoffentlich gelingt es mir bald, dies hinter mich zu bringen. Aber an den Schriften ist sie mir gerne Gesellschaft geworden. Sie weiß vieles über die südlichen und östlichen Berge, das uns nützen kann, und teilt es, wie es scheint, vorbehaltlos mit uns. Der Schreiber hat viel zu tun, und kleiner Rat mit Rednawén und Jennai ist ein Vergnügen, auf das du dich freuen kannst. Da sie meine Neigung für guten Wein teilt, halten wir seit dem Becher vor zwei Abenden nun scheinbar Waffenstillstand.
Nun zu dir: Ich würde dir so gerne helfen. Ich vermisse dich so sehr. Jedes Jahr freue ich mich auf Herbst und Winter, und nun dies! Ich sehe ein, dass du jetzt nicht kommen kannst, selbst wenn sich herausstellte, wer diese Ränke gegen dich schmiedet. Falls du auch nicht zum Rat kommen kannst, mache ich mich danach auf und bleibe auf Lerusm, so lange es möglich ist. Ist dein Arm verheilt? Eine wie gute Ernte erwartet ihr? Habt ihr nach der Seuche genug Schafe? Wir könnten euch einhundertvierzig schicken oder gleich Fleisch und Wolle. Schreib mir, was ihr braucht, schreibe es wirklich!
Ich wünsche dir den Segen der Götter, besonders, dass du nicht mehr um Stuhlsturz fürchten musst. Schreib mir bald!

*In Liebe
Rilan."*

Die Ernte bestimmte das Leben in Runjhày. Sie war reich und kaum einzubringen. Zur ihrer Hauptzeit übten die in Waffen stehenden Leyawi nicht mehr auf dem Strohplatz, sondern fanden sich wie die Kriegginnen Runjhàys bei den Bauinnen auf den Feldern ein. Eines Abends fragte Nyrden ihre sehr erschöpfte Gefährtin darum. „Ist es wegen eines Wechsels der Bewegungen? Braucht ihr ihn für den Kampf?"
Diese zeigte Verwunderung. „Nein. Eher zum Gegenteil. Es ist ... aus demselben Grund, aus dem wir zu schwarz verpflichtet sind. Gegen Hochmut und Selbsterhöhung. Wir rufen auch Ackerbauinnen und Hirtinnen in die Schlacht, wenn es nicht anders geht. Und wir stehen neben ihnen, wenn es gilt, die Ernte einzubringen, oder wenn es Zeit zu scheren oder zu schlachten ist." Sie zögerte. „Ich habe es vorher mit Jennai besprochen, und sie sagte, es werde Runjhày wohl sein. Diesen Eindruck habe ich bei den Bauinnen."
Die Stadtwahrin horchte auf. „Du brauchst dich nicht zu rechtfertigen."

Rednawén lächelte, und fast verborgene Erleichterung erschien in ihren Zügen. „Nein. Sicher nicht." Ihr Blick erschien Nyrden nun wie der eines Kindes, weich und sogar ein wenig bangend. Selten hatte sie sie so gesehen. Mit einem Mal erinnerte sie sich an Éyarks Bitte auf Leyawi. „Rednawén?"
Diese hob die Brauen.
„Ich liebe dich."
Sie schnaufte. „Warum sagst du es jetzt?" Ihre Augen leuchteten.
Nyrden küsste sie und schüttelte, eine Antwort verneinend, den Kopf. „Morgen werde ich mit euch bei der Ernte helfen."

Sie fanden sich auf einem Feld ein, dessen Erde Torenknollen geraubt wurden, welche dann, in dunklen Säcken gewahrt, auf Karren in die Lager gefahren wurden. Nyrden war es gewöhnt, im Garten zu heben, doch als ihr Sack nur bis zur Hälfte gefüllt war, begann er bereits, ihr zu schwer zu werden. Bewunderung für das Werk der Bauinnen stieg in ihr auf. Später, wenn sie gemeinsam aßen, würde sie sie fragen, welche Erleichterung ihnen künftig geboten werden könnte. Und um ein Zeichen der Anerkennung über das Erntefest hinaus wollte sie nachdenken.
Die Schwarzgekleideten, die sich mit sicherer Gewohnheit auf dem Ernteplatz bewegten, sangen zunächst mit den Runjhày Erntelieder in deren Sprache, dann folgten Lieder in der ihren. Eines war ein unerhört schneller Wechselgesang, der so fröhlich klang, dass die Wahrin auflachte. Einer der Erntenden gab jeweils einige Worte in Leyawi vor, worauf die Sonsten ihm immergleich antworteten. Die Naltivi und auch einige der Runjhày versuchten, die wiederholten Teile mitzusingen. Schließlich schloss das Lied mit einem kurzen Fauchlaut, wie er für die Sprache der Neugezogenen nicht selten war.
„Was bedeutet es?", fragte Nyrden, als sich einige Augenblicke der Stille angeschlossen hatten.
Masùn an ihrer Seite lachte schallend auf, Rednawén grinste.
„In Kürze, Kercháches", erklärte der alte Krieger vergnügt, „bedeutet es: ‚Früher haben uns Gebieter zur Arbeit gezwungen. Es war ein harter Kampf, sie abzuschütteln und ihre Macht zu beenden. Heute zwingen wir uns selbst, heißa, ist die Arbeit schön!'"
Nyrden lachte ebenfalls.
Ein erschrockener Ruf ertönte. Einige Säcke hatten sich von ihrem Stapel auf einem der Karren gelöst, waren teils aber zwischen den übrigen eingeklemmt und hingen nun vom Gefährt herunter, wobei sie sein Gleichgewicht bedrohten. Die beiden Erntinnen auf dem Wagen sprangen auf die Gegenseite, damit er nicht umkippte. Als Masùn und Nyrden sich in Bewegung setzen wollten, stand Rednawén schon dort und wuchtete die Säcke wieder hinan.
„Ist es möglich, dass sie noch schneller geworden ist, seit sie dich kennt, Kercháches?", fragte der Leyawi. Nyrden sah ihn an. Er lächelte und erwartete keine Antwort.
„Du bist ihr Lehrer gewesen", vermutete Nyrden.
„Das ist eine Ewigkeit her", winkte er ab. „Heute stärkt der Messkampf mit dem Schwarzhelm mich. Mein Körper mag nicht mehr dieselbe Kraft haben wie früher. Aber mein

Kampf ist dennoch stärker. Das habe ich ihr zu verdanken, denn sie zeigte mir Beweglichkeit, an der es mir früher mangelte." Er lächelte mit Blick auf den Sack der Naltivi. „Ist das nicht zu schwer?"
„Es geht schon."
Sie werkten weiter, Rednawén kehrte zurück. Als die Sonne hoch stand, machte sich Masùn auf, um das Essen für die zwei Dutzend ihrer Gruppe vorzubereiten – ein Vorrecht der Älteren auf dem Feld, das er als einziger Leyawi in Anspruch nahm.
Die Gefährtinnen sahen ihm nach.
„Wie lange ist es her, dass er dein Lehrer war?", fragte Nyrden.
„Er ist es noch heute", entgegnete Rednawén und wischte sich schnaufend den Schweiß aus dem Gesicht. Die ihr gereichte Tonflasche nahm sie dankbar entgegen.
„Was ist seine größte Lehre? Die Ruhe im Kampf?"
„Du willst alles ergründen, Naltivi." Es lag keine wirkliche Beschwerde in ihrer Stimme. „Ich glaube: zu überleben. Willst du reden oder die Ernte einbringen?"

Nyrdens Ansehen stieg weiterhin. Keine Alte vermochte sich an eine Stadtwahrin zu erinnern, die bei niederen Arbeiten mitgewerkt hatte. Aber die überlieferten Geschichten berichteten davon, aus lange vergangenen Zeiten, und nicht wenige glaubten, in der anfangs in Misse Betrachteten nun einen Segen der Göttinnen zu erkennen.
„Bei der Saat werde ich auch dabei sein", erklärte Rilan seiner ausgerufenen Gemahlin wohlwollend. „Vielleicht hört dann der eine oder andere einmal auf mich."
Trotz der Schwernisse auf Lerusm kam Mawakai nach dem Ende des Herbstrates nach Runjhày, aber sie würde nicht lange bleiben. Zwar hielt ihr Vetter die Stadt in ihrer Abwesenheit, dennoch würde sie nicht die gewohnte Dauer auf Runjhày verbringen, sondern für einen Teil des Winters mit Rilan gen Lerusm ziehen. Nun jedoch wollte Mawakai Rednawéns Angebot des Austausches von Kampflehre annehmen. Besonders der Umgang mit Ellenklingen war eines, das zu lernen sie begehrte.
Nyrden, die noch nie davon gehört hatte, erschrak, als sie sie zum ersten Mal sah. Die scharfen Schneiden dieses Geräts reichten vom Handgelenk bis zum Ellenbogen seiner Tragin und wurden mit ledernen Riemen an die Unterarme geschnallt. Mawakai lautete anerkennend, als die Verbündete ihr an einem Holzbock einige Schnitte zeigte, die einer menschlichen Gegenüber Hals und Brust geöffnet hätten.
„Ich leihe dir meinen Rippenschutz", versprach Rednawén. „Am Anfang würdest du dich sonst oft verletzen."
Auch Kelon kam für eine Weile, da sein Auszug wegen Telùns Amtsantritt und ihrer Handgebe sehr plötzlich gewesen war und er Rednawén noch einiges zur Heerführe Runjhàys empfehlen wollte. Seinem Rat folgend und entgegen den Bräuchen Leyawis, das eine solche nicht kannte, benannte seine Nachfolgin Jkai zur Waffenmeistin. Abends saß er oft mit den drei anderen Heerführrinnen zusammen, und Rilan und Nyrden gesellten sich hinzu, wann immer ihre Pflichten es zuließen. Dass Rednawén und Kelon einander mochten, war unübersehbar; ebenso, dass ihm ihre beginnende Freundschaft galt, ihr aber eine Neigung,

die sie nicht erwiderte und die dem Jungvermählten Telùns Zorn aufgezogen hätte, wäre sie Zeugin seines Werbens gewesen.
Kelon übte gerne mit Masùn, und nach einigen Tagen hielten die beiden einen Messkampf, der vom Sonnenaufgang bis zum Mittag andauerte. Als sie geendet hatten, traten sie zu Rednawén, die sich am Wasserlauf verdreckte Wunden auswusch, und stillten ihren Durst.
„Es war ein Vergnügen", nickte Kelon dem Älteren zu. „Es wundert mich nicht, dass du als Krieger dein Alter erreichen konntest. Ich werde einen Mondeslohn dafür opfern, ebenfalls einmal so gut zu werden."
„Ich hoffe, dass deine freundlichen Worte einst auf dich zutreffen werden." Der Gelobte lächelte. „Was hältst du morgen von einem weiteren Kampf?"
„Sehr gerne." Kelon verabschiedete sich und nahm seine Axt, um sie zum Schleifstein zu bringen.
„Was für ein Schöner", bemerkte Masùn auf Leyawi.
Seine Stammesgefährtin erstaunte sich, folgte seinem Blick und lachte leise. „Er hält nicht nur seine Winie, die nicht einmal hier ist. Mawakai behauptet, seine Bündnisse einten alle Völker der Berge. Bemühe dich um ihn."
Des Kriegers sehnende Aufmerksamkeit galt noch immer dem Lerusmen. „Ich hätte keinen Erfolg. Seine nimmermüde Nase sucht allein Frauen."
Rednawén schnaufte zweifelnd. „Wie starr sind solche Trennungen? Ich habe selten Frauen erlebt, gleich ob mit einem Mann geeint, die einem Tanz mit mir abgeneigt gewesen sind."
„Ja, mag sein. Aber Kelon bemerkt mich nicht einmal. Ihm liegen die Frauen ebenso im Blut wie dir." Masùn sah sie an. „Und wie viele Männer hast du zum Tanz geladen?"
Sie schnitt eine Grimasse.
„Nun, also. Gönne ihm dasselbe. Und einem alten Mann seine Träume. Ist ohnehin viel zu jung für mich."
Sie grinste. „Würdest du meine Äxte schärfen?"
Masùn schmunzelte.
„Träumen und Anschauen sind erlaubt", sagte sie leise. „Ich würde ihn dir gönnen."
Mit einem gutmütigen Kopfschütteln griff er nach beider Gerät und trug es zur Schleife.
Rednawén trocknete ihre Verletzungen ab.
Nyrden saß am Rande, Resa im Arm, was der Knabe nur selten geschehen ließ. Denn nach Art seines Volkes hatte er sich vor nicht sehr langer Zeit zu einem Wort geradeheraus verpflichtet gefühlt, dies mit Unfreundlichkeit verwechselt und der Naltivi erklärt, sie sei ihm zu schwach und er fühle sich einer schwachen Stadtwahrin gegenüber nicht zum Gehorsam verpflichtet. Rednawéns Schelte dafür hatte seinen Widerstand nicht beendet. Nyrden hingegen ertrug den Zögling ohne Spanne oder Klage, und bisweilen war zu merken, dass er sich langsam ihr öffnete, wie nun, da er sich mit betrübtem Ausdruck an sie schmiegte. Nyrden fuhr ihm mit einer tröstenden Geste durchs Haar.
Rednawén ging zu ihnen. „Heimweh?", fragte sie.
Resa verzog den Mund. „Ein wenig."
„Ende es. Um Krieger zu sein, musst du jetzt und hier leben."
Er schaute auf.

„Wir haben kein Gestern, kein Morgen und kein Anderswo. Wir sind hier und heute. Nur so können die Unseren überleben. Wenn du Heerführer bist oder Stadtwahrer, muss dies deine Taten bestimmen."
Er fing sich, reckte das Kinn und stand auf. „Èsralon sagt, dass Danrùn über dich wacht", bemerkte er nachdenklich, als er seinen Stock nahm.
Nyrden gewahrte Rednawéns Gesicht versteinern.
„Wenn es so ist, wacht Kadùn über Èsralon", entgegnete die Ausbildin. Schweigen kam über sie, in dem der Knabe nachsann und die Miene Rednawéns sich langsam wieder enthärtete. „Wirst du über mich wachen, wenn du einst tot bist?", fragte er darauf.
„Ich schwöre", kam es ohne Zögern. „Nun komm." Sie wies zum Platz.

Der Stockkampf gefiel dem jungen Leyawi sehr. Bald würde er zu beschlagenen Kampfstecken wechseln müssen, da seine Übungsstöcke oft zerbrachen.
„Freue dich auf die Axt", sagte Laar einmal zu ihm, als sie ihm neue Stöcke reichte, zwei kurze diesmal. „Sie wird dir gefallen."
Der Knabe nahm sie entgegen und sah dann in einem Einfall auf. „Kann ich mit deinen Äxten üben?", bat er Rednawén.
„Mach dich nicht lächerlich, sie sind viel zu schwer für dich. Und zu schnell. Außerdem werden Schwerter und Einhandäxte dir eher liegen, wenn du weiterhin so viel zunimmst."
Es war ihm anzusehen, dass er zwischen Misse und Wohle schwankte, ehe er sich für Letztere entschied. „Glaubst du, ich werde ein so guter Krieger wie Vater oder du?"
„Besser", raunte seine Mutterschwester wohlwollend.
Er merkte auf.
„Ich bilde dich aus", lachte sie und forderte ihn zu einem weiteren Messkampf auf.
Nyrden schaute ihnen zu, froh, dass in ihr nur Herzenswärme für die beiden war, keine Eifersucht gegen das Kind, dem offensichtlich Rednawéns größte Liebe galt.
„Honig, Gebietin?", bot ihr Laar aus ihrem Beutel an.
Nyrden verneinte dankend, ihre Augen kehrten zu den beiden zurück. Resa strauchelte, seine Waffenmutter schlug ihn hart. Er fiel nieder. Sie stellte sich über ihn, ihren Stecken an seinem Hals. „Fühle nicht, wenn du kämpfst. Keine Wut, keinen Schmerz. Und kein Grübeln!"
Er schob das Holz zur Seite und kam wieder auf. „Wie soll das gehen?"
„Es zu üben, bist du hier."
Er wandte den Blick ab.
„Sieh mich an! Fühle nicht. Ich muss dich treffen können, und du fühlst es nicht und tötest mich, ehe ich dich töte."
Er warf ihr seine Übungsstöcke vor die Füße und stapfte davon.
„Resa, bleib hier! Resa!"
Er lief.
„Du kommst sofort zurück und machst weiter!" Die Gewalt und Lautstärke, die die Stimme Rednawéns mit einem Mal hielt, ließ auch die Übrigen umher innehalten und zu ihnen schauen.

Der Zögling war stehengeblieben. Bebend und mit Trotz drehte er sich um. „Ich denke nicht daran! Das tut nur weh!"
„Daran wirst du dich gewöhnen."
„Ich mag nicht mehr!", war er störrisch.
„Du magst kein Krieger mehr werden?"
„Doch."
„Dann mach weiter. Deine Gegninnen werden dich nicht schonen."
Er schwieg.
„Sage mit jetzt und hier, dass du nicht weiterlernst und dies vor deinen Eltern und deiner Sippe vertreten wirst, und ich entlasse dich aus der Lehre. Oder hebe deine Stöcke auf, und übe weiter. Und trage die Strafe. Ein Krieger läuft nicht davon – und ein Heereserster schon gar nicht. Unbeherrschtheit bedeutet in der Schlacht deinen Tod. Und wenn du führst, auch den Tod anderer."
Widerstrebend kehrte Resa um.
„Ist es nicht seltsam", war Laar kaum hörbar versonnen, „dass sie trotzdem eine liebenswerte Mensch ist?"
Nyrden sah sie fragend an.
„Meine Bewunderung gehört dir, Erste. Denn ich bin lediglich ihre Freundin." Mit nur teilweisem Scherz nickte Laar ihr zu.
„Darin vermag ich kein ‚Lediglich' zu sehen", widersprach die Naltivi sanft.
Die Altersgleiche grinste und kehrte auf den Platz zurück.
Erneut war der Knabe zu Boden gegangen.
„Keine Wut. Merkst du es? Du bietest mir fast deinen ganzen Körper als Ziel, wenn du wütend bist. Keine Wut."
Bei den nächsten Kämpfen reizte die Heerführin Resa sehr, mit Hieben und mit Worten. Er trat oft in Walle ein, aber mit Altern lernte er, diese besser unter seinem Willen zu halten. Am Ende des Tages, als sie zu dritt in die Kammer gingen, hatte seine Lehrin das erste Lob für den Knaben, das Nyrden hörte: „Ein guter Anfang, weiter so. Gewahre deinen Willen als deinen stärksten Muskel. Dein Körper wird ihm folgen. Wenn er von Vernunft beraten wird, wird er dich zu Stärke führen. Lass deinen Willen Herrschaft über deine Gefühle halten, nicht umgekehrt."
Dennoch fiel Resa in der folgenden Zeit immer wieder auch in Erbosung zurück, wenn er herausgefordert wurde. Nyrden staunte sehr über diesen Teil seiner Ausbildung und über Rednawéns Beharrlichkeit darin, ihn zu Unberührtheit anzuleiten.
Der Naltivi eigene Kindheit hatte die Lehre gehalten, welche die südliche Ebene Spätergeborenen zugedachte: die durch Dienen und, das verstand Nyrden erst jetzt, durch Beschämung. Resa mochte Streit suchen oder Fehler machen, Strafen erhielt er dafür selten, und wenn, waren es Aufgaben, die seinen Körper oder seine Selbstbeherrschung stärken sollten und so zu seinem Nutzen waren. Nyrden war sehr jung von der Seite ihres Vaters genommen worden, um im Garten einer Vertrauten der Sippe ihren Dienst als Spätergeborene zu beginnen. Wenn sie Fehler bei den Pflanzen, in der Unterhaltung oder im Bedienen gemacht hatte, waren ihr Speise und Trank verweigert oder ihre Teilnahme am Tempeldienst

war eingeschränkt worden. Als Tochter einer Stadtwahrin hatte sie geglaubt, ein gutes Leben zu haben, weil ihr dies oft gesagt worden war. Aber sie hatte auch gewusst, dass Berretas keine solchen Beschränkungen auferlegt worden waren, und der Älteren Gebaren, das sah sie heute, hätte bei den jüngeren Geschwistern Hochmut geheißen, bei ihr wurde es klaglos hingenommen. Resa wurde nie geschlagen, und Nyrden wusste, dass er sich trotz der Härte, die gewöhnlich gegen ihn stand, nicht in den Schlaf weinte, wie es ihre eigene Jugend bestimmt hatte. Diese Gedanken und das Gefühl, dennoch sowohl Berretas als auch ihren damaligen Lehrinnen zugeneigt zu sein, bereiteten Nyrden große Wehe, doch sie behielt sie für sich. Wohl aber sprach sie die Gefährtin am nächsten Tag auf deren Schüler an, als Rednawén nach Beendigung der Übungen ihre Waffen reinigte.

„Es dauert, aber es bessert sich. Er ist ja im Recht", gab die Kriegin zu. „Da streiten Vernunft und Ehrlichkeit gegeneinander. Wut ist ein wundervolles Gefühl. Sie wäscht den Körper von innen und stärkt. Durch Wut fließt Kraft. Wut ist bedingungslos ehrlich."

Die Naltivi riss die Augen auf.

„Zorn ist grässlich", erklärte Rednawén weiter, während sie mit einem schmalen Holzstab Dreck aus den Schriftzeichen einer Axt kratzte. „Er ist Wut in Zügeln und bringt das Gefühl, sich selbst an zurückgehaltener Kraft zu vergiften. Selbstherrschaft über die eigene Wut ist unehrlich. Ich weiß, dass ich Resa Gewalt antue. Aber besser dies als Unbeherrschtheit, in der er nicht überleben könnte. Und er muss stark sein, um zu überleben. Er muss stark sein, wenn er Leyawi führt."

Wieder einmal gab es Streit über den Waffengebrauch im Heer. Diesmal stellte sich seine Führin gegen diejenigen ihrer Stammesgleichen, die sich noch immer weigerten, mit Schilden zu üben.

„Wir sind nicht nach Runjhày gekommen, um verstockt auf Altem zu beharren", mahnte Rednawén. „Wer nicht dazulernen will, kann gehen!"

„Hübsche Worte, Schwarzhelm!", tönte eine laute Stimme über den Platz. „Aber ich bin nicht bereit zu sterben, nur weil Runjhày sich hinter Schilden verkriecht. Die Dinger machen plump und langsam!" Dartù hielt, mit Groll im Gesicht und verschränkten Armen, dem Blick der Gerufenen stand.

„Meinst du", entgegnete diese ruhig.

„Ja! Lass sehen, wie schnell du bleibst, wenn du einen Schild trägst! Nicht nur in Übungen. Tritt gegen mich an!"

„Gut."

Dartù griff nach zwei Halbschwertern.

Nyrden stand mit wehem Herzen am Rande. Denn im Gegensatz zu den Runjhày, die allein Verblüffung über die harsche Verweigerung wie ihre rügelose Antwort hielten, spürte sie selbst sehr deutlich, dass es den beiden Leyawi nicht um Gerät war, sondern um Tanz.

Rednawéns Behende nahm nicht in einem Maß ab, das ihren Sieg verhindert hätte. Aber zweimal war zu sehen, dass der Gebrauch der Wehrplatte es ihr ersparte, gefährlichen Hiebe auszuweichen, und dass sie früher auf diese antworten konnte, als es ihr im Ausweichen möglich gewesen wäre.

Der Kampf war bald zugunsten der Heerführin entschieden. Nyrden spürte sich ein weiteres Mal gegen ihr Gefallen darüber beeindruckt, welch gute Streitin Dartù trotz der Schmalheit ihres Körpers war. Im Anschluss an das Messen versuchten auch die übrigen Leyawi sich im Gebrauch von Schilden.
Als Nyrden die ehedemen Kämpfenden zum Waffengerüst gehen sah, lief sie eilig hinzu, und entgegen ihrer Gewohnheit küsste sie ihre Gefährtin vor Zeuginnen. „Also doch Schilde."
„Könnte sein."
Dartù schnaufte und ging.
Die Geeinten fanden sich bei Kelon und Mawakai ein, die unter Masùns Aufsicht mit Ellenklingen geübt hatten.
„Nun?", fragte Rednawén.
„Anstrengend, und ich finde kaum genug Vorsicht", ächzte Kelon. „Aber sehr gut."
Seiner Schwester Finger strichen über eins der Eisen. „Das ist sicher schwer zu fertigen", grübelte sie.
Die Jüngere lächelte. „Ich werde unseren Schmiedinnen auf Lerusm eine Nachricht schicken, es euch zu zeigen."
Mawakai merkte überrascht auf. „Danke."
Ein knappes Nicken.
„Kann ich dir einen Dienst tun?", erkundigte sie sich.
„Ha, ja! Silen nannte dich ‚Bärengriff'. Zeigst du es mir?"
„Gerne, aber nicht an dir, wenn du es dir ansehen willst. Masùn?"
Er brummte freundlich. „Willst du für meine Härte Rache nehmen?"
Die beiden Gegninnen kamen zum Ringkampf zusammen. Es währte nicht lange, bis die Lerusme ihre Arme unterhalb seiner Achseln um Masùns Rippen schlang, seine Schläge nicht beachtete, Tritten und den Stößen seines Kopfes auswich, durch ihren Griff Windungen verhinderte und ihn selbst noch hielt, als er in dem Versuch, ihr zu entkommen, in die Knie sank und sie mit sich zog. Er wollte sich auf die Seite werfen, doch sie ließ es nicht zu. Nyrden glaubte fast, Mawakai wollte die Rippen des Kriegers, der noch kräftiger war als sie, tatsächlich brechen. Doch keuchend gab er nach einiger Zeit ein Zeichen seiner Aufgabe.
Rednawéns Augen leuchteten. „Nicht schlecht. Es ist nicht allein Kraft."
Mawakai schüttelte den Kopf. „In der Hauptsache, aber nicht allein. Wenn ich falsch stehe, wirft eine Gegnin mich nieder." Sie wandte sich an Masùn: „Du hast dich gut gehalten."
Er wehrte ab. „Aber ich würde es gerne üben."
„Sicher."
„Runjhày bietet uns allen Möglichkeiten, voneinander zu lernen", war Rednawén versonnen und rief mit einem Mal unerwartet laut: „Ruèk!"
Remneù fuhr zusammen und drehte sich ihnen zu.
„Komm her!"
Seine Augen bangten, als er nahte, und Nyrden spürte die Gewalt, mit der er Furcht und Atem bändigte. „Heereserste?"

„Hast du gelernt, auf Balken zu kämpfen?"
„Ja."
„Lehre es uns." Es war keine Bitte.
Er nickte.
„Was brauchst du, um Gerüste zu bauen?"
Grußlos verließen die Streitinnen die Wahrin, die ihnen besorgt nachsah, ehe sie sich wieder an ihr eigenes Werk begab.

Später sah sie die ersten Kämpfe auf Balken. Diese waren in Kopfhöhe aufgestellt worden, auf ihnen rangen je zweie miteinander. Es währte selten mehr als einige Augenblicke, bis beide herunterfielen. Rednawén schien der seltsame Tanz dort oben dennoch Vergnügen zu bereiten. Nyrden glaubte, dass ihre eigenen Augen vor Liebe getrübt waren, denn sie vermeinte schon jetzt zu erkennen, dass die Heerführin eine der Erfolgreicheren auf den hohen Hölzern sein würde.
„Es ist ihre Schnelligkeit", sagte Mawakai, die neben ihr einige starke Prellungen versorgte und Nyrdens Blick gefolgt war. „Und ihre Erfahrung. Sie hat die Dinge, die ich als Schwächen vermuten würde, so lange beübt, dass sie kaum noch zu bemerken sind. Gewöhnlich heißt es, Schnelle seien wenig ausdauernd. Davon erkenne ich bei ihr nichts. Und obwohl ich kräftiger bin als sie, hält sie meinen Hieben gegen und weicht ihnen in einer Behendigkeit aus, der ich kaum folgen kann. Dembei zückt sie immer noch gerne eine unerwartete Antwort. – Sieht mich nicht so an, Erste von Runjhày. Ich gebe ja zu, neidisch auf dieses Haus zu sein. Sie wird dein Heer erstarken lassen. Lass es jetzt noch jammern, das endet nach der nächsten Schlacht. So, Zeit für Ruhe?" Sie traten zu dem Balken, auf dem Rednawén und Kelon schwankten. „Endet ihr?"
„Ja", stimmte Letzterer zu. „Ich bin blaugefallen genug für heute."
Sie halfen ihnen, die Balken abzubauen, dann gingen sie gemeinsam gen Halle und Essen. Während des Weges sah Rednawén auf ihre Hände. „Ich weiß nicht, wie lange es her ist, dass ich Blasen hatte", bemerkte sie begeistert.
„Ich habe Blasen an Stellen, an denen ich sie nicht für möglich gehalten hätte", scherzte Kelon. „Die Fallerei ist grässlich. Aber morgen wirst du häufiger fallen, da sei gewiss."
„Ich freue mich darauf", zwinkerte sie, als Nyrden sich bei ihr unterhakte.
In diesem Augenblick drangen aus einem der Häuser Rufe zu ihnen, die nach ernstem Streit und nach Angst klangen. Ein Kind schrie. Rednawén ließ Nyrden wieder los und folgte dem Lerusmen, der bereits den Lauten entgegenlief.
„Heda!", vernahmen sie seine Stimme, als er das Ziel erreichte und ins Innere trat. Dort war ein Kampf im Gange, aber keiner wie auf dem Strohplatz. Ein Wütender bedrohte zwei Kinder und einen Alten, die sich in einer Kammerecke zusammendrängten. Eine unbewaffnete Kriegin stand zwischen ihnen. „Sofort das Schwert weg!", brüllte sie.
„Rikkai!", donnerte Kelon.
Der Gerufene schwang die Waffe drohend in Richtung seines ehedemen Heerführers. „Verschwinde! Das ist nicht deine Sache! Es ist meine Sippe, nicht deine!"

„Rikkai!" Die Kriegin fasste eine Krücke, die der Alte ihr zuschob. „Beruhige dich! Bei allen Göttinnen!"
Doch er holte aus. Eines der Kinder schrie ein entsetztes „Vater", was ihn nicht kümmerte. Er schlug auf die Verteidigin ein, deren Stab brach. Kelon warf sich auf den Rasenden. Beide rangen einige Augenblicke gegeneinander, bis Rednawén hinzutrat und den Runjhày mit einem gezielten Schlag niederwarf. Betäubt blieb er am Boden liegen. Einige Augenblicke war es still, bis die Kinder zu schluchzen begannen.
„Was ist hier geschehen?", fragte Kelon.
Die Verteidigin ging bebend in die Knie, als sich die Weinenden an sie drückten.
„Er wollte uns töten", ließ sich der Alte vernehmen. „Weil die Kinder so laut waren. Mein Sohn! Ohne Walon wären wir tot."
„Ist er dein Gefährte?", erkundigte sich Rednawén bei der Streitin.
„Mein Gemahl", erwiderte sie, schwieg noch einmal kurz und sagte dann: „Seit der letzten Schlacht war er nicht mehr er selbst. Er war..." Sie brach ab.
„Bist du verletzt?"
„Nein."
„Wir schaffen ihn hier raus", verkündete Rednawén. Sie trug ihn mit Mawakai zu den Gefangenenzellen, während Kelon nach nebenan lief, um Vertraute der Sippe zu holen, bei der Nyrden bis dahin blieb. Später gingen sie zum Essen, obwohl keine von ihnen mehr hungrig war. Im Schweigen der anderen spürte die Naltivi, dass diese solches nicht zum ersten Mal erlebt hatten. Nyrdens Gedanken verharrten auf den verängstigten Augen der Kinder.
„Was ist Runjhàys Strafe dafür?", erkundigte Rednawén sich nach einer Weile.
Kelons Aufmerksamkeit erforschte sie. „Was wäre die Strafe Leyawis?"
„Ich würde ihm die Gelegenheit geben, in der nächsten Schlacht ehrenvoll zu sterben, und ihn zum Ehrenkampf fordern, falls er es versäumte."
Die Übrigen merkten auf.
„Aber er untersteht Runjhày. Nenne mir die Regel darin."
Der Gefragte schwieg noch einen nachdenklichen Augenblick. „Wenn er sich beruhigt hat, wählt er eine Aufgabe, der er sich gewachsen fühlt. Die Ställe, was immer. Er kehrt nicht ins Heer zurück. Er wohnt nicht mehr bei seiner Familie, bis sie ihn zurückholt. Wenn sie es niemals tun, ist es so. Walon hat das Recht, die Ehe lösen zu lassen, ohne ihn vorher noch einmal zu sprechen."
„Und wo ist Gefahr durch ihn gemindert?", fragte Rednawén.
„Er ist nicht mehr Teil des Heeres."
Sie schnaufte verächtlich. „Ob er nun einer Kriegin in den Rücken fällt oder den Stalleuten, Gefahr durch ihn bleibt, die für die Stalleute größer ist. Allein die Wehrlosen seiner Sippe wären sicherer. Er hat offensichtlich nicht um Hilfe gefragt, als er sich brechen spürte. Es wäre besser, ihn zu töten. Schnell und ohne unnötes Leid für ihn und andere."
„Nun, ich sehe das anders."
„Wie viele Tote hast du bisher deswegen beklagt?", fragte sie.
Kelon war so entsetzt, dass ihm keine Erwiderung in den Sinn kam.

Als Nyrden vom täglichen Tempeldienst zum Garten ging, hielt sie wie üblich kurz am Strohplatz. Rednawén übte mit Remneù auf den Balken. Kampfstöcke erschwerten es ihnen, das Gleichgewicht zu halten, dennoch hielt der Lehrer in der Höhe große Sicherheit. Rednawén rang gegen einen Sturz, Remneù schlug zu, traf sie seitlich, sie fiel. Er sprang vom Balken. Als sie seine Hand abwies und liegenblieb, eilte Nyrden zu ihnen. Rednawén wälzte sich um und stemmte sich ungewohnt langsam auf. Ihr Gegner war leichenblass.
„Geht es?", bangte er.
„Lass nur. Es fühlt sich nach gebrochenen Rippen an. Ruf eine Heilin", wies sie ihn an. Er rannte.
Sie setzte sich auf einen der tieferen Balken, besorgt sank Nyrden neben ihr nieder.
„Schmerzt es sehr?"
Eine Grimasse bestätigte dies. „Keine Sorge. Rippen heilen."
Später bestätigte ein Heiler Rednawéns Vermutung. „Schonung", riet er. „Aber zwei freundliche Brüche – Anbrüche – ohne große Gefahr. Keine hastigen Bewegungen in der nächsten Zeit."
Die Heerführin wandte sich grinsend an Remneù: „Das ist noch keiner der Deinen gelungen, Ruèk." Anerkennung begleitete ihre Worte. Nyrden sah Spanne von ihm abfallen.
Als der Heiler gegangen war, bat die Naltivi: „Lass uns in die Kammer gehen. Du solltest liegen."
„Bei den Ahninnen, es sind zwei Rippen! Ich habe noch ein paar. Ärger ist, dass ich nun nur langsam weiterüben kann. Ausgerechnet jetzt!"
„Du willst dich nicht erholen?", fragte Mawakai entgeistert.
„Ach was, ein wenig wird schon gehen. Aber Resa sollte jetzt nicht von den Zügeln." Seine Ausbildin sann nach. „Ich werde Uron und Laar bitten, mit ihm zu üben."
„Wenn du es erlaubst, werde ich dich vertreten", bot die Lerusme an.
Rednawén merkte auf und schien sich zu freuen. „Gerne. Die Stöcke sollten eine Zeitlang ruhen. Resa ist faul, wo es um Übungen mit dem Kurzschwert ist, weil Zweikämpfe überschaubarer sind. Nimm ihm das Lange öfter einmal ab, und fordere ihn in Getümmel zu Übungen."
„Welche Deckung übt er?"
„Lass ihn zwischen hoher und tiefer wechseln und, wenn er aufmerksam genug ist, seine eigene finden. Erst zum Ende hin lass ihn auch angreifen."
„Gut", sagte Mawakai. „Ich hole ihn, dann können wir gleich beginnen."
Der Ruèk begleitete sie, als sie sie verließ. Nyrden spürte sein Bestreben, Ferne zu Rednawén zu finden. „Er hat Furcht vor dir. Remneù."
Die Angesprochene sah auf.
„Ich habe Jennai gefragt. Eure Völker sind verfeindet."
„Ja."
Die Ältere hatte bereits Zorn, Walle und Kampffreude an der Gefährtin gesehen, doch der bisher unbekannte Ausdruck von Hass in Rednawéns Miene ließ sie erschrecken.
„Er tut gut daran, mir aus dem Weg zu gehen. Wir dienen beide Runjhày, es wird nicht zu einem wirklichen Kampf kommen. Befürchte keinen Schaden für dein Haus, Stadterste.

Aber wenn Runjhày je seine Tributpflicht gegenüber Ruèk abschütteln will, reicht ein Wort von dir, und Leyawi steht neben deinem Heer."

Mawakai begann ihren Unterricht damit, Resa schreien zu lassen. Sie lehrte ihn, bei welchen Kämpfen zu schreien nützte, bei welchen nicht. Bei welcher Gegnin ein Schrei einen Kampf hindern konnte, welche Stiche einen Schrei hinderten. Rednawén war nicht erfreut darüber, denn vom schlachtbeginnenden Ruf abgesehen, kämpften die Leyawi in Verständigung allein über ihre Pfiffe. Aber sie ließ es zu. Dann hielten der Zögling und Mawakai einen Übungskampf, zu dessen Betrachtung sich auch Kelon einfand.
„Deine Knie sind starr, Resa!", rief Rednawén. „Und deine Deckung endet zu weit oben! Schon wieder!"
„Bei den Geistern!", ließ sich der Lerusme vernehmen. „Hat der bedauernswerte Knabe nie mit Männern geübt?!"
Nyrden sah ihn erstaunt an.
Rednawén seufzte. „Unzählige Male. Bisher konnte keiner ihn zu besserer Deckung bewegen. Wenn du es vermagst, gehört dir Wein für einen halben Mond. Ich bin mittlerweile gewillt, ihm einen Harnisch an die Hose zu binden."
„Resa!" Kelon kletterte über die Absperrung. „Willst du Erben, wenn du ein Mann bist?"
Ein Stutzen. „Sicher."
„Dann solltest du alles behalten, um sie zu zeugen." Er nickte seiner Schwester zu. „Ich löse dich ab."
Sie verließ den Strohplatz.
Im Folgenden verbrachte Kelon viel Zeit damit, Resa in Verteidigung anzuleiten. Nach und nach gesellten sich auch Uron, einige Krieginnen Runjhàys sowie eine Handvoll anderer Schulinnen hinzu. Nyrden bedauerte es, zu ihren eigenen Verpflichtungen zurückkehren zu müssen, denn bereits nach kurzem war Vergnügen am Orte zu spüren, was selten war. Die Streitinnen verschiedener Völker übten in gehobener Stimmung, zeigten einander ihre Kriegskunst und lachen viel.
Am Nachmittag, als Nyrden zurückkehrte, beendete Mawakai ihre Tageslehre an dem Knaben mit den Worten: „Du wirst selten Angst haben. Aber wenn sie kommt, sieh sie als Warnung. Und als Möglichkeit, entweder zu scheitern oder besser zu werden. Die eigenen Grenzen zu überschreiten und die eigene Kraft zu mehren. Oder einer Gefahr aus dem Weg zu gehen, wenn es das Richtige ist. Höre deiner Angst zu und prüfe sie, wäge ab. Sie nützt dir."
Die Gartnin sah Rednawéns Missbilligung. Als die beiden Lerusmen und der Schüler ihnen voraus zum Essen gingen, schaute Nyrden fragend zu der Heerführin Verletzung.
„Ist schon gut", war die Antwort. „Das heute war sehr gut. Wenn ich geahnt hätte, das solches möglich ist ... Ein Grund mehr, schnell wieder auf die Beine zu kommen."
Nyrden forschte. „Aber du bist nicht glücklich über Mawakais Lehre."
„Eigentlich schon, bis auf diesen Unfug eben. Aber auch im Kampf ist es mir not zu kosten, ehe ich weiß, ob eines verträglich ist oder nicht. Manches mag Nutzen bringen, auch wenn ich es jetzt nicht sehe. Ich muss Resa vor dem schützen, was ich als Schwächung einschät-

ze. Aber er muss seinen eigenen Kampf finden, und wo die Lehre Lerusms ihn stärkt, sage ich sie gut."
„Die Überwindung von Ängsten sagst du nicht gut?"
Rednawén rang kurz mit sich, atmete tief. „Du musst wissen, ob es dir verträglich ist, alles zu ergründen, Naltivi. Ich denke, Mut ist sehr ehrenhaft. Ich..." Sie zögerte, und leiser fuhr sie fort: „Du bist sicher die mutigste Mensch, der ich je begegnet bin."
Die Gelobte sah sie entgeistert an.
„Ich weiß, dass du einen schweren Gang hinter dir hast, deine Ängste anzusehen und sie zu überwinden. Und ich bewundere diesen Mut an dir. Sehr sogar."
Nyrden wurde verlegen.
„Aber du bist auch keine Kriegin. Krieginnen können mit Mut nicht viel anfangen. Wenn sie sich in der Schlacht damit beschäftigen müssen, ihre Ängste zu überwinden, bleibt nicht genug Raum zu überleben. Krieginnen, die überleben, sind nicht mutig, sie sind furchtlos. Es mag nicht so ehrenhaft sein, und vielleicht führt es zu einem kurzen Leben. Aber bis dahin hält es Leben, nicht nur das eigene."
Schweigend gingen sie weiter, bis die Ältere fragte: „Wie willst du Resa zu Furchtlosigkeit anleiten? Die Anleitung zu Mut verstehe ich. Aber wie kann eine ihre Furcht einfach...", sie suchte nach Worten, „...nicht mehr haben?"
„Übung und Beispiel", sagte Rednawén schlicht.

Am nächsten Vormittag, als Jilla mit dem Binden einer Grute rang und seine Freundin bat, ihn dies allein bestehen zu lassen, gab Nyrden ihrem Drang nach und fand sich wiederum auf dem Strohplatz ein. Rednawén übte weniger kraftvoll als gewohnt mit Masùn.
Resa saß Mawakai gegenüber auf der Erde.
„Nun das Nächste", sprach die Lerusme. „Weichheit und Härte. Bist du zu hart, wirst du brechen. Bist du zu weich, werden andere deine Form bestimmen. Jedes allein sorgt dafür, dass du nicht du selbst bist und so weder glücklich bist noch deine größte Stärke findest. Wie aber findest du sie?"
Er überlegte. „Durch ... beides in der Waage?"
„Sehr gut! Und bist du eher zu hart oder zu weich, was meinst du?"
Er zögerte, warf einen Blick auf seine Mutterschwester. „Zu hart. Aber nicht sehr."
„Gut. Das ist auch mein Eindruck. Also werden wir erst einmal Weichheit üben. Leg dich."
Resa gehorchte. Mawakai drückte auf seine Rippen. „Wenn deine Muskeln weich sind, kann ich deine Knochen nicht leicht brechen. Mach dich weich."
Es währte, bis er es vermochte. Die Lehrin beschrieb geduldvoll, wie es sich anfühlen musste, bis er es gefunden hatte. Dann verstärkte sie den Druck.
„Du tust mir weh!"
„Drück dagegen. Halt! Bleib weich."
„Das geht nicht!"
„Und wie das geht. Ruhig, ich mache es jetzt nicht stärker. Werde weich. Drück. Nein, nicht aufplustern. Deine Kraft kommt vom Bauch in die Brust. Merkst du, dass es sich verändert?"

Rednawén und ihr Kampfgefährte waren neugierig nähergekommen.
„Ein Schutz gegen Bärengriffe?", fragte der Krieger.
„Auch, ja. Langsam, Resa. So ist gut. Und jetzt bleib ruhig. Nicht erschrecken." Sie größerte das Gewicht langsam. „Ruhig bleiben. Wenn du hart wirst, tut es weh. So ist besser. Gut!" Schließlich hielt der Knabe einen Großteil ihrer Schwere, bis Mawakai sich von ihm löste. „Das war hervorragend für den Anfang. Schmerzt es?"
„Ein wenig", gab Resa zu. „Aber ich bin ganz warm geworden."
„Das ist ein gutes Zeichen", freute sie sich.
Sie versuchten es die nächsten Tage, bis Mawakai sich auf des Schülers Brust stellen konnte, ohne dass dieser wie nach dem ersten Mal Blutergüsse davontrug. Masùn lobte die Übung, sie größere seine eigene Beweglichkeit. Rednawén fluchte, dass sie selbst nicht teilnehmen konnte, bis eine Lerusme, die auf Runjhày lebte, versprach, es ihr nach der Genesung zu zeigen.

An einem Abend hatten Kelon und Uron ein Feuer am Rande des Strohplatzes entzündet, wo sie große Mengen Brotes rösteten und Wein wärmten. Nach und nach fanden sich diejenigen Waffenkundigen dort ein, die sich selbst nach dem späten Essen noch über Kriegskunst ausgetauscht hatten. Resa und Mawakai waren noch immer in ein Gespräch vertieft. Der Knabe genoss die ihm geltende Aufmerksamkeit sichtlich.
„Du hast alles ohne Fehler gemacht", lobte die Führin. „Und ich will nichts gegen die Kriegskunst der Leyawi sagen; sie ist sehr gut. Aber ich sage es Schaden, dass sie sich Gewalt antun, will der Körper dem Willen nicht folgen. Höre auf deinen Körper, er ist dein bester Lehrer. Dir ist keine Gefahr mehr, ihn faul werden zu lassen. Du brauchst keinen Zwang mehr. Versuche nun, dich wohlzufühlen in jeder Bewegung. Wenn du das wirklich tust, wird dein Körper selbst denken und seinen eigenen Fleiß zeigen.
Mehr zeigt sich im Großen. Du übst gut und viel, und ich mahne dich nicht gerne darum. Aber morgens tust du zu viel. Du hörst nicht, wenn dein Körper ein Verschnaufen braucht, du übst einfach weiter. Dann bist du müde und ruhst und tust auch später nicht mehr genug. Im Üben keine Wellen. Das ist nicht gut, es wird deinen Kampf schwächen. Achte auf dich. Fasse als Ziel, selbst die Bewegung zu sein. Trenne nicht mehr, was du bist und tust."
Rednawén betrachtete die beiden sehr aufmerksam. Wiederum spürte Nyrden ihre Misse.
„Morgen werde ich wieder mit dir üben", verkündete Kelon dem jungen Leyawi.
„Da ist einiges, das ich dich nicht lehren kann", erklärte Mawakai dies. „Männer und Frauen kämpfen unterschiedlich. Frauen haben mehr Ausdauer und Geschick, Männer mehr Muskeln und Schnelligkeit. Kämpfe immer dort, wo deine Kraft am größten ist. Frauen greifen, Männer stoßen. Merke dir das."
Resa wirkte begeistert, obwohl seine Miene auch bekundete, dass er nicht alles verstanden hatte.
„Was sagt das?", erkundigte sich Rednawén, und ihre Stimme verwandelte die Luft in Eis.
Die Lerusme wandte sich ihr zu. „Wenn wir Botinnen brauchen oder einen Trupp schicken, wählen wir nach Zeit und Strecke. Männer können keine so lange Strecke ertragen wie Frauen – und hernach womöglich noch kämpfen. Frauen können nicht so schnell sein wie

Männer." Sie sah wieder ihren Schüler an. „In der Übung vorhin hätte ich einer Frau sagen müssen: Laufe, bis du nicht mehr kannst. Aber du bist ein Mann..."
Er reckte sich stolz.
„...dir hätte ich sagen müssen: Laufe, so schnell du kannst. Deines ist die Zeit. Ich habe dir aber die Strecke und damit Ausdauer aufgezwungen. Ich bin keine Unterrichtin für Männer gewesen bisher, deshalb wird Kelon einspringen. Dein Versagen ist meines, ich bitte um Entschuldigung."
„Genug jetzt!", fiel Rednawén ihr ins Wort. „Das ist Unsinn!"
Erstaunen antwortete ihr.
„Es sind nicht alle Männer gleich und nicht alle Frauen. Die Unterschiede zwischen einzelnen Menschen sind erheblich größer als die zwischen Frauen und Männern!"
Die Gegenüber: „Was meinst du damit?"
„Dass es mehr als zwei Wege gibt, Kriegin zu sein! Es mag richtig sein zu sagen, Männer seien muskelschwerer und schneller und Frauen ausdauernder und geschickter, wenn ich alle Frauen und alle Männer ansehe. Aber jede trägt trotzdem ein Eigenes. Uron ist ausdauernder und geschickter als ich, ich bin kräftiger und schneller als er, das werdet ihr nicht leugnen."
Ihr Nachhalter nickte ihr zu.
„Und deinen Bärengriff schätze ich, Erste von Lerusm, aber nach meinen Versuchen sehe ich, dass ich nicht kräftig genug bin, um ihn so anzuwenden wie du. Bist du um deiner Muskeln willen ein Mann? Oder eine Frau, da du deine Kraft in einen Griff leitest? – Oder Masùn. Seine Zähigkeit im Kampf hielt nicht nur viele Leben, sie ist auch das, was andere an ihm als männlich erleben. Nach dem, was mir berichtet wurde."
Nyrden gewahrte, dass Mawakai sich ein Grinsen versagte und den Blick senkte.
„Wäre er aber eine Frau, der du ja die Ausdauer zusprichst, wäre seine Zähigkeit Teil weiblicher Stärke? – Im Allgemeinen größere Ausdauer, mehr Geschick, größere Muskeln oder Schnelligkeit, was sagt das für den einzelnen Kampf? Ich muss Gegninnen im Gesamten schätzen und gegen mich wiegen. Annahmen im Voraus, weil sie Frauen oder Männer wären, nicht weil ich Stärken sehen würde, wären zu meinem Nachteil. Denn in meiner Annahme machte ich sie zu halben Menschen, und wenn ich meinen Kampf darauf einrichtete, würden üble Überraschungen kaum enden. Ein solches Trennen der Kräfte kann nur zu falscher Schätzung von Gegninnen führen. Und mir graut, zu welcher Schwächung meines Kampfes es führen könnte!"
Anchai zog die Stirn in Falten. „Wir haben es mit der Trennung immer gut gehalten." Seine Kinnbewegung forderte nach weiterem Wort.
„Wir nicht, und so habe ich bisher wenig über das geruht, was männlich oder weiblich sein könnte", erwiderte Rednawén. „Aber mir scheint, wichtig ist nur, was die Einzelne in Stärke hält. Es sind die Stärken, die wir an anderen schätzen. Ich denke, ob sie männlich oder weiblich sind, benennt nicht mehr als das Geschlecht der Einzelnen, die sie hält. Der Schluss, ihre Stärke – oder auch Schwäche – auf Weitere ihres Geschlechtes zu übertragen, erscheint mir reichlich kurzsichtig. Lieber halte ich gegen jede Gegnin alle Möglichkeiten, die ich habe."

„Willst du die Unterschiede zwischen Männern und Frauen leugnen?", fragte Jkai.
Rednawén hob und senkte die Achseln. „Vielleicht bin ich nicht die Richtige, um sie zu erkennen, aber dort, wo ich mich auskenne, finde ich sie nicht: im Kampf. Auch sonst scheinen sie mir sehr gering und eher um Paarung als um Werk zu sein."
Die anderen lachten teils auf.
„Und was über einen Teil der Körper hinaus ist männlich oder weiblich? Ist es männlich, Frauen zu begehren, nur weil es häufiger ist? Wohl kaum. Ebenso gut könntet ihr behaupten, es sei eine Eigenart von Heerführrinnen, sich mit Stadtwahrinnen zu binden, nur weil zweie hier dies taten."
„Es mag aber Augenfreude und Alterssicherung zueinander bringen, eine Stadtwahrin einzufangen", bemerkte Kelon, dem das Gespräch zu viel Ernst und zu wenig Vergnügen enthielt.
„Wobei Nyrden im Ersten eindeutig der bessere Fang ist", ging Rednawén auf seinen Scherz ein.
Sie lachten erneut.
Die Benannte wurde verlegen, obwohl sie die Rauheit der Reden, die Krieginnen häufig hielten, mittlerweile gewöhnt zu sein geglaubt hatte. Da streiften die Augen ihrer Gefährtin sie, nur flüchtig, aber sie trugen die unausgesprochene Frage in sich, ob die Worte ihr arg gewesen seien. Nyrden erwiderte lächelnd: „Das haben wir gemeinsam, Liebste."
Der Lerusme prallte zurück und tat beleidigt. „Gut, dass Winen so weit fort ist", maulte er, grinste aber.
Anchai wendete Brot.
„Ich verstehe gewiss nichts von solchen Dingen", ließ sich Nyrden leise und versonnen vernehmen. „Aber ich glaube, Frauen sind nicht so gewaltfroh wie Männer."
Kelon verschluckte sich am Wein und hustete. Seine Schwester und Rednawén tauschten einen Blick. Die Weiteren schauten die Sprechin verblüfft an, auf der, da ihre Ansicht offenbar nicht geteilt wurde, Schwere lag.
„Ich will damit sagen: Töten und verwunden, Kriegswille, das mag recht gleich sein", ergänzte Nyrden. „Aber Frauen können Männer nicht zum Tanz zwingen. Ich sage diese Arge größer als die durchs Getötetwerden."
„Mag sein, was die Arge betrifft", entgegnete Mawakai langsam, und als sie innehielt, nahm Rednawén die Rede an sich: „Männer wie Frauen können durch erzwungenen Tanz brechen. Ein Mann kann zudem gehindert werden, jemals wieder zu tanzen. Folter ist Folter, gleich von wem und an wem. – Und frage mich jetzt nur, was schon auf deiner Zunge rollt, wenn du die Antwort ertragen kannst, Stadterste", fügte sie auf die Miene der Naltivi hinzu.
Diese schwieg mit großen Augen. Die Runde verstillte betreten, bis Kelon eine Geschichte erzählte, der die Übrigen sich in Flucht wie in steigender Weinseligkeit zuwandten. Nur Mawakai bemerkte, dass Nyrden der Leyawi ein ohnwortes Zeichen gab, ehe beide den Ort verließen.

Im Gartengemach zog die Wahrin den Vorhang zu.

Rednawén hatte sich nicht gesetzt. Als Nyrden tief Luft schöpfte, kam sie ihrer Frage zuvor: „Der Krieg ist nicht dein Werk."
„Rede mit mir. Hast du je einen Gegner entmannt? Oder eine zum Tanz gezwungen? Ich muss es wissen!"
„So, musst du."
Obwohl der Geliebten Tonfall keinen Spott enthielt, wuchs Wut in der Naltivi. „Ja!", fauchte sie. „So wie du Stärke als Bedingung gestellt hast, ist die meine Ehrlichkeit. Nun?"
Rednawéns Miene verriet keine Befriedigung über Nyrdens Wehr, wohl aber ihre Augen. Ihre Stimme war durchdringend, als sie antwortete: „Teil des Kriegseids Leyawis, der jedes Jahr erneuert wird, ist der Schwur, niemals zu foltern. Auch nicht in Verstümmelungen jenseits eines Kampfes. Weder dem Geschlecht noch anderem zu. Keinen Zwang zum Tanz auszuüben. Keine Spiele mit Hunger, Durst, Schlafmangel, Brandeisen oder Pressgeiseln zu spielen. Wir kämpfen, wir fragen und wir töten. Aber wer sich je zu foltern herabließe, zwänge ihre Kriegsgefährtinnen, sie auf der Stelle zu töten."
Neben Erleichterung war in Nyrden Verwunderung gewachsen. „Warum?"
„Zum einen, weil wir in diesen Dingen unser Erbe nicht vergessen. Wir waren selbst Folteropfer der Riktènn. Zum zweiten: Solche Unbeherrschtheit Einzelner würde Leyawi schaden. – Ich verlasse mich darauf, dass keine dies von dir erfährt." Mit einem Mal war neben der immerwährenden Wachsamkeit auch wieder die Kühle der Heerführin zu spüren.
„Das kannst du. Aber warum ließest du vor den anderen scheinen..."
„Weil es die anderen waren!", rief Rednawén. „Ohne den Ruf der Unholden würden wir nicht überleben können! Keine weiß, wie lange Bündnisse währen! Gleich, wie gut die letzten Tage waren!"
„Und so überlebt Leyawi. Keine Breitseite. Niemals."
„Ja!"
Nyrden lächelte. Sie küsste Rednawén, die sich merklich ruhigte und schließlich fragte: „Wenn ich eine andere Antwort gegeben hätte, wenn ich gefoltert hätte, was hättest du getan? Wärst du von mir gegangen?"
Schweigen.
„Ja. Ich glaube, ja."
„Warum?"
Nyrden, die sie nun nicht zu deuten vermochte, sagte: „Die ... Abdrücke, die eine solche Tat in dir hinterlassen würde, würden unsere Liebe vergiften. Weil du meinen Körper ansehen würdest, wie du den einer Gefolterten angesehen hättest. Ich könnte das nicht ertragen."
„Gut", seufzte Rednawén.
Beide ruhten sich auf das Lager. Nach einiger Zeit ließ sich die Naltivi wiederum vernehmen: „Es ist so fremd, vieles verstehe ich nicht. Was magst du am Kampf?"
Ein Schnaufen. „Es ist nicht not, dass du es verstehst. Ich glaube auch nicht, dass ich dir erklären kann, was ein guter Kampf bedeutet." Rednawén sah nachsinnend zu Nyrdens Händen, dann wieder auf. „Es gibt kaum einen besseren Zustand. Es größert die Kraft, sich zu messen, die eigenen Schwächen zu erkennen und zu mindern. Das Gedankengewimmel, das den Kopf so oft belastet, ist fort. Du siehst und handelst. Bist du nicht schnell genug,

wirst du geschlagen. Es ist einfach und vollkommen ehrlich. Es ist wie eine Bewegung. Die Gegnin und ich ... Wir sind der Kampf. Wie ein Atem. Wie eine Kraft, die beide durchdringt und füllt." Rednawéns Augen leuchteten, als sie nach Schweifen zu der Nebenliegenden zurückkehrten. „Vergleichbar ist mir nur der Tanz. Ich kenne nichts anderes, das so in Gleichklang ist."
„Aber Tanz ist Zusammenkommen, Vergnügen und Vereinigung. Dein Tanz lehrte mich das. Kampf ist größtmögliche Entzweiung. Wunden und Tod sind nicht im Gleichklang."
„Nur für die Einzelne." Rednawén dachte nach. „Wenn du eine Pflanze beschneidest oder eine Schnecke tötest, mag ihnen das nicht gefallen. Aber es ist not, um den Garten im Gleichgewicht zu halten."
„Aber Menschen..." Nyrden brach ab.
Die Leyawi zog sie an sich. „Musst du denn alles ergründen? Krieg macht Kriegginnen not. Ich bin eine. Wir leben nicht im Garten. Lass uns schlafen."
Drittgeborene und Stadtwahrin rangen miteinander, schließlich entgegnete Nyrden: „Aber auch nicht auf dem Schlachtfeld."
Rednawén verzog den Mund, sagte leise „doch, jeden Tag" und zog die Decken über sie beide.

Telùn hatte sich angekündigt. Auf dem Rückweg von Verhandlungen mit Naltivi würde sie auf Runjhày rasten.
„Sie holt dich ab?", bemerkte Mawakai spöttisch, als die Winen in die Stadt ritten. „Um dich wohlbehalten nach Hause zu bringen?"
„Nur kein Neid", gab Kelon zurück, ohne seine Schwester anzusehen, und das Strahlen, das sich in seinen suchenden Blick gelegt hatte, ließ Mawakai schmunzeln. Er ging Telùn entgegen, die als Letzte den Gastpfahl erreichte, und umarmte sie, nachdem sie abgesessen hatte. Sie erwiderte das Willkommen nur für einen Atemzug, nickte ihm knapp zu, um dann vor die sie begrüßenden Stadtwahrinnen zu treten.
Während des Essens und des Rates trug Telùn in ihrer ehedem Heimstatt ein gänzlich anderes Banner als zu zuvor. Sie wirkte wie eine selbstsichere, erfahrene Stadtwahrin, hielt sich höflich an die Form, wennauch der in ihr brodelnde Zorn, fügte eine sich ihrem Willen nicht augenblicklich, für alle spürbar war. Erst nach dem Mahl, als Kelon sie zum Tanzplatz bat, löste sich Spanne, und Telùn verbrachte den Abend mit frohem Gesicht. Sie und ihr Gemahl verabschiedeten sich früh von den Übrigen.

Am nächsten Morgen saß Mawakai in Betrachtung der beiden versunken, die auf dem Strohplatz übten, als Rednawén neben ihr Wasser schöpfte.
„Ich kann nicht glauben, dass sie noch immer geeint sind", schüttelte die Lerusme den Kopf. „Mir selbst ist Tanz wichtig, aber die beiden übertreffen meine Vorstellung davon, was Menschen um des Tanzens willen aneinander aufnehmen. Sogar die Ehe." Sie schnitt eine Grimasse.
Rednawén lachte, trank einen Schluck. „Es ist nicht Tanz allein", widersprach sie dann. „Sieh sie dir an, wenn sie dir in Gerät entgegenkommen. Mir ist das vorhin geschehen. Ich

hatte das Gefühl, einem kleinen Heer gegenüberzustehen. Gegen die Kraft, die sie gemeinsam halten, möchte ich nicht stehen."
Mawakai erstaunte sich ohnwort. Um Dauer beobachtete sie die Kämpfenden. „Du hast Recht", gab sie darauf zu. Kelon war schwerer und kräftiger als seine Gemahlin, aber Telùns Willenskraft, die sie vorantrieb, nicht überlegen. Derzeitig hielten sie gemeinsam gegen fünf Gegninnen Kampf, und schließlich überlagen sie. Rednawén gewahrte es mit einem wohlwollenden Grinsen.
Am Nachmittag fragte sie die Winie um einen Messstreit, den ersten seit ihrer eigenen Genesung. Der Kampfbeginn war schnell und hätte einen Grund zur Beschwerde geben können: Ohne Ankündigung schlug Telùn zu, Rednawén hielt ihrem Schlag gegen, die Klingen trafen aufeinander. Die Gegninnen verhielten für einen Augenblick in Reglosigkeit, ihre Eisen surrten. Dann begann der Kampf wirklich.
Winens Wahrin war sehr geschickt und sehr schnell. Die Behendigkeit des Schlagabtausches rief viele Neugierige hinzu. Obwohl Rednawéns Gesicht wie immer in Kämpfen nur Aufmerksamkeit zum Ausdruck brachte, konnte Nyrden das Vergnügen spüren, das eine so schnelle Gegnin ihr bereitete. Telùn hatte seit den letzten Messübungen, deren Zeugin Nyrden gewesen war, merklich an Kraft zugenommen. Der schier unerschöpfliche Wille ließ sie der Leyawi lange ebenbürtig erscheinen, dann aber war zu sehen, dass Telùn nachließ. Sie stolperte mehrfach, ohne zu fallen; nahm noch einmal ihre Kräfte zusammen; verlor vor Wut ihre Sammlung; ihre Schläge wurden kopflos. Rednawén würde gewiss bald gesiegt haben. Sie wehrte ab, ließ der Winie Schnelle in die Leere gehen, für eine Weile, ohne selbst anzugreifen.
„Jetzt verstehe ich deine Ansicht, dass in Kämpfen Schönheit zu sehen sei", hörte Nyrden eine leise Stimme neben sich und drehte sich freudig um. Jilla war hinzugetreten. Zum ersten Mal überhaupt sah sie ihn anders als im Vorübergehen am Strohplatz. Er reichte ihr einen Becher. „Koste."
Es war Herbstnektar. In der Ebene wurde er bereits zum Erntefest getrunken, doch Runjhàys Früchte brauchten länger zur Überreife, die ihm zur Süße verhalfen. Der Freund hatte viel Mühe auf die Zubereitung verwendet und mit der Mundschenke nächtelanges Werk darüber gehalten.
„Dank dir, Lieber." Nyrden trank und schloss genießend die Augen. „Wunderbar", sagte sie darauf. „Der beste seit Jahren."
Jilla strahlte und teilte mitgebrachte Becher an die Umstehenden aus, deren plötzliche Ausrufe Nyrden wieder zu den Kämpfenden blicken ließen.
Rednawén war zu Boden gegangen, was bisher nur selten und nur gegen Masùn geschehen war. Auf dem Rücken liegend hielt sie weiterhin gegen Telùn Wehr, die über ihr stand und sie mit schnellen Hieben zur Aufgabe drängte. Doch die Leyawi kämpfte sich gegen ihre Angriffe erst auf die Knie, dann wieder in den Stand. Als sie sich aufgerichtet hatte, ging ein Raunen durch die Zeuginnen. Selbst von einigen, von denen sie bisher argwöhnisch beäugt worden war, wurden anerkennende Rufe laut. Im Folgenden wurde Rednawéns Kampf immer zäher. Beide Gegninnen waren schweißnass. Nyrden vermochte zu sehen, dass

Telùns Ausdauer nun endgültig versiegte. Merklich nahm mit einem Mal Rednawéns Schnelle wieder zu und ähnelte der beider zu Beginn des Streites. Telùn verlor ihr Schwert. Kelon, der einige Schritte beiseite Anchai besiegt hatte, sprang neben sie, um Rednawén abzuwehren, während seine Gemahlin durch das Stroh rollte und sich mit der Klinge in der Hand wieder erhob. Obwohl Anchai sogleich an ihrer Seite erschien, wich Rednawén zurück und gab das Zeichen des Kampfendes. Verwundert, doch nicht unwohl, nickten die übrigen drei einander zu und verließen gemeinsam den Platz.
„Ich habe dich noch nie aufgeben sehen", bemerkte Mawakai.
„Ich bin nicht lebensmüde", keuchte Rednawén gen Telùn. „Du bist eine angenehme Gegnin. Aber wenn du deinen Lerusmen verteidigst, muss ich nicht gegen dich unter Waffen treten."
Diese zeigte sich über das Lob überrascht.
Als die anderen ihnen in Richtung Wasseranlage vorausgegangen waren, raunte Rednawén: „Du wirst dich bald mit Èsralon treffen, um das Bündnis zu ändern."
„Ja", erwiderte die Winie.
„Nimmst du eine Nachricht von mir mit?"
Es mühte Telùn sichtlich, die von ihr ehedem ausgegangene Gegninnenschaft abzustreifen.
„Gerne."

Rilan saß beinebaumelnd auf einem steinernen Wassertrog, während er seiner sich abkühlenden Gefährtin zusah.
„Wann werdet ihr zum Streitfest rufen?", erkundigte er sich. „Wir wollen bald aufbrechen."
„Es wird keines geben", entgegnete sie grinsend.
„Was?"
„Rednawén hält nichts davon."
„Aber es ist Herbst! Ihr habt so lange geübt..."
„Um besser zu werden, sagt sie."
„Will sie das Heer nicht feiern?" Er schüttelte den Kopf, warf einen missbilligenden Blick auf die Nahende.
„Sie will keinen Wettkampf innerhalb des Heeres. Kriegsgefährtinnen sollen nicht in Ernst gegeneinander stehen, denn auch dies sei eine Übung, die Prägung hinterlasse, sagt sie. Wer sich bewähre, tue es in der Schlacht, sagt sie. Krieg sei kein Spiel und auch nicht mit ihm zu verwechseln, sagt sie." Mawakai lachte.
„Aber wir alle lieben das Streitfest! Und das Heer ist daran gewöhnt!" Rilan schnaufte. „Ich bin ihr Stadtwahrer!"
„Und sie ist deine Heerführin. Lass sie. Das Erntefest war Runjhày wohl. Versuche es so."

Der restliche Herbst verging in Regen. An den abendlichen Feuern rückten die Menschen näher zusammen. Über die Weile dort und über Spiele fanden die Leyawi allmählich Raum neben den Runjhày. Außerdem schienen die Gesänge der Neugezogenen zu einer Brücke zu werden. Einzelne Runjhày lernten bereits einige Weisen, manche gar die Sprache, und es wurden mehr.

Auch in diesem Jahr wurde es sehr schnell Winter. Binnen weniger Tage war Runjhày in Schnee gehüllt. Nach der täglichen Sorge um Feuerstellen und Decken war für die Gartninnen nicht mehr viel zu tun. Jilla widmete sich Handarbeiten und der Hausschmücke, Nyrden sich weiterem Lernen und der alleinigen Stadtwahrung. Diese fiel ihr leichter, als sie befürchtet hatte; sie genoss ihr Werk sogar. Und so sehr sie den Garten liebte, so sehr war ihr auch die Jahreszeit gerne, in der sie ihn in seinen Schlaf entließ. Alles Bangen um die Keimung im nassen Frühling, alles Ringen mit dem üppigen Wachstum des Hochsommers und dem herbstlichen Laub endeten in der weißen Stille, die zu Erholung und zur Planung des nächsten Jahres einlud. Bei klarem Himmel genossen es viele, in der verschneiten Pflanzenstätte zu sitzen, zu ruhen, zu sprechen und kleine Arbeiten zu verrichten.

Rednawén teilte das Jahr nur zwei Zeiten: die Zeit des Krieges und die der kriegsfreien Übungen. Zu seinem Missfallen gewahrte das Heer selbst bei kältestem Wetter nur veränderte, nicht jedoch geminderte Anstrengungen. Der Strohplatz wurde von Schnee geräumt und mit dünnem Astwerk ausgestreut, Kämpfe in Rüstungen hielten die Waffenführenden in Atem, und wer verletzt oder krank war, jedoch nicht liegen musste, erhielt die Order, in der Halle an Brettspielen teilzunehmen.

Nach Rilans Rückkehr bat Rednawén darum, anderthalb Monde vor der Sonnenwende mit ihren Stammesgefährtinnen gen Leyawi reisen zu dürfen. Angesichts der baldigen Verhandlungen mit Githain, stimmte der Wahrer dem jedoch nicht zu.

„Wir brauchen dich für die Mittlung. Eure Völker halten einen so engen Bund, und Talai schätzt dich sehr. Ich bedaure, aber du kannst erst danach fortziehen. Die anderen mögen es früher."

„Dann werde ich die Zeit der Vorbereitung hier in der Art meines Volkes verbringen", verkündete Rednawén. „Solange es weder Heer noch Verhandlungen schadet, dürfte das keinen Arg bedeuten."

„Gerne", bekundete er. „Ich bedaure, dass du nicht eher gehen kannst."

Sie hob und senkte die Schultern. „Ich bin in Pflicht für Runjhày."

„Wie sehen die Vorbereitungen aus?"

„Es ist nicht viel, das euch berühren wird. Wir fasten, und unser Werk wird sich ändern. An den ersten Tagen werde ich nicht an der Tafel sitzen. Githain kennt das und wird es nicht missverstehen. Nach vier, fünf Tagen werde ich euch dort Gesellschaft leisten, ohne zu essen."

„Gut", sagte Rilan. „Sage es mir, wenn ich dir oder euch einen Dienst tun kann."

Sie merkte auf, lächelte und nickte ihm zu.

Nyrden auf der Bank vor dem Kamin klopfte einladend auf ein Kissen. Sie setzten sich zu ihr, Jilla und Laar.

„Hast du ihnen schon gesagt, dass du ungenießbar sein wirst?", raunte Letztere an die Seite ihrer Freundin.

„So wie du jetzt?", entgegnete diese.

Der Spottvogel setzte eine unschuldige Miene auf.

„Ich wollte dir diese Freude überlassen", ergänzte Rednawén.

„Ihr fastet? Ein ganzes Volk?", begehrte die Stadtwahrin zu wissen.
Laar griff mit einem betont genießenden Ausdruck nach dem Weinkrug.
„Bis auf die Kinder, die Kindestragenden, einige Alte und die Kranken. Fasten ist nicht arg gegen hungern", erklärte die Leyawi. „Aber es ist wahr, am Anfang und die ersten Tage, an denen ich wieder esse, habe ich meist schlechte Laune. Ich werde mich zurückziehen, dann versäuere ich euch nicht den Tag."
Laar sah sie mit Erstaunen an, das an Ungläubigkeit grenzte.

Mit Beginn ihrer Faste diente Rednawén Jennai länger als sonst und sorgte nach ihrer Anleitung um der Greisen Kammer. Auch die fünf anderen Leyawi, die auf Runjhày geblieben waren, hielten Alten oder Kranken erweiterte Dienste. Nicht wenige bemerkten es, und der Ruf „Unholde" verschwand für lange Zeit aus den Mündern.
Wie sie es angekündigt hatte, war die Heerführin zu Beginn ihrer Faste reizbar, doch dies endete bald und machte einer Wandlung Raum, die Nyrden Wohle bereitete. Die Jüngere wurde in Bewegungen wie dem Sprechen langsamer. Ihre gewohnte Aufmerksamkeit anderen gegenüber, die immer Vorsicht und oft Streitbereitschaft hielt, war Zuwendung zu ihnen gewichen. Sie hörte ruhiger zu und antwortete bedächtiger, die Wirkung immerwährender Bewegung hatte sie verlassen, und seltsamerweise wirkte sie so noch stärker als zuvor. Die Fastenden übten zwar, hielten jedoch keine Messkämpfe. An Rednawéns geschundenem Körper fanden Verletzungen die Schonung zu heilen.
Die Verhandlungen Runjhàys mit Githain waren nicht erfolgreich, da die Anliegen beider Völker an ein Bündnis einander in vielem widersprachen. Als die Gäste gen Heimat aufbrachen, schloss sich das halbe Dutzend Leyawi ihnen an.

Nyrden und Rilan waren eingeladen worden, das Fest, welches Leyawi in Gedenken an den Aufstand seiner Ahninnen beging, dort zu verbringen. Es fand vor der Sonnenwende, nicht an ihr statt – ein Ausdruck der Abgrenzung von Göttinnenehrungen, vermutete Nyrden, denn Laar hatte ihr erzählt, dass der Aufstand an einer Sonnenwende stattgefunden hatte. Die kleine Gruppe brach früh auf, weil sie die längere Strecke durch Kirak nehmen wollte; die kürzere hielt Wege, die wegen des Schnees womöglich schon unpassierbar waren. Zur Freude der Wahrinnen begleitete Jennai sie. Trotz der Schwernisse, die ein so langer Ritt für die Greise hielt, war diese neugierig auf die Stadt und das Fest der Verbündeten.
Als sie schließlich auf der Festung eintrafen, zeigte sich Nyrden und ihren Begleitinnen ein seltsames Bild: Ein riesenhafter hölzerner Bau stand in der Mitte des Hofes. Er hielt an der ihnen zugewandten Seite eine kleine Öffnung, die nicht im Stehen durchschritten werden konnte. Später sahen sie, dass es der einzige Weg in den Klotz und aus ihm heraus war.
Èsralon saß auf dem steinernen Stuhl auf dem Hof, Nelai und Éyark standen neben ihr.
Rednawén kam den Angekommenen entgegen und ehrte sie. Sie war schmal geworden – Ihre Gefährtin freute sich, dass die Faste nun enden würde. –, aber sie trug auch ein Strahlen in den Augen, das Nyrden in ihnen noch nicht gesehen hatte.

„Schön, dass du da bist", sagte Rednawén leise, als sie den Übrigen in Richtung des Stuhles vorausgingen, und griff ihre Hand. Die Ältere fühlte sich willkommen wie selten in ihrem Leben.
Nach der Begrüßung wurden die Gäste gebeten, in einem ihnen zugewiesenen Raum zu speisen. Von den Leyawi leistete einzig Rednawén ihnen Gesellschaft; abends verabschiedete sie sich jedoch, da sie in dem Holzbau erwartet werde. In der Frühe würden die Feierlichkeiten beginnen.
Nyrden schlief unruhig, stand mehrmals auf, um an die Lichtöffnung zu treten und die nachtschwarze Festung zu betrachten, deren Luft schwer war von Schmerz, Verpflichtung, Erschöpfung, aber auch erfüllt von Gemeinschaftswohle, gar Liebe und Glück. Noch niemals hatte die Naltivi die inneren Regungen einer so großen Menge von Menschen so klar gespürt wie jetzt; vielleicht, weil es sich sehr ähnelte, was sie fühlten.
Lange vor dem Morgengrauen weckten Rednawén und ihr Bruder die Geladenen, damit sie Zeuginnen der Zeremonie werden konnten. Zu deren Beginn zog sich Èsralon als Erste aus dem Bau und blieb neben dem Eingang sitzen. Éyark, der ihr gefolgt war, hob sie auf einen bereitstehenden Hocker. Die Inneren kamen rußgeschwärzt ins Freie, Waffen und schlafende Fackeln tragend. Die Fackeln wurden an der Feuerschale neben der Stadtwahrin entzündet. Schweigend bildeten die Herausgetretenen mehrere Kreise um den Bau, als Letzte reihte sich Rednawén ein. Dann rief Èsralon einige Worte, denen alle der Ihren in einem einzigen Schrei Antwort gaben: „Leyawi!"
Nyrden überlief ein Schaudern.
Sie senkten die Fackeln, setzten ihr Lager des letzten Mondes in Brand und stimmten das Lied an, das die Gesandten Runjhàys beim Bündnisfest vor über drei Jahren bereits vernommen hatten. Aber dieses Mal begannen die Leyawi ihre Weisen sehr bedächtig.
„Möchtest du wissen, was sie singen, Freundin?", vernahm Nyrden Nelais leise Stimme an ihrer Seite und bejahte.
Er übersetzte:

„Ihr habt uns alles genommen, was uns wert war.
Ihr habt uns Lasten aufgebürdet, die uns in die Knie sinken ließen.
Ihr habt uns gezwungen zu verleugnen, wer wir sind.
Diese Zeit ist nun vorüber!

Wir sind stark geworden, um dem Joch zu entwachsen.
Unsere Liebe zu euch haben wir nicht verloren.
Aber wir haben verstanden, dass Liebe allein nicht vor Verrat schützt.
Wenn ihr nicht ebenfalls erstarkt, werdet ihr uns nichts mehr zu bieten haben."

Nyrden kämpfte gegen Erbeben, während die Leyawi den Gesang einige Male wiederholten und seine Kraft wie Entschlossenheit von Mal zu Mal wuchsen. Die Wahrin erinnerte sich an den Blick, den Rednawén ihr vor Jahren am Ende des Liedes zugeworfen hatte, und ihre Gedanken eilten.

„Es ist sicher nicht leicht, diesen Wunsch zu erfüllen", fragte sie tastend.
Der Githe wandte sich ihr zu. „Sie erfüllen ihn selbst. Und es ist ein Wunsch, kein Befehl."
Er schmunzelte. „Auch wenn sie Wünsche Befehlen ähnlich aussprechen. Dennoch ... nein, wohl nicht. Aber es führt zur eigenen Stärkung. Leyawi verbreiten und sammeln Kraft um sich, weil sie sie einfordern. Von sich selbst, ihren Gefährten, ihren Kindern, ihren Freunden." Er überlegte einen Augenblick. „Stärke mag aber auch manches Mal bedeuten, sich diesem Wunsch zu widersetzen und die eigenen Wünsche zu äußern."
„Ich danke dir", sagte Nyrden langsam.
Nelai lächelte.
„Aber wie findet das Dienen für Schwächere dort Raum?"
Er schnaufte in Wohle. „Stärke kann viele Gesichter haben, das des Körpers ist gewiss das unbedeutendste. Seine Schwäche wird hier recht gut vertragen. Èsralon führt uns in großer Stärke, und keiner sagt sie schwach, weil sie nicht mehr kämpfen kann. Andere tun dort für sie Werk, wo sie es nicht kann, und sie erfüllt ihre Aufgabe der Wahrung für alle.
Die Ehrung von Alten, Kindern und Kranken bewahrt Leyawi davor, sich selbst im Vergleichen mit anderen zu überhöhen. Die Alten trugen uns Mittlere, als wir schwach waren, und die Kinder sind an sich schützenswert und werden uns tragen, wenn wir einst wieder schwach sein werden. Die Kranken halten in uns das Gedenken an unsere eigene Verletzlichkeit wach und an die Gleichheit aller in Krankheit. Schwäche ist Teil der Gemeinschaft, der sehr wichtig ist. Auch wenn kein Leyawi dies sagen würde. Aber Wesensschwäche verzeiht dieses Volk nicht. Ich nehme an, du weißt um die Zeit Danrùns? Nach dem Aufstand."
Die Begastete nickte.
„Solches darf nicht wieder geschehen. An anderen Orten geschieht es." Nelai zögerte, ehe er fortfuhr: „Meine Mutter kam mit mir hierher. Da sie wegen Altersteife in den Händen keine Waffen mehr tragen konnte, hatte sie als ehedeme Führin kein Recht mehr, auf Githain zu bleiben."
Nyrden starrte ihn entsetzt an.
„Über die Ehrung, die sie hier wegen ihres Rates erlebte, und weil sie ein Teil dieser Gemeinschaft wurde, wurden die letzten Jahre ihres Lebens zu ihren glücklichsten, das hat sie selbst gesagt. Ich kannte sie nicht gütig, bevor wir herzogen. Sie kam zur Ruhe und teilte sie mit anderen. Ich vermag nicht zu sagen, wie viele Verhandlungen erst durch ihren Rat erfolgreich wurden. Offensichtlich stark war sie, als sie mit großem Erfolg Githain führte. Ihre wahre Stärke aber – und auch ihr Glück – fand sie hier. Im Alter. Als Githain sie nicht mehr wollte.
Die Alten zu töten, wenn sie nicht mehr das Werk der Jungen verrichten können, wie die Riktènn es taten, ist nicht nur grauenvoll, es ist auch dumm. Die Götter haben Gründe, Menschen so alt werden zu lassen, ohne ihren Körpern Stärke bis zum Tod zu schenken. Wenn sie Stärke des Wesen halten, wird das Werk der Alten hier sehr geehrt, und sie lassen andere an ihren Erfahrungen teilhaben. Alle werden dazu aufgerufen, die eigene Stärke zu finden und sie in den Dienst der Gemeinschaft zu stellen. Bisweilen mögen die Worte der Forderung recht hart sein. Bisweilen wird auch Stärke gefordert, wo sie kaum möglich ist. Leyawi hat Furcht vor Wesensschwäche, denn sie hat einmal Verrat seitens derer bedeutet,

die geliebt wurden." Sein Blick suchte die Singenden, ehe er sich erneut auf Nyrden richtete. „Ich hätte an Èsralons Härte fast Zähne verloren, und Rednawén ist um vieles härter als meine Frau. Und dazu so zornig. Wozu sie allen Grund hat, dennoch war ich eben darum in Sorge um ihr Glück. Es tobt immer ein Kampf in ihr. Aber nach keinem ganzen Jahr mit dir sehe ich, dass sie ruhigere Augenblicke zu schätzen gelernt hat. Ich hoffe, sie bringt dir ebensolche Wohle und beargt dich nicht. Ich wünsche euch den Segen der Götter."
Der Gesang schwoll zu solcher Lautstärke an, dass ein weiteres Gespräch zwischen ihnen nicht mehr möglich war. Nyrden dankte mit einer Neigung, und sie schauten zu den Fackelträginnen, die schließlich in ihren Weisen einhielten und schweigend auf den einstürzenden Bau sahen. Später, als das Feuer an Höhe verlor, drehten sie sich einer Mauer zu, auf der einige Leyawi mit großen Vasen erschienen waren. Deren Deckel wurden abgenommen, der Inhalt jedes zweiten Gefäßes gen Versammlung ausgeschüttet. Schwarzer Staub fiel herab. Mit den bisher ungeleerten Vasen geschah es ebenso, dieser Staub war grau. Der immerwehende Wind vermischte beide Stäube miteinander, sie färbten den Hof. Die Leyawi standen völlig reglos, viele mit aufwärts gewandten Gesichtern, ließen sich von den Stäuben bedecken.
„Was bedeutet das?", erkundigte sich Nyrden leise.
„Das helle ist Asche. All derer, die im letzten Jahr gestorben sind und deren Leichen verbrannt werden konnten", flüsterte Nelai zurück. „Die Asche wurde bis heute gewahrt. So atmen sie sie gemeinsam mit dem Staub der Minen, während sie sich der übrigen Ahnen erinnern."
„Und sie haben keine Göttinnen", sagte Nyrden berührt.
„Sie brauchen keine", lächelte der Nebenstehende. „Die Götter Githains wären vermutlich froh, auch nur einen Teil der Hingabe zu empfangen, mit der Leyawi sich ihrer Vorstellung eines guten Lebens widmen. Komm, Freundin."
Die Gedenkenden bildeten nun einen Fackelzug, der den Brand einmal umrundete und sich darauf in mehrere Reihen teilte, von denen jede einen Turm betrat. Nyrden ließ sich von Nelai in eine Halle führen. Dort wartete bereits eine reichgedeckte Tafel. Im Vorübergehen war Fleisch in Mengen zu sehen, daneben fette Milchspeisen, Obst wie gegartes Gemüse. Die Naltivi war gewiss, dass die Gastgebinnen Schaden nehmen würden, beendeten sie ihr Fasten mit einem solchen Mahl, das einer Handgebe angemessen gewesen wäre. Nelai brachte sie zu einem Stuhl neben ihrer Gefährtin. Auf deren Gesicht hatten sich Asche, Staub und Tränen vermischt. Sie nickte Nyrden still zu und senkte dann, wie die meisten, den Kopf.
Es wurde aufgetragen. Nacheinander schob jede Leyawi ihren gefüllten Teller von sich und sprach einige feierliche Worte, die nach einem Schwur klangen. – Nyrden bedauerte es, Nelai nicht mehr als Übersetzer zu haben, der an der Seite Èsralons seinerseits schwor. – Anschließend wurden die unberührten Köstlichkeiten wieder abgedeckt, die Teller durch schlichte Holznäpfe mit Brei ersetzt, der für das Brechen einer einmondigen Faste erheblich geeigneter schien.
Zunächst wurde schweigend und versonnen gegessen, Nyrden mochte die ungewürzte Speise nicht sehr, doch als die Näpfe geleert waren, trat ein Leuchten in die zuvor ernsten Mie-

nen. Unterhaltungen begannen, bald schon erklang Musik, zu der jedoch nicht getanzt wurde.

Es währte nicht lange, bis Rednawén Nyrden in ihre Kammer lud, wo die Naltivi wartete, bis ihre Gefährtin gewaschen und umgezogen war. Als sie in den Fellen lagen, die durch mehrere Decken ergänzt worden waren, erkundigte sich Nyrden: „Was bedeutete der Schwur vor dem Essen?"
„Keine Völlerei", antwortete Rednawén mit einem Lächeln über ihren Wissensdurst. „‚Ich nehme nur, was ich brauche, nicht mehr. Ich werde nicht horten. Ich werde mein Maß wahren. Ich werde anderen nicht nehmen, was sie brauchen.'"
Die Zuhörende war beeindruckt. Es klang nach Schwüren den Göttinnen zu, doch sie zog es vor, diesen Gedanken zu verschweigen. „Was geschieht mit all den guten Speisen?"
„Nicht alle fasten. Was verderblich ist, werden sie mit euch Gästen ab dem Abend teilen, vor allem das Fleisch. Der Rest wird in der nächsten Zeit gegessen."
Nyrden wartete, ob noch mehr folgen würde, und bemerkte der Leyawi Schmunzeln.
„Du willst wissen, warum wir all das tun."
„Sehr gerne."
„Ich nehme an, Laar hat über meine Altelternen getratscht", vermutete Rednawén und wirkte von Nyrdens verlegenem Ringen um Antwort belustigt. „Schon gut. Anderes hätte mich sehr erstaunt. Nun, damals ... Nach dem Aufstand horteten unserer Ahninnen zu viele Güter. Sie aßen zu viel und wurden so träge wie vor ihnen die Sterndeutinnen. Sie vergaßen..." Rednawén brach ab und schaute Nyrden kopfschüttelnd an. „Ich habe noch nie in Ebenen darüber geredet. Wir sagen: Sie vergaßen, gemeinsam Staub zu atmen."
„Ich glaube, ich verstehe", war die sanfte Erwiderung.
„Früher standen sie nebeneinander", fuhr die Leyawi fort. „In dieser Zeit aber vergaßen sie die Fehler der Besiegten und wiederholten sie. Die Riktènn nachzuahmen, erschien ihnen erstrebenswert. Sie erfanden Ränge, frönten der Völlerei, verloren das Gedenken an die Minen. Als die Kriegerinnen nach Macht strebten, war dies der Gipfel der Fehler aller. Das darf nie wieder geschehen. Darum all diese Erinnerungen. Darum eine Beschränkung der Güter jeder Einzelnen. Darum die freie Rede einer jeden auch gegen Èsralon, Nelai oder mich."
„Darum das Fasten", ergänzte die Gefährtin. Rednawén bejahte. Nyrden griff ihr Gesicht und zog es zu sich. „Höre mir einmal gut zu. Ich werde dich niemals verraten. Niemals. Selbst wenn unsere Liebe jemals ein Ende finden sollte, was ich nicht glaube."
Rednawén schnaufte. „Das wäre schön, das ohne Ende. Und gegen alle Erfahrung."
Nyrden prallte zurück und fing sich nur mühsam. „Aber ... Nelai und Èsralon..."
„...haben Kinder. Und eine Menge Ablenkung voneinander. Warten wir es ab."
„Ja, das tun wir. Aber ich werde dich niemals verraten. Du hast mein Wort. Mit den Göttinnen als Zeuginnen. Auch wenn dir dies keine Bedeutung hat, weißt du, welche es mir hat."
Die Kriegin lächelte.

Am folgenden Tag hielt Rednawén Übungskämpfe, an denen die Naltivi zu sehen vermochte, dass eines sie argte. In einer Ruhepause, Nyrden selbst hatte keine weitere Beschäftigung als das Trinken heißen Weines, während sie ihr von einer Klappbank aus zusah, sprach sie sie darauf an.

„Das Fastenbrechen", stöhnte die Gefragte mit einer wegwerfenden Handbewegung. „Es schwächt den Körper. Ich kann es nicht ändern. Fasten ist mir wohl, und essen ist mir wohl. Der Weg dazwischen ist nicht meins, nur kann ich es nicht ändern. Ich hatte dich gewarnt."

Nyrden lachte leise und nahm ihr den neuen Helm ab. Er war zunächst schwarz gewesen, als er aus der Schmiede gekommen war. Rednawén hatte ihn nach der Erneuerung ihres Kriegseids erst zur Glänze poliert und ihn dann an der Außenseite wiederum mit Ruß schwärzt.

„Immer schmutzige Hände", murmelte der Gast versonnen.

„Der Ruß erinnert. Meine Ahninnen hatten nicht die Wahl sauberer Hände." Misse lag in der Jüngeren Stimme.

Nyrden rührte ihren Arm. „Ich bin keine Riktènn."

Rednawén Stirn glättete sich wieder, sie lächelte mit einem Mal. „Ja. Weit davon entfernt."

Die Sitzende bat sie neben sich auf die Bank. „So bist du auf dem Schlachtfeld für jede zu erkennen."

Ein fragendes Nicken.

„Du machst dich zur Zielscheibe."

„Sicher. Das ist der Preis eines höheren Ranges. Wenn ich durch meinen Tod den einer anderen verhindere, ist dies Teil der Führung. Aber wir schwärzen die Helme weniger für die Schlacht. Wer höheren Rang trägt, ist auch dem Gedenken gegenüber stärker verpflichtet."

„Erklär es mir." Nyrden gab ihr den Kopfschutz zurück.

„Erklärt es sich nicht selbst? – Wer führt, erhält die Aufmerksamkeit, die Menschen gerne suchen, in vielen Fällen sogar Anerkennung. Das kann zu Überheblichkeit führen und ebenso süchtig machen wie Wein, ebenso zu Kopf steigen und den Verstand rauben, wenn es nicht rechtzeitig gehindert wird. Wer einen erhöhten Rang hält, muss die Wirklichkeit ihrer eigenen Größe gewahren, stärker noch als alle anderen, sonst wird ihre Überheblichkeit andere zu Schaden führen. Die, die großer Kraft sind, müssen sie in den Dienst Schwächerer stellen, um nicht zu herrschen. Führen darf niemals Herrschaft bedeuten. Wenn wir es nicht gemeinsam schaffen zu überleben, hat das Überleben der Stärksten keinen Sinn, das haben uns die Riktènn gelehrt. Auch meines nicht. Es gibt keine Ausnahmen. Es darf keine geben, verstehst du? Herrschaft ist immer fehl."

„Wie unterscheidest du es? Herrschen und führen."

Die Heerführin sann kurz nach. „Um zu herrschen, müsste ich andere demütigen. Führen bedeutet die eigene Unterordnung unter das Wohl der Gemeinschaft. In den Tod zu gehen, wenn es gefordert wird, aber auch, andere in den Tod zu schicken. Wenn es dem Wohl der Gemeinschaft dient."

„Aber Herrschen ist Macht", wandte Nyrden ein. „Und andere in den Tod zu schicken, bedeutet die größtmögliche Macht über sie."

Rednawén bejahte. „Ganz trennen lässt es sich nicht, zumindest nicht im Krieg, weil beide nicht ohne Macht auskommen und Macht endlosen Schaden bringen kann. Darum die immerwährende Erinnerung. Es hilft, in der ersten Reihe vor ihnen zu stehen, wenn der

Kampf beginnt. Ihre Erste zu sein, vielleicht die Erste, die stirbt. Nicht als ihre Gebietin hinter ihnen in Sicherheit zu verharren. Vielleicht liegt der Unterschied auch im Opfer: Führende opfern sich selbst und notfalls andere für die Verbleibenden. Herrschende opfern sich niemals selbst. Sie verbleiben selbst." Sie lächelte. „Das ist der Weg einer Kriegin, die führt oder herrscht. Nicht der einer Gartnin, die als Stadtwahrin neue, friedvolle Wege findet."

Nyrden bemerkte die ungewohnte Rücksichtnahme und ehrliche Anerkennung, ehe sie leise seufzte. „Mir ist es vollkommen anders darin. Ich wurde zu dem Dienen angeleitet, das du nicht gutsagst ... was ich mittlerweile ähnlich beurteile. Jetzt diene ich Runjhày auf bessere Weise, denke ich. Nicht zu herrschen, war nie meine Schwernis. Meine Schwernis ist, dass Runjhày meine Stärke braucht, und in ihr habe ich wenig Erfahrung."

„Aber alle Voraussetzungen." Die Leyawi küsste sie. „Deine Führung erstarkt jeden Tag. Habe Geduld. Und das sage ausgerechnet ich dir." Sie verdrehte die Augen und grinste.

Am Tag vor ihrer Abreise kam eine Kriegserklärung von Wethen. Als er das Heer bereitmachte, war Éyark nicht wenig verstimmt darüber, in der ersten Essenszeit in ernsten Streit ziehen zu müssen.

Nyrden, die darum gebeten hatte, die Botschaft lesen zu dürfen, war erschrocken über die darin gebrauchten Worte. Wethen, das an dieselben Göttinnen glaubte wie Naltivi, berief sich auf eben diese und verkündete den göttlichen Auftrag, die Unholden, die einst aus der Erde gekommen wären und menschliche Gestalt angenommen hätten, zu den Totengeistern zu schicken. Eine Berufung auf ein Orakel schloss die Ausführungen: Wenn Leyawi wieder von Menschen besiedelt werde, würden fruchtbare Ernten der südlichen Ebene nicht mehr fernbleiben.

„Anstatt zu sagen, sie wollen Salz!", fauchte Rednawén, als Nyrden ihr die Rolle zurückgab. „Geschichten zu erfinden, uns Menschsein abzusprechen, über die eigenen Ernten zu lügen! – Wie gut sollen die Ernten werden?! – Salz ist es, was sie wollen, und darum wird nun Krieg geführt! Warum sagen sie es nicht? Als hätten ihre dummen Göttinnengeschichten ihnen den Verstand genommen!"

Die Naltivi erschrak über den Frevel, ging jedoch nicht darauf ein. Noch niemals hatte sie die Geliebte so aufgebracht erlebt. Forschend blickte sie sie an. „Es ist so lange her, dass ihr Frömmigkeit verbannet. Aber da ist immer noch Grimm in dir. Warum?"

„Weil es nicht lange her ist!" Rednawéns Augen glühten. „Ich habe die Minen gesehen, du nicht! Du hast keine Vorstellung davon, was die Riktènn im Namen angeblicher Göttinnen taten. Sie hätten die Alten ohnehin getötet, wenn ihre Körper schwächer wurden. Aber im Namen der Göttinnen wurden sie zu Tode gefoltert! Genauso wie kranke oder schwach wirkende Kinder! Du willst nicht wissen, was mit Kindern geschah, deren Eltern als eine Werkin und eine Kriegin vermutet wurden. Selbst mit Ungeborenen! Im Namen verdammter blutdürstiger Göttinnen!"

Nyrden war betroffen.

„Laar wird dir auch von Relàr erzählt haben."

Sie nickte.

„Er war mein Altvater! Er hätte seine Frau und seinen Sohn geopfert! Sein Blut fließt zu gleichen Teilen in mir wie das Danrùns! Es ist keineswegs lange her! Misstrauen hat Gründe!"

„Und Schmerz auch", hauchte die Ältere.

„Ja!"

Sie wählte ihren Tonfall mit großer Vorsicht. „Aber, Dare, es ist lange her. Zwei Generationen. Eine, wenn du willst. Du lebst heute."

„Im Erbe des Vergangenen! Éyark zieht nicht im Gestern aus, um unsere Grenzen zu schützen. Weißt du, wie oft ich auf dem Schlachtfeld höre: ‚Lasst sie uns in die Erde zurückschicken!'? Im Namen von Göttinnen? Weißt du, wie viele ich verloren habe? Wie es ist, nach der Schlacht die Gefallenen zu zählen, selbst aber überlebt zu haben? Jedes Mal? Wie viele in Verhandlungen beargt werden, um Leyawi zu beschämen? Welche Folgen es für die Gefolterten hat, ihre Gefährtinnen, ihre Kinder?! Es besteht noch heute! Und der unerwartete Reichtum durch das Salz macht es nicht leichter! Verdammtes Salz! Verdammte Göttinnen!"

Sie schwiegen, bis Rednawén sich ein wenig beruhigt hatte. Dann sagte sie leiser: „Menschen sind unterschiedlich. Aber sie sind gleich viel wert, und es ist ihre eigene Sache, wie sie leben. Wir töten keine, weil sie Göttinnen anbetet. Aber wir werden unter der Lüge, wir seien Unholde, getötet. Zu sagen: ‚Wir wollen euer Salz', wäre nicht nur ehrlicher. Um Salz mag gekämpft und gestorben werden. Aber gequält wird, weil Menschen glauben, sie seien im Recht und andere nicht und sie selbst damit von höherem Wert. Das ist die Folge von Göttinnenglauben, die ich sehen kann: Qual. Nicht bei dir. Aber an so vielen Orten. Menschen sind gleich viel wert", wiederholte sie.

Nyrden zögerte lange. „Wie verträgt sich Tributpflicht mit dieser Ansicht?", fragte sie dann.

„Andere Völker in Tribut zu halten."

Die Kriegin merkte auf. „Gar nicht..."

Nyrden staunte.

„...wenn du die Völker nebeneinander anschaust, nicht nur eines. Ich könnte sagen, es diene dem Wohl aller, wenn wir nicht immerzu angegriffen werden, Tribut mache dies möglich. Aber nach all den Jahren in der Schlacht weiß ich: Es ist Unsinn. Tributschuld ist eine Rache gegen Bezwungene, die uns alle in blutigem Atem hält. Tribut führt zu neuem Krieg, zu dem Wunsch, die fremden Gebietinnen abzuschütteln. Ich verstehe das gut. Während meiner Heerführe hat Leyawi sich von mancher Tributschuld befreit, und immer war es für mich mit der Befreiung von Herrschaft verbunden. Es ist die Sicht auf ein Volk: Die Meinen sollen nicht unterworfen sein. Die Völker, die uns Tribut schulden, werden das nicht anders sehen. Aber ich kenne keinen Ausweg. Ich lasse nicht zu, dass Leyawi..." Sie hielt kurz inne. „...oder nun auch Runjhày Schaden nehmen. Wenn du sagst, dass Tribut Runjhày nicht schadet, beuge ich mich deinem Urteil, Stadterste. Aber Leyawi sieht dies anders. Tribut bedeutet Unterworfenheit, und sie bedeutet Unglück. ‚Lieber tot als unterworfen!' war der Schlachtruf, der ‚Sieg oder Tod!' vorausging. Der zu Danrùns Zeiten lautete: ‚Tod den Gebietinnen!'. Wir wissen, warum wir uns jedes Jahr daran erinnern."

Die Wahrin legte den Arm um Rednawén, erwartete deren Widerstand ob möglicher Zeuginnen. Doch er blieb aus. Stattdessen barg ihre Gefährtin sich bei ihr, wenn auch nur kurz.

Auf Runjhày war gute Stimmung. Wie nicht selten, wenn es Frühling wurde, war Garlons gehobene Laune an den Speisen bemerkbar. Hinzu kam, dass der Truchsess sich verliebt hatte. Runjhày tafelte so lange wie zu einem Fest, bis Rilan um eine Aufstellung der Kosten bat und danach Mäßigung anordnete.
Er selbst lachte in diesen Tagen auffallend viel und wirkte weniger sorgenbeschwert als gewohnt. Rednawén bemerkte es stirnrunzelnd, doch wohlwollend.
„Mawakai hat geschrieben", berichtete Nyrden. „Sie kommt zum Frühlingsrat."
„Ich dachte, es sei nicht möglich. Er ist doch abendelang deswegen nicht aus der Schriftenkammer gekommen und hat geschmollt. Wegen angeblicher Handelsvorbereitungen, von denen sonst keine weiß."
Sie sah sie trotz ihrer üblichen Sänfte tadelnd an. „Ränkeschmiedinnen wurden gefasst und ein böser Plan zu Mawakais Sturz vereitelt. Das vermochte keine zu wissen. Ihr Vetter wird Lerusm halten, während sie hier weilt. Gönne Rilan seine Freude."
„Das tue ich." Rednawén ruhte darüber. Ihre Gefährtin wartete und wünschte, die Öffnung, die das Fasten in ihr bewirkt hatte, möge immer bleiben.
„Früher ... hätte ich geglaubt, sein Glück sei größer als unseres. Weil Mawakai und er sich aus dem Weg gehen können. Weil Sehne nacheinander, nicht alltägliche Gegenwart oder Öde ihre Tage hält. Weil ihnen gewahr bleibt, wie kostbar es ist, die Nacht miteinander zu teilen, nicht wer schnarcht oder wem die Decke stiehlt. Schau nicht so, Naltivi. Heute ... Ich weiß nicht, was du mit mir anstellst, aber du bist mir gut. Ich bin froh über dich und verbringe gerne Zeit mit dir. Jeden Augenblick. Das war mir vor dir nie so. Es heißt nicht, dass ich nicht auch gerne allein bin, manchmal. Aber früher ... Ich habe viele verloren, die mir bedeuteten. Oft habe ich erst, nachdem sie gefallen waren, verstanden, wie groß ihre Bedeutung für mich war. In deiner Gegenwart weiß ich jeden Augenblick zu schätzen. Es ist ein wenig wie mit Resa. Er mag mir noch so sehr den Tag versäuern, ich mag ihn fortschicken, aber wenn ich ihn sehe, wird es mir wohl."
Nyrden bebte. Großäugig bot Rednawén ihr Umarmung. „An Liebesworte von dir muss ich mich erst noch gewöhnen", gestand Nyrden und wischte eine erste Träne fort. „Vielleicht solltest du auch ihm einmal sagen, wie viel er dir ist."
„Das kann ich nicht. Er weiß es auch."
„Wiehl wäre ein Wort von dir darüber ihm gut."
Rednawén schüttelte den Kopf. „Hab Geduld, Naltivi", sagte sie leise.

Dieser Frühling brachte überaus gutes Wetter, das den Garten in Pracht erblühen ließ. An Ruhetagen wurden die meisten Spiele auf seinen mittigen Platz am Ratsbaum verlegt, und fast jede Runjhày der Stadt hielt sich immindest eine Weile an jedem Spieltag in der Pflanzenstätte auf. Auch dieser Sommer verging ohne Fehden. Obwohl Nyrden gewahrte, dass es Rednawén wohl war, bemerkte sie zudem beginnende Langeweile an ihr, der die Heerführin durch ungewöhnliche Übungen entgegentrat, besonders im Klettern, Schwimmen und bei Balkenkämpfen. Remneù beriet sie auf ihr Geheiß in Weiterem über den Kampf seines Volkes. Wohl wurden die beiden einander dennoch nicht. Der Sommer war heiß, hielt aber genug Regen. Die Ackerbauinnen Runjhàys erwarteten eine gute Ernte und Mawakai und Rilan ihre erste Erbin. Im Herbst ließ sich Rednawén von Jennai zu einem Fest überreden, das zwar nicht wie früher Messstreite um Preise hielt, wohl aber Kampfdarbietungen, in denen die Streitinnen ihre merklich verbesserte Kriegskunst zeigen konnten, die die Kenntnisse mehrerer Völker vereinigte.

Mit dem ersten Schnee erklärte Nyrden ihrer Gefährtin, sie zu deren heimatlicher Feste zu begleiten.

Rednawén verneinte mit plötzlicher Heftigkeit. „Leyawi ist kein Ort für dich, das habe ich dir schon einmal gesagt! Auch nicht im Winter."

„Und darum glaubst du, es mir verbieten zu können?", fragte Nyrden ruhig.

Die Jüngere hielt inne und wurde langsamer. „Nein", gab sie nach. „Aber ich will keinen Schaden für dich. Es würde dich beargen, so lange dort zu sein. Außerdem bin ich in der Zeit meist ... nicht sehr freundlich."

„Es ist doch nur ein Mond, Liebste. Du kannst mir mehr zutrauen. Unfreundlichkeiten deinerseits sind ja nun auch auf Runjhày keine Seltenheit."

Sie ächzte. Dann stimmte sie widerwillig zu. „Ich kann dich wohl kaum abhalten. Aber erwarte keine Sänfte von mir. Es ist die Zeit des Gedenkens, nicht der Liebesbänder."

Doch durch einen frühen Schneeeinbruch kam es anders. Gewöhnlich hielt der Winter seinen Einzug nach Runjhày erst lange, nachdem er über die Höhen gekommen war. Jedoch ehe die Leyawi aufbrechen konnten, waren die Pässe in den südlichen Bergen unbetretbar geworden, und der Weg durch Kirak wurde von solchen Schneestürmen heimgesucht, dass dessen Wahrin eine Nachricht schickte, die Reisen über ihn schon jetzt einzustellen, nicht erst gegen Sonnenwende.

„Wir bleiben hier", freute die Naltivi sich, als sie dies las.

„So ist es." Rednawén dehnte wohlig jede Silbe.

Nach einem guten Jahr verbrachten sie einen guten Winter miteinander. Nyrden fand in dessen Ruhe im Vertrauten an der Gefährtin eine Sanftheit, die sie selten gespürt hatte.

„Genieße es, es dauert nicht lange", riet ihr Rednawén, als sie es ansprach. Aber sie lächelte, und Nyrden vermochte zu spüren, wie sie sich vornahm, den unausgesprochenen Wunsch im Gedächtnis zu behalten.

Mawakai hingegen, die auf Runjhày weilte, als der heftige Schnee einsetzte, war nicht froh über diese Wendung, da sie ihre Erbin auf Lerusm gebären wollte. Lange hatte sie mit sich gerungen, den Ritt dennoch zu wagen, sich schließlich aber der Vernunft gefügt und war geblieben.

Täglich ging der glückliche Rilan in den Tempel, um Opfer für das Wohl seiner Gefährtin und des Kindes zu bringen. Einmal jedoch, nach einem Dankopfer, als dessen Zeugin er sie nicht gewünscht hätte, sah er die Lerusme an einer nahestehenden Säule lehnen, während er sich erhob. Mawakais Gespür für Augenblicke, die ihn in Verlegenheit brachten, war bemerkenswert. Rilan ging zu ihr und küsste sie.

„Du dankst für Schnee?", fragte sie mit Scherz in der Stimme und nickte gen Opferschale. Er lächelte. „Du bist den Winter über hier. Ich sehe unser Kind nicht erst im Frühling. Welchen Grund hätte ich, den Göttern nicht für den Schnee zu danken?"
Mawakais Miene verdüsterte sich. „Den der Gefahr von Stuhlsturz für mich. Ich kann es mir nicht erlauben, Lerusm zwei oder drei Monde in der Obhut anderer zu lassen, von denen wer auch immer meinen Sturz anstrebt! Und Bekai ist ein Ochse!"
„Du kannst das Wetter nicht ändern. Muss ich deshalb Trübsal blasen?", versuchte Rilan, sie zu beschwichtigen. „Und ... falls es je dazu käme, was ich nicht hoffe: Auf Runjhày ist immer ein Platz für dich."
„Wie kannst du es wagen?!", erboste sie sich.
„Es war als Liebesbeweis ge..."
„Liebesbeweis? Ich bin Lerusm, Händler! Ob du es verstehst oder nicht: Ich werde niemals hier leben können!"
Sie bebte, Rilan antwortete zunächst nicht, die Augen von ihr abgewandt. Dann sprach er: „Missverstehe mich nur. Ich wünsche dir Lerusms Wohl, auch wenn dies den größten Teil des Jahres Trenne von dir bedeutet. Da ist kein Grund, mich anzuschreien. – Mawakai?"
Sie verzog das Gesicht und stützte sich an der Säule ab. Er griff Mawakais Arm, sie lehnte sich an ihn, war jedoch zu schwer für ihn. „Hol die Wehmütter", keuchte sie.
Rilan nahm seinen Umhang ab und breitete ihn auf dem Boden aus.
„Die Wehmütter!", wiederholte sie drängend, als er ihr half, sich darauf niederzulassen.
„Wir brauchen Hilfe!", rief er.
Aus einer Andachtsnische kam Anchai gelaufen.
„Hol die Wehmütter", wies sein Stadtwahrer ihn an.
„Hierher?"
„Ja! Beeil dich!"
Er rannte.
Mawakai gebar ihren Sohn, den sie Wonta nannten, an der Stelle im Tempel, die die einzig beheizbare war: zwischen den großen Opferschalen, welche zur recht schnell beendeten Geburt nicht Rauchwerk, sondern eilig entfachte Feuer trugen.
Runjhày hielt große Freude, die in Musik, Schmückung und frohen Wünschen bekundet wurde. Als die Schneestürme nachließen, wurden Verwandte, Freundinnen und Verbündete zum Geburtsfest geladen. In dessen Vorbereitung bat Rilan seine ausgerufene Gemahlin um ein Gespräch. Sein Ton war sehr in Vorsicht. „Ich werde Wonta als meinen Erben ausrufen. Wenn du Kinder haben solltest, stehen sie ihm im Erbe nicht nach, alle würden geprüft werden. Aber falls du keine hast, erbt er das Anrecht auf die Stadtwahrung."
Die Verwunderte ergriff Rilans Hände. „Darf ich ihm einen Segen meines Volkes schenken?"
Er strahlte. „Es wäre uns Glück und Ehre."
Sie umarmte ihn, zum ersten Mal. Froh erwiderte er sie.

Nach einer längeren vergeblichen Suche fand Rednawén ihre Gefährtin in der Gartenkammer. Als sie eintrat, bemerkte sie die Schwere in der Luft. Rauch aus einer kleinen Schale versuchte, sie zu mindern.
„Was ist?", fragte die Eintretende.
Nyrden sah auf. „Ich ... ich ... ach, ich weiß nicht."
„Es ist dir um Brut, nicht wahr? – Ich bin hier."
Sie seufzte, senkte den Kopf.
Rednawén trat näher.
„Ich fühle mich scheußlich", gestand die Naltivi. „Ich gönne Rilan und Mawakai Wonta sehr. Es ist nicht, dass ich es ihnen nicht wünschen würde."
„Das eine hat auch wenig mit dem anderen zu tun, abgesehen von der Erinnerung an deine eigenen Wünsche. Du willst Kinder."
„Ja." Ihre Stimme war ein Hauch. „Aber ich werde in diesem Leben keine eigenen haben."
„Du hast mein Wort dazu gehört", entgegnete die Streitin. Sie rang mit sich, sie in die Arme zu nehmen, entschied sich aber dagegen und blieb stehen.
„Das ist nicht meins", verneinte Nyrden, den Blick zur Seite gerichtet.
„Du musst ja nicht unbedingt mit einem tanzen. Wenn dir das so ungeheuer wichtig ist, was du Treue nennst. Du weißt, dass ich es anders sehe. Ich will mir nicht in einigen Jahren anhören müssen, dass du meinetwegen keine Kinder hast. Frage einen. Dir ist Brut wichtig."
Kurz trat Schweigen zwischen sie.
„Lass mich Naltivi bleiben", bat Nyrden dann. „Ich muss nicht alles in einem Leben halten."
Der Gegenüber Augen lagen schätzend auf ihr. „Aber vielleicht alles, was dir wichtig und nicht schwer zu erlangen ist."
Sie ließ die Schultern hängen. „Manchmal beneide ich dich um Resa."
„Resa?" Rednawén schnaufte. „Er ist unbeherrscht und bockt ständig herum. Es stand ihm zu, mich als Waffenmutter zu wählen, aber ich halte es für keine kluge Wahl."
Nachdenklich zog Nyrden die verrutschte Decke wieder über ihre Füße. „Das mag auf dem Strohplatz gesagt werden", sprach sie leise, und lauter, als Rednawén die Brauen hob: „Doch ich sehe auch, wie leicht er dich zum Lachen bringt. Wie sehr ihr beiden die Spiele genießt. Wie lieb du wirst, wenn er sich abends an dich kuschelt. Und dass du dich im Schlaf ihm zu drehst und nicht mir zu. Wenn du die Entscheidung treffen müsstest, Resa zu retten oder mich, wäre die Wahl bereits getroffen."
Die Leyawi sog Atem ein.
„Er ist ein Kind, ich sage das gut. Es ist eines, das ich an dir liebe. Und ich liebe auch ihn."
Nyrden blinzelte eine Träne aus dem Auge. „Aber ich hätte gerne eigene – meinetwegen Brut. Und gleich, wie du es siehst, mir ist Treue wert. Mein Weg ist mit dir. Mit dir kann ich keine eigenen Kinder haben, also werde ich keine haben."
Rednawéns Gesicht zog hinter ihre unbewegte Maske. „Mache es mir nie zum Vorwurf. Es ist deine Entscheidung." Sie wandte sich zum Gehen, weil sie Nyrdens Leid ebenso wenig zu ertragen vermochte wie ihre eigene Hilflosigkeit.
„Bleib. Bitte." Die Naltivi streckte die Hand nach ihr aus.

„Ich hole Jilla", versetzte die Kriegin. „Ich bin dir jetzt keine gute Gesellschaft."
Nyrden ließ ihre Hand wieder sinken.

Berretas schickte reiche Gaben, die ihre Schwester für Naltivi übergeben würde, und entschuldigte ihr eigenes Fehlen bei dem Fest mit schwerer Krankheit; eine Botschaft, die Nyrden merklich in Sorge warf.
Wie es in beiden Völkern Wontas Herkunft üblich war, würden die Geschenke und Segen zum Geburtsfest erst von Verbündeten, dann von Freundinnen und dann von Verwandten dargebracht werden. Nyrden war zutiefst erstaunt darüber, dass ihr selbst der Rang zwischen Leyawi und Kelon zugewiesen wurde.
Als im Anschluss an einen Tempeldienst in der Halle die Gabenreichung begann, war Resa in Gedanken versunken. Der Knabe hielt mittlerweile mehr als Nyrdens Größe und trug mit großem Stolz sein erstes eisernes Gerät, wenn es auch noch immer stumpfklingig war. Lange hatten seine Bewegungen in Nachahmung der Haltung wie des Ganges Rednawéns eine Lächerlichkeit gehalten, die Runjhày nur Kindern gegenüber ohne Spott ließ. Nun aber, da er an Kraft und Gewicht zugenommen hatte, vermeinte Nyrden, einen Krieger heranwachsen zu sehen, der großen Erfolg haben würde.
„Sie sagen, ein Kind, das zur Frühlingstagnachtgleiche gezeugt wurde und nahe dem Jahreswechsel im Tempel geboren wurde, sei außergewöhnlich und von den Göttern gesegnet", berichtete er. Sein Blick zeigte Verwirrung.
„Sie erzählen Unsinn", erwiderte seine Mutterschwester. „Wenn es zur Tagnachtgleiche gezeugt wurde, hat es kaum die Wahl, zu einer anderen Zeit gesund geboren zu werden als nahe der Sonnenwende. Ein Kind ist ein Kind. Dass es lebt und wohlauf ist, reicht."
Die Reihe der Schenkenden zog langsam zu den Dreien am Kopf der Halle. Nyrden hatte Rilan und Mawakai noch niemals so glücklich gesehen. Nach einer Weile trat Resa vor, Rednawén hielt sich hinter ihm. Er räusperte sich. „Möge ein glückliches Leben dich erwarten, Wonta, Sohn aus den Häusern Beantu von Lerusm und Geiht von Runjhày. Mögen deine Häuser dich in Stärke anleiten, mögest du ihnen Sicherheit und Dauer geben. Leyawi bietet dir, deine Ausbildung oder Teile davon auf Leyawi zu verbringen. Falls du ein Krieger wirst, wird Leyawi Waffen auf dich zuschmieden lassen. Wirst du ein Händler, wird Leyawi dich vor anderen Häusern im Handelsbündnis bevorzugen, ungeachtet der Bündnisse deiner Eltern. Dies mag als Zeichen des Bündnisses gelten." Resa trug die beiden mitgebrachten Körbe nacheinander nach vorn, was ihn ohne Rednawéns Hilfe sichtlich anstrengte. Der kleinere Korb war bis zum Rande mit Edelsteinen gefüllt, der größere mit schmiedebereiten Eisenrohlingen. „Möge ein glückliches Leben dich erwarten, Wonta."
Nyrden spürte sich strahlen und schaute kurz auf ihre Gefährtin, in deren Miene sich Stolz auf den Schüler zeigte. Dieses Geschenk war unerhört großzügig, nur eben so groß, andere Gebinnen nicht zu beschämen. Neben seiner Güte für das neugeborene Kind zeigte sich wiederum, dass Leyawi an einem Bündnis mit Lerusm und Runjhày große Wichtigkeit hielt.
Resa verneigte sich und kehrte zu Rednawén und Nyrden zurück. Letztere lächelte ihm freundlich zu, doch er gewahrte es nicht, da sein Blick den seiner Ausbildin suchte.

„Gut", hörte sie Rednawén leise, als die beiden zur Seite abgingen und Nyrden selbst vortrat. „Das nächste Mal keinen Knoten im Hals, schlucke ihn vorher herunter. Sonst gut."

Das Fest war das prunkvollste, das Nyrden je auf Runjhày erlebt hatte; nicht einmal ihre eigene Handgebe glich ihm. Sie selbst hatte mit Jilla die Halle geschmückt, Düfte wurden verschwenderisch in die Luft gegeben, und das Essen übertraf alles, was Garlon und die Seinen bisher geboten hatten. Die meisten Gäste blieben noch einige Tage. Jennai trug dafür Sorge, dass sie ihnen angenehm gemacht wurden und dass es keine Verhandlungen gab, zu denen Treffen, gleich aus welchem Grund, gewöhnlich genutzt wurden. Diese Zeit galt allein der Entspannung und der Feier des Kindes. Doch sogleich nach dem Bescheid über freie Wege gen Lerusm brach Mawakai mit Wonta auf. Rilan war danach mehrere Tage lang so betrübt, dass selbst der Rat ihn schonte.

Rednawén und ihr Kampfgefährte hielten auf dem Strohplatz ihren ersten Messkampf nach der Faste. Schon bald gab Masùn ein Zeichen seiner Aufgabe.
„Bist du krank, Ellenklinge?"
„Nein. Du bist mir zu schnell", schnaufte er.
Die Heerführin schaute ihn entgeistert an. „Ich war noch nie langsam. Was meinst du?"
„Früher hast du auf einen Angriff mit Wehr geantwortet. Mit schneller Wehr. Aber heute habe ich den Eindruck, deine Antwort beginn, wenn mein Körper einen Hieb zu denken beginnt. Als horchtest du in mich hinein. Wie deine Frau. Ich schätze, du hast es von ihr gelernt. Sie lehrte dich Ruhe."
„Was hat das eine mit dem anderen zu tun?"
„Offensichtlich viel", lächelte er und gab ihr ein Schweißtuch.
Derweil betrat Nyrden die Schriftenhalle. Rilan, der langsam wieder zu Laune kam, sah ihr entgegen. „Nachricht von deiner Schwester." Er gab ihr die Rolle und erklärte: „Ich habe das Siegel geöffnet, weil sie an mich gerichtet war. Seltsamerweise. Wir werden sie und Setola bald als Gäste begrüßen können."
„Tatsächlich?"
„Auch wegen nachträglicher Geburtsgrüße, sie werden über Lerusm reisen. Zur Frühlingstagnachtgleiche wird dein Bruder Vithan die Hände geben, die Greja hält."
„Ich kenne sie", nickte die Naltivi.
Nachdem sie das Schreiben gelesen hatte, zog sie sich mit Jilla in ihr Gartengemach zurück. Seine Freude über den erwarteten Besuch, sein Glück darüber, dass auch seine Töchter sich angekündigt hatten, vermochte Nyrden kaum zu teilen.
Später ließ sie das Bett nach wärmenden Kräutern riechen. Dann wusch und ölte sie sich in edlen Gerüchen. Unbekleidet und mit geöffnetem Haar wartete sie auf Rednawén. Als diese den Raum betrat, wurde sie in die Decken gezogen. Sie roch nach der Harzseife, die Nyrden für sie angefertigt hatte. Geeint mit der Geliebten eigenem Geruch, war dies der Naltivi liebster Duft geworden. Doch an diesem Abend konnte sie ihn nicht genießen. Eine Weile kosten und spielten sie, bis Rednawén sich halb aufrichtete und die Ältere schätzend fragte: „Nun?"

„Nun, was?"
„Ich würde mir gerne einbilden, dass du mich nur so verwöhnst, weil du mich maßlos begehrst. Aber du warst heute sehr still. Ist es um deine Geschwister? Was willst du mir sagen?"
Nyrden wollte widersprechen, hielt aber inne und suchte, plötzlich ernst, kleinen Abstand von ihr. „Du weißt, wie sehr ich dich liebe."
„Das klingt ernst."
„Ja." Die Naltivi sah nieder. „Sie dürfen nichts von uns wissen. Ich diene Runjhày, und das bedeutet in ihren Augen Rilan. Auch im Tanzen. Ich bin eine Drittgeborene. Ich darf nicht an mein Glück oder gar Vergnügen denken. Ich darf keine Gefährtin haben. Weder Mann noch Frau. Aber unser Band würden sie verachten." Sie bangte.
„Gibt es noch mehr, das dich bedrückt?", erkundigte sich Rednawén ungewohnt gelassen.
Nyrden war verblüfft. „Du bist mir nicht arg?"
„Nein. Ich habe vor einigen Ehemännern Schweigen bewahrt, da fallen zwei Geschwister kaum ins Gewicht. Sei nicht unglücklich. Sie bleiben ja nicht lange."
Sie floh in Rednawéns Arme. Schweigend lagen sie so, bis die Jüngere sprach: „Ich habe auch eine Bitte: Entlohne mich nicht mit Tanz. Weder für erfolgreiche Taten noch für Wohlverhalten oder Bitten darum. Wir sind geeint, und du bist mir viel."
„Du mir auch", hauchte Nyrden.
„Und nur so will ich unseren Tanz verstanden wissen. Kannst du mir dies zusagen?"
Sie bejahte und fühlte sich seltsam beschämt. Dennoch war sie froh über die Antwort.
„Was noch?"
„Ich ... weiß es nicht wirklich. Ich sollte mich freuen, sie zu sehen. Ich hatte Furcht, dass du wütend wirst. Du bist es nicht, und ich fühle mich dennoch unwohl. Ich ... habe mich nie so wertig für Naltivi gefühlt wie Berretas oder Setola. Nun scheue ich ihr Urteil."
Rednawén zog die Stirn kraus.
„Berretas ist Erbin unserer Mutter. Sie ist Priestin und Stadtwahrin. Setola wurde Gärtner wie unser Vater." Nyrden seufzte leise.
„Und als die Drittgeborene in die Lehre trat, waren alle Plätze schon mit mehr Erfahrung besetzt", ergänzte Rednawén.
„Woher..?"
„Es klingt nach Éyarks Klagen. Die Schwernisse mögen unterschiedliche Gesichter haben, sind sich aber ähnlich. Er litt immer darunter, Èsralon und mir in der Wahrung nachgestellt zu sein und mir in der Heerführe. Er tröstet sich damit, dass Geburtsfolge unveränderlich ist. Als Èsralon Stadterste wurde, war er kaum älter als Resa jetzt und kam so kaum in Frage. Aber es nagt noch immer an ihm, dass er mir im Kampf meist unterliegt."
„Ist das so?"
„Ja. Ich schätze, seine Schulung als Kind war zu weich. Nicht so unmäßig wie Resas früher, aber in schonenderer Lehre als meine. Seit er sein Auge verloren hat, kämpft er auch schlechter. Er würde mich hassen, wenn uns nicht auch Freundschaft bände."
Nyrden, die der Leyawi Liebe zu deren Bruder spüren konnte, wann immer sie von ihm sprachen, schwieg zu dieser Untertreibung und seufzte abermals. „Größere Nähe zu Setola

würde ich mir auch wünschen. Aber seine Gartenhege ist ... vollkommen, meine nicht. Das habe ich immer gespürt. Ich fürchte, ich bin darin nicht demütig genug."
„Meinst du nicht, er wird es zu schätzen wissen, dass du den ersten Verhandlungsgarten der Berge begründet hast?"
Sie verneinte. „Im Vergleich mit seinen Gärten ist dieser hier ... eine Beleidigung für alle Gäste des Hauses."
„Warum setzt du dich selbst herab?", fragte Rednawén in kurz aufflammendem Zorn. „Ganz Runjhày liebt deinen Garten! Wir stellen nachts Wachen auf, um die Blüten zu schützen. Du weißt, wie teuer es ist, beim Diebstahl ertappt zu werde. Dennoch sehe ich sie über Türen und in Zellen, wann immer ich Freundinnen besuche. Ich bezweifle, dass sie alle gekauft wurden, besonders bei Laar und Anchai. – Dembei wahrst du eine Stadt. Deine Tage sind lang."
Die Naltivi seufzte ein drittes Mal. „Das werden sie nicht verstehen. Ich habe mich von den Wurzeln meiner Herkunft sehr weit entfernt. Dass ich Äste und Blüten trage, werden sie nicht sehen. Denn das war für mich niemals vorgesehen." Sie war dankbar dafür, dass nun Schweigen in die Kammer trat. Selten hatte Rednawén ein Tanzangebot von Nyrden abgelehnt, und jedes Mal war sie vom Werk erschöpft oder übernächtigt gewesen. Doch ihre Gefährtin fühlte sich eben darum, dass sie es nun tat, an diesem Abend sehr geliebt und geborgen. Nyrden drückte sich an sie, und schließlich schlief sie ein wenig ruhiger ein.

Am Tag der erwarteten Ankunft ihrer Geschwister bot Jilla Nyrden seine Gewänder zur Wahl, doch Nyrden lehnte ab und entschied sich für eines ihrer eigenen schlichteren Festkleider. Jilla, der ungewöhnlich viel lachte, fand selbst für Rednawén freundliche Worte. „Als wäre er verliebt", bemerkte sie.
„Seine Töchter bleiben bis zu Berretas' Rückkehr aus Greja hier", berichtete Nyrden, und nachdenklich: „Manches Mal glaube ich, er vermisst Naltivi sehr."
Rednawén betrachtete sie sehr aufmerksam. „Aber du nicht."
Nyrden erschrak, fand keine Worte. „Ich muss noch Opfer bringen", sagte sie und floh.
Die Leyawi sah ihr wöhnend nach.

Bald vor Beginn des Nachmittagsmahles war der Tross der Naltivi in der Ferne zu sehen. Nyrden erwartete sie am Gastpfahl, als sie in die Stadt einritten. Nachdem sie abgesessen hatte, maß Berretas ihre Schwester mit einem Blick, der kaum Ferne zu Fassungslosigkeit hielt. Mehrfach wanderte er an ihr auf und ab.
Diese bot ihr den Gruß der Naltivi. „Bist du wieder wohlauf?", fragte sie.
„Wie du siehst", war die Antwort. Ein erneuter schätzender Blick, diesmal mit Frage.
Auch Setola trat zu Nyrden und grüßte sie.
Auf dem Weg in die geschmückte Halle bemerkte Berretas leise: „Gibt es einen Anlass zur Buße? Warum bist du so gekleidet?"
Schrecken stieg in Nyrden auf. „Es ist hier Sitte", erwiderte sie ängstlich.
„Runjhày wünscht dich, auszusehen wie eine Ackerbauin?"
„Wie eine Wahrin." Der Jüngeren Herz raste.

„Du bist keine." Setola wölbte die Brauen. „Warum solltest du so aussehen?"
„Berretas! Setola! Welch Ehre und Freude für unser Haus, euch in ihm zu sehen!" Rilan kam ihnen entgegen.
Sie begrüßten einander, Rednawén, Anchai und Laar traten hinzu.
„Unsere Heerführin. Rednawén Fedéja auf Leyawi." Nyrden wirkte unsicher und verlegen.
„‚Von'. ‚Auf' derzeit wohl kaum", besserte Berretas lächelnd und nickte der Vorgestellten zu. „Ich habe viel über dich gehört. Manche behaupten, du seist die beste Heerführin der Berge."
Rednawén verneigte sich.
„Wie ist es Rilan gelungen, dich in sein Haus zu rufen?"
„Eigentlich war es deine Schwester, Stadterste."
Berretas wirkte überrascht. „Tatsächlich?" Sie drehte sich der jüngeren Naltivi zu, deren Atem beschleunigt war.
„Und dies Laar..." Nyrden stockte.
„Wednas. Aus Lekhen. Ohne ‚auf' und ‚von', Gebietin." Die Benannte ehrte Berretas.
„Oh, Lekhen." Berretas hob die Stimme. „In absehbarer Zeit werden wir um Nähe zu deinem Volk suchen."
„Es wäre uns eine Freude", versicherte die Kriegin.

Nach dem Mahl baten Nyrdens Geschwister darum, das letzte Licht nutzen zu können, um den Garten der Stadt zu sehen. Mit Bange führte dessen Meistin sie dorthin und war froh darüber, dass Rednawén und Laar ihnen Gesellschaft leisteten.
Setola ging einige Male vom Weg ab, um sich die vereisten Pflanzen und ihre Anordnung, Wasserläufe oder Heckenschnitte anzusehen. „Nun, ich vermute, hier wächst nicht viel", urteilte er mit einem Lächeln, das erstarrt wirkte. „Du gibst dir sicher alle Mühe, Liebe. – Wie wundervoll für das Haus, nun einen Erben zu haben", erklärte er weiter. „Ich bin sehr dankbar dafür, endlich Kinderhege halten zu dürfen. Ich werde den Göttern täglich opfern, damit ich diesen Dienst bald erfüllen kann. Wie sehr ich mich auf meine Handgebe freue." Es gab keine offensichtlichen Zeichen von Geringschätzung in seiner Stimme, doch die zur Schau gestellte Überlegenheit beargte Nyrden noch mehr. Ebenso höfliches wie kühles Schweigen der Gäste begleitete ihre unsicheren Ausführungen über geweihte Bereiche und Beschaffenheit der Erde. Laar warf einen sorgenvollen Blick auf ihre Freundin, denn wie sehr deren Galle kochte, vermochte sie fast zu hören. Das Gesicht Berretas' hingegen zeigte Misse, als sie schließlich auf dem Platz des Ratsbaumes ankamen. Sie setzten sich auf die vorbereiten Bänke, die Decken bereithielten. Auf dem Tisch standen edle Gläser und Wein, von dem Nyrden ihnen nun einschenkte.
„Dieser ... Garten", ließ sich Berretas vernehmen, nachdem sie den ersten Schluck getrunken hatte. „Der Truchsess richtet offensichtlich Mahl ohne dein Wort aus. Dein Gemahl hat einen Erben, aber keinen gemeinsamen mit Naltivi. Und deine unfasslichen Rundungen lassen leider nur auf Maßlosigkeit, nicht auf Kindestrage schließen. Verbringst du deine Tage selbst in der Muße, die du anderen andienen solltest?"
Die Gescholtene senkte den Kopf und hielt die Handflächen nach vorn. Sie sagte nichts.

„Erste, verzeih", wandte Laar sich an Nyrden. „Rednawén und ich haben noch einiges zu besprechen. Erlaube uns zu gehen."
„Sicher", hauchte die Gebetene im Aufsehen.
Die Streitinnen ehrten sie und entfernten sich.
„Was sollte das?", fauchte die Leyawi, als sie außer Hörweite waren.
„Du kannst es jetzt für sie nur ärger machen, wenn du anfängst zu reden", antwortete Laar bestimmt. „Und wenn du deine Kiefer noch mehr aufeinanderbeisst, werden dir Zähne springen."
Rednawén starrte auf den Weg voraus. „Bei allen Ahninnen! Wie können sie sie so beschämen!"
„Die Frage ist, warum sie es zulässt. Sie wirkt so scheu wie eine Mede." Laar zuckte die Achseln. „Komm."

Die Heerführin werkte rastlos auf dem Strohplatz, bis sie erschöpft war. Ehe sie sich der Halle zuhielt, ging sie noch zum Abtritt, und als sie diesen verließ, kam Berretas ihr entgegen. Ohne nachzudenken, trat sie ihr in den Weg: „Auf ein Wort!"
Die Naltivi war erstaunt. „Was gibt es?"
„Deine Schwester."
Ihre Miene bekundete, dass sie anderes erwartet hatte.
Rednawén sprühte Wut. „Du hast sie in die Fremde geschickt, ohne sie vorzubereiten. Wie ungeschätztes Eigentum, wie eine Unfreie! Ihr Wohl war dir gleichgültig", knurrte sie.
„Nun ist sie Stadterste, nicht nur Beiwerk einer Bindung an Runjhày. Sie hat Leben gehalten, Krieg verhindert, Völkerfreundschaften und Handel begründet. Sie ist keine Zier mehr, sie ist Runjhày! Wagt es noch einmal, sie zu beleidigen, und ihr werdet ihre Stärke spüren. Bei all meinen Ahninnen, ich bin bereit, gegen das Haus ihrer Herkunft in die Schlacht zu ziehen! Eine Nachricht an Leyawi und Githain, und unser Heer ist so groß wie euer Volk! Sie wäre eine bessere Stadterste Naltivis als du!"
Die Ältere schwankte zwischen Furcht und Erbosung. „Wie kannst du es wagen!", rief sie schließlich, doch ihre Bange hing in der Luft.
„Ich warne dich, Berretas. Begegne ihr als Ebenbürtige. Oder du wirst es bereuen." Rednawén ehrte sie mit brennenden Augen, wandte sich ab und ging zu Laar, die auf sie wartete.
„Erspare mir Einzelheiten", bat die Lekhe. „Fühlst du dich jetzt besser?"
Rednawén schnaufte. Gemeinsam betraten sie die Halle. „Warum hat Leyawi den Ruf, Verwandte seien ihm gleichgültig? Die Naltivi sind Bestien!"
„Weil das Opfer Verwandter in Notfällen dem Schutz aller dient", ächzte Laar. „Es ist gut, wenn andere darin Gleichgültigkeit sehen, auch das dient dem Schutz. Naltivi überlasse Nyrden. Komm zum Essen. Und sage mir nicht, der Hunger sei dir vergangen. Begleite deine Liebe, und zügle dich Berretas gegenüber. Ewén. Das hat keinen Sinn. Und es hat auch keine wirkliche Bedeutung."
„Und wie es Bedeutung hat!"
Sie rollte mit den Augen. „Bin ich froh, dass ich nicht die Ahnin bin, die deine Galle hütet. Von Totenruhe kann die Ärmste wohl nur träumen."

Rednawéns Blick warnte vor weiteren Bemerkungen.

Nyrden saß auf ihrer Bank, eine Feuerschale neben sich. Als sie die Nahende hörte, drehte sie sich sehr kurz um, schaute dann aber wieder zum bestirnten Horizont. Sie hatte nicht geweint, verströmte jedoch in einem Maße Unglück, dass Rednawén es wie eine Berührung spürte, ehe sie hinter sie trat und die Arme um sie schloss.
„Nach deinem Erfolg den Wethen gegenüber hörte ich Rilan sagen, du seist die beste Führin, die sein Haus sich wünschen könne." Sie lehnte sich nicht an sie wie sonst, sondern nahm durch Versteifen Abstand von ihr. „Dies ist nicht Naltivi. Bearge dich nicht über Regeln, die hier nicht gelten", versuchte Rednawén es erneut, und auf ihr Schweigen: „Was ist dir?"
Nyrden fuhr herum. Ihre Augen flackerten vor Schmerz und Zorn. „Berretas weiß es. Von dir! Was hast du ihr gesagt?"
Rednawén prallte zurück. „Nicht, dass wir geeint wären."
„Was hast du ihr gesagt?" Nyrden schrie fast.
Die Leyawi berichtete es mit kargen Worten und verhärtetem Gesicht.
„Konntest du dich nicht zurückhalten? Was soll eine so unsinnige Drohung für einen Nutzen haben! Aber mit deiner Wut hast du uns ihr verraten. Kannst du dir nicht vorstellen, wie sehr sie mich jetzt verachtet? Sie wird mit Rilan darüber sprechen und Erbinnen für Naltivi fordern! Wie konntest du das tun?!"
Die Jüngere rang ohnwort mit sich, ehe sie antwortete: „Sie hat dich gequält. Ich konnte das nicht ertragen."
„Meine Beherrschung verkündende Heerführin konnte einige harte Worte nicht ertragen? Wen habe ich mir da in Haus und Bett geholt?", fauchte die Sitzende und bereute ihre Worte sogleich.
„Keine brave Pflanze jedenfalls, Stadterste." Rednawén ging. Ehe die Schatten sie verschlangen, hörte Nyrden sie noch sagen: „Berretas liebt dich nicht. Sie wollte dich beschämen. Ich habe das nie gewollt. Wem wendest du dich zu?"

Später redeten sie nicht miteinander. Rednawén brach bald mit Laar zu Zerstreuung auf, wie die Naltivi glaubte. Sie selbst blieb noch als eine der Letzten in der Halle und trank zu viel Wein. Als sie sich schließlich in die Kammer wagte, war Rednawéns Habe daraus verschwunden. Nyrden weinte, als sie es sah, und legte sich schluchzend in die Decken, obwohl sie der Ersehnten Geruch darin fand. Hartes stach an ihre Seite. Sie sah nach. Eine Dare lag dort. Nyrden hielt inne, nahm sie verwundert auf und trat mit ihr an die Lichtöffnung, schaute hinaus. Bald wurden ihre Füße kalt. Sie zog die Schuhe wieder an und suchte den wachenden Kammersorger. Er gab ihr Auskunft, da die einzige freie Bleibe im Hauptturm neben der Berretas' liege, habe Rednawén sich für eine im Bereich der niederen Gäste entschieden.
Als der Diener Nyrden über den nachtschwarzen Hof führte, erinnerte diese sich fröstelnd an den Abend ihres ersten Tanzes mit der Gefährtin. War ihre Angst damals ebenso groß ge-

wesen? Es ging in eines der Häuser und eine Stiege hinauf. An einem Türvorhang angekommen, verabschiedete der Sorger sich, und Nyrden trat ein.
Rednawén schlief. Sie erwachte auch nicht, als die Neugekommene ihre Talglampe abstellte und sich neben sie setzte. Erst als Nyrden sich zu ihr legte, schlug sie die Augen auf.
„Darf ich bei dir schlafen?"
Auf ihrer Stirn standen Falten, als die Kriegin die Decke hob. Nyrden löschte das Licht und drängte sich an sie. Es fiel in dieser Nacht kein Wort mehr zwischen ihnen. Nach einer Weile schliefen sie in Umarmung ein.

Rednawén war schon fort, als Nyrden erwachte. Das war nicht ungewöhnlich, hinterließ aber an diesem Morgen ein Drücken in ihrem Magen. Sie begab sich zu den täglichen Opfern in den Tempel, nahm jedoch auch von dem höchsten Festen zugedachten Rauchwerk aus ihrem Vorrat, um die Göttinnen gewogen zu stimmen. Viel später, vor dem Essen, betrat sie den Strohplatz, um die Gefährtin abzuholen. Nur einzelne Krieginnen waren dort; der Ort breitete sich auffallend leer vor ihr aus.
„Wo sind sie?", erkundigte Nyrden sich bei Laar, die beiseite ihre verletzte Wade von einem Heiler versorgen ließ.
„Geländeübungen entlang des Flusses. Sie bleiben über Nacht fort", war die Antwort. „Das wusstest du nicht?"
Die Hinzugekommene verneinte in abermals aufgeflammtem Schmerz.
Laar dankte dem Endenden. Als er sie verließ, sprach sie leise: „Wenn du ihr nicht sehr viel bedeuten würdest, würdest du sie nicht so aufbringen. – Kommst du mit zur Halle?"
„Ja."
„Ich weiß, wie schwierig Rednawén oft ist", sagte Laar auf dem Weg dorthin. „Mit ihr kannst du Glück finden, aber es bequem zu haben, ist völlig ausgeschlossen. Ich glaube ohnehin, dass Glück und Bequemlichkeit einander ausschließen." Die Lekhe hielt kurz inne. „Was kein Vorwurf sein soll. – Bist du glücklich mit ihr?"
„Eigentlich sogar sehr", gab Nyrden zu.
„Dieses Gefühl bewahre, nicht den Zorn über diese beiden Dummköpfe. Und lass dir von Berretas nicht einreden, an eurem Band sei Arges. Warum auch? Weil ihr keine Kinder zeugen könnt?"
Die Naltivi nickte. „Die Priestrinnen werten es als Zeichen, dass die Göttinnen ein Band ablehnen."
„Unfug. Viele andere können das auch nicht und halten sehr offensichtliches Göttinnenlächeln. Nach meiner Erfahrung ist Göttinnen die Zucht auch nicht annähernd so wichtig, wie sie Stadtwahrinnen oder Stalleuten zu sein scheint."
Für einen Atemzug griff Angst wegen eines Frevels nach Nyrden. Dann aber siegten drei Jahre in Runjhày, umgeben von dessen rauen Reden, und sie musste lachen.
Ihre Gesellschaft gewahrte es lächelnd und fuhr fort: „Liebe kümmert sich nicht um Geschlechter. Hat sich das nicht bis Naltivi durchgesprochen? Und Liebhabinnen..." Sie breitete die Arme aus und verdrehte die Augen gen Himmel. „Willkommen am Fuß der Berge!"
„Ich danke dir", erklärte Nyrden ernst.

„Gern geschehen. Wenn ich dir noch einen Rat geben darf..."
Sie wölbte die Brauen.
„Geh nicht zu ihr. Lass sie kommen. Werde auch ihr gegenüber nicht zur Bittenden. Klärt die Luft zwischen euch in Ebenbürtigkeit. Das ist besser für euch beide." Die Lekhe grinste. „Und es wird ihr gefallen."
Schweigend gingen sie weiter.
„Laar?" Die Frage kam sehr leise. „Damals, als sie zu Gast hier war und mich abwies ... wäre sie mit mir geblieben, wenn ich darauf bestanden hätte, sie nach Leyawi zu begleiten?"
„Ach! Wer weiß schon, was in diesem Dummkopf vorgeht."
Nyrden horchte ihr entgegen.
Ein Seufzen. „Ja. Ich glaube schon."
Die Naltivi senkte den Kopf.
„Es ist nicht deine Pflicht, dich einem Ochsen anzugleichen, Gebietin. Und auch nicht sinnvoll."

Die Gefährtinnen begegneten einander beim Morgenmahl, das an diesem Tag wie üblich nicht als versammeltes Haus eingenommen wurde. Nyrden saß schon an der Tafel, dankbar dafür, dass Setola um diese Zeit noch nicht essen durfte wie dass Berretas noch nicht erschienen war, als sie die Leyawi eintreten sah. Diese kam zu ihr, setzte sich, schien kurz zu warten und schöpfte dann hörbar Atem. „Ich werde nicht um Verzeihung bitten", verkündete sie. „Weder sie noch dich. Sie hat ein offenes Wort verdient! Und ich werde auch nichts tun, um dich zu sänften! Wenn du dich von ihr darüber beargen lässt, mit wem du dich einst, ist das deine Entscheidung, nicht meine. Du wahrst eine Stadt. Sehr gut sogar! Du bist keine Handelsware unter dem Wort deiner Schwester mehr! Ich hasse sie für ihre Grausamkeit!"
Die Tischnachbaren, unter ihnen einige Naltivi, blicken zu ihnen. Nyrden kämpfte gegen die unangenehme Klamme, die sich auf ihrer Haut ausbreitete, und entgegnete mit erzwungener Ruhe: „Wir haben beide keine Fehlerlosigkeit gepachtet. – Wirst du diesen Abend einen Becher mit mir teilen?"
„Keine ganztägige Eintrachtsuche nach Naltiviart?", wöhnte Rednawén mit einem Rest Misstrauens.
„Nein. Nur ein wenig Wein. Und, wenn du willst, deinen Arm, wenn wir uns zum Schlaf verabschieden."
Sie strahlte auf. „Den kriegst du."
Die Arge zwischen ihnen endete. Nach dem Mahl hielten sie eine ungewöhnlich lange Umarmung, ehe sie schieden.
Auf dem Weg den Turm hinauf traf Nyrden auf Rilan, der aus der Schriftenkammer kam. Sie sprachen schweigend, bis der Stadtwahrer nickte. „Eine seltsame Schwester hast du."
„Hat sie über Erbinnen gesprochen?", fragte die Ältere mit einer Scheue, die er lange nicht mehr an ihr gesehen hatte.
„Allerdings."

„Und?"
„Ich habe sie gebeten, sich aus meinem Ehebett herauszuhalten."
Die Bangende staunte.
Rilan klemmte sich zwei Schriftrollen unter den Arm und ergriff ihre Hände. „Zwischen uns ist ein Bündnis, das Naltivi ebenso wie Runjhày von Nutzen ist. Und einmal gleich, dass eure Augen Sternen gleich leuchten, wenn ihr beieinander seid: Selbst dein Band mit Rednawén war immer nur zum Nutzen dieses Volkes. Wenn ich stürbe, würde keiner deinen Anspruch auf alleinige Wahrung bestreiten."
Nyrden schluckte.
„Kehre Naltivi den Rücken zu. Dein Platz ist hier."
Die Hände lösten sich wieder.
„Ich danke dir."
„Dafür gibt es keinen Grund", erwiderte Rilan und überlegte laut: „Sie werden in drei Tagen abreisen."
„Ja."
„Bis dahin werden unsere gemeinsamen Pflichten uns sehr in Anspruch nehmen. Wenn du gestattest, Erste von Runjhày."
Nyrden ehrte ihn, und mit einem Lächeln gingen sie auseinander. Beim Aufstieg in die nächste Ebene weilten ihre Gedanken noch bei ihm, und zum ersten Mal stand klar in ihr, dass sie in ihrem ausgerufenen Gemahl einen Freund gefunden hatte.

An diesem Abend wandte sich Rednawén den Schwitzgrotten zu und war erfreut, in der kleinsten von ihnen nur Laar zu finden. Sie begrüßten einander, die Leyawi legte und streckte sich und genoss die Hitze.
Laar wischte sich den Schweiß von Bauch und Brüsten. „Ich glaubte, ihr hättet euch wieder versühnt."
Rednawén runzelte die Stirn. „Das haben wir."
„Und warum hast du dann bis jetzt geübt? Und bist jetzt hier, nicht bei ihr? Und warum habe ich heute noch kein wohles Wort von dir gehört? Im ganzen überhaupt wenig Worte. – Scheust du sie?"
Bei jeder anderen hätte Rednawén die Frage von sich gewiesen. Doch ihr gegenüber gab sie zu: „Vielleicht." Sie verstillte für einen Augenblick. Darauf: „Es wird gesagt, die Naltivi führten seit Generationen keinen Krieg. Hielten Stärke durch ihren Handel. Aber ... ihr Krieg hat ein anderes Gesicht. Berretas hat Nyrden verkauft, nun verkauft sie Setola. Bündnisse mit fremden Häusern sind ihr wichtiger als das Glück ihrer Geschwister. Nyrden hat erzählt, dass Berretas überlegt hat, Setola zu einem ‚Bewahrten' zu machen." In ihrem Blick lagen sowohl Anklage als auch die Frage, ob die Lekhe die Bedeutung des Wortes kannte, was jene ohnwort verneinte. „Das hätte ihm Tanz auf Lebenszeit verboten! Und die Naltivi richten sich nach solchem Unsinn! Ein Bewahrter macht ein Bündnis mit einer Stadtersten möglich, die in Ehe ist. Setola hätte nicht als ihr Liebhaber gegolten, sondern als zweiter Gemahl, mit dem sie nicht tanzt. Keine Kinder, kein Erbe. Aber ein starkes

Bündnis. Und ein hübscher Garten", grollte sie. „Anstatt eine Ehe zu dritt oder einen Nebenmann auszurufen!"
„Wie kommt es zu solchen Regeln?", warf Laar verwirrt ein.
„Ha! Irgendein Göttinnenunsinn steckt dahinter!", rief die Leyawi. „Es gibt eine Geschichte von einer Göttin, die einen Gemahl wählte, der so schön war, dass sie ihn nicht berühren konnte ... Was weiß ich! Nur die schönsten Spätergeborenen können Bewahrte werden. Nyrden erzählte davon, als wäre es ihr Wunsch gewesen, eine zu sein! Mich würgt es! Berretas hält zwei Jahre mehr als Setola und fünf mehr als Nyrden. Deshalb gibt Naltivi ihr Macht nicht nur über ihre Leben, sondern auch über ihre Köpfe!"
Laar verzog den Mund, was bei ihr der Narben wegen einen sehr betonten Ausdruck von Missbilligung zur Folge hatte. „Was tun sie, wenn eine Erstgeborene stirbt?"
„Sie bitten ein anderes Haus um Ersatz. Eine Spätergeborene kommt nicht in Frage, einerlei, wie fähig sie dazu wäre. Es wird nur die Geburtsfolge angesehen. Verstehst du? Dieser Krieg findet in den Sippen statt! Spätergeborene haben nur Wert als Ware. Und sie sehen es selbst so. Selbst ihre Namen geben Auskunft über den Rang ihrer Geburt!" Rednawén verströmte Unglück. Leise erklärte sie: „Ich wüsste nicht, für wen ich kämpfte. Nach Relàr waren die Feindinnen Leyawis immer außerhalb zu finden, nie in den Sippen. Wir sterben für die daheim. Dies hier ist schlimmer als Relàrs Verrat. Weil es Verrat ist, der die Billigung der Verratenen findet."
Lange sagten beide nichts. Dann fragte Laar: „Wirst du mit ihr darüber reden?"
„Nein. Ich wüsste nicht wie, ohne sie zu beargen. Soll ich ihr sagen, wie sehr ich ihr Volk verachte? Die Art, sich in Unfreiheit zu denken, die sie anteilt? Sicher nicht!"
„Nun, eine weitere Möglichkeit wäre, ihr Ehrung zu zeigen dafür, wie viel sie beendete, um Stadtwahrin Runjhàys zu werden. Auch wenn Naltivi sie für eine Zeitlang eingeholt haben mag. Ihr zu helfen, die Beargtheit zu beenden, die ihre Geschwister in ihr gesät haben. Oder zu sehen, dass es für sie schwerer sein dürfte als für jede vor ihr, an deiner Seite zu sein."
Der Jüngeren Miene wurde abweisend. Wieder kam Schweigen in die Grotte, nur von tropfendem Wasser unterbrochen. Als Rednawén sich beruhigt hatte, ließ sich Laar vernehmen: „Ich habe dies so oft gesehen. Wenn eine Schwäche zeigt, gehst du. Nyrden ist trotz meiner ersten Bedenken gut für dich. Gib Relàr nicht solche Macht über dich. Lerne, Schwächen zu ertragen. Ihre und auch deine eigenen. Alle Menschen haben Schwächen. Sie bedeuten keinen Verrat. Nur Menschsein."
Keine Antwort.
„Du willst sie gar nicht verlassen. Sonst hättest du dich nicht mit ihr vertragen. Aber du weißt nicht, wie du bei ihr bleiben sollst. Weil sie einmal Schwäche zeigte. Ewén, das ist dumm!"
„Warum reden Lekhen so viel über Herzensunfug?", murrte die Nebenliegende.
Laar entgegnete unbeeindruckt: „Das erscheint Leyawi nur so, weil sie darüber zu viel schweigen. Du willst mit ihr bleiben, also tu es und hör auf, deinen Ärger wiederzukäuen. Und behandele sie besser! Zollst du ihr je Anerkennung? Nicht für ihr Werk, sondern weil du sie liebst? – Ah, da zieht ein Gesicht seinen Helm an! Du bist entweder heiß oder kalt,

aber du wärmst sie zu selten. Sie erträgt eine Menge an dir. Wenn du sie nicht verlieren willst, solltest du beginnen, Werk für euer Band zu leisten."
„Ich leiste jeden Tag Werk an ihrem Schutz!"
„Oh, sicher. Und allein mit deinen ältesten Freundinnen Speer und Axt wirst du dastehen, wenn die Beschützte dich einst nicht mehr will", fuhr Laar erbarmungslos fort. „Wie verträgt sich das Beschützen mit deinem Wunsch nach Ebenbürtigkeit? Geister, ist es denn so schwer, den Helm abzunehmen? Nimm teil an ihrem Leben, das willst du doch!"
„Und wie, große Weise?"
„Sie genießt die Ruhetage. Verbringe einen Teil davon mit ihr."
„Und werde faul und träge?", trat Rednawén erneut in Wut ein. „Was für ein Rat soll das sein?"
Die Ältere stöhnte auf. „Eine Weile. Du hast dennoch Zeit zu üben. Du willst doch um deiner selbst willen geliebt werden. Dann nimm dir einen halben Ruhetag, und sei anderes als eine Axt!"
„Du hast zu viel getrunken, Laar!"
„Und wenn schon. Ich bin auf Runjhày, und es ist Abend." Sie seufzte, um darauf sanfter fortzufahren: „Schütze sie nicht nur. Kose ihre Seele. Jede braucht das, Kleine."
Rednawén wurde still. „Ich weiß nicht, wie", gestand sie schließlich sehr leise.
„Dann finde es heraus."

Als Jilla sich nach dem morgendlichen Opfer gen Garten wenden wollte, erblickte er im Vortempel Rednawén, die offensichtlich auf ihn gewartet hatte. „Ich brauche deine Hilfe", verkündete sie.
„So, brauchst du" erwiderte er ungewohnt harsch.
Inneres Ringen stand ihr in den Zügen. „Bitte, hilf mir."
„Was wünschst du?", fragte er ein wenig freundlicher.
„Du weißt um die Arge wegen Berretas?"
„Die du zu verantworten hast? – Ja."
„Ich will Nyrden ein Gutes tun und sie aufrichten. Welche Freude kann ich ihr machen?"
Zu ihrer Erleichterung schwieg Jilla über die unausgesprochene Schwäche und dachte nach. „Sie sagt, du begleitest sie bei den Verhandlungen. Ist es not, sie auf Kirak zu halten, oder könntet ihr euch auch in Selna treffen?"
„Wir könnten es vorschlagen. Aber warum?"
„Wegen der Tempelgärten dort. Es ist seit Jahren ihr Wunsch, sie zu besuchen. Naltivi ist zu weit entfernt, und hier hat sie ihn vor lauter Stadtwahrung scheinbar vergessen. Aber ich glaube, es wäre ihr noch immer eine wirkliche Freude."
Rednawén strahlte. „Danke!"
„Für Nyrden gern geschehen. Eines noch..."
„Ja?"
„Diese Angelegenheit ist nicht so harmlos, wie du es scheinbar denkst."

Nyrden saß in Decken gehüllt im Gartengemach und verbrannte Rauchwerk, als Rednawén grußlos hereinkam: „Wir müssen reden." Sie war aufgebracht und unglücklich, verbarg dies jedoch hinter einem scheinbar beherrschten Tonfall wie der versteinerten Miene, die ihre Gefährtin mittlerweile so gut kannte. Aber ihr Blick verriet die Leyawi. Wähnte sie sich nicht in Gefahr, wenn sie in Walle geriet, war diese dort zu sehen. Nur wenn Gefahr drohte, zog auch der Blick hinter eine Maske. Nyrden sah Rednawén in die Augen, wenn sie wissen wollte, was sie bewegte.

Die Wahrin wischte ihre Tränen fort und fasste die Eingetretene sachte beim Arm. Sogleich erlosch deren Hitze. Sie setzte sich neben sie. „Was ist?"

„Setola. Er hat mich eingeladen, selbstverständlich. Aber ich habe beschlossen, ihn nicht bei seiner Handgebe zu begleiten."

Rednawén hob die Brauen.

Nyrden lächelte gequält. „Ich könnte ihn auch anspeien, das wäre kaum ärger. Aber ich würde die Reise nicht ertragen ... Nein, ich will es nicht! Es ist eine unerhörte Beleidigung, aber ich werde nicht gehen. Ich weiß nur noch nicht, wie ich es ihnen sagen soll."

„Geradeheraus."

„Das kann ich nicht."

„Dann ... stehst du in Verhandlungen für Runjhày."

„Mitten im Winter?"

„Die eigensinnigen Verhandlinnen wollen nur mit dir reden. – Ach, was, sage gar nichts! Lehne einfach ab."

„Aber ich sollte..."

„Bei allen Ahninnen! Sieh dir an, wer du bist, nicht, was sie dir unterstellen! Sieh aus deinen Augen! Sie taugen mehr!" Die Jüngere griff sie, Nyrden lehnte sich an sie. Es währte lange, bis Rednawén leise sagte: „Du hast einen ungeheuer guten Blick für die Stärken und Schwächen aller auf dem Strohplatz. Weißt du, dass manche vor einer Änderung darauf bestehen, dein Urteil zu hören?"

„Tatsächlich?"

Sie ächzte. „Dieses Heer ist ein störrisches Kind. Aber ... Ich glaube bisweilen, dass du bei dir selbst nur die Schwächen zu sehen bereit bist. Du hast so viel erreicht. Viele verdanken dir Frieden und Handel. Warum siehst du es nicht?" Kummer durchzog ihre Stirn.

Nyrden lächelte kaum merklich. „Heißt das, ich bin dir stark genug geworden?"

„Fast, Naltivi. – Willst du mir sagen, du tätest dies alles, um mir zu gefallen?"

Sie sah für einen Augenblick nieder. „Ich diene Runjhày auf die beste Weise, die mir möglich ist. Aber ich war bisher immer bange, deine Bedingung nicht erfüllen zu können."

In der Streitin Gesicht zeigte sich Schrecken. Sie rang mit sich. „Ich liebe dich", sprach sie schließlich. „So sehr."

Nyrden schaute sie großäugig an. Dann küsste sie sie, doch nicht so innig, wie sie es ihr Wunsch war, da sie spürte, es würde Weiteres folgen.

„Ich will nicht, dass unser Band eine immerwährende Prüfung für dich wird. Ich will mit dir sein. Und ich will Frieden mit dir, ich habe sonst fast überall Krieg. Ich bin keine Friedfertige. Kannst du mich lehren, dich nicht zu beargen?"

Nyrden herzte sie heftig.
Lange hielten sie einander, bis Rednawén sich wiederum vernehmen ließ: „Jilla sagt, dass du möglich Naltivi nicht mehr betreten kannst, ohne den Tod zu fürchten. Frauenliebe wird dort mit Hinrichtung bestraft. Warum hast du mir das nicht gesagt?"
Die Gefragte sammelte sich. „Ich bin Berretas' Schwester und halte das Band mit Runjhày. Mir wird nichts zustoßen. Anderen ist es so, ja. Ich will mit dir sein, mehr weiß ich nicht."
Leiser gestand sie: „Runjhày ist in vielem so anders als Naltivi. Ich habe ... vieles vergessen, ich hätte dies nie für möglich gehalten. Die Einzelne ist nicht wichtig, sie dient nur dem Ganzen. Runjhày hat mich gelehrt, mich wichtig zu nehmen, das hat mir Furcht gemacht und tut es wieder. Es kann so viel Schaden anrichten."
„Runjhày fordert deine Stärke."
„Wie du", nickte Nyrden, in kurzem Lächeln aus ihrer Betrübtheit aufsteigend.
„Es wäre dumm, sie zu fordern, ohne dir einen Weg zu zeigen, wie sie gehalten werden kann." Rednawén war sehr ernst. „Gemeinschaften weisen Einzelnen Plätze zu, je nachdem, was sie zu brauchen glauben. Sie sind dabei nicht unbedingt klug oder freundlich zu den Einzelnen. Der Garten mag für Naltivi wichtig gewesen sein, und er ist es ja auch für Runjhày. Aber dieser Ort brauchte eine Stadtwahrin mehr als eine Gartnin. Du hast den Platz gefüllt und bist eine hervorragende Führin geworden."
Nyrden schüttelte den Kopf. „Die Göttinnen weisen den Platz zu. Sie haben entschieden, mich zur Drittgeborenen zu machen. Drittgeborene werden Gartninnen, nicht Führinnen!"
„In Naltivi. Nicht in Runjhày. Rilan ist Viertgeborener."
„Tatsächlich?"
„Seine Geschwister sind tot, und wie du weißt, war die Stadt nicht sein ursprüngliches Erbe. Jennai sagte, ihr hättet dieselben Göttinnen mit unterschiedlichen Namen. Wer also anders als die Menschen Naltivis kann es beschlossen haben?"
Nyrden starrte.
„Ich verstehe nichts von göttlichen Geboten", fuhr Rednawén fort. „Wenn ich auch glaube, dass es eine Wohltat ist, ohne sie aufgewachsen zu sein. Was ich sicher weiß, ist: Ein Heer besteht aus einzelnen Kriegerinnen. Nur über sie findet es seine Stärke. Würde ich eine schwächen, weil ich sie beschämen oder ihr nicht den Platz des Heeres zugestehen würde, der sie zur Stärke ruft, schwächte ich damit das ganze Heer. – Wenn du deine Stärke verschweigst, damit andere sich neben dir nicht schwach wähnen, schwächst du beide. Nur wenn du deine Stärke zulässt, erlaubst du anderen, die ihre zu leben. Es ist nie gleichgültig, ob du deine Kräfte einsperrst oder nicht." Angesichts der Nebensitzenden Weinen, fuhr sie sanfter fort: „Wir sind Werkzeuge, Stadterste. Wäre ich als Naltivi geboren, wäre ich möglich heute Gartnin."
Nyrden lachte leise auf, Rednawén folgte ihr darin, ehe sie ergänzte: „Und du als Leyawi möglich Kriegin."
„Mein Körper ist für solches gewiss nicht stark genug!"
„Dann sieh dir Dartù an. Sie ist auch nicht muskelschwer und dennoch gewiss keine, die ich in einer Schlacht als Gegnin haben wollte."
Der Stich, den der Name in ihr verursachte, ließ Nyrden wieder niederschauen.

„Wichtig ist nur, den eigenen Platz nicht zu überhöhen. Die Plätze anderer sind ebenso wichtig für die Gemeinschaft. Berretas hat das nicht verstanden. Du schon."
„Die Göttinnen weisen Plätze zu", beharrte Nyrden leise, fand jedoch kein weiteres Wort darüber und sank in Schweigen.
„Na, schön", seufzte ihre Gefährtin. „Glaubst du nicht, deine Göttinnen wären mächtiger als nur in der Bestimmung der Geburtsfolge? Wenn Naltivi eine Gartnin braucht, schicken sie eine Gartnin; wenn Runjhày eine Führin braucht, schicken sie eine Führin? Warum sollte es falsch sein, sich dem anzupassen, was gebraucht wird? Nur weil es deiner Schwester nicht gefällt?"
Ein versonnenes Schweigen folgte. Rednawéns Ungeduld während des Wartens war fast greifbar.
Schließlich entgegnete Nyrden: „Es klingt freundlich, was du sagst. Aber ich sehe es anders. Ich habe mich gegen meine Geburt gestellt, daran hat Berretas mich erinnert. Als Priestin und als meine Schwester ist das ihre Pflicht. Dennoch werde ich Runjhày weiterhin so dienen, wie es dies verlangt."
„Und bis zu deinem Tod Reue tragen? Das ist Unsinn! Kannst du nicht mit Jennai darüber reden? Oder ein Opfer bringen oder..."
„Ja." Die Traurige hob sich ein wenig. „Das werde ich. Beides."
Rednawén atmete auf.
Der Naltivi Miene wurde mit einem Mal sehr bitter. „Vor einigen Jahren hätte ich mir solches nicht träumen lassen. Wie ich heute lebe, ist so weit entfernt von dem, wie es mir zugedacht war. Berretas hat Recht: Was würde Vater sagen, wenn er dies wüsste?"
„Dein Vater?"
„Er starb vor Gram darüber, dass meine Mutter verbannt wurde. Mittlerweile ist sie auch tot."
„Das weiß ich."
Noch einmal senkte Nyrden den Blick.
Rednawén wartete erneut, ehe sie sagte: „Ich weiß auch, was geschehen ist. Und ich teile sein Urteil über deine Mutter nicht. In anderen Völkern hätte es geheißen: Eine Tochter entmachtet ihre Mutter. Dass Berretas dies in eine Geschichte über Frömmigkeit gekleidet hat, sagt nicht, es würde sich von anderen Machtwechseln besonders unterscheiden. Die Wahrung deiner Mutter scheint mir so gut und so schlecht wie die vieler anderer gewesen zu sein." Als Nyrden zu einem Widerspruch ansetzte, kam sie ihr zuvor: „Aber deinen Vater hast du geliebt, nicht wahr?"
„Sehr ... warum?"
„Weil Berretas dein Gedenken an ihn nutzt, um dich zu beschämen. Und er? Er liebte dich auch."
Die Naltivi nickte. „Ich war die Kleine." Sie hielt den Hauch eines Lächelns.
„Nun, so wäre sein Urteil über dich sicherlich ein anderes als das von Berretas. Er würde Wohle über deine Leistungen und über dein Glück halten. Meinst du nicht?"
„Das sagt Jilla auch."
„Dann höre auf Jilla."

Sie sah, dass Rednawén sich eine Grimasse verkniff, und musste gegen ihren Willen schmunzeln. Sie suchte ihre Umarmung.

In der verbleibenden Zeit bis zur Abreise ihrer Geschwister war Nyrden fast nicht anzutreffen. Mit einem kleinen Morgenfest verabschiedete Runjhày die Gäste. Obwohl Rilan und auch Jennai sich bemühten, die Stadtwahrin Naltivis in Gesprächen zu halten, gelang es dieser, ihre Schwester bei dem Gang zu den Pferden alleine abzupassen. Selbst auf Entfernung war zu sehen, wie die Gescholtene den Kopf senkte und die Hände von sich drehte.
Als die Gäste das Stadttor im Rücken hatten, trat Rednawén neben Nyrden. „Was auch immer sie gesagt hat, höre nicht auf sie."
Ihre Gefährtin fiel ihr in die Arme. „Sie hat Vater beschworen, was er an mir falsch getan hat. Sie hat die Göttinnen um Nachsicht und Heilung für mich gebeten. Und sie hat mich von allen Opfern ausgeschlossen, um unser Haus vor Schaden zu schützen!"
„Was?!"
Nyrden schluchzte.
„Lass uns in den Garten gehen."
„Nein, ich..."
„In den Garten." Die Heerführin duldete keinen Widerspruch.
Im Schutz der Heckenkammer weinte Nyrden und wollte weder Trost noch Rede über ihre Verbannung. Nach einer Weile erklärte sie schließlich, sich der Pflanzenhege widmen zu wollen.
„Es ist Winter", grollte die Kriegin, ehe sie schied. Sie suchte Jennai und bat sie zu kommen. Wieder im Garten, war Rednawéns Atem unruhig, und mehrfach musste sie ihren Schritt verlangsamen, um der Gestützten nicht vorauszueilen, die bald darüber lächelte: „So viel Kraft."
„Und so viel Ungeduld", ergänzte die Urteilgewöhnte. „Entschuldige."
Jennai lachte. „Keine bekommt die Frucht ohne die Schale und den Kern. Wenn es dir so sehr brennt, setzen wir uns hierher."
Dankbar führte Rednawén sie zu einer kleinen Bankreihe am Wegrand, wo sie das Geschehene in wenigen Worten berichtete. „Das bedeutet doch nicht den Ausschluss von den Opfern Runjhàys", endete sie. „Oder?"
„Berretas gebietet nicht über unsere Tempel", wehrte Jennai beschwichtigend ab.
Ein Seufzen.
Beide sannen nach.
„Was kann ich tun?", fragte die Jüngere. „Wie kann ich ihr helfen?"
Jennai kratzte sich nachdenklich am Hals. „Es wäre heikel, es so zu lassen. Es kann nicht angehen, dass die Erste Runjhàys die Tempel ihrer Herkunft nicht betreten darf. – Kannst du die Ersten und Dolin hierher rufen?"
„Sicher." Rednawén stand auf.
Es war nicht schwer, Nyrden zu finden; sie saß mit Trauermiene in einem abgelegenen Bereich des Gartens. Keine vermochte der Leyawi zu sagen, wo Rilan weilte, aber Dolin hielt sich gewiss im Tempel auf. Zunächst jedoch erblickte sie dort den Wahrer, der vor einer

Opferschale saß. Trotz ihres Unverständnisses dieses Brauches wollte seine Heerführin ihn nicht stören, und so ging sie zunächst zu dem Priester, der in einer Nische den Steinboden putzte. Er versprach zu kommen, würde jedoch einen Umweg über die Küche machen.
„Kannst du mir sagen, wie lange Rilan noch braucht?", erkundigte sie sich.
Dolin reckte sich, um ihr über die Schulter zu sehen. Der Benannte hatte sich erhoben und stand nun mit gesenktem Kopf da. „Ich glaube, er hat ohnehin fast geendet."
Sie gingen auseinander, und Rednawén trat an den in sich Gekehrten heran. Als ihr Blick in die steinerne Schale fiel, gewahrte sie noch die Reste der Gabe darin: getrocknete Blüten, Rauchwerk und eine dem Feuer anvertraute tönerne Figurengruppe. Es war nicht schwer zu erkennen, dass sie eine Kriegin und einen Händler in Handgebepose darstellte, ein Kind neben ihnen. Auf die Bemalung, die nun abplatzte, war viel Mühe verwendet worden.
Rilan fuhr herum.
Rednawén ehrte ihn. „Jennai bittet dich zum kleinen Rat in den Garten, Erster."
Sein Gesicht zeigte große Verlegenheit. „Ich komme", erwiderte er und eilte mit ihr einige Schritte abseits des Opferplatzes, ehe er sich in Endigung seines Dienstes kurz auf die Knie sinken ließ.
Als sie den Garten betraten, war Jennai eingeschlafen. Statt sie zu wecken, hatte Nyrden sie zugedeckt. Sie setzten sich, um zu beraten; Dolin gesellte sich zu ihnen, er hatte Wein und Brot mitgebracht. Schließlich schlug die Greise die Augen wieder auf.
„Wir könnten beider Völker Namen der Göttinnen führen", überlegte sie vor den anderen. „Ich hatte ohnehin vor, dies in den Tempelrat zu tragen."
Ihr Stellvertreter stimmte zu. „Ich würde dafür sprechen."
Rilan sprach: „Außerdem werden wir Berretas auffordern, den Ausschluss rückgängig zu rufen. Mit Folgen für den Handel, falls sie es versagt."
„In vorsichtigen Worten könnten wir ihr auch androhen, sie selbst von den Opfern Runjhàys auszuschließen", überlegte Dolin.
„Warum in vorsichtigen Worten?", entgegnete Jennai. „Soll sie nur schwitzen."
„Aber dies alles...", Nyrden atmete schwer, „...ist doch meine Sorge, und..."
„Nein", widersprach Rilan. „Es ist eine Beleidigung des Hauses, gleich, wie Naltivi es sieht. Du bist Runjhày, ebenso wie ich. Wir werden ihr schreiben."
„Es wäre auch möglich, vorab einige Botinnen zwischen Runjhày, Leyawi und Githain pendeln zu lassen", meldete sich die Heerführin grinsend zu Wort.
„Nein!", rief Nyrden. „Einen Krieg um meinetwillen lasse ich nicht zu! Schon gar nicht gegen Berretas!"
„Keinen Krieg." Rednawén nahm ihre Hand. „Botinnen. Mit Grüßen an die Sippen und Spielzeug und Nüssen für die Kinder. Keine muss wissen, was gebracht wird. Es reicht, Berretas' Spähinnen in Wirbel zu bringen. Wenn wir so lange schweigen und erst danach eine Nachricht zu Berretas schicken, ist sie wiehl eher geneigt, dir nachzugeben."
„Ein guter Gedanke", stimmte Jennai zu.
Der Stadtwahrin Stirn lag in Falten.
„Eine weitere Möglichkeit wäre, euer beider Band auszurufen", sagte Dolin.

„Sprichst du von einer Handgebe?", erkundigte sich die Naltivi. „Wie soll das möglich sein zwischen Frauen? Und vor den Völkern gehört meine Hand Rilan!"
Kurz verstillte die Runde.
„Aber eine Dreierehe oder Rednawén als Nebenfrau stehen dir frei", bemerkte der Priester dann. „Das wusstest du nicht?"
Sie verneinte.
Ihre Gefährtin sah sie fassungslos an. „Keine hat dir gesagt, dass du anderen die Hände geben kannst, ehe sie dich verkauft haben?!"
Nyrden hielt inne, ein Lächeln für Rednawén tragend, das in Glück war und die Übrigen erstaunte. Allein die Kriegin strahlte Wut wie ein Feuer Licht.
„Ein solches Band mit Leyawi muss überdacht werden", mahnte Jennai. „Aber wir sollten darüber im Rat sprechen, während die Botinnen unterwegs sind."
Es währte noch einige Zeit in Überlegungen, bis Dolin und Rilan sich verabschiedeten, um die Halle vorzubereiten. Die Naltivi, die das ehedeme ohnworte Gespräch zwischen Jennai und Rednawén nicht bemerkt hatte, blickte verwundert auf, als Letztere sich ihnen anschloss. Die Bejahrte schickte sich an, ihnen erneut Wein einzuschenken, doch Nyrden kam ihr zuvor.
„Ich danke dir. Erste, die Dinge der Völker mögen zwischen den Völkern geregelt werden", sprach Jennai langsam. „Aber als Priestin möchte ich dir versichern: Die Göttinnen segnen euer Band."
„Wirklich?" Nyrden rang wiederum gegen Tränen. „Aber das Verbot..."
„...besteht hier nicht. Und wurde niemals von den Göttinnen ausgesprochen."
Sie verlor ihren Kampf, bemühte sich aber um Haltung.
„Glaube nicht, ich hätte das Orakel nicht darüber befragt. Nicht wegen eures Bandes, sondern über Rednawén. Leyawi stehen dem Krieg so nahe, und kein Gebot der Göttinnen vermag, ihnen Einhalt zu gebieten. Ich sorgte mich über Gefahr für dieses Haus ... Aber die Göttinnen heißen euch miteinander und für Runjhày wohl. Wenn du in dich blickst, wirst du Glück finden, nicht Fehltun. Oder?"
Nyrden ruhigte sich. Dann nickte sie mit einem Laut.
„Wenn die Göttinnen Menschen in Liebe zueinander stellen, öffnen sie ihre Pforte und blasen einen Atem Göttliches in sie. Würdest du trotz eurer Liebe euer Band beenden oder schlechtheißen, um Geboten Naltivis zu genügen, beleidigtest du damit die Wahl der Göttinnen."
Der Jüngeren Augen weiteten sich.
„Habe mehr Vertrauen zu ihnen. Ihr seid wohl füreinander. Und für Runjhày", wiederholte Jennai.
Schweigen.
„Du glaubst es dennoch fehl. Traust du meinem Wort nicht?"
Nyrden bemerkte zu spät, dass sie es nicht in Arge fragte. „Geehrte, ich würde nie..."
„Dann begleite mich in den Tempel. Sieh dir die Orakelsteine an, benenne andere als Zeuginnen. Die Göttinnen segnen euch." Jennai erhob sich, die Stadtwahrin eilte ihr sogleich zur Hilfe. „Kennst du die Sage von Redon und Seiso, Erste?"

„Nein."
„Nun, wir werden herausfinden, ob sie in der Ebene bekannt sind. Lange bevor die Göttinnen die Menschen ins Leben gerufen haben, hielten diese beiden, Redon und Seiso, Frauenliebe einander zu. Unter allen Göttinnen galten sie als wahre und höchste Liebende.
Als die Göttinnen die Menschen geschaffen hatten, zögerten sie lange, uns auch Fortpflanzung zu ermöglichen. Denn sie sahen, dass die Menschen in einem gefährlichen Ungleichgewicht waren. Sie hatten bereits einige Wurzeln des Tierischen gelöst, teils zerschlagen, aber sie hatten noch nicht Erkenntnisse und Weisheit erlangt. Liebe wiegt um so vieles mehr als Fortpflanzung, und in ihrer Unsicherheit schauen die Menschen so häufig mehr auf die Form als auf das Innere. So hielten die übrigen Göttinnen die Sorge, dass wir die Fortpflanzung über die Liebe stellen würden. Es sei in unserer Selbsterhöhung und Streitsucht schon eine fast zu große Aufgabe für uns, Liebe zueinander zu finden, zu pflegen und zu bewahren. Da sei Fortpflanzung eine zu große Bedrohung für alle anderen.
Redon und Seiso aber, ausgerechnet diese beiden, die miteinander niemals Kinder haben würden, sprachen für die Menschen..."

Rednawén hatte Nyrden eingeladen, mit ihr zum Fluss zu gehen. Während die Leyawi im eisigen Wasser Fische fing, saß die Naltivi unter alten Obstbäumen und genoss es, kein Werk zu haben. Einen Teil des Fangs bereiteten die Gefährtinnen noch am Ort zu; in der Stadt wäre ihnen dies nicht möglich gewesen, ohne den Zorn des Truchsesses auf sich zu ziehen. Den Rest brachten sie Garlon auf dem Heimweg.
Beim späteren Gang in die Schwitzgrotten berichtete Rednawén Laar von ihrer bevorstehenden Reise nach Kirak.
„Da können wir einen Teil gemeinsamen Weges halten", erklärte die Ältere.
„Das heißt?"
„Ich kehre heim." Bedauern lag in Laars Stimme.
„Die Brut?"
„Und der Brüter", seufzte sie.
Ein leises Schmunzeln umspielte Rednawéns Lippen.
„Du wirst ja wohl hoffentlich endlich ohne mich zurechtkommen."
„Mal sehen." Sie sah kleingrinsend nieder. Dann, im Aufblicken: „Ich danke dir."
„Das will ich hoffen."

Wieder einmal gab es harte Worte zwischen Rednawén und ihrem Zögling. Es war üblich, dass Lehrende ihre Schulinnen auch mit den eigenen Waffen üben ließen, wenn sie dazu reif genug waren, aber obwohl die Heerführin Resa Geschick und Fleiß zugestand, war es ihm nicht erlaubt, ihre Äxte zu gebrauchen.
„Lass es mich doch versuchen, Rednawén", bat der Knabe.
„Nein! Sie sind zu schwer und zu schnell für dich. Wenn du stärker bist..."
„Das ist ungerecht", lehnte er sich auf. „Als du so alt warst wie ich, hattest du schon Unterricht mit Fedùns Gerät. Ich weiß es von Èsralon!"

„Ich habe auch nicht über Jahre den Honig Githains gegessen. Und Fedùn stand kein vergleichbar schnelles Gerät zur Verfügung. Du kannst mit allen anderen Eisen aus meiner Lade üben, das weißt du. Du gehst jetzt und machst weiter! Mit den Äxten, die ich dir bereitgelegt habe."
Zornig stapfte er davon.
„Du bist sehr hart zu ihm", ließ sich Nyrden vernehmen.
Rednawén fuhr herum. „Willst du mir sagen, wie ich ihn auszubilden habe?!"
Die Naltivi erschrak und atmete erst durch, als sie sah, wie die Gegenüber sich sammelte.
„Nein. Aber du selbst hast gesagt, dass es eine schwächt, wenn sie beschämt oder ihr nicht ihr Platz im Heer zugestanden wird. Es ist nicht sein Fehler, wie er bisher aufwuchs. Oder?"
Ihre Gefährtin ruhigte sich mit Mühe. „Du hast Recht. Aber du musst auch sein Bocken nicht ertragen. Es ist auch nicht wirklich um die Waffen. Er kocht Galle, weil er hierbleiben wird. Als ob ich ihn nach Kirak mitnehmen würde, weil er sich unbeherrscht zeigt."
„Warum?", erkundigte sich Nyrden. „Warum nimmst du ihn nicht mit?"
„Weil ... es deine Reise ist", gab die Leyawi unbeholfen zurück und wirkte mit einem Mal hilflos.
Nyrden legte viel Wärme in ihre Rede, als sie erwiderte: „Mir wäre es gerne, ihn dabei zu haben."
„Wirklich?"
Sie nickte lautend.
Rednawén wirkte verblüfft. „Nun gut."
„Ich bin froh, dass du mir Geleit gibst", sagte die Stadtwahrin leise. Es waren ihre ersten Verhandlungen außerhalb Runjhàys seit dem Raub durch die Ehiàr. Beide dachten es, sprachen es jedoch nicht aus.
„Das ist meine Aufgabe. Aber ich werde wenig sagen", verkündete die Heerführin. „Falls ich merke, dass meine Anwesenheit euch hinderlich ist, ziehe ich mich zurück, wenn du es erlaubst. Ich fürchte wegen Geitrùs nicht um dein Wohl, aber es ist deine Entscheidung."
Die Ältere wölbte die Brauen.
„Vor Weile waren Geitrù und ich Schlachtgegninnen. Kirak verlor verlustreich und zahlt Leyawi nun Tribut."
„Ah." Sie sann nach. „Aber wenn du mich alleine ließest ... Würdest du dem Befehl nachkommen, dich auszuruhen und mehr zu schlafen?"
„Kaum", lachte Rednawén. „Lass mich dich bringen und abholen. Ich warte vor den Türen. Dann sieht Geitrù sowohl deine Wehrhaftigkeit als auch deinen guten Willen. Sie ist eine ehrenhafte Stadterste und wird dich nicht in Hinterhalt zwingen, da bin ich sehr sicher. Falls doch: Meine Äxte sind bereit."

Es war eine angenehme Reise gewesen. Nach der Ankunft in Selna spät am Tage wurden sie zu ihrer Unterbringung geführt. Ein kleiner Seitenflügel in einem Haus Geitrùs, das unmittelbar neben den Tempelgärten gelegen war, stand ihnen zur Verfügung. Mehrere Räume, teils zum eigenen Gebrauch, teils solche, in denen sie Mägde zu ihrer Bedienung finden würden, öffneten sich vor ihnen. Alle Kammern hielten helle Farben, angenehme Sitz-

gelegenheiten und Obstschalen wie Weintischchen. Während Resa mit großen Augen herumlief und Rednawén den stillen Prunk steif betrachtete, fühlte Nyrden sich an Naltivi erinnert. Kurz flammte Heimweh in ihr auf. Aber dann holten es arge Erinnerungen ein, und sie schob beides beiseite.
Im riesenhaften Schlafgemach stand ein tiefbeiniges Bett vor einem Kamin, der noch beheizt wurde, obwohl der Frühling Kiraks bereits wärmer war als der der Berge. Allein für die kühle Dauer der Nacht und des frühen Morgens zu heizen, noch dazu nur für drei Menschen, war eine unerhörte Verschwendung von Brennzeug. Runjhàys Kamin in der Halle wurde schon seit langem nicht mehr befeuert. Aber die Wohle, die die warme Luft und das Knistern verbreiteten, war nicht zu leugnen. Während die beiden Leyawi noch zur Wäsche gingen, legte sich Nyrden für eine kurze Rast und war fast sogleich eingeschlafen. Für das abendliche Mahl, das sie im Gesellschaftsraum nebenan einnehmen würden, musste sie bereits aus Träumen gerufen werden.

Entgegen den Gepflogenheiten der Bergvölker und darin gleich den Naltivi, begannen die Kiraken ihre Verhandlungen am Morgen, wie sie auch den morgendlichen Dämmer und nicht den des Abends als Beginn eines neuen Tages verstanden. Nyrden war recht froh, dass es so möglich wurde, die Erweiterungen des Bündnisses in wenigen durchhandelten Tagen zu beschließen. Zudem war sie bei den gewohnten Verhandlungen nach langem Werk oft müde, und als Vertretin Runjhàys war es ihr gerner, frisch zu sein und zu wirken.
Nyrden hatte Rednawén gebeten, sie früh zu wecken, damit sie im Tempel der Stadt ein Opfer bringen konnte und um einen ersten Blick in die Gärten werfen zu können. Als sie später in die Kammer zurückkehrte, hielten ihre Lieben einen ungewöhnlich heftigen Streit.
„Auf keinen Fall, Resa!"
„Aber..."
„Nein! Du bleibst hier. Du bist zu keinen Übungen verpflichtet. Faulenze, suche dir andere zum Spielen, was immer. Du wirst nicht mitgehen. Das ist nichts für Kinder!"
„Ich robbe nicht mehr!" Seit einigen Monden zeigte seine Stimme Höhenschwanke, besonders, wenn er aufgebracht war. Nun hüpfte sie auf und nieder, was seine Wut nur steigerte.
„Du glaubst immer, ich sei noch klein! Das ist aber nicht wahr! Du sagst immer, ich werde Stadterster! Bilde mich darin aus! Lass mich dabei sein!"
Rednawéns Miene war während seiner Worte verhärtet, und von ihr ging eine Spanne aus, die Nyrden fast Schmerzen bereitete. Auch der Schüler hatte es bemerkt, er hielt inne.
Die Heerführin sagte langsam: „Ich werde dich lehren, wenn es an der Zeit ist. Gleich ob künftiger Stadterster oder nicht, gleich wie groß oder klein, wirst du heute nicht mitkommen. Ruhe dich besser aus, vielleicht endest du deine dumme Erkältung dann endlich. Aber es ist deine Wahl."
Er ehrte sie knapp mit verkniffenem Mund, nahm seine Waffentasche und stapfte davon.
„Lass dir den Strohplatz erst zeigen! Hier gelten andere Regeln!", rief Rednawén ihm hinterher.
„Ich bin auch nicht dumm!", erschallte es aus dem Gang, der die Räume miteinander verband.

Sie stöhnte leise.
Nyrden sah sie um Weile fragend an. Während sie einen Teil ihres Geräts herauslegte, ließ die Kriegin scheinen, sie bemerke es nicht. Dann aber seufzte sie: „Weil Kinder überleben müssen." Ihre Rede klang endgültig und versuchte, weitere Fragen zu verhindern.
„Du sprachst Geitrù Ehrenhaftigkeit zu und glaubtest nicht an die Möglichkeit eines Hinterhalts. Warum also deine Sorge um Resa? Und warum hast du ihn mitgenommen? Allein meiner Bitte wegen?"
Rednawén stutzte. „Du hast Recht."
„Nun?"
Sie verneinte ohnwort.
„Liebste."
Sie verneinte erneut.
Ein Diener kam, um sie in den Hauptteil des Hauses zu führen, wo eine kleine Ratshalle für die Verhandlungen vorbereitet war.
Geitrù erhob sich, als Nyrden eintrat. „Willkommen, Runjhày!"
Die Kirake hielt an die vier Dutzende. Sie war eine stattliche Streitin mit offenen Augen und dem Gebaren einer Wahrin der Ebene: formvollendet wie freundlich, aber ohne die Herzlichkeit der Berglandinnen, die Nyrden so sehr zu schätzen gelernt hatte. Als die Gastgebin Rednawén im Tor stehen sah, neigte sie sich leicht, die Leyawi erwiderte die Ehrung, und Geitrù lächelte Nyrden an. „Hattest du eine gute Reise, Gebietin?"
„Ja. Ich danke. Dein Land hält große Schönheit."
„Bist du mit deiner Unterbringung zufrieden?"
„Sie ist zu meiner Freude. Du hast ein wundervolles Haus. Es ist mir eine große Ehre, in ihm weilen zu dürfen."
Die Pforte wurde geschlossen.
Zu Beginn des Treffens kämpfte Nyrden mit aufkommenden Ängsten vor Raub und Gefangenschaft, wahrte dabei aber immer ein wohles Gesicht. Doch der Kiraken Zugewandtheit sänftete sie, und als sie selbst ruhiger war und in den Raum hineinspürte, wurde die Naltivi gewiss, dass ihr keine Gefahr drohte. Sie war sicher und bei einer Verbündeten, die sie nicht beargen würde.
In ihren Ansichten sprachen beide Verhandelnde eine verwandte Sprache. Sie waren sich in vielem so einig, dass sie bereits abends ein neues Bündnis niederschreiben ließen. Am Nachmittag des nächsten Tages, wenn eine Nacht darüber geruht worden war und Kiraks Rat getagt haben würde, würden die Wahrinnen es besiegeln. Geitrù lud die Begastete und ihr Gefolge vorab zu einem Festmahl ein.
Als Nyrden in den Vorraum der Halle zurückkehrte, um Rednawén hereinzubitten, stieß diese sich von der Wand ab. „Erfolgreich?"
„Mehr als zu ahnen war", nickte Nyrden froh. „Ein neues Handelsbündnis. An nur einem Tag. Das sogar über das hinausgeht, was wir gehofft hatten."
Die Kriegin trat ihr nahe. „‚Die Wahrin, die Bäume verpflanzt.' So nennen sie dich hier. Sie haben den ganzen Tag über dich geredet."
„Tatsächlich?"

„Hm. Mir scheint, du verpflanzt noch einiges mehr." Sie küsste sie.
„Ich habe eigentlich nur versucht, die Anliegen aller im Gleichgewicht zu halten." Für die Dauer eines Atemzugs schlug Nyrden die Augen nieder. „Ich stelle mir immer vor, Verhandlungen seien mein Garten. Welche Pflanze braucht welche Erde, welches Licht und welche Nachbaren? – Lach nicht."
„Keine Sorge. Ich glaube", erklärte Rednawén, und sprach dabei ungewohnt ruhig, „es ist das, was dich zu einer so guten Stadtwahrin macht."
Die Naltivi schluckte.
„Du bist unverdorben, ohne jede Heimtücke. Spielst nichts vor. Du ahnst nicht, wie selten das ist. Dir liegt am Nutzen aller Beteiligten eines Handels; du versuchst nicht, anderen deine Anliegen aufzuzwingen. Ich verstehe, dass dem schwer zu widerstehen ist. Und deine Vorschläge waren vermutlich ebenfalls verlockend. Du hast viel über sie in Erfahrung gebracht."
Nyrden freute sich. Sie wusste, dass sie so verlegen wirkte, wie sie sich fühlte. „Es gibt das gemeinsame Richtige für alle", bekundete sie leise. „Wenn sie sich bemühen, wird es gefunden. – Komm zum Fest, lass uns Resa abholen. Hast du heute noch nicht geübt?"
„So ist es, und frage nicht, wie scheußlich es sich anfühlt." Rednawén legte den Arm um sie.

Auch die Festlichkeiten erinnerten Nyrden an Naltivi, und fast schmerzlich gewahrte sie, wie sehr sich ihre eigene Beteiligung darin geändert hatte. Nun saß sie selbst, statt zu bedienen oder zu unterhalten, Geitrùs jüngerer Sohn und seine Vertrauten erfüllten die Pflichten Spätergeborener. Nyrden kämpfte dagegen, sich ihnen hinzuzugesellen, wie gegen Unwohle über den eigenen ehrenden Sitz. Ihre Spanne wurde fast unerträglich, als Musik aufgespielt wurde. Zunächst, während noch gegessen wurde, tanzten die Spätergeborenen zu Erbauung der Übrigen. Danach begannen die Tänze derer, die ihr Mahl beendet hatten. Zeit der Zerstreuung begann.
Sowohl Geitrù als auch Rednawén hielten fragende Blicke auf Nyrden, wenn auch mit unterschiedlichen Fragen darin. Sie rang um Löse, dann wandte sie sich der Kirake zu. „Dein Haus ist eine Freude für jeden Gast, Gebietin. Gerne würde ich noch bleiben, aber die Reise war sehr ermüdend. Gestatte, dass ich mich nun zurückziehe."
Geitrù erhob sich und verneigte sich vor ihr, die es ihr gleich tat. Auch die beiden Leyawi standen auf.
„Ihr müsst mich nicht begleiten", flüsterte Nyrden, als sie, von einer Magd geführt, am Rand der Ratshalle entlanggingen.
„Es ist besser so", entgegnete Rednawén, die an der Tafel auffallend schweigsam gewesen war. Trotz ihrer eigenen Worte war die Ältere froh über ihre Gesellschaft. Während sie einen Säulengang durchschritten, sah die Heerführin, wie schon ehedem beim Fest hin und wieder, messend auf den Knaben. „Hast du dich ausgeruht?", fragte sie.
„Nein." Sein Blick spie sogleich Feuer. „Ich habe geübt! Ich habe nicht gespielt oder geschlafen! Ich bin kein Säugling mehr!"
„Wie lange hast du geübt?"

„Den ganzen Tag", sagte er, mit einem Mal kleinlaut.
„Und danach Wein getrunken wie ein Ochse." Rednawén schüttelte den Kopf. „Komm her", befahl sie und blieb stehen.
Resa trat an sie heran. Er schien ihre Rüge zu fürchten, aber die Waffenmutter griff in sein Gesicht. „Du hast Fieber." Erst da gewahrte auch Nyrden den Glanz in seinen Augen. Rednawén bedeutete ihrem Zögling, sie zu begleiten, ließ sie beide von der darum gebetenen Magd zu einem Heiler führen. Danach brachte sie Resa zu Bett.
Nyrden wartete bei heißem Wein in der Nebenkammer auf sie. „Nun?"
„Diese Erkältung. Verflucht!"
Ihre Gefährtin erschrak über Rednawéns plötzliche Heftigkeit und Lautstärke.
„Ich kann die Kräfte eines Heeres abschätzen! Aber ein Knabe in meiner Obhut ... Ich habe an Danrùn überhaupt nichts gelernt!"
„Was..?"
Die Jüngere drehte sich ihr abrupt zu. „Resa bleibt heute und vielleicht morgen in der Zelle. Er fiebert recht stark. Vermisse mich nicht an der Tafel. Der Heiler sprach von Ruhe. Wenn ich nicht übe, werde ich bei Resa zu finden sein. Genieße du die Gärten. Es wird nicht lange dauern."
Nyrden zog sie neben sich in den Sitz. „Glaubst du, er liege nur dir am Herzen? Lass mich helfen. Ich kann auf die Gärten warten."
Anspannung wich von Kriegin, und sie lächelte. „Wahrscheinlich müssen wir ohnehin nichts weiter tun. Aber ich will ihn erst wieder ohne Aufsicht lassen, wenn das Fieber sich abgekühlt hat. Dieser Dummkopf!"

Als sie sich zum Schlaf begaben, war der Benannte noch wach. Rednawén schalt ihn darum, legte sich aber sogleich zu ihm und ließ ihn in ihrem Arm liegen. Sie begann einen leisen Gesang, während die Naltivi sich an seine andere Seite schmiegte. Resa schlief bald ein, und mit seiner Mutterschwester Weisen kam Ruhe auch über Nyrden. Das Feuer verbreitete Wärme, verstärkt durch teure Düfte.
„Was für ein Lied war das?", fragte die Genießende mit leiser Stimme, als Rednawén endete.
Diese küsste sie über Resas Kopf hinweg. „Danrùn hat es mir oft gesungen. Es erzählt von Ziegen, deren Weidegrund reich und fruchtbar ist. ‚Danrùn' bedeutet ‚Weidegrund'. Es ist ein Lied aus den Minen."
Nyrden blickte auf. „Sie muss sehr stark gewesen sein", bemerkte sie vorsichtig.
„Und voll Schmerz", erwiderte Rednawén offen. „Aber sie war trotzdem eine wundervolle Waffenmutter."
„Sie hat dich ausgebildet?"
„Ja, anfangs. Kadùn hielt Leyawi und unterrichtete..." Ein Zögern. „...Èsralon darin. Für eine Weile hatte ich meine Altmutter alleine."
Nyrden überlegte: „Ich glaubte, Danrùn hätte Leyawi bis zu ihrem Tod geführt."
„Beteiligt hat sie sich bis zum Ende. Èsralon würde sagen: eingemischt. Aber es gab so lange keine Alten in unserem Volk, dass wir nicht einmal wissen, welches Alter wir in Frie-

denszeiten erhoffen könnten. Wir gönnen den wenigen, die hohes Alter erreichen, ihr Leben nach ihrer Wahl in Ruhe oder in Werk zu verbringen. Danrùn wollte ‚nach all dem Töten Freude an ihren Erbinnen halten', wie sie sagte. Einige Jahre konnte sie es." Rednawén war sehr schnell sehr ernst geworden. Nun schweiften ihre Augen in Gedanken.
„Wie alt warst du, als sie starb?", erkundigte Nyrden sich tastend.
„Acht. Und um deine nächste Frage zu beantworten: Ja, ich war dabei. Als ihre Waffentochter hielt ich Lehre in Verhandlungen mit den Sihden, die sie getötet haben."
„Sihden? Von ihnen habe ich noch nie gehört."
Die Streitin nickte befriedigt. „Sie sind heute Teil Leyawis."
Nyrdens Kehle hatte sich zugeschnürt. Es währte, bis sie die in ihr brennende Frage aussprach: „Bist du darüber hinaus beargt worden?"
„Nein. Weil Éyark und ich Kinder waren, schickten sie uns folterlos nach Hause."
„Und ... sonst? Jemals?"
„Gefoltert?"
„Ja."
„Bisher nicht." Rednawén wagte ein kleines Lächeln. „Einmal kam mir eine Freundliche zur Hilfe."
Nyrden spürte Tränen in sich aufsteigen. „All die Arge. All der Schmerz. Fast habe ich ein schlechtes Gefühl, weil mein Volk seit langem ohne Krieg lebt und in Wohlstand."
„Halte besser ein gutes Gefühl darum. Du selbst warst bereit, einen hohen Preis dafür zu zahlen. Wenn Èsralon Éyark oder mir eine Ehe befehlen würde, würde sie unsere Gefolgschaft verlieren. Und vermutlich die Stadtwahrung. Sie führt, sie ist keine Gebietin."
Die Naltivi fragte vergebens ohnwort.
„Und der Wohlstand deines Volkes erlaubte es dir, Stärke in der Weichheit zu finden und eine gute Mensch zu sein. Ich bewundere das sehr."
Sie wehrte ab. „Tu nicht so, als wärst du arg."
„Ich bin es. Ich werde einem Heer Erschlagener begegnen, ehe ich zu meinen Ahninnen komme. Ich bin bereit, ihnen entgegenzutreten und mir ihre Klagen anzuhören. Jederzeit. Aber eine gute Mensch bin ich deswegen nicht."
„Nun, ich sehe das anders."
„Du siehst bei anderen immer das Gute, Nyrden."
Sie schüttelte leicht den Kopf, sann nach. „Ich habe oft das Gefühl, dass du älter bist als ich."
Rednawén merkte auf. „Das ist Unsinn. Und Alter ist auch völlig gleichgültig."
„Nun, du bist um so vieles stärker als ich."
„Nein. Zum Gegenteil, du bist es."
„Wie?"
„Es sind verschiedene Formen von Stärke, aber deine wächst. Und sie wird wachsen, je älter du wirst. Ich sterbe, wenn ich beginne, meine zu verlieren. Was davon ist nun wirkliche Stärke? – Ich habe nur gelernt zu überleben."
Nyrden lautete überrascht. „Du glaubst doch nicht, deine Stärke beschränke sich auf deinen Körper? Bei allem ... Du hast fast noch als Kind die Heerführe begonnen! Du triffst Ent-

scheidungen für die Leben vieler. Du bietest dich statt deines Heeres an, um die Leben anderer zu schützen. Das alles sind Zeichen einer Stärke, die kaum eine andere aufbringen könnte."

„Doch. Ganz sicher. Meine Stärke erschöpft sich darin, anderen für einige Zeit überlegen zu sein. Die deine sucht um das Wohl aller. Im Gespräch als Ebenbürtige. Meine Stärke mag für kurze Zeit mein Überleben sichern und das der Meinen. Deine sichert lange das Überleben aller. In der Weise, die sie wählen oder aushandeln. Ich wünschte, Danrùn hätte sich dies ansehen und von dir lernen können. Ich habe nur gelernt zu überleben", wiederholte Rednawén. „Und irgendwann werde ich dafür nicht mehr stark genug sein. Nun schau nicht so. Ich bin damit aufwachsen. Ich bedauere mein Leben nicht. Mir fallen viele schlechtere ein." Sie lächelte und küsste Nyrden abermals.

Diese begehrte Kunde: „Du warst immer in der Pflicht. Aber was ist um dich selbst? Gibt es einen Wunsch? Ein Werk, das du tun willst? Ein Gut erlangen?"

Die Leyawi legte fragend den Kopf schief. „Was meinst du?"

„Nun ... Früher war es mein Wunsch, einen ruhmreichen Garten zu bauen. Zur Ehre und zum Ruhm Naltivis beizutragen. Heute ist mein Wunsch die Sicherheit Runjhàys. Und weiterhin Glück mit dir."

Rednawén erstrahlte, überlegte, dann: „Die letzten beiden sind mir zum selben. Die Sicherheit Leyawis kommt hinzu. Außerdem ... Es ist einfältig, aber: als Erste vor dem besten Heer zu stehen, das es gibt." Ihre Augen leuchteten, und Nyrden schmunzelte.

„Vielleicht wirst du es einst. Ich hörte Remneù sagen, du seist unbesiegbar."

„Ha! Wir haben viel dafür getan, dass die Ruèk unsere Geschichten glauben. Jede ist besiegbar. Erinnerst du dich an Nelai? Ich habe noch nie gegen ihn gesiegt."

„Aber es ist beeindruckend, dich kämpfen zu sehen", koste Nyrden sie mit Worten. „Ich glaube, deine Kraft kommt im Großen daher, dass du keine Furcht hast zu sterben. Kann das sein?"

Die Heerführin wirkte erstaunt. „Ja."

„Wie ist das möglich? Haben nicht alle Furcht davor? Außer einigen Weisen vielleicht."

Sie zuckte die Achseln. „Ich könnte sagen: Im Tod werde ich mit meinen Ahninnen vereint sein. Aber ich schätze, der Grund ist, dass ich zu oft fast gestorben bin, um noch Furcht davor zu haben. Irgendwann wird es dazu kommen. Entweder in der Schlacht oder bei Verhandlungen. Aber es wird geschehen, das ist sicher. Mit mir wirst du nicht alt, Stadterste."

Es folgte Stille. Rednawéns Gewissheit ließ Nyrdens Herz schmerzen. Sie barg sich bei ihr und hielt im selben Augenblick das Gefühl, dass sie selbst diejenige sein müsste, die Trost bot. Aber als sie nach ihr horchte, spürte sie keinen Arg in Rednawén. Außer dem, welchem diese nun mit einem Stirnrunzeln Worte gab: „War das zu kriegsnah für eine Naltivi?"

„Ich weiß nicht", gestand die Gefragte. „Aber ich danke für deine Ehrlichkeit. Mein Wunsch ist, dass das nicht geschehen wird."

Die Streitin verzog den Mund und schwieg.

„Ich liebe dich so sehr", sagte Nyrden leise. Ein neuer Kuss fand sie.

Die brennenden Scheite im Kamin knackten. Resas Mutterschwester zog die Decken noch einmal über ihn, dann stand sie auf, um sich an Nyrdens Seite zu legen, wo sie sich ruhigte.

Die Stadtwahrin, in der Gedanken kreisten, begehrte Auskunft: „Wovor hast du dann Furcht? Wenn nicht vor dem Sterben."
Rednawéns Blick verschloss sich, dennoch klang sie ruhig. „Ich verlange von dir nicht, dich zu rüsten und einer Übermacht zu stellen. Verlange du von mir keine Antworten, die ich dir nicht geben kann. Ich kann es mir nicht erlauben, meine Ängste anzusehen."
„Niemals zeigen, wo eine Gegnin dich treffen könnte. Nicht einmal mir?"
„So ist es. Das ist auch für dich besser."
„Das entscheide ich allein."
Sie wirkte zufrieden, wie meist, wenn Nyrden ihr Widerstand bot. Die Naltivi war Éyark dankbar für diesen Rat. „Aber damit hast du es gesagt: Eine Furcht gilt mir. Ist sie, mir könnte Arges geschehen, oder ist sie, ich könnte dich beargen? Ich habe geschworen, dich nie zu verraten."
Rednawéns Züge versteinerten. „Ich finde keinen Gefallen an solchen Fragen." Sie entzog sich ihrem Griff und drehte sich um.
Nyrden überlegte in Schrecken, wie sie sie wieder zur Versühnung rufen könnte, bis sie an der eingetretenen Lautarme gewahrte, dass Rednawén eingeschlafen war. Eine Weile lag sie selbst da, starrte auf jener Nacken und kämpfte mit Unwohle im Bauch und mit Zorn. Dann stieß sie die Schlafende an.
„Stelle dich mir!", fauchte Nyrden. „Hielte ich eine Axt, würdest du dich nicht von mir abwenden. Erspar es mir, den Axtkampf erlernen zu müsse, um dir nahe zu sein." Sie senkte die Stimme, als Resa sich rührte.
Rednawén verneinte. „Du bist mir nahe. Aber ich kann nicht dir zugern zur Naltivi werden."
„Das will ich gar nicht. Aber ich will deine Frau sein."
„Sag das, alles von mir zu wissen?"
„Warum nicht?"
„Das kann ich dir nicht bieten. Ich liebe dich, und ich würde für dich töten und sterben. Aber ich bin, wer ich bin. Ich verstehe den Sinn solcher Fragen nicht, und sie gefallen mir nicht. Du magst darin Sinn halten, du bist stark in solchen Dingen. Ich sicher nicht. Aber ich bitte dich auch nicht auf den Kampfplatz."
Die Abgewiesene senkte nachsinnend den Blick. „Nun, auch ich bin, wer ich bin", erklärte sie dann. „Und ich habe nie zu hoffen gewagt, dir zu begegnen. Ich wuchs in der Gewissheit auf, in die Fremde zu gehen und einem Haus zu dienen, das ich nicht kennen würde. Als ich jünger war, träumte ich heimliche Träume von Liebe, ohne zu glauben, dieses Glück je zu halten. Denn mein Leben gehörte Naltivi. In Runjhày bin ich selbst in meinem Leben wichtig geworden. Das ist ein Grund, aus dem dieser Ort mir mehr Heimat bedeutet als meine ehedeme. Aber ich kenne nicht alle Regeln. Ich weiß nicht, wie Gefährtinnen dort einander zu sind. Oder in Leyawi. Ich weiß nur, dass du mir mehr bist, als ich in Träumen ahnte. Dass es in meiner Brust wie die Sonne strahlt, wenn ich dich sehe oder höre. Oder an dich denke. Ich will dir nah sein und wissen, was dich bewegt. Aber ich kenne nicht alle Regeln. Verzeih, dass ich deinen Grenzstein umstieß."

Das Gesicht Rednawéns war während der Rede so weich geworden wie das eines Kindes. Nun lächelte sie. „Lass uns schlafen."
Froh kuschelten sie sich in neuer Umarmung aneinander und genossen Berührung wie Geruch der anderen. Es war Nyrden so wohl, dass sie den beginnenden Schlaf schon fast empfangen hatte, als sie der Gefährtin leise Stimme hörte: „Resa. Du. Und Leyawi. Euch darf nichts Arges geschehen. In eurem Schutz zu versagen und euch in Arge zu wissen. Nichts dagegen tun zu können. Davor habe ich Furcht."
Nyrden sah auf. Rednawéns Blick, der auf ihrem Schwestersohn gelegen hatte und sich ihr nun wie gewundet zuwandte, war gerötet. „Sag nichts."
Lange schwiegen beide. Die Naltivi fühlte einen Damm in Rednawén gebrochen und wollte ihr die Hand reichen, ihn nicht wieder zu verschließen. Sie fragte sich, ob sie weitergehen sollte, ob sie es konnte, ohne dass die Geliebte eine Maske aufsetzte. Von alleine jedoch, dessen war sie sicher, würde die Kriegin die begonnene Öffnung nicht halten oder gar erweitern. Nach Dauer rang Nyrden sich zu einer Frage durch, die sie schon lange beschäftigte: „Du sprichst nie von deiner Mutter. War sie eine Leyawi?"
Zu ihrer Verwunderung folgten weder Widerstand noch Verschlossenheit. „Ja, sicher. Anderes wäre für Kadùn undenkbar gewesen. Ich weiß noch, wie hart Èsralon gegen ihn streiten musste, um Nelai durchzusetzen. Selbst bei ihrem Bad schien Kadùn noch dagegen zu sein. Er rief ihn nur als Stadtzweiten aus. – Ich kann mich kaum an sie erinnern. Sie fiel, als ich noch sehr klein war. Éyark war erst einige Monde alt."
„Wie war ihr Name?"
„Resa. Es bedeutet ‚Freiheit'. Früher war es bei uns Brauch, Kinder nach ihren Ahninnen zu benennen. Èsralon hält viel davon. Sie hat ihren Namen immer gehasst. Er bedeutet..."
„‚Todesstreich'. Und deiner ‚geschwärzte Waffe'."
Rednawén zeigte Misse. „Hast du heimlich leyawi gelernt? Bei Laar?"
„Ein wenig. Das sollte eine Überraschung werden. Aber ich weiß es von Éyark. Nun schau nicht so. Es ist kein Treuebruch, wenn ich mit deinem Bruder über dich rede."
Die Miene der Jüngeren bezeugte eine andere Meinung, aber sie schwieg darüber.
Nyrden suchte, die Luft zu bessern, und fragte: „Baden Leyawi, wo die übrigen Völker händegeben?"
„Ja. Ich schätze, ein Erbe der Minen." Rednawén grinste schon wieder. „Um wenigstens beim Bündnis sauber zu sein. Du weißt, dass heißes Wasser uns einiges wert ist, und wir teilen die Thermen gerne mit Freundinnen. Aber vor Zeuginnen baden wir einander nur, wo ein enges Band bekundet wird. Beim Bündnis zwischen Gefährtinnen, zwischen Waffengeschwistern, wenn Elternstatt für ein Kind übernommen oder eine Tote verabschiedet wird."
„Tote in den Thermen?"
„Für sie gibt es eigene Waschwannen."
„Ah."
Während die Gedanken in Nyrden eilten, beobachtete die Streitin sie, „ich halte nichts von solchem Unsinn. Mit mir wirst du keine Ehe ausrufen", gewahrte ihre Enttäuschung und koste ihre Wange. „Ehe dient dem Machterhalt der Sterndeutinnen, der Bündnisfestigung

von Häusern und der Sicherung von Erbe für Kinder. All dies ist bei uns unnot oder Unsinn. Würdest du mich mehr lieben, wenn wir einander gebadet hätten?"
„Nein. Sicher nicht." Nyrden verzog den Mund. „Aber es ist ein schöner Gedanke."
„Naltivi."
„Und dein Vater?"
Rednawén ächzte leise. „Musst du wirklich alles über mich wissen?"
„Alles nicht. Aber mehr wünsche ich mir. Jennai sagte, er benannte Èsralon früh zur Stadtwahrin."
Ihr Gesicht verschloss sich wiederum, dennoch gab sie Antwort: „Er war stark schlachtenverletzt, deshalb wurde sie so früh benannt."
„Wann ist er gestorben?"
„Nicht ganz ein Jahr darauf."
„Und wie?"
Die Leyawi zögerte. „In der Schlacht."
Nyrden fragte wortlos.
„Auf eine Art, die nicht für Naltiviohren geeignet ist", wehrte Rednawén ab. „Frag nicht weiter. Es reicht."
„Wenn es ... um dich ist, frage ich nicht weiter. Aber wenn es ist, mich zu schonen, bitte ich dich darum. Es ist dir groß, das ist offensichtlich. Lass mich dich wissen. Nicht alles über dich, aber dies. Dieses eine noch. Ich frage nicht weiter."
Ihre Stirn stand in Falten. Lange schwieg sie, und Widerstreben war ihr noch anzusehen, als sie tief Luft schöpfte. „Wenn unsere Truppen sich zurückziehen, nehmen wir die Verwundeten mit. Die Pein der tödlich Verwundeten beenden wir mit der Klinge."
Nyrden erschrak.
„Bei einer Schlacht gegen die Wethen mussten wir uns eilig zurückziehen. Wir trugen Kadùn. Als wir seinetwegen zurückfielen, befahl er uns, ihn zu töten. Als seine Waffentochter wäre es an Èsralon gewesen, dem Folge zu leisten. Aber sie konnte es nicht. Uron tat es als sein Waffenbruder. Es ist ein Grund, aus dem er in meiner Sippe hohes Ansehen genießt."
Die Zuhörende sah sie fassungslos an. Dann griff sie sie und barg sie abermals. Sie lagen lange in Schweigen, und schließlich schlief Rednawén wiederum ein. Ehe auch Nyrdens Augen zufielen, gewahrte sie den Gesang der ersten Morgenvögel.

„Aufstehen, Bärenschlaf." Eine muntere Stimme weckte sie.
Sie sah auf, blinzelte. „Verschläfst du nie?"
„Nein." Rednawén küsste sie.
Die Erwachte blickte sich um. „Wo ist Resa?"
„Beim Essen. Es ist ihm besser. Kein Fieber mehr."
Sie griff nach ihren Kleidern.
„Der Heiler sagt, er muss noch bis zum Abend Ruhe halten, dann ist er wohlauf", fuhr die Leyawi fort, Erleichterung in jedem Wort. „Er bockt, das halte ich für ein gutes Zeichen. Er hat eine getroffen, mit der er gestern geübt hat. Die beiden wollen brettspielen, das er-

scheint ihm weniger langweilig als ... Erfolgreiche Stadterste, wie wäre es mit einem Gang durch den Tempelgarten?"

„Hast du keine Sorge, dass wir Göttinnen begegnen könnten?", wagte Nyrden einen Spott.

„Hatte ich je Sorge wegen Göttinnen?" Rednawén trat hinter sie, um ihr beim Zubinden zu helfen.

Nach der Mahlzeit nahmen sie Abschied von dem Knaben, der bereits mit einer schalkäugigen Jungkriegin dem Spiel zustrebte.

Die drei Tempelgärten waren den drei Jahreszeiten, die Kirak zählte, sowie in Teilbereichen seinen Geistern und Göttinnen geweiht. Die Anlage war größer als die ganze Stadt Runjhày. Es gab an Schönheit überwältigende Sinnbilder; die kunstvolle Gestaltung übertraf in ihrer Gesamtheit alles, was der Naltivi an Gartenhege bekannt war. Sie wandelten in einem staudenden Opferdienst, Nyrden hätte Monde hier verbringen können. Glückvoll ging sie an Rednawéns Arm über die Wege, löste sich hin und wieder, um einzelne Gewächse zu betrachten. Die Kriegin lächelte über sie und genoss die Stätte selbst auf ihre Weise, die die Gartengeschulte ihr fast neidete: Ohne die Zeichen zu lesen oder die Kunst zu messen, allein in Freude über die Pflanzen, ihre Farben, Formen und Gerüche.

„Es ist hier fast so warm wie in Naltivi", seufzte Nyrden mit sehnendem Blick. „Kein so nasser Boden, viel Sonne ... Es ist hier erst Frühling und doch schon wärmer, als Runjhàys früher Sommer es werden wird."

„Wunderschön", wertete Rednawén. „Ich verstehe deine Klage. Das Wetter Kiraks ist freundlich zu Gartninnen. Aber der Garten zuhause ist keine geringere Wohltat, nur anders."

Nyrden bemerkte das Wort „zuhause" mit einem Aufleuchten. Ihr Blick schweifte erneut über die gezähmte, teilweise schon blühende Pracht. „Das ist lieb von dir, aber nicht wahr. Dieser Teil der Anlage ist Setolas Werk. Vor einigen Jahren verbrachte er Weile hier und lehrte Lelan, den Sohn Geitrùs. Setola ist ein so guter Gärtner." Sie senkte die Lider.

„Er ist ein hochnäsiger Ochse", erklärte Rednawén mit Nachdruck. „Vergiss ihn."

Die Ältere sah auf und konnte ihr eigenes Glucksen nicht hindern.

„Wirklich, Nyrden. Nie zuvor ist in den Bergen ein Garten wie der deine erbaut worden, was gewiss zum Großen am rauen Wetter liegt, dem du ihn abgerungen hast. Und dein Nutzen endet nicht im Garten. Du bist Stadterste. Sieh es doch endlich!"

Sie schwieg.

Die Gefährtinnen verbrachten den ganzen Tag in diesem Garten und die folgenden Tage zumindest teilweise auch in den übrigen Bereichen: In Ruhezeiten zwischen Übungen gesellte sich Rednawén meist zu Nyrden, und hin und wieder tat Resa es ihr gleich, oft von jungen Kiraken begleitet. Abends wie morgens salbte Nyrden den Knaben mit frischen Heilhilfen. Obwohl er sichtliche Wohle darüber hielt, nahm Resas Större ihr gegenüber derzeit kaum ab. Es war ihr weh, aber sie schwieg, bis sie einmal früher als erwartet in das Haus zurückkehrte und der Ausbildin Rüge darüber hörte. Sie sprach sie darauf an, als sie zu zweien waren.

„Du kannst ihm nicht befehlen, mich zu mögen."

„Aber ich kann ihm befehlen, nicht herumzubocken! Du tust viel für ihn. Er kann Dankbarkeit zeigen, im Mindesten aber Freundlichkeit."
„Ich liebe ihn, und er mag mich eigentlich auch. Lass ihn, ich bitte. Lass es zwischen ihm und mir sein, denn dort ist es. Ich will nicht, dass er Schelte fürchtet."
Rednawén verzog den Mund. „Dein Wille, Naltivi."

Die höfliche Dauer war beendet, und schweren Herzens nahm Nyrden Abschied von den Gärten. Am letzten Abend wurde ein weiteres Fest für die Gäste ausgerichtet, am darauffolgenden Morgen reisten sie ab. Resa ritt mit Erlaubnis voraus und würde vor den Stadttoren auf die Älteren warten. Als sie aufbrachen, verließ ein überdachter Wagen eines der Lager und reihte sich hinter sie. Rednawén nickte dem Fahrer zu, was er erwiderte.
„Was bedeutet das?", erkundigte sich die Naltivi.
Die Gefragte grinste, schwieg jedoch.
Nyrden zögerte und lenkte ihr Pferd dann zu dem Gefährt. Als sie zurückkehrte, war ihre Miene in Unwohle. „Das muss sehr teuer gewesen sein", sagte sie.
„Ha! Ja. Aber ‚danke' reicht", strahlte Rednawén.
„Es ... ist nicht nötig..."
Sie hob die Brauen.
„Es war so schön hier mit euch. Ich brauche keine weiteren Gaben."
„Ich weiß. Immerzu Bescheidenheit."
Kurz verstillten sie.
„Ist es dir so schwer, es anzunehmen? Darfst nur du mich beschenken?", fragte die Leyawi mit fast greifbarem Zorn.
„Nein", widersprach Nyrden. „Nein, sicher nicht."
„Ich werde es nicht zurückschicken", verkündete Rednawén. „Gib es Jilla, wenn du es nicht willst." Sie trieb ihr Pferd an.
„Warte!", rief Nyrden und spürte Wut in sich aufsteigen, die sie sogleich bändigte.
Rednawén drehte sich im Sattel, bis sie zu ihr aufschloss.
„Ich freue mich."
„Tatsächlich?!"
„Halt ein zu grollen." Nyrden neigte sich im Sattel zu ihr hinüber, drückte ihre Hand. „Ich danke sehr."
Rednawén lächelte, schon wieder mit beginnender Frohe in den Augen. „Hast du die Schösslinge der weißen Bäume gesehen?"
„Ja. Sieben Stück! Welche Sämereien hast du gekauft? Und Zwiebeln?"
Nun wirkte die Schenkende verlegen. „Ein wenig von allem. Weil ich mir nicht sicher war."
„Von allem? Aus drei Gärten! Einen Wagen voll!"
Sie lachte. „Der Kirake ist Gärtner und wird sie dir erklären."

„... euch so sehr vermisse, dass es mir Herz und Tage verätzt. Werde ich Wonta wiedererkennen, wenn wir uns im Herbst sehen? Ich verfluche es, Stadtwahrer zu

sein! Das war nicht mein Erbe. Wäre ich allein Händler, hätte ich dir händegeben können und würde nun mit euch leben. Ich verfluche es!"
Rilan stöhnte auf, zerknüllte das Schreiben und wischte seine Tränen ab. Als er sich beruhigt hatte, begann er eine neue Botschaft an Mawakai, in der es größtenteils um Handel ging. Seine Walle erwähnte er darin mit keinem Wort.

Bei ihrem Eintreffen in der heimatlichen Stadt wurden Rednawén dringende Angelegenheiten des Heeres angetragen, und so kam sie später in die Kammer, in der Nyrden, schon fast eingeschlafen, auf sie wartete. Als die Kriegin ihre Kleider ablegte, gewahrte sie eine Schriftrolle auf dem Tisch und griff neugierig danach. Dann sah sie mit großen Augen auf.
„Beeindruckend, Naltivi."
Nyrden erstrahlte und erfragte einen Kuss.
„Ich wusste nichts von dieser Forderung", sagte Rednawén.
„Der Gedanke kam mir, als du auf dem Strohplatz warst. Rilan war begeistert. Ich weiß nicht, ob allein um der Menschen willen oder um Stärke zu zeigen. Ist das nicht schön?"
„Großartig ist es. Naltivi wird eine Geißel genommen." Sie warf einen weiteren Blick in die Schrift. „Die Erlaubnis der straffreien Einigung für alle Naltivi, gleich welchen Geschlechts. Mit der Zusage, Verfolgung durch andere zu ahnden. Wenn auch keine Rechte auf Ehe oder Erbe, aber immerhin hast du Berretas' Siegel. Scheinbar habt ihr die richtigen Worte gefunden. Jennais Drohung wirkte recht furchteinflößend. Sterndeutinnen haben einige erstaunliche Geschichten zudiensten."
Die Wahrin nickte versonnen. „Ich hätte niemals geglaubt, dass die Göttinnen keine Unterschiede in der Einigung machen." Ihr Blick fuhr in kleinem Erschrecken auf.
„Schon gut, du musst mich nicht schonen. Ich falle nicht tot um, wenn du von Göttinnen sprichst. Und ich freue mich, dass Naltivi dich nicht mehr ausschließt. Ich bin beeindruckt. Bisher war ich zwar der Ansicht, dass Menschen Göttinnen erfinden, um andere zum eigenen Vorteil in die Zwinge zu nehmen. Aber hier gefällt es mir. Jennais Wirken mag Lüge gegen Lüge wiegen, aber die ihre nützt Menschen. – Was ist dir? Erwartest du die Rache Verspotteter?"
Sie sammelte sich. „Sie lassen dir deinen Spott. Ich hoffe sehr, dass sie dich nie darum strafen."
Rednawén seufzte kaum hörbar.
„Jennai sagt, sie halten dich wohl."
„Das rate ich ihr." Sie hielt kurz inne. „Lass mich dich zu verbotenen Vergnügungen einladen. Magst du noch einen unbescheidenen Becher Weines?"
Nyrden lachte leise. „Sehr gerne. Wenn du ihn hierher holst."

Als Nyrden ausgeruht in die Schriftenhalle kam, saß der Stadtwahrer dort. Obwohl er ihr den Rücken zuwandte, spürte sie, dass es ihm arg war.
„Rilan?"
Er drehte sich um, eine Rolle in der Hand. „Ein Bote ... von Viarù. Aus Ruèk." Er schluckte schwer. „Ruèk und Sagta rufen Krieg gegen uns aus."

„Wie?" Nyrden starrte ihn fassungslos an.
Er wirkte wie aus Schlaf geweckt. „Sie werden über Rweden und Lerusm kommen. Wir müssen Mawakai und Silen warnen!"
„Aber wir zahlen Ruèk Tribut!"
Rilan legte das Schreiben vor sich auf den Tisch. „Von dem sie uns entbinden. Sie wollen keine Güter mehr. Es scheint, sie wollen Runjhày."
Im Laufe desselben Tages erreichten zwei weitere Botschaften die Stadt. Die zweite kam über die ungeheuer schnelle Botinnenkette Leyawis und trug bereits eine Antwort auf die erste, die aus Rweden eintraf. Rilan und Nyrden lasen sie gemeinsam und schwiegen eine Weile vor Erschütterung, bis sie in Eile den Rat einberiefen.
Sagta und Ruèk hatten sich miteinander verbündet und Rweden eingenommen. Silen war im Kampf gefallen, so auch die meisten seiner Sippe und des Rates, oder sie waren auf der Festung hingerichtet worden. Das Heer Rwedens gab es nicht mehr. Zehn Dutzend Krieginnen waren mit ebenfalls entkommenen Stammesgefährtinnen in die Berghöhen geflohen, über Tudalin auf dem Weg gen Runjhày und baten um Aufnahme. Die Nachricht schilderte Verwüstung, Greuel und die Größe des Heeres der Gegninnen, das selbst nach der Schlacht noch die unfassbare Zahl von mehreren Tausendschaften halte.
Leyawi, das Rweden zum Schutz verpflichtet war, bot ein gemeinsames Heer Runjhàys und Leyawis unter Rednawéns Befehl an. Weiter schlug es eine Vereinigung dieses Heeres mit den Kriegskräften anderer Völker der Berge und der südlichen Ebene vor, die ebenfalls bedroht waren und denen Èsralon diesen Vorschlag geschickt habe.
Der Rat war aufgebracht.
„Schreibe deinem Bruder!", forderte Jkai Nyrden auf. „Greja ist mit Ruèk und mit Sagta verbündet! Er soll seine Verbindungen nutzen..."
„Das habe ich bereits getan", unterbrach sie sie, was sie im Rat noch nie getan hatte. „Aber es heißt, dass Vithan und er keine glückliche Verbindung haben, die zudem noch kinderlos ist. Vithan wird seinetwegen kaum gegen ihre Verbündeten in Verhandlungen oder Waffen treten. Außerdem würde Runjhày als Teil Ruèks oder Sagtas auch ihr Waren günstiger bieten, die sie nun teuer erkauft. Es wunderte mich nicht, wenn auch Grejen im Heer anzutreffen wären. Dennoch habe ich ihr ein Handelsbündnis gegen ihren Beistand geboten. Aber ich glaube nicht an einen Erfolg darin."
„Sie stehen bereits in Rweden", ließ sich Rednawén vernehmen, ohne sich zu erheben. „Du glaubst doch nicht im Ernst, dass sie es dabei bewenden lassen, Jkai? Rweden ist groß, aber die Güter fahren über Lerusm und Runjhày. Sie werden kommen. Vielleicht auch den Fluss stauen, bis Runjhày ihnen gehört. Lasst uns das Heer aufstellen und die Übrigen für eine Flucht in die Ebene vorbereiten."
Jennai hob die Hand. „Beides ist nötig. Wir sollten Botinnen schicken. Zu Viarù und Selun und in die Ebene." Sie wandte sich an Nyrden. „Naltivi wird die Unseren aufnehmen."
Diese nickte.
„Vielleicht gibt es einen Handel, den wir mit Ruèk und Sagta schließen können", hoffte Jennai.

„Ein hübscher Gedanke", erwiderte die Heerführin. „Aber in deinem Alter solltest du es besser wissen."

Auf dem Hof stieg die Botin Leyawis in den Sattel, wechselte noch einige Worte mit Uron, dann sprengte ihr Pferd davon. Nyrden trat zu dem Sagtain. „Wo ist Rednawén?"
„Ich weiß es nicht. Sie ging, sobald sie das Schreiben beendet hatte."
Die Wahrin dankte ihm und machte sich durch das rege Treiben, das seit Ausrufung der Neuigkeiten in der Stadt herrschte, auf die Suche nach ihr. Sie fand sie schließlich in der Kammer, wo sie auf ihrem Lager saß, eine Schriftrolle in Händen.
„Nachricht von Èsralon?"
Der Leyawi Züge waren steinern, ihre Augen brannten. „Von Éyark. Nichts, was du nicht wüsstest. Er bietet mir für diese Schlacht die Führung über das Heer."
„Warum tut er das?", fragte Nyrden aufhorchend.
„Viarù schuldet mir seinen Tod."
Sie erschrak. „Was sagt das?"
„Er hat vor Jahren meine Waffenschwester getötet. Bei Verhandlungen."
Sie fragte abermals, diesmal ohnwort.
„Um Leyawi zu beschämen. Sie führte die Verhandlungen." Die Kriegin sog tief Luft ein, schnaufte sie wieder aus.
Rednawén hatte ihr nicht selten Dinge verschwiegen, meist, um sie zu schonen, aber zum ersten Mal hielt Nyrden nun das Gefühl, von ihr belogen zu werden. „Was ist geschehen?"
Sie antwortete nicht.
„Dare."
Ihr Blick suchte, ihre folgenden Worte zu mildern: „Lass mich allein."
Mit Sorge entsprach Nyrden der Bitte.
Den Rest des Tages verbrachte die Naltivi zwischen aufgebrachten Ratsmitgliedern. Erst zur Nachtruhe hatte sie die Zeit, erneut ihre Gefährtin zu suchen, die in Kriegsvorbereitungen des Heeres nicht ansprechbar gewesen war. Sie saß wiederum in der Kammer, erhob sich aber auch diesmal nicht zur Begrüßung.
„Ich habe Uron gefragt", berichtete Nyrden mit Vorsicht, als sie sich neben ihr niederließ. „Er sagte, ihr Name sei Fedùn gewesen. Kadùns Waffentochter neben Èsralon."
Rednawén schwieg.
„Sprich mit mir."
Sie sah sie an.
„Den ganzen Tag kaum ein Wort! Sprich mit mir!"
Keine Antwort.
„Komm mit in den Garten."
Die Leyawi stand steif auf und ließ sich von Nyrden in das Pflanzengemach führen, wo sie sich still setzte und ihr zuschaute, wie sie ihnen Wein einschenkte, den sie jedoch ablehnte.
„Erzähl es mir", verlangte die Stadtwahrin.
Rednawén verwehrte lange die Rede. Dann sprach sie, ohne ihren Blick von einer Heckenwand abzuwenden: „Wir waren in Verhandlungen für ihre Handgebe gekommen. Aber

Viarùs Forderungen waren unannehmbar. Fedùn verneinte in aller Form und Höflichkeit, keine hätte ihr Gesicht verloren. Er aber forderte uns heraus. Fedùn gefalle ihm nicht, er wolle sein Bündnis mit mir schließen. – Wir kannten uns. Er wusste, dass ich mit Männern als Gefährten nichts anfangen kann. Fedùn war ... die eigentliche Erbin Kadùns. Er stand Verhandlungen immer näher als dem Krieg, im Gegensatz zu Danrùn. In aller Form verhinderte sie Kampf zwischen Viarù und mir. Als wir gingen, warf er ihr seine Axt in den Rücken."
„Hast du ihn gefordert?"
„Ha! Ja, ihm fehlt jetzt ein halber Arm darum. Aber ehe ich ihn töten konnte, griffen seine Wachen ein und brachten mich hinaus. Sie ließen mich gehen. Ohne Folter, ohne Gerät, ohne Pferd und ohne Fedùns Leiche. Ihr Kopf war vor mir auf Leyawi. Am folgenden Krieg unter Èsralons Befehl untersagte Kadùn mir teilzunehmen. Leyawi verlor und konnte die Tributpflicht erst vor zehn Jahren abschütteln. Aber Viarù bin ich auf dem Schlachtfeld nicht begegnet; er hatte eine Verletzung, die ihn ehedem niedergeworfen hatte. Sein Nachhalter war kein Ersatz für ihn."
Schweigen.
„Wann war das? Fedùn."
„Vor fünfzehn Jahren."
„Da warst du halb so alt wie heute!"
Rednawén sah Nyrden aus den Augenwinkeln an. „Was sagt das?"
„Du warst noch fast ein Kind!"
„Dein Volk hat darüber andere Ansichten als meines." Sie sah wieder fort und zur Hecke.
„Wer war sie dir?"
Zögern. „Erst eine Lehrin, dann meine Waffenschwester."
Wieder hielt Nyrden das Gefühl von Lüge.
Schweigen.
„Sie war deine Frau."
„Die Erste von zweien." Die Kriegin stand auf. „Und nun, da du scheinbar alles über mich weißt, will ich nicht mehr darüber reden." Sie verließ sie.
„Liebste!", rief Nyrden. „Redna..." Und hielt ein.
Sie brauchte lange, um die in ihr kreisenden Gedanken zu ruhigen. Dann brachte sie ein Opfer, ging darauf in die Halle, wo sie Rednawén fand. Sie saß mit Laar, Jkai, Anchai und einigen Weiteren vor dem Kamin. Nyrden setzte sich zu ihnen und blieb, bis die Letzten sich gen Schlaf aufmachten und die Gefährtinnen allein zurückblieben.
Rednawén seufzte tief. „Nun, Naltivi?"
„Ich bin in Sorge um dich, weil du so aufgewühlt bist. Du bist sonst so ruhig, wenn es um Kampf ist. Du kämpfst einfach. Da sind weder Wut noch Angst, wie ich sie bei anderen sehe, nur Gleichmut. Diesmal ist es anders. Nicht wahr?"
Zu ihrer Überraschung wandte sich ihr ein liebesprechendes Lächeln zu, und die Jüngere koste kurz ihre Wange. „Berate Ausbildinnen; du hast einen sehr guten Blick. – Es gibt zwei beste Arten zu kämpfen. Um der Bewegung willen in Gleichklang zu kämpfen bedeutet, wenig verletzbar zu ein. Das wird in diesem Kampf anders sein, ja. Aber wenn ich

weiß, warum ich siegen muss, wenn ich ein Ziel habe, das über den Willen zu überleben und zum Sieg hinausgeht, bin ich stärker als sonst."
„Aber auch verletzbarer."
„Ja. Aber ich werde Viarù töten. Ich werde diesen Schwur erfüllen. Mehr als zwei Jahre ohne Schlacht enden. Endlich! Und mit dieser Möglichkeit!" Der Kriegin Augen glommen auf.
Nyrden schauderte es. „Wird Éyark mit dem Heer kommen?"
„Nein. Es wäre ein Verlust von Ansehen für ihn, mir jetzt zu unterstehen. Ich will auch nicht, dass Leyawi uns beide verliert. Dieses Heer wird mächtig sein."
Sie schluckte schwer. „Und Laar?", fragte sie, um sich selbst abzulenken.
„Laar hat mit Raiun neues Kriegsgerät geprobt. Seine Axt ist ihr nicht bekommen, ihr Schildarm ist gebrochen." Rednawén lächelte zum ersten Mal seit der Ankunft der Botinnen. „Sie wird auf Leyawi bleiben."

Nyrden wurde von heftigen Bewegungen neben sich geweckt, fiel von Rednawéns Seite und schrak auf, als Warmes ihr ins Gesicht spritzte. Blut drang in ihren Mund und benetzte ihre Augen. Nachdem sie es fortgewischt hatte, sah sie im Halblicht einer verhüllten Leuchte Rednawén einen Körper von den Decken rollen. „Was ... wer ist das?"
Der Streitin Blick schweifte suchend im Raum umher. Dann atmete sie hörbar aus. „Viarùs Bote. Schau nicht hin", bat sie ihre Gefährtin, wozu es bereits zu spät war. Diese war mit Sicht auf den Toten erstarrt, um den sich eine blutige Lache bildete. Seine Kehle war durchschnitten und verlor Blut in Strömen. Blut färbte auch das Bett und die Stadtwahrin selbst, weniger Rednawén, welche sie besorgt betrachtete.
„Wachen! Hilfe!", rief die Naltivi.
„Hab keine Angst. Es ist vorbei. – Habt ihr geschlafen?", fuhr die Heerführin zwei Hereineilende an, die fassungslos stehenblieben. Nyrden übergab sich über den Rand des Bettes hinweg.
Rednawén sagte einem der Wächter: „Wecke Rilan und Jilla."
Er rannte davon.
„Du bewachst Remneù", wies sie den zweiten an. Dann zog sie Nyrden an sich und barg sie. Die Gerufenen erschienen schnell und fast zur selben Zeit, beide verharrten reglos angesichts dessen, was sie vorfanden.
„Jilla! Kümmere dich um Nyrden."
Er fing sich und eilte zu der Freundin, die in seine Arme floh.
Die Heerführin hockte sich neben die Leiche und entwendete ihr den Dolch.
„Ist es deiner?", erkundigte sich Rilan. Denn dies war Leyawigerät.
„Es war einmal meiner", erwiderte Rednawén finster und begann, die Waffe mit einem unbefleckten Hemdteil des Ruèk zu reinigen. Als sie der Stille umher gewahr wurde, hielt sie inne und richtete sich auf, um sich noch einmal an Jilla zu wenden: „Hilfst du Nyrden bei der Wäsche? – Ich komme mit", beschwichtigte sie die Aufbangende.
Er warf ein sauberes Laken über Nyrden, und die Naltivi flohen hinaus, die Wahrin mit Blick auf den Liegenden. Rednawén folgte ihnen ohne Bekleidung, und auch Rilan schloss

sich ihnen an, wobei er nach den ersten Schritten wiederum auf die Klinge sah. „Er hielt ihn noch in der Hand."

„Ja." Die Jüngere setzte mit Schweigen einen abweisenden Wall gegen weitere Fragen. Doch Rilan, der zwischen Bewunderung und Entsetzen schwankte, fragte: „Rechnest du jede Nacht mit einem Mörder?"

„Befreie dich von den Geschichten über mein Volk, Erster. Ich habe es Nyrdens Haar zu verdanken, das mich schon seit einer Weile kitzelte. So hörte ich ihn im Halbschlaf kommen."

„Ah." Als sie die Leiter erreichten, bot Rilan der Heerführin seinen Umhang an. Rednawén, die eben Nyrden zum Abstieg die Hand reichte, sah ihn kurz an, schien aber anderen Gedanken zu folgen. „Nein." Und zum Wächter: „Hol mir Remneù in die Waschkammer."

Während der Beorderte sich entfernte, staunte Rilan: „Du glaubst, Remneù steckt dahinter?"

„Woher wusste der Bote, wo er suchen musste? Die Wachen werden ihm kaum Zeit zu suchen gegeben haben. Es wäre auch zu gefährlich gewesen."

„Aber Remneù dient diesem Haus seit..."

„Er ist ein Ruèk. Wir werden ihn fragen."

Der Waschraum war für die Leyawi hergerichtet: Schüsseln und Krüge standen bereit; saubere Tücher lagen auf den Simsen. Nyrden verschwand mit Jilla in einer abgetrennten Nische, von der aus sie wohl zu hören, nicht aber zu sehen waren.

„Was bedeutet ‚fragen'? Sagt es foltern?", griff Rilan das Wort nach einer Weile auf.

„Dare?", ließ sich Nyrden mit Beben in der Stimme vernehmen.

Rednawén ging in die Nische. „Wir fragen, und wir töten, erinnerst du dich? – Wie ist es dir?"

Die Naltivi barg kurz ihr tränennasses Gesicht an ihr, versuchte darauf ein Lächeln, das jedoch gequält wirkte. „Ich lebe noch. Nicht wahr?"

Als Remneù hinzukam, saß Nyrden in Rilans Umhang gewickelt. Jilla brachte die benutzten Tücher in die Nebenkammer, in der Wäsche gewaschen wurde.

„Ist es wahr?", rief der Eintretende. „Salaù wollte euch töten? Und ist jetzt selbst tot?"

„Ja", entgegnete Rednawén düster.

„Ich war nicht daran beteiligt", sagte er mit entsetztem Gesicht.

„Woher kannte er meine Zelle?", erwiderte sie.

„Ich weiß es nicht. Wirklich nicht! Ich würde Runjhày niemals verraten! Stell mich auf die Probe, wenn du willst. Ich habe nichts damit zu tun!"

Sie trat ihm nahe, und der Ruèk wich zurück. Nyrden wusste nicht, ob wegen Rednawéns furchteinflößender Miene, ihrer schwächelosen Nacktheit, Remneùs sonster Furcht vor ihrem Volk oder wegen des Blutes, das noch immer an der Heerführin klebte. „Du bist Viarùs Vetter, nicht wahr?", begehrte diese schneidend Kunde.

„Ja", bangte er.

„Nun, Runjhày wäre ein schöner Vorposten, falls er die Hand nach der Ebene ausstrecken will. Wonach es aussieht, Ruèk. Ein so großes Land braucht einen Verwalter. Du hast ebenfalls ein Schreiben erhalten. Was steht darin?"
„Der Befehl, den Treueschwur abzulegen und Runjhày zu verlassen."
„Wann wolltest du gehen? Du hast mir nichts gesagt."
„Du warst nicht allein zu sprechen! Ich wollte den Schreiber bitten, meine Verneinung aufzuschreiben, wenn ich mit euch gesprochen haben würde."
„Du willst bleiben?" Rilan.
„Ja, Erster."
„Warum?", fragte Rednawén. „Das bedeutet, im Kampf gegen die Deinen anzutreten."
„Weil Runjhày meine Heimat geworden ist." Er wandte sich hilfesuchend an Nyrden. „Du versteht das, Erste. Oder?"
Schweigen begleitete sie, als sie aufstand und zu ihm ging. „Was bindet dich an Runjhày?"
Er atmete tief. „Die Freundlichkeit des Hauses. Die Freiheiten. Die gerechten Regeln im Heer. Auch wenn sie oft hart sind." Er warf Rednawén einen flüchtigen Blick zu, in dem Vorwurf lag. Dann wurden seine Augen von Nyrdens gefasst, bis er niedersah. „Ich habe ein Kind hier."
„Was?", entfuhr es Rilan.
„Wen?", erkundigte sie sich ruhig.
„Syken."
„Nie gehört", bekundete Rednawén. „Wer soll das sein?"
„Tanwais Tochter", antwortete Nyrden, und an den Ruèk gewandt: „Aber du bist nicht mit Tanwai geeint."
„Nein. Seit fast einem Jahr nicht mehr." Sein Atem war heftig. „Ich würde jeden meines Volkes töten, der mein Kind bedroht."
„Das verstehe ich", erklärte sie. „Wir sprechen später weiter. Geh zurück ins Bett."
„Erste..."
„Geh, Ruèk!", grollte Rednawén.
Er ehrte sie widerwillig und gehorchte. Als er außer Hörweite war, fragte Rilan: „Glaubt ihr ihm?"
Nyrden drehte sich um und bejahte.
„Warten wir die nächsten Tage ab", riet die Leyawi. „Ich lasse ihn beobachten. Er wirbelt. Wenn er Teil des Anschlags war, wird seine Unbeherrschtheit ihm schaden und uns nutzen. – Wie lange lebt er auf Runjhày?"
„Ein wenig länger als ich." Ihre Gefährtin seufzte.
Falten zogen auf die Stirn der Kriegin. „Willst du bei Jilla schlafen?"
„Schlafen? Ich bezweifle, dass ich das kann."
„Na, komm. Jilla!"
„Und du?"
„Ich wecke Tanwai und frage sie, ob es wahr ist. Ich komme nach."

Die Naltivi sprachen nur wenig, bis die Heerführin grußlos eintrat, was jene auffahren ließ. Rednawén war gewaschen und trug ihr Abendhemd. In den Händen hielt sie einen Weinkrug und zwei Becher, die sie abstellte.
„Nun?", fragte Nyrden, um Fassung bemüht.
Die Hinzugekommene nickte. „Sie hat es bestätigt. Außerdem ist bei dem Kind größere Ähnlichkeit zu ihm zu sehen als zu Tanwai." Sie setzte sich und griff der Gefährtin Hände. „Ich habe vor der Tür eine Wache aufgestellt, damit du schlafen kannst. Wenn du willst, stelle ich mich zu ihr."
Nyrden lächelte.
„Möchtest du hier schlafen?", bot Jilla an.
Rednawén stutzte. „Ist das dein Ernst?"
„Könntet ihr nicht beide bleiben?", bat Nyrden.
Naltivi und Leyawi wechselten einen Blick. „Wenn es sein muss", erwiderte sie mit merklichem Unbehagen, und auch Jilla stimmte zu. Die Jüngste reichte den anderen von dem Wein, trank selbst aber nichts davon. Später, als Rednawén sich entkleidete, sah der Gärtner sehr betont nicht hin. „Schläfst du immer nackt?", fragte er.
„Ja."
„Warum?"
„Weil es auf Leyawi keine gibt, deren Werk das Waschen hübscher Nachtkleider ist."
„Hört auf! Beide!" Nyrden bebte. „Lieber schlafe ich allein als auf einem Kampfplatz zwischen euch!" Sie weinte erneut.
Ihr Vertrauter umarmte sie. „Verzeih, Liebe."
Rednawén stand kurz ohnwort, Nyrden gewahrte ihr Ringen um einen Trost. Doch sie legte sich schließlich nur wortlos zu ihnen. Die Stadtwahrin ruhigte sich sehr langsam, schlief dann aber so ein, wie sie mit beiden gewöhnlich das Lager teilte: in Rednawéns Armen und Hand in Hand mit Jilla.
Der Ältere lächelte, als er es gewahrte. „Was für eine schreckliche Nacht", sagte er leise.
„Jilla?"
Er hob die Brauen.
„Hat sie dir gesagt, ob sie es gesehen hat, als ich ihn tötete?"
„Sie hat ihn erst gesehen, als du ihn hinabgeworfen hast."
Rednawén atmete auf.
Er maß sie mit einem bisher unbekannten Ausdruck. „Du bist seltsam, Leyawi. Wenn du keine Kriegin wärst, könnte ich dich mögen."
„Wie froh bin ich, Kriegin zu sein", entgegnete sie grinsend.
Jilla schnaufte leise, konnte aber ein Schmunzeln nicht hindern.
„Warst du ihr Lehrer?", fragte Rednawén.
„Nein. Ich habe Nyrden in den Gärten kennengelernt. Vor zehn Jahren oder ein wenig mehr. Einige ihrer Züchtungen sind in der Ebene weitgerühmt. Zu schade, wie wenig hier wächst. – Weißt du, was an dir seltsam ist?"
„Vermutlich wirst du es mir sagen."

„Deine Augen. Bei all der zu Schau gestellten Härte der ersten Kriegin, all dem Getue um Unbesiegbarkeit ... Sie sind so freundlich. Und diese schrecklichen Späße, die Krieger gewöhnlich machen: Ich habe sie von dir noch nie gehört."
„Nun bin ich auch noch froh, keinen Spiegel zu haben. Und ich würde sagen, du verbringst zu wenig Zeit mit Krieginnen, um solches bewerten zu können. Ist es eine Krankheit der Naltivi, ihre Gegenüber ergründen zu wollen?"
„Eine Tugend in unseren Augen. Es wird gesagt, du könntest ein offenes Wort vertragen."
Rednawén lachte leise.
„Du lässt meine Zähne knirschen", fuhr Jilla unbeirrt fort. „Aber du wärst mir gleich, wenn ich dich nicht so oft sehen würde. Nur bist du Nyrden wohl. Ich kann es nicht begreifen, aber es ist so. Und das ist, worum es geht ... Beschütze sie."
„Das schwöre ich."
Er nickte ihr zu.

Am Morgen weckte Traiea sie und rief sie zu kommen. Der nachtwachende Kammersorger war gefunden worden, offensichtlich gefoltert und von schwerer Sorge aufgewühlt. Als Nyrden und Rednawén in den Gästeraum traten, in dem er gefesselt zurückgelassen worden war, erhob er sich mühsam und rief weinend: „Ihr seid wohlauf! Den Göttern sei Dank dafür! Ich wollte es nicht, Heereserste, ich..."
„Schon gut", sagte sie mit Blick auf seine gebrochenen und stark geschwollenen Hände. „Dich trifft keine Schuld. Erzähle nur jeder, die dich fragen wird, dass er allein war. Nun lass dich eilig versorgen."
„Ich danke."
Als er in Traieas Begleitung gegangen war und auch die übrigen Zeuginnen sich verstreuten, bekundete Rednawén leise und wie entschuldigend: „Ich muss auf den Strohplatz."
Nyrden bejahte. „Ich muss zu den Schriften."
Sie hielten einander länger als gewöhnlich, ehe sie schieden.

Als Nyrden die Waffenführenden unter den Ratsmitgliedern in die Halle rufen wollte, bemerkte sie einige Streitinnen Strafübungen halten und erkundigte sich bei ihrer Gefährtin danach.
„Sie haben Remneù beleidigt", berichtete Rednawén. „Er hat Runjhày nun auch gegen die Seinen die Treue geschworen. Wer ihn als Krieger beleidigt, fordert mich heraus."

Angespannt vernahm der Rat die neu eingetroffenen Botschaften. Kalhinen, ein kleines Volk, dessen Land im Hochgebirge zwischen Murgard, Githain und Ehiàr lag, wollte die zwei Dutzend Krieginnen schicken, die es hatte. Das in Kriegsgerät wie Gütern starke Githain hatte jedoch in einem kurzen bedauernlosen Schreiben erklärt, sich nicht am Feldzug zu beteiligen. Rednawén spie schier Feuer, als sie dies vernahm, und kochte sichtlich lange an ihrem Zorn. Nyrden hatte daraufhin Furcht zu verkünden, dass auch Naltivi keine Krieginnen schicken würde, und schloss mit Beschwichtigung im Tonfall: „Berretas schickt Zelte, Verpflegung und Heilinnen."

„Gut." Rednawén nickte. „Das ist die Hilfe, die wir erwartet haben. Die wenigen Kriegerinnen, die Berretas hat, ändern hier wenig, in der Ebene möglich mehr. – Talai sieht ihren eigenen Vorteil auf unsere Kosten! Gleich, wer in dieser Schlacht siegen wird, nach ihr wird Githain die größte Kraft weit und breit sein. Talai soll sich hüten, mir zu begegnen!"
„Nun, also." Jennai nahm die Rede an sich. Ihre Stimme war schwer vor Sorge. „Wir werden ihnen auf Tudalin begegnen. Die Ebene ist für eine Schlacht geeignet, und sie liegt auf ihrem Weg."
„Wenn wir morgen waffenbereit sind, und das können wir sein", ließ sich die Leyawi vernehmen, „könnten wir sie auf den Hochpässen erwarten."
„Auf den Hängen kämpfen?", staunte ihr Nachhalter. „Wie stellst du dir das vor bei mehreren Hundertschaften? Die meisten würden fallen, ehe eine Klinge sie trifft. Es ist zu gefährlich!"
Die Angesprochene warf ihm einen gesäuerten Blick zu. „Wenn uns das kümmerte, wären wir noch in den Minen, Uron."
„Was mancher von uns eine Lehre wäre!" Des Sagtain Stimme hielt nun eine Schärfe, mit der sich keine Waffe hätte messen können.
Kurz herrschte angespanntes Schweigen, das auf Nyrdens Haut wie Gift brodelte. Dann fuhr Rednawén fort: „Es gibt auf ihrem wahrscheinlichsten Weg eine Hochebene, kleiner als Tudalin. Es wäre möglich, sie dort mit einem Teil des Heeres in Kampf zu locken und sie vom Rest einkreisen zu lassen. Aber dafür müssen wir wissen, wie viele es tatsächlich sind, bei über fünf Tausenden hat es keinen Sinn. Die Spähinnen sind noch nicht zurück."
Zu Nyrdens Verwunderung schwand die Spanne zwischen den Heerführrinnen offenbar eben durch Nichtbeachtung aus der Luft.
„Wenn sie über den Tudalinpass kommen", überlegte Dolin laut, „können sie dort nur an einer Stelle Wasser finden: dem See. Wir könnten ihn vergiften."
Viele erschraken über diesen Vorschlag.
„Das Wasser fließt mit der Schmelze auch ins Tal", ließ sich Jennai verneinend hören. „Viele Menschen und Tiere trinken es."
„Wir könnten sie nach Lerusm bringen, bis das Wasser wieder sauber ist."
Sie verzog missbilligend den Mund.
„Gibt es denn ein Gift, das wir in großer Menge hätten, das erst nach einem halben Tag oder später wirkt?", fragte Rednawén. „Oder eines, das nach ein paar Tagen unwirksam ist?"
Die Sonsten sahen sie erstaunt an.
„Kaum", erwiderte Anchai.
„Wenn die Ersten nach kurzer Zeit sterben, werden die Weiteren das Wasser nicht anrühren." Die Leyawi blickte in die Runde. „Es verringerte ihre Zahl, aber wir würden dennoch in der Unterzahl sein, es änderte kaum eines, abgesehen von der später unabsehbaren Gefahr durch vergiftetes Wasser. Wir werden bereit sein und unseren Spähinnen entgegengehen, aber ich hebe die Hand gegen Gift, solange wir kein taugendes haben."

Nach dem Rat fragte Nyrden ihre Gefährtin, die ihren Stuhl beiseite stellte: „Hast du Ärger mit Uron? – Ich glaube, Einigkeit würde uns derzeit mehr nützen."
„Ach, was! Er gallt, mehr nicht."
Die Naltivi wölbte die Brauen.
Ein Achselzucken antwortete ihr. „Es ist sicher nicht leicht für ihn, gegen sein Volk anzutreten. Gleich, wie lange es her ist: Er ist Sagtain. Ich könnte niemals gegen Leyawi kämpfen."
„Aber er hat sich von Sagta abgewandt!"
„Nein, von der Unfreiheit. Er hat auch nie um Aufnahme als Leyawi gesucht. Er floh vor der Unfreiheit. Hätte Sagta ihm die Möglichkeit dazu geboten, wäre er noch dort." Sie grinste schief. „Oder auf dem Weg hierher. Wohle für uns."
Sie verließen die Halle. Resa lief hinzu. „Ist es entschieden? Gibt es Krieg?", keuchte er erhitzt.
Seine Ausbildin bejahte.
„Sprich mich waffenfähig", bettelte er. „Lass mich dabei sein!"
Sie hielt inne, starrte ihn an. „Hast du denn keinen Verstand? Hast du niemals zugehört, was ich dir gesagt habe? – Wer stirbt in der Schlacht als Erste?"
Er senkte den Kopf. „Die Erstkämpfenden, besonders, wenn sie zu jung und unbeherrscht sind."
„Immerhin. Geh jetzt, vertreibe deine Flausen, indem du übst."
Er sah wieder auf, bebend und mit Tränen in den Augen. „Aber du hast gesagt, ich müsse wenigstens als Zeuge einer Schlacht beiwohnen!"
„Bei einer, die Zeuginnen überleben können", nickte Rednawén. „Gehe Uron bei den Vorbereitungen zur Hand, wenn du lernen willst. Ich kann mich jetzt nicht mit deinen Dummheiten aufhalten."

Nyrden hatte eine an sie gerichtete Rolle mit in ihre Kammer genommen, wo sie sie nun las.
„Was schreibt Berretas?", erkundigte sich Rednawén.
„Sie bietet Rilan und mir an, nach Naltivi zu fliehen. Mich bittet sie mit Nachdruck zu kommen."
Das Gesicht der Heerführin zeigte Verblüffung. „Dann geh. Dort bist du sicherer als hier."
„Nein. Ich bin Runjhày, das habe ich verstanden. Ich verlasse Runjhày nicht, ehe es keine andere Möglichkeit mehr gibt zu überleben."

Aber ihren Freund bat Nyrden, die Stadt zu verlassen. Er weigerte sich mit ungewohntem Starrsinn.
„Jilla. Ich bin Stadtwahrin. Aber du bist meinetwegen hier. Bitte, geh nach Naltivi."
„Mein Platz ist bei dir."
„Ich würde es nicht überwinden, wenn dir Arges geschehen würde. Wenn du gehst, nimmst du mir eine große Sorge."
Er schwieg mit verkniffenem Mund.

„Ich bitte dich!", flehte Nyrden.
„Aber nach der Schlacht komme ich zurück. Und falls du gefangen wirst, bitte ich um Aufnahme in das Haus der Sieger."
Sie seufzte erleichtert.
Er drückte sich an sie. „Ich werde den Göttern jeden Tag für dich opfern, bis wir uns wiedersehen", sagte er in ihre Schulter. Als sie sich wieder voneinander lösten, fügte er hinzu: „Und für deine Leyawi auch."

Es währte nicht lange, bis sie gen Berge aufbrachten: Verhandlinnen, das Heer sowie eine große Anzahl Runjhày mit wenig Waffenerfahrung. Remneù hatte um Runjhàyzeichen für seine Rüstung gebeten, und Jennai begleitete sie trotz ihres schlechten Zustandes. Auch Dolin war für die Schlacht gerüstet. Die Ratsführin hatte fast verzweifelt versucht, ihn davon abzuhalten, da sie ihre Nachfolge in Gefahr sah.
Auf Tudalin vereinigten sich die Heere. Es war eine große Hochebene, von Berghängen gesäumt. Nyrden sah die Banner von Lerusm, Ehiàr, Rweden und Leyawi und weitere, die sie nicht kannte. Das hangaufwärts gelegene Lager der Leyawi wirkte wie eine schwarze Wand im vielfarbigen Treiben. Die Zelte der Führinnen wurden auf einer Erhöhung im Kreis aufgebaut.

Noch immer kamen Verbündete an, so auch die Winen. Mawakai befand sich in ihrem Zelt, als um Einlass gebeten wurde. Sie rief eine Erlaubnis und wandte sich dem Eingang zu. Es waren Kelon und Telùn. Noch bevor der Blick der Lerusme auf Telùns Bauch fiel, sah sie an den Rundungen ihres Gesichtes, dass die Winie ein Kind trug. Sie begrüßten einander mehr höflich als herzlich, dann strahlte Mawakai ihren Bruder an: „Willkommen, Stadtwahrer!"
Kelon antwortete ihr mit einer gequälten Grimasse.
Auf dem kleinen Platz zwischen den Zelten umarmte Rednawén Nilewai. „Kommst du mit dem Handgebegeschenk zurecht?", scherzte sie.
„Recht gut ausgewichtet. Eines guten Schmiedes Werk", lobte er in scheinbarem Ernst. „Hier kann ich sie brauchen."
„Das Eisen taugt nichts."
„Das ist deine Ansicht", erwiderte er gutmütig. „Falls wir dies überleben sollten, werde ich einen Vergleich mit deinen wagen."
Die Kiraken erreichten die Verbündeten als Letzte. Nachdem Geitrù abgesessen hatte, trat Rednawén auf sie zu und streckte ihr den Arm entgegen. Die Spannung, die von der Älteren ausging, war deutlich spürbar. Dennoch klopfte sie sich, dem Brauch ihres Volkes folgend, zweimal kurz gegen die Brust, um daraufhin den Armgruß mit der ehedemen Gegnin zu wechseln. Der Schlag der gerüsteten Unterarme klang wie ein Kampfgeräusch.
Als auch die übrigen Anführinnen einander begrüßt hatten, lud Dùn aus Lekhen sie zum Rat in sein Zelt. Spähinnen erstatteten Bericht, dem wortloses Entsetzten folgte. Die Zahl der Angreifinnen betrage über acht Tausendschaften, die bereits sehr nahe seien. Die Schlacht würde auf Tudalin stattfinden. Bei der Aufzählung der Kriegsgeräte sah die Naltivi

Entsetzen an vielen Zuhörenden. Während auf dem mit Teppichen bedeckten Boden Karten ausgerollt wurden, begann die Beratung über die Schlachtordnung. Nyrden stützte Jennai auf deren Weg zum Abtritt.

Rednawén legte das letzte Gewicht auf die Karten. „Runjhày und Leyawi bilden also Kopf und Brustkorb unseres Heerkörpers. Wir brauchen Winens Streitwagen und die Reitinnen Lerusms und Lekhens an den Armen. "

„Das bedeutet, dass ihr den Hauptschlag auffangen müsst", bemerkte Mawakai.

„Ja", entgegnete die Leyawi, deren beiden Heere zu Fuß kämpften. Der Führinnen Blicke hielten einander. „Du hast doch nicht erwartet, diese Schlacht zu überleben", sagte Rednawén. Es war keine Frage. Dann widmete sie sich wieder den Karten. „Viraslàr und Kirak bilden die Schultern." Sie schaute fragend auf, Baiù und Geitrù nickten.

„Viraslàr hat zwei Dutzend Streitwagen", ließ sich dessen Wahrer vernehmen. „Sie werden sich unter den Befehl Winens stellen."

Telùn bejahte gedankenversunken. „Unsere Laufinnen werden sich Runjhày hinzugesellen. Es sind vier Dutzend."

„Gut", nickte Rednawén. „Ruèk wie Sagtain kämpfen ohne Pferde, wir brauchen also keine Lanzen. Wir halten fast vier Dutzend überschüssiger Speere mit uns, die ihr haben könnt. Was ist mit Bogenschützinnen? Wir haben eine Handvoll."

„Zwei Dutzend aus Viraslàr", sprach Baiù.

Auch die Weiteren trugen ihre Kräfte vor.

Als Nyrden und Jennai zu ihnen zurückkehrten, herrschte angespanntes Schweigen.

„Alles in allem ein wenig mehr als dreieinhalb Tausend, Pferde hin oder her", sprach Rednawén dann in die Stille. „Gegen fast achteinhalb Tausend von ihnen. Unser einziger Vorteil ist ihre Angst. Sowohl Viarù als auch Selun sind der Ansicht, ihr Heer müsse vor ihnen selbst größere Angst haben als vor den Gegninnen. – Ich schlage die Order an alle vor, beim Angriff keine Streitrufe zu geben."

Die sonsten Heerführinnen merkten auf.

„Du willst sie anders kämpfen lassen, als sie es gewohnt sind?", fragte Baiù entgeistert.

„Bei einer Schlacht, wie wir sie erwarten?"

„Ja."

„Dies ist nicht Leyawi!", entfuhr es Geitrù heftig. „Du gebietest nicht über..."

„Nun lasst es euch doch erklären", warf Kelon laut ein.

Widerstrebend sammelte sich die Kirake wieder.

„Als du gegen uns standest", begann Rednawén in unvermittelter, doch ehrlich wirkender Freundlichkeit, „und wir nicht riefen. Wie war es dir?" Nur Nyrden gewahrte, wie schwer es der Geliebten fiel, nicht die gewohnte Vorsicht als Schild zu tragen.

Die Gefragte zögerte. „Unwohl."

„Warum?"

Erneutes Zögern. Darauf: „Weil es Angst machte. Weil es zeigte, ihr hattet keine Angst. Weil es an Unholde denken ließ."

„So ist es." Rednawéns Lächeln streifte Geitrù, ehe sie sich wieder der Runde zuwandte. „Wir haben mehr als eine Schlacht gegen die Ruèk gehalten. In Schweigen zu kämpfen, be-

gannen wir gegen sie. Es größert ihre Angst, und dies hat sich bewährt, Ruèk fürchtet es und wird sich an Leyawi erinnern. Wir brauchen jede Waffe, die wir auftreiben können. Wer Zeichen Leyawis für ihre Rüstung will, kann sie sich im Rüstzelt abholen. Es ist ein Vorschlag. Ihr entscheidet."
Sie berieten lange. Die Heerführenden waren so in Überlegungen und manchen Streit vertieft, dass es Rilan und Nyrden zu verdanken war, als Essen in die Runde gegeben wurde. In Erwartung darauf, den Gegninnen zunächst zum Gespräch zu begegnen, wurde die Versammlung schließlich geschlossen; die führenden Krieginnen zogen sich zurück, um sich für die Waffenansicht zu gürten.

Nyrden kehrte zum Zelt Runjhàys zurück, das sie mit Rednawén teilte, und in dem diese sich mit Uron umzog. Schweigsame Sammlung hatte in der Luft gelegen, als die Leyawi ihrem Nachhalter in die Rüstung zu helfen begonnen hatte. Weil sie zu stören glaubte, war Nyrden hinausgegangen, hatte sorgenvoll das Heer betrachtet, ein Opfer gebracht und gewartet. Die Anspannung der Übrigen zu ertragen, fiel ihr ebenso schwer, wie ihre eigene kaum zu zeigen. Als sie nun wieder ins Zelt ging, zog Uron den letzten Gurt an Rednawéns Brustharnisch fest. Dessen Leder knarrte, die Heerführin ächzte leise auf. Der Sagtain gab ihr ihren Helm. Sie setzte ihn auf, befestigte den Kinnriemen. Erst dann drehte sie sich Nyrden zu, die erkannte, dass die Gefährtin aus Innensammlung erwachte. Von der geschwärzten Feuerspeiin als Nasenschutz geteilt, wirkte ihr Blick stechend, selbst als sie lächelte. Die einander überlappenden geschuppten Schultereisen ließen Rednawén fast so breit wirken wie Mawakai; zudem schien sie in Rüstung noch größer zu sein. Sie nickte der Hinzugekommenen knapp zu, zu dritt traten sie hinaus.
Nach und nach folgten ihnen die übrigen Führinnen in Prunkrüstungen. Mawakai trat an Nyrden heran. „Ohne Waffen, Freundin?"
„Ich bin den Waffen fern, und das werden sie wissen", erwiderte diese. „In einer geliehenen Rüstung sähe ich lächerlich aus."
Zu ihrem Erstaunen verzog sich Mawakais Gesicht im Bemühen gegen Auflachen, und einen Augenblick später kam Rilan aus dem Zelt der Lerusme, in einen Harnisch, Helm und Beinwehr gewandet. Seine Bewegungen wirkten ungelenk, er verströmte Unwohle über die allgemeine Anspannung hinaus. Mit wenig streitbarer Miene gesellte er sich der Gruppe hinzu.
„Sag es ihm nicht", bat die Lerusme mit ihm abgewandten Grinsen.
Nyrden grüßte ihn.
„Konntest du schlafen?", fragte er, selbst übernächtigt wirkend.
„Nicht viel."
Rilan war versonnen. „Wir werden versuchen, ihnen auf Ebenen zu begegnen. Grejen sprich erst, wenn die Verhandlungen nicht weiterkommen oder wir bereits Tribut versprochen haben. Zunächst keine unnoten Höflichkeiten."
„Ich weiß."
Er lächelte. „Ich bin so froh über deine Anwesenheit. Deine Begabung in Verhandlungen habe ich nicht. Mögen die Götter sie zu Nutzen führen."

Seine ausgerufene Gemahlin schwieg kurz verlegen. Dann fragte sie: „Wenn sie die Helme abnehmen, endet die Drohung, und Verhandlungen beginnen?"
Er bestätigte dies. „Aber ich würde davon nicht ausgehen."
„Nein", seufzte sie.
Rednawén verkündete: „Uron wird für Leyawi sprechen."
Der Benannte blickte sie überrascht an. Es war eine große und gewiss verdiente Anerkennung für ihn, aber da er ein Sagtain war, erschien diese Ankündigung seltsam. Rilan wollte danach fragen, als Nyrden ihm zuvorkam: „Das bedeutet, du wirst nicht reden."
„So ist es."
„Dann hat der Kampf für dich schon begonnen."
„Der Kampf beginnt, wenn die ersten Geschosse fliegen. Das geschah vor Jahren. Sie sind in Waffen hier und haben damit unsere Waffenruhe gebrochen."
„Du vertrittst Runjhày", hielt Nyrden ihrer Gefährtin entgegen.
„Und Leyawi, Stadterste. Du hast dem zugestimmt. Ihr beiden führt Verhandlungen für Runjhày. Einen weiteren Mund braucht es nicht."

Wie es nach den Berichten der Spähinnen zu errechnen gewesen war, stieg das Heer der Ruèk und Sagtain am Nachmittag über die letzten Erhebungen vor der Ebene, wo es verharrte. Ein Bote kam herüber, ein sofortiges Treffen mit der Gegenseite Anführrinnen wurde verabredet. Während sie auf deren Ankunft warteten, las Mawakai in den Reihen der Gegninnen. „Was, bei allen Ahninnen, haben sie mit den Türmen vor?", entfuhr es ihr mit einem Mal. „Welche Stadt wollen sie damit belagern?"
Rednawén neben ihr schnaufte laut. „Es sind keine Belagerungstürme."
„Was dann?" Als keine Antwort folgte, blinzelte Mawakai in die Ferne. „Ölschleudern?"
„Ja. Für kurze Entfernungen, aber für eine breite Fläche. Sie schleudern das Öl hoch."
Verständnislos sah die Lerusme Rednawén an.
„Sie gehen davon aus, dass wir ihre Reihen durchbrechen. Wenn das geschieht, regnet es brennendes Öl."
„Auch auf sie!"
Die Jüngere verzog den Mund. „Einige weniger, was macht das für einen Unterschied? Viarù und Selun wirst du dort kaum finden. Außerdem ist dies ein Ansporn zum Sturm. Fort von den Türmen."
Mawakai schauderte es. „Und sie halten ihnen die Treue?"
„Sie haben Angst vor ihnen. Das ist nicht dasselbe."
Kurz schwiegen sie.
„Du bist dir nach wie vor sicher?", ließ sich Mawakai dann leise vernehmen.
Rednawén nickte einmal.

Es währte nicht lange, bis eine kleine Gruppe Reitinnen herankam, bald darauf schritten die ranghöchsten Sagtain und Ruèk den Hügel zu den Wartenden hinauf. Selun war in mittleren Jahren, von kräftiger kleiner Gestalt und kurzhaarig und hatte ein viel freundlicheres Gesicht, als Nyrden es bei einer Schlachtgegnin gedacht hätte. Sie hielt eine beeindruckende

Prunkaxt in beiden Händen. Die Begegnung mit Viarù gehört zu den eindrucksvollsten in Nyrdens Leben. Abgesehen vom Verlust seines Schildarmes über dem Ellenbogen, war der Ruèk von unfasslicher Wohlgestalt. Die strenge Regelmäßigkeit in seinen Zügen übertraf die aller, die Nyrden je gesehen hatte, selbst die von Göttinnenstatuen. Doch in seinem Blick lag eine hasstragende Grausamkeit, die sie erschütterte. Sie legte keinen Wert darauf, diesen Krieger jemals im Kampf zu sehen; allein in seinen Augen vermochte sie zu sehen, wie sehr Körper und Willen zu einer Kraft verschmolzen waren, die verheerend sein konnte. Noch niemals hatte Nyrden Schönheit und Gewalt so nah beieinander gesehen. Er war jünger, als sie vermutet hatte, mochte keine drei Dutzende halten. Seine Augen suchten in der Reihe der Gegenüber und verharrten, als sie ihr Ziel gefunden hatten, auf Rednawén.
Als beide Seiten in einigem Abstand voneinander standen und in steifer Höflichkeit grüßten, sprach der Wahrer Ruèks die Leyawi höhnisch an: „Meine alte Freundin. Wie bedauerlich, dass es nicht zum Bündnis zwischen uns kam. Du bist noch schöner als damals. Wennauch mittlerweile im Verwelken."
Verblüfft schaute Mawakai zu der Angesprochenen.
Diese bedachte ihn allein mit einem kühlen Blick.
„Nachdem keine Nachricht von deinem Tod kam, glaubte ich, du würdest mir heute Salaùs Kopf übergeben, Ewén."
„Rednawén", besserte Uron an ihrer Statt. „Hinterhältige Mordorder ist kein Grund zu prahlen!"
„Was versteht schon ein Verräter seines Volkes davon", erwiderte Selun gelassen, und lauter: „Ich bin nicht bereit, mit einem entlaufenen Unfreien zu reden."
„Darin wirst du nicht die Wahl bekommen", erklärte eine ruhige Stimme. Jennai. Sie war die Einzige, die saß.
Die Sagtain schnaufte. „Wen vertritt er?" Obwohl dies an seiner Rüstung zu erkennen war.
„Leyawi!", fauchte Uron.
„Nun, das passt immerhin."
„Wir sind hier", sprach Viarù. „Wir wollen eure Länder. Ergebt euch, oder lasst euch von uns töten. Wir werden keine Gefangenen machen."
„Wir werden uns nicht ergeben. Wir sind hier, um zu verhandeln", entgegnete Mawakai.
„Worüber? Wir wollen keine Tribute. Übergebt eure Stühle jetzt, dann verschonen wir euch und lassen euch gehen."
Kurz schwiegen die Gegenüber über die nach allen Regeln unverschämte Forderung.
„Gilt es eigentlich noch?", fragte Viarù Rednawén mit hassvollem Glühen in den Augen. „Werde ich der erste Mann zwischen deinen Beinen sein, wenn ich dich besiegt habe?"
Mawakai machte sich bereit, der Leyawi in den Arm zu fallen. Denn wenn diese auf die Herausforderung Antwort mit der Klinge gab, würde der Kampf beginnen. Es waren zu viele zugegen, die keine Kriegerinnen waren. Aber Rednawén begann zu lachen. Siegesgewissheit lag in ihrer Stimme, neben offensichtlicher Kampfvorfreude. Die Lerusme schauderte und verstand, warum die Verbündeten Unholde genannt wurden. Sie wusste nicht, gegen welche von beiden anzutreten ihr ärger gewesen wäre, gegen Viarù oder gegen Rednawén.

Als deren Lachen verklungen war, warteten die umher auf ein Wort der Leyawi. Aber sie verwehrte es mit einem unverständlichen Grinsen.

„Wir bieten euch einen Handelsweg bis zum Meer", sprach die Priestin nun. „Tribute sind verhandelbar, ebenso..."

„Welch Unsinn." Viarù schüttelte den Kopf. „Du musst Jennai sein. Hältst du uns für töricht? Ein solcher Weg wird sich uns ebnen, wenn wir gen Naltivi weiterziehen. Du wirst Runjhày untergehen sehen, Alte. Noch vor dir." Er wandte sich wieder an die Übrigen. „Unser Heer ist ungleich größer als eures. Ihr mögt halb Leyawi unter euch haben: Ihr haltet uns nicht stand."

Ein längeres Schweigen als das ehedeme kam wie eine plötzliche Windböe über den Hügel. Des Ruèk Worte entsprachen dem, was auch seine Gegninnen dachten. Da ließ sich eine Stimme vernehmen, deren Sanftheit im Gegensatz zu ihren Worten stand.

„Warum hast du dann solche Furcht?" Nyrden war vorgetreten. „Weil du weißt, dass Rednawén noch stärker geworden ist? Deshalb dieser Mordbefehl? Sie war dir schon überlegen, als sie noch fast ein Kind war. In dieser Schlacht wirst du nicht bestehen. Du wirst sterben, Viarù."

Er neigte seinen Kopf ein wenig zur Seite. „Das werden wir sehen."

„Lass es uns gleich sehen! Wir bieten dir einen Zweikampf statt der Schlacht. Siegst du, zahlen wir euch Tribut nach eurem Wunsch, siegt..."

„Ein Zweikampf kommt nicht in Frage. Uns hungert nicht nach Tribut, sondern nach dieser Seite der Berge." Erneut drehte er sich der Leyawi zu. „Teilst du dir mit deinem Gebieter seine Gemahlin, Ewén?", fragte er. „Glaubst du, sie wird mir entkommen? Willst du zusehen, wenn ich sie breche?"

Rednawén blieb ruhig, selbst ihre Augen verrieten keinen Arg. Erstaunt sahen die Versammelten sie von Neuem grinsen, und wiederum stieg der Ausdruck von Siegesgewissheit in ihre Züge. Ihr Blick glitt zu Viarùs versehrten Arm, dann zu seinem anderen. Ihr Grinsen wuchs in die Breite.

Schnell sah der Gemessene abermals zu Nyrden, in der unter seiner abschätzenden Miene Angst aufkam. „Hübsche Naltivi. Es wird keine weiteren Verhandlungen geben. Ihr habt unser Gerät gesehen. Ergebt euch jetzt, oder erwartet unsere Klingen bei Sonnenaufgang."

Schweigen.

„Keiner wird sich ergeben", wiederholte Baiù Mawakais Wort. Zustimmende Laute umher.

„So bis den Sonnenaufgang", grüßte Viarù. „Wenn ihr Götter habt, ruft sie um Stärke an. Denn wir werden euch alle töten." Er schnaufte hochmütig und gab seiner Begleitung ein Zeichen zu gehen. Da griff die Heerführin Runjhàys an ihre Seite, zog einen Dolch und warf ihn vor ihm zu Boden. Das Eisen landete nahe seinen Füßen und blieb schwingend stecken. Der Ruèk hob es auf. „Er war nicht lange jenseits meines Besitzes. Du forderst mich also."

Sie lächelte.

„Auf den Versuch freue ich mich." Er zog seine eigene Klinge und warf sie vor ihr nieder. „Bis den Sonnenaufgang", grüßte er noch einmal und ging.

Als die Gegninnen den Hügel hinabschritten, hockte sich Rednawén und nahm Viarùs Dolch auf.
Betrübte Luft war zwischen den Verbündeten, deren Reihe sich allmählich auflöste.
„Ja, welch Unsinn", vernahm Nyrden Jennais leise Stimme.
Sie sahen einander an.
„Ich hätte mehr ... Mir fiel nichts ein, Erste", klagte die Ratsführin. „Gar nichts. Nichts, womit wir sie hätten locken können." Ihr Gesicht zeigte Verzweiflung.
Als die Naltivi zu einer Beschwichtigung ansetzte, nahm Rednawén das Wort an sich: „Es hätte nichts geändert. Nach meiner Erfahrung sind Worte zu spät, wenn Heere einander gegenüberstehen." Sie bot der Greisen den Arm, Nyrden trug den Stuhl.
In Dùns Zelt war ein hitziges Gespräch im Gange.
„Sie sind keine Närrinnen", war Geitrù ernst, Nilewai im Blick. „Keine kann sich in ihr Lager schleichen."
„Einen Versuch ist es wert", grollte er. „Ich bin bereit, das anzuführen."
„Du würdest entdeckt werden. Wer soll statt deiner Ehiàr anführen?"
„Darin ist doch kein Sinn", sagte Mawakai und wandte sie sich an die Nahende: „Rednawén. Was sagst du? Was sollen wir tun?"
Diese entließ die Priestin in den Sitz. „Wir könnten in der Nacht angreifen."
„Aber nur Runjhày und Leyawi sind Nachtkämpfe gewöhnt. Und Runjhày nur in Übung", warf Kelon ein, doch es lag kein Vorwurf darin. „Auch wenn sie..."
Die Jüngere winkte ab. „Es würde ohnehin nicht viel ändern." Kurz verstillte sie. Darauf: „Lasst uns ehrenvoll sterben. Und die nach Hause schicken, die zu schützen sind."
Nyrden sah sie erschrocken an.
Mawakai nickte kaum merklich.

Wenig später, als sich die Gemüter beruhigt hatten, traten die Heerführinnen vor die Ihren. Mawakais Stimme hallte laut über die Stätte: „Alle Lerusmen, die keine Streitinnen sind, gehen nach Runjhày, auch die Heilinnen! Alle Kindestragenden, die nicht bleiben wollen! Alle Streitinnen unter eineindrittel Dutzenden, solange sie entbehrlich sind! Dort steht ihr unter Runjhàys Order!"
Blicke wurden gesenkt, nicht wenige in Freude.
Neben der Wahrin schöpfte Rednawén tief Luft. „Dasselbe für Runjhày!", rief sie, und: „Aljé arkaar!"
Einzelne verließen die schwarze Menge der Leyawi.
Mawakai sah die Jüngere fragend an. „Was hast du ihnen gesagt?"
„Was du ihnen gesagt hast. Allerdings mit der Order, nach Hause zu gehen, nicht nach Runjhày."
„In einem Wort?"
Deren Lächeln war schief. „In zwei Worten. Dies ist nicht das erste Mal, das wir solches erleben."
„Es braucht ein besonderes Gestern, um es so kurz zu sagen."
„Wir sind nicht sehr beliebt", entgegnete sie mit unübersehbarem Vergnügen.

Es wurde verkündet, dass Rednawén den Ruf zum gemeinsamen Angriff geben würde. Die unter ihrem Befehl vereinten beiden Heere stellten den größten Teil der gemeinsamen Kraft, und hinzu kam, dass sie unter den Befehlenden die lauteste Stimme hatte. Danach, als keine zweihundert sich zum Aufbruch bereitmachten, kamen die Führinnen noch einmal zusammen.

„Wir haben keine Zeit für einen langen Abschied", erklärte Rednawén. „Ihre Streitmacht ist so groß, dass Viarù ohne Sorge einen Trupp schicken kann, der unsere Rückziehenden abfängt. Und er wird es tun. Ihr müsst jetzt gehen, nicht erst den Abend."

„Wir müssen noch die Zelte abbauen...", begann Rilan einen Einwand.

„...um sie mitzunehmen? Ihr könnt keine unnoten Lasten gebrauchen. Eilt euch auf dem Weg. Wir können die Zelte nicht verbrennen, ohne Angst zu zeigen. Gönnt ihnen diese Kriegsbeute, wenn ihr dadurch überlebt."

Kurz darauf half Mawakai Rilan, als er sein Pferd sattelte. Mit einem Mal hielt er inne, seufzte tief und ließ die Schultern hängen. „Ich kann es nicht. Ich kann dich nicht hierlassen und selbst fliehen."

Sie trat ihm nahe und sog das Gefühl der Nähe zu ihm auf, ehe sie antwortete. „Als ich mit dem Gedanken spielte, zur Geburt über die verschneiten Pässe zu gehen, sagtest du mir: Sei nicht unvernünftig. Nun höre deine eigenen Worte. Du kannst hier nicht überleben, Rilan."

Tränen rannen ihm über die Wangen.

Mawakai griff seine Hand. „Und du musst für Wonta sorgen. Er wird mittlerweile auf Runjhày sein."

„Ja." Er atmete tief. „Ich weiß. Ich..."

„Schscht." Ihre Fingerkuppen berührten seine Lippen, dann umarmte sie ihn. Er heulte auf. Sie hielt ihn, bis er sich beruhigt hatte. Glücklicherweise kam Dùn bald mit einem Anliegen an Rilan. Hastig nutzte der die Ablenkung. Seine Gefährtin ging in das Zelt Kelons und Telùns, wo beide ihre Prunkrüstungen ablegt hatten. Als die Winie nun aber einen schlichteren Harnisch und ihre Waffen für die Schlacht bereitmachte, entsetzte Mawakai sich: „Du bleibst?"

Telùns Blick fand ihren. Sie hob die Brauen.

„Dein Kind hätte Anrecht auf die Stadtwahrung von Winen und nach Wonta auf Lerusm."

Ihre Brauen wanderten noch ein wenig höher.

„Willst du dein Erbe nicht halten? Und Kelons?"

„Wie du siehst. Ich bin Winen und werde mit ihm untergehen."

Die Geschwister verständigten sich mit einem Blick, ließen sie allein und traten vor das Zelt.

„Wie kannst du das zulassen?", fragte Mawakai. „Es ist euer Kind!"

„Was soll ich denn tun?", entgegnete Kelon scharf. „Ich habe gebrüllt. Ich habe sie angefleht. Ich habe ihr gesagt, dass ich in Sorge um sie schlecht kämpfe. Sie bleibt!" Er fuhr sich aufgebracht mit den Händen durch Gesicht und Haar. „Zwei Schlachten haben wir gehalten, seit sie das Kind trägt. Ich bin jedes Mal fast vergangen vor Sorge! Aber nun ist sie zu schwer und zu langsam. Ihr Körper bereitet sich auf einen anderen Kampf vor als diese Schlacht. Und keiner von uns hat je gegen eine solche Übermacht gekämpft. Was soll ich

tun? Ich dringe nicht zu ihr vor. Sie sei Winen. Das ist alles, was sie sagt. Ich könnte das Heer halten und wäre im Sterben wohler, wenn ich sie beide sicher wüsste. Aber sie bleibt. Was soll ich tun?!"
„Ich weiß es nicht", gab seine Schwester zu.
Er hielt mit einem Mal inne. „Und du?", fragte er. „Was ist mit Wonta?"
„Wonta hat Rilan. Er wird mit ihm in die Ebene fliehen oder Lerusm erben. Ich hätte mir mehr Zeit mit ihm gewünscht. Mit beiden. – Komm. Zeit für den Abschied."
Dieser war zwischen den Zelten bereits im Gange. Geitrù blickte ihren beiden Söhnen und ihrem Gefährten nach; Baiù wechselte leise Worte mit dem seinen, der neben ihm kämpfen würde; Nilewai und seine Gemahlin schienen einander nicht loslassen zu wollen.
Rednawén fasste Resa an der Schulter. „Du bist mein Waffenerbe. Was immer nach der Schlacht von ihnen gefunden wird, ist dein. Außerdem alle, die ich nicht hier habe."
Er schnaufte.
„Das ist für Èsralon." Sie löste die Kette, die um ihren Hals hing.
Tränen liefen über des Zöglings Wangen, als er sie entgegennahm.
„Hör sofort auf!", fuhr Rednawén ihn an. „Wie willst du je ein guter Stadterster sein, wenn du heulst, sobald deine Heerführin in die Schlacht zieht?"
„Liebste", ließ sich Nyrden vernehmen.
Resa schluchzte auf.
Rednawéns Züge verloren ihre Härte. Kurz hielt ihr Blick ihn in Wärme gefangen, bis der Knabe sich in ihre Arme drückte. Nach einer Weile befahl sie sanfter: „Nun geh. Mein Erbe ist auf Runjhày aufgelistet. Ich will, dass Éyark es als Erster liest. Leb wohl. Ich werde über dich wachen."
Er verließ sie mit gesenktem Kopf.
Sie sah Nyrden an, die erklärte: „Ich bleibe hier."
„Was?"
Alle wandten sich ihr zu.
Die Leyawi starrte sie an. „Du kannst nicht einmal einen Dolch halten, ohne dich zu verletzen!"
„Ich habe nicht gesagt, dass ich kämpfen werde. Aber ich lasse dich nicht im Sterben allein."
„Sei nicht dumm, Nyrden", begann Mawakai, aber die schnitt ihr das Wort ab: „Ich danke, doch ich wünsche keinen Rat. Ich bleibe, mehr habe ich nicht zu sagen."
„Um mit mir zu sterben?", fragte Rednawén ungläubig.
„Ja."
„Das ist Unsinn. Du kannst dich n..."
„Ich sagte bereits, ich wünsche keinen Rat."
„Du kannst dich nicht verteidigen! Du musst gehen!", stieß sie ungehalten hervor.
„Das entscheide ich allein!"
Rilan lauschte schätzend. Er wusste nicht, was Nyrden beabsichtigte, aber sie plante eines, dessen war er sicher. Rednawén hätte es erkennen können, hätte sie sich nicht von ihr in Wut locken lassen, die aus Sorge wuchs.

„Bei allen Ahninnen, fall mir nicht in den Rücken! Ich kann mich nicht mit dir belasten!", rief die Streitin in erschreckender Lautstärke.
„Auch darum bitte ich nicht. Aber wenn du hier stirbst, werde ich es auch."
„Das ist Unsinn! Du hast keine Vorstellung davon, was Viarù dir um meinetwillen antun wird, wenn er kann!"
„Das nehme ich auf mich. Ich bin bereit zu sterben, Liebste."
„Auch durch meine Klinge?" Rednawén bebte. „Es gibt ärgere Dinge als den Tod, und die Ruèk kennen sie alle! Eher töte ich dich, als das zuzulassen!"
Nyrden leuchtete befriedigt auf. „Ihr seid Zeuginnen. Meine Heerführin hat mein Leben bedroht. Ich entbinde dich aus dem Dienst! Du wirst auf Runjhày dein Urteil erwarten."
Das war es. Rilan neidete ihr diese Hoffnung, Rednawén zu retten. Wenn sie auch völlig unnötig war. Er schwieg dazu.
Die Leyawi nickte langsam. „So hast du dir das gedacht." Sie atmete tief. „Nun, du kannst es nicht, Stadterste. Ich wurde als Heerführin benannt, und die Waffenansicht ist abgeschlossen. Außerdem gebietest du nicht über Leyawis Krieginnen."
„Uron!", rief die Naltivi, ohne sich von ihr abzuwenden.
„Erste?"
„Bist du bereit, die Heere Leyawis und Runjhàys zu führen? Und ist es möglich, noch heute eine Botin hinüberzuschicken?"
Des Nachhalters Augen wanderten zwischen den Gefährtinnen hin und her. „Ja. Beides."
Rednawén zischte ihm einige Worte auf Leyawi entgegen, die Rilan nur als Fluch verstehen konnte. Dann stand sie still, die Eile ihrer Gedanken war ihr anzusehen. „Nyrden." Sie fing ihren Blick. „Ich werde sterben. Wenn du bleibst, wirst du mich damit schwächen. Bringst du mich in Unehre fort, werde ich den Totenruf geben. Glaube nicht, du könntest ihn noch einmal aufheben. Mein Tod in der Schlacht ist Teil davon, Kriegin zu sein. Ich habe nie geglaubt, es würde anders kommen, das weißt du. Das Heer würde schwächer, raubtest du mich von seiner Spitze. Lass mich in Ehre sterben und die Leben anderer damit halten."
Für einen Augenblick folgte Stille, in der die Wahrin sichtlich gegen Tränen kämpfte. Dann: „Ich will dich nicht verlieren!"
„Das wirst du aber. Du hast mich als Heerführin in dein Haus geholt. Du bist Runjhày, und ich werde dich schützen. Es gibt noch andere Frauen auf der Welt. Oder Männer. Trauere, dann geh weiter. Dein Leben endet nicht mit mir. Es waren gute Jahre. Aber sie haben nun ein Ende."
Nyrden zitterte. Der Leyawi Gesicht war wie versteinert, bis sie sie griff.
„Spürst du ... spürst du, dass du sterben wirst?", fragte die Ältere in ihren Arm.
„Ja. Und Viarù auch. Aber du nicht."
Für eine Weile war nur Nyrdens Schluchzen zu hören. Dann sprach Rednawén: „Ich hinterlasse dir nichts. Aber mein letzter Gedanke wird dir gelten. Ihr müsst jetzt gehen." Ihre Stimme war drängend geworden. „Sorgst du für Resa? Bringe ihn nach Leyawi, falls der Weg sicher ist. Sonst nimm ihn mit in die Ebene und unterrichte Èsralon und Nelai darüber."

Die Weinende küsste ihre Gefährtin noch einmal. Dann berührten ihre Stirnen sich zum Naltivigruß, und Nyrden stieg auf ihr Pferd.
Rilan und Mawakai brauchten lange, um auseinanderzugehen. „Sorge dafür, dass Wonta überlebt", nahm sie schließlich Abstand.
„Das werde ich. Überlebe du."
Sie grinste und versuchte, den Geliebten keine Bitterkeit sehen zu lassen. „Ich gebe mir Mühe."
Als die Scheidenden das Lager verlassen hatten, wurde zwischen den Zelten das letzte Essen vor der Schlacht ausgegeben. Nachdem es in Wortkarge beendet war, erhoben sich Telùn und Kelon.
„Ihr bleibt nicht?", fragte Mawakai.
„Um gemeinsam Trübsal zu blasen?" Er schüttelte den Kopf. „Wir kommen vor Sonnenaufgang zu euch und nehmen Abschied." Die beiden gingen.
Danach herrschte lange Schweigen.
„Bestien", sagte Dùn leise mit Blick auf den dunkler werdenden Himmel. „Heute treten wir gegen Bestien an."
„Bestien wie die Leyawi", antwortete Rednawén.
Der Lekhe sah sie großäugig an.
„Oder die Lekhen. Oder die Runjhày."
„Das ist nicht dasselbe!"
„Glaubst du? Ich habe oft Erstaunen darüber erlebt, dass auf Leyawi keine Kinder gefressen werden. Wirken Uron oder Remneù auf dich wie Bestien? – Die meisten Sagtain und Ruèk sind Unfreie. Ich bin sehr gewiss, sie säßen lieber mit ihren Sippen am Feuer als uns gegenüber."
„Was willst du tun? Hinübergehen und ihnen Wein anbieten? Willst du uns mit solchen Worten schwächen, Rednawén?"
„Kaum. Du willst dich trügen, weil du Bestien hassen kannst. Aber du würdest Bestien auch fürchten. Lass sie Menschen sein. Wir werden Menschen töten und von Menschen getötet werden. Selbsttrug scheint mir eine schlechte Voraussetzung für Stärke zu sein."
„Darum hast du deinen Heeren auch den Kampftrunk verboten", mutmaßte Geitrù grimmig.
„Hast du ihn je getrunken?"
„Ja. Und bin danach fast von einem stehenden Pferd gefallen. Ich sage ihn Schaden. Ein klarer Kopf bleibt länger auf den Schultern." Rednawéns ungewohnte Gelassenheit reizte mehr, als wutvolle Worte es getan hätten.
„Aber das Sterben fällt leichter", schnaufte Kiraks Führin.
„Ich bin nicht Kriegin geworden, um mir das Sterben leicht zu machen, während ich andere schützen sollte."
Zornig sog sie Luft ein.
„Es reicht!", rief Mawakai. „Hebt es für den Morgen auf!"
Ohne eine weitere Bemerkung verstillten die Verbündeten und ruhigten sich über die Weile. Dann nahm Geitrù der Leyawi fragend den Becher aus der Hand und füllte ihn von Neuem mit Sauerwasser. Ein freundliches Nicken beschloss ihre Waffenruhe.

Nach einer Zeit sagte Rednawén „Ich danke für euer Schweigen" in die Stille.
Die Übrigen sahen auf.
„Dein Glück, dass Nyrden noch nicht alle Regeln kennt", schenkte Mawakai ihr ein Lächeln. „Wenn sie wüsste, dass es ihr freisteht, ihren Geleitschutz für den Rückweg zu wählen, hättest du kein Gegenwort mehr gefunden."
„Kaum." Die Jüngere lächelte ebenfalls.
Erneut wurde es ohnwort. Holz knackte im Feuer.
„Ich war nicht der besten Ansicht über Leyawi", ließ sich Remneù dann vernehmen. Er suchte den Blick Rednawéns. „Ich sehe, ich habe mich geirrt."
„Du wirst auch sehen, dass wir nicht unbesiegbar sind", antwortete sie, aber ihre Augen zeigten Freude.
„Ich wäre froh, wenn ich darin Recht behielte." Er ehrte sie, was sie erwiderte.
Jkai gab einen Krug Wein in die Runde.

In ihrem Zelt setzten sich Winens Wahrinnen auf ihr Lager nieder. Seine Stiefel ausziehend, hielt Kelon sich der Waffenlade zu und mied Telùns Aufmerksamkeit. Wöhnend drehte sie ihn an der Schulter um. Er sah fort. Es währte, bis er sie wieder ansah. „Sag es", bat er.
„Sag es einmal."
„Ist dir das wirklich wichtig?"
„Ja."
Leise bekundete sie: „Ich liebe dich."
Er seufzte und senkte den Kopf, weil er sich seiner Tränen schämte.
Telùn griff ihn. Er bebte, sie barg ihn erst, dann küsste sie ihn rufend.

Die meisten Führinnen nahmen Dùns Einladung an, in seinem Zelt zu schlafen, und riefen Freundinnen in die Runde. Schließlich brachen Rednawén und Mawakai jedoch auf; die Leyawi zum Schlaf; Mawakai, um ihren Ahninnen einen Dienst zu halten, damit sie sie mit Wohlwollen in ihren Kreis aufnehmen würden.
Die Nacht verging in der vor Schlachten üblichen Anspannung. Früh, noch im Dunkeln, ging Uron zwischen den Lagern der Heerführinnen umher, um sie zu wecken. Beim Zelt der Winen hielt Mawakai ihn auf und öffnete den Vorhang selbst.
Als sie ihren schlafenden Bruder in Telùns Armen sah, beendete sie jeden Groll, den sie der Winie gegenüber empfunden hatte. Sie selbst hatte in ihrer vermutlich letzten Nacht kein Auge zugetan. Mawakai lächelte. „Kelon! Telùn!", rief sie dann.
Die Erwachte blinzelte. „Ja", sagte sie, mehr nicht.
Ihr Gemahl blickte schläfrig auf.
Während sie den Eingang wieder schloss, konnte Mawakai ein Schmunzeln nicht hindern.
„Die beste Art, die letzte Nacht zu verbringen", hörte sie da Rednawén hinter sich.
Dankend nahm die Wahrin einen Becher mit Sauerwasser entgegen. „Konntest du schlafen?"
„Mit Wachs in den Ohren", grinste die Leyawi.
„Ich neide es dir. Ich fand keine Ruhe."

Ihre Augen erforschten die Gegenüber. „Ich bin sicher, wir wüssten es, wenn sie abgefangen wurden."
„Meinst du?"
„Viarù hätte es nicht versäumt, uns ihre Häute und Köpfe zu schicken."
Mawakai nickte nachdenklich. „Ihr kennt euch. Was war es, was er behieß?"
Rednawén zögerte, dann: „Heute werde ich mich nicht mit einem halben Arm begnügen. Ich habe nicht vor zu sterben, bevor ich Viarù begegnet bin."
Der Lerusmen Stirnrunzeln blieb unbeantwortet.
Sie gingen und wärmten sich auf.
Als der Himmel heller wurde, riefen die Hörner zur Aufstellung. Mawakai lenkte ihr Pferd zuvorderst der Reihen Lerusms. Sie sah in unzählige Augenpaare, begegnete ängstlichen, entschlossenen und todesgewissen Blicken. Sie sprach zu ihnen von Mut, vom eigenen Opfer für die Sippen und vom Gang zu den Ahninnen, den in Ehre zu beschreiten sie aufforderte. Dann endete sie.
„Wenn du mehr als wenige Worte brauchst, um sie als Heer geschlossen zu rufen, hat deine Hand schon früher versagt, oder du hast zu viele Erstkämpfende", war eine Lehre ihres Vaters gewesen.
Die übrigen Führinnen sprachen noch. Nur Rednawén, die nicht geritten war, erreichte erst jetzt die Mitte des vereinten Heeres. In Lautarme erhoben sich die Bewaffneten ihrer beiden Völker, standen und warteten, Danrùns Erbin an der Spitze.
Mawakai ergriff plötzlich tiefe Erleichterung über die Anwesenheit der Leyawi und auch dafür, dass diese nach ihren Verhandlungen mit Sagta nun nicht an deren Seite gegen sie kämpften. Die Wahrin schickte einen stillen Dank an Geister und Ahninnen. Sie löste ihren Streitkolben vom Sattel und machte sich bereit.

Das Heer der Sagtain und Ruèk stand wie eine riesenhafte Feuerspeiin; das Glitzern des Rüstzeugs wie Schuppen des Tierkörpers, die Flankenausläufer, als würde es zur Drohung seine Krallen zeigen. Rednawéns Blick glitt über die Tausendschaften. Sie stand da, spürte die Ihren im Rücken, lauschte mit halbem Ohr den Lauten vieler angespannter Menschen. Es dauerte nicht mehr lange. Sie lebte für diesen Augenblick. Für ihre Lieben, für den Tanz und für den Augenblick, wenn es still wurde und sie das Raubtier einatmen hören konnte. Bevor der feurige Atem sie alle verschlang.
Uron fragte Unwichtiges, um seine Spanne zu mindern, wie er es immer tat. Rednawén nickte nur, ihre Augen schweiften weiter. Dann geschah es: Plötzlich war es still. Unzählige Kampfbereite; die Erhebungen, auf denen sie standen; die Ebene zwischen ihnen ... Es gab nahezu kein Geräusch. Selbst die wartenden Aasvögel schwiegen; keine Waffe klirrte; Sonne und Erde nahmen still ihre Plätze als Blutzeuginnen ein. Der Führin war, als teilten alle denselben Einatem. Nach wenigen Herzschlägen war es vorüber: Das Raubtier zischte die Luft wieder aus.
„Sieg oder Tod!", donnerte Rednawén. „Chane séid alon!" Fast zur selben Zeit wie der ihre endete in der Ferne Viarùs Schlachtruf. Tausende Kehlen antworteten den beiden. Die Schleudern ließen Wände von Steinen aufsteigen. Als deren erster Hagel vorüber war, setz-

te Rednawén sich mit einem befriedigten Lächeln in Bewegung, den Schild in der einen, den Speer in der anderen Hand. Die Heere strömten die Hügel hinab, rauschende dunkle Wogen. Der Schrei des Untiers erfüllte die Luft.

Mawakai bedauerte es, erwacht zu sein. Der Schmerz bot kein angenehmes Willkommen. Sie hob die Lider und sah Nyrden, die beiseite einige Tücher zurechtlegte. Die Naltivi merkte auf. Ihre Augen waren gerötet.
„Wer ist tot?", fragte Mawakai.
„Fast alle außer dir. Kelon, Telùn..."
Sie ächzte.
Leiser fuhr Nyrden fort: „Anchai. Dolin. Uron. Geitrù, Baiù, Dùn. – Jkai liegt noch, ist aber nicht sehr geschlagen. Ein grobes Siebtel des ganzen Heeres überlebte, die meisten davon Leyawi und Runjhày. Ich weiß nicht, wie viele Lerusmen. Ihr habt gesiegt."
„Leben Wonta und Rilan?"
„Sicher."
„Resa?"
Nyrden bejahte.
Mawakai getraute sich nicht weiterzufragen, aber die Naltivi deutete ihr Schweigen richtig.
„Sie starb mit einem nahen Dutzend Klingen im Körper."
Kurz herrschte Stille. Dann: „Es ... ist mir leid. Ich werde meinen Ahninnen für sie opfern, dass sie sie auf ihrem Weg begleiten."
„Das danke ich dir." Die Helfende lächelte schwach. Im Aufschauen berichtete sie: „Rilan hat bei dir gewacht, seit wir dich gefunden haben. Vorhin habe ich ihn gebeten zu schlafen. Ich musste ihm zusagen, ihn zu wecken, wenn es hier Änderungen gibt." Sie schickte sich an zu gehen.
„Warte", hielt Mawakai sie auf, zog die Decke zur Seite und blickte an sich hinab. „Ich hätte schwören können, das Bein sei verloren."
„Das nicht. Aber es ist nicht sicher, ob du wieder gehen und reiten können wirst. Die Knochen sind mehrfach gebrochen. Auch der Fuß."
Die Lerusme nickte in Verstehen. Nyrden besann sich, nahm den schlafenden Wonta aus seinem Bett und legte ihn in der Verletzten Arme. Mawakai leuchtete auf, drückte das Kind an sich.
„Ich hole Rilan", versprach Nyrden.

Der Stadtwahrer war nicht mehr in seiner Kammer. Trotz seiner Erschöpfung war es ihm unmöglich gewesen, Schlaf zu finden. Nun stand er im Tempel zwischen den aufgebahrten Toten neben Kelon. Eine freundliche Hand hatte dessen zerschmetterten Kiefer mit einem Tuch verhüllt, wofür Rilan sehr dankbar war. Der Krieger lag schon in seiner Prunkrüstung, die die ärgsten Verletzungen nicht sehen ließ, das Haar in der Ehrentracht seines Volkes gebunden, Waffen zu Füßen und an der Seite, die Axt in der Linken, die auf seiner Brust lag. Die andere Hand ruhte in der seiner Gemahlin, welche ebenfalls für die Trauerfeier vorbereitet worden war. Die Winie trug mehr Wunden als Kelon, einige waren verhängt. Dass ein

Streich ihren Bauch durchstoßen hatte, schien Rilan fast als Gnade für das Kind, das so nicht langsam in einem toten Körper hatte sterben müssen. Ein Teil ihrer Eisen lag bei Telùn, das meiste würde erst auf dem Brennhaufen zu ihr gelegt werden, denn die Winen verbrannten ihre Führinnen mit einer großen Menge wertvollen Kriegsgeräts.
Rilans Blick fiel auf den zugedeckten Leichnam Rednawéns. Nyrden hatte um das Tuch gebeten. Sie fürchtete um Resa, der verbotenerweise mehrfach versucht hatte, in den Tempel zu gelangen. Rilan gab ihr Recht. Er selbst war dankbar, diese Wunden nicht immer wieder sehen zu müssen. Die Gegninnen mussten auch auf die Leiche noch einschlagen haben; anders war solches nicht zu erklären. Wie viele getötete Leyawi, war Rednawén so entstellt, dass sie nur anhand ihrer Waffen und ihrer Statur erkannt worden war. Sie blieb außer einer Waschung nicht weiter aufgesorgt, da den Ihren Leichen bis zu ihrer Bestattung kaum Wichtigkeit hatten. Aber seit sie völlig ausgeblutet war, lag sie auf einer sauberen Bahre, und auch das sie bedeckende Tuch war ausgewechselt worden. Der tote Körper Viarùs, der offensichtlich durch eine Ellenklinge gefallen war, war in Rednawéns Nähe gefunden worden. Den überlebenden Leyawi schien dies große Bedeutung zu haben. Rilan seufzte tief.
„Resa!", hörte er da Nyrden rufen. „Bleib hier! Resa! Hinaus mit dir! Sofort!"
Der Hereingelaufene drehte sich um. „Ich stehe nicht unter deinem Befehl, Erste von Runjhày! Meine Heerserste ist tot, und ich bin ihr Waffenerbe!"
Die Naltivi und ein Torwächter folgten ihm, jener ergriff den Knaben.
Nyrden suchte, Resa zu beruhigen. „Du wirst dein Erbe erhalten. Aber nicht jetzt. – Lass ihn los."
„Doch!" Er befreite sich von dem Krieger, ehe der dem Befehl nachkommen konnte, stürzte zu Rednawén und riss das Tuch von ihr. Er erstarrte.
Die Stadtwahrinnen traten zu ihm, Rilan rührte ihn sanft an der Schulter. „Nimm dir die Waffen und geh, Resa." Der Jüngere gehorchte nicht. „Komm. Das hier ist nicht für dich."
Rilan zog an ihm.
„Das ist sie nicht", hauchte Resa.
„Was?"
„Das ist sie nicht!"
Nyrden stöhnte leise auf. „Hinaus jetzt."
Er fuhr herum. „Ich erfinde das nicht! Rednawén hat einmal fast ihre Hand verloren. Die Narben sind riesig!" Ohne Scheu griff er nach der Toten Rechten, der drei Finger fehlten, und wies auf den Handrücken, auf dem lediglich eine junge Schnittwunde zu sehen war.
„Das ist sie nicht!"
Nyrdens Atem wurde schnappend.
Rilan fing ihren Blick.
„Das ist wahr", sagte sie.
„Das heißt nur", begann der Freund langsam, „dass dies nicht Rednawén ist. Hier gibt es viele andere..."
„Ja."
„Hoffe nicht zu früh", riet er, selbst in Walle. „Aber es gibt Verwundete, die nicht bei Bewusstsein sind."

„Dutzende", erwiderte Nyrden.
„Kommt!"
„Überlasse uns die Suche", widersprach sie und legte den Arm um Resa. „Mawakai ist wach."
Des Stadtwahrers Augen leuchteten auf.
„Geh schon. Sie erwartet dich."
Er hob den Saum seines Kleides und rannte.
Der Naltivi Lächeln folgte ihm, ehe sie der Unruhe des Zöglings neben sich nachgab. „Lauf vor", sprach sie, woraufhin auch er dem Tor zustrebte. Sie hielt den Wächter auf, der ihm folgen wollte. „Du hast es gehört."
„Ja, Erste."
„Suche hier bei den Toten, ob du Rednawén findest."
Er strahlte. „Der Knabe lag allen in den Ohren, dass sie noch lebe. Er würde es spüren. Möglich hatte er Recht." Er eilte davon.
Nyrden rief sich zur Ruhigung, sprach ein leises Gebet.
Remneù, der fast unverletzt überlebt hatte und bei Urons Leichnam saß, war Zeuge des Gesagten geworden. Er stand auf und bedeutete der Wahrin, dass er sie begleiten würde. „Sie hielt mein Leben gegen die Meinen. Zweimal", erzählte er auf dem Weg. „Seltsameres ist mir nie geschehen. Ich hoffe sehr, wir finden sie." Seine Gestalt straffte sich in Tatendurst. Den Rest des Weges legten sie wortlos zurück.
Als sie über die Brücke zum jenseitigen Ufer gegangen waren und die Stadt betraten, fiel Nyrden zum ersten Mal die Veränderung des Schweigens auf, das während der vorherigen Wartezeit Runjhày in Spanne erfüllt hatte. Nun war es dem Gewissheit tragenden Schweigen Trauernder gewichen. Nicht einmal Kinder lauteten wie gewohnt. Die Naltivi sehnte sich nach Geräuschen, fast einerlei, welchen. Doch als sie die Halle betraten, bereute sie ihren Wunsch sogleich. Denn scheinbar lauter als je seit dem Eintreffen der ersten Versehrten übertrafen Stöhnen und einzelne Schreie die Stille an Argem weit.
In dem Steinraum waren Verletzte auf Reihen von Bahren gebettet, ihre größte Zahl aber lag auf groben Lagern auf der Erde. An einigen Stellen waren Feuerstellen mit Wasserkesseln errichtet worden. Knechte und Mägde liefen umher, die Schüsseln oder Tücher trugen. Noch immer waren Heilinnen damit beschäftigt, Waffenteile aus Körpern zu ziehen und Glieder abzutrennen. Die Gerüche von Brand, Blut und Pinkel ließen Übelkeit in Nyrden aufsteigen. Erst als Remneù ihr die Hand auf die Schulter legte, gewahrte sie, dass sie wie erstarrt stehengeblieben war.
„Lass Resa und mich sie suchen, Erste. Geh du, und ruhe dich aus."
„Nein", wehrte sie ab, gewahrte sich keuchen und fing sich. Dann kam ihr ein Gedanke: „Sind deine Lieben wohlauf?"
Er blickte kurz zu einem der Teppiche an der Wand. „Syken weint fast ohne Unterlass", erwiderte er. „Jetzt schläft sie endlich. Es ist nicht sicher, ob Tanwai überlebt."
Nyrdens Herz schmerzte, als sie dies hörte, wie so oft in den vergangenen Tagen. Ohne es willentlich beschlossen zu haben, drückte sie den Krieger an sich. Er bebte, und fast sogleich begann er zu weinen. Sie barg ihn, spürte ihre Schulter durch seine Tränen nass wer-

den. Nach wenigen Augenblicken zähmte sich Remneù und hielt ein. „Du dort, ich dort?", fragte er, während er sein Gesicht abwischte.
Sie stimmte zu und machte sich auf. Als sie das erste Drittel einer Reihe abgesucht hatte, fand sie eine auf dem Rücken liegende Verbundene, deren Körper dem der vermissten Gefährtin bisher am ähnlichsten war. Sie hockte sich zu ihr und neigte sich über das tuchbedeckte Gesicht, von dem nicht einmal die Augen zu sehen waren; nur ein schmaler Schlitz an Mund und Nase war offengelassen worden. „Rednawén?", fragte sie.
„Sie heißt Sarden", erklärte die nächste Heilin nebenbei, die der Aussprache nach aus den südlichen Bergen stammte. Sie trug einen übernächtigten, doch offenen Blick. „Außerdem schläft sie."
Nyrden seufzte leise. „Göttinnenlächeln für deine Genesung", wünschte sie der Verwundeten wie denen vor ihr, erhob sich, wandte sich zum Gehen, hielt dann aber noch einmal inne. „Sind dies Leyawi?", erkundigte sie sich mit Weis auf die nahe Liegenden, die stark verbunden waren.
Die Heilin schaute auf den Kleiderhaufen an der Wand. „Ich glaube. Die meisten."
„Was ist ihnen geschehen?"
„Brennendes Öl."
Wehe zog in die Züge der Wahrin. „Hast du alles, was du brauchst?"
„Außer einer Göttin, die kommt und sie heilt? – Ja, Gebietin. Einige Hilfinnen mehr schadeten nicht, aber jede muss einmal schlafen. Abgesehen vielleicht von mir." Die Sitzende gähnte herzhaft.
Nyrdens Blick fiel auf Resa, der sich, scheinbar ungeachtet der Gestalt, jede Verletzte einzeln ansah. Ferne schritt Remneù durch die Reihen. Kurz zögerte sie. Dann: „Lass mich dir helfen. Euch."
Die Heilin lächelte.
„Wie ist dein Name?"
„Trucho."
„Bist du eine Winie?"
„Ja. Und du bist Nyrden Danint?", gab die Jilla Altersgleiche freundlich zurück. Auf die Bejahung: „Bist du in Hilfen geübt, Erste?"
„Kaum. Sage mir, was ich tun muss."
„Wir brauchen frische Verbände. Geh mit Frasjà – Frasjà! – und lasse sie dir zeigen."
Die aufgehaltene Magd kam zu ihnen, blutige Binden und Tücher in Kübeln tragend. Nyrden nahm ihr einen Teil der Last ab, als sie sich ihr anschloss.

Die Naltivi überwand mehr als eine Woge der Übelkeit, während sie den Heilinnen Hilfsdienste hielt. Verbrennungen, blutende Wunden, Schnittstellen verlorener Glieder ließen die müde Trucho von einer Beargten zur Nächsten wechseln; Nyrden sorgte meist um schmutzige Tücher, Geräte, Feuer und Wasser. Später widmete sich die Winie auch der Kriegin, über die Nyrden zu der Gruppe gekommen war.
„Sarden?", fragte Trucho. „Bist du wach? Ich werde noch einmal deine Salbe erneuern."
Ein Schnaufen war zu hören.

„Ja, ich weiß. Aber du bist stark. Du wirst es aushalten."
„Sarden?", sann Nyrden nach. „Ich habe noch keine Leyawi..." Sie brach ab. „Woher kennst du ihren Namen?"
Die Heilin blickte mit gehobenen Brauen auf. „Sie nannte ihn mir. Ich fragte sie, ob sie sprechen könne, nach ihrem Namen, und sie nannte eines, das so klang."
Der Stadtwahrin Augen weiteten sich. „Vielleicht ‚Resa und Nyrden'?"
„Schon möglich", zuckte Trucho die Achseln.
Mit rasendem Herzen beugte Nyrden sich über die Liegende. „Rednawén? Kannst du mich hören?"
Ein gedämpftes Stöhnen antwortete ihr.
„Du bist es, nicht wahr?"
Ein erneutes Stöhnen, das einem „Ja" ähnelte.
Nyrden schluchzte auf. „Wie ist es dir?"
„Wenn wir die Binden gelöst haben, Gebietin. Geduldedich."
Sie spürte, dass sie weinte, und ihre Hände zitterten, als sie die Verbände löste, immer wieder von Trucho ermahnt: „Nicht so hastig."
Rednawéns rechte Schulter und der Arm waren entstellt, der Brustkorb auf dieser Seite war eine einzige große Brandnarbe, die noch Teile schwarzen Stoffes enthielt, ebenso der obere Teil des Rückens und die Innenseite des linken Armes. Endlich lag die Gefährtin auch ohne Gesichtstücher vor Nyrden, aber sie war im ersten Schrecken kaum wiederzuerkennen. Stirn und Haaransatz, die rechte Wange, der rechte wie der mittige Teil des Halses und das Kinn trugen Brandmale. An ihrem rechten Ohr fehlte das untere Drittel. Der linke wie der mittlere Teil des Gesichts jedoch waren nahezu unverletzt. So auch ihre Augen, die der Sorgenden entgegenleuchteten.
„Lebt Resa?", hauchte Rednawén mit einer Stimme, deren Schwäche Nyrden beargte.
„Ja. Resa! Sie ist hier!"
Sein Rennen war zu hören. Dann stand der Knabe neben ihnen.
Seine Mutterschwester lächelte.
„Du siehst schrecklich aus", bekundete er.
„Hole mir Wein."
Froh schoss er davon.
Nyrden neigte sich über die Liegende. Als sie sie küsste, fielen Tränen auf deren Wangen. Rednawén blinzelte. „Erst Öl, dann Salz. Und ich hatte geglaubt, bei dir sicher zu sein."
Beide schmunzelten, die Kriegin verzog sogleich das Gesicht unter Schmerzen und glättete es eilig wieder. Mit einem Mal spürte die Ältere ein Ziehen im Magen. Die Arge, die sich dort in den letzten Tagen ausgebreitet hatte, brach auf; Nyrden begann zu weinen. Sie schluchzte und vermochte zunächst nicht, sich zu ruhigen.
„Ist ja gut", hörte sie ihre Gefährtin leise.
Schließlich fasste Nyrden sich. Da sah sie Remneù in kleiner Entfernung zu ihnen stehen. Sie bedeutete ihm zu kommen. Er scheute dies kurz, trat dann zögernd an Rednawéns Lager. Die Kriginnen sahen einander an, und Nyrden spürte Worte, die nicht ausgesprochen wurden. Mit einem Mal fiel der Verwundeten Blick zu, und sie schien eingeschlafen.

„Ich werde Rilan und Jennai sagen, dass sie lebt", versprach der Ruèk.
Nyrden dankte ihm, wischte weitere Tränen fort und half beim neuerlichen Salben und Verbinden.
„Ich freue mich für dich, Gebietin. Ist sie die Heerführin?", fragte Trucho anschließend.
„Ich hörte, sie sei gefallen."
„Das haben wir geglaubt. Wie haben eine entstellte Tote für sie gehalten."
„Die geheime Hoffnung aller Trauernden. Die Göttinnen mögen dich sehr. – Dann wird sie sicher in ihre Kammer wechseln wollen."
„Nein", sagte Rednawén und schlug die Augen wieder auf.
„Hast du Durst?"
„Ja."
Die Heilin widmete sich einem anderen Beargten, Nyrden legte sich neben Rednawén und hielt deren unverbrannte Hand. Dann bemerkte sie: „Du fragst gar nicht, wer die Schlacht gewonnen hat."
Der Verwundeten Augen bekamen einen Glanz, der Liebe verriet. „Du bist wundervoll. Wären es die Ruèk gewesen, wäre ich nicht hier. Vielleicht würden wir beide unsere Ahninnen an einen Tisch bitten. Damit sie dieselben Lieder für uns singen." Obwohl sie langsam sprach, verriet ihre Stimme ein wenig zurückgekehrte Kraft.
Schweigen.
„Uron ist tot."
„Ich weiß."
„Aber Masùn lebt."
„Wie oft ich das schon gehört habe. Sehr gut. Wer noch?"
„Kelon und Telùn sind tot..." Nyrden hielt inne. Obwohl die Streitin keine Regung über das Gehörte zeigte, hatte sie den Schmerz in ihr aufflammen gespürt.
„Sag mir, wer lebt", bat Rednawén.
„Mawakai. Jkai. Dartù."
Sie lächelte, und es beargte Nyrden nicht.
„Nilewai. Und, nun, Remneù."
„Was ich ihm rate."
„Von den Krieginnen, die ich näher kenne, sind dies alle."
„Und von denen, die mit dir gingen..."
„Sind alle wohlauf."
Ein weiteres Lächeln.
„Nur wenige Gegninnen haben überlebt. Sie sind geflohen, haben aber reiche Beute zurückgelassen." Seltsamerweise schien Rednawén nicht froh darüber. Nyrden beschloss: „Ich werde an Leyawi schreiben. Meine letzte Nachricht behieß deinen Tod."
„Wann hast du geschrieben?"
„Vor zwei Tagen."
„Sie werden eine Botin mit Beileid für dich und mit der Bitte um meine Asche schicken. Ordere noch heute eine Botin auf den Weg. Sie soll sie abfangen, ihr Schreiben entgegennehmen und unsere Botschaft übergeben."

Nyrden gewahrte die Anstrengung, die längere Sätze Rednawén abverlangten. Sie erhob sich. „Gut. Ich hole den Schreiber."
„Kann er leyawi schreiben?"
„Das bezweifle ich. Aber vielleicht kann Jennai es."
Als Nyrden mit ihr zurückkehrte, saß Resa bei seiner Waffenmutter und tränkte sie mit Wein. Die Priestin bekundete zunächst ihre Freude über Rednawéns Überleben, ehe sie die gesprochene Botschaft festhielt. Es waren nur wenige Sätze, nach denen die Liegende kurz überlegte und in Ebenen schloss: „Sie sollen nicht herkommen, bis ich sie rufe. Meinen Gruß und Namen."
Nyrden blickte erstaunt auf. „Sie sollen nicht herkommen?"
„Sie werden es verstehen."
„Aber es ist deine Sippe!"
„Eben darum."
Jennai endete, Rednawén dankte ihr. „Besiegelst du es?", bat sie die Naltivi.
„Sicher." Sie küsste sie aufs Haar. „Sorge dich nicht. Ich muss dich nun für eine Weile verlassen, weil wir zum Totendienst erwartet werden. Er ist heute."
„Nehmt für mich teil", bat die Versehrte. „Und zwinge Resa anschließend zu schlafen, er sieht müde aus." Sie gewahrte den Benannten zum Widerspruch ansetzen und kam ihm zuvor: „Ich brauche dich ausgeruht hier. Du kannst mir nicht helfen, wenn dir Schlaf fehlt."
Er erhob sich.
Rednawén wartete, bis die drei die Halle verlassen hatten. „Winie."
Trucho sah auf.
„Du siehst, ich lebe noch. Und ich sehe nicht, dass andere deine Hilfe jetzt nötiger bräuchten."
„Du hast lange genug gewartet", nickte sie. „Ich hole einige, die dich festhalten. Willst du einen Bissstock?"
Rednawén bejahte. „Aber keine unnoten Zeuginnen." Und auf der Gegenüber zweifelnden Blick: „Wenn ich nicht still genug bleibe, kannst du sie immer noch rufen."
„Nun gut. Aber wenn du zappelst, Gebietin..."
„Ja. Aber nicht eher. Und nenn mich nicht ‚Gebietin'."

Obwohl sie dadurch ihre Genesung gefährdete, ließ Mawakai sich in den Tempel tragen. Sie führte die Verbrennungen und setzte von der Krankenbahre aus den Scheiterhaufen Kelons, Telùns und ihres Kindes in Feuer. Anschließend vereinte sie die Asche und Knochenreste. Sie würde sie nach Winen bringen, hatte dessen Hof aber bereits eine Nachricht geschickt, dass sie auf der Bestattung in einer Baumsargbarke nach der Art ihres Volkes bestehe, da sie ihren Bruder schon nicht in einen Fluss Lerusms entlassen könne. Damit nahm sie einigen Ärger mit den Verbündeten in Kauf, was ihr jedoch einerlei war.
Die Leyawi badeten ihre Toten zunächst in hölzernen Wannen; dann verbrannten sie sie. Die sonsten Gefallenen wurde verabschiedet, wie es in der Stadt üblich war: Sie wurden auf die geweihte Erde nahe dem Tempel gebracht und dort nach dem Totendienst auf Scheiterhaufen dem Feuer übergeben. Die Urnengräber jenseits der Bereiche der Lebenden nahmen

die Asche auf. Obwohl meist mehrere gleichzeitig verbrannt wurden, waren es so viele Körper, dass die Verbrennungen einige Tage andauern würden und die Gräber eine ungeahnt große Erweiterung erfuhren. Ofennahe Hitze herrschte, ebenso unerträglich wie der Gestank der von den Flammen verzehrten Leichen.
„Nun brennt Runjhày doch noch", sagte Rilan leise neben Nyrden.
Sie wandte sich ihm zu.
Er weinte. „Ich bedaure, kein Krieger zu sein. Sie sind tot, und ich lebe. Das kann keine gute Wahrung sein."
Nyrden nahm ihn in die Arme. „Lass uns jetzt für die Lebenden sorgen."

Durch Garlons Tod war in der Küche Runjhàys ein entsetzliches Durcheinander entstanden. Keine musste hungern, aber an Mahlzeiten in größerem Kreise war noch lange nicht zu denken. Kochinnen aus verschiedenen Völkern und mit unterschiedlichen Kochkünsten wie Geschmäckern standen an den Töpfen, und wer nicht allein nahrhaftes, sondern auch wohlschmeckendes Essen suchte, brauchte Göttinnenlächeln oder viel Geduld. Nyrden, die beides hielt, warf einen freudigen Blick in ihren Korb. Sie hatte einer Truchsesshilfe, die mit den Leyawi gekommen war, einen kleinen Krug mit Sauerwasser für ihre Gefährtin abgeschwatzt.
Doch als sie Rednawén nahte, erschrak Nyrden so sehr, dass sie fast den Korb fallengelassen hätte. Jene war so blass, wie die Naltivi es nur von Leichen kannte. Sie fiel in die Knie und fasste die fahle Haut. Rednawén lebte noch.
„Was ist geschehen?", fragte Nyrden die nahesitzende Vira, da Trucho nicht am Orte war.
Die Angesprochene drehte sich um. „Ich wache hier nur, Gebietin. Ich kann es dir nicht sagen. Die Heilin bat mich nur, sie zu rufen, wenn sie zu viel Blut verliert."
„Blut?"
Sie hob die Decke an. Nyrden fuhr zusammen. Wundklammern hielten die unverbrannte Haut an Rednawéns linker Seite zusammen, dennoch sickerte Blut aus einem fast fingerlangen Schnitt. Das Laken war unter dem Rinnsal bereits in großer Fläche rot gefärbt.
„Ich gehe sie holen", versprach die Vira.
Nach einiger Zeit, die der Wartenden viel zu lang erschien, kam Trucho mit verschlafenem Gesicht in die Halle.
„Was ist geschehen?", fragte Nyrden nun sie, während sie ihre wundpressenden Hände löste.
Die Heilin besah Rednawén und griff nach einem Stapel Binden.
„Trucho!"
„Sie hatte eine Klinge zwischen den Rippen. Dort."
Fassungslos starrte Nyrden auf den Splitter einer Schwertspitze, der auf dem Boden lag.
„Warum habe ich das nicht gesehen? Warum hast du mir das nicht gezeigt?"
„Weil sie es mir verboten hatte. Hilfst du mir, Erste?"
„Warum hast du damit so lange gewartet?"
„Es sah nicht so aus, als würde sie den Brand überleben", entgegnete die Ältere. „Und, Gebietin ... es sieht auch jetzt nicht so aus. Warum sie unnötig quälen? Da waren viele andere,

die Hilfe brauchten. Beruhige dich. Wir brauchen neue Klammern. Diese halten nicht fest genug."

Schweigend ging Nyrden ihr zur Hand. Erst als sie geendet hatten und sich in einem Kübel die Hände wuschen, forderte sie erbost Truchos Gehör: „Was soll das sagen: Viele andere brauchten Hilfe? Und sie nicht? Wenn sie stirbt, weil du ihr nicht geholfen hast, wirst du es bereuen, das schwöre ich dir!"

„Gebietin", seufzte die Gegenüber, „ich muss abwägen, wer die bessere Aussicht hat zu überleben. Deine Liebste hat keine so gute wie dieser und diese dort drüben, um nur zwei zu nennen. Es mag sein, dass ich fehl entscheide. Aber eine muss es entscheiden, das kennst du sicher. Bei ihr habe ich es nicht fehl entschieden. Bitte die Göttinnen, und hab Vertrauen in sie."

Die Stadtwahrin vermochte zu hören, dass sie Ähnliches schon oft gesagt hatte, was ihren Zorn steigerte. „Vertrauen? Du hast..."

„Lass die Winie in Ruhe, Nyrden."

Sie wirbelte herum und sank neben der Verletzten auf die Knie. „Du hast mir nichts gesagt!"

„Du hättest dabei sein wollen. Das konnte ich nicht brauchen."

„Hör auf, mich schonen zu wollen!"

Rednawén schloss die Augen.

„Verzeih. Wie ist es dir?"

„...Danrùn gesehen", murmelte sie, ehe sie wieder in Schlaf fiel.

Nyrden weinte.

Eine Hand legte sich auf ihre Schulter. Trucho hockte neben ihr. „Sie ist stark, Gebietin. Vertraue darauf."

Dankbar erwiderte die sich Fangende ihr Lächeln und fragte: „Was weiter kann ich hier tun?"

„Sie waschen, wann immer sie es erträgt. Sie einsalben und um den Stich sorgen. Ich zeige dir, was zu tun ist. Es wird lange währen, falls sie überlebt."

„Ich danke. Ich ... bedauere, was ich sagte."

„Ach. Ich bin das gewöhnt. Komm, ich zeige dir alles."

Während Nyrden sich erhob, brachen mit einem Mal erneute Tränen aus ihr. Sie bebte weinend, ohne es hindern zu können. Wortlos nahm die Heilin sie in die Arme. Später versorgte Nyrden Rednawén unter Anleitung, und nachdem Resa zu ihnen gestoßen war, half er ihr.

„Der Brand ist ärger als der Stich und nimmt ihrem Körper das Wasser", erklärte Trucho, als sie mit der Wahrin bereitgestellte Tücher von einer abseits stehenden Bank holte. „Sie muss so viel trinken wie möglich. Sie wird sich weigern, weil sie nicht in Tücher pinkeln will, den Ärger hatten wir schon. Aber falscher Stolz wäre ihr Tod. Zwingt sie notfalls. Ohne große Mengen Wassers stirbt sie."

„Ich bin so froh", gestand Nyrden. „Ich habe die Göttinnen um Beistand für sie angefleht, aber ich konnte nicht daran glauben."

„Sie gewährten ihn ihr", versicherte die Heilin mit einem schmerzlichen Lächeln. „Die meisten in ihrer Nähe hielten ärgere Verbrennungen, tödliche zumeist. Sie wurde nur von

einem geringen Teil getroffen und muss schnell genug ihren Kopf geschützt haben. Dass ihr Gesicht nicht völlig verbrannt ist, dankt sie neben dem Helm ihrem Arm. Er war ihr Schild. Wäre Öl in ihr Ohr gedrungen, wäre sie nun sicher tot. Und sie muss den Helm abgenommen haben, als Öl darunter lief. Aber ich kann nicht sagen, ob sie überleben wird, Gebietin. Jedenfalls bin ich froh, dass dieses Haus einen so reichen Weinkeller hat."
„Tuschelt nicht ohne uns", ließ sich Rednawén vernehmen.
Nyrden ging ihr nahe und kniete sich für einen Kuss, Resa bettete den rechten Arm der Liegenden auf einen Stoffhaufen.
„Jetzt könnt ihr hier enden", verkündete Trucho. „Wir haben eine Weile zum Verschnaufen."
„Gut. Lass mich bei ihr schlafen", bat Nyrden. Und zu der Gegenüber Erstaunen: „Geh du in unsere Kammer, und ruhe dort."
Der Knabe setzte zum Widerspruch an.
„Wir bleiben bei ihr." Die Naltivi nickte ihm zu. „Du wirst hier gebraucht, Resa."
Er richtete sich im Einatmen weiter auf. „Gut."
„Mein Lager ist hier unten, Erste", entgegnete die Heilin freundlich.
„Dort ist es ruhiger, und du kannst tiefer schlafen. Wir wecken dich, wenn du gebraucht wirst."
Trucho war viel zu müde, um sich nicht zu fügen, und ließ sich von Resa fortführen. Danach war kein Widerstand des jungen Leyawi mehr gegen Nyrden zu bemerken.

Am folgenden Tag wurde es um Rednawén ärger. Sie war nicht zum Essen zu bewegen und weigerte sich auch zu trinken. „Nnein." Sie vermochte kaum zu sprechen. „Tu es weg."
„Trink wenigstens! Ich habe dir Sauerwasser mitgebracht."
Sie gab ihre Gegenwehr auf, verlangte aber Wein. Von ihm, der mit weiteren Mitteln Truchos versetzt war, trank sie so viel, dass sie ihn in einer peinvollen Bewegung wieder erbrach und dennoch betrunken war. Obwohl sie kaum sprach, war ihr anzumerken, dass ihr Nyrdens und Resas Gesellschaft Wohle bereitete. Abends war sie wieder in der Lage, mehr als nur einige Worte von sich zu geben, sie suchte selbst nach Unterhaltung. Der Knabe sang ihnen vor, bis er sich müde zusammenrollte.
„Warum weinst du?", fragte die Verletzte nach einer Weile leise.
Nyrden schaute auf, wischte sich die noch nicht rinnenden Tränen aus den Augen. „Weil du lebst. Ich habe ... Du sagtest, dass du spürtest, du würdest sterben!"
Rednawén versuchte ein Lächeln, das jedoch sogleich gequält wurde. „Wärst du sonst gegangen? Spüren, ob ich sterbe, das ist Unsinn. Ein Gefühl sagt nichts darüber und entscheidet nichts."
„Nun, Resa wusste, dass du noch lebst. Und ich hätte mir die Tote besser ansehen sollen."
Der liebesprechende Blick seiner Waffenmutter fand den Schlafenden. „Resa ist ein unbeherrschtes Kind. Diesmal hatte er Recht, gut. Aber das ist nicht immer so. Ich sage es besser, dass du deine Kraft nicht in unnützes Hoffen leitetest, sondern in Hilfe für Verletzte. Ich habe überlebt, so oder so. Du hast es nur früher erfahren."
„Aber nicht, weil du es mich hättest wissen lassen."

Schweigen.
„Und hast du nun an Viarù Rache genommen?"
Rednawéns Züge bekamen einen erschreckenden Ausdruck von Zufriedenheit. „Ja. Fedùn kann jetzt ruhen." Sie koste die Wange der Gefährtin. „Und ich auch. Schau doch nicht so. Nun beginnen ruhigere Zeiten."
Nyrden wölbte die Brauen, ohne eine Antwort zu erhalten. Die Miene der Jüngeren zeigte jedoch eine Versonnenheit, die sie lange nicht verließ.

Trotz der ins Maßlose verstärkten Schmerzen kam Rednawén nur sehr langsam zu klaren Gedanken. Als sie die Augen aufschlug, fuhr Remneù kurz zurück, um sich dann wieder über sie zu neigen. „Wie ist es dir?", erkundigte er sich.
„Ich kann die Frage nicht mehr hören", gab sie wider, lächelte aber dabei, so weit sie es vermochte.
„Die Erste ist im kleinen Rat", berichtete er. „Ich bat, helfen zu können." Mit Unsicherheit bekundendem Blick hob er einen Salbtopf. „Ist dir das recht?"
Sie grunzte zustimmend.
Er bestrich die Verbrennungen, hielt einige Male ein, wenn sie scharf Luft einsog oder sich sehr spannte, wartete geduldig, bis sie ihm ein Zeichen gab, fortzufahren. Als er mit dem Hinweis endete, er werde eine Frau bitten, ihre Brust zu versorgen, trug er so sehr zu Rednawéns Erheiterung bei, dass sie gegen schmerzendes Lachen kämpfen musste.
„Glaub mir, Ruèk", schnaufte sie, als sie sich beruhigt hatte, „dass es mir gerner ist, du tust es, als würde eine Frau es tun. Wenn es dir nicht un..."
„Nein, nein, ich dachte..." Er brach ab und sprach dann gefasster: „Danke."
Ihre Blicke hielten einander.
„Hast du viele verloren?", begehrte sie Kunde.
Er verzog den Mund. „Auf welcher Seite?"
Sie verstillten.
„Tanwai wird überleben. Und Syken nannte mich gestern ‚Vater'. Das hat sie noch nie." Er lächelte schief, verdrängte Arge und öffnete erneut den Topf.
„Danke, Remneù."
Ihm entging nicht, dass sie ihn zum ersten Mal beim Namen nannte.

„Nun wird es arg." Trucho nahm einen Eimer mit menschlichen Abfällen. „Ich war froh über den Wein. Aber nun ist der Keller fast leer. Den letzten halten wir für die, deren Schmerzen unerträglich sind. Aber die übrigen Schmerzhilfen sind aufgebraucht, bald wird es auch der Wein sein. Keine hat mit so vielen Verwundeten gerechnet."
„Und jetzt?", fragte Nyrden.
„Die meisten sind erfahren in solchen Dingen. Sie haben Wein und Schmerzhilfen genommen und auf die Genesung ihrer Körper gewartet. Aber nun ... Der Wein reicht für keine zwei Tage mehr. Danach ... Ich bezweifle, dass die neuen Hilfen vorher hier sein werden. Das wird nicht angenehm für alle, Gebietin."

Als die Winie die Halle verlassen hatte, ging Nyrden, von Sorge durchzogen und die Grüße Aufblickender abwesend erwidernd, die Reihe entlang, bis sie bei Rednawén ankam. Dort warf sie einen stirnrunzelnden Blick auf deren Verbände. „Hat Trucho dich versorgt? Eigentlich wollte ich es tun."
Rednawén hob behutsam das Tuch von ihrem Gesicht. „Nein. Remneù. Schon vor einer Weile."
„Wie?"
„Ich habe ihn gebeten, es auch sonst zu tun", berichtete sie. „Und ich habe Resa in die Pflicht genommen. Irgendwann muss er diesen Dienst lernen. Ich ... will nicht, dass du mich pflegst."
„Warum nicht?", drängte Nyrden aufsteigende Gekränktheit beiseite.
„Unseretwegen." Die Gelagerte rang kurz mit sich und fuhr darauf leiser fort: „Ich habe immer geglaubt, im Kampf zu sterben. Ich wollte nicht, dass du mich je so siehst."
Nyrden legte die Finger an ihre Lippen. „Du stirbst nicht daran." Und auf ihr zweifelndes Gesicht: „Trucho sagte es gestern. Und ich weiß es. Keine von uns kann eure Schmerzen ahnen. Aber du wirst leben. Und was mich betrifft: Ganz gewiss hielt meine Heerführin in dieser Schlacht auch mein Leben. Lass mich ein wenig dieses Dienstes an dir abtragen und bei dir sein, wenn du Pflege brauchst. Du brauchst keine Rüstung vor mir. Vertrau mir."
„Ich habe dich gern hier", flüsterte Rednawén. „Mehr, als ich es früher gedacht hätte. Ich traue dir bis in den Tod. Aber ich will nicht von dir gepflegt werden. Du hieltest mein Leben auf andere Weise. Hier will ich deine Hilfe nicht."
Nyrden nickte, obwohl ihr Herz schwer geworden war.

Im Folgenden verbrachte Jennai, deren Kräfte sich bei Hilfen für Verwundete erschöpft hatten, viel Zeit bei Rednawén. Schlief die Verwundete, hielt sie ihre Hand. Auch Masùn wie die sehr schweigsame Dartù, zu der Nyrden größerer Freundlichkeit hielt als jemals zuvor, waren täglicher Besuch, ebenso Rilan, aber Jennai wich kaum von Rednawéns Seite. Sie war bei ihr, als sie nach weiterem Wein verlangte und Resa ihr erklärte, es sei keiner mehr übrig. Die Priestin brachte ihr von ihren eigenen Schmerzhilfen, woraufhin sie selbst am Abend kaum noch zu gehen im Stande war.
Obwohl Rednawéns Körper Trucho zufolge genas, schien seine Pein zuzunehmen.
„Wir haben um Mittel nach Naltivi geschickt. Und nach Winen, Viraslàr, Leyawi ... überall hin", gab Resa, der sichtlich litt, Auskunft.
„Sie müssten bald hier eintreffen", ergänzte Nyrden, und die anderen vermochten, ihre Ungewissheit zu hören.
Die Heerführin versuchte ein Lächeln.
Bisweilen stieg Trübheit ihre Augen, und das zu sehen, beargte Nyrden noch mehr als der Schmerz, der sich in ihnen eingenistet hatte. Mit Gesprächen suchte die Ältere, Rednawén abzulenken, was nur selten gelang. Zu Resas Hauptaufgabe wurde es, seine Mutterschwester zu unterhalten. Er sang, zwang sie fast zu Antworten auf Kriegsfragen, versuchte sich mit Remneù in scherzhafter Darbietung. Manches Mal mit dem Erfolg der Ablenkung, manches Mal schloss Rednawén die Augen und beachtete nichts mehr.

An einem frühen Morgen erwachte Nyrden von einem stechenden Gefühl im Magen. Umher wurde geschlafen, Resa lag an sie gekuschelt. Sie gewahrte, dass es nicht ihr eigenes Gefühl war. Rednawéns Atem verriet, wie sehr sie darum rang, Schmerz zu beherrschen. Nyrden lauschte unglücklich. Dann setzte sie sich auf. „Was kann ich tun?", fragte sie.
Die Verletzte wandte den Blick von einem Messer Truchos, das auf deren Schemel lag, zu ihr. „Hol mir eine Kriegin."
„Wozu?", bangte die Naltivi. „Wie kann eine Kriegin dir helfen, wenn ich es nicht kann?"
„Sie kann mich niederschlagen." Und, ihre Miene missdeutend: „Nyrden. Lass mich nicht flehen."
Diese seufzte erleichtert und ging, nicht ohne das Messer an sich zu nehmen.
„Warte! Nyrden."
Sie kehrte um.
Rednawéns Augen strahlten unter einem Einfall. „Hole Masùn."
„Warum?"
„Weil er Blasrohrpfeile benutzt."
Die Gebetene rannte zum Lager der nicht sorgebenötigenden Leyawi, das nun am Strohplatz war. Masùn entnahm seiner Waffenlade zwei schwere Köcher mit Kurzpfeilen. Als er vor Rednawén stand, drückte er einen schwarz gefärbten winzigen Pfeil in eine Salbe und legte ihn in ein Blasrohr.
„Nimm nicht den Falschen", scherzte die Liegende und hielt ihm den Arm entgegen. Nachdem der Pfeil sie getroffen hatte, sank ihr Kopf mit geschlossenen Augen zur Seite. Nyrden hielt ihn im Schoß und spürte Erleichterung als Tränen in sich aufsteigen. Sie sah Masùn und Trucho zu, die zu weiteren Versehrten traten und sie betäubten.
Schließlich kehrten sie zurück. Die Stadtwahrin hatte Essen für sie aufgesorgt, sie setzten sich dankend. Nach dem Mahl bat die Winie ernst: „Gibst du mir fünf von den braunen Pfeilen?"
Masùn sah sie überrascht an. „Für wen?"
„Für fünf, denen die schwarzen allein nicht mehr helfen. Sie wirken schneller als ihre Verletzungen und ersparen es mir, noch einmal ein Sterbegift zu brauen."
Die Falten im Gesicht des alten Kriegers wurden tiefer. „Ich werde es tun. Wenn es ihr Wunsch ist."
„Das ist es. Ich zeige sie dir, wenn sie wieder wach sind und du sie fragen kannst. Eine kannst du nicht fragen. Aber ihre Wunden werden für sie sprechen."
„Bring mich gleich zu ihr", erwiderte er.
Sie nickte, beide erhoben sich wieder.

Masùn hatte Bedenken geäußert, die Beschmerzten dauerhaft mit dem Pfeilgift zu betäuben. Leyawi benutze es, um Gegninnen ohne Schaden niederzuwerfen, aber keine wisse, wie es wirke, wenn es mehrfach täglich genommen werde. Trucho hatte achselzuckend entgegnet, es gebe nichts anderes mehr.

Rednawén Schlaf war wegen des Giftes so unregelmäßig, dass sie nicht gewahrte, wie viele Tage vergingen. Einmal wurde sie wach, während die meisten Anwesenden schliefen. Nyrden saß neben ihr und richtete sich das Haar. Sie spürte ihren Blick, sah sie an, ihr Gesicht erhellte sich. „Kannst du verliebt schauen." Sie küssten einander, die Ältere horchte Rednawén weiterhin entgegen. „Was?"
Sie atmete tief. „Ich weiß es nicht gut zu sagen. Dass ich mit dir leben will? Als ich Viarù tötete, endete eines in mir. Ich war sicher, mein Leben, als mich kurz darauf das Öl traf. Aber nun ... Ich denke zum ersten Mal, wie es wäre, alt zu werden. Mit dir. Mit euch. Resa aufwachsen zu sehen, ihn nicht nur auf einste Führung vorzubereiten."
Die Wahrin rang mit Tränen und versuchte, sie durch zaghaften Spott aufzuhalten. „Sagtest du nicht, auch unser Band würde nicht ewig währen?"
„Nun, vielleicht verdrehen die Pfeile meinen Verstand", grinste Rednawén. „Aber vielleicht werden wir miteinander alt, Naltivi. Warten wir es ab."
Ein Schluchzen naher Laut erklang von Nyrden. „Rilan erwartet mich. Stirb nicht, solange ich fort bin."
„Versprochen."
Sie deckte Resa zu und verließ die Halle.

Die ersten Mittel kamen aus Naltivi, an einem Tag, an dem es Rednawén besser ging und sie eine Weile wach geblieben war. Inmitten eines Scherzes wanderte ihr Blick gen Tor. Sie unterbrach sich, ihre Miene wurde gequält. „Und die Winie meinte, ich hätte das Ärgste hinter mir."
Jilla war eingetreten. Nyrden sprang auf und lief ihm entgegen. Sie teilten nicht das übliche Willkommen, sondern fielen einander in die Arme. „Du lebst", sagte er nur.
„Dass du da bist!"
Sie hielten einander lange.
„Von Berretas", überreichte er ihr dann eine kleine Rolle, die er aus den Falten seines Gewandes gezogen hatte.
Nyrden nahm sie verwundert entgegen.
„Ist Rednawén wohlauf?"
„Nein."
Er erschrak.
„Aber sie lebt. Komm."
Nyrden führte ihn an das Lager der Beargten.
„Ich schätze, du wirst die Gelegenheit nutzen, mich zu vergiften", begrüßte diese ihn.
Jilla sank neben ihr nieder. „Bei allen Göttern, ich danke dir, dass Nyrden noch lebt! Wie ist es dir? Kann ich helfen?"
„Wenn du Schmerzhilfen mitgebracht hast."
Er wies auf einige seiner Stammesgefährtinnen, die Packen in die Halle trugen.
Der Leyawi Augen flammten auf.
Nachdem sie einen starken Linderungstrank eingenommen hatte, wurde sie merklich müde. Jilla machte sich den Heilinnen nützlich, unterdessen las die Stadtwahrin die Nachricht.

„Was schreibt sie?", fragte Rednawén blinzelnd.
„Von Sorge um mein Wohlergehen." Nyrden legte das Schreiben beiseite.
„Willst du ihr nicht antworten?"
„Aber ja. Später." Sie lächelte. „Hast du Durst?"
„Hat meine Antwort Bedeutung?", jammerte die Verletzte. „Außerdem habe ich eben getrunken."
Nyrden griff den Becher. Als er geleert war, schickte ihre Gefährtin sie fort: „Ihr werdet euch viel zu berichten haben. Ich schlafe auch ohne deine Aufsicht."
Merklich hatte sich die Stimmung in der Halle verbessert, seit die Hilfen angekommen waren. Die Wahrin hielt zudem ein Glück über Jillas Anwesenheit, das ihre erschöpften Kräfte zu erneuern schien. Als sie sich sehr viel später gedankenverloren wieder neben sie setzte, war Rednawén wach. „Was ist dir?"
Sie küssten einander.
„Nun, also was?"
„Remneù. Er wachte oder lag fast immer bei Tanwai, wenn er nicht um Verwundete oder Syken sorgte. Dies meist bei Tanwai." Sie blickte in Richtung des Lagers der Genannten. „Dort schlafen die drei einander in Armen." Als sie sich wieder der Leyawi zuwandte, leuchtete Liebe in deren Augen.

Zeit verging in Arbeit. Wunden nässten und eiterten, Glieder mussten entgegen früherer Hoffnungen doch noch abgetrennt werden. Kriegerinnen starben noch immer. Nyrden half, verbrauchte ihre Kräfte, die sich kaum erneuerten, da sie auch zu wenig schlief. Fast jeden Tag glaubte sie, die Last aus Erschütterung, Erschöpfung und Sorge nicht mehr tragen zu können; glaubte, dass die Fassung, die ihr Inneres zusammenhielt, brechen würde. Aber sie lernte, die Arge zu ertragen, nicht aufzugeben und weiterzuwerken. Ohne Jillas Stütze allerdings, dessen war sie sicher, hätte sie nicht die nötige Kraft aufgeboten.
Die Blasen, die Rednawéns Verbrennungen geworfen hatten, wichen allmählich weniger schmerzempfindlichen Narben. Der Geliebten fortschreitende Genesung war Nyrden ein weiterer Kraftquell, ebenso die Nähe zu Resa, der an ihrer Seite stand und werkte wie ein um einiges Älterer, wann immer sie ihn nicht zu Schlaf, Spiel oder Übungen nötigten. Zudem lernte die Wahrin auch die Gesellschaft der Übrigen zu schätzen, die an die Halle gebunden waren, allen voran Trucho. Langsam wurde das Werk weniger, und es verließen bereits die ersten Gruppen Verbündeter, darunter auch Heilinnen, die Stadt.
Im verwüsteten Garten, den Jilla mit Schrecken besichtigte, bemerkte Nyrden eines Tages den Sommer, aber sie war zu müde, um sich darüber zu freuen. Den ersten Sommer seit Beginn ihrer Ausbildung hielt sie keine Pflanzenhege, und erstaunlicherweise war es ihr gleichgültig.
Dann endlich kam der Morgen, an dem Rednawén saß, als sie selbst erwachte. Die Kriegin neigte sich über sie, um sie zu küssen, was ihr jedoch erst gelang, als Nyrden sich ihr entgegenhob. „Was hast du vor?"
Rednawén strahlte. „Allein zum Abtritt zu gehen." Sie stand auf, tat einen Schritt, schwankte und fiel.

„So ein Dummkopf!", hörte Nyrden Truchos Schelte, als sie selbst nach ihrer Gefährtin griff. Die Hinzugeeilte half ihr, Rednawén wieder zu legen. Diese ächzte bei den Berührungen auf. „Ich habe es dir gesagt", wetterte die Heilin. „Erst sitzen, dann langsam aufstehen, stehenbleiben. Viel später erst laufen. Mit Hilfe. Ich habe es dir gesagt! Liebst du es zu fallen?"
Die Leyawi keuchte.
Trucho schüttelte den Kopf über sie. „Habe Geduld, und sei klüger. Du hieltest Göttinnenlächeln auf dir. Dass die Verbrennungen nicht zu groß sind. Dass der Stich dich so wenig beargte. Dass du jetzt keine Entzündung hältst."
„Dass die Ruèk so schlechtes Eisen haben", scherzte Rednawén schwach.
Die Ältere lachte auf. „Vielleicht. Wirf es nicht fort. Lass deinem Körper die Zeit zu genesen, die er braucht."
Diese Dauer würde im Liegen noch einige Tage währen, und nachdem ihr erklärt worden war, dass sie schneller wieder auf den Beinen gewesen wäre, hätte sie Ruhe gehalten, blieb die Heerführin ohne Murren auf ihrem Lager.
„Wenn du Dummkopf noch einmal ohne Hilfe und Absprache hier herumhüpfst, binde ich dich an", verkündete Trucho.
Rednawén grollte nur zum Schein. „Sei froh, dass du nicht unter meinem Wort stehst, Winie."
„Das bin ich, Gebietin", entgegnete diese fröhlich.
Nyrden merkte auf.

Wie so oft, sah Rednawén Jennai, als sie die Augen aufschlug, aber nun saß auch Rilan bei ihr. Er grüßte die Erwachte. „Besser?", fragte er.
Sie bejahte.
Sie aßen gemeinsam, danach verabschiedete Jennai sich. Als sie ihr nachsahen, bemerkte Rednawén, dass ihr Schritt nicht mehr die Wehebekundung der vergangenen Tage trug, und sagte: „Naltivi kam zur rechten Zeit."
„Nicht wirklich für euch Beargte", erwiderte er. „Ich bedaure den Mangel an Mitteln sehr, aber keiner konnte eure Zahl ahnen."
„Ja." Sie lächelte.
Er antwortete ihr darin. „Nyrden hat Order gegeben, auch den neugekommenen Wein nur an Schwerverletzte auszugeben und alle Kräuter, die als Heilmittel dienen können, den Heilinnen zu geben."
„Ha! Gab es da kein Murren? Wegen des Weins?"
„Oh, doch. Von dreien." Er wies mit dem Kinn in den Raum. „Sie reinigen bis zum Ende die Pinkeltücher der Verwundeten."
Rednawén kämpfte rang gegen Lachen.
„Ich bin dir zu Dank verpflichtet", erklärte Rilan, mit einem Mal ernst. „Keiner hat geglaubt, dass wir siegen würden. Ohne deine Hand in der Heerführe hätten die Unseren nicht bestehen können."
„Das ist meine Aufgabe, Erster."

„Ich weiß. Du hast sie mehr als gut erfüllt. Nun möchte ich dir einen Wunsch erfüllen. Wie kann ich dir Dank sagen?"
Sie wollte abwehren, begann dann aber zu grinsen. „Den zweiten Vollmondtag für das Heer. Und über die Zahl der künftigen Krieginnen verhandeln wir, wenn wir die Zahl der Überlebenden kennen."
Er schmunzelte. „Ich spreche mit den Priestern. Aber das kann ich nicht über sie hinweg entscheiden."

Rednawén übte das Sitzen, darauf gestützt das Stehen. Schließlich vermochte sie allein zu gehen. „Kommst du mit?", fragte sie Nyrden, kaum dass sie einige Augenblicke gelaufen war.
„Wohin?"
„In die Schmiede."
„Warum das?"
Die Streitin zeigte ihr die Schwertspitze, die sie verwundet hatte. „Ich habe ja nun keinen Schmuck mehr", scherzte sie, um darauf zu wöhnen: „Du siehst schrecklich müde aus. Schlaf besser."
Erst jetzt gewahrte die Gegenüber, dass sie selbst sich tatsächlich nur mit Mühe wachhielt.
„Ich frage Remneù darum, mich zu begleiten", versprach Rednawén.
Als Nyrden zum ersten Mal seit langem wirklich ausgeschlafen erwachte, saßen die beiden Leyawi mit Jilla, Jennai und Trucho beim Essen. Hungrig gesellte sie sich hinzu. Rednawén zog eine Kette von ihrem Hals. Als deren Anhänger diente die Schwertspitze, abgeflacht und nunmehr schärfenlos, mit einem mittigen Loch, durch welches das eiserne Band gezogen worden war.
„Viarùs Klinge?", sprach Nyrden aus, was in ihr aufgekeimt war.
Rednawén bejahte.
Sie aßen schweigend. Danach räumte Jilla Näpfe und Löffel zusammen und trug sie fort. Trucho machte sich in der Nähe ans Werk, von Resa und Jennai begleitet.
Nyrden zupfte an der Gefährtin Haar, das nun im vernarbten Nacken endete, wo das Öl es abgebrannt hatte. „Schmerzt es dich noch sehr?"
„Es geht. Jillas Gesellschaft setzt mir mehr zu. Kannst du ihn mir nicht ferne halten?"
„Er ist dir dankbar."
„Er versäuert mir die Genesung."
„Schön, dass du wieder so wohl bist zu jammern."
Rednawén rümpfte die Nase.
„Du kannst in die Kammer umziehen."
„Nein. Hier habe ich Gesellschaft. Und kann bald mit anfassen."

Seit Rednawén wieder zu laufen vermochte, genas sie in erstaunlicher Schnelle. Am zweiten Tag begann sie, den Heilinnen Dienste zu halten, am dritten ließ sie sich zunächst über die bekannten Schlachtfolgen Kunde geben und verließ danach den Turm, um eine größere Strecke zu gehen. Im Freien bot sich ihr ein seltsamer Anblick: Alle Krieginnen Runjhàys,

die nicht besonderer Pflege bedurften, hatten sich im Hof versammelt. Wer stehen konnte, tat es, die Übrigen lagen oder saßen auf Bahren und auf der Erde. Sie ehrten die Heerführin. Resa trug ihr ein Brett entgegen.
„Was soll das?", fragte sie.
„Ein Geschenk", erwiderte er, und Rilan ergänzte: „Sie wollen dir Dank sagen."
Es war ein mit verschiedenfarbigen Hölzern eingelegtes Spielbrett. Drei Figurengruppen bestanden aus Bernstein, Gold und schwarzen Holdentränen, dem höchstgehandelten Edelstein der Berge. Die Spielsteine aus ihm hielten Leyawiwaffen, aber Schilde Runjhàys. Rednawén wollte den Kopf schütteln, besann sich jedoch, ehe es schmerzen konnte. Dann rief sie: „Wir alle sind Teile eines guten Heeres! Es war unser gemeinsamer Kampf! Eure Stärke hielt euer Leben! Geschenke sind Unsinn!" Sie bemerkte den Ausdruck in den Mienen der Nahestehenden und fügte hinzu: „Aber wer mir den Abend beibringen will, wie das hier zu spielen ist, ist dazu eingeladen."
Wohle antwortete ihr.
Nach einem Gang zum Strohplatz stieg sie mit Nyrden in die Kammer hinauf. Die Naltivi verließ sie, um eines von Jilla zu holen. Als sie zurückkehrte, hatte Rednawén ihr Hemd abgelegt und stand mit nacktem Oberkörper vor den Spiegeln. Die Blicke der Gefährtinnen trafen sich im Silber.
„Es gibt Ärgeres", versicherte Nyrden und schloss die Arme um die Jüngere, die mit einem Laut zusammenfuhr.
„Verzeih!"
„Schon gut." Rednawén zog sich wieder an.
Danach suchte die Stadtwahrin ihren Kuss. „Ich vermisse dich", sagte sie leise.
„Du siehst mich doch den ganzen Tag."
„Du weißt, was ich meine."
„Langsam, Nyrden. Solange es noch schmerzt, Kleider zu tragen, hat tanzen wenig Sinn."
Sie sah nieder, bis eine Hand sich unter ihr Kinn legte und es sanft hob.
„Ich liebe dich", flüsterte die Leyawi. Aber darauf blieb sie lange sehr still.

Rednawén fluchte über ihre Schwäche und übte mehr, als es ihr bekam, aber sie erstarkte dennoch binnen kurzer Zeit wieder. Trucho hatte ihr erklärt, die Narben seien nicht so arg wie befürchtet. Es sei nicht zu vermuten gewesen, dass die Streitin den rechten Arm ebenso hoch heben könne wie zuvor, was aber der Fall war.
Die Winie sorgte noch um die letzten Geschlagenen. Sie wollte mit der Heimkehr warten, bis sich die Wirren um Telùns Erbfolge lösten. Nyrden, die in ihr eine Freundin gefunden hatte, bat Trucho, auf Runjhày zu bleiben, und sie, die in der Schlacht beide Kinder und ihren Bruder verloren hatte und nun fast sippenlos war, stimmte zu.

Zum ersten Rat nach der Schlacht waren noch einige Verbündete in der Stadt. Die Zahl der Gefallenen wurde bekanntgegeben, ebenso das Ausmaß der Beute, die die Gegninnen eingebracht hatten. Rweden und Runjhày würden den größten Teil davon erhalten, da ihre Kosten durch Verheerung wie Verwundetensorge und Bestattungen die höchsten waren.

Ferner gab es den Vorschlag, den geflohenen Ruèk und Sagtain neuerlichen Krieg anzudrohen, weigerten sie sich, Tribut zu entrichten.
Rednawén sprach sich dagegen aus: „Selun und Viarù sind tot. Kaum mehr als sechs Hundertschaften konnten entkommen. Ich sehe keine nennenswerte Gefahr darin. Sie sind nicht freiwillig in die Schlacht gezogen und werden sich hüten, uns ein weiteres Mal zu begegnen. Sicher würden sie Tribute zahlen, sofern sie es können. Aber mein Rat ist, keinerlei Gespräch mehr mit ihnen zu suchen. Die Erinnerung an diese Schlacht wird lange währen, vielleicht über Generationen, und damit weitere Schlachten für eine Weile verhindern. Tribute würden uns nur im Gespräch mit ihnen halten und vielleicht zu einer späteren Schlacht um Tributlöse führen." Die nachdenklich gewordenen Zuhörinnen kamen überein, darüber zu ruhen und es später zu entscheiden.
„Ist noch eines, ehe wir schließen?", fragte Rilan.
„Ja." Rednawén erhob sich noch einmal mit langsamen Bewegungen. „Ich habe meinen Nachhalter gewählt: Remneù."
Der aus dem Rat Ausgeschlossene wurde gerufen. Als er von dem Ansinnen erfuhr, stammelte er: „Aber das ... Ich bin ... Mein Volk ... Ich würde es gerne, aber bin ich noch willkommen?"
Rednawén lächelte. „Deine Treue für Runjhày ist längst erwiesen. Wer würde deine Tapferkeit in der Schlacht bestreiten? – Wird die Stadt ihn als Runjhày aufnehmen?"
„Das wird sie", versicherte Rilan.
„Nun, dann: Willkommen bei den Schwarzhelmen, Remneù!"
Dieser strahlte ungläubig.
„Zeit, dass du eine Erbin benennst", raunte sie, als er neben sie trat.
„War es dies?", erkundigte sich Rilan erneut, und in das Schweigen: „Gut. Nun, Rednawén..."
Erstaunt sah sie ihn an.
„...auch der Rat hat ein Geschenk", verkündete er und gab einen Wink. Einige Augenblicke darauf wurde ein großer, farbenfroher Stuhl hereingetragen und vor ihr abgestellt. Die Versammlung harrte erwartungsvoll, während der Leyawi Züge erstarrten.
„Es ist der Stuhl Viarùs", erklärte der Wahrer und warf Nyrden einen fragenden Blick zu.
Diese gab ein Zeichen ihres eigenen Unverständnisses.
Ohne ein Wort verließ Rednawén die Runde, blieb jedoch in der Halle, nahm einen der Pechtöpfe, von denen aus die Fackeln gespeist wurden, kehrte zurück, goss das Pech über dem Stuhl aus und setzte ihn in Brand. Dann verneigte sie sich vor dem Rat, wobei sie den Blick senkte.
Beim Aufbau der Tafel bemerkte Rilan leise seiner Gleichgestellten zu: „Ich hatte geglaubt, sie würde ihn aufstellen und selbst benutzen. So ist es üblich."
„Keine Selbsterhöhung durch Kriegsbeute", murmelte Nyrden, versank kurz in Gedanken um die Schmucksscheibe aus Viarùs Schwertspitze und erwiderte auf Rilans verständnisloses Gesicht: „Mir ist es gern, eine Erinnerung weniger an all dies Grauen zu halten."
„Da hast du Recht", stimmte er zu.

Nyrden bat Rednawén in den Garten. Er bot ein ungewohnt unschönes Bild, da er fast völlig kahl war. Blüten, Äste, teils ganze Sträucher waren abgeschnitten oder ausgerissen worden, einzelne Bäume standen im unteren Teil entrindet, die Wege waren seit langem weder aufgeschüttet noch geharkt worden.
„Bei allen Ahninnen! Was ist hier geschehen?", rief die Kriegin.
„Ich habe die Heilinnen gebeten, alles zu nehmen, das zur Genesung beitragen kann."
„Alles?" Sie musste schmunzeln. „Auch aus den geweihten Bereichen?"
„Sicher. Jennai und ich sind darin einer Meinung: Die Göttinnen wünschen heute Ehrung dadurch, dass die Pflanzen als Hilfe dienen. Zu Lob und Erbauung werden sie nachwachsen."
Rednawén griff nach der Hand der Geliebten. „Ich beginne, deine Göttinnen zu mögen. Du bist wunderbar."
Die Naltivi erstrahlte und führte sie in die ebenfalls geplünderte Gartenkammer. Nach einer Salbung der Genesenden begann Nyrden, sie sachte zu kosen.
„Lass gut sein", wies Rednawén sie ab.
Der Fragenden Herz zog sich zusammen. „Du hast kaum noch Schmerzen, sagst du."
„Ich mag einfach nicht tanzen. Lass mir Zeit."
„So ein Unsinn! Glaubst du, ich würde dich nicht kennen? Was steckt wirklich dahinter?"
Nyrden sammelte sich, als sie keine Antwort erhielt. „Ist es um deine Narben? So arg sieht es nicht aus. Vielen ist es ärger. Hast du dir die anderen angesehen, die das Öl überlebten?"
Rednawén wehrte heftig ab. „Ich bin keine Naltivi, Nyrden! Das war mir nie wichtig!"
„Was dann?"
Sie schwieg mit verhärteter Miene.
„Rede endlich mit mir!"
Schweigen.
Nyrden bebte. „Glaubst du, ich spüre nicht, dass du tanzen willst? Oder ich sehe die Blicke nicht, die du auf Trucho hältst?!"
Die Jüngere suchte erfolglos, die Stirn zu runzeln. „Ich kann sie nicht leiden."
„Das hat dich bei Dartù und Rolun auch nicht gekümmert!"
„Bei den Ahninnen! Das ist ewig her!"
„Als ob das Bedeutung hätte!"
„Außerdem hast du damals nur für Verhandlungen Weile gefunden!"
Der Stadtwahrin Blick funkelte. „Sage mir nicht, meine Verpflichtungen seien der Grund für deine Untreue."
„Ich bin dir nie untreu gewesen!", erboste sich Rednawén. „Tanz hat nichts mit Treue zu tun!"
„Für mich schon!"
Beide verstillten wallend. Nyrden beruhigte sich schneller wieder. Sanfter fragte sie: „Warum nicht? Ich sehne mich so sehr nach dir."
Der Streitin Züge waren wie Stein, aber sie atmete noch immer heftig.
„Leg deine Rüstung ab! Wenigstens vor mir! Ich bin deine Frau!"
„Und wie lange noch?", versetzte Rednawén.

„Wie?"
„Du hast einmal gesagt, was dich an mir rief, seien Kraft und Schönheit gewesen. Kraft kann ich dir noch bieten, wenn ich wieder in Waffen stehe..."
„Du glaubst, ich würde gehen?", war Nyrden entgeistert.
Noch nie zuvor war die Leyawi ihrem Blick ausgewichen, wie sie es nun tat.
„Das ist wohl der größte Unsinn, den eine Mensch erdenken kann! So wenig traust du mir?" Nyrden bebte. Sie spürte, dass ihre eigene Verletztheit Wut wich, und fragte sich im Aufflackern eines Gedankens, ob Rednawén dies immer so erlebte. „Weißt du, wie es war, dich im nahenden Tod zurücklassen zu müssen? Dein Erbe an Resa anzutreten, obwohl du noch nicht tot warst? Weißt du, was es mir bedeutete, deinen Leichnam zu sehen? Was die geringe Hoffnung, du könntest leben, mir für Kraft gegeben hat? Wie es war, erneut auf deinen Tod zu warten?! Für wen hältst du mich, dass du glaubst, deine lächerlichen Narben ließen mich vergessen, wen ich liebe?!" Nyrden brüllte inzwischen tränenüberströmt. Als sie es gewahrte, hielt sie erschrocken inne und musterte die Gegenüber.
Deren Miene war noch immer steinern, doch mit ungläubig geweiteten Augen. Dann zog Gefallen in ihr Gesicht. Sie zog Nyrden an sich und küsste sie.
Obwohl der Tanz, den sie danach hielten, ihr eigenes Begehren stillte, war er für Nyrden erschreckend. Denn niemals zuvor hatte sie Angst an der Gefährtin gesehen, welche in deren Blick sprang, als sie ihre Narben berührte. Der Naltivi Körper redete Rednawén viel zu, bis sie, sehr langsam, Spanne verlor. Nyrden ahnte, dass es noch lange währen würde, bis sie einander als Tanzende begegnen konnten wie zuvor.

Endlich schrieb Rednawén nach Leyawi, und die Antwort kam schnell. Mit der Sonnenwende wurde Èsralon auf Runjhày erwartet. Dass sie das Fest mit ihm verbringen würde, war eine große Ehre für das Haus, selbst nach der verbindenden Schlacht. Als die Stadtwahrin schließlich durchs Tor ritt, gewahrten die Gastgebinnen erstaunt Nelai an ihrer Seite.
„Habt ihr den Verstand verloren?", rief Rednawén. „Warum seid ihr beide hier?"
Ihre Schwester hielt ihr Pferd neben ihnen an. „Es freut mich, dich wohlauf zu sehen", lachte sie, und Nyrden gewahrte, dass sie sie zum ersten Mal ohne die Wirkung von Strenge sah.
Nelai saß ab. Er umarmte zunächst Resa, dann Rednawén, ehrte die Wahrinnen Runjhàys und half darauf seiner Gemahlin herab.
„Was ist mit Leyawi?", fragte Rednawén vorwurfsvoll, als sie Èsralons Hände drückte.
„Wird von Éyark gehalten."
„Das ist unverantwortlich!"
Die Ältere lachte erneut. „Du klingst wie Danrùn. Wenn es den Ahninnen gefällt, uns beide auf dieser Reise zu sich zu nehmen, können sie sich auf Ärger mit mir einstellen. Éyark hält Leyawi sicher. Wir wollten dich beide sehen."
„Willkommen", schob die Naltivi sich an ihrer Gefährtin vorbei und nahm ihrerseits die Hände der Angekommenen. Resa folgte ihr. Hinter sich hörte sie Rednawéns unzufriedenes Schnaufen. Nelai trug Èsralon zu dem Stuhl, der in der Halle für sie aufgestellt worden war.

Eilige Vorbereitungen für das Gastmahl gestatteten den Schwestern einige Augenblicke ohne Form vor dem Hof. Èsralon griff an ihren Hals, um die Kette zu lösen, die daran hing. Rednawén wehrte sogleich ab. „Es ist dein."
„Du bist nicht tot." Èsralon hielt ihr die Scheibe vor. „Freiheit hat es mir geschickt."
„Du willst es seit Jahren. Ich habe einen neuen Schmuck." Ein Grinsen Rednawéns, dem das Lächeln der Beschenkten folgte: „‚Schmuck'. Nun, ich danke."
Als sie nebeneinander an der Tafel saßen, blickte Nyrden hin und wieder zu den beiden. Rednawén tat so, als bemerkte sie es nicht, was wiederum die Naltivi gewahrte. „Nun sag schon", drängte sie, nachdem sie ihr Schmunzeln gesehen hatte.
„Es gehörte Danrùn", sagte Rednawén. „Es war Teil der Axt, mit der sie den Aufstand begann."

Da Silens Sippe keine Überlebenden hatte, waren Runjhày und Lerusm von den Rweden gebeten worden, das Land unter sich aufzuteilen. Der Rat, in den die Leyawi eingeladen worden waren, wallte im Zwiespalt zwischen der Aussicht auf gewaltige Landzunahme und der auf Kosten, die über Jahre den Wohlstand Runjhàys zunichte machen würden.
„Wir könnten Runjhày, Lerusm und Rweden zu einem Land zusammenschließen", schlug Jkai vor.
„Wie stellst du dir einen solchen Bund vor?", fragte Jennai. „Ein so großes Land ist mit geminderten Kräften kaum zu schützen."
„Wie schon. Rilan und Mawakai sind geeint, und Nyrden und Rednawén können auch eine Stadt führen. Wenn wir die Länder zu einem zusammenschlössen und von zwei Städten aus verwalteten..."
„...gäbe es ständig Unfriede", ließ sich die Heerführin vernehmen. „Im Übrigen bin ich nicht bereit, eine Stadt zu wahren."
Die Naltivi bemerkte Èsralons Gesicht versteinern.
„Dann hältst du sie, und Nyrden wahrt sie allein", zuckte Jkai die Schultern.
„Auf keinen Fall!"
„Ich werde Lerusm nicht verlassen", warf dessen Wahrin ein. „Das ist Unsinn, Jkai. Rednawén hat Recht. Es würde nur Streit um Vorherrschaft geben, und solchen will ich nicht. Auch änderte es nichts daran, dass wir ständig reisen müssten. Das zehrte an Kräften, die durch diese Schlacht ohnehin noch lange leiden werden."
Kurz folgte versonnene Stille, die Jennai beendete, indem sie sich an Èsralon wandte: „Hat Leyawi einen Rat?"
Die Gebetene ließ sich mit ihrer Antwort Weile. Dann sprach sie: „Ein Reich, das Runjhày, Lerusm und Rweden vereint, würde Githain zu Waffen rufen. Ich bezweifle, dass wir dies bei Talai verhindern könnten. Ihr Heer ist groß und unversehrt. Neuerlichen Krieg kann keine hier brauchen, bis sich die Länder erholt haben. Wir sind Rweden zur Hilfe verpflichtet. Aber ich glaube die sinnvollste Hilfe durch Verwaltung gegeben, nicht durch Aufteilung des Landes oder durch einen solchen Zusammenschluss. Es mag an Kräften zehren und Reisen not machen. Ich sage es dennoch den besten Gang, bis sich eine Erbin für Silen gefunden hat. Leyawi bietet Hilfe bei der Verwaltung, wenn ihr sie wünscht, und wenn Rweden es

tut. Unserer Güter sind Rweden ohnehin sicher, so viele wie wir aufbringen können, aber es braucht Verwaltung."
Jennai hatte schätzend den Kopf zur Seite geneigt.
Èsralon hob die Brauen.
„Leyawi..." begann die Greise, überlegte kurz und sprach dann: „Deine Sorge um Rweden widerspricht dem Ruf deines Hauses von Machtstreben und Kriegsdurst, Geehrte. Es wäre Leyawi ein Leichtes, Rweden einzunehmen. Was kein Vorschlag sein soll."
„Und wir sind Unholde und fressen die Herzen noch lebender Besiegter", lächelte die Wahrin. „Ich würde einem solchen Vorschlag nicht folgen."
Jennai erwiderte ihren ohnworten Gruß. „Oft ist es eher andersherum. Oft sprechen Starke Schwächeren Hilfe zu, um sie auszurauben. Wenn es dich nicht kränkt: Mögen die Göttinnen dich segnen."
Die Leyawi ehrte sie.

Rednawén hatte sich eine Freude für Nyrden ausgedacht: Sie hatte das Gartengemach für einen wohlen Abend hergerichtet. Eine mit einer Eisenplatte unterlegte Feuerstelle wärmte den Ort von der Mitte des buntsteinernen Bodens aus, zwei Löscheimer daneben. Die Kammer war ein wenig ungeschickt mit Blüten geschmückt, Wein und Obst standen bereit.
„Ich mache alles wieder sauber", versprach die Kriegin mit Weis auf das Feuer. „Magst du es?" Nyrden zog sie strahlend auf das Lager. Lange genossen sie still.
Dann fragte die Naltivi plötzlich: „Wie ist es zu töten?"
Rednawén war erstaunt. „Was meinst du?"
„Ist es dir gut oder schlecht? Bei den Gesprächen an euren Lagern hörte ich, dass es manchen Befriedigung bietet, sogar Freude. Es fällt mir schwer, das zu verstehen. Wie ist es dir darin?"
Sie schüttelte abwehrend den Kopf.
„Dare. Ich bitte. Ich möchte es verstehen. Was fühlst du, wenn du tötest?"
„Sei froh, dass du es nicht verstehst. Du musst es nicht." Schweigen. Darauf: „Nichts. Ich fühle gar nichts."
Nyrdens Miene war ungläubig. „Nichts? Wie ist es möglich, nichts zu fühlen?"
Die Streitin hob und senkte die Achseln. „Es ist so. Die ersten dutzend, zwanzig Mal, war da eines. Aber heute nicht mehr. Freude war es nie. In der Schlacht kann keine überleben, die..." Sie brach ab.
Ein fordernder Blick.
Sie stöhnte leise. „Du bist gewarnt."
Nyrden nickte.
Rednawén erklärte: „Nein. Nein, es ist mir nicht gut. Als ich jünger war, waren es Erleichterung und Siegesfreude, überlegen zu sein. Überlebt zu haben. Aber das endete schnell. Auf dem Schlachtfeld ist kein Raum zu fühlen oder zu grübeln. Die Verhandlungen vorab sind eine andere Sache, selbst eine Waffenansicht. Aber wenn der Kampf erst begonnen hat, gibt es nur noch zwei Ziele: überleben und die Nächsten schützen, wenn es möglich ist. Du ahnst nicht, wie weich Fleisch unter einer Klinge ist. In der Schlacht ist ein Leben wenig

wert. Und alles! Die sich mit Siegesfreude aufhalten, sterben meist früh. Wer über Jahre kämpft..." Sie brach ab, ihre Augen schweiften, während Nyrden wartete. „Sie gehen nicht sofort zu ihren Ahninnen, die Erschlagenen. Wer eine tötet, knüpft ein Band mit ihr. Sie kommt, um sich zu verabschieden. Nicht selten mehr als einmal. Bei den meisten im Traum. Krieginnen stöhnen im Schlaf wie Schwerverwundete."
„Du schläfst völlig lautlos", warf die Naltivi ein. Und dachte: „Bisher zumindest." Denn seit der Gefährtin Rückkehr hatte Unruhe, die Alpträume vermuten ließ, von ihren Nächten Besitz ergriffen.
Rednawéns Lächeln war schief. „Ja, heute. Aber das war früher anders. Ich ... heiße sie willkommen, wenn sie sich abends zu mir ans Feuer setzen und Raum in meinen Gedanken einfordern. Ich verleugne unser Band nicht mehr, wie ich es früher tat. Glaube nicht mehr, dass es mit den Kämpfen endet. Ich weiß, dass wir uns nicht sehr unterscheiden. Einmal werde ich auch zu ihnen gehören." Sie sprach nicht weiter. Nyrden drückte sich enger an sie, um zu verbergen, dass sie sie hielt. Nach einiger Zeit fuhr die Berichtende fort: „Vor Jahren habe ich gegen die Sihden gekämpft. Nun stehen wir in Kriegen auf einer Seite. Wenn sie weiterhin Ränke zu Èsralons Sturz schmieden, würde ich gewiss bald wieder gegen sie stehen, führte ich noch das Heer Leyawis. Auch solche töten, die mir einst den Rücken schützten. In diesen Dingen kann ich keinen Sinn erkennen. Die einzige Vernunft auf einem Schlachtfeld halten die Aasvögel. Es mag manches sinnig scheinen, solange verhandelt wird. Im Krieg ist kein Sinn mehr, außer zu überleben. Diesen Preis zahlen andere mit dem Verlust ihres Lebens. Und ich auch, jetzt schon. Mit jedem ernsten Kampf, den ich überlebe, ist dennoch ein Teil von mir gestorben. Nein, es bereitet mir keine Freude zu töten." Rednawén enttarnte die Geste der Naltivi, indem sie sich bei ihr barg.
„Du hast all diese Gedanken nicht erst seit dieser Schlacht", stellte Nyrden fest. „Wie kannst du so leben, ohne unglücklich zu sein?"
„Ich bin Kriegin. Ich brauche es, mich zu bewegen und mit anderen zu messen. Das Üben und das Schlagen. Ich liebe die Abende vor der Schlacht, gemeinsam am Feuer. Solche Nähe und Ehrlichkeit sind nirgends sonst. Außer in deinen Armen. Ein Bund zwischen Gleichgesinnten, den ich nicht beschreiben kann. Die Stille, bevor der Kampf beginnt. Es ist mein Leben. Ich wäre nur unglücklich, wüsste ich nicht, für wen ich es halte."
„Für Resa, Leyawi und mich."
„Und für Runjhày mittlerweile. Deinetwegen zunächst. Aber es ist ein gutes Haus. Jede muss für sein Wohlergehen tun, was sie kann. Ich kann kämpfen."
„Du bist also nicht kriegsmüde?", war die Ältere verwundert.
„Ich bin der Krieg. So wie du die Stadt und der Garten bist." Rednawén sann nach. „Aber ich denke, dein Weg ist der bessere. Angenehme Verhandlungen, Worte. Und Freude. Ich glaube, Menschen finden die Dinge, denen sie sich zuwenden. Ein Garten bringt Freude. Die Aufmerksamkeit einer Kriegin ist immer auf die Schlacht gerichtet, selbst im Winter. Ein Helm hat den Vorteil des Schutzes und beschränkt die Sicht auf die nächste Gefahr, was in der Schlacht lebensnotwendig sein kann. Aber Krieginnen behalten einen Teil von ihm immer auf. Auch jenseits der Schlacht verhindert er, anderes als Gefahr zu sehen. Wenn eine Axt einmal die Scheide verlassen hat, ist sie nicht bereit, wieder zurückzukehren, mit-

unter über Generationen. Der Krieg ist ein Weg, der sich selbst weiterebnet. Wie die Laufräder in den Schmieden Leyawis. Sie stehen niemals still, auch nachts nicht. Laar hat mir einmal gesagt, es sei in meiner Gegenwart unmöglich, Wortbruch zu begehen, weil Wortbruch für mich undenkbar sei und ich die Luft damit tränkte. Ob dies nun so ist oder nicht: Du breitest Güte um dich. Wahrscheinlich ist das ein Grund für deinen Erfolg in so vielen Verhandlungen. Ganz sicher aber bewahrt es dich davor, dein Inneres zu vergiften."
Nyrden spürte, dass die Gedanken in Rednawén eilten. Sie rührte sie.
Der Atem der Kriegin wurde schwerer. „Ich glaubte immer, dass ich jung sterben würde, aber ich hatte keine Angst davor. Als das Öl mich traf und ich nur noch Schmerz war, hatte ich Angst. Zum ersten Mal seit Jahren Angst zu sterben. Davor, nicht mehr bei euch zu sein. Und jetzt ... Eines ist anders in mir. Wo ich früher den Blick auf den Tod hielt...", sie keuchte fast, „...richtet er sich nun auf das Leben. Darauf, mit dir alt zu werden, darauf, Resa aufwachsen zu sehen. Ich weiß nicht, ob das gut ist oder schlecht. Ich glaube, es schwächt mich. Aber ich will es trotzdem." Sie verstillte.
„Ich danke für dein Vertrauen", bekundete Nyrden leise.
Sie lehnten sich aneinander und hielten einander lange. Dann löste sich die Heerführin. „Ich habe eine Bitte, die so groß ist, dass sie einen Gegendienst verlangt: Bildest du Resa als Gärtner aus? Vielleicht wird es ihm nützen."
„Gern."
Sie freute sich. „Überlege dir einen Gegendienst."
„Den weiß ich schon. Ich werde auch dich ausbilden."
„Was?"
„Meine Bedingung. Nimm an, oder entsage dem Handel."
„Ich bin keine ... Der Garten ist nicht meine Sache."
Nyrden hob die Brauen. Sie fühlte, wie sehr Rednawén gegen Widerstreben rang, und ihr war bewusst, dass sie sie mit deren Liebe zu dem Knaben in die Presse nahm.
Schließlich nickte Rednawén. „Wir haben einen Handel."
„Der Garten kann jede Hand brauchen", lächelte Nyrden. „Es wird ja kaum mehr als eine kurze Zeit am Abend sein können."
„Naltivi sollte jeden Tag Trauer tragen, dich nicht zu Verhandlungen senden zu können", schnaufte die Heerführin.
„Naltivi ist froh, mich in Runjhày zu wissen", entgegnete Nyrden ernst. „Und du hattest Recht: Der Boden Naltivis ließ mich nicht gedeihen. Dieser hier ist mir wohl. Lass zu, dass er auch dir Wohle bringt."
„Das tut er längst. Aber ich bin keine Gartnin."
„Das verlangt keine. Lass das Gartenwerk dir Wohle bringen. Mehr will ich nicht." Sie küsste sie. „Mit Ausnahme der längeren Zeit, dich ich mit dir haben werde."
Ein Seufzen war die Antwort.

Mawakais schwer geschlagenes Bein war steif geworden. Sie hinkte und verweigerte den Gebrauch eines Stocks. Das Reiten war ihr lange kaum möglich. In langsamem Tritt saß sie

ruhig obenauf, doch bei der geringsten Beschleunigung kämpfte sie um Gleichgewicht. Mit der Weile aber wurde sie sicherer.
Eines Abends klagte sie Rilan Zorn und Leid.
„Ich verstehe, dass es dir arg ist", griff ihr Gefährte sie.
Kurz schwiegen sie.
„Aber?", fragte Mawakai.
Er schöpfte tief Luft. „Nichts kann das gut sagen. Aber ich bin froh, wenn du schon eine Verletzung trägst, die dauerhaft bleiben wird, dass es eine ist, die deine Teilnahme an weiteren Schlachten verhindern wird." Sein Blick bangte. „Als ich dich zurücklassen musste, in der Gewissheit, dass du sterben würdest ... Ich bin so froh, dass sich dies nicht wiederholen wird." Er bangte. „Argst du mir das?"
Mawakai schüttelte belautet den Kopf.
Wiederum Schweigen.
„Ich bin unversehrt", hauchte Rilan darauf, „und doch ist eines zerstört in mir. So viele Tote. Kelon. Euch zurückgelassen zu haben, gleich, wie vernünftig es war." Er spie das Wort aus. „Diese Angst um euch, um Wonta, mich selbst ... Ich kann nicht schlafen, und ich habe keinen Hunger mehr. Immerzu wallt in mir Entsetzen. Ich sehe all den Schmerz und konnte ihn nicht hindern. Ich bin Stadtwahrer! Ich hätte dort sein müssen, aber ich war es nicht! Und ich habe immer noch Angst!" Er kämpfte gegen Tränen.
Behutsam nahm Mawakai ihn in die Arme. „Das ist Krieg", sagte sie.

Nyrden und Rednawén hatten begonnen, den Garten aufzuräumen. Als sie ihn an der Flussseite verließen, gewahrte die Leyawi, dass nahe dem Tempel gebaut wurde.
„Ein Badehaus", lächelte die darüber Gefragte.
„Um den Beargten Ablenkung zu geben?"
„Auch, ja."
Rednawén schnitt eine Grimasse, als sie wieder einmal vergeblich versucht hatte, die vernarbte Stirn zu runzeln.
Die Wahrin leuchtete. „Ich habe den Göttinnen einen größeren Tempel versprochen, wenn du überleben würdest. Da ich dich nicht zum Dienst begrüßen kann, wird das übliche Waschhaus des Tempels ein Badehaus sein, in dem sich unsere drei Völker begegnen können, ohne über Göttinnen, Geister oder Ahninnen zu reden. Ich wünschte, es wäre schon fertig. Aber die Bauleute tun, was sie können."
Rednawén grinste: „Und wo Leyawi zum Bad gerufen werden könnten?"
Nyrden rang nach Worten und wurde mit einem Kuss gesänftet.
„Ist gut. Meinetwegen mache mich vor den Völkern zu deiner Nebenfrau. Aber ich verzichte auf jeden Anspruch auf Stadtwahrung und will von jeder solchen Verpflichtung entbunden sein."
„Du willst mir händegeben?" Sie war fassungslos vor Glück.
„Wenn dir das so überaus wichtig ist. Lass das Badehaus gebaut sein und seinen Zweck mit unserem Bad beginnen."

Sie schluchzte auf, Rednawén griff sie. Nach einer Weile gingen sie, um die Arbeiten anzusehen.

Später begann die Ausbildung der beiden Leyawi im Garten. Entgegen ihrer bisherigen Lehre, eröffnete dessen Meistin sie diesmal nicht mit Geschichten über Göttinnen, denen später von jeder Schulin ein kleiner Platz im Garten eingerichtet werden sollte. Vielmehr erzählte Nyrden über die unterschiedlichen Blütezeiten und Notwendigkeit wie Möglichkeiten, Blüte und Frucht in den Bereichen die Waage zu halten.

Rednawén war es nicht gerne, in der Pflanzenstätte zu lernen. Sie verbreitete Unwillen wie Resa bei zehrenden Kriegsübungen, wenn auch unausgesprochen. Auch nach einigen Tagen nahm es nicht ab. Nyrden, die der Ort den Göttinnen näherbrachte, fragte sich, ob sie ihrer Gefährtin Gewalt tat, und so bat sie sie um ihr Wort.

„Dein Garten ist mir gern", antwortete Rednawén widerstrebend. „Aber meines ist das Heer. Du kannst so viele Jahre nicht gegen die paar Abende im Garten wiegen."

„Das will ich gar nicht. Ich sagte dir, ich will deine Wohle im Garten."

Die Jüngere verlangsamte sich. „Ich bocke, nicht wahr?"

„Ja, das tust du."

Sie atmete hörbar aus. „Ich werde es nicht mehr."

„Ich will dich nicht beargen. Wenn du dich nicht..."

„Wir haben einen Handel. Ich werde meine Wohle finden. Lass es gut sein."

Im Herbst kamen ohne Ankündigung Éyark und Laar zu Besuch. Der Heerführer war in Verhandlungen auf Reisen, und die Lekhe hatte die Gelegenheit genutzt, ihn auf seinem Umweg über Runjhày bis dorthin zu begleiten. Rednawén stieß einen freudigen Laut aus, als die beiden an den Strohplatz heranritten. Sie sprang über die Absperrung, Éyark glitt aus dem Sattel und umarmte sie. „Schön, dich wohlauf zu sehen", strahlte er.

„Du trägst da einen hübschen Helm", neckte Laar mit einem Weis auf Rednawéns Narben.

Die Leyawi lachte laut.

„Schmerzt das noch?"

„Fast nicht mehr. Kommt. Seid ihr hungrig?"

„Sehr", bekannte Laar.

Auf dem Weg zur Halle, das Pferd am Zügel, berichtete Éyark: „Wir haben ein Schreiben von Todesstreich für dich dabei. Und sie erwartet ein Kind."

Seine Schwester horchte erfreut auf. „Mit Nelai?"

„Davon gehe ich aus. Du kennst die beiden doch. Treu wie Adler."

Sie leuchtete vor Freude.

„Du solltest Todesstreich sehen. Sie flucht jeden Tag darüber, unbeweglich zu werden. Nein, ‚noch unbeweglicher als ohnehin'. Aber sie wirkt wirklich glücklich."

Die Begrüßung durch Nyrden und Rilan war herzlich. Für den Abend wurde ein kleines Festmahl in Auftrag gegeben. Éyark bat die Stadtwahrinnen in die Schriftenkammer, wo er ihnen eine Nachricht Leyawis übergab. Rednawén nutzte die Gelegenheit, sich mit ihrer Freundin zurückzuziehen. Sie wählte den alten Ratsbaum, die Schwitzgrotten waren ihr noch zu heiß.

„Ich habe mir deine Verletzungen übler vorgestellt", erklärte die Lekhe. „Ich bin froh." Zunächst ließ Laar einige Neuigkeiten über Festung wie Vertraute wissen, dann erzählte Rednawén von ihrer Ausbildung im Garten und davon, dass sie mehrere Übungskämpfe selbst gegen Gegninnen verloren hatte, die ihr vordem kaum Gewicht entgegengesetzt hatten.
„Ich werde schwächer", endete sie.
„Du Dummkopf! Du wärst fast gestorben. Lasse deinem Körper die Dauer, die er zu genesen braucht!"
Sie verneinte. „Genesen bin ich längst. Und es ist auch nicht wahrlich der Körper."
Beide sagten für eine Weile nichts.
„Du hast geglaubt, die Lücke, die Fedùn in dir hinterlassen hat, würde sich schließen, wenn du Viarù getötet hättest", vermutete der Gast dann. „Und sie hat es nicht?"
Zögern. „Ein Teil schloss sich mit Nyrden. Und sie ist mir mehr geworden als Fedùn. Aber ... ja. Ich dachte, erfolgreiche Rache würde es in mir beenden. Und, ja, das hat es nicht. Aber ich habe dieses Ziel erreicht, und nun beginnt eines, sich zu ändern."
Laar fragte mit gewölbten Brauen.
„Mit Nyrden kam Weichheit in mein Leben. Schon lange. Aber verstanden habe ich es erst im Garten. Der Garten verändert meinen Kampf. Und nicht zum Guten, er macht mich zu weich. Ich finde keinen Weg dagegen."
„Hast du vor, Nyrden zu verlassen?", entsetzte sich Laar.
Rednawén war verblüfft. „Nein. Nein, sicher nicht. Wie kommst du darauf? Nein, ich ... will lernen, Weichheit zu nutzen. Ich brauche deine Hilfe."
„Wie kann ich dir da helfen?"
„Ich brauche deinen Blick. Und deine Erfahrung. Deine Kinder brachten Weichheit in dein Leben. Es muss auch für mich einen Weg geben. Ich muss wieder stärker werden. Im Kampf ist es mir immer gelungen, Schwächen in Stärken zu wandeln."
„Vielleicht ist hier dein Grenzstein erreicht, Kervaiso."
„Grenzsteine lassen sich versetzen. Wenn der Krieg eines lehrt, dann das."
„Hm. Ich weiß nicht. Über solches habe ich noch nie geruht. Es ist mir seltsam, dass du selbst in solchen Dingen noch um deine eigene Stärkung kämpfst."
„Was ist schlecht daran?"
„Nichts. Aber möglicherweise ist es die falsche Sicht, um das zu erreichen, was du dir wünschst", gab Laar zu bedenken.

Die Lekhe blieb noch bis zum ersten Schnee, leistete der Freundin auf dem Strohplatz Gesellschaft und Rat. Nachdem sie gen Heimat aufgebrochen war, war Rednawén auffällig lange wortarm. Nyrden gelang es, sie zu Ruhezeiten in den Garten zu locken. Länger als je zuvor verbrachten sie dort Weile miteinander. Teils gesellten sich auch Jilla, Rilan und Jennai hinzu, ebenso die für den Winter mit ihrem Sohn auf Runjhày weilende Mawakai sowie Resa, wennauch der Zögling immer häufiger eigene Beschäftigung mit Gleichalten suchte.
Als die Gefährtinnen eines Tages zu zweit waren und Rednawén in dicke Decken gewickelt fast einschlief, rief Traiea sie zu kommen: „Dein Bruder, Heereserste."
„Was?" Sie setzte sich erstaunt auf.

Nyrden staunte. „Müsste er nicht schon wieder daheim sein?"
„Schon lange!"
Gemeinsam gingen sie nach Weisung des Dieners zum Ratsbaum, unter dem der Leyawi auf und ab schritt. Als er die Nahenden gewahrte, beendete er seine unruhige Wanderung und kam ihnen entgegen. Rednawén ließ die zum Willkommen bereits gehobenen Hände wieder sinken, da Éyarks Haltung und Miene diesen Gruß verweigerten.
Er war leichenblass und sehr mager geworden. Tiefe Ränder lagen unter seinen Augen, die Wangen waren eingefallen. Er ehrte Nyrden mit einer knappen Neigung, „Stadterste", und sah seine Schwester an. „Begleite mich." Er brannte in Schmerz.
Sie löste sich von der Seite ihrer Gefährtin und nickte Éyark in Richtung Teichgelände. Nyrden blickte ihnen mit dem Gefühl entsetzlicher Wehe nach, das von ihr Besitz ergriffen hatte.

„Sie haben es mir nicht einmal gegönnt zu verbluten. Als ich mich zu essen weigerte, zwangen sie es mir ein. So lebt die Schande mit mir", schloss der Krieger.
Lange herrschte darauf Schweigen. Beide sahen einander nicht an, bis er Rednawéns Blick suchte, aber weiterfort nicht sprach.
„Hieltest du den Totenruf?"
Éyark schüttelte den Kopf. „Sie hatten mich geknebelt. Und dann..." Er brach ab, verneinte noch einmal still.
„Was wirst du jetzt tun?"
Ein Achselzucken.
„Wenn du gekommen bist, meine Axt zu fordern ... Du weißt, dass sie dir darin gehört. Aber ich bitte dich, dir mit dieser Entscheidung Zeit zu lassen. Du kannst den Aufgestandenen so viel nützen wie bisher. Außer Todesstreich und Nelai muss keine es erfahren."
Ein Schnaufen. „Und wie soll es weitergehen? Ohne Erben. Ohne Frau, Waffe! Spätestens wenn Freiheit sein Erbe antritt oder eins seiner Geschwister, habe ich keinen Platz mehr. Ich werde auch keinen anderen finden, wenn ich keine Frau zum Bad rufen kann." Die erneut aufwallende Bitterkeit ließ ihn noch beargter erscheinen. „Du hast dich darum nie gesorgt, oder?"
„Nein. Weil ich im Gegensatz zu dir bisher nicht davon ausgegangen bin, alt zu werden. Glaubst du, die Wethen werden es ausrufen?"
Éyark sog tief Luft ein. „Ich weiß es nicht. Es macht auch wenig Unterschied, wenn ich nie bade. Im Übrigen glaube ich ohnehin, dass Todesstreich mir befehlen wird, diese Schande zu tilgen."
„Darin irrst du. Sie hat es auch von Nelai nicht gefordert."
„Das ist anderes. Nelai sollte gebrochen werden. Aber sein Bündnis war längst geknüpft."
Wiederum verstillten sie.
„Bleibe hier. Ich spreche mit den beiden."
„Danke."
In diesem Augenblick verfluchte Rednawén die fremde neue Weichheit in sich, die sie daran hinderte, ihres Bruders Pein abzuschütteln. Nach Zögern fragte sie: „Und sonst?"

Er sah auf. „Was meinst du?"
„Wie ist es dir?"
Wöhnend starrte er sie an und verneinte erst. Dann: „Ich möchte sterben."
Rednawén spürte mit Schrecken ihre eigene Schwäche. Nyrden hielt Stärke darin, weich zu sein, aber sie selbst hatte damit kaum Erfahrung und wusste nicht, wie Éyark Trost zu bieten. Endlich schob sie die in ihr wallende Arge beiseite und stand auf. „Ich sage es noch einmal: Warte mit dem Sterben. Zumindest bis zu meiner Rückkehr."
„Ja."
Sie griff Éyarks Schulter. Seufzte leise und verließ ihn.
Am Ausgang des Wasserbereiches erwartete sie Nyrden. „Nun?"
„Ich muss nach Leyawi." Auf ihr besorgtes Gesicht hin, ergänzte Rednawén: „Ich kann es dir nicht sagen, es gehört mir nicht. Sorge dafür, dass Trucho sich Éyark ansieht, und verpflichte sie zu schweigen." Sie überlegte kurz. „Nein, frage ihn vorher. Vielleicht ist ihm ein Heiler lieber."
„Kann ich ihm Aussprache anbieten?"
Es wurde ihr warm vor Erleichterung. „Ja. Ich weiß nicht, ob er sie annehmen wird, aber ja. Nur ... Es ist..."
„...eine arge Sache. Das ist offensichtlich, Liebste. Reite vorsichtig."
Sie nahmen in einer Umarmung Abschied. Danach machte Rednawén sich auf den Weg zu den Ställen. Die Naltivi schickte einen Gruß an die Göttinnen, wappnete sich, Schmerz, Zorn und Kummer zu begegnen, und begab sich dann zu dem Gast, der mit gesenktem Kopf am Kieselbecken saß. Éyark blickte auf. Sie ehrte ihn. „Wenn du gegessen hast und es wünschst, Kervaiso, würde ich dir gerne meinen Garten zeigen."
Er erhob sich steif. „Ich habe keinen Hunger."

Éyark hielt sich wie meist in seiner Gästekammer auf, als Nyrden und Resa aus einem Brettspiel gerufen wurden, da Rednawén zurückgekehrt sei. Sie eilten in den Hof. Resa jauchzte auf, als er die Gestalt neben der Angekommenen erkannte, und lief die Treppe hinunter.
Nelai saß ab. „Hat Runjhày dich in Selbstbeherrschung geschult?", hallte seine Stimme laut über den Hof.
Der Knabe blieb stehen und sah nieder.
Sein Vater breitete lachend die Arme aus. „Bis du groß geworden!"
Mit leuchtenden Augen nahm Resa seinen Lauf wieder auf und flog ihm entgegen. Nelai hob ihn hoch, drückte ihn an sich. Nyrden lachte leise, sah ihre Gefährtin lächeln und trat zu ihnen.
„Wie ist es Éyark?", fragte der Gast, nachdem er sie geehrt hatte, noch immer Resa im Arm.
„Sein Körper ist genesen", gab Nyrden Antwort. „Über das Weitere urteile selbst."
Als sie die Halle betraten, kam ihnen der Leyawi bereits entgegen. „Was sagt sie?", fragte er Nelai ohne einen Gruß.
„Lass uns beraten", erwiderte dieser und reichte ihm die Hände.
„Was ist darin zu beraten? Was sagt Èsralon?"

„Sie flucht."
Éyarks Miene versteinerte.
„Dass sie dich ausgeschickt hat. Dass sie dich davor nicht bewahren konnte. Und dass sie nicht herkommen kann." Der Githe fasste die Schulter des Jüngeren. „Lass uns in Ruhe beraten, was zu tun ist."
Dieser bejahte. „Jetzt sofort. Und ich will Ewén dabeihaben." Sein Blick fand Nyrden. „Dein Rat wäre mit gern, Freundin."
Rednawén spürte ein in ihrer Abwesenheit zwischen den beiden entstandenes Band und war ihrer Gefährtin für deren Beistand dankbarer, als sie es in Worte hätte fassen können.
„Wenn du es erlaubst", tastete die Naltivi, „würde ich gerne auch Jennai zum Gespräch bitten. Die Ratsführin, du kennst sie. Wenn eine fast immer eine Lösung findet, so ist sie es. Auch Rilan und Mawakai könnten sich als Hilfe erweisen. Wenn es dir recht ist."
Seine ohnworte Zustimmung hielt die Gleichgültigkeit eines Gebrochenen.
„Dess kenhàrr chan Wethen kéàn, Éyark!", rief Rednawén mit einer Nyrden erschreckenden Heftigkeit.
Doch das Wort schien ihn in Haltung zu rufen. „Ich danke", sagte er der Wahrin zu und zeigte mit einem Mal wieder den Stolz eines Leyawi. Rednawén drückte seine Hände, schickte Resa fort, der nicht darüber klagte, und führte Éyark und Nelai in den Garten.

Als die kleine Gruppe in einer beheizten Heckenkammer saß, berichtete der Heerführer in wenigen Worten und ohne dem Blick einer anderen zu begegnen von seiner Entmannung. Danach folgte ein langes Schweigen.
„Ich glaube nicht, dass die Wethen es ausrufen werden, denn welches Volk könnte mit einer solchen Tat prahlen?" Jennais Gesicht zeigte mehr Falten denn je. „Aber was wollen sie? Haben sie es gesagt?"
„Nein. Sie warfen mir Beleidigung vor, dann brachten sie mich zu den Eisen. Sie haben Èsralon und Leyawi verhöhnt. Aber sonst: nein."
„Salz", ließ sich Rednawén vernehmen, „sie wollen Salz. Die neuen Vorkommen an der Grenze, die sie angeblich für Kirak bewachen. Teile von Kirak werden sie auch wollen. Anstatt einfach die Grenze zu überschreiten, suchten sie einen Kriegsanlass, den sie verkünden können. ‚Der Gesandte Leyawis hat Wethen beleidigt...'"
Éyark setzte zum Widerspruch an.
„...gleich, ob es wahr ist. Deshalb haben wir ihn gefoltert. Dies ist nun Anlass zum Krieg? Nun, gerne. Wenn wir so nur an das Salz kommen!' – Dieses verdammte Salz!"
„Dann wird es Krieg geben", nickte ihr Bruder. „Und sie werden es noch in Generationen bereuen, mich herausgefordert zu haben."
Nelai: „Nein! Keine unüberlegte Rache. Schon gar nicht im Winter."
„Nur weil du damals keine bekommen hast?!", fauchte der Beargte.
„Éyark!", donnerte Rednawén.
Sie hielten inne. Sein Blick bat Nelai um Verzeihung.
„Nein", entgegnete der Ältere. „Ich hatte damals eine gute Ratende, trotz ihres eigenen Schmerzes. Èsralon hielt mich davon ab. Nimm du heute meinen Rat an. Sie wollen, dass

du vor Schmerz und Scham den Kopf verlierst. Wir werden in Ruhe beraten. Du bekommst deine Rache. Du bekommst einen überlegten Feldzug. Aber ich lasse nicht zu, dass wir überstürzt andere der Gefahr aussetzen, deren Opfer du warst."
Èyark blickte hinauf zu den Wolken.
Die anderen warteten.
„Ja", stimmte er dann zu. „Wir werden beraten, ich kehre heim, bis diese Sache vorüber ist. Ich verlange eine Schlacht, denn dies ist mir als Vertreter Leyawis geschehen."
„Du bekommst sie", versicherte Nelai noch einmal.
„Und danach?"
„Was soll danach sein? Kehre heim, und komme zu Ruhe, so weit es möglich ist."
„Ich kann so nicht auf Leyawi bleiben!"
„Das ist doch Unsinn!"
„Ich will aber nicht!", bellte Èyark. Zorn und Schmerz wallten durch die Luft. Nyrden spürte in sich aufsteigende Übelkeit. Nur mit Mühe widerstand sie der Versuchung, an ihren Magen zu fassen.
„Nun, Leyawi sieht das anders", versicherte Nelai.
„Mag sein." Èyarks Gesicht war unbewegt, die Walle nahm wieder ab.
Mawakai hatte lange geschwiegen. Nun erklärte sie: „Leyawi und Lerusm haben ihren Bund bisher innerhalb der Häuser nicht anders als im Austausch von Ratenden besiegelt. Ehre mich damit, der Erste der Deinen zu sein, den mein Haus als Heerführer begrüßen kann." Er starrte sie ungläubig an. Als sein Schweigen ihr zu lange dauerte, ergänzte sie: „Ich bin froh, Lerusm und mir selbst meinen Vetter ersparen zu können, der schon zweimal versucht hat, mich zu töten. Wenn ich es ihm auch nicht nachweisen kann."
Er fing sich. „Ich danke."
„Ich ebenfalls", versicherte der Githe, und darauf gen Èyark: „Aber du bist kein Fremder daheim, nur weil du dich als entehrt ansiehst. Nach dem Erbantritt der nächsten Generation wird dein Wort gebraucht werden. Es ist ein guter Handel für Leyawi, Mawakais Angebot anzunehmen, vielleicht auch nur für einige Zeit. Aber du musst nicht fort, wenn du es nicht willst."
„Ist dies dein Wort oder das Èsralons", fragte der Gegenüber mit Misse.
„Das Leyawis." Erbosung zog in Nelais Züge. „Ihr Götter, ich weiß nicht, wer von euch dreien am ärgsten ist! Wir sind hier nicht in der Schlacht, Èyark! Èsralon verging vor Sorge um dich. Derzeit vergeht sie vor Pein um die deine und flucht, dass sie jetzt nicht reisen kann. Denkst du, sie wäre sonst nicht hier? Eure Verstocktheit, euer Stolz oder euer Schweigen über eure Liebe, Danrüns Erben sind sich wahrlich in Dummheit ebenbürtig! Geh nach Lerusm, oder kehre heim. Aber glaube nicht ernstlich, Èsralon verlangte dein Leben für das, was dir geschehen ist. – ‚Sieg oder Tod!', gibt es einen dümmeren Schlachtruf?" Beide Geschwister versteiften sich. „Sterben ist der einfachste Gang, eine Niederlage zu tragen. Und glaube mir, ich weiß, was ich da sage. Es dient Leyawi nicht, wenn du stirbst. Ich befehle dir zu leben! Und weiterhin durch dein Leben Leyawi zu nützen. Daheim oder an einem Ort deiner Wahl."
Erneut senkte sich Stille über die Runde.

Dann wandte der Jüngste sich an Mawakai: „Ich freue mich darauf, deinem Haus zu dienen, Erste."
„Es wird meinem Haus Ehre sein. Und mir eine Freude."
Nelai bejahte mit merklicher Traurigkeit. „So werden wir es halten. Aber falls du nach einigen Jahren zurückkommen willst: Ich vertrete dich nur in der Heerführe, bis es so weit ist."
Als dies beschlossen war, bat der Gefolterte um eine Unterredung mit Rednawén. Die Übrigen schieden mit der Frage, ob er Speise und Trank wünsche, denn es war Essenszeit. Er verneinte.
Lange saßen die Verbliebenen ohnwort, bis Rednawén eines tat, das sie seit ihrer Kindheit nicht getan hatte: Sie griff ihren Bruder in Trost, drückte dabei seinen Kopf an sich. Éyark hielt kurze Wehr, dann gab er nach, lehnte sich an sie. Zu ihrer grenzenlosen Verwunderung bemerkte sie seine Tränen auf ihrer Hand. Hilflos herzte sie ihn stärker. So saßen sie, bis es dunkelte und er sich wieder von ihr löste.
„Nie wieder mit einer Frau zu liegen ... Ich kann es mir nicht vorstellen."
Rednawén erwiderte zögernd: „Das heißt es auch nicht."
Er schnaufte. „Das ist nicht dasselbe."
Abermals ließ sie sich mit ihrer Antwort Weile, da sie den Eindruck hatte, dass er anderes sagen wollte, als er es tat. „Ich bin wohl die Letzte, die dies verstehen könnte. Aber die Frauen, die ich darüber sprechen hörte, messen männlichem Geschlecht nicht so große Bedeutung zu wie du. Trauere um deine Lust und deine Erbinnen. Aber du wirst mit Frauen liegen können. Wenn du ihres Schweigens gewiss sein kannst."
Er senkte den Kopf.
„Was ist mit Einschneide?"
„Ist schon ewig vorüber", hauchte er.
Wiederum hatte sie den Eindruck, dass das Gespräch um anderes gehalten wurde als um seine Worte, aber sie war der Sprache nicht mächtig. Sie wünschte sich Nyrden als Übersetzin hinzu.
Das nächste Schweigen währte nicht lange.
„Lässt du mich allein?", bat Éyark.
„Wirst du leben?", fragte Rednawén, sich erhebend.
„Ja."
„Gut."

Sie fand Nelai auf dem Aussichtsstand des Wehrturms, ohne sich nach ihm erkundigt zu haben. Er hatte die Eigenart aus seinem größtenteils ebenen Herkunftsland niemals abgelegt, des Öfteren Sicht über die Umgebung zu suchen.
„Besser?", fragte der Freund, als sie ihn erreichte.
„Ich glaube."
„Nyrden richtet ein kleines Fest aus. Weil ich zu Gast bin", betonte er. „Musik wird ihn vielleicht ein wenig ablenken. Glaubst du, er wird leben?"
„Das ist es, was er sagt."

„Immerhin. Wenn er jetzt noch lebt, heute dies sagt, wird er morgen weitblickender darüber urteilen."

Sie sahen auf den Hof, über den zwei Gestalten gingen. Es waren Nyrden und Jilla, die einen Schubwagen Winterpflanzenzier in die Halle brachten.
„Du hast eine beeindruckende Frau", sagte Nelai.
Rednawén nickte. „Relàrs Fluch liegt nicht länger auf mir." Er schaute erstaunt auf. Dann lächelten beide. „Wenn du dies tratschst, schlage ich dir den Kopf ab", raunte sie.
„Und wenn du deinem Stadtwahrer noch einmal drohst, wird er dich aus seiner Nachhalte entlassen."
„Tatsächlich?"
Sie grinsten einander an.
„Wie ist es Èsralon? Und eurem Kind?" Rednawén leuchtete zum ersten Mal seit langem wieder auf, als sie es fragte.
„Gut." Der Nebenstehende schmunzelte. „Sie flucht mehr denn je."
Zögern. „Ich bin so froh, Nelai."
„Ich auch." Dank lag in seinem Gesicht. Leise: „Manches wird vermutlich nie verheilen. Aber ich lebe wieder mein Leben, nicht den Schmerz." Sein Blick begann, über das Land zu schweifen. „Rund ist sie. Und wunderschön. – Lässt Resas Ausbildung es zu, dass ich ihn für einige Zeit mit nach Hause nehme? Ich vergehe vor Sehnsucht nach ihm."
„Sie lässt es zu", lächelte dessen Waffenmutter. „Die Geburt ist im Frühling?"
Der Ältere lautete zustimmend.
„Ich hole ihn zum Fest ab."
„Wie macht er sich?"
„Sein Kampf ist in deinem Erbe. Er wird stark. Und er ist groß geworden."
Nelai verzog die Lippen. „Nun, ich werde wohl immer den Kleinen sehen."

Éyarks späterer Feldzug gegen die Wethen war erfolgreich; das seit Generationen mit dem seinen in Feindschaft liegende Volk wurde unterworfen. Als lautbar wurde, dass keine der Führinnen Wethens überlebt hatte und dass nicht einmal ihre Kinder verschont worden waren, kehrte der Ruf der Leyawi als Unholde zurück. Rednawén war nach dem Eintreffen der Botschaft lange so aufgebracht, dass es Nyrden nicht gelang, sie zu einem ruhigen Gespräch zu bewegen.
„Keine Kinder", fauchte sie, als die Geliebte schließlich zu ihr vordrang. „Es gibt unwiderrufliche Eide, um zu verhindern, dass sie ihr Erbe einfordern können. Niemals Kinder! Wie kann er es wagen! Nur weil er selbst keine haben wird und das Haus seiner Peiniginnen auslöschen will, gibt ihm nichts das Recht, Kinder zu töten!" Sie fluchte einige Sätze in ihrer Heimatsprache und wirkte dabei so furchteinflößend, dass es selbst der Naltivi schwerfiel, in ihrer Nähe zu bleiben. Als Rednawén schließlich nachließ, griff Nyrden sie.
Sie seufzte tief. „Keine Kinder. Wie kann er es wagen."

Im Frühling kam Nachricht von Nelai und Èsralon über ihr viertes Kind. „Ein Knabe. Er heißt Danrùn", ächzte dessen Mutterschwester und ließ die Rolle sinken. „Èsralon macht es ihm nicht einfach."
Nyrden hob die Brauen.
„Nelai war bisher der Ansicht, dass solche Namen ein zu schweres Erbe seien. Kadùn sollte schon Danrùn heißen – die Kleine mit den wilden Haaren. Er scheint seine Ansicht geändert zu haben. Wie auch immer, ich werde nach Leyawi reisen. Kommst du mit?"
„Was glaubst du?"
Der folgende Aufenthalt auf der Feste brachte Nyrden große Wohle. Nach den Feierlichkeiten und der Darbringung der Geschenke Runjhàys gab es für sie nicht viel mehr zu tun, als den Säugling herumzutragen, was ihr fast ohne Einschränkung gestattet wurde. Die Gartninnen der Stadt lehrten Nyrden einiges über die Bearbeitung des Bergbodens, das sie zuhause nutzen würde. Der Eindruck von der Rauheit Leyawis mischte sich mit dem verstärkten der Herzlichkeit, als sie mit ihrer Gefährtin von deren Freundinnen und Verwandten zu abendlichen Feuern gebeten wurde. Nyrden freute sich darauf, auch den nächsten Winter am Ort zu verbringen, wozu sie eingeladen worden war.
Die Stadtdritte sprach sich im Rat Leyawis für eine Erweiterung des Kriegseids aus. Es wurde beschlossen, die Verschonung von Kindern feindlicher Häuser darin aufzunehmen.
Éyark nahm dies gleichgültig auf. „Ich hatte meine Rache", erklärte er. „Ich habe nicht vor, es zu wiederholen."
Da die schwernisgeplagte Mawakai, die Lerusm selbst nicht zu verlassen gewagt hatte, ihn zu der Zeit kaum entbehren konnte, brach er recht schnell wieder auf. Nyrden und Rednawén hingegen hielten keine Eile. Sie ließen Resa noch einige Tage bei seinen Eltern, ehe sie gemeinsam heimreisten.

Die Menschen Runjhàys hatten sich von den ersten Kriegsfolgen erholt, Werk und Ämter waren neu besetzt. Dolins Nachfolgin im Tempel war Hirai, die mit Jennai manche Fehde focht. Resa und Rednawén lernten im Garten; Nyrden spürte, wie sich Frieden in ihr ausbreitete.
Nach Vorbereitungen mit Jennai trugen die Gefährtinnen ihre Vermählungspläne in einem eigens dafür einberufenen Rat vor.
„Sprechen wir über Rednawén als Nyrdens Nebenfrau oder über eine Dreierehe?", fragte Jkai.
Rilan lachte, und auch die Heerführin zeigte sich belustigt. „Über die Nebenfrau", erwiderte sie grinsend.
„Eine Dreierehe wäre kein schlechter Handel", warf Hirai ein. „Eine noch größere Stärkung des Bündnisses mit Leyawi..."
„Nein", sagte Rednawén.
„Warum nicht?", beharrte Jkai. „Rilan und Nyrden führen auch eine Ehe, die nur vor den Völkern Gültigkeit hat."
„Weil Stadtwahrung für mich nicht in Frage kommt. Meines ist das Heer."

„Du kannst es dir noch anders überlegen", versicherte Jennai mit unverborgener Hoffnung. „Wenn ihr die Vertragspflichten..."
„Rednawén!" Ein Krieger, dessen Namen Nyrden nicht kannte, rief schon vom Gang aus, erschien unter der Pforte und kam rennend herein. Alle drehten sich ihm zu. „Rednawén! Komm schnell! Der Knabe! Resa!"
„Was ist mit ihm?", donnerte die Leyawi, die sich erhoben hatte.
Zögern, ein ausweichender Blick, dann: „Komm schnell!"
Nyrden sah Rednawén einen Herzschlag lang erstarren. Dann lief sie hinaus, von dem Neugekommenen begleitet. Die Versammlung folgte ihnen.
Als sie dem Strohplatz nahten, hörte Nyrden einen Laut wie den eines gequälten Tieres und erkannte erst, als er Resas Namen formte, dass es der Schrei ihrer Gefährtin war. Hinter einem Geräteunterstand fanden sie sie. Sie kniete bei dem Zögling, den sie im Arm hielt, von einer Blutlache umgeben. Resas Hals hielt eine klaffende Wunde, aus der noch immer Blut sickerte. Seine Augen waren starr und tot. Rednawéns Äxte lagen neben ihm. Es gab keinen Zweifel, was geschehen war: Er hatte heimlich mit den Waffen geübt und sich dabei selbst getroffen. Da er sich an diesem verborgenen Ort aufgehalten hatte, war er erst gefunden worden, als er bereits verblutet war.
Nyrden sank neben den beiden nieder. „Nein."
Sie wusste nicht, wie lange sie so ausharrten. Mehrfach spürte die Wahrin eine Hand an ihrer Schulter, doch sie beachtete weder dies noch nähesuchende Worte, sie weinte nur und koste Resas Gesicht. Erst als Jilla kam, ließ sie sich umarmen.
Viel später erhob sich Rednawén und trug den Knaben an den Übrigen vorüber. Sie antwortete nicht, als sie angesprochen wurde, ging mit steinernen Zügen zu den Totenwachen vor der Stadt, wo sie Resas Körper auf eine Leichenbahre legte. Rednawén setzte sich neben ihm auf die Erde.

Nyrden war noch niemals so unglücklich gewesen. Ihr Herz schien zerrissen, nicht einmal Rauchopfer gaben ihr Trost. Rilan hatte ein Feuer angezündet, gefragt, was mehr er tun könne und nur ein Kopfschütteln erhalten. Rednawén starrte auf den Toten und sprach kein Wort. Als der Morgen graute, bat Nyrden: „Rede mit mir."
Die Streitin sah langsam auf. „Ich werde mich zurückziehen. Remneù wird mich vertreten."
„Ja. Ist gut."
„Ich möchte nicht, dass die Zelle betreten wird. Falls es dennoch not wird, bitte ich darum, dass es keine andere tut als du. Schlafe bei Jilla."
„Wie wirst du essen?"
„Zum Essen werde ich kommen." Rednawén stand auf und ging.
Ihre Gefährtin schaute ihr nach, dann trocknete sie ihre Tränen, küsste Resas Stirn und begab sich in den Tempel.
Es gab keine Nachfragen über das Fortbleiben der Heerführin von den Übungen. Aber entgegen ihrem Versprechen, erschien Rednawén auch nicht an der Tafel. Abends brachte Nyrden ihr Brei in die Kammer. Als sie eintrat, wandte die im Bett Liegende sich ab, aber jene war sicher, dass sie geweint hatte. Nyrden setzte sich zu ihr, streckte die Hand nach ihr aus.

Noch ehe sie sie berührte, schnaufte Rednawén „bitte geh" ins Laken. Die Ältere zögerte, erhob sich, kämpfte erneute Tränen nieder und verließ sie, einen leeren Becher mit sich nehmend.
Jilla erwartete sie vor der Tür. Er hob die Brauen.
„Wenigstens trink sie", seufzte Nyrden.
Er verstand und schloss sie in die Arme. „Soll ich mit dir Totenwache halten, Liebe? Leyawi tun das nicht."
„Danke", schluchzte sie.

Der Naltivi entfernte sich von der Leichenbahre. Als seine Freundin darüber verwundert aufsah, stellte sie fest, dass Rednawén eingetreten war. Nyrden sprang auf und drückte sie an sich.
Ein dünnes Lächeln.
„Wie ist es dir?", fragte Nyrden.
„Ich werde übermorgen nach Leyawi aufbrechen. Begleitest du mich?"
„Sicher. Hast du vor ... Resa mitzunehmen?"
„Nicht unverbrannt."
„Du ... willst es ihnen selbst sagen."
„Das muss ich." Die Gegenüber atmete tief aus. „Das ist der eine Grund. Der, der eilt. Der andere: Stadterste, ich bitte dich um eine Unterredung mit dir und deinem Gemahl."
Da Rednawén sich gewöhnlich nicht einmal im Rat an die Form hielt, wie sie es nun getan hatte, zeigte sich die Wahrin erstaunt: „Warum?"
„Ich möchte von der Heerführe entbunden werden."
„Wie?" Sie sammelte sich mühsam. „Sagt das, du gehst zurück nach Leyawi?"
„Nein. Das sagt, ich werde dort, wo ich den Streitschwur leistete, meine Waffen verbrennen. Ich bin keine Kriegin mehr."
Nyrden starrte. „Was soll das bedeuten?"
„Was ich sagte. Es ist vorüber. Danrùns Beispiel hat es mich nicht gelehrt, Fedùns nicht, Èsralons nicht und Nelais nicht. All die Toten, Verwundeten, Gefolterten und Trauernden nicht und meine eigenen Schmerzen nicht. Auch Éyark nicht." Rednawén besah den Toten. „Aber er ist mein Lehrer. Weil er mein Waffensohn war, weil er durch meine Äxte fiel, und weil ich gar nichts tun konnte. Aber im Morgen kann ich eines tun. Wenn ich kämpfe, wird der Kampf nie aufhören. Der Krieg geht immer weiter, das Raubtier frisst und frisst. Alle, die mir bedeuten. Alle, die ich selbst töte. Ein ewiges Laufrad. Ich laufe nicht mehr in ihm."
Sie setzte sich neben ihn. „Ihr habt ihn schon gewaschen."
Nyrden rief: „Aber du bist mehr Kriegin als alle, die ich je kennenlernte! Ich glaubte immer, Krieg sei arg, bis ich bei dir sah, dass er auch Abdrücke in Menschen hinterlassen kann, die nicht arg sind. Deine Ruhe im Kampf, deine Kraft ... All das macht dich so sehr aus!"
Die Sitzende zuckte die Achseln. „Ich hatte nie die Wahl, auch wenn ich es glaubte. Jetzt nehme ich sie mir. Wenn dies bedeutet, du verlierst, was dir an mir Bedeutung hat, ist es so. Ich kann diesen Gang nicht weitergehen." Ihr Blick war voll Schmerz, doch klar.

„Wir gehen nach Leyawi", nickte Nyrden. „Was aber dann? Du kommst danach mit mir?"
„Nein. Ich brauche Weile allein. Schau nicht so, dies ist keine Bandlöse. Es sei denn, du willst mich ohne Gerät nicht mehr, oder du hast eine andere gefunden, wenn ich wiederkehre. Aber ich schwöre dir, dass ich es werde. Ich brauche nur eine Weile allein."
„Was wirst du tun?"
„Ich weiß es nicht."

Das Heer hatte ein ungewohntes Maß an Anteil gezeigt. Alle Krieginnen waren zur Verbrennung gekommen. Spielzeug und süßes Obst waren von ihnen ebenso auf die Brennscheite gelegt worden wie kostbare Waffen. Dann hatten sie für die Reise des beliebten Knaben Lieder gesungen. Kein Einwand war von seiner Mutterschwester laut geworden, selbst nicht, als zweimal Lobpreisungen der Göttinnen darin aufkamen. Nyrden hatte noch niemals so viel geweint wie in den letzten Tagen.
Nur mit Einschränkung hatte der verständnisvolle Rat die Heerführin entlassen. Remneù würde als ihr Stellvertreter gelten, bis sie zurückkehre, wie lange auch immer dies dauern mochte. Während der Rat sich auflöste, bat Jennai Rednawén: „Freundin. Geleitest du mich in meine Kammer?"
Dort angekommen, forderte die Priestin: „Setze dich."
Widerwillen war Rednawén anzusehen, doch sie folgte der in Leyawi gesprochenen Aufforderung der Bejahrten. „Ich will nicht reden."
„Dann höre mir zu. Ich werde sicher nicht die Erste sein, der du nicht glaubst, aber es war nicht deine Schuld. Unterwerfe dich dem Urteil der Eltern des Knaben, ehe du Weiteres unternimmst."
Rednawén verzog das Gesicht. „Glaubst du, ich will mir das Leben nehmen?"
„‚Sieg oder Tod!', nicht wahr? Du führtest diesen Schlachtruf ein. Oder hat Nelai Recht?"
Ihre Augen brannten, aber sie sah nicht fort. „Ich habe nicht vor zu sterben. Ich will nicht reden. Hast du noch einen Auftrag?"
„Nur den einen: Gewahre, hier sind einige, denen du sehr viel bedeutest."

Auf Leyawi ging Rednawén gleich in die Empfangshalle. „Säugst du Danrùn noch?", fragte sie Èsralon grußlos in Ebenen und erstaunte damit alle Übrigen.
„Nein", hielt die Angesprochene Frage im Blick. Und wöhnend: „Was ist geschehen?"
Die Trauernde schöpfte Luft und Kraft, um darauf zu erwidern: „Chas nd alonm Resa." Sie übergab ihr die Urne. Nach kurzem Erstarren drehte Nelai sich aufbebend zur Seite, und in die Züge Èsralons kam der versteinerte Ausdruck, den Nyrden auch an ihr bereits kannte.
„Ihr habt mir euer Kind als Waffensohn anvertraut, und ich bringe es euch tot zurück. Wählt meine Strafe." Die Heerführin zog die ungesäuberten Äxte und legte sie vor den beiden auf den Boden.
Schweigen folgte.
Als der Stadtzweite seiner Gemahlin das Aschgefäß abnahm, deren Blick darauf gefangen war, rannen Tränen über seine Wangen. „Was ist geschehen?", wiederholte er Èsralons Worte.

„Er übte mit meinen Äxten und kam dabei ums Leben. Wir fanden ihn, als er schon tot war."
„Er war allein, als er starb?"
Sie bejahte.
„Warum?"
„Er übte abseits."
„...verblutet?"
Ein Nicken.
Nelai schluchzte auf. Èsralon griff erneut nach der Urne. Er schlug sich die Hände vors Gesicht und weinte. Die Halle stand hilflos, bis Nyrden sich aus der Gruppe hinter Rednawén löste, alle Gebräuche missachtend zu ihm trat und ihn barg. Nur einige Augenblicke hielt sie den heftig Zitternden, bis er sich im Ersten fing. Länger hätte sie seinem Gewicht kaum standgehalten.
„Es dauert mich so sehr. Aber es war nicht Rednawéns Schuld", sagte sie darauf leise.
„Resa übte gegen ihr Wort. Im Geheimen."
Nelai lautete verstehend.
Èsralon hielt die Urne wie ein Kind an sich gepresst. Als sie dies gewahrte, stellte sie sie neben sich auf Nelais Stuhl ab. Rednawén stand mit regloser Miene vor ihr.
„Bring mich ins Schriftenlager", gebot die Wahrin.
Ihr Gemahl sah sie an, ein Blick wurde ausgetauscht, dann trat Nelai zurück. Rednawén hob Èsralon auf, um sie in den angrenzenden Raum zu tragen. Die Verbleibenden sahen ihr nach.
„Wie kann ich helfen?", fragte Nyrden so leise, dass nur Nelai es hörte.

Rednawén schloss die Tür, nachdem sie Èsralon abgesetzt hatte. Als sie ihr wieder gegenübertrat, sprach die Ältere: „Du erwartest Strafe."
Ein ohnwortes Nicken.
„Wessen Schmerz könnte sie lindern? Und Freiheit übte gegen dein Wort."
„Aber ich war seine Waffenmutter, und durch meine Waffen ist er gestorben."
„Du liebtest ihn so sehr. Ich werde dich nicht strafen."
„Das ist die größere Strafe."
Sie schwiegen lange.
„Was willst du tun?", begehrte Èsralon darauf Kunde.
„Meine Waffen verbrennen."
„Was?!"
„Es ist vorüber. Ich bin keine Kriegin mehr. Ich schlage Ruhm den Ahninnen als Stadtdritten vor, denn auch dies endet für mich."
„Aber du hast mehr Erfolg in der Heerführe als selbst Weidegrund!", rief Èsralon, und beiden kam es gelegen, einen Anlass zu haben, nicht über Resa zu sprechen.
„Das bedeutet nichts. Es ist falsch gewesen. Erfolg darin bedeutet gar nichts!" Rednawén bebte.
„Bei allen Ahninnen! Entscheide nicht aus Trauer..."

„Trauer war der Beginn. Aber es ist alles falsch gewesen. All die Jahre. Vierzehn Jahre Heerführe und ein Leben in der Schlacht. Du magst es verstehen oder nicht: Ich werde meine Waffen verbrennen."
„Das kannst du nicht! Du gehörst dir nicht allein! Das Land braucht dich, selbst in Ferne. Du weißt so gut wie ich, dass Weidegrund über dich wacht und nicht über mich. Ihr Wille für das Land warst..."
„Versuchst du es mit Selbstentehrung?", rief Rednawén aufgebracht. Ihre Härte ließ Èsralon sogleich verstillen. „Ich wollte die Stadtwahrung nicht! Wäre viel zu jung für sie gewesen! Willst du dich nun heute entehren, um mich hier zu halten?! Verlange von mir keine Achtung dafür! Halte du das Land, es endet für mich. Wenn Weidegrund das nicht versteht, ist sie nicht besser als dumme Göttinnen! Aber ich weiß, dass sie es versteht. Du verstehst es nicht, und das ist mir gleichgültig!" Rednawén wandte sich zum Gehen.
„Bleib hier! Das ist ein Befehl! Waffe!"
Draußen trat sie auf Nelai zu. „Sie hat vor Schmerz den Verstand verloren." Und verließ die in Überraschung Verharrenden.

Die Trauerfeier war Nyrden noch ärger als die auf Runjhày. Denn dort hatte ein Festmahl die Ehrungen beendet und versucht, den Schmerz erträglich zu machen. Hier wurde geschwiegen. Èsralon und Nelai hatten ihres Sohnes Asche in eine der Urnen gegossen, die im Winter zum Gedenken über der Stadt ausgeschüttet wurden. Kein Wort der Göttinnen bot Trost. Schweigend saß die Halle bei kargem Mahl, die meisten nahen Verwandten des Kindes nahmen überhaupt nichts zu sich.
Nachdem sie ihr sämtliches Gerät verbrannt, ihren Kriegseid widerrufen und sich als Stadtdritte entlassen hatte, ging Rednawén, um die wenige Habe zu packen, die sie mitnehmen würde. Sie wollte mit dem Aufbruch nicht einmal bis zum nächsten Morgen warten. Nyrdens Schmerz war zu groß, um ihr in ihre Zelle zu folgen, doch Laar ließ sich nicht davon abbringen. Obwohl Rednawén ihre Anwesenheit gewahrte, drehte sie sich nicht um, als sie ihr Bündel aufsorgte.
Nach Warten seufzte die Freundin tief. „Wenn du nicht einmal Nyrden zu dir vordringen lässt, werde ich es wohl kaum. Aber vielleicht merkst du dir, was ich dir sage. Für die Zeiten, wenn es vordringen kann."
Ein trüber Blick fragte.
„Dein Leben lang hast du dich gestärkt", sagte Laar. „Schließlich mit Nyrdens Hilfe sogar in Weichheit. Vor der du immer Furcht hattest. Du kennst alle deine Schatten. Wenn du deine Kraft nun gegen dich richtest, kannst du nur verlieren. Kämpfe nicht gegen dich. Es war nicht deine Schuld. Du hast nicht versagt. Du versagst, wenn du vor dir selbst in die Knie gehst und nicht mehr aufstehst!"
„Warum glauben alle, ich würde mich umbringen wollen?"
„Ich glaube Ärgeres! Du metzelst deine Seele, das kann ich sehen. Dir selbst kannst du nicht entkommen. Ohne Vertraute umher wird dein Kampf gegen dich noch härter werden. Das ist schlimmer als der Tod. Tu es nicht. Bleibe hier. Oder ziehe fort, um zur Ruhe zu

kommen. Aber mache dich nicht zu deinem eigenen Schlachtfeld. Auf ihm kannst du nur verlieren."
Rednawén warf einen Münzbeutel obenauf, schnürte den Packen zu und ging.

Der Abschied von Nyrden, Èsralon und Nelai war wenig herzlich. Die Scheidende umarmte jede kurz, stieg auf ein Pferd und jagte davon. Ihre Gefährtin blickte ihr tonlos weinend nach.
„Du bist willkommen, hier zu weilen, so lange du es wünscht", hörte sie Èsralon neben sich.
„Das danke ich sehr", bekundete Nyrden und wischte die Tränen ab. „Wäre es möglich, dass mir eine die Minen zeigt? Ich möchte mehr über die Zeit Danrùns erfahren."
Deren Erbin wirkte erstaunt. „Sicher."
„Aber der Teil, den wir heute nicht nutzen, ist kein schöner Anblick", warf Nelai ein und entschied: „Ich werde dich führen."
„Wir tun es beide", entgegnete seine Gemahlin, und auf sein verblüfftes Gesicht hin: „Ich warte, wo ich nicht weiterkomme."
„Gut." Er nickte Nyrden zu. „Hole deinen Umhang, Freundin. Dort ist es kalt."
Als sie dem gefolgt war, brachen sie auf. Es ging durch eine der Wohnmauern, darauf durch die Stadt. Dann entriegelten sie eine eiserne Tür und betraten den Berg. Die ersten balkengesicherten Gänge waren hoch und breit. Rauch biss in Nyrdens Augen, noch ehe sie die Geräusche einer Schmiede vernahm. Als sie in einer großen Höhle ankamen, schlug ihnen fast unerträgliche Hitze entgegen. Um die vier Dutzend Leyawi waren nur mit Hüfttüchern, einige zudem mit Brustschutzen bekleidet, Einzelne trugen Handleder. Mehrere Nackte bewegten Laufräder, die Schmiedehämmer und Schleifsteine antrieben. Es war laut, doch nahezu ohnwort. Die Aufmerksamkeit der Übrigen galt allein ihrem Tun, keine grüßte die Eingetretenen. Èsralon und Nelai warteten, denn Nyrdens Blick glitt durch den Raum. In den Schlägen der Schmiedinnen, in den kreisenden Bewegungen der Emsigen an den Schmelztiegeln, in den geschmeidigen Läufen derer in den Rädern erkannte sie Rednawén und darüber den Kampf Leyawis.
„Alle, die hier Werk tun, halten in der Zeit besonderes Ansehen", erklärte Èsralon.
„Und ich bin gewiss, dieses Werk macht sie zu sehr guten Krieginnen", stellte die Naltivi fest. „Minen, Schmiede und Kriegskunst vereint, nicht wahr? Das brachte Leyawi die Überlegenheit im Kampf." Leiser fügte sie hinzu: „Und die Liebe zu den Daheimgebliebenen."
Die Getragene lächelte trotz ihres Schmerzes. „Laar berichtete schon, dass du einen guten Blick hast." Sie schätzte ihren Gemahl wöhnend. „Lass uns rasten."
„Es geht schon", wehrte er ab.
Sie verließen die Höhle wieder. Nach und nach wurde der Gang niedriger. Der hochgewachsene Githe musste sich tief bücken, um hindurch zu gelangen, was seine Schritte verlangsamte. Links und rechts lagen in regelmäßigen Abständen kleine Kammern, die Nyrden an die Zellen in den Wohnmauern erinnerten. Sie sah zersplitterte Türen, als sie ins Innere blickte.
„Hier lebten eure Ahninnen, nicht wahr?", erkundigte sie sich.

Die Gastgebinnen wandten sich ihr zu. „Nein", erwiderte Èsralon, nichts weiter.
„Was ist es dann für ein Ort?"
Ein kurzes Schweigen. „Doch", verbesserte sie sich dann. „Die Krieginnen schliefen hier. Die Bleibe der anderen ist unser Ziel."
Später erreichten sie ein Loch im Boden, das eben so groß war, dass eine Einzelne hindurch und über eine steile Leiter in die Tiefe zu gelangen vermochte. Ein großer Korb mit einem starken Seil stand daneben.
„Ich warte hier auf euch", verkündete Èsralon.
„Das ist nicht nötig", widersprach Nelai.
„Nun gut."
Er ließ zunächst sie mit der Fackel im Korb hinunter, eher er Nyrden fragte: „Willst du als Letzte gehen?"
Dankbar bejahte sie. Der Abstieg währte länger, als sie es geschätzt hatte, und war ihr unwohl. Sie vermeinte, das Gewicht der Erde über sich zu spüren, sie war sich der Stille sehr bewusst, und je mehr Tiefe ihr lastete, umso größer wurde ihr die angstnahe Gewissheit, dass der Platz für Menschen nicht unter der Erde war. Sie gehörte nicht hierher.
Als die beiden anderen unten ankamen, begann die Wahrin der Stadt mühsam, sich zu erheben. „Warte noch." Nelai verschwand in einem nachtschwarzen Gang, kehrte aber fast sogleich mit einer hölzernen Erztrage zurück, welche er der Naltivi vorhielt. Kienspanhalter und Zunderzeug lagen darin. Sie vermochte das Gewicht kaum zu heben. Er nahm seiner Gemahlin das Licht ab und drückte es in die bereits beladenen Hände des Gastes, dann half er Èsralon aus dem Korb. Zu Nyrdens Überraschung stand die Altersgleiche kurz ohne Hilfe, mit einem Schmerz verleugnenden Ausdruck harrte sie aus, bis sie erneut hochgehoben wurde.
„Komm, Freundin."
Nyrden vermochte kaum, ihnen zu folgen. Dieser Gang war so niedrig, dass selbst ihr das Gehen darin schwer wurde. Die Trage zog an ihr, ihr Rücken schmerzte, und ihre Bewunderung für den vor ihr Gehenden, der seine um vieles schwererer Last trug, wuchs mit jedem Schritt. Dann wurde der Boden plötzlich abschüssig, und sie erreichten eine gewaltige Höhle, deren Ende im spärlichen Licht nicht zu sehen war. Eine Bank stand ein Stück vom Eintritt entfernt. Der Githe setzte Èsralon darauf ab, dann nahm er die Fackel. Ohne Warnung löschte er sie an einer nahegelegenen Erdaufschüttung, und fast sogleich stieg Angst in Nyrden auf. „Nelai!", rief sie.
Er gab keine Antwort.
„Èsralon?"
Abermals war da nur Schweigen. Wenn sie sie verließen, würde sie es hören. Die beiden Gastgebinnen verharrten ohne Regung und Laut. Nyrden verstand, dass dies eine Prüfung war – oder Unterricht. Sie wollten ihr eines zeigen. Die Naltivi blieb nun ihrerseits still und wartete.
Doch es kamen nur Ängste zu ihr. Kinderängste vor Tieren wie vor Unholden im Dunkeln, aber auch die Furcht, sich zu bewegen, als könnte sich im völligen Schwarz vor ihr ein Loch in der Erde aufgetan haben. Nyrden hielt mit einem Mal das entsetzliche Gefühl, so

allein zu sein wie noch niemals in ihrem Leben, allein und fehl am Platz, wie lebend begraben. Trotz der Größe der Höhle hatte sie den Eindruck von Enge. Es war kalt. Angst fraß an ihr, und Nyrden spürte in Schrecken ihren Tod nahen. Sie keuchte.
Sie schalt sich in Gedanken. Sie hatten ein Feuereisen und Leuchten mitgenommen. Andere wussten, wo sie sich aufhielten. Sie konnte den beiden vertrauen und tat es auch. Sie würden ans Tageslicht zurückkehren. Dies hier diente der Unterweisung. Aber die Überlegungen halfen ihr nicht viel; das Entsetzen wich nicht aus ihren Gliedern. Nichts geschah. Worauf warteten die beiden? Endlose Zeit schien zu vergehen. Nyrden zähmte die Bilder, die ihr aufgekommen waren. Aber weil es so lange währte, kehrten sie zurück. Bilder von Bestien, die in der Schwärze lebten und denen sie nicht entkommen konnte. Bilder von den Totengeistern, die nach Lehre der Priestrinnen unter der Erde lebten. Bilder von einem einsamen Tod. Als sie eine Berührung spürte, schrie sie auf.
„Du bist nicht allein", sagte Èsralon und zog sie sanft neben sich. Ohne es hindern zu können, drängte sich Nyrden wie ein Kind in ihre Arme. Die Leyawi barg sie. Obwohl sie anders roch als Rednawén, fühlte sich Èsralons Körper ähnlich an wie der ihrer Schwester. Nyrden spürte ihre eigene Spanne weniger werden, wiederum stiegen Bilder in ihr auf, teils spürte sie aber auch ihre beginnende Gewöhnung an Finsternis und Stille. Èsralons Umarmung war ihr jeden Herzschlag lang Halt. Nyrden hörte und fühlte den Atem der Nebensitzenden, schloss schließlich die Augen. Es machte ohnehin keinen Unterschied, sie geöffnet oder geschlossen zu halten. Es währte. Als Nelai sich auf den Boden ihnen nahe niedersetzte, war es Nyrden wie ein lautes Tönen. Nun vermochte sie, auch sein Atmen zu vernehmen. Sie lauschte.
Dann veränderte sich eines in ihr. Gedanken kamen und gingen und ruhigten sich allmählich. Es geschah wie von selbst, dass ihre innere Sicht sich in den Vordergrund schob. Sie spürte, was die steinernen Wände über Jahre aufgenommen hatten. Schmerz, Hunger und Trauer umgaben sie; aber auch Nähe zu anderen, für die zu leben und zu sterben Menschen bereit gewesen waren: Liebe, wirkliche Treue, Herz und Körper wärmende Gemeinschaft.
„Wie lange blieben die Euren hier?", fragte Nyrden.
Nelai hustete leise.
„Anfangs, wann immer sie nicht arbeiteten", antwortete Èsralon. „Als die Sterndeutinnen verstanden, dass Menschen ohne Sonne sterben, ließen sie sie im Wechsel nach oben bringen. Für eine Weile an jedem Tag. Mit der Presse der hiergebliebenen Sippen. Wer zu fliehen versuchte, riss die Ihren mit in den Tod durch Folter." Nyrden gewahrte die erzwungene Ruhe in der Stimme der Leyawi, die ihre Worte fast erträglich machte.
„Es gab keinen Weg zu fliehen?"
„Der einzige Ausweg war der Kampf im Bund mit den Wachen. Sie lehrten zu kämpfen und brachten die Waffen her."
„Relàrs Kriegerinnen."
„Ja."
Ein weiteres Schweigen kam über sie, aber nicht mehr von der vorherigen Dauer. Èsralon brach es. „Wer heute auf Leyawi den Kriegseid leisten will, muss in den Schmieden und in

den Mienen gearbeitet haben sowie drei Tage und Nächte hier allein verbracht. Ohne Licht und Essen."
Nyrden erschauderte.
Ein Schnaufen. „Danrùn und Kadùn haben hier einige Zeit mit uns gelebt, als wir Kinder waren. Damit wir das Vergangene begriffen und es niemals vergessen."
„Wirklich? Das ist..." Nyrden brach ab.
„...kein guter Ort für Kinder. Meine waren noch nie hier. Ich werde es ihnen zeigen, wenn sie älter sind. Aber spätestens zum Kriegseid werden sie diesen Ort sehen." Èsralon verstillte, und die Naltivi spürte den in ihr aufgeflammten Schmerz. Nun war Nyrden es, die Èsralon hielt. Zu ihrer Verblüffung begann diese zu weinen, sie schluchzte auf, lehnte sich an sie. Nelai kam zu ihnen und griff seine Gemahlin, hielt aber ebenfalls Nähe zu Nyrden. Auch er weinte, scheinbar nicht erst seit diesem Augenblick. Nyrden drückte beide an sich, blickte in die Finsternis und spürte ihre Angst nicht mehr. Ohne es willentlich beschlossen zu haben, begann sie zu summen. Es war Danrùns Lied über Weidegründe, das Rednawén ihr und Resa so oft vorgesungen hatte. Nyrdens Leyawi war nicht gut genug, um die Worte zu wiederholen, aber sie summte die wohlklingende Tonfolge, die sie selbst noch ruhiger werden ließ.
Èsralon hielt bald schon wieder ein, Nelai brauchte länger, um seine Tränen zu enden. Dann straffte er sich. „Wollt ihr heim?", fragte er.
„Ja", war Nyrden erleichtert.
„Gut."
Sie spürte, wie er aufstand. Einige Male schlug er neben ihnen das Feuereisen auf seinen Stein. Nachdem die Fackel wieder zu Licht gebracht war, verließen die drei wortlos die Höhle. Als sie schließlich zwischen Wohnmauer und Turm ins Freie traten, war es Nacht und dennoch um einiges heller als der Ort, an dem sie einen Großteil des Tages verbracht hatten.
„Und wirst du nun bleiben?", fragte Nelai.
„Nein", erwiderte die Begastete. „Ich danke für eure Freundlichkeit. Wir brechen bald auf. Ich wäre sehr dankbar, bis dahin in ihrer Zelle bleiben zu können."
„Sicher."

Wieder auf Runjhày, widmete Nyrden sich so sehr ihren Pflichten in Stadt und Garten, dass sie kaum Schlaf suchte. Sie erkrankte. Jilla bot ihr Trost mit Worten und stiller Gesellschaft. Nachdem die Wahrin sich erholt hatte, folgte sie dem Ruf des Kämmerers in die unter der Halle gelegene Goldkammer.
Er erhob sich und kam ihr entgegen. „Erste."
Nyrden nickte ihm zu. „Worum ist es?"
„Um Rednawéns Erbe." Er bat sie zum geöffneten Schriftenschrank, dem er ein Schreiben entnahm. „Rednawén hatte fast alles dem Knaben vermacht. Bevor sie ging, hat sie es auf dich übertragen." Er überreichte ihr eine Rolle.
„Falls sie nicht zurückkehrt", vermutete Nyrden.

„Den Beisatz habe ich nirgends gelesen." Der Kämmerer ehrte sie knapp und kehrte hinter seinen Tisch zurück.

Sie betrachtete das Siegel, einen Abdruck des Anhängers, den die Geliebte trug, brach es jedoch nicht. „Wahre alles. Wenn sie zurückkehrt, soll sie es vorfinden, wie sie es hinterlassen hat."

„Ja, Erste."

Die Naltivi grüßte und verließ ihn. Im Gang hielt sie inne und betrachtete das Siegel mit wehem Herzen. Sie seufzte tief, raffte ihr Kleid und trat die Stiege hinauf zum Rat.

*

„Bald ist es so weit", ächzte Nyrden. „Ich habe auch Furcht, aber ich freue mich, dieses Gewicht wieder zu verlieren."
Jilla reichte ihr einen Becher. „Das glaube ich gern." Sie nutzten die kurze Weile im Garten, ehe ein Heer von Schulinnen ihre Aufmerksamkeit im nachmittäglichen Werk einfordern würde. „Was ist um die Schmerzen?"
„Immer wieder ein wenig. Aber Trucho sagt, das sei gut. Es mag die späteren verkürzen."
„Ich wünsche es dir", lächelte er, nicht ohne Sorge.
Da hörten sie Dorasù rufen, eine Winie, die seit dem letzten Sommer auf Runjhày lebte und immer zu früh zum Unterricht erschien, um der Gartenmeistin zur Hand zu gehen.
„Wir sind am gelben Teich!", rief Nyrden und bemerkte leiser: „Das Ende der Ruhe."
„Es ist ohnehin fast an der Zeit."
„Erste?" Außer Atem trat die Schulin an sie heran. „Eine Reisende gab mir dies mit dem Auftrag, es dir zu bringen." Sie drückte der Verwunderten eines in die Hand.
Nyrden starrte auf den Schmuck. Es war der Schwertspitzenanhänger Rednawéns. Auch Jilla besah das Eisen. Sie tauschten einen wortlosen Blick.
„Eine Kriegin?", fragte Nyrden und stand auf.
„Ich glaube nicht, Erste", zuckte die Junge die Achseln. „Aber ich bin nicht sicher. Sie hat Brandnarben im Gesicht und..."
„Wo ist sie?!"
„In den Räumen der niederen Gäste."
„Führe mich zu ihr!"
Dorasù musste ihre Schritte beschleunigen, um der Stadtwahrin Eile halten zu können. Jilla folgte ihnen in einigem Abstand.
„Wo?", fragte Nyrden auf dem Hof. Tränen liefen ihr. Nachdem die Winie auf eins der Gästehäuser gedeutet hatte, rannte Nyrden, bis ihr schwer gewordener Körper ihr Einhalt gebot. Noch immer hastend erreichte sie die Tür, richtete ihr Kleid, ehe sie eintrat, und hörte dabei eine unbekannte Stimme sagen: „So aufgeregt habe ich dich noch nie erlebt."
„Du wirst sie mögen, falls sie mich empfängt. Sie horcht auch fortwährend in andere hinein", kam es ebenso gutmütig wie unruhig von Rednawén, und die Lauschende erbebte in solcher Heftigkeit, dass sie aufschluchzte. Sie sah zweie vor einer kleinen, ein wenig entfernt sitzenden Gruppe stehen. Eine von ihnen war die ihr den Rücken zuwendende Vermisste, die andere, kleiner und jünger, lehnte sich an einen Kampfstecken. Beider Kleider waren abgewetzt und in schlichten Farben gehalten, doch ohne Schwarz.
Rednawén fuhr herum. Freude und Bangheit standen zu gleichen Teilen in ihrem Blick. Nyrden lief und fiel ihr in die Arme, genoss sogleich ihren lange ersehnten Geruch. Als sie sich nach Dauer wieder voneinander lösten, wanderte der Leyawi Blick auf Nyrdens Bauch. Sie lächelte.
„Es ist vorüber", sagte die Gemessene sogleich.
„Ich bin die Letzte, die einen Treueschwur verlangen dürfte. – Rilan?"
„Woher..?"

„Geraten." Rednawén strahlte. „Dann hat der Wunsch nach Brut sich dir erfüllt."
„Meine beiden größten Wünsche. Du bist wieder hier. Bleibst du?"
„Wenn ich darf. Lass es uns in Ruhe besprechen."
Nyrden suchte eine weitere Umarmung, bei der sie spürte, dass Rednawén von Last erleichtert war.
„Dies ist Turai. Meine Weggefährtin", wurde darauf die Wartende vorgestellt.
„Dein Lehrling", besserte diese. Blinder Blick stand in einem fröhlichen Gesicht. Nyrden hatte noch niemals geblendete Augen gesehen, war sich jedoch sicher, dass eine solche Folter dieses Übel hinterlassen hatte. Turai hielt an die anderthalb Dutzende. Sie wirkte freundlich und seltsam unbekümmert.
„Willkommen." Nyrden griff nach ihrer freien Hand und war erstaunt, statt derer einen sicheren Armgruß in Erwiderung zu finden.
„Jilla!", rief Rednawén aus.
Der Hinzugekommene ehrte sie mit einem Ausdruck von Freude, was die Leyawi erwiderte. Anschließend stellte sie ihre übrigen Begleitinnen vor, sieben Rweden und zwei Runjhày. Als sie Nyrdens Einladung folgten, gemeinsam in die Halle zu gehen, gab die Stadtwahrin Rednawén deren Kette zurück, was sie jedoch abwehrte: „Behalte sie, wenn du willst. Oder wirf sie weg."
„Ganz sicher nicht. Du bleibst also? ... Willst du mich noch?"
Sie war so verblüfft, dass sie stehenblieb. „Ob ich dich noch will? Wäre ich sonst hier? Aber nach allem, was ich dir angetan habe, und nach all der Zeit, ist die Frage, ob du mich noch willst. Wenn, bleibe ich."
„Dann bleibst du."
Ein Seufzen. „Darauf hatte ich nur eine kleine Hoffnung."
Nyrden rührte ihre Wange. „Warum bist dann hier?"
„Ich hoffte. Und ich habe es geschworen. Ich wollte dir anbieten, dir zu dienen. Es hätte mir reichen müssen. Aber das..." Sie seufzte erneut, Nyrden küsste sie. Arm in Arm gingen sie weiter.
„Ich werde kein Teil des Heeres mehr sein", sagte Rednawén.
„Es wird sich eine Aufgabe finden", versicherte die Ältere. „Willst du an Leyawi schreiben?"
„Ja. Morgen."
Nyrden konnte ihren Blick nicht von der Zurückgekehrten lassen. Dort, wo keine Narben waren, hielt sie merklich mehr Falten als früher. Und auch ihre Augen hatten sich verändert. Sie waren so schön wie je, trugen nun aber ein Licht, das die Betrachtende ehedem noch nicht in ihnen gesehen hatte und das sie sonst nur bei wenigen betagten Menschen kannte. Sie erinnerten sie an Jennais Augen. Der Leyawi Gang zeigte keinen Stolz mehr, nur Aufrechte. Das Übermaß an Schnelle und Selbstzügeln schien verschwunden zu sein. Obwohl sie weniger Muskeln hielt als zuvor, schien die Kraft ihrer Bewegungen noch angewachsen, allerdings in einer Schlichtheit und der Wirkung kraftvoller Ruhe, dass Nyrden vor Rührung wie Begehren erbebte. Nie zuvor hatte die Geliebte auf sie so gelassen und so stark gewirkt. „Fastest du?", fragte sie.

Rednawén schaute sie auflachend an. „Nein. Bin ich so mager geworden?"
Nyrden schüttelte den Kopf. „Du bist schön."
Ein zweifelnder Blick antwortete ihr, darauf ein Lächeln. „Lebt Masùn noch?"
„Ja, aber auf Leyawi. In Altersruhe."
„Altersruhe? Wirklich?"
Nyrden nickte. „Vor zwei Jahren ging er dorthin zurück. Einige taten es ihm gleich, mehr noch sind aber gekommen. Heute leben fast vier Dutzend Leyawi hier. Manche schlafen noch immer in der Halle, und auch einige Runjhày."
„Sehr gut. Und Jennai?"
„Ja. Sie kann nicht mehr laufen. Soll ich dich zu ihr bringen?"
„Gern."
Die Gruppe blieb in der Halle, wo sie verköstigt wurde. Die Wiedervereinten gingen zu Jennai, deren Aufleuchten sie empfing, als sie die Kammer betraten. Das Willkommen war herzlich, und nachdem Rednawén erklärt hatte, auf Runjhày bleiben zu wollen, schien Jennai Tränen nahe zu sein. Bald trug die Heimgekehrte sie zur Runde an den Kamin, der noch beheizt wurde.
„Runjhày scheint reich geworden zu sein", bemerkte Rednawén.
„Du wirst staunen", versprach Nyrden. „Ich hole Rilan."
Auch er freute sich sehr, umarmte die Leyawi, was nie zuvor geschehen war. „Du glaubst nicht, wie sehr wir dich vermisst haben!"
Sie schnaufte ungläubig. „Ich danke dir."
Für den Rest des Nachmittags und über den Abend blieben sie wohl beisammen. Lediglich Jilla verabschiedete sich, um die Schulinnen nicht durch ein Zuspätkommen „zu enttäuschen".
„Nicht unbeaufsichtigt an die Duwen zu lassen", besserte seine Freundin freundlich. Sie saß in Rednawéns Arm und strahlte Glück.
Später trat Remneù an die Sitzenden heran. Seine Schläfen waren ergraut, seine Haut zeugte von den Jahren, die vergangen waren. Er verneigte sich vor seiner früheren Führin. Als er wieder aufsah, stand Freude in seinen Zügen, doch in seinen Augen war auch Sorge. „Das Heer ist bereit, dein Wort zu hören. Wann immer du es willst."
Rednawén erhob sich, fasste seine Schultern. „Es wird kein Wort mehr von mir hören, das nicht sein Ende einrufen würde."
Seine Stirn runzelte sich in Verständnislosigkeit.
„Du führst es länger, als ich es tat. Du bist der Erste dieses Heeres, und ich werde keinen Anspruch darauf erheben. Es freut mich, dir wiederzubegegnen, Remneù."
Froh schüttelte er Überraschung ab.
„Wie ist es Tanwai und Syken?", fragte sie leiser, als die Übrigen bereits wieder Rede hielten und er sich zu ihr setzte.
Sein Blick verdüsterte sich. „Das Glück hat nicht lange gehalten. Tanwai ist mit einem anderen geeint. Syken meidet mich nicht, aber viel Zeit verbringen wir nicht miteinander."
„Das dauert mich."

Er nickte knapp. „Ich hole noch Wein", sagte er darauf. „Ihr trinkt ja für eine Hundertschaft."

„Obwohl wir es nicht gewöhnt sind", bejahte sie und hob die Stimme: „Runjhày hat gute Heilinnen. Aber vielleicht solltet ihr sie nicht gleich am zweiten Tag rufen müssen. Wollt ihr euch vergiften?"

„Ach, sei nicht so streng", lachte Turai.

Sie zechten bis in die Nacht. Auch Trucho, Jkai und andere stießen hinzu. Gegen Morgen, Rednawéns Gruppe hatte sich längst auf Gästeräume verteilt, verabschiedete sich Jennai als eine der Letzten. Die Leyawi schickte sich an, sie erneut zu tragen, doch Remneù kam ihr zuvor. Nyrden begleitete die beiden, weil sie der Alten Dienst beim Umkleiden halten wollte.

Rednawén und der Stadtwahrer blieben zu zweit vor dem fast heruntergebrannten Feuer zurück. „Ist es wirklich vorüber?", fragte sie. „Ich will kein Keil sein."

„Lange vorüber", versicherte Rilan. „Es war auch nie mit eurem Band vergleichbar. Sie hat dich immer geliebt. Ein Grund, warum es nicht lange währte. Nachdem Mawakai und ich auseinandergegangen waren, verging fast ein Jahr, bis wir einen Versuch der Nähe über Freundschaft hinaus gewagt haben. Es war eine gute Zeit, aber keinem kamen wirkliche Gefühle als Gefährten einander zu. Es war niemals anderes als Freundschaft zwischen uns. Wiehl war unsere Nähe darin zu groß, um anderem Platz zu machen."

„Das wird euer Kind sicher anders beurteilen. Ich danke für deine Freundlichkeit. Aber ich bin die, die gegangen ist. Es freut mich, dass sie nicht alleine war. Und einen solchen Freund hat."

Er lächelte. „Wirst du hierbleiben?"

„Ja. Aber du hast es gehört, ich werde keine Hand mehr für den Krieg heben, Erster."

„Es gibt ärgere Willkommensschwüre", erwiderte er.

Ein Scheit fiel vom glühenden Haufen. Beide neigten sich nach der Feuerzange; Rednawén, die schneller gewesen war, legte das Holz zurück.

„Was ist geschehen?", begehrte sie darauf Kunde. „Mawakai."

Rilan war erstaunt, da er eine solche Frage nicht von ihr erwartet hatte. „Ich weiß es gar nicht wirklich", gab er mit großer Offenheit zu. „Ich könnte sagen: Es störte mich schon immer, nicht ihr einziger Tänzer zu sein. Oder dass ich zu wenig Kinn gezeigt habe, um neben ihr zu bestehen. Meine Wünsche nicht kundtat, obwohl es nötig gewesen wäre. Oder dass es uns nicht bekommen ist, einander so selten zu sehen. Aber ich weiß es nicht. Wir haben immer häufiger gestritten, und eines Tages beschlossen wir, dieses Band zu enden."

Er sah in die letzten kleinen Flammen. Das Bedauern, dass nun von ihm ausging, war fast greifbar. Nach einer Weile, in der die Nebensitzende wartete, erklärte er: „Dem Band unserer Völker brachte es keinen Schaden, und Wonta verbringt viel Zeit hier. Fast jeden Winter und die Hochsommer." Er sah auf, lächelte, nahm den Krug: „Noch Wein?"

„Besser nicht, danke. – Auf mich wirktet ihr immer, als würdet ihr nie auseinandergehen."

„Tatsächlich?"

Sie lautete bekräftigend.

„Nun, es wäre mein Wunsch gewesen."

Sie merkte auf.
Der Runjhày schnitt eine Grimasse. „Die Götter werden ihre Gründe haben."
Rednawén schwieg darüber. Als sie Nyrden eintreten sah, stand sie auf. „Der Wein macht mich müde, ich habe lange keinen mehr getrunken. Ich wünsche dir eine wohle Nacht. Und danke für diese Aufnahme."
„Keinen Wein?", staunte er.
Sie grinste. „Seit Jahren keinen. Es war eine andere Zeit. Schlaf gut, Erster."
Die Gefährtinnen gingen hinauf in die Kammer, die sie früher miteinander geteilt hatten. Einiges war dort umgestaltet worden, und es war der Raum einer Einzelnen. Neugierig blickte Rednawén sich um. „Du schläfst nicht bei Jilla?"
„Selten." Der Gefragten Blick fiel auf das Göttinnenbild an der Wand, und sie überlegte, ob sie es wieder entfernen sollte. Da wurde ein kopfgroßes Bündel in ihre Hände gedrückt. Sie öffnete es. Sämereien und Zwiebeln lagen darin. „Oh!" Sie leuchtete auf.
„Ich habe mir gemerkt, welche von ihnen welche Pflanzen hervorbringen", berichtete die Jüngere scheu. „Ich habe die gesammelt, die mir gefielen und die mich an dich denken ließen. Ich beschreibe sie dir, damit du einen guten Platz finden kannst."
Der Gartnin war anzumerken, wie gerührt sie war. „Wie lange hast du gesammelt?"
„Ein wenig über fünf Jahre. Ich habe das alles dunkel und trocken gehalten."
„Danke", hauchte sie und wischte eine Träne fort, ehe sie floss.
Rednawén küsste sie. „Es ist mir leid. So sehr."
Nyrden floh in ihren Griff. „Es war nicht leicht. Du hattest gesagt, du würdest zurückkommen. Aber wer kann vorher wissen, was geschieht? Und es gab keine Frist, nach der ich dein Erbe antreten sollte."
Die Lauschende blinzelte. „Ja. Das ist richtig. Bei den Ahninnen, Nyrden! Ich war in Trauer. Ich habe an solches nicht gedacht."
„Das habe ich mir auch immer wieder gesagt", war die von einem Seufzen begleitete Antwort.

In der Frühe begleitete Nyrden Rednawén zum Strohplatz und fühlte sich ins Gestern versetzt, was angesichts großer Veränderungen des Gesehenen jedoch nicht lange währte. Der schmale Stecken, welcher der Leyawi einziges Kampfgerät war, täuschte den forschenden Blick zunächst, er bestehe aus Eisen, da er an vielen Stellen mit ihm beschlagen war. Aber er war aus Holz gefertigt, das so hart wie Eisen zu sein schien, doch leichter war, als Nyrden es geschätzt hätte.
Die Wandlung, die der Gefährtin Kampf genommen hatte, war beeindruckend. Wo sie ihn ehedem nicht selten in Genuss gehalten hatte, suchte sie nun, ihn zu beenden, so schnell es möglich war, ohne eine Gegnin unnot zu verletzen. Obwohl sie schmaler war als zuvor, war ihr heutiger Kampf in zugenommener Ruhe noch stärker als sein Vorgänger. Sie übte mit ihrer Gruppe und hinzugekommenen Krieginnen, zog sich jedoch bald wieder zurück, um sich neben Nyrden an die Absperrung zu stellen und mit ihr die Übenden zu betrachten.
„Wie ist es dir ergangen?", begehrte die Ältere zu erfahren. „Wo bist du gewesen? Meine Gedanken waren so oft bei dir. Du warst in den Bergen, nicht wahr?"

„Ja. Die meiste Zeit in Rweden", lächelte Rednawén. „Ein wenig mehr als zwei Jahre war ich Hilfin einer Heilin dort, wo der Krieg noch ärgere Folgen hinterlassen hatte als in wohlhabenden Häusern. Aber ich bin keine Heilin. Ich habe auf zerstörten Feldern mitgewerkt, Häuser wieder aufgebaut. Kurz war ich Hirtin, das hat mir gefallen, aber die wirkliche Hirtin war bald wieder genesen. Dann begegnete ich Turai, und ich verstand, dass das, was ich bin, auch zu Nutzen gebracht werden kann. Seitdem unterrichte ich die, die bisher vor jedem Heer untergingen: die wehrlos Gemachten."
„Sie wurde geblendet", stellte Nyrden fest.
„In einer Fehde zweier Stämme, die es damals in Rweden gab. Um das Versteck eines verborgenen Trupps von ihr abzupressen. Sie zählte kein Dutzend Jahre, als es geschah. Aber ärger als die Folter und der Verlust ihres Sehens ist ihr bis heute, dass sie nachgab und alle aus ihrem Dorf starben. Bis auf sie selbst."
Der Wahrin Züge spiegelten Schmerz. „Sie wäre etwa gleichalt mit Resa", sagte sie leise.
Ein kurzes Schnaufen. „Ja. Das wäre sie." Rednawéns Stimme war noch tiefer geworden. „Krieg hat kein schönes Gesicht und keinen guten Anteil. Wer es behauptet, ist unerfahren oder kennt nichts anderes."
„Du hast es einmal gesagt."
„Ja. Ich habe mich geirrt. Krieg hinterlässt nicht Gutes in Krieginnen."
„Doch. Deine Stärke."
Beide verstillten kurz.
„Nein." Rednawén sah wieder auf den Strohplatz. „Das waren die Übungen. Sie stärkten, um im Krieg überleben zu können. Krieg zerstört nur. Alles, was gut ist in Menschen. Übungen, Schlachten, die immerwährende Beschäftigung mit dem Töten. – Was, wenn mein Tagewerk ins Leben gerichtet gewesen wäre, nicht in den Tod? Wie viele würden noch leben?"
Eine klamme Brise legte sich in Nyrden. Aber ehe sie ihrem Drang nachgeben konnte, die Geliebte zu trösten, zeigte sich ein Leuchten in deren Augen, die noch immer auf Turai lagen. Die Junge wirkte den Sehenden im Kampf nicht im Mindesten unterlegen. Sie schien Gegninnen über das Gehör zu bestimmen sowie über dasselbe Vorausahnen, das Nyrden von Rednawén kannte. Ihre Bewegungen waren ruhig und erstaunlich zielsicher.
„Ist sie nicht wunderbar?"
Nyrden lautete zustimmend, hielt aber mit einem Mal ein Brennen in sich, das sie lange nicht gespürt hatte. „Ist sie deine Gefährtin geworden?"
Die Nebenstehende maß sie mit schräggelegtem Kopf, ließ sich mit der Antwort Zeit und schien belustigt. „Nein. Ich schätze, das ist vorüber. Meine erste Tanzin seit damals – Lass mich überlegen! – erzählte mir diese Nacht, dass sie ihren Tanzdurst kaum im Zaum halten könne, seit sie ein Kind träg..."
„Bist du wohl leise!" Nyrden lachte. „Ist das wahr? Sechs Jahre lang?"
„Kaum zu glauben, ich weiß." Rednawéns Blick fiel kurz erneut auf die Gruppe. „Es gab andere Dinge, die Raum einnahmen. Und dein Platz in mir wurde nie leer. – Wehe, du entschuldigst dich jetzt! Ich bin froh, dass du nicht alleine warst. Ich bin die, die gegangen ist. Du trägst jetzt ein Kind. Was könnte besser sein?"

Sie lächelten einander an.
Nyrden schloss kurz die Augen und gab ihrem Drang nach, in die Leyawi hineinzuspüren. Zu ihrer Freude fand sie eine Bestätigung der Worte. „Werdet ihr alle hierbleiben?", fragte sie.
„Nein, die anderen wollen zurück nach Rweden. Sie haben mich nur begleitet, damit ich sicher herkomme." Rednawén grinste. „Und aus Neugier, schätze ich. Turai tritt gegen die anderen mein Erbe an." Stolz klang in jedem Wort.
„Wäre es eine Kränkung, ihnen Pferde und Geschenke mitzugeben?"
„Sicher nicht. Unsere Zeit war nicht leicht, und Rweden ist noch immer entsetzlich arm. Es ist ein guter Gedanke. Es wäre mir wohl, wenn ich sie so entlassen könnte. Wenn ich eine neue Aufgabe gefunden habe, werde ich den Wert abtragen."
„Du hast doch wahrscheinlich ein Vermögen in der Goldkammer! – Außerdem würde Runjhày es ihnen gerne schenken."
„Aber ... ich habe es dir hinterlassen."
„Und jetzt bist du zurück. Ein Streit darüber ist vollkommener Unsinn." Nyrden küsste sie und lehnte sich an sie, die die Arme um sie legte.
„Weicher, Turai! Lass den Unterkiefer fallen!", rief Rednawén mit einem Mal. „Weniger Verbissenheit. Lass den Bauch entscheiden, nicht die Zähne!"
Nyrden staunte sie an.
„Es ist gut, dass ich damals mit Mawakai geübt habe", lächelte die Heimgekehrte auf die ohnworte Frage hin. „Die Trennung in Mann und Frau finde ich noch immer lächerlich. Aber den zu Harten wie mir ist die Lehre Lerusms eine Wohltat."
„Vielleicht auch den zu Weichen", bemerkte Nyrden nachdenklich.
Sie schwiegen.
„Als du mich in den Garten gezwungen hast", erklärte Rednawén darauf mit einem wohlwollenden Lächeln, „sträubte ich mich so sehr, weil ich mich schwächer werden spürte. Ich hielt Stärke in der Härte, und sie war gut, um Schlachten zu überleben. Aber nicht, um alt zu werden. Mawakai hat Recht, Menschen brauchen beides, Weichheit und Härte. Um sie benutzen zu können, wo sie sie brauchen, aber nicht, um sie über sich herrschen zu lassen. Ich habe Härte über mich herrschen lassen, und als ich mich Weichheit öffnete, wurde ich tatsächlich schwächer. Weil meine Einseitigkeit ein Ende fand und dies Schwäche bedeutet, bis neue Kräfte die Lücke schließen. Leyawi beüben den Willen, der Körper muss sich ihm unterordnen. Wir werden sehr stark dabei, aber wir verhärten. Ich hätte mir gewünscht, dass ich ohne Resas Tod die Einsicht gehabt hätte, meinen Willen nicht mehr als Sinnstifter zu verstehen. Er ist ein Muskel, nicht mehr. Resas Tod hat mir mit Gewalt gezeigt, dass der harte Gang allein falsch ist. Es brauchte Jahre, bis ich meinen Willen, meine Härte nicht mehr über mich Order halten ließ. Seit ich sie und Weichheit benutzen kann und mich nicht mehr benutzen lasse..."
„...ist deine Kraft noch mehr gewachsen. Obwohl deine Muskeln abgenommen haben."
Sie war verwundert.
„Ich kann es sehen", sagte Nyrden leise. „Und es macht mich glücklich, dich wohl zu sehen."

„Das ist mir um dich dasselbe." Ein Kuss folgte.
„Kannst du sie allein lassen? Ich möchte dir den Garten zeigen."
„Sicher. Gerne."
Schon ehe sie ihn betraten, hing Rednawéns Blick großäugig auf den ihn umgebenden blühenden Nusshecken, die dichter geworden waren. Im Inneren gewahrte sie, dass sich die Stätte gewandelt hatte: Sie war ebenso gepflegt wie vor der Plünderung durch die Heilinnen vor Jahren, aber nun wuchsen auch Beerensträucher und junge Obstbäume im Garten, die in Sommer und Herbst zum Genuss der reifen Früchte laden würden.
Der Baum in der Mitte hatte sich gänzlich von Krankheit erholt. Mit machtvoller Erscheinung bekundete er die Stärke Runjhàys. Rednawén blieb vor ihm stehen, ehe sie ihn langsam zu umrunden begann. „Wunderschön", lobte sie. „Ich mag alle dein Pflanzen und Düfte. Aber dieser Baum ist unglaublich."
Nyrden zog sie unter ihm auf eine Bank. „Deine Freundinnen nennen dich ‚Ewén'. Wie du vor der Heerführe geheißen hast. Wie soll ich dich nun nennen?"
Ein Lächeln. „Ich ziehe Ewén vor. Aber Gewohnheiten sind schwer abzulegen, das haben mich die letzten Jahre gelehrt. Tu es, wie du es willst. Es sind nur Namen."
„Namen sind wichtig. Ewén. ‚Eisernes Werkzeug'. Oder ‚Waffe'."
„Werkzeug. Deines, wenn du willst."
Nyrden küsste sie. „Ebenso wichtig wie Heimat. Ich bin keine Naltivi mehr, Herkunft hin oder her."
„Dann hast du Berretas die Stirn geboten?"
„Nicht so, wie du es dir vielleicht vorstellst. Aber ich bin Runjhày geworden. Es ist sogar schon vorgekommen, dass ich in die Ebene hätte gehen können, um Verhandlungen zu führen, und es Rilan überlassen habe. Da ist kein Arg gegen Naltivi in mir – kein großer jedenfalls. Mir ist es hier nur wohler. Und in den Bergen. Du glaubst nicht, wie oft ich in den letzten Jahren auf Leyawi gewesen bin! Deine Sippe war immer sehr freundlich zu mir, und schließlich hat sie mich aufgenommen."
„Tatsächlich?", freute sich die Jüngere.
„Hm. Die Herzlichkeit der Berge möchte ich niemals wieder missen. Einmal habe ich sogar auf Leyawi gefastet, aber das ist nicht meine Sache."
Ewén lachte.
„Ich liebe dich", sagte Nyrden mit leuchtenden Augen. „Und mein Wunsch ist, dass wir nun beieinander bleiben."
„Ich werde dich nicht mehr verlassen."
„Sicher?"
„Ja. Ich ahne, was ich dir angetan habe. Ganz gewiss ist mir aber, was ich will: An deiner Seite sein ohne Krieg."
Nyrden wischte Tränen fort.
„Wann ist es Zeit für die Geburt?"
„Jeden Tag. Du bist rechtzeitig heimgekehrt." Kurz zögerte sie. Dann: „Rilan ist der Name gleich. Ich denke, ich werde es ‚Resa' oder ‚Fedùn' nennen. Was sagst du?"
Der Gefährtin Blick war nicht zu deuten. Sie neigte sich zu ihr und küsste sie wiederum.

„Nein, besser nicht. Ich danke für diese Ehre. Aber lass die Toten ruhen. Und dem Kind keine unnöten Lasten."
„Nun, gut."
Noch um Weile genossen sie den Garten, ehe sie in die Schriftenkammer gingen, wo die Leyawi eine Nachricht schrieb. Wie gewohnt, war diese nicht lang. Als Ewén Sand darüber streuen wollte, hielt die Runjhày sie auf: „Darf ich mich dir anschließen?"
„Sicher." In Wohle wöhnend, denn sie spürte deren freudige Walle, räumte die Jüngere den Sitz. Als die Wahrin zu schreiben begann, blickte sie ihr neugierig über die Schulter und rief aus: „Was ist das? – Du hast leyawi schreiben gelernt? Sogar Grubenzeichen?"
„Siehst du doch", antwortete Nyrden in ebendieser Sprache.
Ewén strahlte.

Jilla und Trucho, die enge Vertraute geworden waren, saßen mit weiteren Früherwachten beim morgendlichen Essen, als Ewén zu ihnen trat, sie grüßte und sich darauf bei der Heilin erkundigte: „Wie gefährlich ist eine Geburt in Nyrdens Alter?"
Jilla antwortete an ihrer Statt mit Wärme im Blick: „Für eine der Unseren nicht sehr. Naltivi werden alt und vermögen lange, gesund zu gebären. Mach dir keine unnöten Sorgen."
Die Winie nickte in Bestätigung. „Versprechen kann ich nichts. Aber es gibt keinen Anlass zur Sorge."
Ewén atmete auf.
Jilla schob ihr Brot und Obst zu. „Ich bin froh, dass du zurückgekehrt bist", erklärte er.
Sie hob die Brauen.
„Und ich bin auch froh, dass du keine Kriegin mehr bist."
„Weil du mich jetzt mögen kannst?", grinste sie.
„Falls du bleibst. Du hast ein gutes Gedächtnis, Leyawi."
Nun lächelten beide.
„Ich bin froh, dass du an ihrer Seite geblieben bist, Freund."
Der Graue zögerte, dann reichte er ihr die Hände und bot ihr den Gruß seines Volkes, den sie erwiderte.
Trucho saß lächelnd neben ihnen. „Ist sie wach?"
„Ja."
„Gut, dann gehe ich zu ihr." Die Winie griff nach ihrem Geschirr, doch Jilla hielt sie auf. „Ich sorge darum."
Sie dankte und ging. Ewén blickte ihr nach. Dann, dem Abräumenden zugewandt: „Hat dich Trucho schließlich eingefangen? Oder deine Stallmagd?"
Er merkte auf. „Trucho ist meine Freundin. Und Kilai ... Ich bin ein ehrbarer Witwer, ich bin ein Naltivi, und ich bin nicht Nyrden."
„Glaubst du nicht, dass deine Göttinnen dir dieses Glück zugestehen?"
„Ich halte anderes Glück." Jilla lächelte. „Seit deiner Rückkehr im Besonderen. Lass es gut sein, Freundin."

Ruhige Abende bei den Pflanzen wurden den Gefährtinnen bald gerngepflegte Gewohnheit. Für eine nicht sehr lange Dauer des Tages gab es für beide nichts zu tun, und so taten sie nichts. Sie redeten, schwiegen, lauschten den späten Liedern der Vögel, genossen Anblick und Gerüche der ersten Blumen, saßen oder lagen beieinander und blieben in entspannter Wohle, bis die Hörner sie riefen. Häufig schlief Ewén in einer der beiden großen Schaukeln ein, die nun zwischen Bäumen hingen. Einmal kein Werk zu haben, tat ihr sichtlich gut.

An einem Abend aber lud Nyrden sie ins Badehaus ein. Der Bau war, zum Leid mancher Priestin, fast so groß geworden wie der Tempel und hielt eine Fülle an Badebecken wie wasserlosen Räumen.

Zunächst ging es in einen Umkleideraum. Mauervertiefungen in den Wänden boten kleinen Lampen Platz, deren Öl einen zarten Duft verbreitete. Als sie sich auszogen, bedeutete Nyrden der Gefährtin, auf Holzsohlen zu schlüpfen. „Der Boden ist heiß dort drinnen."

In den von vielen Badenden benutzten beheizten Hallen wechselten zunächst große hölzerne Waschzuber mit kleinen aus Stein. Holzschalen mit Blüten und Ölen standen bereit. Bunte Tierbilder zierten die Wände, Fische und Muscheln zumeist, aber auch Vögel und Wellen. In der Mitte des Gebäudes luden dutzende Schwimmbecken verschiedener Größe zur Benutzung, zwischen ihnen große Pflanzen, die Schmuck und ein wenig Sichtschutz gewährten.

„Dort findest du warmes Wasser, in den Nischen und in den Gängen dort und dort heißes. Das Wasser hier vorne ist kalt", führte Nyrden. „Dort drüben beginnen Ruheräume, in denen du auch schlafen kannst."

„Bei allen Ahninnen, ihr seid nicht untätig gewesen. Aber ist das nicht zu teuer für Runjhày?"

Die Stadtwahrin lächelte schalkhaft. „Am Anfang glaubten viele dies, und ich habe sehr mit Rilan und dem Rat darum gerungen. Aber heute wird hier nicht nur Rat abgehalten, wenn das Wetter unfreundlich ist, es gibt auch Unterrichtsräume. Neben den Ruheräumen. Da sind viele Häuser aus den Bergen wie der Ebene, die Schulinnen hierher schicken. Sprachen, Handel, Gartenbau ... Viele lernen hier. Und das bedeutet nicht nur eine weitere Quelle für Frieden, denn wer greift das Haus an, in dem sein eigenes Kind in Lehre weilt? Es bringt auch Einnahmen. Runjhày ist wohlhabend geworden. Ich habe es im letzten Jahr zum ersten Mal gewagt, Blütenessenzen aus der Ebene zu kaufen. Riechst du sie?"

Ewén nickte.

„Es gibt Reisende, die dafür bezahlen würden, hier baden zu können."

„Tatsächlich?"

„Aber das kommt nicht in Frage. Sie sind Gäste. Es soll ihnen hier wohlergehen."

„Und es ist gut für den Handel, wenn sie sich wohlfühlen."

„Alle Gäste, nicht nur Handlinnen."

Die Leyawi freute sich sichtlich. „Stadterste." Sie kam ihr nahe, und sie genossen einen langen Kuss.

„Wirst du mir nun die Hände geben?", fragte Nyrden dann.

Die Gegenüber erstaunte sich. „Ich war sechs Jahre fort. Vieles hat sich verändert. Möglich, du willst mich auf die Dauer nicht mehr, wie ich jetzt bin. Willst du nicht warten?"

„Wie lange soll ich denn noch warten? Ich weiß, seit wir uns fanden, wer du für mich bist. Ich hatte nie Zweifel. Ich brauche keine Probe. Ich will dich!"
Den Ausdruck in Ewéns Gesicht hatte die Ältere noch nie darin gesehen: weich, glückvoll und bewegt, ohne eine steinerne Maske aufzusetzen. Als Nyrden Tränen in ihren Augen bemerkte, zog sie sie an sich und suchte noch einmal ihre Lippen. Die Geeinten setzten sich auf eine Bank.
„Eines ist mir sehr wichtig", erklärte die Gebetene dann, und inneres Ringen war ihr anzusehen. „Ich kann dir nicht nach der Art Naltivis oder Runjhàys die Hände geben. Mit einer Sterndeutin, Räuchermummenschanz und dergleichen. Lass uns einen anderen Weg finden."
„Ich dachte, wir badeten einander. Hier. Nach der Art Leyawis."
„Ohne Sterndeutin?"
„Nun, ich würde Jennai um ihren Segen bitten. Gegen einen Segen ist doch nichts einzuwenden, oder?"
Ewén begann zu lachen. „Mein Glück, dass ich nicht in Verhandlungen gegen dich stehen muss!"
Nyrden schmunzelte. „Bedeutet das ‚ja'?"
„Solange es bei Jennai bleibt. Den Segen einer Freundin weise ich nicht ab. Wenn sie sich im Ausrufen von Göttinnen zurückhalten kann."
Sie küssten erneut, bis Ewén fragte: „Und wirst du zum Fest mit mir tanzen? In der Halle."
„Wenn du es willst, schon heute", strahlte die Wahrin. „Und wenn du dabei bedenkst, dass es zur Geburt nicht mehr lange ist. Herumhopsen sollte ich nicht."
„Dann hopsen wir nicht herum."
Sie sanken in ein von Nyrden gewähltes heißes Becken, das ein wenig abgelegen war. Wie immer, seit sie und ihr Kind an Gewicht zugenommen hatten, war umgebendes Wasser ihr angenehm, weil es die Last minderte. Mit jedem Schritt tiefer hinein wurde es ihr wohler. Sie hockte lange in der Wärme, während Ewén schwamm; dann glitt Nyrden an den Beckenrand, an den sie, ehe sie sich ausstreckte, Kopf und Nacken stützte. Mit einem Mal durchfuhr sie ein Schmerz. Sie schrie leise auf, fing sich und stellte sich wieder.
„Das Kind?", fragte Ewén mit großen Augen.
„Schon gut, das muss nicht gleich Geburt bedeuten. Schon fort, und das war heute nicht das erste M...ah!" Nyrden hielt sich an ihr fest.
„Aus dem Wasser", gebot die Jüngere und half ihr hinaus.
„Ist es an der Zeit, Erste?", kam eine Besorgte aus einem Nebenbecken.
„Ich weiß nicht." Nyrden setzte sich auf eine Bank. Kurz wartete sie, dann ließ weitere Pein sie sich krümmen.
„Das ist recht schnell", wertete die Hinzugetretene. „Ich gehe die Wehmütter holen."
„Trucho", wies Nyrden sie keuchend an. „Und Jilla."
Sie nickte, griff nach einem Tuch und eilte davon.
Nyrden bat Ewén zunächst, sie in einen Ruheraum zu bringen, gab jedoch selbst nach einigen wehvollen Schritten auf und setzte sich wieder. Trucho stellte fest, dass die Geburt bereits begonnen hatte. Sie bat die übrigen Anwesenden, das Haus zu verlassen. „Es gibt

schlechtere Orte", lächelte sie die Freundin an. „Wir bleiben hier. Rednawén, wachst du vor der Tür? Keine unnöten Störungen."
Diese nickte. Zum Abschied umarmte sie ihre Gefährtin. „Stirb nicht. Von dieser Art des Kampfes verstehe ich nichts. Bitte, bleib am Leben."
Nyrden verzog in Schmerzen das Gesicht, suchte sie abermals als Stütze. Dann keuchte sie: „Bitte Jennai um ein Opfer. Wirst du das?"
„Gut."
„Raus jetzt", sagte Trucho. „Wir können hier keine Sorgen brauchen."
Die Jüngste verließ das Bad und rannte zu Jennai. Danach lief sie mehr Wache, als dass sie sie stand. Rastlos wanderte sie auf und ab, mit wachsender Spanne, wann immer Hilfinnen den Wasserbereich verließen, dies meist mit einigen aufmunternden Worten ihr zu. Sie war Rilan, der sich bald zu ihr gesellt hatte, für den mitgebrachten Wein fast so dankbar wie für seine Anwesenheit. Er brachte sie schließlich dazu, sich zu setzen. Als es Morgen wurde, trat Jilla hinaus und wandte sich an die Leyawi: „Sie ruft nach dir."
Ewén fuhr auf. „Ist es arg?"
„So arg wie jede Geburt, doch nicht mehr. Sie wünscht dich bei sich."
Rilan sah, wie das Entsetzen in ihrer Miene sich veränderte, aber nicht weniger wurde.
„Was ... Ich habe keine Ahnung von solchen Dingen!"
„Das verlangt auch keiner. Du sollst nur bei ihr sein."
Sie sah den Stadtwahrer hilflos an. Der bemühte sich, nicht zu grinsen. „Sage ihr, dass ich den Göttern hier für sie beide um Beistand opfere."
Sie folgte Jilla hinein.
„Wehe, du säst Unruhe!", empfing Trucho sie. „Kannst du sie stützen? Ein wenig muss sie noch gehen."
Sie gehorchte und nahm der Heilin Platz neben Nyrden ein. „Ist es sehr schlimm?"
„Frag mich das ein andermal", scherzte diese gequält in kleiner Rast zwischen Schmerzen. „Schön, dass du da bist."
Als die Gebärende nicht mehr laufen wollte und das Kind bald erwartet wurde, diente die Gefährtin ihr als Hängehalt, da kein solches Gerüst ins Badehaus gebracht worden war. Nyrdens Tochter kam wohl in Atem und lag kurz in den Armen ihrer Mutter, ehe Trucho sich ihr widmete. Doch die Kleine war noch nicht in Tücher gewickelt, als Nyrden um Nachgeburt zu ringen begann. Ihrem Freund wurde das Kind übergeben, die Winie half ihr. Nachdem die Geburt gesund beendet war, sah Jilla Ewéns Gesicht und ging auf sie zu. Das Kind anstarrend, stützte sie ihre Stirn weinend an seine Schulter. Bald hielt sie inne und wischte ihr Gesicht ab.
„Willst du sie halten?", fragte der Graue freundlich.
Sie bejahte. Mit ungläubig geweiteten Augen schaute sie in die der Neugeborenen, blieb über Weile still. Dann fragte sie zu Truchos Erheiterung: „Müsste sie nicht schreien?" Was die Kleine wie auf eine Erinnerung hin sogleich tat.
Mutter und Kind wurde für die Nacht ein Lager in einem der Ruheräume eingerichtet.
Rilan kam glücklich mit frohen Wünschen hinzu. „Wie wird sie heißen?", fragte er und begann, seine Tochter sanft zu wiegen.

„Déinm", antwortete Nyrden. Ewén neben ihr merkte auf.
Rilan hob die Brauen.
„Das ist leyawi und bedeutet ‚geliebt'. Ich glaube jetzt, es ist besser, wenn unser Kind nicht über seinen Namen gezeichnet wird. Nicht anders als in diesem."
„Eine kluge Wahl", bestätigte sein Vater und seufzte leise.
„Was bedeutet ‚Rilan'?", ließ sich da Ewén vernehmen. „Ich verstehe altes Ebenen nicht."
Er prallte zurück, lachte verlegen auf und schüttelte den Kopf. „Das sage ich nicht!"
Sie lachten.

Am Morgen ging Nyrden an Ewéns Arm durch die Stadt zum Wohnturm, der stolze Jilla trug Déinm. Ganz Runjhày hatte sich zur Freudenbekundung an ihren Weg stellen wollen, doch Rilan hatte dies zu verhindern gewusst, da Nyrden solches nie geschätzt hatte und nun eher der Ruhe bedurfte. Dennoch grüßten einige sie in Wohle. Jennai hieß sie beim kurzen Besuch in ihrer Kammer mit den Ausruf „Welch glückliches Jahr!" und einem Segen für Nyrden und das Kind willkommen.
Eine Weile blieb die Wahrin darauf im Bett, am dritten Tag nach der Geburt begab sie sich in den Garten. Lange lag sie dort in Decken gehüllt auf einer Bank, den Kopf auf Ewéns Schoß, die Kleine auf dem Bauch. „Wie schön mein Leben geworden ist", sagte Nyrden leise.
Die Leyawi lächelte.
Da der Säugling Hunger zeigte, setzte Nyrden sich wieder auf. „Es ist kein Vorwurf", versicherte sie, als sie ihr Kleid öffnete. „Aber warum waren es sechs Jahre? So lange."
„Unerträglich lange, ja. Weil Dinge, die mich ausmachten, enden mussten. Es ging nicht schneller ... Du hast mich einmal nach meinen Ängsten gefragt."
Sie nickte und half Déinm, ihre Brustknospe zu finden. Nach den ersten schmerzvollen Malen war es ihr angenehm geworden, ihr Kind zu stillen.
„Meine Antwort war nicht vollständig, weil ich es nicht klar sah. Dich, Resa, Leyawi und sicher zu der Zeit auch schon Runjhày nicht schützen zu können, waren nur die Wege zu meiner größten Furcht: der, dass der Krieg mich brechen würde. Denn in eurem Schutz zu versagen, euch in Arge oder Tod zu wissen, hätte mich gebrochen. Hat es bei Resa. Ich habe so viele gesehen ... Erinnerst du dich an den Krieger, der seine Sippe angegriffen hat?"
Mit leiser Betrübnis bejahte Nyrden. „Es ist nicht so selten, wie ich damals glaubte."
„So ist es", stimmte die ehedeme Streitin zu. „Ich wollte nicht so enden. Wäre eine zu große Gefahr gewesen. Ich hatte Angst, Relàr zu folgen und nicht Danrùn. So tat ich alles, um dem zu entgehen: tötete ohne Genugtuung über meine Überlegenheit, sorgte immer für eine scharfe Klinge, beendete auch das Leiden schwer verwundeter Feindinnen. Hieß die Toten in Gedanken an meinem Feuer willkommen. War jederzeit bereit zu sterben. Aber ich starb nicht. Ich starb nicht wie die anderen und musste im Überleben verstehen, dass es der Krieg selbst war. Ich war Kriegin, Heerführin. Ich war der Krieg. Und es war alles verkehrt, musste enden. Darum bin ich gegangen. Darum hat es so lange gedauert. Es war unfassbar groß in mir."
Die Runjhày rührte sie tröstend.

„Aber selbst im Gehen hinterließ ich noch Unglück", fügte Ewén hinzu. „Ich bedauere so sehr, dass ich dich verlassen habe. Ich wollte dich nie beargen, aber ich tat es. So oft."
Nyrden erstrahlte. „Ich weiß, dass du es nie wolltest. Jetzt bist du wieder hier."
Déinm spie Milch, und die Älteren waren einige Augenblicke damit beschäftigt, das Erbrochene abzuwischen. Anschließend nahm Ewén das Kind auf den Arm.
Ihr ein Tuch reichend, warnte Déinms Mutter: „Sie wird noch einmal spucken."
„Dann spuckt sie." Liebevoll lächelte Ewén das Neugeborene an.
„Was bewahrte dich davor ... die Zügel zu verlieren?", fragte Nyrden leise.
„Zu brechen. Ihr. Die ich liebe. Ihr hieltet in mir wach, dass auch andere lieben und keine Kriegin Arge gutheißen kann. Krieg ist, wo andere um der eigenen Erhöhung wegen unterdrückt werden. Er ist überall dort, wo zerstört wird. Leben, Ansichten, der Weg, den eine Mensch zum eigenen Glück vor sich sieht. Du hast mich auch einmal gefragt, was mein Wunsch sei. Ein Teil meiner Antwort steht noch heute: Glück mit dir, Sicherheit für unsere Völker. Aber nun kommt hinzu, dass ich Krieg verhindern will. Es gibt so viele gute Wege, die darin bekannt sind. Vielleicht kann ich sie beschreiten oder neue finden. Ich war ein so großer Teil von Zerstörung, nun möchte ich Teil von Heilung werden. Ich will Teil davon sein, dass keine mehr in den Krieg ziehen muss. Es mag ein noch weniger aussichtsreiches Ziel sein als mein einfältiger Wunsch von damals, der sich dann erfüllte. Der, vor dem besten Heer zu stehen. Aber es ist besser.
Das war übel. Das Ziel zu erreichen und dort festzustellen, dass es nichts wert war, gar nichts. Ein besseres Ziel wäre es gewesen, Resa gesund ins Erwachsenenalter zu begleiten. Mehr mit ihm zu reden, ihm mehr zu erklären, ihn zu warnen und zu Besserem anzuleiten. Ihn unter Aufsicht mit den verdammten Äxten üben zu lassen. Oder mich mehr auf dich einzulassen, so wie du dich auf mich eingelassen hast." Sie seufzte leise.
Nyrden koste Ewéns Arm, spürte aber kaum Schmerz an ihr. Die Jüngere fuhr fort: „Ich habe verstanden, dass ich, wie sehr ich mich auch bemühe, die Dinge nicht ändern kann, nur weil ich es will und dafür kämpfe. Nicht mehr kämpfen zu müssen, das ist gut."
„Ich liebe dich", sagte Nyrden, nachdem sie einige Augenblicken lang auf Weiteres gewartet hatte, und drückte sich an sie. „Morgen wird der Rat über das Stadterbe zusammenkommen. Außerdem kam vorhin eine wenig erfreuliche Nachricht aus Kirak. Komm mit in den Rat. – Was schaust du? Du bist noch immer Mitglied."
Ewén schnaufte zweifelnd. „Es ist lange her."
„Wir können deine Sicht brauchen."
„Dein Wille, Erste."
„Du willst doch in den Rat, oder?"
„Ja, schon." Ein kurzes Schweigen. „Ich weiß, dass ich das alles nicht verdient habe", sagte die Leyawi dann.
Ihre Gefährtin setzte zum Widerspruch an, überlegte kurz, ehe sie ihn verwarf, da er nur seinerseits Widerspruch hervorgerufen hätte. Stattdessen grinste sie. „Nun, vielleicht habe ich es verdient."

Jennai, der nun auch das Sitzen Schmerzen bereitete, war schon zu dem Liegestuhl gebracht worden, den Runjhày für sie gebaut hatte. Das Erbe war schnell erklärt: Déinm wurde vor ihrem Bruder zur Anwartin auf die Stadtwahrung ausgerufen. Den Tag des Geburtsfestes wollten die Eltern später bekanntgeben.
Die Botschaft Kiraks verernstete die gelösten Mienen schnell wieder. Trotz des vor Jahren durch Nyrden erweiterten Handelsbündnisses, an dem beide Völker Gewinn hielten, hatte Kirak gegen Runjhày Fehde ausgerufen. Das Haus war empört. Es herrschte das übliche Durcheinander seines aufgebrachten Rates. Kaum eine hielt sich mehr an die Form, wenn sie das Wort ergriff.
Nyrden, die Déinm Milch gab, sah schon länger, dass Ewén angestrengt überlegte. Ihre Blicke trafen sich, sie forderte sie ohnwort zur Rede auf. Als es ruhiger wurde, erhob die Leyawi sich: „Wenn Krieg verhindert werden soll, wäre es besser, gar nicht darauf zu antworten."
„Warum das? Sie werden Galle sieden, wenn wir ihnen so wenig Aufmerksamkeit zollen", erstaunte sich Rilan.
„Lass sie sieden. Sie rufen um Krieg, weil sie eine schlechte Ernte fürchten müssen. Seit Geitrùs Tod hat sich dort einiges geändert. Wer vor sieben Jahren waffenfähig war, ist heute tot. Halbwüchsige und Alte reichen kaum für das Werk. Ihr Rat besteht aus Hungernden. Antwortet, als hättet ihr niemals eine Kriegsforderung erhalten, mit dem Angebot auf ein neues Handelsbündnis."
„Damit würde Runjhày das Gesicht verlieren", warf Remneù empört ein.
„Ach, was! Letztlich zählt nur das Ergebnis. Wenn ihr euch mit ihnen schlagt, werdet ihr schließlich als das stärkere Volk dastehen, was jetzt schon alle wissen. Der Preis werden Tote in allen Häusern sein und ein Bündnis, das in Rache und Tribut neuen Krieg fordert. Bietet ihnen stattdessen Handel an und verschweigt ihre Herausforderung und eure Überlegenheit. Schickt Vorabgaben eines erweiterten Bündnisses. Essen, Saatgut. Ihr wollt Handel, nicht Krieg. Bietet ihn an."
Jennai hielt ihren Becher mit beiden Händen und lauschte der einsten Heerführin. Nyrden hatte die Alte selten so glücklich gesehen. Ein friedvolles Lächeln lag auf ihren Lippen, und das Leuchten ihrer Augen ließ Faltentäler verblassen.
„Sie rufen nicht Fehde aus, weil sie glaubten, sie könnten sie gewinnen", fuhr Ewén fort. „Da sie nur geringen Tribut entrichten könnten, würden sie als Unterlegene Teil Runjhàys werden. Was baldiges Essen für sie bedeutet, kaum mehr. Sie ziehen eine Schlacht und Unterworfenheit dem Hunger vor."
Damit setzte sie sich wieder.
„Warum bitten sie nicht um Hilfe?", fragte Jkai.
„Weil Kiraken stolz sind."
Es wurde still. Einige hielten Mitgefühl in den Mienen.
Rilan warf Nyrden einen fragenden Blick zu. Sie nickte. Er erhob sich. „Wer stimmt für Ewéns Rat?"
Fast alle hoben die Hand. Der Wahrer wandte sich an die erleichtert Wirkende. „Berate dich mit Jennai. Tragt euren genaueren Plan morgen vor."

Sie ehrte ihn.

„War es dies?", fragte er die Runde.

„Nein." Nyrden blieb sitzen, das Kind noch immer an der Brust. „Ewén und ich werden einander nach dem Brauch Leyawis baden. Sie wird keine Nebenfrau sein, auch nicht nur vor den Völkern. Und es wird auch nicht Dreierehe heißen, es sei denn, ihr beiden wünscht es. Ich werde ein gleichwertiges Band mit Leyawi ausrufen, wenn es dem zustimmt."

Ihre Gefährtin sah sie überrascht an.

Der Rat, der es trotz der zugenommenen Kraft der Stadtwahrin gewohnt war, von ihr ausgewogene und vorschlagende Worte zu hören, zeigte sich über diese Ankündigung verblüfft. Da ein stärkeres Bündnis mit Leyawi aber von allen gutgeheißen wurde, erklangen zustimmende Antworten. Keine hatte Weiteres vorzubringen, so schloss Jennai die Versammlung.

Botinnen verließen die Stadt, um Einladungen zu Geburtsfest und Handgebe zu überbringen. Da die Tagnachtgleiche bereits vorüber war, hatte Nyrden eine nahe Zeit gewählt, in der der ansonsten regenreiche Frühling in den letzten Jahren meist gutes Wetter gehalten hatte.

Déinms Ehrung würde die Feierlichkeiten beginnen, einen Tag darauf würden die Gefährtinnen einander zum Bad bitten. Nyrden hatte nicht wirklich erwartet, dass Berretas oder Setola kommen würden. Dass beide jedoch nicht einmal Glückwünsche schickten, verdüsterte ihre Stimmung sehr, die umfangreichen Vorbereitungen lenkten aber sie schließlich ab.

Bald vor dem Fest erreichten die ersten Gäste Runjhày; Leyawi und Ehiàr trafen gemeinsam ein. Èsralon und Nelai waren mit ihren Kindern gekommen, das Wiedersehen verlief innig, Ewén strahlte Glück.

„Ich hätte nicht geglaubt, dass du einmal zum Bad rufen würdest", sagte Èsralon, die ihre Hände kaum von denen ihrer Schwester lösen wollte.

„Ich schon", entgegnete Nelai und folgte dem Gruß.

Während Nyrden auf sie zutrat, schlug Ewén den Armgruß mit Nilewai. „Ich hoffe, ich bekomme die Äxte nicht zurück."

Er forschte kurz in ihrem Gesicht nach verborgenem Ernst, fand ihn nicht und verneinte. „Nyrden hatte diese Sorge und drohte mir, den Handel wieder einzustellen, wenn ich es täte. Aber ich hätte es auch sonst nicht. – Du siehst großartig aus."

„Auch deine Augen werden nicht besser, Nilewai", spottete eine Stimme hinter Ewén.

„Laar!"

Lachend rutschte die Freundin vom Pferd, ihre Umarmung währte lange. Dann wandten sie sich einer muskelschweren Kriegin zu, die nun Laars Reittier hielt. Ewén maß sie von Kopf bis Fuß. „Bei allen Ahninnen! Ist das möglich? Du bist eine Frau geworden, Jùhna!"

Die Junge lachte. „Das will ich hoffen!"

„Halte dich zurück!", mahnte die Lekhe ihre Freundin, nur teils im Scherz.

Ewén lachte ebenfalls. „Wo ist dein Vater?", fragte sie Jùhna.

Laar antwortete an ihrer Statt: „Er ist nach Lekhen zurückgekehrt. Ich erzähle es später."

Nyrden bat Èsralon, Rilan und Jennai um ein Gespräch über den Ehevertrag, vor dem Ewén auf den Strohplatz floh. Als die Verhandelnden, sehr schnell einig geworden, zu ihr kamen, fanden sie sie in einem beginnenden Übungskampf mit Nelai.
Innerhalb weniger Augenblicke lag der Githe das erste Mal nieder. Seine Gegnin ließ ihn sich erheben, und der zweite Messgang endete ebenso schnell wie der zuvor mit Nelais Niederlage. Obwohl Ewéns Bewegungen nicht so schnell waren wie früher, schien ihr Kampf es zu sein. Sie schätzte den Gegenüber und kam seinen Schlägen oft zuvor. Die Ruhe, die sie vor Jahren in Kämpfen um sich verbreitet hatte und deren gewachsene Kraft Nyrden bereits gewahrt hatte, hielt nun Order über sie. Selbst behende Bewegungen hielten keine Hast, sondern Gelassenheit.
Èsralon, die auf ihrem Pferd saß, lautete beeindruckt, als ihr Gemahl wiederum zu Boden ging, wo er ein Zeichen seiner Aufgabe gab. Ewén trat zu ihm und bot ihm den Arm. „Du wirst alt, Nelai", neckte sie freundlich, als sie ihn auf die Beine zog.
„Das hoffe ich. Aber das ist es nicht", widersprach er. „Du bist stärker geworden. Noch stärker."
Sie schüttelte den Kopf, erntete aber seine ernste ohnworte Bejahung.
„Wollt ihr essen?", fragte Runjhàys Wahrin.
Die Übrigen stimmten zu.
Als sie im Hof waren, sah Nyrden, die Ewén zugewandt war, diese mit einem Mal aufleuchten. Mawakai und Éyark ritten auf den Platz, gefolgt von einem Dutzend Lerusmen. Vor der kleinen Gruppe hielten sie an. Mawakais steifes Bein war an den Sattel geschnallt, Èsralon hatte ihr vor Jahren diesen Rat gegeben. Nun löste die Lerusme die Riemen, saß behutsam ab und begrüßte die Versammelten, ohne die Form zu wahren, indem sie jede heftig an sich drückte. „Ich kann es nicht fassen! Den Segen der Ahninnen für euch!" Sie strahlte Nyrden an: „Besonders für Déinm, dich und deine Frau."
Wonta folgte ihr im Gruß.
Éyark hob das Kind, das vor ihm im Sattel gesessen hatte, herab. Der Sippengruß der Leyawi wurde gewechselt; Ewén umarmte er. Nyrden betrachtete ihn in Wohle. Auch an ihm waren Änderungen zu spüren. Er war so schön wie je, verbreitete aber die ehedem auffallende Hitze nicht mehr. In seinem Blick stand Wohle. Die Runjhày spürte Freude in sich aufsteigen. Seit sie ihn vor Jahren das letzte Mal gesehen hatte, waren ihre Gedanken manches Mal bei ihm gewesen.
Eine Kriegin und eine weitere Kleine kamen hinzu.
„Meine Gemahlin Dalon", stellte Éyark vor. „Tisai und Ewén, unsere Töchter."
Dalon schlug einen Armgruß mit den Gastgebinnen. Die Kinder waren gleich alt, um die vier Jahre, und ehrten die ihnen Fremden gebührend. Éyark wirkte stolz.
Der Ausdruck in den Zügen seiner wenig älteren Schwester wandelte sich von Erstaunen zu einem Leuchten. Sie hockte sich nieder. „Ewén", sagte sie langsam und sah ihn an. Er nickte. „Und Tisai", fuhr sie den Meden zugewandt fort. „Das klingt nach zweien, die gerne in den Ställen helfen würden."
Eins der Kinder quiekte auf, das andere bejahte scheu.
„Ich komme mit", ließ sich Dalon vernehmen, und auch Éyark stimmte zu.

„Danrùn!", schrie da eines der Kinder und rannte los.
„Tisai!"
Èsralon lachte mit Blick auf ihren Sohn, der der Mede entgegenflog. Die Kinder prallten zusammen und landeten auf der Erde. „Vielleicht sollten wir im Stall essen. An der Tafel sitzen werden sie jetzt nicht."
Ewén erwartete, dass die Wahrin ihren Spross um Haltung mahnte, was jedoch nicht geschah. Auf dem Gang, die Pferde zu versorgen, berichtete Mawakai über die Vorausgehenden: „Dalon führt meine Spähinnen. Sie hält die Faulen in Bewegung, ich bin sehr zufrieden mit ihr. Éyark hätte ich gerne schon früher als Heerführer gehabt. Sie sind ein Geschenk für Lerusm."
Nachdem die Tiere versorgt waren, fanden die junge Ewén, Tisai und Danrùn im Stall einige Hunde, mit denen sie zu spielen begannen, Mawakai und Nelai tollten bald mit ihnen. Wonta hatte sich verabschiedet. Er wollte seinen Vater holen, einen ersten Blick auf seine unter Jillas Obhut schlafende Schwester werfen und die übrigen Kinder der Wahrenden Leyawis rufen. Nyrden und Èsralon sorgten an einer Wand Speisen auf.
Éyark und Ewén saßen nebeneinander im Stroh und teilten sich einen Becher Weines. „Du hast zwei wundervolle Töchter", bekundete sie leise. „Und Dalon scheint dich auch zu ertragen."
Der Jüngere lachte leise.
„Bei allen Ahninnen, deren Ruhm du bist, ich bin so froh!"
„Ich auch." Sein Blick fiel auf die Spielenden. „Mein Leben ist nicht so verlaufen, wie ich es gewünscht hätte. Aber das, was mir am wichtigsten war, halte ich. In Glück. Mehr kann ich nicht erhoffen, und mehr ist auch nicht not. Wenn ich einst dem Ahnen begegne, dem ich dies zu verdanken habe, wird meine Ehrung keine Grenzen finden."
Sie seufzte.
„Aber dir kann ich schon heute danken", fuhr Éyark fort.
Überrascht schaute sie ihn an.
„Ohne dich wäre ich längst tot", erklärte er. „Du hast mir das erste Mal das Leben gehalten, als ich sechs war. Als du dich den Sihden entgegengestellt hast. Ich habe nicht gezählt, wie oft danach. Dann hast du mir dieses grässlich gute Heer hinterlassen, und ich hatte nur die Wahl, es anders weiterzuführen als zuvor – mit meiner Hand – und daran selbst zu wachsen oder die Wahl zu scheitern. Und scheitern kommt in Weidegrunds Erbe nicht in Frage. Dann Wethen ... Ohne deinen Beistand hätte ich den Tod gewählt. Und ohne Nyrdens. Ihr beiden habt mir gezeigt, dass unser Gang allein nicht glücklich wird. Die Aufgestandenen haben sich..."
„...zu sehr verhärtet."
„Und verschlossen, ja. Die unbezwingbaren Aufgestandenen. Mit Herzen schwächer als Schnee in der Sonne." Er lächelte, aus Versonnenheit auftauchend. „Du hattest den Mut, eine Sanfte in dein Leben treten zu lassen und deine Sanftheit zuzulassen. Ich danke dir. Durch deinen Beistand, dein Beispiel war es mir möglich, Glück zu finden."
Sie griffen einander.

„Ich liebe dich", sagte sie an seinen Hals. Einen Augenblick später bemerkte sie: „Familie scheint dir gut zu bekommen."
Éyark schmunzelte. „Ja."

Déinms Fest wurde von freundlichem Wetter begleitet. Selbst die Leyawi fanden sich im Tempel ein, um Zeuginnen von Jennais Segen für das Neugeborene zu werden, wennauch sie in Tornähe jenseits der Gläubigen blieben. Die im Garten unter dem geschmückten Ratsbaum gereichten Güter waren Spiegel zugewandter Schenkender. Selbst das verarmte Rweden brachte bescheidene, herzliche Gaben. Leyawi übertraf die Übrigen nur fast, wie es bei Wontas Geburtsfest gewesen war. Dieser hielt die Kleine während der Darbringung und glühte vor Stolz.
Ewén hatte ihre Habe vom Kämmerer gelöst und vollständig für Déinm verwendet: teils für Gold und Holdenträne, teils für weiche Tücher, in die das Kind gewickelt werden sollte. Das Versprechen, ihm jeden möglichen gewaltfreien Dienst zu seinem Wohl zu tun, schloss die Bescherung ab. Der Abend verging in einem Festmahl, mit Musik und Tanz.
Sehr früh, lange vor dem Dämmer, stand Ewén auf, obwohl der Wein des Vortages es ihr schwermachte. Sie sorgte um die Festkleider, während Nyrden Déinm versorgte. Da die Kleine sich an diesem Tag viel Zeit mit dem Trinken ließ, würde sich das Bad verzögern. Als sie schließlich geendet hatte, halfen die Gefährtinnen einander beim Schmücken des Haares. Ein wenig nach dem Morgengrauen, später, als es nach der Art Leyawis üblich war, gingen sie in die Halle, wo ein Lichterzug sie bereits erwartete. Rilan nahm seine Tochter auf den Arm. Dann führte das Brautpaar den Zug ins Badehaus an.
Jilla hatte über die Vorbereitungen nicht geschlafen. Übernächtigt, aber mit unübersehbarer Freude, hieß er die Eintretenden willkommen. Sie legten ihre Kleider ab und betraten den mit Blüten und farbigen Tüchern verzierten und in edlen Gerüchen duftenden Hauptraum. Neben dem größten Badebecken saß Jennai. Die Geladenen bildeten einen Kreis um den Wasserrand, jede ein Licht in der Hand, und sanken ins Wasser. Ewén und Nyrden gingen an einander gegenüberliegenden Seiten des Beckens hinein.
Wider Erwarten leitete Jennai das Bad mit einem stillen Segen ein. Sie hatte die Hände gehoben, die Augen geschlossen und war nach innen gekehrt. Nyrden gewahrte die von ihr ausgehende Wohle wie einen Duft ausströmen und die Umgebenden erfassen. Obwohl es ihr selbst nur Gewohnheit, aber niemals gerne geworden war, in aller Aufmerksamkeit zu sein, war es der Wahrin dieses Mal nicht arg. Sie fühlte die Zuneigung derer umher und wie sie den Vereinten gute Wünsche entgegenschickten.
Als Ewén langsam auf sie zukam, hielt Nyrden das seltsame Gefühl, nicht als Braut und Geschenk empfangen zu werden wie bei ihrer ersten Handgebe, sondern als Frau vor die Geliebte zu treten. Sie reichten einander die Hände, und wie es abgesprochen war, begann die Jüngere ihre Eide:
„Meine Liebe. Dir Wundervollen gehört mein Herz seit elf Jahren. Mein Glück kam mir dir, und es bleibt, weil ich an deiner Seite sein darf. Ich werde dich nicht mehr verlassen. Und ich schwöre dir bedingungslos meine Treue und meinen wohlen Dienst, solange ich lebe."
Nyrden konnte nicht verhindern, dass sie aufschluchzte. Ewén lächelte und schloss die

Arme um sie. Es währte nur einen Atemzug, bis sie einander erneut bei den Händen nahmen.
„Meine Liebe", zum Erstaunen fast aller sprach Nyrden leyawi, „du warst meine größte Lehrin, meine größte Herausforderung und bist mit meinem Kind mein größtes Glück." Ihr rannen Tränen. „Mir wird ein reiches Leben gegönnt, weil es dich in ihm gibt. Dafür werde ich immer dankbar sein. Ich gelobe, bedingungslos zu deiner Wohle zu tun, was immer ich kann. Solange ich lebe."
Auch Ewén weinte lautlos.
Turai brachte ihnen Tücher, mit denen sie einander wuschen und die Gesichter abtrockneten. Dann reichte Éyark, der als Einziger ein Tuch um die Hüften trug, ihnen einen Teller, auf dem ein Kornfladen lag. Ewén nahm ihn, ließ Nyrden davon abbeißen, die die Handlung an ihr wiederholte. Die am Beckenrand lehnende Èsralon sah Rilan drängend an. Hastig übergab er Déinm Mawakai, nahm den bereitstehenden Becher und hob ihn Nyrden und Ewén entgegen, die einander aus ihm tränkten. Darauf teilten die nunmehr Vermählten eine weitere Umarmung, die das Ritual beschloss.
Rilan kehrte zu Déinm, Wonta und Mawakai zurück.
„Lass sie mich noch halten", bat die Lerusme leise mit einem Lächeln auf dem Säugling. „Gerne."
„Welch Segen", gab Mawakai kaum hörbar von sich, und er wusste nicht, ob sie das Kind oder das Brautpaar meinte. Nun sah sie Rilan an. „Es tut mir gut zu spüren, dass ihre Liebe nicht gelitten hat. Trotz der Jahre der Trennung."
Ihre Blicke fingen einander und sprachen Dinge, die ihre Zungen nicht zu sprechen wagten.
„Ich würde gerne sagen", brach die Kriegin dieses Gespräch durch geflüsterte Worte. „Mögen ihre Ahninnen ihnen beistehen. Aber sie tun es bereits. Mögen sie es auch weiterhin."
Rilan nickte. Beide waren im Folgenden sehr versonnen.
Die mitgebrachten schwimmenden Lichter wurden ins Wasser gelassen, und während sie sich, dem leichten Strom folgend, der das Becken speiste, um die Liebenden sammelten, begann der Gesang. Rilan wusste, dass Nyrden viel Aufwand mit der Auswahl der Sanginnen betrieben hatte. Es waren eigens dafür Naltivi aus der Ebene gekommen, und ihnen gesellten sich Leyawi und Runjhày aus der Stadt hinzu. Das Lied war wie ein Sinnbild der beiden Geeinten: Die Naltivi gaben mit sanften, hohen Stimmen ihre Weisen zum Besten; die Leyawi die ihren in der kehligen, raßen Art, die Rilan von ihnen kannte; die Runjhày hielten ein altes Vermählungslied ihres Volkes, um das sich der Gesang der anderen schmiegte wie ein Band. Seltsamerweise fügten sich die Stimmen zu einem Gleichklang zusammen, der nicht die Unterschiede betonte, sondern Einigung in der Vielfalt. Rilan hatte niemals zuvor solche Musik gehört. Blütenschalen folgten den Lichtern. Nicht wenige Zeuginnen wirkten sehr berührt. Nachdem das Lied verklungen war, luden die Gemahlinnen die Übrigen zum gemeinsamen Bad ein.

Am späten Abend, als die meisten Feiernden sich müde zurückzuziehen begannen, rief Jennai zum kleinen Rat in ihre Kammer.
„Was gibt es?", fragte Nyrden, als sie sich setzten.

„Rweden", erwiderte ihr Gleichgestellter. „Es ist kaum zu verwalten. Die vielen Reisen gehen auf Kosten unserer Heimatwahrung, wie du weißt. Es braucht Wahrung vor Ort." Er wandte sich Ewén zu. „Die Rweden drängen stärker als je nach neuer Stadtwahrung. All ihre Versuche, sie dort allein zu finden, waren blutiger, als das Land es verkraften kann. Die stärksten Gruppen haben sich gegenseitig fast ausgelöscht. Nun rufen die Verbliebenen erneut nach Wahrung durch Verbündete. Durch Unbelastete, was diese Fehden betrifft. Wenn du deine Meinung von damals geändert haben solltest und ihr es wolltet, bäten wir euch darum."

„Ihr bietet uns ein Land als Gabe zur Handgebe?", fragte Nyrden.

„Wenn du es so sagen willst", bejahte er lächelnd. „Aber es ist keine uneigennützige. Es brächte allen Wohle, wenn ihr sie annähmt. Abgesehen davon, dass ich dich und gewiss auch Déinm sehr vermissen würde. Es scheint Götterwillen zu sein, dass ich mit keinem meiner Kinder leben kann."

Mawakai sah ihn an.

Nyrden lächelte. „Danke sehr. Aber nein. Ich werde meinen Garten nicht verlassen. Ich bin Runjhày und will, dass Déinm hier aufwächst. Ich werde nicht gehen." Ihr Blick fand ihre Frau, die ihr ohnwort zustimmte.

Rilan seufzte.

„Dann werden wir es doch aufteilen müssen", brummte die Lerusme. „Geister, wie soll das gehen? Wenn Leyawi keine Güter schicken würde, könnten wir Rweden kaum vor neuerlichem Hunger bewahren."

„Da sei ohne Sorge. Das würde Èsralon nicht zulassen, gleich, wie das Land heißt, dem sie sich einst verpflichtet hat", ließ sich Ewén vernehmen, und, in plötzlichem Einfall ausrufend: „Éyark! Er wäre ein guter Stadterster."

Beide Sorgentragenden merkten auf.

„Das ist ein guter Gedanke", sagte Jennai. „Sie schätzen Leyawi sehr."

„Und Dalon ist Rwede", warf Mawakai ein.

„Tatsächlich?"

„Allerdings. Das sieht fast aus, als hätten die Geister es bereits beschlossen."

Die Benannten wurden gerufen.

Jennai trug ihnen das Anliegen vor. „Es wird nicht einfach", schloss sie. „Noch immer argen schlechte Ernten, trotz der Hilfe der Verbündeten. Die Menschen sind verstört, der Aufbau wird noch lange nicht beendet sein. Die letzten Fehden müssen enden. Es wird hartes Werk. Rweden muss sich aufrichten."

Éyark begann zu leuchten. „Das ist mir nicht fremd. Vielleicht bringen wir dort Nutzen." Er wöhnte Dalon zu. „Falls du..."

„Stadtwahrung", grinste diese breit. „Sie könnte mir gefallen. – Hartes Werk scheut keine von uns."

„Es ist also beschlossen", verkündete Nyrden mit einem Strahlen.

„Soll ich nun jammern oder mich freuen?", klagte Mawakai. „Mein Heer wird euch vermissen. Aber Rweden wird euch gut anstehen."

„Wenn wir Rweden ebenfalls gut anstehen", entgegnete der Leyawi.

Endlich fanden Laar und Ewén die Gelegenheit, zu zweit zum Gespräch zu kommen. Sie saßen im Garten. „Ich beginne, mich wieder an Wein zu gewöhnen", bemerkte die Jungvermählte, wobei ihr Tonfall nicht verriet, ob sie dies schätzte oder nicht.
Laar lachte leise.
„Nun, was ist um Raiun? Gibt es einen anderen?"
Sie schüttelte den Kopf. „Nur für Tänze."
„Ist es dir arg darum?"
Die Ältere maß die Freundin mit einem langen Blick. „Sechs Jahre haben viel bewegt, wie es scheint. Nein, es ist schon ewig her. Es war schwer. Und gemein, weil ich ihm nicht einmal Vorwürfe machen konnte. Er ist kein Scheusal, auch wenn ich das für eine Weile geglaubt habe. Unsere Zeit war schlicht vorüber. Aber es ist mir gut jetzt. Sehr gut, weil du wieder da bist. Ich nehme an, du wirst auf Runjhày bleiben."
„Ja."
„Dann werde ich manchen Winter hier verbringen." Laar lächelte. „Du wirst es nicht für möglich halten: Ich bin Ausbildin geworden."
„Und wie ich das für möglich halte. Sehr gut. Als Ausbildin taugst du mehr denn als Kriegin."
Sie grinste. „Ich wünschte, du hättest nicht Recht damit. Und du? Du wirst das Heer nicht mehr führen?"
„Nie wieder. Die Bereitschaft zum Krieg ... ist in mir zum Ende gekommen. Das Scheußliche daran ist, dass ich Krieg nun erkennen kann, wo immer er ist. Glaube ich."
Laar hob fragend die Brauen.
„Ich habe Berretas einst vorgeworfen, Krieg in der eigenen Sippe zu führen", erinnerte die Leyawi. „Aber ich war nicht besser. Indem ich so laut auf die Stadtwahrung verzichtete, weckte ich das Gefühl in Èsralon, nur die zweite Wahl zu sein."
„Du warst zu jung! Außerdem hätte sich Kadùn ohnehin gegen Danrùns Wunsch und den Rat durchgesetzt. Er war der Stadterste. Danrùn war schon seit Jahren tot."
„Ja. Dennoch. Mein betonter Verzicht stand immer zwischen uns. Einen solchen Wall hat es zu Éyark nie gegeben. Lass ihn über seine Unterlegenheiten im Kampf gejammert haben. Er hatte nie das Gefühl, dass sein Platz eigentlich mir gebührte. Ich wollte das Heer, nicht die Stadt. Und ich habe es bekommen. Aber es wäre nicht nötig gewesen, Èsralon zu beschämen. Es war falsch, und das kann ich nicht durch Jugend allein geschehen sprechen. Darin trat ich Relàrs Erbe an..."
„Ewén!"
„Es ist so. Krieg gegen die Meinen, Selbstgefälligkeit, Selbsterhöhung. Hochmut. Andere nicht achten. Dass es uns beide nicht dauerhaft beargte, verdanke ich Èsralons Liebe und nicht mir selbst."
„Ewén. Das ist eine Ewigkeit her. Èsralon ist eine hervorragende Stadterste. Vielleicht besser, als du es gewesen wärst."
„Das ist ganz sicher."
„Und du machtest das Heer nah unbesiegbar. Deine Entscheidung führte zu Stärke."

„Ja. Stärke." Sie schnaufte. „Immer nur Stärke. Du hattest Recht, sie reicht nicht! Es ist schon lange an der Zeit, die berggroße Furcht vor Schwäche hinter uns zu lassen, die Danrùns Tage in uns gesät haben. Wie viele sind gestorben, weil wir Schwäche scheuen und verleugnen? Wie viele hätten ein gutes Leben führen können mit ein wenig mehr Mut dazu, nicht unbesiegbar zu erscheinen? Wir haben es versäumt, die Dinge zu verändern, als es nötig gewesen wäre. Vielleicht waren sie nie richtig. Vielleicht waren es alles falsche Annahmen."
Kurz kam Schweigen auf.
„Nun, jetzt bist du hier."

Seit ihre Wundblutung aufgehört hatte, ging Nyrden mehrmals täglich ins Badehaus, meist nur kurz. Dieses Mal empfing Gelächter sie, das sie als das Éyarks erkannte. In Erwartung auf angenehme Gesellschaft betrat sie den sonst unbesuchten Bereich der Badenischen, in dem sie ihn vermutete. Die Pflanzen zwischen den Becken versagten die Sicht auf zweie, die im Wasser zu toben schienen.
Als Nyrden zu einem Gruß ansetzte, vernahm sie Éyarks Stimme in einem Ernst, der dem ehedem Gehörten entgegenstand: „Du hast sehr schnell zugesagt. Bist du gewiss, dass du zurückkehren willst? Du hattest eine Menge Ärger dort."
„An dem ich nicht unbeteiligt war, jung und dumm, wie ich damals war. Mit dir kehre ich gerne heim", antwortete Dalon, und so viel Liebe sprach aus ihrer Stimme, dass Nyrden einen Schritt zurücktrat, um im Augenblick der Nähe zwischen Geeinten nicht zu stören.
„Hilfst du mir, die Wahrung nicht zu missbrauchen?", fragte die Rwede. „Gegen die, die dafür sorgten, dass ich gehen musste. Falls sie noch leben."
Nun sah Nyrden die beiden den Beckenrand erreichen. Dalon griff nach einem Tuch.
„Glaubst du, das wäre not, wenn du es jetzt schon als Sorge hältst?" Éyark küsste seine Gemahlin mit einer Innigkeit, die die Runjhày dazu bewegte, sich zu entfernen und einen anderen Bereich des Hauses aufzusuchen.

Manche Gäste blieben lange. Als schließlich auch die Lerusmen und Rweden gemeinsam aufbrachen, schlossen sich Turai und die Ihren ihnen an, da sie Éyark und Dalon später zu deren neuer Wirkensstätte begleiten würden. Das Leben in Runjhày wurde wieder ruhiger.
Eines Tages, Nyrden endete eben darin, ihrer Tochter Milch zu geben, kündigte Ewén einen Boten Naltivis an. „Berretas hat Gaben für Déinm und dich vorausgeschickt. Sie ist auf dem Weg hierher."
Ein selten gesehener Ausdruck kam in der Stadtwahrin Züge. Sie erhob sich mit dem Kind im Arm und lenkte ihre Schritte auf den Hof. Dort herrschte reges Treiben: Stoffballen, Kisten und Truhen wurden von prächtigen Naltiviwagen abgeladen; Bedienstete trugen die schweren Lasten in Richtung der Halle. Ein reichgewandeter Naltivi, der die Aufsicht hielt, eilte den Hinzukommenden entgegen. „Nyrden! Gesundheit deinem Hause!", rief er erfreut und bot ihr den Stirngruß, den sie erwiderte. „Und Götterlächeln für euch beide! Ich bin so froh! Nach all den Jahren." Sein strahlender Blick erforschte den Säugling. „Das ist also die kleine Erbin. Déinm."

„Redunas, mein Vetter", stellte Nyrden vor. „Ewén, meine Gemahlin."
Er versteifte sich entsetzt, während die Leyawi ihm belustigt zunickte.
„Packe alles wieder ein", sagte Nyrden.
„Wie?"
„Du hast mich gehört."

Berretas wurde bei ihrer Ankunft in den Garten gebeten, wo Nyrden sie unter dem Ratsbaum erwartete. Die Ältere schnaufte und hielt sich nicht mit einem Gruß auf. „Du hast Redunas angewiesen, die Gaben auf den Wagen zu lassen. Was bedeutet das?"
„Dass du als Verbündete in meinem Haus willkommen bist. Aber meine Schwester wird mein Kind nicht sehen oder beschenken, bis sie mir erklärt hat, warum sie nicht bei seinem Geburtsfest zugegen war."
Ewén lachte leise.
Zorn zog an der Priestin auf.
Nyrden schaute sie fordernd an, doch ihre Stimme blieb ruhig. „Nun?"
„Was bedeutet das? Was ist mir dir geschehen?", presste Berretas hervor.
„Ich bin Runjhày, Naltivi! Ich erwarte von dir dieselbe Achtung, die ich dir entgegenbringe."
Der Gast schnaufte. „Was ... erlaubst du dir? Du bist eine Drittgeborene! Erwarte die Rache der Göttinnen für deine Anmaßung!"
„Die Göttinnen gaben mir mehr als ein Zeichen ihres guten Willens", entgegnete die Gegenüber gelassen. „Wir sehen uns im Rat, Naltivi." Sie ehrte sie formvollendet und wartete, bis Berretas den Ort wutschnaubend verlassen hatte.
Ewén trat grinsend an die verbliebene Wahrin heran, die sich auf eine Bank sinken ließ.
Nyrden lehnte den Kopf zurück. „War das glaubhaft?"
Ein Lachen antwortete ihr. „Und beeindruckend."
Sie seufzte tief.

Jennai hatte nach Rilan geschickt. Als er einen Becher für sie auf den Tisch stellte und den Stuhl an das Bett rückte, wöhnte er unwohle Botschaft.
„Welch glückliches Jahr", sagte Jennai langsam. „Welch glückliches Haus. Nun kann ich gehen."
„Damit willst du mir sagen..."
„...dass ich sterben werde", bestätigte sie.
„Aber Runjhày braucht dich!"
„Nicht mehr, Rilan. Ich will auch nicht mehr. Es ist schon so lange an der Zeit zu gehen. Fast alle meine Lieben warten auf mich, schon seit Jahren. Ich bin geblieben, weil ich gebraucht wurde. Die letzten Jahre waren kaum erträglich in diesem schwachen Körper und all dem Schmerz. Aber nun ist die Finstere zurück, und da ist Licht in ihrem Sinn. Ich habe Ersatz gefunden. Jetzt will ich gehen. Ewén wird meine Erbin im Rat sein."
„Also doch Ewén?"
„Sie ist zurückgekehrt und war immer mein Wunsch. Sie hat ihre Schatten vertrieben.

Kennst du eine, deren Blick klarer ist, sich nicht ablenken oder trüben lässt? Eine, die weniger bestechlich wäre? Ihr Wort ist viel wert, und sie wird als Vertretin Runjhàys auch außerhalb des Heeres von großem Nutzen sein. Sie wurde geliebt oder gehasst, aber immer ernst genommen. Sie ist die beste Nachfolgin, die ich mir wünschen kann."
„Was, wenn sie es nicht annimmt?"
„Sie wird es", lächelte die Betagte.
„Ich ... kann mir Wahrung ohne deinen Rat nicht vorstellen. Ohne dich hätte ich die ersten Jahre nicht ertragen."
„Sie sind ja vorüber."
Er ließ den Kopf hängen.
Eine faltenreiche Hand fasste die seine. „Du bist mir auch viel", versicherte Jennai. „Glaubst du, ich hätte sonst so lange durchgehalten? Mach uns den Abschied nicht unnot schwer. Ich werde über dich wachen, du wirst es gewahren. Nun schicke sie mir. Es ist nicht mehr lange hin."
Nachdem die Leyawi eingetreten war und auf der Liegenden Bitte hin die Tür hinter sich geschlossen hatte, dankte Jennai ihr für ihr Kommen.
„Rilan sagt, dass du stirbst."
„Ja. Wirst du mir vorher zuhören?"
Ein fragendes Nicken.
Jennai sammelte sich um Dauer. Dann: „Die Schmerzen sind in den letzten Jahren arg geworden. Ich will nicht klagen, die Göttinnen lächeln mir dennoch. Ich halte über sieben Dutzende, und mein Verstand ist klar. Andersherum wäre es arg, und dies ist keine Seltenheit. Aber ich hätte nie gedacht, dass sie mich meine Schuld auf diese Weise spüren lassen würden."
Ewén ruhte darüber. „Du warst nicht immer Sterndeutin."
„Ja."
„Warst du Kriegin?"
Die Greise ließ sich mit der Antwort, die ihr nicht wohl zu sein schien, Zeit, zog die Decke um sich, als fröre sie mit einem Mal. „Jede Kriegin würde das verneinen. Ich lernte zur Kriegin. Aber ich war eine derer, die für Güter töten. Ob im Krieg oder im Schlaf, ob Krieginnen oder Kinder, das war mir gleich. Keine hier weiß von alldem, nicht einmal Rilan."
Erneut schwieg sie. Dass sie es nun Ewén anvertraute, bedeutete ein noch größeres Erbe als das letzte Gehör. Die Lauschende wartete. „Die Göttinnen ließen mich meine Schuld begreifen. Ich habe vom bitteren Trank meiner Selbst getrunken, bis er mich erbrechen machte. Und dann verstehen."
Wieder trat Stille zwischen sie, Ewén sank in Gedanken. „Ich glaube nicht", begann sie nach einer Weile, „dass der Unterschied groß ist. Die Verteidigung der Sippen ist sicher ein besserer Grund als Güter. Aber ich kann nicht einmal sagen, es sei meinerseits allein zur Verteidigung gewesen. Es war auch darum, Stärke zu zeigen. Um Sicherheit und auch um Tribute. Ich habe durch meine Hände und durch mein Wort so viele getötet, dass ich nicht einmal schätzen kann, wie viele es waren. Hunderte, tausende? Sie alle wollten leben, sie

alle hatten Sippen, viele sicher Kinder, geliebte Menschen. Sie alle sind nun tot. Eines Tages werde ich ihnen begegnen."
Die Priestin bejahte.
„Du hast deinen Frieden gefunden", sagte Ewén, und es lag ein wenig Frage darin.
Jennai lächelte. „Ich bin bereit, die Erschlagenen mit ihm zu tränken und sie zu trösten, wenn sie es wollen. Meine Schuld mindert es nicht, aber mehr kann ich nicht tun. Was geschah, ist unveränderlich." Da war kein Groll in ihrer Stimme, nicht einmal Traurigkeit. Die Leyawi sah, wie hell das Glück in ihren Augen leuchtete.
„Aber wie? Wie hast du ihn gefunden? Sechs Jahre sind lang gewesen, um den Krieg in mir zu beenden. Aber ich halte keinen Frieden in mir."
„Nun, ich kenne deinen Krieg nicht", erwiderte Jennai. „Aber wenn er meinem ähnelt, beginnt das Ende des Krieges, beginnen Ruhe und Frieden in dir selbst. Mein Krieg endete nicht wahrlich, solange noch Zorn in mir war. Gegen die, die mich beargt hatten, als ich einst wehrlos war. Gegen mich selbst. Ich rief mir immer wieder in Erinnerung, was ich getan hatte, und ich hasste mich dafür."
Ewén sah zur Seite.
„Und so lange zürnte ich auch gegen Freundinnen, Nachbaren. Was ist Frieden? Mein einziger Rat ist: Finde heraus, was dein eigener Frieden ist, und biete ihn anderen an. Der einzig verlässliche Frieden ist der des eigenen Herzens. Aber er muss täglich Aufmerksamkeit und Pflege erhalten, an manchen Tagen mehr, an anderen weniger. – Als ich den Krieg in meinem Herzen beendete, gegen mich selbst, mich ertrug, konnte ich es selbst gegen solche, die ich ehedem als Gegninnen gesehen hatte. Ich hieß sie willkommen, und sie kamen. Neben Vorwurf erfuhr ich Vergebung. Seite an Seite mit ihnen, bestätigte sich mein Glauben an göttliche Gnade. Und ein Weg begann in mir, auf den auch du getreten bist: Krieg und Leiden zu verhindern. Ich kann die ich rettete nicht gegen die Toten aufwiegen. Die Schatten wichen mir nie gänzlich. Aber meinem Herzen gab es Heilung zu helfen. Die Lebenden zu sehen und zu schützen. Ich erkenne dasselbe bei dir."
Ewén merkte auf.
„Und du hast eine Hilfe. Ich fand keinen, der seine Unschuld hatte bewahren können. Die Erste ist ein Segen."
„Ja", hauchte sie.
„Du wirst für dieses Haus ebenfalls einer sein. Ich rufe dich auf, mein Erbe im Rat anzutreten."
„Ich? Aber..."
„Du wirst den Rat in Frieden führen. Ich bin dessen sehr gewiss. Wirst du es tun?"
Ein langes Schweigen folgte, bis die Gebetene nickte.
Jennai seufzte erleichtert. „Nun, Freundin, bitte ich dich um einen letzten Dienst."

Ewén ließ die Tür geöffnet, als sie in den Gang trat. Ihr Blick war gesenkt und für Nyrden, die zu ihr kam, nicht einzusehen.
„Sie ist gestorben." Die Leyawi wirkte, als würde sie aus einem Traum erwachen.
Ihre Gemahlin griff ihre Hand, die kaum merklich zitterte. „Komm. In den Garten."

„Ich sorge für alles", ließ sich Rilan vernehmen.
„Nein", widersprach die Jüngere. „Sie bat mich, ihre Leiche in den Tempel zu tragen."
„Das folgt den Abend", entgegnete er sanft. „Lass mich ihr Totenwäsche und erste Wache halten."
„Gut", stimmte sie leise zu.
Als Nyrden sie in das Heckengemach geführt hatte, suchte die bebende Ewén von selbst Umarmung. „Sie starb in Frieden. Ohne Schmerz oder Kampf. Ich habe so viele sterben sehen. Aber keine am Alter."
„Wirklich nicht?", war Nyrden verblüfft.
„Keine. So sollten Menschen sterben."
Sie barg sie ohne ein Wort.
Nachdem Ewén ruhiger geworden war, blickte sie lächelnd auf. „Jennai sagte, ich solle Frieden in meinem Herzen finden. An deiner Seite wird es mir nicht so schwer fallen wie bisher. Ich ... danke dir."
„Wofür?"
„Dass du nie in Krieg eingetreten bist. Nicht in deinem Denken, Fühlen und Handeln. Dass dir immer am Wohl aller Beteiligten lag. Dass du offen geblieben bist, wo andere Wälle errichten, um sich zu schützen. Gleich, wie schmerzhaft das für dich werden kann. Dass du nie herrschen wolltest und die Führung noch immer jedes Mal neu abwägst. Dafür danke ich dir."
Nyrden blinzelte Tränen fort. „So großartig bin ich gar nicht."
„Doch, das bist du."
Sie hielten einander lange.

Zu Jennais Bestattung fand sich auch Mawakai ein, die auf einer Reise nach Kirak von Rilans Botin benachrichtigt worden war und sich sogleich gen Runjhày gewandt hatte. Nach der Beisetzung kam der Rat über das Erbe seiner Führin zusammen. Als ihre Nachfolge verkündet wurde, wallte Empörung durch den Versammlungsraum des Badehauses, der wegen des Frühlingsregens gewählt worden war.
Valan stand auf und nickte Ewén kurz zu. „Keiner würde je das Gewicht Rednawéns Taten bestreiten. Kein Haus kann sich eine bessere Heerführin wünschen. Sicher mag auch ihre Wanderung uns Nutzen an Neuigkeiten und Erfahrung bringen. Es ist Götterlächeln für dieses Haus, dass sie wieder in ihm ist. Aber für eine Ratsführin ist sie viel zu jung! – Wie viele Jahre hältst du? Drei Dutzend? Warte noch ein Dutzend, halte das Heer in weiterer Wohle, dann lässt sich darüber verhandeln." Er setzte sich wieder.
Rilan ergriff das Wort: „Wir werden darüber nicht verhandeln. Jennai wählte sie als Erbin, und sie starb in ihren Armen. Das Erbe ist unanfechtbar. Nyrden und ich bezeugen dies."
Erschrockene Stille ergriff die Runde.
„Es ist schön, wieder zuhause zu sein", flüsterte die Leyawi ihrer Gemahlin zu.
Nyrden lachte auf.
„Aber nicht im Tempelrat!", ließ sich Hirai vernehmen.
„Nein, sicher nicht. Allein im Rat", antwortete der Stadtwahrer.

Ewén erhob sich. „Ich verstehe eure Bedenken", bekundete sie mit ungewohnter Bedächtigkeit. „Ich bin Mitglied des Rates und mag darin Nutzen für Runjhày finden. Beratet ohne mich über die Ratsführung, und stimmt ab, das ist mein Wunsch. Gegen euren Willen werde ich euch nicht führen." Sie verneigte sich und verließ den Raum. Ehe sie durch die Pforte zum Badebereich schritt, stahl sie noch eine getrocknete Dare aus einer Schale. Nyrden, die ihr nachsah, musste sich bemühen, nicht zu grinsen.
Gleichmütig ließen die Wahrinnen die Runde streiten. Rilan nahm Nyrden ihr Kind ab. „Wer hätte es gedacht? Dass eben Ewén ihre Nachfolge antreten würde", war sie versonnen.
„Jennai hat das gedacht. Schon bevor deine Gemahlin ging", berichtete er leise.

Der Schlaflose erhob sich halb und warf einen Blick auf Wonta, der wie immer, wenn er in Runjhày weilte, seines Vaters Nachtnähe beanspruchte. Rilan zog seinen Arm behutsam unter dem Kopf des Knaben fort, deckte ihn noch einmal zu und rang um Mut, ehe er die Kammer verließ.

„Mawakai?" Sie erwachte von dem leichten Druck an ihrer Schulter und von Rilans Stimme. Verschlafen schaute sie auf. Er saß am Bettrand, von einer Talglampe beschienen, die er auf den Stuhl gestellt hatte. „Verzeih, dass ich dich wecke."
„Schon gut." Sie setzte sich auf. „Was gibt es? Wonta..?"
„Er schläft", beruhigte er ihr Aufbangen. „Ich ... bin unseretwegen hier."
Sie hob erstaunt die Brauen.
„Ich liebe dich. Und ich will wieder mit dir sein", erklärte er.
Schweigen. Nebenan weinte plötzlich Déinm. Kurz darauf war eine beruhigende Stimme zu hören, die sie als Ewéns erkannten. Nyrden stellte eine Frage, und einen Augenblick später verstillte das Kind, das vermutlich nun trank.
Mawakai schöpfte tief Atem. „Ich kann dir nicht meine Treue im Tanz schwören, wie Ewén es Nyrden geschworen hat. Das bin ich nicht."
Er dachte darüber nach. „Ich will mit euch leben", sagte er schließlich, mehr nicht.
Sie leuchtete auf. „Das kannst du. Nyrden kommt hier auch eine Weile ohne dich zurecht. Seit Éyark meinen Vetter enttarnt hat, brauche ich um Stuhlsturz nicht mehr ständig zu fürchten. Wir finden einen Weg. Es wäre mein Glück, Liebster."
„Unseres", strahlte Rilan.

Namen/ Begriffe

Áje	– Leyawi, Ratsmitglied, Krieger, „Stichwunde"
Alden	– Naltivi, Schulin Nyrdens
Aljé arkaar	– leyawi für „wer nicht hier sein sollte, geht nach Hause", wörtlich: „die nicht Sollenden nach Hause"
Anchai	– Runjhày, Ratsmitglied, Krieger
Anji	– leyawi für „Menschen"
Baiù	– Viraslàrs Stadtwahrer, Krieger
Bekai	– Lerusme, Krieger, Vetter von Kelon und Mawakai
Berretas Danint	– Naltivis Stadtwahrin, Schwester von Setola und Nyrden
Binhiar	– Leyawi, für die Botinnenkette verantwortliches Ratsmitglied, „Scharfauge"
Brana	– Leyawi, Haussorger der Botinnenkette
Cham rejhk	– leyawi für „Leg dich (hin)"
Chane séid alon	– Schlachtruf Leyawis: „Sieg oder Tod"
Chaneshéa	– Leyawigruß: „Einen siegreichen Tag"
Chas nd alonm ( )	– leyawi für „(Name) ist tot"
Dalon	– Rwede, erste Spähin Lerusms, später Stadtwahrin Rwedens, Mutter von Tisai und Ewén (2), Gemahlin von Éyark
Danrùn	– 1. Leyawi, legendäre Befreiin und Stadtwahrin Leyawis, Altmutter und Ausbildin von Rednawén, Gemahlin von Relàr, „Weidegrund" 2. Leyawi, Sohn von Nelai und Èsralon
Dare	– 1. Strauch mit sehr harten Früchten 2. Nyrdens Kosename für Rednawén
Dariden	– Sagengestalt Naltivis
Dartù	– Leyawi, Kriegin, Tanzgefährtin Rednawéns
Déinm	– Runjhày und Naltivi, Tochter von Rilan und Nyrden, Schwester von Wonta, „geliebt"
Dekai	– Runjhày, Kriegin
Dess kenhàrr chan ( ) kéàn	– leyawi für „lasse (Name) nicht über dich siegen"
Dolin	– Runjhày, Priester, Krieger, Jennais Stellvertreter
Dorasù	– Winie, Schulin von Jilla und Nyrden
Dùn	– Lekhens Stadtwahrer
Duwe	– Baum aus Duwan
Ebenen	– Sprache der südlichen Ebene und der meisten Völker der mittleren Berge
Einschneide	– s. Frasèn
Ellenklinge	– s. Masùn

Èsralon Fedéja	– Leyawis Stadtwahrin, Mutter von Resa (2), Kadùn (2), Naje und Danrùn (2), Schwester von Éyark und Rednawén, Gemahlin von Nelai, „Todesstreich"
Ewén Fedéja	– 1. Leyawi: ursprünglicher und schließlicher Name Rednawéns, „Waffe/ Eiserne/ eisernes Werkzeug" 2. Rwede, Leyawi und Lerusme, Tochter von Éyark und Dalon, Schwester von Tisai
Éyark Fedéja	– Leyawis zweiter, später erster Heerführer, Heerführer Lerusms, Stadtwahrer Rwedens, Herzensvater von Tisai und Ewén (2), Bruder von Èsralon und Rednawén, Gemahl von Dalon, „Ruhm den Ahninnen/ Ahnen"
Fedùn	– Leyawi, Kriegin, Kadùns (1) Waffentochter, Waffenschwester und Gefährtin Rednawéns
Frasèn	– Leyawi, Gefährtin Éyarks, „Einschneide"
Frasjà	– Winie, Heilin
Freiheit	– s. Resa
Garlon	– Runjhàys Truchsess
Geitrù	– Kiraks Stadtwahrin, Kriegin
Grejen	– Sprache Grejas, Sagtas und Ruèks
Grute/n	– Zierhecke/n aus Naltivi
Hirai	– Runjhày, Priestin, Jennais Stellvertretin
Jennai	– Runjhày, Führin von Stadtrat und Tempelrat, Rilans Vertraute
Jilla	– Naltivi, Gärtner, Nyrdens Freund
Jkai	– Runjhày, Kriegin, später Waffenmeistin, Freundin von Kelon und Mawakai
Jorlù	– Leyawi, Kriegin, Gefährtin von Rudon
Jùhna	– Leyawi und Lekhe, Kriegin, Tochter von Raiun und Laar
Kadùn	– 1. Leyawis früherer Stadtwahrer, Krieger, Sohn von Danrùn (1) und Relàr, Vater von Èsralon, Éyark und Rednawén, Gemahl von Resa (1) 2. Leyawi, Tochter von Nelai und Èsralon
Kait	– Ehiàr, Krieger, Berater von Nilewai
Kaivtar	– leyawi für „draußen"
Kayl eàk	– leyawi für „was ist los"
Kelon Beantu	– Lerusme, Heerführer Runjhàys, später Stadtwahrer Winens, Bruder von Mawakai, Gemahl von Telùn, Freund von Rilan
Kercháches	– leyawi für „Stadterste/r"
Kervaiso	– leyawi für „Heereserste/r"
Kilai	– Runjhày, Stallmagd
Kohai	– Lerusme, Krieger
Laar Wednas	– Lekhe, Kriegin, später Ausbildin, Mutter von Jùhna, Gemahlin von Raiun, Rednawéns Freundin

Lejan	– Runjhày, Krieger
Lelan	– Kirake, Gärtner, Sohn von Geitrù
Masùn	– Leyawi, Krieger, Kampfgefährte von Rednawén, „Ellenklinge"
Mawakai Beantu	– Lerusms Stadtwahrin, Kriegin, Mutter von Wonta, Schwester von Kelon, Gefährtin Rilans
Naje	– Leyawi, Tochter von Nelai und Èsralon
Nelai	– Githe, zweiter Stadtwahrer Leyawis, Krieger, Vater von Resa (2), Kadùn (2), Naje und Danrùn (2), Gemahl von Èsralon
Nilewai	– Ehiàrs Stadtwahrer, Krieger, Freund von Rednawén
Nyrden Danint	– Naltivi, später auch Runjhày und Leyawi, Runjhàys Stadtwahrin, Gartnin, Mutter von Déinm, Freundin und ausgerufene Gemahlin Rilans, Gefährtin und spätere Gemahlin Rednawéns
Raiun	– Lekhe, Krieger, Gemahl von Laar
Rednawén Fedéja	– Leyawi, Heerführin erst Leyawis, dann Runjhàys, später Ratsführin Runjhàys, Schwester von Éyark und Èsralon, Gefährtin und spätere Gemahlin Nyrdens, „Scharzwaffe", s. Ewén
Redon	– Göttin Runjhàys
Redunas	– Naltivi, Vetter Nyrdens
Rekìt	– Leyawi, Haussorgin der Botinnenkette
Relàr	– Leyawis früherer Stadtwahrer, Krieger, Kadùns (1) Vater, Altvater von Èsralon, Éyark und Rednawén, Danrùns (1) Gefährte,
Remneù	– Ruèk, später Runjhày, Ratsmitglied Runjhàys, Krieger, später Heerführer Runjhàys
Resa	– 1. Leyawis frühere Stadtwahrin, Kriegin, Mutter von Èsralon, Éyark und Rednawén, Gemahlin von Kadùn (1) , „Freiheit" 2. Leyawi und Githe, Sohn von Nelai und Èsralon, Rednawéns Waffensohn
Rikkai	– Runjhày, Krieger
Riktènn	– Gruppe aus der Mythologie Leyawis, „Sterndeutinnen"
Rilan Geiht	– Runjhàys Stadtwahrer, Händler, Vater von Wonta und Déinm, Gefährte Mawakais, Freund Kelons, Freund und ausgerufener Gemahl Nyrdens
Rolun	– Runjhày, Tanzgefährtin Rednawéns
Rudon	– Runjhày, Krieger, Gefährte von Jorlù
Ruhm den Ahn/inn/en	– s. Éyark
Salaù	– Ruèk, Bote
Salùr	– Leyawi, Kriegin
Sarden	– Zusammenführung der Namen „Resa" und „Nyrden"

Sarr	– Leyawi, Ratsmitglied
Scharfauge	– s. Binhiar
Schwarzwaffe	– s. Rednawén
Seiso	– Göttin Runjhàys
Selun	– Sagtas Stadtwahrin, Kriegin
Setola Danint	– Naltivi, Gärtner, Bruder von Berretas und Nyrden
Silen	– Rwedens Stadtwahrer, Krieger
Stichwunde	– s. Áje
Streitkolben	– s. Relàr
Syken	– Runjhày und Ruèk, Tochter von Remneù und Tanwai
Talai	– Githains Stadtwahrin, Kriegin, Schwester von Nelai
Tanwai	– Runjhày, Kriegin, Mutter von Syken, Gefährtin von Remneù
Tehoàr	– Leyawi, Ratsmitglied
Telùn Treid	– Winie, Waffenmeistin Runjhàys, Kriegin, später Stadtwahrin Winens, Gemahlin Kelons
Tisai	– Rwede, Leyawi und Lerusme, Tochter von Éyark und Dalon, Schwester von Ewén (2)
Todesstreich	– s. Èsralon
Traiea	– Runjhày, Diener
Trucho	– Winie, Heilin, Freundin von Jilla und Nyrden
Tukas	– Sagengestalt Naltivis
Turai	– Rwede, Schulin Rednawéns
Uron	– Sagtain, Runjhàys zweiter Heerführer
Valan	– Ratsmitglied Runjhàys
Viarù	– Ruèks Stadtwahrer, Krieger
Vinhtù	– Leyawi, Heilin
Virùd	– Leyawi, Kriegin, Freundin Rednawéns
Vithan	– Grejas Stadtwahrin
Walon	– Runjhày, Kriegin
Waffe	– s. Ewén
Weidegrund	– s. Danrùn
Wihèn	– Ehiàr, Krieger, Berater von Nilewai
Wonta	– Lerusme und Runjhày, Sohn von Rilan und Mawakai, Bruder von Déinm

Völker und Orte

Chalten	– Ort in Githain mit besonderer Schmiede
Duwan	– Volk und Land am Meer
Ehiàr	– Volk und Land der östlichen Berge
Githain	– Land der südlichen Ebene sowie der südlichen und östlichen Berge, Volk: Githen
Greja	– Land der nördlichen Berge und der nördlichen Ebene, Volk und Sprache: Grejen
Kahy	– Festung in Ehiàr
Kalhinen	– Volk und Land der östlichen Berge
Kirak	– Land der südlichen Ebene und der südlichen Berge, Volk: Kiraken
Lekhen	– Volk und Land der südlichen Ebene und der südlichen Berge
Lerusm	– Land der mittleren Berge, Volk: Lerusmen
Leyawi	– Land der südlichen Berge, Volk und Sprache: Leyawi
Murgard	– Volk und Land der östlichen Berge
Naltivi	– Volk und Land der südlichen Ebene
Rkam	– Stadt in Ehiàr
Ruèk	– Volk und Land der mittleren Berge
Runjhày	– Volk und Land der südlichen Ebene und der westlichen Berge
Rweden	– Volk und Land der mittleren Berge
Sagta	– Land der nördlichen Berge und der nördlichen Ebene, Volk: Sagtain
Selna	– Stadt in Kirak
Sihden	– ehemalige Feinde Leyawis
Tudalin	– Hochebene der mittleren Berge
Viraslàr	– Land der östlichen Berge, Volk: Vira
Wethen	– Volk und Land der südlichen Ebene
Winen	– Land der südlichen Berge, Volk: Winien

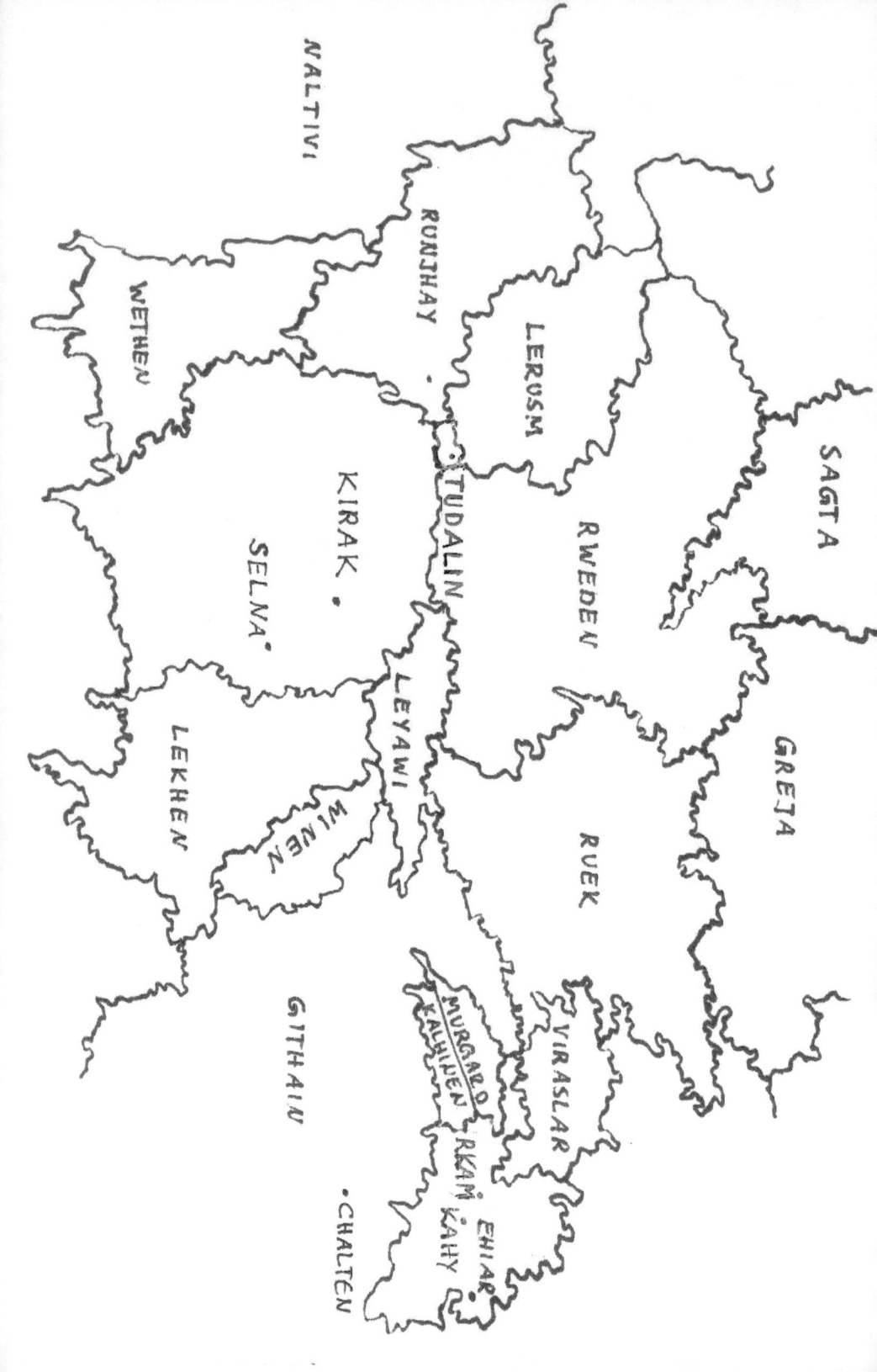

Danke

an alle, die mich während der Entstehung von ‚Sieg oder Tod!' mit ihren Ansichten bereichert, mit ihrem Leben berührt haben.
Besonderer Dank gilt Elora, meiner besonderen großen Liebe, sowie Eva, Anne und Gerd (Was wäre ich ohne euch Wundervollen?) und der unglaublichen Rosi. Außerdem Nicolas und Martina, meinem Vater für meine großartige Kindheit sowie der ganzen umfangreichen Familie einschließlich ihrer Neuzugänge. Und allen Mitgliedern des hoppelnden Völkchens.

M. D. Schuster